हिन्द पॉकेट बुक्स

एक गधे की आत्मकथा

कृश्न चन्दर हिन्दी और उर्दू के श्रेष्ठ कहानीकार और व्यंग्यकार थे। उन्हें साहित्य एवं शिक्षा क्षेत्र में भारत सरकार द्वारा सन 1969 में पद्म भूषण से सम्मानित किया गया था। उन्होंने प्रारम्भ में उर्दू में लिखा, किन्तु भारत की स्वतंत्रता के बाद मुख्यतः हिन्दी में लिखा।

एक गधे की आत्मकथा

कृश्न चन्दर

हिन्द पॉकेट बुक्स
पेंगुइन रैंडम हाउस इम्प्रिंट

हिन्द पॉकेट बुक्स

यूएसए | कनाडा | यूके | आयरलैंड | ऑस्ट्रेलिया | सिंगापुर
न्यू ज़ीलैंड | भारत | दक्षिण अफ्रीका | चीन

हिन्द पॉकेट बुक्स, पेंगुइन रैंडम हाउस ग्रुप ऑफ़ कम्पनीज़ का हिस्सा है,
जिसका पता global.penguinrandomhouse.com पर मिलेगा

पेंगुइन रैंडम हाउस इंडिया प्रा. लि.,
चौथी मंजिल, कैपिटल टावर -1, एम जी रोड,
गुड़गांव 122 002, हरियाणा, भारत

पेंगुइन
रैंडम हाउस
इंडिया

प्रथम हिन्दी संस्करण हिन्द पॉकेट बुक्स द्वारा 1997 में प्रकाशित
यह हिन्दी संस्करण हिन्द पॉकेट बुक्स में पेंगुइन रैंडम हाउस द्वारा 2022 में प्रकाशित

10 9 8 7 6 5 4 3 2

ISBN 9789353490133

मुद्रकः रेप्रो इंडिया लिमिटेड

www.penguin.co.in

FSC www.fsc.org MIX Paper from responsible sources FSC™ C047271

This is a legitimate digitally printed version of the book and therefore might not have certain extra finishing on the cover.

इसके पढ़ने से बहुतों का भला होगा–

महानुभाव ! मैं न तो कोई साधु-संन्यासी हूं; न कोई महात्मा-धर्मात्मा। न श्री 108 स्वामी गहमगहमानन्द का चेला हूं; न जड़ी-बूटियों वाला सूफी गुरुमुखसिंह मझेला हूं। न मैं वैद्य हूं; न कोई डॉक्टर। न कोई फिल्म-स्टार हूं; न राजनीतिज्ञ। मैं तो केवल एक गधा हूं, जिसे बचपन के दुष्कर्मों के कारण समाचार-पत्र पढ़ने का घातक रोग लग गया था। होते-होते यह रोग यहां तक बढ़ा कि मैंने ईंटें ढोने का काम छोड़कर केवल समाचार-पत्र पढ़ना आरम्भ कर दिया। उन दिनों मेरा मालिक धब्बू कुम्हार था, जो बाराबंकी में रहता था। (जहां के गधे बहुत प्रसिद्ध हैं) और सय्यद करामतअली शाह बार-एट-ला की कोठी पर ईंटें ढोने का काम करता था। सय्यद करामतअली शाह लखनऊ के एक माने हुए बैरिस्टर थे और अपने पैतृक नगर बाराबंकी में एक आलीशान कोठी स्वयं अपनी निगरानी में बनवा रहे थे। सय्यद साहब को पढ़ने-लिखने का बहुत शौक था। इसलिए अपनी कोठी का जो भाग उन्होंने सबसे पहले बनवाया, वह उनकी लाइब्रेरी का हाल तथा रीडिंग रूम था, जिसमें वे प्रातःकाल आकर बैठ जाते। वे बाहर बरामदे में कुर्सी डालकर समाचार-पत्र पढ़ते और ईंटें ढोने वालों की निगरानी भी करते रहते। उन्हीं दिनों मुझे समाचार पढ़ने का चस्का पड़ा। होता अधिकतर यों था कि इधर मैंने एक उठती हुई दीवार के नीचे ईंटें फेंकीं, उधर भागता हुआ रीडिंग रूम की ओर चला गया। बैरिस्टर साहब समाचार-पत्र पढ़ने में इतने लीन होते कि उन्हें मेरे आने की खबर तक न होती और मैं उनके पीछे खड़ा होकर समाचार-पत्र का अध्ययन शुरू कर देता। बढ़ते-बढ़ते यह शौक यहां तक बढ़ा कि बहुधा मैं बैरिस्टर साहब के पहले ही समाचार-पत्र पढ़ने पहुंच जाता, बल्कि प्रायः ऐसा भी हुआ है कि पत्र का पहला पन्ना मैं पढ़ रहा हूं और वे सिनेमा के विज्ञापनों वाले पन्ना का मुलाहिजा फर्मा रहे हैं। मैं कह रहा हूं–ओह ! ईडन, आइजनहावर, बुल्गानिन फिर मुलाकात करेंगे और वे कह रहे हैं–अहा ! हजरतगंज में दिलीपकुमार और निम्मी की नई फिल्म आ रही है। मैं कह रहा हूं–चः-चः, सिकन्दरिया की हवाई दुर्घटना में बारह मुस केर मर गए; और वे कह रहे हैं–बाप रे बाप ! सोने का भाव फिर चढ़ गया है। बस, इसी प्रकार हमारा यह सिलसिला चलता रहता; यहां तक कि मेरा मालिक ईंटें गिनकर और मिस्त्री के हवाले करके वापस आ जाता और मेरी पीठ पर जोर

से एक कोड़ा मारकर मुझे फिर ईंटें ढोने के लिए ले जाता, लेकिन बैरिस्टर साहब मुझे कुछ न कहते। दूसरे फेरे में जब मैं वापस आता तो वे स्वयं पत्र का अगला पन्ना उठाकर मुझे दे देते और यदि मैं पूरा पढ़ चुका होता तो भीतर लाइब्रेरी से कोई पुस्तक निकाल लाते और जोर-जोर से पढ़ना शुरू कर देते। मैं जो पढ़ना और बोलना सीखा हूं, तो इसमें सय्यद साहब का ही चमत्कार समझिए या उनकी कृपा-दृष्टि; क्योंकि सय्यद साहब को समाचार-पत्र पढ़ते हुए खबरों पर बहस करने और पुस्तकों को ऊंचे स्वर में पढ़ने तथा पढ़ते हुए उन पर टिप्पणी करने की बुरी आदत थी। यहां जिस स्थान पर वे कोठी बनवा रहे थे, उन्हें कोई व्यक्ति ऐसा न मिला जिससे वे ऐसी बहस कर सकते। यहां प्रत्येक व्यक्ति अपने-अपने काम में व्यस्त था। बस, मैं एक गधा उन्हें मिला। परन्तु इसमें उन्हें कोई आपत्ति नहीं थी। वास्तव में वे केवल बातचीत करना चाहते थे। किसी से अपने मन की बातें कहना चाहते थे। सय्यद साहब मेरे प्रति बड़ा स्नेह प्रकट करते थे और प्रायः कहा करते थे, "अफसोस तुम गधे हो, अगर आदमी के बच्चे होते तो मैं तुम्हें अपना बेटा बना लेता !" सय्यद साहब के कोई सन्तान न थी। खैर साहब, करनी भगवान् की यह हुई कि एक दिन सय्यद करामतअली शाह की कोठी तैयार हो गई और मेरे मालिक को और मुझे भी वहां के काम से छुट्टी मिल गई। फिर उसी रात धब्बू कुम्हार ने ताड़ी पीकर मुझे डण्डे से खूब पीटा। घर से बाहर निकाल दिया और खाने के लिए घास भी न दी। मेरा दोष यह बताया कि मैं ईंटें कम ढोता था और समाचार-पत्र अधिक पढ़ता था और कहा—मुझे ईंटें ढोने वाला गधा चाहिए। समाचार-पत्र पढ़ने वाला गधा नहीं चाहिए।

रात-भर भूखा-प्यासा मैं धब्बू कुम्हार के घर के बाहर शीत में ठिठुरता रहा। मैंने निश्चय कर लिया कि दिन निकलते ही सय्यद करामतअली शाह की कोठी पर जाऊंगा और उससे कहूंगा कि ईंटें ढोने पर नहीं तो पुस्तकें ढोने पर ही मुझे नौकर रख लीजिए। शेक्सपियर से लेकर बेढब भूखी तक मैंने प्रत्येक लेखक की पुस्तकें पढ़ी हैं और जो कुछ मैं उन लेखकों के सम्बन्ध में जानता हूं, वह कोई दूसरा गधा नहीं जान सकता। मुझे पूरी आशा थी कि सय्यद साहब तुरन्त मुझे रख लेंगे, लेकिन भाग्य की बात देखिए कि जब सय्यद साहब की कोठी पर पहुंचा तो मालूम हुआ कि रातों-रात कोठी पर फसादियों ने हमला किया और सय्यद करामतअली साहब को अपनी जान-बचाकर पाकिस्तान भागना पड़ा। फसादियों में लाहौर के गण्डासिंह फल-विक्रेता भी थे, जिनकी लाहौरी दरवाजे के बाहर फलों की बड़ी दुकान और माडल टाउन में एक आलीशन कोठी थी। इसी हिसाब से एक आलीशान कोठी उन्हें यहां भी मिलनी चाहिए थी, सो भगवान् की कृपा से उन्हें सय्यद करामतअली शाह की नई बनी-बनाई कोठी मिल गई। जब मैं वहां पहुंचा

तो गण्डासिंह लाइब्रेरी की सभी पुस्तकें एक-एक करके बाहर फेंक रहे थे और लाइब्रेरी को फलों से भर रहे थे। यह शेक्सपियर का सेट गया और तरबूजों का टोकरा भीतर आया ! यह गालिब के दीवान बाहर फेंके गए और मलीहाबाद के आम भीतर रखे गए ! यह खलील जिब्रान गए और खरबूजे आए ! थोड़े समय के बाद सब पुस्तकें बाहर थीं और सब फल भीतर। अफलातूं के स्थान पर आलू-बुखारे ! सुकरात के स्थान पर सीताफल ! जोश के स्थान पर जामन, मोमिन के स्थान पर मौसम्मी ! शेली के स्थान पर शहतूत, कीट्स के स्थान पर ककड़ियां ! बुकरात के स्थान पर बादाम, कृष्णचन्द्र के स्थान पर केले और ल. अहमद के स्थान पर नींबू भरे हुए थे। पुस्तकों की यह दुर्गत देखकर मेरी आंखों में आंसू आ गए। इतने में गण्डासिंह अपने फलों की लाइब्रेरी से बाहर निकल आए और एक नौकर से कहने लगे—इस गधे की पीठ पर सारी पुस्तकें लाद दो और यदि एक फेरे में न जाएं तो आठ-दस फेरे करके सब पुस्तकें लारी में भर कर लखनऊ ले जाओ और नखास में बेच डालो। अतएव गण्डासिंह के नौकर ने ऐसा ही किया। मैं दिन भर पुस्तकें लाद-लादकर लारी तक पहुंचाता रहा और जब शाम हो गई और अन्तिम पुस्तकें भी लारी में पहुंच गईं, तब कहीं गण्डासिंह के नौकर ने मुझे छोड़ा। मेरी पीठ पर उसने जोर का एक कोड़ा जमाया और मुझे लात मारकर वहां से भगा दिया।

मैंने सोचा—जिस शहर में पुस्तकों तथा महापण्डितों का ऐसा अनादर होता हो वहां रहना ठीक नहीं। इसलिए मैंने वहां से प्रस्थान का संकल्प कर लिया। अपने शहर के दरोदीवार पर हसरत-भरी निगाह डाली; घास के दो-चार तिनके तोड़कर मुंह में रखे और दिल्ली की ओर चल पड़ा। सोचा—दिल्ली स्वतन्त्र भारत की राजधानी है, और कला, विद्या, राज्य तथा राजनीति का केन्द्र भी। वहां पर तो किसी न किसी प्रकार गुजारा हो ही जाएगा।

करना प्रस्थान गधे का बाराबंकी से और जाना दिल्ली तथा वर्णन उस सुन्दर नगरी का—

उन दिनों 'दिल्ली चलो' का नारा प्रत्येक छोटे-बड़े व्यक्ति की जवान पर था और एक तरह से मैं भी इसी नारे से प्रभावित होकर दिल्ली जा रहा था। परन्तु यह मालूम न था कि रास्ते में क्या विपत्ति आएगी। रास्ते में एक स्थान पर मैंने देखा, एक मुसलमान बढ़ई शरअई दाढ़ी रखे हुए एक छोटी-सी गठरी बगल में दबाए, एक छोटे-से गांव से भागकर सड़क पर आ रहा था। मैंने सहानुभूति प्रकट करते हुए उसे अपनी पीठ पर सवार कर लिया और तेज कदमों से चलने लगा ताकि उस गांव के फसादी उसका पीछा न कर सकें। मैं बहुत आगे निकल गया और मन ही

मन बहुत प्रसन्न हुआ कि चलो, मेरे कारण एक निर्दोष की जान बच गई। इतने में क्या देखता हूं कि बहुत से फसादी रास्ता रोके खड़े हैं।

एक फसादी ने हमारी ओर देखकर कहा—देखा इस बदमाश मुसलमान को! न जाने किस बेचारे हिन्दू का गधा चुराए लिए जा रहा है। मुसलमान बढ़ई ने अपनी जान बचाने के लिए बहुत कुछ कहा, मगर किसी ने एक न सुनी। उसे फसादियों ने मौत के घाट उतार दिया। मुझे एक फसादी ने बांध लिया और अपने घर की ओर ले चला।

जब हम आगे बढ़े तो रास्ते में मुसलमानों के कुछ गांव पड़ते थे। यहां पर कुछ एक दूसरी ओर के फसादी आगे बढ़े। एक ने कहा—देखा, यह बेचारा गधा किसी मुसलमान का मालूम होता है, जिसे वह हिन्दू फसादी घेरे लिए जा रहा है। उस बेचारे ने भी अपनी जान बचाने के लिए बहुत कुछ कहा, लेकिन किसी ने एक न सुनी और उसका सफाया हो गया और मैं एक मौलवी साहब के हिस्से में आया, जो मुझे उसी रस्सी से पकड़कर अपनी मस्जिद की ओर ले चले। रास्ते में मैंने मौलवी साहब के आगे बहुत अनुनय-विनय की।

मैं—हजरत ! मुझे छोड़ दीजिए।

मौलवी—यह कैसे हो सकता है ? तुम माले-गनीमत हो।

मैं—हुजूर ! माले-गनीमत नहीं हूं। गनीमत यह है कि मैं एक गधा हूं वरना अब तक मारा गया होता।

मौलवी—अच्छा, यह बताओ, तुम हिन्दू हो या मुसलमान ? फिर हम फैसला करेंगे।

मैं—हुजूर, न मैं हिन्दू हूं, न मुसलमान। मैं तो बस एक गधा हूं और गधे का कोई मजहब नहीं होता।

मौलवी—मेरे सवाल का ठीक-ठीक जवाब दो।

मैं—ठीक ही तो कह रहा हूं। एक मुसलमान या हिन्दू तो गधा हो सकता है, लेकिन एक गधा मुसलमान या हिन्दू नहीं हो सकता।

मौलवी—तू बहुत बदमाश मालूम होता है। हम घर जाकर तुझे ठीक करेंगे।

मौलवी साहब ने मुझे मस्जिद के बाहर एक खूंटे से बांध दिया और स्वयं भीतर चले गए। मैंने मौका गनीमत जाना और रस्सी तोड़कर वहां से निकल भागा। ऐसा भागा, ऐसा भागा कि मीलों तक पीछे मुड़कर नहीं देखा। अब मैंने यह निश्चय कर लिया कि इन संकीर्ण हृदय व्यक्तियों के झगड़े से एक गधे का क्या सम्बन्ध ! अब मैं न किसी हिन्दू की सहायता करूंगा न मुसलमान की ! अतएव अब मैं दिन भर किसी वृक्ष की घनी छाया में पड़ा रहता या किसी जंगल अथवा मैदान में घास चरता और रात होने पर अपनी यात्रा शुरू कर देता। इस प्रकार

चलते-चलते बड़ी मुश्किल से कहीं छः-सात महीनों के बाद दिल्ली पहुंचा। दिल्ली के भूगोल का वर्णन संक्षिप्त रूप से करता हूं, ताकि दिल्ली आने वाले यात्री मेरी जानकारी से पर्याप्त लाभ उठा सकें और धोखा न खाएं।

दिल्ली का भूगोल

इसके पूर्व में शरणार्थी, पश्चिम में शरणार्थी, दक्षिण में शरणार्थी और उत्तर में शरणार्थी बसते हैं। बीच में भारत की राजधानी है और इसमें स्थान-स्थान पर सिनेमा के अतिरक्त नपुंसकता की विभिन्न औषधियों और शक्तिवर्धक गोलियों के विज्ञापन लगे हुए हैं, जिससे यहां की सभ्यता तथा संस्कृति की महानता का अनुभव होता है। एक बार मैं चांदनी चौक से गुजर रहा था कि मैंने एक सुन्दर युवती को देखा जो तांगे में बैठी पायदान पर पांव रखे अपनी सुन्दरता के नशे में डूबी चली जा रही थी और पायदान पर विज्ञापन चिपका हुआ था–'असली शक्तिवर्धक गोली इन्द्रसिंह जलेबी वाले से खरीदिए !' मैं इस दृश्य के तीखे व्यंग्य से प्रभावित हुए बिना न रहा सका और बीच चांदनी चौक में खड़ा होकर कहकहा लगाने लगा। लोग राह चलते-चलते रुक गए और एक गधे को बीच सड़क में कहकहा लगाते देखकर हंसने लगे। वे बेचारे मेरी धृष्ट आवाज पर हंस रहे थे और मैं उनकी धृष्ट सभ्यता पर कहकहे लगा रहा था। इतने में एक पुलिस के सन्तरी ने मुझे डण्डा मारकर टाउनहाल की ओर ढकेल दिया। इन लोगों को मालूम नहीं कि कभी-कभी गधे भी इन्सानों पर हंस सकते हैं।

दिल्ली में आने वालों को यह याद रखना चाहिए कि दिल्ली में प्रवेश करने के बहुत से दरवाजे हैं–दिल्ली दरवाजा, अजमेरी दरवाजा, तुर्कमान दरवाजा इत्यादि। परन्तु आप दिल्ली में इनमें से किसी दरवाजे के रास्ते भीतर नहीं आ सकते, क्योंकि इन दरवाजों के भीतर प्रायः गायें, भैंसें, बैल बैठे रहते हैं या फिर पुलिस वाले चारपाइयां बिछाए ऊंघते रहते हैं। हां, इन दरवाजों के बायें-दायें बहुत-सी सड़कें बनी हुई हैं, जिन पर चलकर आप दिल्ली में प्रवेश कर सकते हैं। अंग्रेजों ने दिल्ली में भी एक इण्डिया गेट बनाया है, लेकिन इस गेट में से गुजरने का कोई भी रास्ता नहीं है। दरवाजे के इर्द-गिर्द होकर जाना पड़ता है। सम्भव है, दिल्ली के घरों में भी थोड़े दिनों में ऐसे दरवाजे लग जाएं, फिर लोग खिड़कियों में से कूदकर घरों में प्रवेश किया करेंगे।

दिल्ली में नई दिल्ली है और नई दिल्ली में कनाट प्लेस है। कनाट प्लेस बड़ी सुन्दर जगह है। शाम के समय मैंने देखा कि लोग लोहे के गधों पर सवार होकर इसकी गोल सड़कों पर घूम रहे हैं। यह लोहे का गधा हमसे तेज भाग सकता है,

परन्तु हमारी तरह आवाज नहीं निकाल सकता। यहां पर मैंने बहुत-से लोगों को भेड़ की खाल के बालों के कपड़े पहने हुए देखा है। स्त्रियां अपने मुंह और नाखून रंगती हैं और अपने बालों को इस प्रकार ऊंचा करके बांधती हैं कि दूर से वे बिल्कुल गधे के कान मालूम होते हैं, अर्थात् इनको गधे बनने का कितना शौक है, यह आज मालूम हुआ।

कनाट प्लेस से टहलता हुआ मैं इण्डिया गेट चला गया। यहां चारों ओर बड़ी सुन्दर घास बिछी थी और उसकी दूब तो अत्यन्त स्वादिष्ट थी। मैं दो-तीन दिन से भूखा तो था ही, बड़े मजे से मुंह मार-मारकर चरने लगा। इतने में एक जोर का डण्डा मेरी पीठ पर पड़ा। मैंने घबराकर देखा, एक पुलिस का सिपाही क्रोध में कह रहा था, "यह कमबख्त गधा यहां कैसे घुस आया ?"

मैंने पलटकर कहा, "क्यों भई, गधों को नई दिल्ली में आने की मनाही है?"

मुझे बोलता देखकर वह सिटपिटा गया। शायद उसने आज तक किसी गधे को बोलते नहीं सुना था। फटी-फटी आंखों से मेरी ओर देखने लगा। थोड़ी देर बाद जब उसका आश्चर्य कुछ कम हुआ, तो मुझे रस्सी से खींचकर थाने ले चला। थाने में ले जाकर, उसने मुझे हेड कान्स्टेबल के सामने ला खड़ा किया।

हेड कान्स्टेबल ने बड़े आश्चर्य से उसकी ओर देखकर कहा, "इसे यहां क्यों लाए हो रामसिंह ?"

रामसिंह ने कहा, "हुजूर, यह एक गधा है।"

"गधा तो है, यह तो मैं भी देख रहा हूं, मगर तुम इसे यहां क्यों लाए हो?"

"हुजूर, यह इण्डिया गेट पर घास चर रहा था !"

"अरे, घास चर रहा था तो क्या हुआ ? तुम्हारी बुद्धि तो कहीं घास चरने नहीं चली गई ? इस बेजबान जानवर को थाने में जाने की क्या जरूरत थी; ले जाकर कांजी-हाउस में बन्द कर देते।"

रामसिंह ने रुकते-रुकते मेरी ओर विजयी दृष्टि से देखकर कहा, "हुजूर, यह बेजबान नहीं है, यह बोलता है।" अब तो हेड कान्स्टेबल बहुत हैरान हुआ, लेकिन एकाएक उसे विश्वास न आया। वह बोला "रामसिंह, तुम्हारा दिमाग तो ठीक है?"

"नहीं, यह बिल्कुल ठीक कहता है, हेड कान्स्टेबल साहब।" मैंने धीरे से सिर हिलाकर कहा।

हेड कान्स्टेबल अपनी सीट पर से उछला, मानो उसने कोई भूत देख लिया हो। वास्तव में उसका आश्चर्य अनुचित भी नहीं था, क्योंकि नई दिल्ली में ऐसे तो बहुत लोग होंगे, जो इन्सान होकर गधों की तरह बातें करते हों, लेकिन एक ऐसा गधा, जो गधा होकर इन्सानों की-सी बात करे, हेड कान्स्टेबल ने आज तक देखा-सुना न था। इसलिए बेचारा चकरा गया। उसकी समझ में न आया कि क्या करे। आखिर सोचकर उसने रोजनामचा खोला और रपट दर्ज करने लगा।

उसने मुझसे पूछा, "तुम्हारा नाम ?"

"गधा।"

"बाप का नाम ?"

"गधा।"

"दादा का नाम ?"

"गधा।"

"यह क्या बकवास है ?" हेड कान्स्टेबल ने क्रोधपूर्वक कहा, "सबका एक ही नाम है ! यह कैसे हो सकता है ? अब मुझे देखो, मेरा नाम ज्योतिसिंह है। मेरे बाप का नाम प्यारेलाल था। मेरे दादा का नाम जीवनदास था। हमारे यहां नाम बदलते रहते हैं, तुम जरूर झूठ बोलते हो।"

ज्योतिसिंह मुझे सन्देह की नजरों से देखने लगा।

मैंने कहा, "हुजूर ! मैं झूठ नहीं बोलता, सच कहता हूं कि हमारे यहां नाम नहीं बदलते। जो बाप का नाम होता है वही बेटे का, वही पोते का।"

"इससे क्या लाभ ?" ज्योतिसिंह ने पूछा।

"इससे वंशावली मिलाने में सुविधा होती है। उदाहरणस्वरूप क्या आप मुझे

अपने परदादा का नाम बता सकते हैं ?" मैंने ज्योतिसिंह से पूछा।

"नहीं !" ज्योतिसिंह ने अफसोस प्रकट किया।

"मगर मैं बता सकता हूं आपके यहां वह आदमी बड़ा खानदानी समझा जाता है, जो आज से चार सौ, छः सौ, सोलह सौ साल पहले के अपने पुर्खों का नाम बता सके। देखिए, मैं आपको आज से सोलह सौ क्या, सोलह लाख साल पहले के अपने पुर्खे का नाम बता सकता हूं—श्री गधा ! बोलिए, फिर क्या हम गधे आपसे बेहतर खानदान के हुए या नहीं ?"

ज्योतिसिंह ने बड़े ध्यान से मेरी ओर देखा। उसका सन्देह और बढ़ गया। उसने धीमे स्वर में रामसिंह के कान में कानाफूसी करते हुए कहा, "मुझे यह शख्स बड़ा खतरनाक मालूम होता है। हो न हो, यह कोई विदेशी जासूस है, जो गधे के लिबास में नई दिल्ली के चक्कर लगा रहा है !"

रामसिंह ने कहा, "हुजूर ! मैं तो समझता हूं, इसकी खाल उतरवाकर देखनी चाहिए, भीतर से खुफिया जासूस निकल आएगा। फिर हम इसे फौरन गिरफ्तार कर लेंगे।"

ज्योतिसिंह ने कहा, "तुम बिल्कुल ठीक कहते हो। लेकिन इसके लिए सब-इन्स्पेक्टर चाननराम की आज्ञा लेना बहुत जरूरी है। चलो, इसे उनके सामने ले चलें।"

मेरे कान में भी कुछ भनक पड़ गई थी, लेकिन मैं चुप रहा और उन दोनों के साथ भीतर के कमरे में सब-इन्स्पेक्टर चाननराम के सामने चला गया। चाननराम की मूंछें बिच्छू के डंक की तरह खड़ी थीं और उसका सुर्ख चेहरा हर समय तमतमाया रहता था। चाननराम को आज तक किसी ने हंसते या मुस्कराते हुए नहीं देखा था, इसलिए लोग उसे एक योग्य पुलिस अफसर समझते थे। चाननराम ने उनकी पूरी बात सुनकर मेरी ओर घूरकर देखा और कहा, "हूं ! तो तुम पाकिस्तान के जासूस हो !"

मैं चुप रहा।

चाननराम ने जोर से मेज पर मुक्का मारकर कहा, "समझ गया, तुम रूस के एजेण्ट हो।"

मैं फिर भी चुप रहा।

चाननराम ने दांत पीसते हुए कहा, "कमबख्त ! बदमाश ! कम्युनिस्ट ! मैं तुम्हारी हड्डी-पसली एक कर दूंगा, वरना जल्दी बताओ, तुम कौन हो ?"

यह कहकर चाननराम मुझे मुक्कों, लातों और ठोकरों से मारने लगा। मारते-मारते जब वह बिल्कुल बेदम हो गया तो मैंने जोर से दर्द-भरी आवाज की। आवाज करते ही वह रुक गया और पहले मेरी ओर आश्चर्य से देखकर और

अत्यन्त जोर से ज्योतिसिंह और रामसिंह की ओर देखकर बोला, "अरे यह तो बिल्कुल गधा है और तुम कहते हो, यह कोई विदेशी जासूस है ! तुम मुझसे मजाक करते हो ! मैं अभी तुमको डिसमिस करता हूं।"

रामसिंह और ज्योतिसिंह दोनों भय से थरथर कांपने लगे। हाथ जोड़कर बोले, "हुजूर ! अभी यह बाहर के कमरे में बोल रहा था, साफ-साफ बोल रहा था, बिल्कुल इन्सानों की तरह।"

"तुमने सपना देखा होगा या काम करते-करते तुम्हारा दिमाग खराब हो गया होगा। जाओ, इस गधे को मेरे सामने से ले जाओ और कांजी हाउस में बन्द कर दो। अगर तीन-चार दिन में इसका मालिक न आए तो इसे नीलाम कर देना।"

मैं खुशी-खुशी बाहर आया। मेरी चाल काम कर गई। अगर मैं बोलता तो वे लोग निश्चय ही मेरी खाल उधेड़कर देखते कि भीतर कौन है।

इसके बाद तीन-चार दिन तो क्या, एक हफ्ते तक कोई मालिक न आया। फिर मुझे नीलाम कर दिया गया। अब के मुझे रामू धोबी ने खरीद लिया जो जमुनापार कृष्णनगर में रहता था।

जाना जमुनापार रामू धोबी के घर और मुलाकात करना गधे का म्युनिसिपल कमेटी के मुहर्रिर से—

रामू धोबी किसी जमाने में मोहल्ला सुईवालान में रहता था लेकिन जब उसके ग्राहक पाकिस्तान जा बसे और जो लोग शेष रह गए वे इतने निर्धन हो गए कि स्वयं अपने हाथों कपड़ा धोने लगे, तो रामू धोबी भी वहां से निकलकर यहां जमुनापार कृष्णनगर में आ बसा। यहां मुझे कड़ा परिश्रम करना पड़ा। रामू सुबह उठते ही कपड़ों की गठरियां मेरी पीठ पर लादकर चल देता और जमुना कि किनारे पानी में खड़ा होकर 'छुआ-छू' शुरू कर देता। दोपहर को उसकी पत्नी खाना लेकर आती थी। मैं दिन भर जमुना के किनारे घास चरता रहता या पुल पर से गुजरते लोगों को देखता रहता। दिन ढले रामू फिर मेरी पीठ पर कपड़े लादकर और स्वयं भी सवार होकर वापस घर चला आता। मुझे एक खूंटे में बांधकर मेरे सामने घास डाल देता; स्वयं थका-हारा चारपाई पर पड़ जाता। सुबह से शाम तक कुछ इसी प्रकार का जीवन व्यतीत होता था—एक खूंटे से दूसरे तक; घर से घाट और घाट से वापस घर तक। बीच में न कोई पुस्तक आती, न कोई समाचार-पत्र। संसार में क्या हो रहा है ? विज्ञान किसे कहते हैं ? सिनेमा क्या होता है ?

सभ्यता तथा संस्कृति, नृत्य तथा सौन्दर्य, इन सब बातों से मेरा तथा रामू का जीवन बिल्कुल खाली था। मैं तो खैर एक गधा था, लेकिन मैं देख रहा था कि

रामू और उसके घर वाले और उसके कमरे के आस-पास रहने वाले लगभग एक-सा जीवन बिल्कुल मेरे जैसा जीवन व्यतीत करते थे। कितने अच्छे-अच्छे कपड़े उन लोगों के यहां से धुलने को आते थे ! सुन्दर छींटें, सुकोमल फूलदार क्रेपें और बादलों की तरह उड़ते हुए दुपट्टे। लेकिन रामू की पत्नी या उसकी बेटी के लिए एक भी कपड़ा ऐसा नहीं था। शाम को जब जमुना से लौटते तो प्रतिदिन सड़क के किनारे एक नये बने हुए सिनेमा के बाहर दर्शकों की भीड़ देखते, लेकिन रामू केवल सिनेमा के सुन्दर विज्ञापनों को देखकर और एक आह भरकर आगे बढ़ जाता। उसका जी तो चाहता था कि प्रतिदिन सिनेमा देखे और उसके साथ-साथ दूसरे धोबियों का भी यही जी चाहता था लेकिन जब वे अपनी जेब में इतने पैसे देखते कि या तो टिकट आ जाए या आटा, तो विवश होकर आटा ले आते। कभी-कभी कोई मनचला आटा छोड़कर सिनेमा का टिकट खरीद लेता तो उस दिन घर में बड़ा हंगामा होता था। एक बार रामू ने भी ऐसा ही किया था। उस दिन न केवल उसने ताड़ी पी बल्कि सिनेमा का टिकट भी खरीद लिया था और मुझे अपने एक मित्र तांगे वाले के हवाले करके भीतर चला गया था।

सिनेमा हाल के बाहर तीन चार तांगे खड़े थे, जिनके घोड़े हिनहिनाकर एक-दूसरे से बातचीत कर रहे थे, एक घोड़ा, जिसका रंग मुश्की था और माथा सफेद और जो किसी प्राइवेट तांगे का घोड़ा था और इसलिए जरा अभिमानी दिखाई देता था, दूसरे तांगे के घोड़े से कह रहा था, "मेरा मालिक मार-धाड़ की फिल्में बहुत पसन्द करता है। ऐसी फिल्म देखकर जब बाहर निकलता है तो खूब जोरों से तांगा चलाने लगता है। मुझे याद है, एक बार सिनेमा से वापस आते हुए उसने भरे बाजार में मुझे सरपट दौड़ाना शुरू कर दिया, जैसाकि उसने फिल्म में देखा था। कई आदमी घायल हो गये थे और एक बच्चा अस्पताल में मर भी गया था। लेकिन मेरा मालिक बहुत अमीर है। किसी न किसी तरह उसने साबित कर दिया कि वह शराब के नशे में धुत था, इसलिए केवल जुर्माना देकर छूट गया।"

दूसरा घोड़ा बोला, "मेरे तांगे पर दो औरतें आई हैं। वे केवल यह देखने आई हैं कि मधुबाला ने कौन-से फैशन कें कपड़े पहने हैं। बल्कि एक औरत ने तो अपने बटुवे में से पेंसिल और कागज निकालकर दूसरी औरत को दिखाया कि वह किस तरह हाल के अन्दर बैठे-बैठे मधुबाला के नये पहनावे का नमूना उतारेगी।"

तीसरा घोड़ा बोला, "मेरा मालिक बड़ा इज्जतदार है। वह हफ्ते में एक दिन यहां अपनी प्रेमिका को, जो एक गरीब कपड़ा रंगने वाले की बीवी है, सिनेमा दिखाने लाता है। वह अगर चाहे तो उसे नई दिल्ली के अच्छे से अच्छे सिनेमा में ले जा सकता है। मगर उसे अपनी इज्जत का बहुत ख्याल है।" मैंने झिझककर (क्योंकि वे बड़ी ऊंची जाति के घोड़े थे) मगर जरा साहस करके उन घोड़ों की

बातचीत में भाग लेते हुए पूछ ही लिया, "क्यों जी, यह सिनेमा क्या होता है ?"

मेरा प्रश्न सुनकर उन तीनों घोड़ों ने बड़ी घृणा से मेरी ओर देखा, जैसे कहना चाहते हों–'गधा ही है न आखिर !' इसके दूसरे ही क्षण वे तीनों हिनहिनाकर हंस पड़े और मेरे प्रश्न का उत्तर दिए बिना फिर अपनी बातों में लीन हो गए।

मुश्की घोड़े ने घण्टी की आवाज सुनकर कहा, "इण्टरवल हो रहा है शायद।"

जब सिनेमा समाप्त हो गया तो रामू धोबी ताड़ी के नशे में बेसुध मेरी पीठ पर लदा हुआ उसी नई फिल्म के गीत गाता हुआ, जो अभी-अभी उसने देखी थी, घर की ओर चला। इससे पहले वह मुझे घर का रास्ता बताता था; आज मुझे बताना पड़ा। कई बार तो रामू गिरते-गिरते बचा। आखिर किसी न किसी प्रकार मैं उसे सम्भालकर घर ले गया, जहां उसकी यह हालत देखकर उसकी पत्नी ने उसकी खूब मरम्मत की, क्योंकि राम की फिजूलखर्ची के कारण आज घर में चूल्हा नहीं सुलगा था और बच्चे भूख से बिलख-बिलखकर सो गये थे। पति-पत्नी में खूब लड़ाई हुई।

पत्नी कह रही थी, "तुमने ताड़ी क्यों पी ? सिनेमा क्यों देखा ? जानते नहीं थे, यह सब कुछ करोगे तो घर में चूल्हा नहीं जलेगा ?" और रामू हाथ हिला-हिलाकर, सिर झुका-झुकाकर कह रहा था, "खूब जानता था मगर मजबूर था। दिमाग में हर रोज कपड़े इस तरह छुआ-छू करते हैं कि मालूम होता है, दिमाग इनके शोर से फट जाएगा। ऐसे वक्त में ताड़ी पीने को जी चाहता है, ताकि वह शोर सुनाई न दे। सिनेमा क्या हर रोज देखता हूं ? कसम ले लो, आज छः महीने बाद गया हूं–बिल्कुल मजबूर होकर। जी चाहता था। इस गन्दी गली की मोरियों की बू सूंघते-सूंघते परेशान हो गया, इसलिए वहां चला गया। क्या बुरा किया ? वहां एक सुन्दर घर देखा। सुन्दर कपड़े, सुन्दर नाच, साफ-सुथरे बच्चे। औरतें ऐसी जो हमारे मुहल्ले में तो नजर ही नहीं आतीं।"

रामू की पत्नी ने जोर से एक धप जमाई, "मुआ ! घर भर को भूखा रखकर तमाशा देखता है।"

रामू ने कहा, "मैं भी तो भूखा रहा हूं। सच कहता हूं, पेट की भूख बुरी बला है। लेकिन कभी-कभी कोई दूसरी भूख भी ऐसी जाग पड़ती है कि रहा नहीं जाता। क्या हुआ जो धोबी हूं। आखिर हूं तो इन्सान ही। पेट की भूख के सिवा और भी भूख लगती है; ऐसी कि मन भीतर ही भीतर भट्टी की तरह सुलगने लगता है।"

उस रात मुझे घास नहीं मिली। मगर मैं स्वयं भूखा रहकर भी सोचने लगा कि रामू ठीक कहता है। रामू कोई मेरी तरह गधा तो है नहीं, जिसे केवल कपड़े

ढोने और दो वक्त के चारे से ही काम हो। रामू आखिर एक इन्सान है, जिसे पेट की भूख के अतिरिक्त और भी कई प्रकार की भूखों से वास्ता पड़ता है। अच्छे कपड़े की भूख, सुन्दर आकृति देखने की भूख, सुन्दर क्षितिज देखने की भूख। कई बार जमुना के किनारे घास चरते-चरते मैंने जमुना के पानी में सूरज के सोने को घुलते हुए देखा है और उसके असीम सौन्दर्य से उन्मत्त भी हुआ हूं; लेकिन मैंने यह भी देखा है कि ठीक उसी समय बेचारा रामू गर्दन झुकाए कमर तक पानी में डूबा हुआ, उस क्षितिज के सौन्दर्य से विमुख हो कपड़ों को बराबर कूट रहा है और उसे बिल्कुल मालूम नहीं कि उसके आस-पास सौन्दर्य का कितना बड़ा भण्डार लुटा जा रहा है। मैं एक गधा होकर इस सौन्दर्य से प्रभावित हो सकता हूं, लेकिन रामू एक मनुष्य होकर भी इससे आनन्दित नहीं हो सकता! आश्चर्य है, इस जीवन में, इस समाज में, आज भी लाखों-करोड़ों मनुष्यों के जीवन गधों से भी तुच्छ हैं !

उस रात मुझे स्वयं भूखा रहकर इस प्रकार के बहुत से ख्याल आए लेकिन इसके बाद बहुत दिनों तक वहां टिकने को न मिला। ऐसा नहीं कि मैंने बिना जाने-बूझे वहां से भाग जाने का प्रयत्न किया हो; हालांकि वहां मुझे बहुत कष्ट था—एक तो समाचार-पत्र पढ़ने को नहीं मिलता था; कई दिनों से किसी पुस्तक की शक्ल तक नहीं देखी थी। जमुनापार आमतौर पर जिन लोगों से वास्ता पड़ता था, वे स्वयं इतने निर्धन थे कि पुस्तकें नहीं खरीद सकते थे। बहुत से लोग मूढ़ और अनपढ़ थे। यहां प्रायः गाली-गलौज, झगड़ा आदि होता रहता था। धोबियों के मोहल्ले में, जहां मैं रहता था, प्रतिदिन किसी न किसी बात पर लड़ाई होती थी। क्रोध धोबी के गधे पर उतरता था या फिर अपने बीवी-बच्चों पर। दोष किसका होता था ? शायद उन परिस्थितियों का, जिन्होंने अच्छे-भले मनुष्य को पशु बना दिया था। अब आप परिस्थितियों को डण्डे से तो नहीं पीट सकते। यह हिंसा होगी। तो चलिए, घर के गधे को ही पीट लीजिए। कानून आपको इसकी आज्ञा देता है। रामू के यहां, प्रत्यक्ष है, मुझ जैसे पढ़े-लिखे गधे को बहुत कष्ट झेलने पड़े। फिर भी मैंने उसका साथ नहीं छोड़ा; क्योंकि रामू एक दयानतदार धोबी था। सुबह से शाम तक घर चलाने के लिए हर सम्भव प्रयत्न करता था। ऐसे व्यक्ति का साथ छोड़ने को जी नहीं चाहता था। मगर करनी भगवान् की यह हुई कि एक दिन रामू जमुना में कपड़े धो रहा था, एक मगरमच्छ ने उसकी टांग खींच ली। रामू ने अपने आपको छुड़ाने की बहुत कोशिश की। दोपहर का समय था। पुल के ऊपर से सैकड़ों मुसाफिर गुजर रहे थे। एक रेलगाड़ी गुजर रही थी। पुलिस के सन्तरी भी पुल के नाके पर खड़े थे। रामू ने बहुतेरा शोर मचाया, लेकिन मगरमच्छ ने एक न सुनी। वह रामू को घसीटकर गहरे पानी में ले गया।

रामू के ग्राहकों को रामू के मरने का अफसोस तो जरूर हुआ, लेकिन कपड़ों के खो जाने का उससे भी अधिक हुआ, क्योंकि रामू और मगरमच्छ की लड़ाई में बहुत-से कपड़े नदी में बह गए थे। कई एक ग्राहकों ने तो रस्मी अफसोस के तुरन्त बाद रामू की पत्नी से कपड़ों के लिए तकरार शुरू कर दी—'रामू बहुत अच्छा धोबी था, मगर हमारी 'शिफान' की साड़ी कौन-सी बुरी थी ! और वह नई साटन की सलवार जो अभी-अभी गुलजार टेलर मास्टर से सिलवाई थी, कहां है वह ? जरा वह मैले कपड़ों की गठरी तो खोलो !'

मुझे उन लोगों की वह हालत देखकर बहुत दुःख हुआ। हम गधों में भी यदि कोई मर जाता है, तो हम उसके बीवी-बच्चों से ऐसा व्यवहार नहीं करते।

कुछ दिनों में ही रामू की पत्नी और उसके तीन बच्चों की हालत बिगड़ गई। उसके घर में खाने को कुछ नहीं था। फाके पर फाके लग रहे थे। धोबी मोहल्ले के सरपंच ने, जो एक समय रामू की नौजवान पत्नी पर आंख रखता था, थोड़ा-सा आटा और दाल रामू के घर भिजवा दिया। शाम को वह स्वयं भी ताड़ी पीकर आ गया और रामू की पत्नी से कहने लगा कि वह उसके घर चली चले।

रामू की पत्नी ने उसे खूब फटकारा, गालियां देकर घर से निकाल दिया और सिर पकड़कर रोने लगी। मैंने उसे दिलासा देते हुए कहा, "मालकिन ! घबराती क्यों हो ? सब ठीक हो जाएगा।"

रामू की पत्नी ने जब मुझे बोलते हुए सुना तो पहले तो उसे विश्वास न आया, पर जब मैंने वही बात दोबारा कही तो आश्चर्य से उसकी आंखें फटी-फटी रह गईं, क्योंकि नई दिल्ली से आने के बाद आज तक मैंने किसी मनुष्य से उसकी बोली में बात नहीं की थी और रामू के यहां तो इस प्रकार की बातचीत का प्रश्न ही पैदा न हो सकता था। लेकिन अब, जब रामू की पत्नी ने मुझे मनुष्य की तरह बात करते हुए सुना, तो बिल्कुल घबरा गई। आखिर बड़ी मुश्किल से मैंने किसी न किसी प्रकार समझाया कि इसमें कोई विशेष बात नहीं है। यह कोई चमत्कार नहीं है; विशेष परिस्थितियां थीं, जिनमें मैंने मनुष्यों की बोली सीख ली।

मैंने रामू की पत्नी से कहा, "मालकिन ! बेशक मैं गधा हूं, लेकिन इतने दिनों तक तुम्हारे घर का नमक खाया है। अब तुम चिन्ता न करो। तुम घर में इन तीनों बच्चों को लेकर बैठो। मैं बाहर जाता हूं और देखता हूं, क्या हो सकता है।"

"अब क्या हो सकता है ?" रामू की पत्नी ने कहा, "कोई मदद नहीं करेगा। हम गरीब आदमी हैं।"

"गरीब हैं तो क्या हुआ," मैंने किंचित् गौरव से कहा, "अब राज्य हमारा है। जीवन हमारा है। समाज हमारा है। अब हम स्वतन्त्र हैं; जो चाहें कर सकते हैं। तुम चिन्ता न करो। अवश्य ही कुछ न कुछ हो जाएगा। मैं आज ही तुम्हारी

सहायता के लिए म्युनिसिपल कमेटी में प्रार्थना-पत्र लेकर जाता हूं।"

कृष्णनगर की म्युनिसिपल कमेटी का मुहर्रिर अपने एक मित्र और हेडक्लर्क के साथ मेज पर रजिस्टर रखे और रजिस्टर पर ताश के पत्ते फैलाए विचित्र प्रकार के मूड में बैठा था। मैं धीरे से उसके पीछे जा खड़ा हुआ और धीमे से बोला, "हुजूर, बड़ी मुसीबत है।"

वे लोग ताश खेलने में इतने मगन थे कि उन्होंने सब सुनी अनसुनी कर दी। केवल मुहर्रिर ने, शायद यह समझकर कि मैं उसका कोई मित्र हूं जो उसके पीछे खड़ा खेल देख-देखकर सहानुभूति प्रकट कर रहा था, मेरी ओर देखे बिना कहा, "हां भाई, देखो न अजीब मुसीबत है, कोई चाल समझ में नहीं आती। अगर यह (अपने पत्ते की ओर संकेत करके) फेंकता हूं तो रंग कट जाएगा और अगर यह (दूसरा पत्ता दिखाकर) चलता हूं तो इससे बड़ा पत्ता अभी तक नहीं निकला और अगर यह (तीसरा पत्ता दिखाकर) चलता हूं...."

मैंने बात काटकर कहा, "वह रामू धोबी मर गया।"

"मरने दो यार," मुहर्रिर ने क्रोध से चिल्लाकर कहा, "यहां अपना हुक्म का बादशाह मरा जा रहा है, तुम धोबी को चीख रहे हो।" फिर एकाएक वह मेरी ओर मुड़ा और अपने पीछे किसी मनुष्य की बजाय एक गधे को खड़ा पाया, तो एकदम लाल-पीला होकर चपरासी से बोला, "अब क्या गधे भी हमारे दफ्तर में घुसने लगे? निकालो इस कम्बख्त को बाहर !"

चपरासी ने डण्डा मारकर मुझे बाहर निकाल दिया। वे लोग फिर ताश खेलने लगे। मैं फिर थोड़ी देर के बाद म्युनिसिपल कमेटी के मुहर्रिर के पास जा खड़ा हुआ। धीरे से दोनों लम्बे कान जोड़कर उसे नमस्ते की और बड़े दुःख-भरे स्वर में कहा, "हजूर, वह रामू धोबी...."

मुहर्रिर ने मुड़कर मुझे देखा। वह कुछ ऐसा बदमाश आदमी था कि जो बोलते गधे से भी प्रभावित न हुआ। ऐसा मालूम होता था जैसे जीवन भर बोलते गधों ही से उसका पाला पड़ता रहा है। उसने मेरी ओर देखकर बड़े रौबीले स्वर में कहा, "जल्दी बोलो, क्या काम है ?"

"निवेदन यह है माई-बाप, कि सेवक रामू धोबी का गधा है। रामू धोबी तीन दिन हुए जमुना घाट पर कपड़े धोते-धोते एक मगरमच्छ के हमले का शिकार हो गया। उसकी बीवी और बच्चे भूखे हैं।"

"तो मैं क्या कर सकता हूं ?" मुहर्रिर ने चिल्लाकर कहा, "मैंने कोई अनाथालय नहीं खोल रखा !"

मैंने कहा, "हुजूर, घाट पर धोबियों से टैक्स लेते हैं। पुल पर से जब कोई गधा या बैल या कोई और जानवर सामान उठाए गुजरता है, तो आप उससे चुंगी

लेते हैं। आप इतने सारे महसूल और कस्टम वसूल करते हैं और एक गरीब धोबी के भूखे बीवी-बच्चों के लिए कोई प्रबन्ध नहीं कर सकते ?"

"क्यों प्रबन्ध करें ? धोबी को मगरमच्छ ने मारा है, हमने नहीं।"

"वाह ! यह भी खूब रही ! और वह जो आप घाट का टैक्स वसूल करते हैं, वह किसलिए ? घाट-टैक्स आप वसूल करें और फिर अगर उसी घाट पर कोई धोबी किसी मगरमच्छ का शिकार हो जाए तो उसकी जिम्मेदार कौन होगा ? हम कहां जाकर हर्जाना वसूल करेंगे, क्योंकि अगर म्युनिसिपल कमेटी घाट का टैक्स लेती है तो मगरमच्छ से बचाव का प्रबन्ध भी उसको करना पड़ेगा।"

मुहर्रिर बड़ा चालाक था। बोला, धोबियों को चाहिए, दरिया में रहकर मगरमच्छ से वैर मोल न लें, वरना उनका वही हाल होगा, जो रामू धोबी का हुआ।"

मैंने कहा, "आप बात तो उड़ाइये नहीं, साफ-साफ बताइये, आप इस मामले में क्या कर सकते हैं ?"

मुहर्रिर ने देखा, मैं किसी तरह उसका पीछा छोड़ने पर तैयार नहीं, तो उसने जरा नर्म होकर कहा, "भाई, जहां यह घटना हुई है, वह इलाका हमारे इलाके में नहीं है। जमुना का घाट तो दिल्ली म्युनिसिपल कमेटी के पास है। दिल्ली शहर टाउनहाल में जाओ—चलो भाई पत्ता।"

वे लोग ताश खेलने में लीन हो गये और मैंने जमुनापार जाने की ठान ली।

पुल पार करते समय सन्तरी ने मुझे रोका। बोला, "ओ आवारागर्द गधे ! किधर जाता है। ?"

"टाउनहाल।" मैंने कट से उत्तर दिया।

"तेरा मालिक कहां है ?" सन्तरी ने मुझे घूरकर पूछा।

मैंने कहा, "मेरा मालिक कोई नहीं है। आज से मैं आजाद हूं।"

सन्तरी बोला, "यह कैसे हो सकता है ? आजादी का मलतब यह थोड़े ही है कि मालकियत भी खत्म हो गई। तेरा कोई न कोई मालिक जरूर होगा, जिसका तू हुक्म मानता है।"

मैंने पूछा, "अच्छा बता तेरा मालिक कौन है, जिसका तुम हुक्म मानता है?"

"हेड कान्स्टेबल।"

"और हेड कान्स्टेबल का मालिक कौन है ?"

"इन्स्पेक्टर" सन्तरी ने बिगड़कर कहा, "और कौन हो सकता है? इन्स्पेक्टर से ऊपर डी. एस. पी., डी. एस. पी. से ऊपर सुपरिण्टेण्डेण्ट पुलिस। इस तरह यह सिलसिला वजीर तक है।"

"वजीर का मालिक कौन है ?"

"वजीर को स्टेट बैंक से तनख्वाह मिलती है, इसलिए स्टेट बैंक उससे बड़ा हुआ।"

"और स्टेट बैंक से बड़ा कौन है ?"

"स्टेट बैंक में रुपया होता है न," सन्तरी ने क्रोध से कहा, "इतना भी नहीं समझते, स्टेट बैंक से बड़ा रुपया हुआ।"

"अच्छा, तो रुपये से बड़ा कौन है ?"

"रुपये से बड़ा कौन है ?" सन्तरी ने मेरा प्रश्न सुनकर सिर खुजलाया। कुछ क्षणों तक चुप रहा, फिर मेरी ओर देखकर बोला, "रुपये से बड़ा कौन है, यह मेरी समझ में आज तक नहीं आया। तुम बता सकते हो ?" सन्तरी ने मुझसे पूछा।

मैंने कहा, "मैं तो एक गधा हूं। इस कठिन प्रश्न का उत्तर कैसे दे सकता हूं ? हां, अगर तुम मुझे टाउनहाल जाने दो—क्योंकि मैं रामू धोबी की विधवा पत्नी के सम्बन्ध में रुपये की सहायता के लिए वहां जा रहा हूं—वहां जाकर अगर मुझे पता चल गया कि रुपये से बड़ा कौन है, तो तुम्हें वापस आकर जरूर बता दूंगा।"

"जरूर ?" सन्तरी ने बड़ी अधीरता से पूछा।

"जरूर," मैंने वायदा करते हुए कहा, "मगर तुम इतने बेचैन क्यों नजर आते हो ?"

सन्तरी ने कहा, "क्योंकि अगर मुझे पता चल जाए कि रुपये से बड़ा कौन है, तो मैं उसके यहां नौकरी कर लूंगा।"

"आदमी होशियार मालूम होते हो।" मैंने सन्तरी की प्रशंसा करते हुए कहा और लम्बे-लम्बे डग भरता हुआ जमुना के इस पार आ रहा। घण्टों भटकने के बाद आखिर टाउनहाल मिल ही गया। टाउनहाल के भीतर घुसते ही मैंने सोचा कि अब किसी छोटे-मोटे मुहर्रिर या क्लर्क से बातचीत करने में समय नष्ट नहीं करूंगा। सीधे चलकर कमेटी के चेयरमैन से मिल लेना चाहिए और अब के रौब डालने के लिए अंग्रेजी में बात करना ठीक होगा। यह सोचकर मैं सीधे इन्क्वायरी में घुस गया और क्लर्क से बड़ी मंजी हुई अंग्रेजी में बात करते हुए पूछा, "चेयरमैन साहब का दफ्तर किधर है ?"

इन्क्वायरी क्लर्क एक गधे को अंग्रेज़ी बोलते देखकर भौंचक्का रह गया। तुरन्त अपनी सीट पर से उठकर खड़ा हुआ और बड़े सभ्य स्वर में बोला, "हुज़ूर! पन्द्रह नम्बर का कमरा है। ऊपर लिफ्ट से चले जाइए !" उसने एक चपरासी मेरे साथ कर दिया। चपरासी ने आश्चर्य से मेरी ओर देखा तो सही, मगर चुप रहा। चपरासी ने मुझे लिफ्टमैन के हवाले किया। लिफ्टमैन ने बड़ी शिष्टतापूर्वक लिफ्ट

का दरवाजा खोला। मैंने लिफ्ट में प्रवेश करते हुए देखा, लिफ्ट के भीतर लिखा था, 'छः व्यक्तियों के लिए'। लेकिन उस समय मैं अकेला ही उसमें सफर कर रहा था। लिफ्टमैन ने बाकी आदमियों को बाहर ही रोक दिया था। जीवन में पहली बार मुझे अनुभव हुआ कि एक गधा बराबर है छः आदमियों के। लिफ्टमैन ने ऊपर जाकर लिफ्ट रोकी। मैं सीधा दुलत्ती चलता हुआ चेयरमैन के दफ्तर के बाहर पहुंच गया और बाहर बैठे चपरासी से बड़े रौबीले स्वर में बोला, "साहब से कहो, मिस्टर डंकी ऑफ बाराबंकी पधारे हैं।"

मुलाकात करना गधे का दिल्ली म्युनिसिपल कमेटी के चेयरमैन से और क्रुद्ध होना चेयरमैन का और बुलाया जाना फायर बिग्रेड इञ्जन का—

चपरासी का संकेत पाते ही मैं कमरे के भीतर चला गया और जोर से 'गुडमार्निंग' झाड़ दी। मुझे भय था कि यदि हिन्दुस्तानी भाषा में बातचीत की तो बिल्कुल गधा समझा जाऊंगा। दिल्ली के दफ्तरों के संक्षिप्त अनुभव से मैं जान गया था कि अंग्रेजों के चले जाने के बाद भी यहां अंग्रेजी भाषा का राज्य है। आप जब तक उर्दू या हिन्दी में बातचीत करते रहेंगे, दफ्तर के लोग ध्यान नहीं देंगे, लेकिन ज्योंही अंग्रेजी दांत दिखाएंगे त्योंही पलटकर आपकी बात सुनेंगे, जैसे आप सीधे ननिहाल से चले आ रहे हों; और बात सुनते समय ऐसी मोहिनी-मुस्कराहट उनके चेहरे पर होगी जैसे काम आपको उनसे नहीं, उन्हें आपसे है।

चेयरमैन साहब का रंग सांवला, कद नाटा और चेहरा बड़ा गम्भीर था। उनकी आंखों से ऐसी चालाकी और दूरदर्शिता टपकती थी जो कम से कम पांच-छः इलेक्शन लड़ने के बाद ही आंखों में आ सकती है। आदमी बड़े घाघ थे, इसलिए एक गधे को कमरे में आते देखकर केवल क्षण भर के लिए चौंके फिर तुरन्त सम्भल गए और इस प्रकार बातचीत करने लगे, जैसे आयु भर अंग्रेजी बोलने वाले गधों से ही उन्हें काम पड़ता रहा हो।

"तशरीफ रखिये।" उन्होंने मुस्कराकर कहा।

मैंने कहा, "अगर मैं तशरीफ रखूंगा, तो आपकी यह आरामकुर्सी टूट जाएगी, इसलिए खड़ा ही रहूंगा।"

चेयरमैन साहब मुस्कराए क्योंकि मैंने ठीक बात कही थी। क्षणभर के बाद फिर बोले, "आपको यह स्वांग भरने की क्या जरूरत थी ! आप सीधे-सादे कपड़ों में भी मेरे पास आ सकते थे।"

मैंने कहा, "हुजूर यह स्वांग नहीं वास्तविकता है।"

"खैर, अपना-अपना शौक है।" चेयरमैन ने किंचित क्रुद्ध होकर कहा, "मैं कौन होता हूं बोलने वाला ! और जब से यहां दिल्ली में एक महाशय ने दिन में लालटेन और घण्टी लेकर इलेक्शन लड़ा है, मैंने हर प्रकार का आक्षेप करना छोड़ दिया है। आप भी चाहें तो गधे का स्वरूप धरकर इलेक्शन लड़ सकते हैं। अगर इस तरह आपको अधिक वोट मिलते हैं तो क्या हानि है ?"

मैंने कहा, "हुजूर ! मैं कोई बहुरूपिया नहीं हूं। सचमुच एक गधा हूं। मेरी बात का विश्वास कीजिए।"

चेयरमैन साहब को और भी विश्वास नहीं आया। बोले, "छोड़िए इन बातों को। मैं आज तक छः इलेक्शन लड़ चुका हूं और कभी हार नहीं खाई। मैं सब जानता हूं। खैर, आप बताइये आप कौन-से वार्ड से आए हैं ?"

"जी अभी तो कृष्णनगर घाट से आ रहा हूं।"

"तुम !" चेयरमैन ने सिर हिलाकर कहा और अपनी चँदिया के गिर्द सफेद बालों पर इस तरह हाथ फेरा, जिस तरह फिल्म 'गृहस्थी' में दुखिया बाप किसी विपत्ति में घिर जाने पर फेरता है; "तो आप कृष्णनगर वार्ड से खड़े हुए हैं ! अच्छा बताइये, कौन-सी पार्टी ने आपको खड़ा किया है—कांग्रेस ने, जनसंघ ने, प्रजा-सोशलिस्ट पार्टी ने, कम्युनिस्टों ने; मेरा मतलब यह है कि आप किस पार्टी के उम्मीदवार हैं?"

मैंने कहा, "जी, मैं तो आपकी कृपादृष्टि का उम्मीदवार हूं।" चेयरमैन साहब मुस्कराए। समझ गए, किसी बहुत चालाक आदमी से पाला पड़ा है। बोले, "अब आप बनिए नहीं। साफ-साफ बताइए, क्या काम है ? अगर मुझसे कुछ हो सका, तो जरूर करूंगा। मगर एक शर्त है। अगर आप इलेक्शन जीत गए तो चाय की पार्टी...."

"देखिए...." मैंने टोकना चाहा, लेकिन वे बोलते ही चले गए, "चाहे किसी पार्टी की ओर से जीतें, चेयरमैन के पद के लिए वोट मुझी को देना होगा। लाइए हाथ, लाला सन्तरामजी !" उन्होंने हाथ मांगा। मैंने अपना कान आगे बढ़ाया। चेयरमैन साहब ने जोर से मेरा कान दबाया तो उन्हें मालूम हुआ कि यह तो सचमुच गधे का कान है। किसी बहुरूपिये का लिबास नहीं है। बहुत घबराए। सिगार उनके मुंह से छूटकर मेज पर कागजों में जा गिरा। दूसरे ही क्षण कागजों में आग लग गई।

"देखिए," मैंने क्षमा-याचना करते हुए कहा, "मैं तो कब से कह रहा हूं, मैं एक गधा हूं। मगर आप मेरी सुनते ही नहीं।"

चेयरमैन ने आग बुझाते हुए क्रोधवश कहा, "मैं आपको लाला सन्तराम समझा था—कृष्णनगर का कांग्रेसी उम्मीदवार।"

मैंने पूछा, "क्या मैं आपको लाला सन्तराम दिखाई देता हूं ?"

वे बोले, "कुछ लोग बाहर से गधे दिखाई देते हैं, कुछ लोग भीतर से गधे होते हैं। मैंने समझा, सम्भव है, आप भीतर-बाहर दोनों ओर से गधे हों तो मुझे अपनी चेयरमैनशिप के लिए बहुत जल्दी वोट मिल जाएगा। लेकिन ओह ! तुमने मेरा कितना समय नष्ट किया है !"

मैंने कहा, "आपने मेरी बात तो सुनी नहीं। मैं तो यहां रामू धोबी के गरीब बीवी-बच्चों...."

चेयरमैन ने घण्टी बजाते हुए कहा, "इस समय तुम मुझसे कोई बात न करो, चाहे दिल्ली के सारे धोबी मर जाएं। देखते नहीं हो; कैसी आग लगी है ?"

आग सचमुच भड़क रही थी। चेयरमैन ने घण्टी बजाई। जल्दी से फायर ब्रिगेड वालों को टेलीफान करवाया। मैंने भी कमरे से बाहर निकलकर, बरामदे में खड़े होकर हांक लगाई। थोड़े समय के बाद ही टन-टन की आवाजों के साथ फायर ब्रिगेड के दो इञ्जन आ पहुंचे। उन लोगों ने सबसे पहले तो मुझे वहां से लात मारकर निकाला, फिर आग बुझाने लगे। मैंने सोचा, यहां रहूंगा तो सम्भव है आग लगाने के अपराध में गिरफ्तार कर लिया जाऊं। तुरन्त वहां से सरपट भागा और सीढ़ियों के नीचे आकर दम लिया क्योंकि अब लिफ्ट काम नहीं कर रही थी। नीचे आकर इन्क्वायरी में एक बूढ़े परन्तु अत्यन्त हितैषी क्लर्क से जान-पहचान हुई। उसे रामू की पूरी कथा सुनाई। बूढ़े क्लर्क की आंखों में आंसू आ गए। उसने अत्याचारी समाज, क्रूर जीवन-व्यवस्था और पूंजीवाद को लाखों गालियां सुनाने के बाद धीमे से मेरे कान में कहा, "अगर तुम दो रुपये मुझे दो तो मैं तुम्हारा प्रार्थना-पत्र लिखकर पुनर्वास-विभाग के दफ्तर में सहायता के लिए भिजवाए देता हूं।"

मैंने कहा, "मैं तो धोबी का गधा हूं—न घर का न घाट का। मेरे पास दो रुपये कहां ? और फिर तुम जानते हो, दो रुपये में दो मन घास आती है, छः सेर बाजरा, तीन सेर चावल।"

"लेकिन दमे का एक ही इंजेक्शन आता है।" क्लर्क ने बड़ी उदासीनता से खांसते हुए कहा, "और मुझे दमे का रोग है। हर रोज एक इंजेक्शन लेना पड़ता है।"

बूढ़ा क्लर्क उदासीनतापूर्वक खांसता रहा और मैं वहां से सटक आया।

निराश होकर लौटना गधे का म्युनिसिपल कमेटी से और जाना पुनर्वास-विभाग के दफ़्तर में और मुलाकात करना एक अलौकिक सुन्दरी से—

पूछते-पूछते आखिर मैं पुनर्वास के दफ्तर में पहुंच ही गया। दफ्तर में घुसते ही एक बहुत बड़ा सजा हुआ कमरा नजर आया, जिसके बीचोंबीच एक बहुत बड़ी तिपाई

पर एक बड़े गुलदान में सुन्दर फूल खिले हुए थे। एक कोने में टेलीफोन एक्सचेंज लगा था, जिसके पास एक अत्यन्त सुन्दर लड़की अपने नाखून रंगने में लीन थी। टेलीफोन एक्सचेंज की मेज पर लिपिस्टिक और क्रीम-पाउडर की डिबियां इस प्रकार बिखरी पड़ी थीं कि मैंने सोचा, मैं गलती से पुनर्वास के दफ्तर में आने के बजाय मैक्स फैक्टर की दुकान में घुस आया हूं। अतएव क्षमा मांगकर मैं वापस लौटने को था कि लड़की ने अपनी बड़ी-बड़ी पलकें उठाकर बड़ी प्यारी नजरों से मेरी ओर देखते हुए कहा, "यस प्लीज !"

मैंने झिझकते हुए कहा "मैं सहायता के लिए आया हूं।"

लड़की ने स्विच दबाया। टेलीफोन पर बोली, "रामलुभाया ! एक आदमी तुमसे मिलने आया है।"

टेलीफोन बिगड़ा हुआ था या जाने क्या बात थी, जो कुछ भी हो, सुनने वाले और सुनाने वाले दोनों की आवाजें टेलीफोन पर स्पष्ट सुनाई दे रही थीं। जब लड़की ने रामलुभाया से कहा कि एक आदमी तुमसे मिलना चाहता है तो उधर से आवाज आई, "मैं इस समय लस्सी पी रहा हूं, उसे फर्स्ट क्लर्क के पास भेज दो।"

लड़की ने अपने होंठों पर लिपिस्टिक लगाई और फर्स्ट क्लर्क को टेलीफोन किया।

"कौन ?" उधर से आवाज आई।

"मैं हूं निर्मला।"

"हाय मेरी जान !" फर्स्ट क्लर्क ने उधर से भैंस की तरह आह भरी।

"सुनो !" निर्मला बोली, "एक बेचारा गरीब...."

फर्स्ट क्लर्क ने कहा, "यहां सभी गरीब आते हैं। तुम सुनाओ, तुम्हारी आवाज इतनी प्यारी क्यों है ? जी चाहता है, सुनता ही चला जाऊं। निर्मला ! निम्मी !! आज शाम को सिनेमा...."

लड़की ने टेलीफोन बन्द कर दिया। उसके बाद उसने अपने गालों पर गाजा लगाया और अब के डिप्टी सुपरिण्टेण्डेण्ट को टेलीफोन किया। डिप्टी सुपरिण्टेण्डेण्ट ने कहा "नहीं, मिस निर्मला ! इस समय मेरे पास कोहार्ट के शरणार्थी सरदार दरबारासिंह, मिलिट्री काण्ट्रैक्टर बैठे हैं। बेचारों का बस कुछ लुट गया। इस समय इनके एक लाख के क्लेम की पड़ताल कर रहा हूं। उन्हें आगे किसी दूसरे के पास भेज दो। मैं तो इस समय बहुत मसरूफ हूं।"

"बहुत अच्छा," कहकर लड़की स्विच गिराने वाली थी कि उधर से आवाज आई–

"हैलो निर्मला !"

"जी !"

"भई, वह साड़ी तुम्हें पसन्द आई ?" डिप्टी सुपरिण्टेण्डेण्ट पूछ रहा था।

"जी, वही पहने हुए हूं !" निर्मला जरा शोखी से बोली और स्विच गिरा दिया। उसके बाद आईने में उसने अपना मुंह देखा, मुस्कराई, चेहरे पर पाउडर लगाया और स्विच दबाकर सुपरिण्टेण्डेण्ट को टेलीफोन किया।

"जी देखिए," लड़की बोली।

उधर से आवाज आई, "हाय किस तरह देखूं तुमको ! टेलीफोन पर तुमको कैसे देखूं, यहां आ जाओ ना ?"

निर्मला खिलखिलाकर हंस पड़ी। बोली, "एक गरीब आदमी सहायता के लिए...."

"अरे हम भी तो किसी की सहायता के पात्र हैं।" सुपरिण्टेण्डेण्ट उधर से इन्द्र-सभा के स्टाइल में बोला।

निर्मला ने जरा बनकर और तनकर कहा, "देखिए, यह दफ्तर का समय है और...."

"तुमने खूब याद दिलाया," सुपरिण्टेण्डेण्ट उधर से बोला, "अभी-अभी दफ्तर में हुक्म आया है कि दफ्तर में काम करने वाली औरतें अगर शादी करेंगी तो उन्हें किसी समय भी नौकरी से अलग किया जा सकता है। बोलो, अब क्या कहती हो ?"

निर्मला बोली, "मैंने शादी का इरादा छोड़ दिया है।"

उधर से सुपरिण्टेण्डेण्ट ने सन्तोष का सांस लिया। बोला, "वह फिलिप्स का रेडियो सेट...."

"जी धन्यवाद ! मिल गया। मगर आप दो मिनट के लिए इस गरीब से बात कर लीजिए।"

"कौन है ?"

"एक गधा।"

सुपरिण्टेण्डेण्ट ने जोर का एक कहकहा लगाया, "तुम भी खूब मजाक करती हो ! खैर, भेज दो उसे भीतर। अगर गधा न हुआ तो भी उसके दोनों कान खींचकर उसे गधा बना दूंगा।"

"जाइए," लड़की ने एक नाखून मुंह में दबाते हुए मेरी ओर बड़ी चंचल नजरों से देखते हुए कहा, कुछ इस प्रकार कि यदि गधे की बजाय मैं आदमी होता तो अवश्य ही उस पर आशिक हो जाता।

सुपरिण्टेण्डेण्ट मुझे देखकर खूब हंसा। फिर उसने टेलीफोन उठाकर निर्मला से इस क्रियात्मक मजाक की प्रशंसा की। फिर वह जरा आगे आया और मेरा कान पकड़कर बोला, "बोलिए मिस्टर डंकी ! अब मैं क्यों न आपको लात मारकर दफ्तर से बाहर निकाल दूं ?"

मैंने कहा, "आप मुझे नहीं निकाल सकते, क्योंकि मैं आपके पास एक प्रार्थना-पत्र लेकर आया हूं।"

सुपरिण्टेण्डेण्ट आश्चर्यवश लगभग मूर्छित हो गया। आखिर बड़ी कठिनाई से बोला, "फिर कहिए, फिर कहिए, आप क्या कह रहे हैं ?"

मैंने दुहराया।

आखिर बड़ी मुश्किल से उन्हें यह बात समझ में आई कि मैं सचमुच बोलता हूं। कहने लगा, "आपकी वार्ता-शैली तो मुझसे भी अच्छी है।"

"इसलिए कि मैं लखनऊ के आस पास का हूं और आप शायद पंजाब के हैं।"

"जी हां," सुपरिण्टेण्डेण्ट बोला, "मैं पिण्ड दादनखां का हूं।" कुछ देर चुप रहने के बाद बोला, "फर्माइए क्या काम है ?"

"देखिए," मैंने कहा, "मैं सहायता मांगने आया हूं।"

"आप शरणार्थी हैं ?"

"नहीं तो।"

"तो फिर आप यहां क्या करने आए हैं ?" सुपरिण्टेण्डेण्ट ने जरा खफा होकर कहा।

"सहायता के लिए आया हूं।"

"यहां केवल शरणार्थियों की सहायता की जाती है, जो पाकिस्तान से लुट-लुटाकर आए हैं।"

"और अगर कोई हिन्दुस्तान में ही लुट जाए, तो वह सहायता के लिए कहां जाए ?"

"यह तो मैं बता नहीं सकता।" सुपरिण्टेण्डेण्ट ने और भी खफा होकर कहा, "कम से कम इस विभाग में तो आप नहीं आ सकते, कोई और घर देखिए।"

सुपरिण्टेण्डेण्ट ने घण्टी बजाई।

चपरासी ने मुझे बाहर निकाल दिया।

बाहर निकालते हुए फिर मुझे वही अलौकिक सुन्दरी मिल गई। मुझे निराश देखकर बोली, "क्यों, काम नहीं बना ?"

मैंने पूरी बात कह सुनाई।

बोली, "सुपरिण्टेण्डेण्ट ठीक कहता है। तुम अगर पाकिस्तान से आए होते तो, चाहे गधे ही क्यों न होते, तुम्हें यहां से सहायता मिल जाती। अब तुम्हें 'डिपार्टमेण्ट ऑफ लेबर्स एण्ड इण्डस्ट्रीज' में जाना पड़ेगा।"

"कहां पर है ?"

उस अलौकिक सुन्दरी ने दयावश मुझे पूरा पता दे दिया और मैं धन्यवाद कहकर पुनर्वास विभाग से निकला और लम्बे-लम्बे डग भरता मजदूरों के विभाग की ओर चल दिया।

जाना गधे का 'डिपार्टमेण्ट ऑफ लेबर्स एण्ड इण्डस्ट्रीज' में और मुलाकात करना श्री पी॰क्यू॰ रंगाचारी और वाई॰जेड॰ सुब्रह्मण्यम् से—

पी॰क्यू॰ रंगाचारी तमिलनाड का रहने वाला था। संस्कृत बनारसी पण्डितों की तरह बोलता था और अंग्रेजी ऑक्सफोर्ड के प्रोफेसरों जैसी। हिन्दी हिन्दी-साहित्य-सम्मेलन के जोशीले भाषणकर्ताओं की-सी और उर्दू मौलाना अबुलकलाम आजाद जैसी। वह दस भाषायें जानता था और दस और सीख रहा था। उसने अपना जीवन एक साधारण क्लर्क के रूप में शुरू किया था। आज वह 'डिपार्टमेण्ट ऑफ लेबर्स एण्ड इण्डस्ट्रीज' में डिप्टी सेक्रेटरी के पद पर विराजमान था। प्रत्येक मामले में मीन-मेख निकालने में वह ऐसा सिद्धहस्त था कि उसके 'शासनकाल' में हर फाइल दस वर्ष तक विभिन्न दफ्तरों और मेजों के चक्कर लगाती थी और जब तक उसकी तरक्की न हो जाए, फाइल भी आगे तरक्की नहीं कर सकती थी। अपनी इस कानूनी

मीन-मेख के कारण वह डिप्टी सेक्रेटरी के पद पर पहुंचा था और अब ज्वायंट सेक्रेटरी बनने के स्वप्न देख रहा था—हो जाएगा। पी.क्यू. रंगाचारी जैसे व्यक्ति कभी नहीं रुक सकते। उनके दफ्तर की सारी फाइलें रुक जायें, लेकिन वे स्वयं कभी नहीं रुक सकते।

पी.क्यू. रंगाचारी ने बड़े ध्यान से और बड़े धैर्य से मेरा प्रार्थना-पत्र पढ़ा। कागज पर पेंसिल से कुछ लिखता रहा। आखिर जब सब सुन चुका तो उसने अपने ज्वायंट सेक्रेटरी वाई.जेड. सुब्रह्मण्यम् को बुलाया जो उसी की तरह तमिलनाडु का रहने वाला था और पच्चीस भाषाओं, दस पूंजीपतियों और दो मन्त्रियों को बहुत अच्छी तरह जानता था।

पी.क्यू. रंगाचारी ने कहा, "वाई.जेड. सुनो ! यह बड़ी कठिन समस्या है।"

"क्या ?" सुब्रह्मण्यम् मेरी ओर बड़े ध्यान से देखते हुए बोला।

"एक धोबी, मर गया है और उसका गधा हमसे हर्जाना मांगता है।"

"फिर ?"

रंगाचारी बोला, "कानून की दृष्टि से एक गधा किसी विभाग में प्रार्थना-पत्र नहीं दे सकता और हम उसके प्रार्थना-पत्र का कोई नोटिस नहीं ले सकते, क्योंकि गधा इन्सान नहीं है; और अदालत इन्सानों की बात सुनती है, गधों की नहीं।"

मैंने कहा, "बात मेरी घास की नहीं है, आपकी बुद्धि की है। रामू की बीवी और बच्चे भूखे हैं। क्यों ? अगर सरकार उस धोबी घाट की ठीक तरह से रक्षा करती तो आज वह यों न मरता।"

वाई.जेड. सुब्रह्मण्यम् ने कहा, "हां, पी.क्यू., इस बात पर विचार करो। यों

सोचो कि यह प्रार्थना-पत्र, जिस पर रामू की बीवी का अंगूठा लगवाया जा सकता, स्वीकार किया जा सकता है–फिर ?"

पी.क्यू. बोला, "फिर दूसरी बात पर विचार करो। मान लिया कि एक गधा धोबी के कुटुम्ब का सरपरस्त बन सकता है। हमने बड़े-बड़े कुटुम्बों में इससे बड़े गधों को सरपरस्त बनते देखा है। यह तो मुझे पढ़ा-लिखा गधा मालूम होता है, लेकिन प्रश्न उठता है कि क्या यह धोबी मजदूर है ?"

"कदापि नहीं !" वाई.जेड. सुब्रह्मण्यम् ने सिर हिलाकर कहा।

मैंने कहा, "धोबी अगर मजदूर नहीं तो क्या है ? बेचारा सुबह से शाम तक आठ घण्टे की बजाय बारह घण्टे काम करता है, तब जाकर उसे दो वक्त की रोटी नसीब होती है।"

"लेबर एक्ट की धारा इक्यावन के अनुसार मजदूर वह है, जो कारखाने में काम करे। क्या तुम धोबी घाट को करखाना कह सकते हो, सुब्रह्मण्यम् ?"

"कदापि नहीं, रंगाचारी ! यह धोबी तो मजदूर हो ही नहीं सकता। इसलिए न इसे हर्जाना मिल सकता है, न प्रावीडेण्ट फंड। न सहायतास्वरूप कुछ रुपया किसी खाते में से दिया जा सकता है, न कोई मुकदमा खड़ा हो सकता है।"

"तो फिर ?" रंगाचारी सुब्रह्मण्यम् का मुंह-देखने लगा और सुब्रह्मण्यम् रंगाचारी का और मैं उन दोनों का। एकाएक उन दोनों के मन में एक ही विचार आया और वे दोनों प्रसन्नतावश उछल पड़े। मैं भी प्रसन्नतावश उछल पड़ा कि अब बेचारे रामू धोबी की फैमिली का कुछ भला हो जाएगा।

"मगर एक बात विचार करने की और है," रंगाचारी बोला, "अगर यह धोबी मजदूर नहीं है, तो फिर कौन है ? इसकी कानूनी हैसियत स्पष्ट होनी चाहिए। नहीं तो धोबी प्रतिदिन घाट पर मरते रहेंगे और हमारे लिए विपत्ति खड़ी करते रहेंगे।"

सुब्रह्मण्यम् बोला, "मेरे विचार में इस गधे का प्रार्थना-पत्र करने फाइल चला देनी चाहिए।"

रंगाचारी ने मेरे हाथ से प्रार्थना-पत्र ले लिया। मैंने उसके दोनों हाथ अपने दोनों कानों में लेकर कहा, "धन्यवाद रंगाचारी महोदय ! हजार बार, लाख बार धन्यवाद। आपने एक गरीब धोबी के बीवी-बच्चों को मरने से बचा लिया। मैं इस प्रार्थना-पत्र का फैसला सुनने कब आऊं ?"

रंगाचारी ने सुब्रह्मण्यम् की ओर देखा, सुब्रह्मण्यम् ने रंगाचारी की ओर। आखिरकार रंगाचारी बोला–

"फाइल तो आज ही चलनी शुरू तो जाएगी, तीसरे दर्जे के क्लर्क से पहले

दर्जे के क्लर्क तक आएगी। फिर हर मेज पर इसकी नोटिंग होगी। फर्स्ट क्लर्क से डिप्टी सुपरिण्टेण्डेण्ट तक और डिप्टी सुपरिण्टेण्डेण्ट से पुलिस सुपरिण्टेण्डेण्ट तक प्रत्येक व्यक्ति अपनी राय देगा। यह राय चलते-चलते मेजों पर से गुजरती हुई मेरे पास आएगी। मैं डिप्टी सेक्रेटरी हूं। मेरे पास से ज्वायंट सेक्रेटरी के पास जाएगी। ज्वायंट सेक्रेटरी से फर्स्ट सेक्रेटरी के पास। फर्स्ट सेक्रेटरी उसे डिप्टी मिनिस्टर के पास ले जाएगा। मगर समस्या बड़ी टेढ़ी है। प्रश्न रामू धोबी के मर जाने का इतना नहीं है; प्रश्न यह है कि धोबी मजदूर हो सकता या नहीं ? सम्भव है, इस सम्बन्ध में कामर्स मिनिस्ट्री से निर्णय कराने की आवश्यकता पड़े। फिर यह प्रश्न भी है कि अगर धोबी मजदूर है, तो मोची मजदूर क्यों नहीं? कुम्हार मजदूर क्यों नहीं ? अगर एक रामू को हर्जाना मिलेगा तो लाखों-करोड़ों के लिए स्टेट बैंक कहां से हर्जाना लाएगा ! इसके लिए फिनान्स डिपार्टमेण्ट से भी पूछना पड़ेगा। सम्भव है, फिनान्स डिपार्टमेण्ट इस मूल प्रश्न को प्रधानमन्त्री के सामने रखे और प्रधानमन्त्री पार्लमेण्ट में इस प्रश्न को रखें। सम्भव है, इस प्रश्न पर हमारे विधान की किसी धारा में परिवर्तन भी हो जाय।" रंगाचारी ने अपनी उंगलियों पर गिनते हुए मुझसे कहा, "मेरे विचार में अगर तुम दस साल के बाद आओ तो उस समय तक इस फाइल का कोई न कोई फैसला जरूर हो जाएगा।"

"तब तक रामू के बीवी-बच्चे क्या करें ?"

रंगाचारी ने कहा, "हम विवश हैं, कानून के हाथों बिल्कुल विवश हैं; यों हमारी पूरी-पूरी सहानुभूति तुम्हारे साथ है।"

सुब्रह्मण्यम् बोला, "मैं समझता हूं, रंगाचारी, समस्या वास्तव में यह नहीं है कि धोबी मजदूर है या नहीं। वास्तविक समस्या यह है कि रामू को किसने मारा?

"एक मगरमच्छ ने !" मैंने क्रोध से चिल्लाकर कहा।

"एक मगरमच्छ ने !" सुब्रह्मण्यम् ने प्रसन्नता से चिल्लाकर कहा, "तो फिर यह समस्या हमारे विभाग से कोई सम्बन्ध नहीं रखती। इसका सीधा सम्बन्ध मछलियों के विभाग से है—'डिपार्टमेण्ट ऑफ फिशरीज' से ! कृपया आप मछलियों के विभाग में जाइए। उसका सम्बन्ध हर प्रकार की मछलियों से है, जिनमें मगरमच्छ भी शामिल हैं।"

रंगाचारी ने सुब्रह्मण्यम् के हाथ पर हाथ मारकर कहा, "वाह ! क्या बात निकाली है ! क्यों न हो भाई। इसीलिए तो मैं अभी तक डिप्टी सेक्रेटरी हूं और तुम ज्यायंट सेक्रेटरी हो।" रंगाचारी ने ईर्ष्या और द्वेष के मिले-जुले भाव से कहा। मैं चुपके से प्रार्थना-पत्र हाथ में लिए बाहर निकल आया।

जाना गधे का मछलियों के विभाग में तथा अन्य वृत्तान्त मछलियों के अण्डों का और एंग्लो-इण्डियन शिकारी का—

मछलियों के विभाग में मछली मार्केट का-सा कोलाहल था। कान पड़ी आवाज सुनाई नहीं दे रही थी। अब तक मैं दफ्तरी कार्रवाई का काफी अभ्यस्त हो चुका था। इसलिए मैंने पहले काउण्टर की पहली खिड़की से शुरू किया।

पहले क्लर्क ने कहा, "मैं तो केवल मछलियों के अण्डों की फाइलें लेता हूं। आप आगे जाइए।

दूसरे क्लर्क ने कहा, "मेरे पास तो केवल मछलियों से सम्बन्धित जानकारी की फाइलें हैं; वह भी केवल तीन प्रकार की मछलियों के सम्बन्ध में—रोहू, साइमन और पामफ्रेट। आपने क्या नाम बताया ?"

"रामू," मैंने धीमे में दोहराया।

क्लर्क ने इन्कार में सिर हिलाकर कहा, "इस नाम की कोई मछली हमारे पास नहीं है...."

"लेकिन...." मैंने व्याख्या करनी चाही।

क्लर्क ने सिर हिलाकर कहा, "बेकार बहस मत करो, आगे जाओ।"

तीसरे क्लर्क से मैंने छूटते ही कहा, "एक मगरमच्छ है।"

तीसरा क्लर्क बोला, "शार्क मछली के तेल के बारे में या जापानी ट्रेलर को किराये पर लेने के बारे में अगर आप पूछना चाहते हैं तो पूछ सकते हैं, वरना आगे जाइए।"

चौथे क्लर्क तक पहुंचते-पहुंचते मेरे क्रोध का पारा बहुत चढ़ चुका था। यहां एक बूढ़ा मरियल-सा क्लर्क अपनी नाक की चोंच लटकाए एक बड़ा-सा रजिस्टर खोले ऊंघ रहा था।

मैंने कहा, "सुनो ! और भई सुनना पड़ेगा। बात यह है कि एक धोबी को एक मगरमच्छ ने खा लिया है।"

बूढ़े क्लर्क ने कान पर हाथ रखकर पूछा, "आं ! क्या कहते हो ?"

मैंने चिल्लाकर कहा, "एक धोबी को एक मगरमच्छ ने खा लिया है।"

बूढ़े क्लर्क के मूर्खतापूर्ण चेहरे पर एक विचित्र-सी मुस्कराहट आई; बोला, "एक धोबी ने एक मछली को खा लिया है, तो क्या हुआ ? बहुत से धोबी मछली खाते हैं। न खाएं तो हमारा यह डिपार्टमेण्ट कैसे चले ?"

मैंने कहा, "धोबी ने नहीं, मगरमच्छ ने धोबी को खा लिया है।"

वह बोला, "धोबी ने नहीं, मगरमच्छ ने मछली को खाया है ? अच्छा !

अच्छा ! तो इसमें शिकायत की क्या बात है ? बहुत से मगरमच्छ मछलियां खाते हैं; न खाएं तो जिन्दा कैसे रहें ?"

मैंने जोर से चिल्लाकर कहा, "सुनो, मछली नहीं मगरमच्छ।"

वह बोला, "अच्छा, एक मगरमच्छ।"

मैंने उसे समझाते हुए कहा, "और एक धोबी। याद रखो एक धोबी, एक मगरमच्छ।"

वह बोला, "एक धोबी, एक मगरमच्छ, आगे चलो।"

मैंने कहा, "वह धोबी घाट पर कपड़े धोता था।"

वह बोला, "अच्छे कपड़े धोता था ?"

मैंने चिल्लाकर कहा, "अच्छे धोता था या बुरे धोता था, तुम्हें इससे क्या मतलब ?"

वह बोला, "मेरा धोबी बहुत बुरे कपड़े धोता है। अगर तुम कहो तो मैं तुम्हारे धोबी को...."

मैंने सटपटाकर कहा, "तुम पूरी बात नहीं सुनोगे ?"

वह बोला, "अच्छा सुनाओ। एक धोबी, एक मगरमच्छ। वह धोबी घाट पर कपड़े धोता था, फिर ?"

मैंने कहा, "इतने में एक मगरमच्छ आया, उसने धोबी की टांग पकड़ी।"

"क्या पकड़ी ? जरा ऊंचा बोलो, मैं कम सुनता हूं।"

"टांग ! टांग !" मैंने चिल्लाकर कहा।

"मुर्गी की ?" क्लर्क खुशी से चिल्लाया।

"मुर्गी की नहीं, धोबी की टांग।"

"धोबी की टांग मैंने कभी नहीं खाई।" बूढ़े क्लर्क ने शोक प्रकट करते हुए कह, "कैसी होती है ?"

मैंने बिल्कुल झल्लाकर कहा, "मैंने धोबी की टांग नहीं खाई। मगरमच्छ आया। जब बेचारा धोबी कपड़े धो रहा था, वह पकड़कर धोबी को खा गया। समझे ?"

"हां ! हां ! अब समझ गया। क्लर्क ने सिर हिलाकर कहा, "धोबी कपड़े धोता था। इतने में मगरमच्छ आया और धोबी के कपड़े खा गया।"

मैंने उसकी ओर बड़े क्रोध से देखा और अगली खिड़की की ओर बढ़ गया।

यहां पर अधेड़ आयु का एक एंग्लो-इण्डियन अपने गंजे सिर पर नीली नाड़ियों का उभरा हुआ जाल लपेटे बैठा था। उसकी नाक से मालूम होता था कि इस समय भी थोड़ी-सी पिए हुए है। बड़ी शिष्टतापूर्वक मुझे मिला। कहने लगा—

"फर्माइए ! मैं आपके लिए क्या कर सकता हूं ?"

मैंने दिल में सोचा, कहीं यह भी बूढ़े क्लर्क की तरह गड़बड़ा न जाए, इसलिए बहुत धीरे-धीरे पूरा वृत्तान्त सुनाऊंगा। मैंने कहा, "सुनिए ! एक मगरमच्छ है।"

एंग्लो-इण्डियन महोदय की आंखें चमक उठीं। बोला, "हां, किधर है ?"

मैंने कहा, "जमुना घाट पर।"

वह बोला, "जुमना पर तो बहुत से घाट हैं, मगर वह कहां है ?"

एंग्लो-इण्डियन महोदय सब कुछ नोट करता जाता था। मैंने सोचा, अब मुझे अपने मतलब का व्यक्ति मिल गया। मन-ही-मन मैंने भगवान् के गुण गाए। मैंने कहा–

"कृष्णनगर के पास। रेल के पुल के नीचे।"

एंग्लो-इण्डियन ने नोट करके पूछा, "कितना लम्बा-चौड़ा है ?"

"क्या, घाट ?"

"घाट नहीं, मगरमच्छ।" एंग्लो-इण्डियन बोला।

मैंने कहा, "मैंने देखा तो नहीं, मगर लोग कहते हैं तीस फुट से कम नहीं था।"

"हां," एंग्लो-इण्डियन की आंखें और भी चमक उठीं। अब तो उसके गाल भी चमक रहे थे, "तीस फुट, वाह ! वाह !! क्या तुम मुझे उस स्थान पर ले जा सकते हो ?"

"हां, ले जा सकता हूं।"

"हम साथ में अपनी राइफल ले चलेंगे।" वह प्रोग्राम बनाते हुए बोला।

"राइफल किसलिए ?"

"मगरमच्छ के शिकार के लिए।" एंग्लो-इण्डियन मेरी ओर आश्चर्य से देखकर बोला, "तुम मगरमच्छ के शिकार के लिए ही आए थे न !"

मैंने कहा, "नहीं। बात यह है कि उस मगरमच्छ ने एक धोबी को खा लिया है। उसके बीवी-बच्चों की सहायता के लिए मैं यहां...."

"ओह !" एंग्लो-इण्डियन का दिल बुझ गया। उसकी आंखों की चमक भी बुझ गई। बिल्कुल कारोबारी और दफ्तरी स्वर में बोला–

"मैं मगरमच्छ का शिकार तो कर सकता हूं, मगर रामू के लिए कुछ नहीं कर सकता। सारी ! हमारे विभाग से धोबियों का कोई सम्बन्ध नहीं।"

मैंने बिल्कुल तंग आकर कहा, "तो मैं कहां जाऊं ? तुम्हारे विभाग से धोबियों का कोई सम्बन्ध नहीं और किसी दूसरे विभाग का मगरमच्छों से कोई सम्बन्ध नहीं, तो फिर उसका सम्बन्ध किससे है ? यह कैसे पता चल सकता है?

एंग्लो-इण्डियन ने बड़े ध्यान से और बड़ी सहानुभूति से मेरी ओर देखा और पूछा।

"क्या तुम मरने वाले के सम्बन्धी हो ?"

"नहीं, मैं तो बस उसका गधा हूं।"

"फिर भी इतनी सहानुभूति जताते हो !" एंग्लो-इण्डियन मेरी ओर चौकन्ना होकर देखने लगा। "देखो, मैं तुम्हें मशवरा देता हूं। आजकल के जमाने में किसी से इतनी सहानुभूति करना खतरे से खाली नहीं है।"

मैंने कहा, "तुम मुझे यह मशवरा न दो, यह बताओ कि मेरी प्रार्थना कौन सुनेगा ?"

एंग्लो-इण्डियन सोच में पड़ गया और पेंसिल चबाने लगा। पेंसिल चबाते-चबाते बोला–

"मामला मगरमच्छ का है। मगरमच्छ का अदालत से कोई सम्बन्ध नहीं, वरना तुम इस कत्ल के सिलसिले में अदालत में जा सकते थे। मगरमच्छ का सम्बन्ध चिड़ियाघर से अवश्य है। तुम चाहो तो चिड़ियाघर जा सकते हो। मगर चिड़ियाघर वाले क्या करेंगे ? उनके यहां पहले से बहुत से मगरमच्छ मौजूद हैं। फिर चिड़ियाघर वालों का धोबी से क्या सम्बन्ध है ? चिड़ियाघर के जानवर कपड़े तो पहनते ही नहीं।"....

"हां," एकाएक वह प्रसन्नता से उछल पड़ा और अब के मैंने उसके चेहरे पर वही प्रफुल्लता देखी जो कुछ समय पूर्व मैं रंगाचारी और सुब्रह्मण्यम् के चेहरे पर देख आया था।

वह बोला, "एक तरकीब समझ में आई है।"

"क्या ?"

"सुनो ! धोबी का सम्बन्ध साबुन से है और साबुन के आयात-निर्यात का सम्बन्ध कामर्स डिपार्टमेण्ट में है। फिर धोबी का सम्बन्ध कपड़ों से है और कपड़ों का सम्बन्ध फिर कामर्स डिपार्टमेण्ट से है। देखो ! तुम सीधे कामर्स मन्त्री के पास चले जाओ। उसके सामने रामू धोबी की पूरी विपदा रख दो। अगर वह चाहता होगा कि धोबी कपड़े धो-धोकर फाड़ते रहें और इस प्रकार लोग नये-नये कपड़े पहनने पर विवश होते रहें, तो वह इस सम्बन्ध में अवश्य तुम्हारी सहायता करेगा।"

जाना गधे का मनसुखलाल, कामर्स मिनिस्टर, की कोठी पर और बयान करना रामू की दुःखगाथा और दिलासा देना कामर्स मिनिस्टर का तथा उल्लेख उस कोठी का–

मित्रो ! मैं उस कोठी का उल्लेख करूं, जो चारों ओर से सुन्दर बाग-बगीचों से घिरी हुई थी। पेड़ों की शाखाएं फलों से लदी झुकी जाती थीं और सड़कों के

किनारे-किनारे ऐसे रंगीन फूल खिले थे कि आंखों में, मुझ गधे की आंखों में भी ठण्डक पड़ती थी और लॉन पर ऐसी हरी-हरी सुगन्धित घास थी कि अगर एक सौ गधे भी हर रोज चरते रहें तो भी कभी समाप्त न हो। न जाने यह मन्त्री की कोठी के भीतर इतनी उम्दा घास क्यों होती है ! जाने इसका सम्बन्ध मन्त्री से है या किसी गधे से ! मगर मैंने तो इन आलीशन कोठियों के भीतर अपने सिवा कोई गधा नहीं देखा। दिल को बहुत दुःख हुआ कि इतनी उम्दा घास केवल मनुष्य के पांव तले रौंदी जाती है और किसी काम नहीं आती। सच है, अभी इस संसार में मोटर वालों का राज है, गधे वालों का राज नहीं—जैसे कुम्हार का, धोबी का, मोची का, घसियारे का अर्थात् उन समस्त लोगों का जो गधे रखते हैं, अन्यथा घास का यों अनादर न होता। खैर, आपको मुझ गधे से या घास से क्या मतलब ? आपको तो केवल इस कथा से मतलब है, सो कहता हूं—जब मैं मन्त्री महोदय की कोठी के भीतर पहुंचा तो वे लाल पत्थर से बने एक छोटे-से फव्वारे के इर्द-गिर्द टहल रहे थे। उनके बच्चे लॉन पर कलाबाजियां खा रहे थे और सामने बरामदे में दो औरतें फूलदार साड़ियां सुखाने के लिए रस्सी पर टांग रही थीं। अर्थात् बड़ा सुन्दर दृश्य था। मैंने मनसुखलालजी को दोनों कान जोड़कर नमस्कार किया, जिसका उत्तर उन्होंने दोनों हाथ जोड़कर बड़ी नम्रता से दिया। वे अपनी धोती की लांग ठीक करते हुए बोले, "सों छे !"

मैंने कहा, "मुझे जुकाम नहीं है।"

वे क्षमा मांगते हुए बोले, "मैंने आपको अपने देश अहमदाबाद का समझा था।"

मैंने कहा, "जी नहीं, मैं तो उत्तर प्रदेश का रहने वाला हूं।"

वे बोल, "अच्छा, वह जो बिहार से आगे है न ?"

मैंने कहा, "जी हां, अगर आप बिहार से इधर आएं तो आगे आता है और इधर से बिहार जाएं तो पहले आता है।"

मनसुखलालजी हंसने लगे। बोले, "तुम रंग-रूप से गधे दिखाई देते हो, मगर हो नहीं, भाई साहब।"

मैंने कहा, नहीं भाई साहब ! मैं वाकई गधा हूं। विश्वास न हो तो मेरे कान ऐंठकर देख लीजिए।"

मनसुखलालजी ने मेरे कान ऐंठे तब जाकर उन्हें विश्वास आया। बोले, "अब कहो, मैं तुम्हारे लिए क्या कर सकता हूं ?"

मैंने कहा, "मनसुखलालजी ! मुझे अपने लिए तो घास का एक तिनका भी नहीं चाहिए। मैं रामू धोबी के सम्बन्ध में आया हूं।" और फिर रामू धोबी का पूरा किस्सा बयान कर दिया।

यह बात मैं यहां सबके सामने स्पष्ट रूप से कहूंगा कि मनसुखलालजी का व्यवहार मुझसे अत्यन्त शिष्टतापूर्ण था। कहीं एक बार भी उन्होंने मुझ पर यह प्रकट नहीं होने दिया कि वे किसी मनुष्य से नहीं किसी गधे से बात कर रहे हैं, लेकिन इन सब बातों के बावजूद उनका उत्तर इन्कार में था। कहने लगे–

"भाई ! अगर मामला केवल साबुन का होता, अर्थात् धोबियों को साबुन सस्ते दामों पर मिलने का प्रश्न होता, तो मैं इस पर विचार कर सकता था। यदि प्रश्न यह होता कि धोबियों को कलफ लगाने के लिए पाउडर महंगा मिलता है तो मैं उस पर ड्यूटी कम कर सकता था। यदि धोबियों को यह शिकायत होती कि मिलों से जो कपड़ा आता है वह इतना नाकस होता है कि दो-चार बार पत्थर पर कूटने से फट जाता है, तो या तो मैं कारखाने वालों को ताड़ना कर सकता था कि वे मोटा कपड़ा बुनें, या धोबियों को कपड़ा कूटने के लिए नर्म पत्थर सप्लाई कर सकता था। मगर यहां प्रश्न बिल्कुल दूसरा है। यहां प्रश्न यह है कि एक गरीब धोबी मर गया है। उसके बीवी-बच्च्वे दीन, दरिद्र तथा भूखे हैं। वे कोई काम नहीं जानते। कोई उनका अभिभावक नहीं है। अब वे लोग करें तो क्या करें ? यह समस्या ऐसी है जिसका समाधान कोई बड़े से बड़ा मन्त्री भी नहीं कर सकता।"

"क्यों ?"

मनसुखलालजी इधर-उधर देखकर बोले, "यह हमारी केन्द्रीय सरकार की मूल समस्या है। इसका समाधान सिवाय हमारे प्रधानमन्त्री के और कोई नहीं कर सकता।"

"तो क्या आपका मतलब है...." मैंने आश्चर्य से अपने दोनों कान जोड़कर पूछा, "तो क्या आपका मतलब है, मुझे इस काम के लिए...." मैंने वाक्य अधूरा छोड़ दिया।

मनसुखलाल ने धीरे से सिर हिलाकर कहा, हां, "तुम्हें इस काम के लिए पण्डित जवाहरलाल नेहरू के पास जाना होगा।"

जाना गधे का प्रधानमन्त्री की कोठी पर और मुलाकात करना पण्डित जवाहरलाल नेहरू से और खफा होना बाग के माली का–

मैंने लोगों से सुन रखा था कि पण्डितजी से मुलाकात का समय सुबह साढ़े सात-आठ बजे से पहले का है। उसके बाद जो मुलाकातियों का तांता शुरू होता है तो फिर किसी समय भी एक-आध मिनट के लिए बात करना असम्भव होता है। यही सोचकर मैं उस दिन रात भर जागता और विभिन्न रास्तों से घूम-फिरकर

पण्डितजी की कोठी तक पहुंचने का प्रयत्न करता रहा। कोई छः बजे के लगभग मैं उनकी कोठी के बाहर था। सन्तरियों ने मेरी ओर लापरवाही से ताका। शायद मैं उन्हें बिल्कुल मामूली गधा नजर आया होऊंगा। पहले तो मैं दीवार से लगकर धीरे-धीरे घास चरता रहा और धीरे-धीरे दरवाजे की ओर सरकता रहा। जब मैं दरवाजे के बिल्कुल निकट पहुंच गया तो सन्तरियों ने हाथ उठाकर लापरवाही से मुझे डराया जैसे आम गधों को डराया जाता है। मैंने सारी स्कीम पहले से सोच रखी थी। उनके डराते ही मैंने कुछ यह प्रकट किया कि मैं बिल्कुल डर गया हूं। अतएव उछला और सीधा कोठी के भीतर हो लिया। सन्तरी मेरे पीछे भागे। वे पीछे-पीछे और मैं आगे-आगे। जब मैं बाग तक पहुंचा तो सन्तरियों ने एक गधे का वहां तक पीछा करना व्यर्थ समझकर माली को आवाज दे दी कि वह मुझ गधे को बाहर निकाल दे; और यह कहकर वे बाहर गेट पर जा खड़े हुए, जहां ड्यूटी थी।

माली ने मुझे घूरकर दखा। उस समय वह एक खुरपी लिए गुलाब की झाड़ियों के इर्द-गिर्द की घास साफ कर रहा था। उसने जब अपना काम बढ़ते देखा तो उसे बहुत क्रोध आया। चुपके से वह झाड़ियों के पास से उठा और भीतर अपने क्वार्टर से कोई मजबूत-सा डण्डा लेने चला गया।

इतने में मैंने देखा कि पण्डितजी बाग के बीचोंबीच सड़क पर टहलते हुए गुलाब के पौधों की ओर जा रहे हैं। मैंने यह अवसर उचित समझा और हिरन की तरह एक चौकड़ी भरी और पण्डितजी के पीछे-पीछे हो लिया।

मैंने धीमे से कहा, "पण्डितजी !"

पण्डितजी आश्चर्य से मेरी ओर मुड़े। जब उन्हें वहां कोई व्यक्ति दिखाई न दिया तो फिर आगे बढ़ने लगे।

मैंने फिर कहा, "पण्डितजी !"

अब पण्डितजी ने जरा तीखी चितवन से पीछे देखा और बोले, "मैं भूतों में विश्वास नहीं रखता।"

मैंने कहा, "विश्वास कीजिए, मैं भूत नहीं हूं, एक गधा हूं।"

जब पण्डितजी ने मुझे बोलते देखा तो उनका क्षण भर पहले का आश्चर्य हर्ष में परिवर्तित हो गया। बोले–

"मैंने इटली के एक गधे के बारे में पढ़ा था जो अलजबरे के प्रश्न तक हल कर सकता था लेकिन बोलने वाला गधा आज ही देखा। मनुष्य का विज्ञान क्या कुछ नहीं कर सकता ! बोलो क्या चाहते हो ? मेरे पास अधिक समय नहीं है।"

मैंने कहा, "आपसे पन्द्रह मिनट के लिए एक इण्टरव्यू चाहता हूं, सोचता हूं, कहीं आप इसलिए इन्कार न कर दें कि मैं एक गधा हूं।"

पण्डितजी हंसकर बोले, "मरे पास इण्टरव्यू के लिए एक से एक गधा आता है, एक और सही। क्या फर्क पड़ता है ! शुरू करो।"

मैं शुरू करने वाला था कि इतने में माली दूर से डण्डा लिए भागता हुआ नजर आया। मैंने माली की ओर देखा, फिर पण्डितजी की ओर। पण्डितजी समझ गए। उन्होंने हाथ के इशारे से माली को रोक दिया और स्वयं टहलने लगे। मैंने रामू धोबी की दुःख भरी कहानी संक्षिप्त शब्दों में सुना दी। पण्डितजी बहुत प्रभावित हुए। कहने लगे, "इस मामले में सरकार कुछ नहीं कर सकती, मगर मैं अपनी जेब से सौ रुपया दे सकता हूं।"

यह कहकर उन्होंने जेब से सौ रुपये का नोट निकाला और मेरे लम्बे कान के भीतर उड़स दिया।

मैंने कहा, "पण्डितजी ! स्वर्गीय किदवई भी इसी प्रकार दान दिया करते थे। इससे सैकड़ों लोगों का भला तो जरूर हो जाता है लेकिन है तो दान ही।"

बोले, "दान तो है।"

मैंने कहा, "दान बन्द होना चाहिए। हर भारतवासी का यह अधिकार होना चाहिए कि जब वह मरे तो उसके बाद राज्य उसके बीवी-बच्चों का निर्वाह का प्रबन्ध करे। स्वतन्त्रता के मूल सिद्धान्तों में से एक यह होना चाहिए।"

"सिद्धान्त तो ठीक है," पण्डितजी बोले, "लेकिन सिद्धान्तों को व्यवहार में लाने के लिए खून-पसीना एक करने की जरूरत है। इसके लिए बहुत कम लोग तैयार होते हैं। वैसे तुम्हारी तरह लोग क्रान्ति की बातें बहुत करते हैं। लेकिन रामू धोबी की विधवा को पेंशन देने के लिए राष्ट्र के पास इससे कहीं अधिक राष्ट्रीय धन होना चाहिए, जितना आजकल उसके पास है। इस राष्ट्रीय धन को बढ़ाने के लिए हमने पंचवर्षीय योजना बनाई है, जिसके आधार पर देश-भर में काम हो रहा है, लेकिन लोगों में वह उत्साह नहीं जिसकी मुझे उनसे आशा थी।"

मैंने कहा, लोगों में आपके प्रति असीम आदर है। आपकी बताई गई योजनाओं से अत्यन्त लगाव है। आपका हर आदेश उनके सिर-माथे पर होता है। आप संसार भर में शान्ति स्थापित करने के लिए जो प्रयत्न कर रहे हैं, उनसे न केवल भारत के लोग बल्कि समस्त देशों के लोग आपसे स्नेह करने लगे हैं।"

पण्डितजी मुस्कराए, बोले, "गधे होने के बावजूद तुम बातें अच्छी बना लेते हो।"

मैंने कहा, "आज मैं संसार के एक महान् राजनीतिज्ञ के सामने खड़ा हूं। जाने फिर कभी ऐसा अवसर मिले, न मिले। इसलिए क्यों न अपने मन की बात आपसे कह डालूं ! पण्डितजी, आपकी वैदेशिक नीति की सफलता सर्वमान्य है। राष्ट्रीय ज़ीवन में भी आपकी स्वदेश-भक्ति, जन-मित्रता और राष्ट्रीय सेवा से इन्कार नहीं किया जा सकता। जो कोई ऐसा करेगा, मुंह की खाएगा। इस थोड़े से समय में ही आप भारत को जिस शिखर पर ले गए हैं, उससे आपके कन्धों की मजबूती का पता चलता है। लेकिन पण्डितजी क्या यह काफी है ? एक राष्ट्र, एक बड़ा राष्ट्र, शूरवीर राष्ट्र, भारत जैसा राष्ट्र कब तक एक व्यक्ति के सहारे चलेगा ? क्या आप विश्वास से कह सकते हैं कि यदि आपने अपने शासन में उचित परिवर्तन न किए तो आपके बाद भारत की वही दशा न होगी जो अशोक और अकबर के बाद हुई थी ?"

"अशोक और अकबर बादशाह थे। आज भारत में जनतन्त्र है।" पण्डितजी ने मुझे याद दिलाया।

"केवल वोट से जनतन्त्र नहीं होता। आज भारत में जो राज्य हैं, मैं उसे अधिक से अधिक नेहरू के आत्मबलिदान के नाम से पुकार सकता हूं। आत्म बलिदान सदैव व्यक्तिगत होता है। वह केवल एक व्यक्ति की ओर देखता है और

जब वह व्यक्ति....न रहे तो फिर क्या होगा ? पण्डितजी ! मुझे इससे बहुत भय आता है।"

"मैं इस प्रश्न का उत्तर पहले दे चुका हूं।" पण्डितजी ने कहा, "मैं नहीं समझता कि मेरे प्यारे देश की जनता मेरे बाद कोई इतना बड़ा नेता उत्पन्न नहीं कर सकती, जो परिस्थितियों को सम्भाल सके। मुझे अपनी जनता पर भरोसा है।"

"आपका भरोसा अनुचित नहीं, लेकिन इसे व्यवहार में लाने के लिए, भारतीय जनता की रचनात्मक शक्तियों को जगाने के लिए क्या यह जरूरी नहीं है कि इसके लिए अभी से कदम उठाया जाए ? क्षमा कीजिएगा पण्डितजी ! मुझे आपके सरकारी अधिकारियों में कोई रामू धोबी, कोई जम्मन चमार, कोई ढोंढू मिल-मजदूर नजर नहीं आता। कार वाले बहुत नजर आते हैं। गधे वाला एक भी नजर नहीं आता। अगर राष्ट्रीय धन को बढ़ाना है, अगर राष्ट्रीय योजनाओं को उत्तरोत्तर सफल बनाना है, अगर आप चाहते हैं कि देश को उन्नति दिन दूनी रात चौगुनी हो, तो इस राज्य-प्रणाली को बदलना होगा—ऊपर से नीचे तक। जनता के समस्त स्तरों को ऊपर से नीचे तक प्रतिनिधित्व देना पड़ेगा और एक ऐसी राष्ट्रीय सरकार का निर्माण करना पड़ेगा जिसमें देश की पूरी जनता—पूंजीपतियों से कांग्रेसियों तक और कांग्रेसियों से साम्यवादियों तक सब शामिल हों। केवल ऐसी सरकार ही देश में उत्साह की लहर दौड़ा सकती है। आज जो काम दस या पन्द्रह वर्ष में, बहुत-सी आर्थिक हानि और बहुत-सी रिश्वतखोरी के साथ होता है, कम से कम हानि और कम से कम रिश्वतखोरी और कम से कम समय में पूरा हो जाएगा। काम की गति बहुत बढ़ जाएगी क्योंकि जनता हर स्तर पर राज्य-अधिकारियों में मौजूद होगी। इस समय मजदूरों से लेकर राज्य-मन्त्रियों तक की ऐसी संगठित सरकार की अत्यन्त आवश्यकता है।"

पण्डितजी मुस्कराए, बोले, "मैंने सोचा था, तुम मेरा इण्टरव्यू लोगे। मालूम होता है, तुम इण्टरव्यू लेने नहीं देने आए हो।"

मैं घबराकर चुप हो गया। बात सच कही थी उन्होंने।

मुझे चुप देखकर बोले, "नहीं-नहीं, कहो-कहो, मैं तो हमेशा से विद्यार्थी रहा हूं। एक गधे से भी कुछ न कुछ सीख सकता हूं।"

मैंने कहा, "मैं आपको क्या सिखाऊंगा ! सूरज के सामने चिराग क्या जलेगा ! लेकिन मैं चूंकि एक गरीब आदमी का गरीब गधा हूं। जीवन भर भूख का शिकार रहा हूं, मुझे मालूम है कि जो दर्द आपके दिल में मौजूद है, वह हमारी दशा को, हमारी प्रतिदिन की दशा को देखकर ही आपके दिल में पैदा होता है। इसलिए जो बात आप कहते हैं, वह मानो हमारे दिल से निकलती है। लेकिन मुसीबत यह है कि आपके और हमारे बीच जो बाड़ लगाई गई है, जो मशीनरी

खड़ी की गई है, वह अत्यन्त प्रतिक्रियावादी, मन्द गति से चलने वाली, बल्कि प्रायः आपकी अवज्ञा करने वाली है; इसलिए इस मशीनरी के भीतर जो शक्तियां काम करती हैं, वह हमारे विचारों की विरोधी हैं। अब तक जो काम होता है, वह आपके भय से होता है। यदि अभी से इसके लिए प्रबन्ध न हुआ तो जब आप हमारे बीच न होंगे उस समय यह भय भी नहीं रहेगा और वे लोग अपनी मनमानी कर गुजरेंगे।"

"तुम्हारा मतलब मेरे साथियों से है ?"

मैंने कहा, "जो साथी आपने लिए हैं जो आपकी 'सेकण्ड लाइन ऑफ डिफेन्स' है, ये आयु में और नेतृत्व में आपसे भी बहुत बूढ़े हैं और शायद आपसे बहुत पहले भुगत जायेंगे। मगर मेरा मतलब उन लोगों से नहीं है, मेरा मतलब एक संगठित राष्ट्रीय सरकार की स्थापना से है। केवल ऐसी सरकार ही आगामी बीस-तीस वर्ष में भारत को आगे ले जा सकती है, जिसमें पूरे का पूरा राष्ट्र अपने विभिन्न वर्गों तथा तत्त्वों के साथ राष्ट्रीय हित तथा उन्नति के लिए सम्मिलित हो।"

पण्डितजी ने कहा, "मैं नहीं मानता कि सरकार की मशीनरी मेरा साथ नहीं देती, कोई उदाहरण दो।"

मैंने कहा, "जितने उदाहरण चाहे ले लीजिए। आप अपनी योजना में प्राइवेट सेक्टर को कम और पब्लिक सेक्टर को अधिक रखना चाहते हैं, मगर प्राइवेट सेक्टर बढ़ रहा है। जूट, चाय, बैंक धन के अतिरिक्त अभी-अभी पच्चीस करोड़ रुपये की लागत से दो तेल की रिफाइनरियां खुली हैं।"

"हम उन पर पूरा कन्ट्रोल करेंगे।" पण्डितजी ने क्रोध से कहा।

"अगर एंग्लो-ईरान कम्पनी की तरह हमारा हाल हुआ तो ? कहीं ऐसा न हो कि उसे कण्ट्रोल करते-करते हमारा प्रधानमन्त्री भी डॉक्टर मुसादिक की तरह क्षीण हो जाए ?"

"तुम बिल्कुल गधे हो।" पण्डितजी ने क्रुद्ध होकर कहा, "तुम पुराने क्लासिकल क्रांतिकारियों की सी बातें करते हो। भारत की विशेष परिस्थितियां नहीं देखते। यहां की जनता की विशेष मनोवृत्ति का अध्ययन नहीं करते। इनकी शांतिप्रियता तथा अहिंसा के प्रति गहरे प्रेम के प्रमाण नहीं देखते। यहां भारत में काम धीरे-धीरे होगा। धीरे-धीरे समाज का ढांचा बदलेगा। धीरे-धीरे राष्ट्र के प्रति कर्त्तव्यों का रूप बदलेगा। धीरे-धीरे इनमें सामाजिक लचक उत्पन्न होगी जो एक मार्डन समाज की विशेषता है। यह सब काम एक दिन में नहीं हो सकता। भारत में क्रांतिकारी शक्तियां भारत के विशेष राष्ट्रीय स्वभाव में समोकर और रच-बसकर ऊपर उभरेंगी। बाहर का पेबन्द नहीं लगेगा। मैं तुमसे साफ-साफ कहे देता हूं, गधे धीरे-धीरे सब काम होगा।"

"तब तक रामू की बीवी का क्या होगा ? उन बच्चों का क्या होगा जिन्हें

इस देश में नौकरी नहीं मिलती, काम नहीं मिलता; जो विवश होकर इस देश से बाहर चले जाते हैं ? फिर इस देश की बढ़ती हुई बेकारी का क्या होगा ? हर प्रदेश के आंकड़े देखिए, अभी थोड़े दिन हुए उत्तर प्रदेश की सरकार ने स्वीकार किया था कि उसके प्रदेश में बेकारी बढ़ रही है।"

"मेरे पास कोंई छूमन्तर नहीं है कि एक दिन में भारत की दशा बदल डालूं। ऐसा आज तक किसी देश में नहीं हुआ है। पच्चीस-तीस साल से पहले किसी देश की दशा इतनी जल्दी नहीं बदल सकती। हर देश का इतिहास यही कहता है। खून-पसीना एक कर देने से ही राष्ट्रीय धन तथा शक्ति बढ़ती है।" फिर मेरी पीठ पर हाथ रखकर बोले, "तूने पन्द्रह मिनट से अधिक ले लिए। अब मैं जाता हूं।"

मैंने कहा, "पण्डितजी ! आपसे एक निवेदन है। सम्भव है, इंग्लैण्ड में आपने गधों की सवारी की हो, लेकिन भारत में तो मैंने नहीं सुना कि आप गधे की पीठ पर सवार हुए हों। मेरा अहोभाग्य होगा अगर आप..."

पण्डितजी ने मुझे अपना वाक्य पूरा नहीं करने दिया। उचककर मेरी पीठ पर बैठ गए और कुछ समय तक मुझे बाग के इर्द-गिर्द ऐसा दौड़ाया, ऐसा दौड़ाया कि मेरा सांस फूल गया। आखिर मैंने हार मान ली। "भगवान् के लिए पण्डितजी ! अब तो उतर जाइए।" मैंने बार-बार कहा।

वे हंसकर एकदम उतर पड़े। बोले, "अब बता ! मन्द गति से चलने वाला कौन है ?"

इसके बाद वे मेरी ओर से मुड़े और मैंने देखा कि बरामदे में कुछ विदेशी दूत और दो-एक फोटोग्राफर टहल रहे थे और पण्डितजी की गधे की सवारी करने की फोटो ले रहे थे। दो-एक सेक्रेटरी लोग बड़ी परेशानी से टहल रहे थे। नेहरूजी मेरी पीठ थपथपाकर उधर चले गए। जाते-जाते मुझसे कह गए, "उस धोबिन को वह सौ का नोट जरूर पहुंचा देना।"

मैं बड़े गौरव से दुलकी चाल चलता हुआ पण्डितजी की कोठी से बाहर निकला। क्यों न हो, आखिर भारत के प्रधानमन्त्री से मुलाकात करके आया था! बाहर आते ही मुझे प्रेस के नुमाइन्दों और फोटोग्राफरों ने घेर लिया।

घेर लेना गधे को प्रेस के नुमाइन्दों का और लेकर जाना उसे कांस्टीट्यूशन क्लब में और उल्लेख गधे की प्रेस कान्फ्रेंस का—

प्रधानमन्त्री की कोठी से बाहर निकलते ही मैंने अपने-आपको संसार का अत्यन्त प्रसिद्ध गधा पाया। क्षण भर पहले मैं एक अत्यन्त अप्रसिद्ध गधा था, जो सड़कों

पर प्रार्थना-पत्र लिए मारा-मारा फिरता था। लेकिन प्रधानमन्त्री से भेंट होते ही मानो मेरा भाग्य बदल गया। जब मैं कोठी से बाहर निकला तो दरवाजे के बाहर प्रेस के नुमाइन्दों और फोटोग्राफरों का एक समूह जुटा था। तिल धरने को जगह न थी। मेरे फोटो पर फोटो लिए जा रहे थे और वे लोग मुझे घेर-घारकर कांस्टीट्यूशन क्लब ले गए ताकि मेरा इण्टरव्यू लें।

कांस्टीट्यूशन क्लब में प्रेस के नुमाइन्दों ने मुझ पर प्रश्नों की बौछार कर डाली।

"प्रधानमन्त्री से आपकी क्या-क्या बातें हुईं ?" एक नुमाइन्दे ने पूछा।

मैंने कहा, "कुछ घास के बारे में, कुछ गुलाब के फूलों के बारे में।"

दूसरा नुमाइन्दा बोला, "आप हमें उड़ा रहे हैं। साफ-साफ बताइए न; किस विषय पर बातचीत हुई।"

लेकिन मैं कहां उनकी बातों में आने वाला था। मैंने कहा, "कुछ धोबियों के बारे में, कुछ उनके गधों के बारे में, कुछ नई नस्ल के गधों के बारे में, जो आजकल भारत में तैयार हो रहे हैं।"

तीसरा नुमाइन्दा बोला, "विलायती गधों के बारे में भी कोई चर्चा हुई ?"

मैंने कहा, "हां ! जब पण्डितजी विलायत में पढ़ते थे तो अक्सर गधों की

सवारी किया करते थे। उन दिनों उन्हें हर्टफोर्डशायर के गधे बहुत पसन्द थे।"

प्रेम के नुमाइन्दों की पेंसिलें बराबर चल रही थीं लेकिन साफ मालूम होता था कि जिस बात की उन्हें मुझसे आशा थी वह पूरी नहीं हो रही थी। मुझे उन बेचारों पर दया आ गई। आखिर मुझे घोषणा करनी पड़ी–

"मान्नीय महिलाओ तथा सज्जनो ! (क्योकि प्रेस के नुमाइन्दों में कई महिलाएं भी थीं) आपका यह जानकर बड़ी प्रसन्नंता होगी कि भारत में मैं अकेला गधा हूं, जिसे आज पण्डित जवाहरलाल नेहरू को अपनी पीठ पर सवार करने का गौरव प्राप्त हुआ है।"

यह घोषणा सुनते ही बहुत-से नुमाइन्दे प्रसन्नतावश उछल पड़े। उन्हें अपने समाचार-पत्रों के लिए पहले पन्ने की हेडलाइन मिल गई थी। मैं कल्पना ही कल्पना में समाचार-पत्रों की हेडलाइनें तैरते हुए देखने लगा। इतने में किसी ने मुझे कान से झंझोड़कर चौंका दिया। यह अमरीकी पत्रिका 'लाइफ' का नुमाइन्दा था। उसके साथ 'न्यूयार्क टाइम्स' और 'लन्दन टाइम्स' और 'मानचेस्टर गार्जियन' के नुमाइन्दे भी मौजूद थे।

'लाइफ' का नुमाइन्दा बोला, "हे मिस्टर ! तुम तो हमारे फ्रांसिस से भी बढ़ गए।"

"फ्रांसिस कौन है ?"

"बोलने वाला खच्चर है। मैट्रोगोल्डविन मेयर की फिल्मों में काम करता है, लेकिन उसे कभी यह सौभाग्य प्राप्त नहीं हो सका कि संसार के किसी महान् नीतिज्ञ से भेंट कर सके।"

'न्यूयार्क टाइम्स' के नुमाइन्दे ने 'लाइफ' के नुमाइन्दे को कोट कालर से पकड़कर कहा, "हे भाई ! मैं तुमसे कहता हूं, अगर हमारे फ्रांसिस का और इस भारतीय गधे का साझा इण्टरव्यू लिया जाए और उसे अमरीका के टेलीविजन पर प्रसारित किया जाए तो...."

"'लाइफ' का नुमाइन्दा यह अछूती तजवीज सुनकर खुशी से उछल पड़ा। बोला, "अभी केबिल करता हूं कि वे लोग फ्रांसिस को चार्टर्ड हवाई जहाज द्वारा भारत भेज दें। भगवान् साक्षी है, मजा आ जाएगा।"

'मानचेस्टर गार्जियन' के नुमाइन्दे ने जरा कटु स्वर में कहा, "मगर भई, जरा इसके राजनीतिक विचार तो मालूम कर लें। बड़ा काइयां गधा मालूम होता है।"

'लन्दन टाइम्स' के नुमाइन्दे ने रायल कमीशन के किसी सदस्य की तरह बोलते हुए कहा, "ऐ मिस्टर डंकी ! व्यक्तिगत स्वतन्त्रता के सम्बन्ध में तुम्हारे क्या विचार हैं ?"

मैंने कहा, "हर गधे को घास चरने की स्वतन्त्रता होनी चाहिए।"

"और कोएक्जिस्टेंस (सह-अस्तित्व) के सम्बन्ध में ?"

मैंने कहा, "हर गधे को चाहिए कि स्वयं भी जिए और दूसरों को भी जीने दे, कम से कम हम गधे तो इस नियम का पालन करते हैं, मैं मनुष्यों की बात नहीं करता।"

"जातीय भेद-भाव के सम्बन्ध में तुम्हारे क्या विचार हैं ?"

मैंने कहा हम गधों में किसी प्रकार का जातीय भेद-भाव नहीं है। गधा काले बालों वाला हो या भूरे बालों वाला, उसका माथा सफेद हो या काला, उसकी खाल धारीदार हो या बेधारीदार हमारे लिए कोई फर्क नहीं पड़ता। हमारे समाज में सब गधे बराबर हैं।"

'मानचेस्टर गार्जियन' के नुमाइन्दे ने इस दिलचस्पी से 'न्यूयार्क टाइम्स' और 'लाइफ' के नुमाइन्दों की ओर देखा जैसे कह रहा हो, "देखो ! मैं तुमसे कहता नहीं था, पहले इसके विचार मालूम कर लो !"

'लाइफ' वाले ने 'न्यूयार्क टाइम्स' वाले से कहा, "मेरे विचार में अब फ्रांसिस को बुलाने का कोई लाभ नहीं है।"

'मानचेस्टर गार्जियन' के नुमाइन्दे ने पूछा, "महाशय ! यह पूर्व और पश्चिम में जो ठण्डा युद्ध छिड़ा हुआ है, उसके सम्बन्ध में भी तो मुंह से फूल झाड़िए।"

मैंने कहा, "हम गधों में कभी कोई ठण्डा या गर्म युद्ध नहीं होता। वास्तव में हम गधे लोग, जैसा कि आप मनुष्यों को मालूम होगा, युद्ध से घोरं घृणा करते हैं। आपने प्रायः देखा होगा, घास के एक ही प्लाट पर दर्जनों गधे एक साथ चरते हैं और कभी कोई लड़ाई नहीं होती। हमारी समझ में नहीं आता, आखिर मनुष्य इस तरह एक साथ क्यों नहीं चर सकते ! फिर आपने यह भी देखा होगा कि विभिन्न रंगों तथा जातियों वाले गधे मिल-जुलकर ईंटें ढोते हैं और एक नया मकान बनाने में सहायता करते हैं। अब मेरी समझ में नहीं आता कि तुम मनुष्य, विभिन्न रंगों तथा जातियों वाले मनुष्य, क्यों मिल-जुलकर एक नया कारखाना या एक नया संसार नहीं बना सकते ?"

"और पञ्चशील के सम्बन्ध में ?"

इस पर 'लन्दन टाइम्स' के नुमाइन्दे ने घृणा से मुंह मोड़कर 'मानचेस्टर गार्जियन' के नुमाइन्दे से कहा, "पूछना बेकार है। इस गधे पर नेहरू का जादू चल चुका है। अच्छा हुआ कि यह गधा बांडुंग कान्फ्रेंस में नहीं था, वरना जाने क्या उपद्रव मचाता !"

वे तीनों मुझे छोड़कर चले गए।

उनके जाने के बाद और बहुत से प्रश्न हुए—विभिन्न विषयों पर जिनका उत्तर देने का मैंने पूरा प्रयत्न किया अर्थात् जहां तक गधे से उत्तर बन सकता था।

यह प्रेस कान्फ्रेंस कोई डेढ़ घण्टे तक जारी रही। उसके बाद सब नुमाइन्दे अपनी-अपनी रिपोर्ट देने अपने दफ्तरों को चले गए, क्योंकि आज उन्हें एक नया शोशा हाथ आया था। इतनी लम्बी-चौड़ी कान्फ्रेंस के बाद मैं भी पसीने से लथ-पथ था और थक गया था। मैंने सोचा कि रामू की विधवा के घर जाने से पहले जमुना में नहाना चाहिए, तबीयत हल्की हो जाएगी और थकावट भी दूर हो जाएगी। यह सोचकर मैं कान्स्टीट्यूशन क्लब से बाहर निकला कि एक भारी-भरकम लेकिन नाटे कद के आदमी ने, जो एक बहुत उम्दा धोती और बहुत उम्दा सफेद अचकन पहने हुए था, मुझे सम्बोधित करते हुए कहा—

'क्षमा कीजिए, आप ही वे गधे हैं, बोलने वाले गधे, जिन्हें हमारे प्रधानमन्त्री से एक स्पेशल इण्टरव्यू मिला है ?"

"जी हां।"

नाटे कद के आदमी ने मुझे सिर पांव तक देखा। कुछ देर चुप रहा, फिर मानो अपने आपको सम्भालकर बोला, "अगर कष्ट न हो तो इस समय का खाना गरीबखाने पर खाइए। मेरी कोठी यहां कान्स्टीट्यूशन क्लब से बहुत निकट है—बरजूटिया महल।"

"मगर यहां से कैसे चलेंगे ?" मैंने एक जंभाई लेकर पूछा, "मैं बहुत थका हुआ हूं !"

"मेरे पास एक ब्यूक गाड़ी है आप शायद उसमें न आ सकें, इसलिए मैं एक शेवरले लारी आपके लिए लेता आया हूं।"

जीवन में पहली बार मैंने शेवरले लारी में सफर किया। भाई, यह लोहे का गधा खूब होता है !

बरजूटिया महल सचमुच एक महल की तरह सजा हुआ था। जिस सोफे पर ले जाकर मुझे बिठाया गया, वह इतना बड़ा था कि उस पर दो गधे आसानी से आराम कर सकते थे।

बरजूटिया महल में 'तशरीफ रखवाए' जाने के बाद बरजूटिया ने बड़े आदरपूर्वक झुककर मुझसे कहा, "अब आप क्या पीएंगे ? लेमन, स्क्वैश या शर्बत रुहअफ्जा ?"

मैंने कहा, "मैं थोड़ी सी घास खाऊंगा।"

बरजूटिया ने बड़ी गम्भीरता से घण्टी बजाई, जैसे आयु भर मेहमानों का घास खिलाना उसका नियम रहा हो। उसके बाद उसने अपने नौकर को कुछ आदेश दिया।

थोड़े समय के बाद जब नौकर ने फिर कमरे में प्रवेश किया तो मैं क्या देखता हूं कि चांदी की एक बड़ी सुन्दर ट्रे में हरी-हरी सुगन्धित दूब धुली-धुलाई

रखी है। बड़ी बारीक कटी हुई घास थी, जिसके खाने से दांतों को जरा भी कष्ट नहीं होता था। घास खाने के बाद नौकर नम्बर 2 ने चांदी की एक बाल्टी में मुझे पानी प्रस्तुत किया। रेफ्रीजरेटर का ठण्डा किया हुआ पानी था, जिसमें जाने कितनी सुगन्धियां और शर्बत मिले हुए थे। जब मैं पानी पी चुका तो नौकर नम्बर 3 ने सफेद तौलिये से मेरा मुंह साफ किया।

नौकर नम्बर 4 ने आकर पूछा, "आप कौन-सा पान नोश फर्माएंगे, सादा या क्वाम वाला ?"

मैंने कहा, "क्वाम बेहतर रहेगा; लेकिन देखना, क्वाम खास लखनऊ का हो वरना सारा मजा किरकिरा हो जाएगा।"

इतना कह चुकने के बाद मैं सेठ बरजूटिया की ओर मुड़ा और उनसे पूछना पड़ा, "आपने इतना कष्ट किसलिए किया ?"

सेठ बरजूटिया ने अपनी कुर्सी जरा आगे सरका ली और मेरी ओर ध्यान से देखकर बोला, "श्रीमानूजी ! साफ-साफ कह दूं ?"

"बिल्कुल साफ-साफ कहिए।" मैंने आग्रहपूर्वक कहा।

"तो बात यह है," सेठ बरजूटिया ने मेरे और करीब आते हुए कहा, "मैं उस प्रेस-कान्फ्रेंस में मौजूद था। उस समय मैंने अनुमान लगाया था कि आप पण्डितजी से अपने इण्टरव्यू का मूल उद्देश्य बिल्कुल गोल कर गए हैं। बस, वहीं मुझे सन्देह हुआ।"

"ओह !" मैंने बात को कुछ-कुछ समझते हुए कहा।

"बस; आप मुझे साफ-साफ बता दीजिए कि आपके और पण्डितजी के दर्मियान क्या-क्या बातें हुईं ?"

"बातें तो बहुत-सी हुईं।" मैंने सन्तोषजनक स्वर में सिर हिलाकर कहा, "राष्ट्रीय जीवन की बातें, विदेशी राजनीति की बातें, पंचवर्षीय योजना की बातें।"

"कुछ ठेके की बातें भी हुई थीं।"

मेरे मस्तक में तेल की रिफाइनरी की चर्चा उभर आई। मैंने कहा, "हां, कुछ ठेके की बातें हुई थीं।"

"कितने के ठेके की ? दस लाख या बीस लाख ?"

"इससे अधिक !"

"एक करोड़ ?" बरजूटिया ने कुर्सी को और आगे सरकाते हुए कहा।

"इससे भी अधिक।"

"पांच करोड़ ?"

"जी नहीं, इससे भी अधिक।"

"दस करोड़ ?" बरजूटिया की आवाज कांपने लगी—वह कुर्सी खिसकाते-

खिसकाते बिल्कुल मेरे चेहरे के करीब आ गया।

"दस करोड़ से अधिक ! पच्चीस करोड़ !" मैंने कहा।

"बस-बस, आगे मुझे कुछ न बताइए।" सेठ बरजूटिया ने मेरे होंठों पर हाथ रखते हुए कहा, "दीवार के भी कान होते हैं।"

"मगर सुनिए तो...." मैंने कुछ कहना चाहा।

"शश्-शश्...." सेठ बरजूटिया ने अपने होंठों पर उंगली रखते हुए कहा, "मुझे और कुछ नहीं पूछना। बस, इतना काफी है। पच्चीस करोड़ ! बाप रे ! —सुनिए श्रीमानूजी ! आज से आप मेरे पार्टनर हैं।"

"पार्टनर ?" मैंने हैरान होकर कहा, "किस बात के ?"

"उसी सौदे के," बरजूटिया ने संकेत करते हुए कहा, "जिसकी चर्चा पण्डितजी से हुई।"

"मगर...." मैने कहना चाहा। मगर बरजूटिया ने फिर मेरा वाक्य काट दिया।

"अगर-मगर नहीं चलेगी मेरे साथ," बरजूटिया मुझे समझाने लगे, "देखिए, यों तो आप बड़े बुद्धिमान हैं, मगर आपके पास रुपया नहीं है और रुपया मेरे पास है—जितना चाहिए। मैं आपको इस बिजनेस में एक-तिहाई का हिस्सेदार बना लूंगा।"

मैंने इन्कार में सिर हिलाकर कहा, "मगर यह भी तो देखिए...."

"अच्छा ! अच्छा ! मैं समझ गया, आप हिस्सा अधिक चाहते हैं। अच्छा चलिए, फिफ्टी-फिफ्टी ! आधा हिस्सा मेरा, आधा आपका। रुपया सब मैं लगाऊंगा। चलिए, अब तो ठीक है ! कीजिए इस कागज पर हस्ताक्षर। मैंने टेलीफोन पर सालीसीटर को कहकर सब मामला पहले से ही लिखवा रखा था। देखिये, मेरा अनुमान कितना ठीक निकला !"

"मगर साहब, आपको बड़ी गलतफहमी हो रही है, मैं इस कागज पर हस्ताक्षर नहीं करूंगा।"

बरजूटिया ने मेरी ओर घूरकर देखा, बोला, "मैं आपको गधा समझता था। लेकिन आप तो बड़े काइयां निकले। अच्छा चलिए साहब, मैं आपको अपनी फर्म में आधे का हिस्सेदार बनाए लेता हूं। इस ठेके के अतिरिक्त मेरी फर्म के दूसरे ठेकों में भी आपका हिस्सा रहेगा। देखिए, अब इन्कार मत कीजिए, इस कागज पर हस्ताक्षर कर दीजिए। मैं आपसे सच कहता हूं, इससे अच्छी शर्त आपको कहीं नहीं मिल सकती। बरजूटिया, बरजूटिया एण्ड बरजूटिया कन्स्ट्रक्शन कम्पनी का हिस्सेदार बनना भारत के किसी बड़े पूंजीपति के लिए भी गौरव की बात हो सकती है।"

"देखिए न...." मैंने कहा, "मैं एक मामूली गधा हूं और...." हमारे अक्सर शेयरहोल्डर गधे होते हैं, वर्ना हम इतना लाभ कैसे कमा सकते हैं, आप तो सब जानते हैं।"

बरजूटिया ने मेरी खाल में चुटकी भरी और जोर से कहकहा लगाने लगा और इस प्रकार मेरी पीठ थपकने लगा जैसे वह और मैं बचपन के लंगोटिया गधे रह चुके हों और वर्षों इकट्ठे घास चरते रहे हों।

फिर उसने मुझे आंख मारकर कहा, "मैं इस कोठी में आपके लिए एक अच्छा-सा कमरा अलग दिए देता हूं। फर्स्ट क्लास एयरकण्डीशन कमरा ! जैसा किसी महाराज के रेस के घोड़े को भी नसीब न हो। हर प्रकार का ऐश-आराम—रात में आपको मुन्नन बाई का नाच और गाना...."

मैंने सोफे के उठने का प्रयत्न करते हुए कहा, "मुझे तो आप आज्ञा दीजिए। देखिए, मैं एक गरीब विधवा का गधा हूं। वह और उसके बच्चे मेरी प्रतीक्षा कर रहे होंगे। प्रधानमन्त्री ने मुझे उसके लिए रकम दी है, उसे उन्हें देने जाऊंगा।"

"कहां जाएंगे ?" बरजूटिया ने पूछा।

"कृष्णनगर, जमनापार।"

"तो वहां तक जाने की क्या आवश्यकता है ? मैं अपनी ब्यूक भेजकर उन लोगों को यहीं बुलवाए लेता हूं। रामू धोबी की विधवा और उसके तीनों बच्चों को यहीं क्वार्टरों में जगह दिए देता हूं और मुझे अपनी कोठी में एक धोबिन की जरूरत भी है। पहला धोबी साला बड़ा कामचोर है। आप बिल्कुल चिन्ता न कीजिए; सब ठीक हो जाएगा। वैसे आप घबराएं नहीं। अगर आप कुछ देर सोचना चाहते हैं, इस कागज पर हस्ताक्षर नहीं करना चाहते, न सही; मैं भी अभी आपको मजबूर नहीं करना चाहता। मगर इतना निवेदन अवश्य करूंगा कि अभी कुछ दिन आप मेरे मेहमान रहिए, इससे मुझे बड़ी प्रसन्नता होगी।"

उसने पार्टनरशिप का कागज जेब में डाल लिया और मेरी ओर ऐसी दयानीय दृष्टि से देखने लगा कि मुझसे इन्कार न हो सका। मैंने भी कहा—चलो, मेरे कारण बेचारे रामू की विधवा को नौकरी मिल रही है और उसके बच्चों के लिए ठिकाना भी बन रहा है। यहां कुछ दिन रहेंगे, क्या बुरा है ?

दूसरे दिन मुझे संगीत की मद्धिम-मद्धिम धुन के साथ ख्वाबे-खरगोश (गहरी नींद) नहीं बल्कि ख्वाबे खर (गधे की नींद) से जगाया गया। मैंने मसहरी से उठकर देखा, बहुत-से नौकर नाश्ता लिए खड़े थे। सौंधा-सौंधा भुना हुआ बाजरे का दलिया खाने में बहुत आनन्द आया। इससे पहले केवल सुन रखा था कि मनुष्य अपने मतलब के लिए गधे को बाप बना लेता है, आज अपनी आंखों के सामने इसकी पुष्टि हो गई, जब मैं दलिया खा रहा था, उसी समय क्या

देखता हूं कि सेठ बरजूटिया हाथ में बहुत-से समाचार-पत्रों का पुलिन्दा उठाए खुशी-खुशी चले आ रहे हैं। आते ही ऐसे उल्लास से गले मिले जैसे मैं गधा न था—उनका सगा भाई या बाप था। आते ही कहने लगे, "यह देखिए ! दुनिया-भर के पत्रों में आपके फोटो छपे हैं और मुखपृष्ठ पर ! आज तो आपने फार्मूला के संकट को भी पिछले पन्नों पर फेंक दिया। यह देखिए, चर्चिल का भाषण भी दूसरे पन्ने पर आया है।"

मैंने देखा, 'डेली मिरर' ने सात कालम की सुर्खी दी थी—'बोलते हुए गधे की प्रधानमन्त्री से भेंट; संसार का महान् चमत्कार !'

और 'न्यूयार्क टाइम्स' ने पहले पन्ने पर मेरे और फ्रांसिस के चित्र एक साथ प्रकाशित किए थे। इसके अतिरिक्त एक सम्पादकीय भी लिखा था, जिसका सारांश यह था कि अगर पण्डित नेहरू भारत के एक गधे को इण्टरव्यू दे सकते हैं तो हमारे प्रधान मैट्रोगोल्डविन मेयर के फ्रांसिस को क्यों इसका अवसर नहीं दे सकते ? जितना शीघ्र यह काम कर डाला जाए, उचित होगा, अन्यथा पूरे एशिया में अमरीका की प्रतिष्ठा खतरे में पड़ जाएगी।

लन्दन टाइम्स की सुर्खी थी—"अब संसार के गधे भी युद्ध के विरुद्ध बोलने लगे, पश्चिम को खतरा।"

फ्रांस के कन्जरवेटिव पत्र 'लामांदे' ने एक व्यंग्यात्मक सुर्खी जमाई थी—'नेहरू का गधा—पञ्चशील के पक्ष में !'

लेकिन 'लामांदे' से कब न्याय की आशा की जा सकती है ? भारत के लगभग सभी पत्रों ने मोटे टाइप में मेरा इण्टरव्यू छापा था। बहुत-से पत्रों ने सम्पादकीय भी लिखे थ, और कई पत्रों ने इस बात पर कड़ी नुक्ताचीनी की थी कि क्यों पण्डितजी ने एक मामूली गधे को इण्टरव्यू दिया अर्थात् जितने मुंह उतनी बातें। लेकिन इसमें कोई सन्देह नहीं कि एक ही रात में मैंने अन्तर्राष्ट्रीय महत्त्व प्राप्त कर लिया था और आज पूरे संसार में मेरी ही चर्चा थी।

"अजी ये तार तो देखिए !" सेठ बरजूटिया ने तारों का बण्डल दिखाते हुए कहा। अधिकतर तार बधाई के थे, लेकिन कुछ काम के भी थे।

"यह देखिए ! यह तार कंचनजंगा पर्वत की चोटी छूने जा रही जर्मन टोली की ओर से आया है। उन्होंने लिखा है, वे लोग बड़े प्रसन्न होंगे, यदि आप केवल पहले दस हजार फुट तक उनके साथ चल सकें। वे इस बात की गारण्टी देते हैं कि आप पर कोई बोझ नहीं लादा जाएगा।

"यह तार देखिए। प्रसिद्ध फिल्म-डायरेक्टर ख्वाजा अहमद अब्बास और रमेश सहगल ने प्रार्थना की है कि आप उनकी नई फिल्म में काम करें, तनख्वाह दस हजार रुपया मासिक, आने-जाने के लिए हवाई जहाज का किराया अलग।

आपके साथ काम करने के लिए नलिनी जयवन्त, सूरैया, नर्गिस से बातचीत हो रही है, देखिए किसे चुना जाता है।

"यह तार देखिए। प्रसिद्ध फिल्म-स्टार जानी वाकर और भगवान् आपके साथ मिलकर एक कामेडी फिल्म बनाना चाहते हैं। पब्लिसिटी में आपका नाम इन दोनों से पहले दिया जाएगा। कहिए, स्वीकार है ?

"यह 'दी ग्रेट रायल इण्डियन सर्कस' की ओर से ऑफर है। वे लोग आपको लेकर यूरोप के सफर पर जाना चाहते हैं।"

मैंने क्रोध से झुंझलाकर तारों का बण्डल फर्श पर फेंक दिया। बरजूटिया ने शोक प्रकट करते हुए कहा, "लोग ऐसी ख्याति के लिए तरसते हैं, और आप हैं कि इस प्रकार इन्कार कर रहे हैं। अजी साहब ! मुझे ऐसी ख्याति मिले तो मैं गधा तो गधा, सूअर बनने को तैयार हूं।"

मैंने क्रोधवश अपने दांत पीस लिए मगर कुछ कह न सका।

सेठ बरजूटिया ने कहा, "बाहर बहुत-से लोग आपसे मिलने की आशा लिए बैठे हैं। मुलाकातियों का कमरा भर गया है।"

"मैं किसी से नहीं मिलूंगा।" क्रोधवश पूंछ हिलाते हुए मैंने कहा।

"कम से कम आप दिल्ली म्युनिसिपल कमेटी के चेयरमैन से तो मिल लीजिए।"

"हाय !" मैंने घबराकर कहा, "क्या वे भी आए हैं ?"

"जी हां !" सेठ बरजूटिया ने कुछ इस प्रकार आंख मारकर मुझसे कहा, मानों यह सब उसी का किया-धरा हो। "असल में दिल्ली म्युनिसिपल कमेटी आपको एक मानपत्र भेंट करना चाहती है !"

"मुझे ! मैंने आश्चर्य से चिल्लाकर कहा, "एक मामूली गधे को ! यह दिल्ली म्युनिसिपल कमेटी को क्या हो गया है ?"

"अब आप मामूली गधे नहीं रहे।" बरजूटिया ने प्रसन्नतावश चमकते हुए कहा, "अब आप भारत-विख्यात बल्कि विश्व-विख्यात गधे हैं—संसार के महानतम गधे !"

"और वह केवल इसलिए कि मैं भूल से प्रधानमन्त्री की कोठी में चला गया था और उन्होंने स्नेहवश मेरी पीठ पर हाथ फेरा और थोड़ी देर मुझ पर सवारी कर ली, केवल इसलिए ? आश्चर्य है साहब ! गधा मैं हूं या आप हैं ?"

बरजूटिया ने कहा "अगर आप आज्ञा दें तो उन्हें बुला लूं।"

"नहीं, नहीं !" मैंने क्रोध से कहा, "नहीं साहब ! मैं इस योग्य नहीं हूं कि दिल्ली म्युनिसिपल कमेटी मेरी सेवा में मानपत्र प्रस्तुत करे।"

"अजी महाशय, आप क्या बातें करते हैं !" बरजूटिया ने मुझे समझाते हुए

कहा, "और देखिए, अब यह बड़ी बदतमीजी होगी। असल में मैंने आपकी ओर से 'हां' कर दी है और अब वे लोग सब प्रबन्ध कर चुके होंगे। बाजारों में पोस्टर लग चुके हैं। शहर के माननीय व्यक्तियों को निमन्त्रण जा चुके हैं। जरा सोचिए तो सही, अगर आपने मानपत्र स्वीकार न किया तो लोग कितने निराश होंगे—और सुनिए—" बरजूटिया ने दबे कण्ठ से कहा, "मेरी खातिर आप इसे स्वीकार पर लीजिए। इससे हमारी पार्टनरशिप को बहुत लाभ पहुंचेगा।"

"कौन-सी पार्टनशिप ?" मैंने झल्लाकर कहा।

"अरे रे ! इसका तो मुझे जिक्र ही नहीं करना चाहिए था।" बरजूटिया हंसकर बोला, "अच्छा, मैं जानता हूं। आपकी ओर से 'हां' किए देता हूं। आपको उनसे मिलने का क्यों कष्ट दूं इस वक्त !"

"मगर सुनिए तो..."

मगर उसने कुछ न सुना और दूसरे कमरे में चला गया।

थोड़ी देर बाद क्या देखता हूं कि लड़कियों का एक दल का दल कमरे में प्रविष्ट हुआ। लगभग सबकी सब कॉलेज की लड़कियां थीं। उन्होंने हंसते हुए, खिलखिलाते हुए, कहकहे लगाते हुए मुझे घेर लिया। सबकी सब अपनी आटोग्राफ-बुक लिए मुझसे आटोग्राफ मांग रही थीं। उनकी आटोग्राफ-बुक पर शीला रमानी, देवानन्द, राजकपूर, दिलीपकुमार और दूसरे फिल्म-स्टारों के आटोग्राफ थे और अब वे मेरे आटोग्राफ मांग रही थीं। कैसी हैं ये लड़कियां, जिन्हें एक दिलीपकुमार और एक गधे में कोई फर्क नजर नहीं आता ! सभी को एक ही आटोग्राफ से हांकती हैं। इनकी आंखें इस कथित ख्याति से कितनी चुंधियाई हुई हैं !

जब मैं उन्हें आटोग्राफ दे रहा था तो मैंने देखा बरजूटिया एक लड़की को लिए विशेष रूप से मेरे आगे-पीछे घूम रहे हैं। आखिर मेरे पास आकर कहने लगे, "यह मेरी बेटी है—रूपवती। इसकी आटोग्राफ-बुक पर विशेष रूप से कुछ लिख दीजिए।"

मैंने रूपवती को देखा। लम्बी, पतली, छरहरी, सुकुमार-सी लड़की थी। उसकी नजर में विचित्र प्रकार की धृष्टता दी। स्वर अत्यन्त अपमानजनक और हर अदा अत्यन्त कृत्रिम। रूप-रंग से वह एक लड़की नहीं, एक चलती-फिरती गुड़िया दिखाई देती थी।

मैंने रूपवती से पूछा, "क्या लिखूं ?"

वह तुनककर बोली, "अब मैं क्या जानूं ! लिखना हो तो लिख दीजिए, वरना ऐसी कोई जरूरत भी नहीं।" उसने अपनी आटोग्राफ-बुक बन्द कर दी।

"बेटी !" बरजूटिया ने उसे प्यार से परन्तु इतने धीरे स्वर में डांटा कि मुझे

पता न चले। परन्तु मुझे पता चल गया। लड़की की दहकती नजरें एकदम बुझ गईं और अब उनमें चंचलता उत्पन्न हो गई।

"कोई अच्छा सा आटोग्राफ दीजिए न !" उसका कोमल हाथ मेरे कन्धे पर क्षण भर के लिए रुक गया और उसने एक लम्बा मीठा श्वास लिया और मुझे ऐसा लगा जैसे मैं किसी सख्त संगमरमर के फिसलते हुए फर्श वाले कमरे में बन्द हूं। एक हरी दूब वाली गहरी चरागाह में हूं। मेरे चारों ओर सुगन्धित घास लहलहा रही है। ढलवानों पर चश्मे उबल रहे हैं। सुहानी धूप ने वृक्षों के आसपास अपनी सुन्दर शतरंज बिछा रखी है और बादलों के सफेद-सफेद टुकड़े आकाश में उड़ानें भर रहे हैं।

एकाएक प्रसन्न होकर मैंने जोर से अपनी ढींचू-ढींचू की हांक लगाई। वही साफ, खुली, निश्चिन्त जीवन से परिपूर्ण हांक ! जब गधा अत्यन्त प्रसन्न होता है और संसार को अपनी आत्मा के संगीत से गुंजा देता है, वही संगीत उस समय मेरे होंठों पर आया।

लेकिन मैंने देखा कि दूसरे ही क्षण लड़कियां मेरी आवाज सुनकर भाग गईं। बहुत-सी लड़कियां तो अपनी आटोग्राफ-बुक भी वहीं भूल गईं। कुछ क्षणों के बाद मैं अपने कमरे में अकेला खड़ा था। मनुष्य कितना विचित्र जीव है ! उसे केवल अपनी प्रसन्नता में संगीत सुनाई देता है, दूसरे की प्रसन्नता अर्थहीन मालूम होती है।

निकलना गधे के जुलूस का चांदनी चौक से और फूल बरसाना स्त्रियों का झरोखों में से। मानपत्र भेंट करना म्युनिसिपल कमेटी के प्रधान का और उत्तर गधे का—

पाठकगण ! अब मैं क्या निवेदन करूं किस ठाठ का जुलूस दिल्ली वालों ने मेरा निकाला है। लाखों लोगों की भीड़ थी, जो एक बोलते हुए गधे को देखने भर आए थे। बेचारी स्त्रियां अपनी मूढ़ता के कारण बड़ी अन्धविश्वासी होती हैं। किसी ने उनके कान में डाल दिया कि मैं जो बोलता-चालता हूं तो यह दैवी चमत्कार है अर्थात् इस प्रकार की अनेक बातें यार लोगों ने उन अन्धविश्वासी स्त्रियों के दिलों में डाल दीं। फलस्वरूप जब चांदनी चौक से मेरा जुलूस गुजरा तो ऊपर मकानों की खिड़कियों से मुझ पर पुष्प वर्षा होता रही।

जगह-जगह जुलूस में बार-बार 'गधे की जय' के नारे गूंजते और मेरी सवारी को ठहराकर दर्शनाभिलाषियों को मेरे दर्शनों का शुभ अवसर प्रदान किया जाता और मुझसे कहा जाता कि आशीर्वाद अथवा धन्यवादस्वरूप कुछ शब्द उनके

सामने बोल दूं, ताकि उन्हें विश्वास हो जाए कि मैं कोई बिल्कुल गधा या 'फ्राड' नहीं हूं, सचमुच उनकी भाषा बोलता हूं। अतएव मुझे कई स्थानों पर बोलना पड़ा। मेरे बोलते ही लोगों की हालत अजीब हो जाती थी। कई लोग तो मूर्च्छित तक हो जाते थे। बहुत-से लोग वहां घुटनों के बल गिरकर हाथ जोड़ने लगते या जमीन पर लेटकर साक्षात् दण्डवत करने लगते। पूरे शहर पर एक प्रकार की धार्मिकता-सी छा गई थी और जैसा कि मुझे बाद में पता चला, यह सारा प्रबन्ध सेठ बरजूटिया ने किया था।

उस दिन मुझे खूब अच्छी तरह उबटन और सुगन्धियां मल-मलकर नहलाया गया था। जीवन में कभी मैंने अपने-आपको इतना साफ-सुथरा नहीं देखा था। एक बड़ी सुन्दर कढ़ी हुई झोल मेरी पीठ पर पड़ी हुई थी। सोने का झूमर मेरे माथे पर था और गले में फूलों के असंख्य हार पड़े हुए थे। दो सेवक मेरे साथ थे जो ब्रुश से हार दो सौ गज के बाद मेरे शरीर पर से धूल साफ कर देते थे, क्योंकि रास्ते में धूल बहुत उड़ती थी। एक सेवक गुलाबदानी लिए मेरे साथ-साथ चल रहा

था और हर दो मिनट बाद मेरे शरीर पर गुलाब के इत्र की वर्षा कर देता था। आज सुबह-सुबह सेठ बरजूटिया के नाई ने विशेष रूप से मेरी पूंछ की हजामत की थी, बालों को बड़े सुन्दर ढंग से काटा और पैरों के नाखूनों को संवारा था। निःसन्देह आज मैं संसार का सुन्दरतम गधा दीख रहा था।

इस प्रकार मुझे टाउनहाल में ले जाया गया। मुझे देखते ही टाउनहाल के भीतर जितने मानवीय सज्जन पधारे हुए थे, उठ खड़े हुए और अभिनन्दनस्वरूप हाथ जोड़कर पुनः अपने-अपने स्थान पर बैठ गए। मुझे स्टेज पर ले जाया गया। फिर विभिन्न सभाओं की ओर से मेरे गले में हार डाले गए और उपहार भेंट दिए गए। म्युनिसिपल कमेटी के प्रधान ने अपने मानपत्र में कहा—

"जिस समय आप पहली बार हमारी म्युनिसिपल कमेटी में पधारे थे, उस समय हमें मालूम न था कि आप कौन हैं। हमने आपको एक मामूली गधा समझा और लात मारकर बाहर निकाल दिया। आज हमें अपनी धृष्टता पर अत्यन्त खेद हो रहा है कि हमने संसार के एक महान् प्राणी के साथ ऐसा व्यवहार किया। यह जलसा उस दुर्व्यवहार की क्षतिपूर्ति तो नहीं कर सकता, लेकिन हम इस भरे जलसे में बड़े सच्चे दिल से आपसे क्षमा-याचना करते हैं। श्रीमान् गधेजी ! आप हमें क्षमा कर दीजिए, यह हमारी आपसे प्रार्थना है।

"आशा है, आप हमें अवश्य क्षमा कर देंगे क्योंकि आपका हृदय बहुत बड़ा है और आप बहुत बड़े गधे हैं। श्रीमानूजी ! जिस प्रकार आपने रामू धोबी के देहान्त पर उसकी विधवा पत्नी और उसके बच्चों की रोटी-पानी के लिए स्वयं पैदल चलकर, दफ्तर-दफ्तर घूमकर कोशिश की है, उससे मालूम होता है कि आपके हृदय में निर्धनों के प्रति कितनी सहानुभूति है। आप गधे होकर भी मानवता के दुःख-दर्द अपनी छाती में छिपाए घूमते रहते हैं। काश ! हर मनुष्य आपकी तरह गधा होता !

"आपने निःस्वार्थ सेवा, शान्तिप्रियता, सहानुभूति तथा मानव प्रेम का उज्ज्वल उदाहरण प्रस्तुत किया है, उससे प्रभावित होकर म्युनिसिपल कमेटी आपको दिल्ली के नागरिक अधिकार प्रदान करती है। अफसोस कि नई दिल्ली में गधों का दाखिला बन्द है, वरना आपको वहां के अस्थायी नागरिक अधिकार भी प्रदान किए जाते।

"अस्तु, जो कुछ हमसे हो सका प्रस्तुत है—स्वीकार कर अनुग्रहीत करें।"

(लोगों की ओर से दस मिनट तक तालियों पर शोर)

इस मानपत्र के बाद पशुओं को मानव-अत्याचारों से बचाने वाली सभा की ओर से एक मानत्र प्रस्तुत किया गया। एक मानपत्र घुड़दौड़ के घोड़ों की देख-रेख करने वाली सभा की ओर से पढ़ा गया और एक मानपत्र रेहड़ी वालों की सभा की

ओर से, जो अपनी रेहड़ियों में गधे जोतते हैं, प्रस्तुत किया गया। इन तीनों मानपत्रों में मेरी सेवाओं को सराहा गया था। उन सेवाओं में प्रत्येक मानपत्र में इनती वृद्धि होती चली जा रही थी कि अब मैंने लज्जित होना छोड़ दिया था और अपनी सेवाओं पर विश्वास करने लगा था। रेहड़ी वालों की सभा के मानपत्र का अन्तिम वाक्य कुछ इस प्रकार था—

"आपने न केवल दिल्ली के गधों की बल्कि भारत भर के गधों की लाज रख ली है। आपकी महान् सेवाओं को राष्ट्र कभी न भुला सकेगा। आपके कारण भारतीय गधों का सम्मान पूरे संसार में बढ़ गया। भगवान् अनन्तकाल तक हम पर आपकी छत्रछाया बनाए रखें, ताकि आप इसी प्रकार राष्ट्र की सेवा करते रहें...." इत्यादि....

इन मानपत्रों के बाद मेरी बारी आई कि मैं धन्यवादस्वरूप कुछ शब्द क़हूं। अतएव मैं माइक्रोफोन हटाने लगा तो चेयरमैन ने फर्माया, "हुजूर ! यह माइक्रोफोन है।"

मैंने कहा, "मुझे मालूम है कि यह माइक्रोफोन है; इसलिए तो इसे हटा रहा हूं; क्योंकि मैं गधा हूं, और मेरी आवाज इतनी ऊंची है कि मुझे माइक्रोफोन की जरूरत नहीं।"

अब जाकर चेयरमैन साहब मेरी बात को समझे। उन्होंने एक कर्मचारी को माइक्रोफोन हटाने को कहा और जब माइक्रोफोन मेरे सामने से हट गया तो मैंने अपना भाषण शुरू किया—

"उपस्थित महिलाओं तथा सज्जनो ! यह दिल्ली है। यह वह दिल्ली है जो सैकड़ों बार बसी और उजड़ी। उजड़ी और फिर बसी। यहां बड़े-बड़े बादशाह आए और अपनी शान-शौकत दिखाकर चले गए। यहां बड़े-बड़े गधे आए और अपनी-अपनी बोलियां बोलकर उड़ गए। आज भी आप अपने सामने एक गधे को देख रहे हैं, जिसमें इसके अतिरिक्त और कोई विशेषता नहीं है कि वह एक गधा होकर मनुष्यों की बोली बोल सकता है। इसमें कोई विचित्र बात नहीं है। अगर एक इन्सान का बच्चा भेड़ियों के गुण स्वभाव अपना सकता है, तो एक गधा इन्सानों में रहकर क्यों इन्सानों के गुण-स्वभाव नहीं अपना सकता ! आपने मेरा सम्मान किया क्योंकि मैं एक गधा होकर इन्सानों की-सी बात करता हूं, लेकिन आपने उन लाखों इन्सानों का सम्मान नहीं किया जो इन्सान होकर गधों की-सी बातें करते हैं।

"आपने बिल्कुल उचित बात की क्योंकि इन्सान इन्सान है। उसमें समझ है, बुद्धि है, ज्ञान है और ये समस्त गुण पशुओं के मुकाबले में उसे अधिक प्राप्त हैं, इसलिए वह हमसे प्रमुख है।

"आज मुझे यहां से बोलने की जरूरत न पड़ती अगर आज मैं महसूस न करता कि इन्सान अपनी परम्परा, अपनी जाति और अपने इतिहास के अनुभवों की उपेक्षा कर मृत्यु की भयानक घाटियों में खोता चला जा रहा है। आज वह जीवन को नहीं मृत्यु को तलाश कर रहा है। बड़े से बड़ा जीवन नहीं, बड़ी से बड़ी मृत्यु ! भयानक, भयंकर, करोड़ों इन्सानों, गधों, पशुओं, पेड़ों, पत्तों, झाड़ियों को जलाकर राख कर देने वाली मृत्यु ! आज इन्सान इस धरती पर स्वर्ग नहीं, नरक उतारने पर उतारू है। आज इन्सान के इस व्यवहार से न केवल गधों को, बल्कि संसार के हर पशु को खतरा है। हर पेड़ को खतरा है।

"इसलिए एक बेजवान गधा होते हुए भी मैं इन्सानों की जबान में तुम लोगों ने कहने आया हूं—ऐ इन्सान ! ऐ आदरणीय भाई ! आज तेरे कारण हर जीव-जन्तु को खतरा है। जंगल के शेर से लेकर झील में खिलते हुए कमल तक हर जानदार चीज को खतरा है। हम तेरे भाई हैं। विकास के मार्ग में तुझसे बहुत पीछे हैं, लेकिन जीवन के मार्ग में तुझसे बहुत निकट हैं। अपनी स्वार्थपरता तथा विद्वेष के कारण शायद तुझे यह अधिकार तो प्राप्त है कि तू अपने शत्रु की हत्या कर डाले, लेकिन तुझे यह अधिकार प्राप्त नहीं कि तू इस पूरी धरती पर से एटमी मृत्यु द्वारा पूरा जीवन नष्ट कर डाले।

"अगर तुझमें इन्सानों की-सी सूझ-बूझ नहीं रह गई है तो गधों की बुद्धि से काम ले। एक खरगोश की बुद्धि से काम ले। देख, भेड़िया किस प्रकार अपने बच्चों की रक्षा करता है। वृक्ष के तने में जीवन का रस कैसे दौड़ता है। पत्ता सूरज के प्रकाश से कैसे खाद्य पदार्थ प्राप्त करता है। काश ! तू एक गधे की नहीं तो एक पत्ते की बुद्धि से ही काम ले सके !

"ऐ मेरे इन्सान ! ऐ मेरे आदरणीय भाई ! मृत्यु की ओर से लौट आ। इस भूमण्डल पर चारों ओर सहमा-सहमा जीवन, उदास जीवन तेरे हाथों की ओर देख रहा है। तू हमें क्या देगा ? बम या जीवन ? अस्तित्व या विनाश ?"

उस दिन सेठ मनसुखलालजी ने अपनी कोठी पर मेरे सम्मान में एक बहुत बड़ी दावत का प्रबन्ध किया था। दावत इस रूप से बड़ी नहीं थी कि उसमें बहुत से लोग आए थे, बल्कि इसलिए बड़ी थी कि उसमें बड़े-बड़े लोग आए थे अर्थात् वे लोग जिन्हें यहां की सोसायटी में बड़ा समझा जाता है। शहर के लगभग दो सौ सम्मानित सज्जन पधारे थे। प्रत्येक की कोशिश यह थी कि किसी प्रकार मुझसे हाथ मिलाए, मुझसे बातें करे, मेरे साथ उसका फोटो उतरे। ये बड़े लोग भी भीतर से कितने छोटे होते हैं ! सस्ती ख्याति के कितने भूखे होते हैं ! यहां मैं यह भी अवश्य कहूंगा कि इनमें से कुछ लोग ऐसे भी थे, जिन्हें मेरे साथ फोटो खिंचवाने का आग्रह नहीं था, बल्कि देखने में मुझसे बात तक न करना चाहते थे। उनमें से

एक करोड़पति सेठ भाटियाजी थे; जो कई बैकों, कारखानों, बिल्डिंगों के मालिक थे। उनके सेक्रेटरी ने दावत के दौरान में आकर मेरे कान में कहा, "सेठ भाटियाजी आपसे मिलना चाहते हैं, अकेले में, आप कोई समय दीजिए।"

अभी मैं कोई उत्तर सोच भी न पाया था कि सेठ मनसुखलालजी मुझे वहां से हटाकर मेहमानों की दूसरी पार्टी की ओर ले गए और फिर वहां पर मेरा परिचय शुरू हुआ और वही लम्बी-चौड़ी बेसिर-पैर की बातें सुनने में आईं। फिर वहां भी एक रौबीला व्यक्ति, जो चेहरे-मुहरे से किसी स्टेट का महाराजा मालूम होता था, मगर बाद में लाला हरदयाल पुश्करनी का मुनीम मालूम हुआ, मुझे एक ओर ले जाकर कहने लगा, "उस पच्चीस करोड़ रुपये की स्कीम के बारे में हमारे सेठ पुश्करनीजी आपसे बात करना चाहते हैं।"

अभी मैं उनसे भी कुछ न कह पाया था कि सेठ मनसुखलालजी हांफते हुए मेरे पास आए और बोले, "वह लेडी सारेगामा गाओ हैं न, जो विलिंगडन क्लब की प्रधान भी हैं, उन्हें आपसे मिलने की बड़ी उत्सुकता है।"

मैंने कहा, "सारेगामा तो भारतीय संगीत की आधी सप्तक है।"

वे बोले, "नहीं, यह उनका नाम है। हां, भारतीय संगीत में उन्हें दिलचस्पी अवश्य है। खैर, आप चलकर उनसे मिलिए तो सही।"

इसके बाद वे मेरे गले में हाथ डालकर और पुश्करनीजी के मुनीम की ओर तीखी नजरों से घूरकर, मानो यह कहकर 'अच्छा तुम्हारा यह साहस कि मेरे ही शिकार पर हाथ साफ करना चाहते हो, मुझे अपने प्रतिद्वन्द्वियों के चंगुल से निकाल लेडी सारेगामा गाओ की ओर ले चले। लेकिन रास्ते में कुछ महिलाओं ने घेर लिया।

मिसेज गुलालचन्द, जिनका चेहरा सुर्खी लगाने से सचमुच गुलाल हो रहा था, बोलीं, "मनसुखलालजी ! हमें भी तो आज के 'हीरो' से मिलाओ।"

मनसुखलालजी ने इधर-उधर देखा। पांच छः महिलाएं थीं। ये सब बड़े-बड़े सेठों-सौदागरों की दूसरी, तीसरी या चौथी पत्नियां थीं। ये नये दौलतिये लोगों की नई पत्नियां थीं। पुरानी गंवारू पत्नियां जो वे अपने गांवों से लाए थे, जिन्होंने उनके लिए सात-आठ बच्चे जने थे, एक धोती में निर्वाह किया था और एक-एक पाई सम्भालकर रखी थी, वे पत्नियां अब नई परिस्थिति में 'परित्यक्ता, हो गई थीं। जैसे कुछ शब्द शब्दकोष से बाहर हो जाते हैं, उसी प्रकार वे पत्नियां अब नये समाज के तकादों को पूरा करने के अयोग्य थीं, इसलिए समाज से बाहर हो गई थीं। इस समाज में बदन की सुन्दरता, बालरूप की नग्नता और फरटिदार अंग्रेजी बोलना कितना आवश्यक था ! इससे अधिक इन बेचारी स्त्रियों के पास कुछ और था भी नहीं अर्थात् यदि उनके मस्तक के कपबोर्ड के हिस्से बराबर कर दिए जाएं

तो एक खाने में आपको कुछ साड़ियां मिलेंगी, एक में कुछ शृंगार की थोड़ी-सी सामग्री। एक खाने में कुछ सैंडल मिलेंगे, एक खाने में अंग्रेजी के मुश्किल से डेढ़-दो सौ शब्द मिलेंगे। एक खाने में पालतू बन्दर, मैना, कुत्ते घुसे होंगे। हां, बच्चों वाला खाना खाली होगा। लेकिन इस नये समाज में, जो नित्य नये प्रोजेक्टों, डैमों और ठेकों के कारण उत्पन्न हुआ था, इन स्त्रियों की हैसियत प्रमाण सिद्ध थी। इनमें से कोई तो सीमेंट-गर्ल कहलाती थी, जिसने अपने पति को सीमेंट का परमिट लेकर दिया था। कोई आयरन-गर्ल, कोई पेपर-गर्ल तो कोई हैवी मशीनरी-गर्ल। एक सेठ ने ताबड़तोड़ सात विवाह किए थे। केवल इसी एक बात से पता चलाता था कि उस सेठ का धन्धा कितना फैला हुआ था।

सेठ मनसुखलाल ने इधर-उधर बड़ी विवशता से देखा। फिर उन पांच-छः महिलाओं की ओर देखा और उसे हर तरफ मगरमच्छ ही मगरमच्छ नजर आए, जो उस गरीब के पच्चीस करोड़ के ठेके को निगल जाने के लिए बेचैन नजर आते थे। इससे पूर्व कि वह मुझे उनके चंगुल से बचाने के लिए कोई अच्छा-सा बहाना ढूंढ़ सकता, सोफे पर बैठी हुए उन महिलाओं ने उठकर मुझे चारों ओर से घेर लिया।

मिसेज गुलालचन्द बिल्ली की तरह खर-खर करती हुई मेरे कानों पर हाथ फेरकर बोली, "हाउ स्वीट !"

"एण्ड हाउ हैंडसम !" मिसेज दुल्लारानी मेरे माथे पर हाथ फेरकर बोली, "यह तो मिस्टर गाउल्ज से भी हैंडसम है—याद है कमला ?"

कमला को खूब याद था क्योंकि कमला जिस सेठ की तीसरी पत्नी थी, उसे एक बार मिस्टर गाउल्ज से काम पड़ा था। मिस्टर गाउल्ज एक-विदेशी इन्जीनियर था और एक प्रोजक्ट के सम्बन्ध में आया था यद्यपि बाद में निकाला गया। लेकिन इतने समय में कमला के सेठ ने आठ लाख का सौदा खरा कर लिया था। कमला को अच्छी तरह याद था, क्योंकि उन दिनों मिसेज दुल्लारानी और कमला में उस ठेके के सम्बन्ध में बहुत चल गई थी। दोपों मिस्टर गाउल्ज को अत्यन्त सुन्दर समझती थीं मगर आखिर में पलड़ा कमला का भारी रहा।

कमला का बदन अत्यन्त सुन्दर था। ऐसा नपा-तुला, ढला-ढलाया कि यह बदन भगवान् द्वारा नहीं, फोर्ड मोटर कम्पनी में तैयार किया हुआ मालूम होता था। उसकी आवाज इतनी मधुर थी कि किसी स्त्री की नहीं, प्यानो का सुर मालूम होती थी। उसकी चाल, जिस पर विलिंगडन क्लब का हर मेम्बर मोहित था और जो सचमुच इस कयामत की थी कि मालूम होता था, उसके पांव गुडईयर कम्पनी ने विशेष रूप से, नये टायरों की बनावट को अच्छी तरह समझकर, बनाए हैं। कमला का दिल—बस यही एक खराबी कमला में थी कि उसके दिल नहीं था। वहां पर एक परिमट का फार्म था। एक रजिस्ट्रेशन का कागज था। एक सेठ का टेण्डर था;

मगर दिल नहीं था। जो लोग उस पर मोहत होते थे और उसे ठेका नहीं देते थे, उन्हें बहुत शीघ्र इसका पता चल जाता था; और जो देते थे, उन्हें भी पता चल जाता था, मगर जरा देर के बाद, जब ठेका उनके हाथ से निकल चुका होता था।

कमला ने अपनी बड़ी-बड़ी सुन्दर आंखें मेरी आंखों में डाल दीं और मधुरतम स्वर में बोली, "तुम, पुअर डंकी ? सचमुच बड़े डार्लिंग हो।" उसने मेरी पीठ पर यों धीरे से हाथ फेरा कि मुझे लगा—जिधर-जिधर से उसका हाथ जा रहा है, वहां की खाल मक्खन की तरह चिकनी होती जा रही है। मैं उसके इश्क में मूर्च्छित होकर गिरने ही वाला था कि सेठ मनुसखलाल की सुपुत्री अर्थात् रूपवती ने ठीक उसी समय आकर मुझे सम्भाला दे दिया। उसने आते ही ऐसी क्रोध भरी नजरों से घूरकर कमला की ओर देखा कि कमला तुरन्त मेरी पीठ पर से हाथ हटाकर पलट गई। मगर जाते-जाते अपनी साड़ी का पल्ला सम्भालकर अपनी नाजुक लोच दिखा गई।

मिस रूपवती ने मुझसे कहा, "आप फिर आ जाइएगा। इस समय इनसे क्षमा मांग लीजिए। लेडी सारेगामा आपको कब से याद कर रही हैं।"

मैंने दबे स्वर में उन महिलाओं से क्षमा मांगी और मिस रूपवती के साथ आगे बढ़ गया तो पीछे से एक महिला की आवाज सुनाई दी, "छीः ! कमीनी !"

शायद यह संकेत रूपवती की ओर था।

लेडी सारेगामा गाओ बड़ी-बड़ी बादामी आंखों वाली, चौड़ी छाती वाली, भारी कूल्हों वाली, मोटी-ताजी रौबीली महिला थीं। उनके बाल आधे काले, आधे सफेद थे। उनके बोलने तथा हंसने का ढंग उन्हें हर जगह अन्य स्त्रियों से अलग कर देता था। यों भी तो उनकी मुखाकृति में नारीत्व की बजाय एक विचित्र प्रकार के पौरुषेय तेवर पाए जाते थे। ऐसा मालूम होता था कि उन्हें बनाते समय भगवान् इस दुविधा में पड़ गया था कि उन्हें पुरुष बनाए अथवा स्त्री। लेडी सारेगामा गाओ भगवान् की इसी दुविधा की साक्षात् प्रतीक थीं।

मुझे देखते ही वह अपने सोफे पर से उठीं और मेरा दाहिना कान अपने बायें हाथ से जोर से खींचकर बोलीं, "कैसे हो, नौजवान ?"

"अच्छा हूं, मादाम !" मैंने झुककर कहा।

लेडी सारेगामा ने एक जोर का पौरुषेय कहकहा लगाया और मेरी पीठ पर जोर का हाथ मारते हुए, जिसने शायद मेरी एक-आध पसली तोड़ दी होगी, कहा, "देखो ! मैंने तुम्हें कितनी जल्दी पहचान लिया ?"

मैंने कहा, "गधा हजार आदमियों में पहचाना जाता है। लेकिन खूबसूरत दिमाग वाली स्त्री हजार सुन्दर स्त्रियों में भी नहीं पहचानी जा सकती।"

"हा, हा, हा।" लेडी सारेगामा गाओ ने फिर एक जोरदार कहकहा लगाया

और मेरी पीठ पर दूसरा हाथ मारकर और शायद दूसरी बार भी पसली तोड़कर बोलीं, "मेरे पति से मिलो, सर सारेगामा गाओ।"

सर सारेगामा गाओ बहुत दुबले-पतले और शर्मीले व्यक्ति थे। होंठों ही होंठों में कुछ गुनगुनाकर रह गए। ऐसे लिजलिजे, बेकमर, बेरीढ़ की हड्डी के दिखाई देते थे, मानो अपनी सारी हड्डियां-पसलियां शरीर से निकलवाकर बैंक के किसी लॉकर में रख आए हों, ताकि पत्नी के हस्तक्षेप से सुरक्षित रहें। लेडी सारेमागा गाओ के पीछे-पीछे इस तरह चलते थे जैसे कोई नन्हा सा पैकनीज कुत्ता अपनी मालकिन के पीछे पों-पों करते चलता है।

लेडी सारेगामा गाओ ने मुझे अपने पति की ओर घूरते हुए देखकर कहा, "इनकी ओर अधिक मत घूरिए, वरना अभी इनका हार्टफेल हो जाएगा।"

सर सारेगामा गाओ का चेहरा कानों तक सुर्ख हो गया। दूसरे क्षण में गर्दन तक पीला हो गया। होंठ भी पीले पड़ गए। उन्होंने कुछ बोलने का प्रयत्न किया, लेकिन सफल न हो सके।

लेडी सारेगामा गाओ ने कहा, "आपकी बुद्धिशीलता की बड़ी प्रशंसा सुनी है। और इस समय मामला भी एक ऐसा आ पड़ा है, जिसका फैसला कोई बुद्धिजीवी ही कर सकता है।

"मैं तो एक मामूली गधा हूं।"

लेडी सारेगामा गाओ ने कहा, "अब आप बनिए नहीं। हम सब जानते हैं। बात असल में यह है, मेरे निकम्मे गधे, कि कल शाम को हमारे विलिंगडन क्लब में सौन्दर्य-प्रतियोगिता है। शहर की सुन्दरतम स्त्रियां इस प्रतियोगिता में भाग ले रही हैं। हम चाहते हैं कि इस बार इस प्रतियोगिता का फैसला करने के लिए किसी आदमी को जज नियत न किया जाए बल्कि तुम्हें—एक गधे को—उसका जज नियत किया जाए !"

"वह क्यों ?" मेरी दिलचस्पी जरा बढ़ी, इसलिए मैंने यह प्रश्न किया।

वह बोलीं, "इसलिए कि आदमी औरतों को हमेशा दिलचस्पी की नजर से देखते आए हैं।"

"आपको कैसे मालूम है कि एक गधा नहीं देख सकता ?"

लेडी सारेगामा गाओ हंसकर बोलीं, "कोई बात नहीं। मगर अब के हम तुम्हें ही इस सौन्दर्य-प्रतियोगिता का जज बनाते हैं। एक तो भाई हमारे यहां क्लब में पुरुषों में ऐसी चलती है कि हर व्यक्ति अपनी प्रेमिका के पक्ष में राय देने पर तुला हुआ है। मतलब यह कि हर किसी को किसी न किसी में दिलचस्पी है। इस स्थिति में कोई निष्पक्ष व्यक्ति ढूंढ निकालना बहुत कठिन है। सौभाग्य से तुम्हारे आगमन ने इस समस्या का लगभग समाधान कर दिया है। लगभग इसलिए कि हम नहीं

जानते कि तुम स्त्रियों के बारे में कुछ जानते भी हो या नहीं।"

मैंने कहा, "मैं एक गधा हूं, इसलिए इस वारे में जो बात मैं नहीं जानता, वह संसार भर में कोई आदमी नहीं जान सकता।"

"वह कैसे ?"

मैंने कहा, "अगर आपने इतिहास का अध्ययन किया है तो आपको मालूम होगा कि रोमन साम्राज्य के काल में सुन्दर स्त्रियां केवल गधी का दूध पीती थीं, क्योंकि गधी के दूध के पौष्टिक तत्त्व मनुष्य की माता के दूध के पौष्टिक तत्त्वों से मिलते-जुलते हैं। मैं यह कोई मजाक की बात नहीं कर रहा हूं। आप आज ही किसी डॉक्टर से इसकी पुष्टि करवा सकती हैं। अतएव उस युग में स्त्रियां सौन्दर्य-वर्धन के लिए गधी का दूध पीती थीं और उसी के दूध से स्नान करती थीं, ताकि त्वचा श्वेत तथा चिकनी रहे। इसी कारण से रोमन साम्राज्य के दिनों में स्त्रियों की त्वचा इतनी श्वेत, चिकनी और सुन्दर होती थी। अब जब से स्त्रियों ने गधों की बजाय कुत्ते पालने शुरू किए हैं और दूध से स्नान करने की बजाय पाउडर लगाना शुरू किया है, उनकी त्वचा कुरूप से कुरूपतर होती जा रही है। मादाम ! यह मैं जानता हूं कि बहुत-सी सुन्दर स्त्रियां अपने लिपिस्टिक-पाउडर के नीचे कितनी कुरूप होती हैं।"

लेडी सारेगामा गाओ, जो पौरुष तथा नारी-कुरूपता के कारण सारे क्लब में प्रसिद्ध थीं और लिपिस्टिक-पाउडर बिल्कुल नहीं लगाती थीं, मेरी इस अज्ञानतः प्रशंसा के बहुत प्रसन्न हुईं। बोलीं, "बस ! बस ! कल की सौन्दर्य-प्रतियोगिता के आप ही जज हैं, मगर एक बात याद रखिएगा, कहीं आप हम स्त्रियों के सौन्दर्य को किसी गधी के सौन्दर्य की कसौटी पर मत कसिएगा। उदाहरणस्वरूप एक स्त्री की दो टांगें होती हैं।"

"और एक गधी की चार होती हैं," मैंने कहा, "और एक केकड़े की आठ होती हैं। जी नहीं, आप निश्चिन्त रहिए, मैं दो टांगों वाले पशुओं के सौन्दर्य की कसौटी चार टांगों वाले पशुओं से बिल्कुल अलग समझता हूं।"

"बड़ी कृपा होगी आपकी। कल आप साढ़े छः बजे विलिंगडन क्लब में पधारिए। मैं अपनी गाड़ी....मेरा मतलब है, एक ट्रक भिजवा दूंगी। मुझे आशा है, आपके आतिथ्यकर्त्ता सेठ मनसुखलाल को कोई आपत्ति नहीं होगी।"

सेठ मनसुखलालजी अब तक इस बातचीत के परिणाम से भयभीत थे, किंचित् संतुष्ट होकर बोले, "जी नहीं ! आप हमारे अतिथि का सम्मान कर रही हैं तो इसमें तो हमारा भी सम्मान है। अगर आप आज्ञा दें तो मैं स्वयं भी उस शुभ अवसर पर उपस्थित होऊं। इसलिए भी कि मेरी सुपुत्री रूपवती भी सौन्दर्य-प्रतियोगिता में भाग ले रही है।"

"हाउ स्वीट !" लेडी सारेगामा गाओ ने बड़ी घृणा से रूपवती के बांके-सजीले शरीर की ओर देखकर कहा, "मेरा ख्याल है, सेठजी ! आपकी बेटी इस बार अवश्य ही पहले नम्बर पर आएगी।"

मिस रूपवती कहां पीछे रहने वाली थी। तुरन्त बोल उठी, "वह तो ठीक है, मगर जब आपने एक गधे को जज बनाया है, सम्भावना आपके चुने जाने की अधिक है।"

क्षण भर के लिए लेडी सारेगामा गाओ का मुंह खुले का खुला रह गया। दूसरे क्षण में उसने सिटपिटाकर अपने पति की ओर देखा, जो उसे सिटपिटाते देखकर बिल्कुल घबराकर दो कदम पीछे हट गया था। आखिर बड़ी मुश्किल से लेडी सारेगामा गाओ ने अपने क्रोध को वश में करके मुझसे कहा, "तो डार्लिंग ! कल तुम जरूर आ जाना ।"

मैंने झुककर कहा "जरूर आऊंगा, मादाम !"

धीरे-धीरे दावत समाप्त हो गई। रात के लगभग ग्यारह बजे आखिरी मुलाकाती भी हाथ मिलाकर विदा हुए। मिस रूपवती दर्द का बहाना करके अपने शयनागार में सोने के लिए जा चुकी थी। अब ड्राइंगरूम में केवल सेठ मनसुखलाल और मैं शेष रह गए थे। आज की पार्टी बहुत सफल रही । जो सम्मान मुझे मिला, जिस प्रकार लोगों ने मुझे चूमा, गले से लगाया, प्यार किया, उसमें कितना स्नेह, शिष्टता तथा मानवता निहित थी और यह सब सेठ मनसुखलाल का किया हुआ था।

"यह भद्रपुरुष !" मैंने सेठ मनसुखलाल की ओर कृतज्ञ नजरों से देखते हुए मन में कहा, "यह आदमी मनुष्य होकर एक गधे के लिए क्या कुछ कर रहा है! सच है, अभी संसार में परमार्थ का अन्त नहीं हुआ। हमारे देश में सेठ मनसुखलाल जैस चरित्रवान व्यक्ति आज भी मौजूद हैं।"

आज की दावत बहुत अच्छी थी। विशेष रूप से जो घास मुझे खिलाई गई, वह बहुत स्वादिष्ट थी। सुना है वह घास बम्बई से, खासतौर पर पारवी के इलाके से, जहां की घास बहुत प्रसिद्ध है, हवाई जहाज द्वारा मंगवाई गई थी।

धीरे-धीरे मेरा मस्तक इस वातावरण को स्वीकार करने लगा था, अर्थात् यह सुन्दर वातावरण मुझे रास आने लगा। अत्यन्त हर्ष से मैंने अपने पांव नचाए, पूंछ हिलाई और फिर एक जोर की ढींचू लगाई। आज जी हल्का हो गया था—फूलों की तरह हल्का-फुल्का।

मैंने सेठ से कहा, "आज मेरा जी चाहता कि बाहर जाकर आपके बाग में घास पर लोटूं।"

सेठ से कहा, "चलिए, बाहर लॉन पर जितना चाहें लोट लीजिए, आपका घर है।"

"यह सेठ कितना अच्छा आदमी है !" मैंने अपने दिल में कहा और फिर उसके साथ ड्राइंगरूम से गुजरकर बाहर बरामदे में आ गया। लेकिन बरामदे से गुजरकर बाहर लॉन में जाने ही लगा था कि मेरी नजर एक फटेहाल व्यक्ति पर पड़ी, जो दो गधों की रस्सियां थामे चुपचाप खड़ा था।

"यह कौन है ?" मैंने सेठ से पूछा।

सेठ बोला, "अरे, ओह ! कितनी भूल हुई ! ये बेचारे तो आपसे मिलने के लिए कब से आए खड़े हैं ! दावत के दौरान इतनी गड़बड़ रही कि मैं इन्हें बिल्कुल भूल गया।" सेठ ने फटे वस्त्र पहने हुए व्यक्ति की ओर संकेत करके कहा, "यह आदमी बाराबंकी से आया है। इसने समाचार-पत्रों में आपका चित्र देखा है और कहता है कि इसने आपको पहचान लिया है। इसका ख्याल है...." सेठ व्यंग्यपूर्ण मुस्कराहट चेहरे पर लाते हुए बोले, "यह आपका बाराबंकी का मालिक है—आपको वापस ले जाने आया है। क्या आप इसे जानते हैं ?"

मैंने तुरन्त कहा, "मैं इसें बिल्कुल नहीं जानता।"

"अरे ! तुम मुझे नहीं जानते ?" उस गरीब कुम्हार ने आगे बढ़कर मेरे घुटने छूते हुए कहा, "मेरे धबड़ तुम मुझे भूल गए। मैं तुम्हारा धब्बू हूं—बाराबंकी में ईंटें ढोने वाला, याद करो वे दिन, जब तुम सय्यद करामतअली शाह की कोठी पर ईंटें ढोने के लिए जाया करते थे।"

"यह क्या बकवास है ?" मैंने क्रोधवश जल-भुनकर कहा, क्योंकि वह सच कह रहा था। "मैं किसी सय्यद करामतअली को नहीं जानता। न मैंने आज तक कभी ईंटें ढोई हैं। न मेरा नाम धबड़ू रहा है। जरा देखिए तो...." मैंने सेठ की ओर मुड़कर कहा, "कहां मैं, कहां यह धबड़ू नाम का फर्जी गधा !"

"जी हां, बिल्कुल ठीक कहते हैं आप।" सेठ मनसुखलाल ने मेरे कंधे पर हाथ रखकर कहा, "मुझे उसी वक्त सन्देह हुआ था, जब इस आदमी ने आकर अपने आपको आपका पहला मालिक बताया। मगर मैंने कहा आपसे मिला दूंगा। आगे आप जानें वह वह जाने।"

धब्बू की आंखों में आंसू आ गए और बोला, "धबड़ू ! इतनी जल्दी भूल गए! अरे, मुझे नहीं पहचान सकते तो अपने इन माता-पिता को पहचान लो।" इतना कहकर धब्बू ने रस्सियों को झटका दिया और उन दो बूढ़े गधों को मेरे सामने ला खड़ा किया।

जब तक ये दोनों गधे वृक्ष की अंधेरी छाया में खड़े थे, मैंने उन्हें नहीं पहचाना था। लेकिन अब जब ये सामने आए, तो बिजली के प्रकाश में मैंने उन्हें तुरन्त पहचान लिया। उनके मरियल शरीर, घावों से भरी खाल, भूख के कारण सूखकर लटके हुए होंठ, चुंधियाई हुई तथा मैल से चिपचिपाती हुई आंखें। उनकी खाल जगह-जगह से गंदी और घिनौनी हो रही थी और उस पर मक्खियां भिनभिना रही थीं। क्षण भर के लिए दुर्गन्ध से मेरे नथुने बन्द हो गए।

इससे पूर्व कि वे दोनों बूढ़े कुछ कह सकते, मैंने चिल्लाकर कहा, "यह क्या बेहूदगी है ? मेरे माता-पिता ऐसे होंगे, ऐसे जलील, ऐसे घिनौने पशु ! अरे सेठ साहब ! मैं तो असली—मेरा मतलब है, असली हर्टफोर्डशायर की विलायती गधों की सन्तान से हूं, जहां के गधे आज भी लार्ड माउंटबेटन के अस्तबल में जाते हैं। ऐसे संभ्रान्त-कुलीन गधे को आप इनसे मिला रहे हैं ?"

"कैसी बात करते हैं आप ?" सेठ ने कानों पर हाथ रखते हुए कहा, "मुझे पहले ही सन्देह था कि ये जलील लोग, आपके माता-पिता तो क्या, दूर के सम्बन्धी भी नहीं हो सकते।"

"बेटा !" मेरा पिता अपने नथुने फड़फड़ाते हुए धीरे से बोला।

सेठ मनसुखलाल ने, जो गधों की बोली को नहीं समझता था, तुरन्त चिल्लाकर एक नौकर ने कहा, "इस बदमास धोखेबाज को इसके गधों-समेत, यहां से निकाल बाहर करो।"

बूढ़ा धब्बू मेरे पांव पड़ गया और बोला, "कितनी आशाएं लेकर मेरे पास आया था धबड़ू ! कैसे-कैसी अभिलाषाएं लेकर तेरे बूढ़े माता-पिता तेरे पास आए थे ! और तू हमसे ऐसा व्यवहार कर रहा है ? मेरी जान ! तुझे तो मैंने बचपन

से पाला है। मैं तो कर्ज लेकर रेलगाड़ी का टिकट कटाकर आया हूं। इन्हें भी बड़ी मुश्किल से मालगाड़ी में लाया हूं। अब तो वापस जाने के लिए पैसे भी नहीं, धबड़ू!"

मैंने सेठ से कहा, "जरूर इसे कोई गलतफहमी हो रही है। असल में गधों का रूप-रंग एक-दूसरे से बहुत मिलता-जुलता है न ! इसलिए यह गलतफहमी हो रही है। बेचारे का इसमें अधिक दोष नहीं है। मेरे ख्याल में इसे रेल का किराया और कुछ रुपये देकर चलता करना चाहिए।"

सेठ मनसुखलाल ने बूढ़े को एक सौ रुपये का नोट देकर कहा, "खबरदार! जो इसके बाद तूने इधर कदम रखा या किसी से कहा कि तू (मेरी ओर संकेत करके) आपका कभी मालिक था ये लोग इसके माता-पिता थे। हमारे साहब असली खानदानी गधे हैं। ये तो यहां के हैं ही नहीं। ये तो पिछले सोलह सौ साल से एक ही कुल से चले आ रहे हैं। किसी पीढ़ी में लहू नहीं बिगड़ा। विश्वास न आए तो वंशावली उठाकर देख लो। इन जैसा सच्चा वंश तो मनुष्यों में भी ढूंढने से नहीं मिलेगा।"

"सच है, माई-बाप !" बूढ़े ने हाथ जोड़कर कहा और फिर उन दोनों बूढ़े गधों को रस्सी से खींचता हुआ कोठी से बाहर ले चला गया।

जब ये तीनों अभागी आत्माएं कोठी से बाहर निकल गईं, तो मेरी जान में जान आई। मैंने कुछ क्रोध से और कुछ बनकर सेठ की ओर मुड़कर कहा, "देखिए न ! यानी देखा आपने कितना....यानी कि...." क्रोधवश मुझसे बात तक नहीं की जा रही थी।

सेठ मनसुखलाल ने सिर हिलाकर हामी भरी, "मैं समझता हूं, जमाना देखे हुए हूं, श्रीमानूजी ! यह कोई नई बात नहीं है। इस संसार में यही कुछ होता है। जहां किसी व्यक्ति ने जरा भी उन्नति की, चाहे वह गधा ही क्यों न हो, परन्तु उसके माता-पिता, मित्र-हितैषी, सगे-सम्बन्धी पैदा हो जाते हैं और तरह-तरह से वंशावली मिलाकर उससे नाता जोड़ने में सफ़ल हो जाते हैं। जोन ये लोग बरसाती मेढ़कों की तरह किधर से आ जाते हैं !"

"हां, देखिए तो !" मैंने उसी प्रकार क्रोध से कहा। भीतर से मुझे जरा भी क्रोध नहीं आ रहा था, बल्कि दुःख था कि मैंने अपने माता-पिता को इस हालत में क्यों वापस जाने दिया। मगर परिस्थिति ऐसी थी कि मुझे ऊपर से क्रोध आना ही चाहिए था।

सेठ मनसुखलाल ने बड़े स्नेह से मेरी पीठ पर हाथ फेरा और बोले, "चलिए, भीतर चलिए।"

हम दोनों धीरे-धीरे ड्राइंगरूम की ओर बढ़ रहे थे। सेठ पूर्ववत् स्नेहपूर्वक

हाथ मेरी पीठ पर फेर रहे थे और कहते जाते थे–

"श्रीमान्‌जी ! एक बात तो है। आपको बहुत छोटी आयु में ख्याति प्राप्त हो गई है। आपको यदि माता-पिता की नहीं तो एक ऐसे व्यक्ति की आवश्यकता है जो आपका ख्याल रख सके।"

"ख्याल !" मैं सोचने लगा।

"आपसे प्रेम कर सके।"

"प्रेम !" मेरी आंखें चमकने लगीं।

"जो आपकी दिनचर्या की जिम्मेदारियों को पूरा करने के लिए आपको प्रफुल्लता प्रदान कर सके।"

"प्रफुल्लता !" यह स्निग्ध झोंका किधर से आ रहा था।

"जो वास्तविक शब्दों में आपका जीवन-साथी बन सके।"

"जीवन-साथी !" किंचित कोमल स्वर में अपने आपसे प्रश्न किया, "ऐसी गधी कहां से मिलेगी। ?"

मनसुखलालजी क्षण भर के लिए ठगे से सोफे पर चुपचाप बैठ गए, फिर साहस बटोरकर मेरे पास आए और बोले, "अब आप अपना अतीत भूल जाइए। भूल जाइए कि कभी आप गधे थे या कभी गधों के वंश से आपका सम्बन्ध था। आज से आप एक नये जीवन में कदम रख रहे हैं–एक नये समाज में, नये संसार में। यहां के मूल्य कुछ और हैं, श्रीमान्‌जी ! अब आप कल की बात सोचिए; कल जो आने वाला है, उसकी; जो बीत गया, उसे बिल्कुल भूल जाइए।"

"भूल गया।" मैंने दोनों आंखें क्षण भर के लिए बन्द करके उन्हें एकदम खोलते हुए कहा, "भूल गया, सेठजी, अब बताइए, आगे क्या हो ?"

"आप मेरी बेटी से विवाह कर लीजिए।"

"आपकी बेटी से ?" मैं जोर से चीखा और एकदम सोफे से उठ खड़ा हुआ, "मिस रूपवती से ?"

"हा ! इसमें आश्चर्य की क्या बात है ?" मेरी बेटी पढ़ी-लिखी है। अप-टू-डेट सुशील...."

मैंने बात काटकर कहा, "मैं आपकी लड़की के बारे में नहीं सोच रहा, मैं तो अपने बारे में सोच रहा हूं। देखिए, मैं तो केवल गए गधा हूं, जानवर हूं और आप लोग इन्सान है। कितने युगों के बाद एक जानवर और एक इन्सान में–शायद लाखों वर्ष बाद विवाह का सम्बन्ध स्थापित होगा। मुझे इस समय बोकेशियो के 'सौन्दर्य और पशु' की याद आ रही है।"

"बाकेशियो कौन ? स्टाक एक्सचेंज वाला दलाल ?"

"जी नहीं ! वह बेचारा चित्रकार था।"

"अजी लानत भेजो इन चित्रकारों पर। हम इस समय एक अत्यन्त आवश्यक विषय पर बात कर रहे हैं। यहां बोकेशियो को आप कहां से घसीट लाए!" मनसुखलाल ने मेरे कानों से खेलते हुए कहा, "बस, मेरी बात आप मान जाइए....."

"मगर...." मैंने फिर बात काटते हुए कहा, "आपने इस प्रस्ताव पर विचार कर लिया है ?"

"खूब अच्छी तरह।"

"मगर देखिए न ! यह एक की लड़की के जीवन तथा मृत्यु का प्रश्न है। आप रूपवती से पूछे बिना कैसे यह सम्बन्ध स्थापित कर सकते हैं ? उसे इस विवाह पर आपत्ति तो नहीं होगी ?"

"नहीं होगी।" मनसुखलाल ने घोषणा की, "मैंने उससे बात कर ली है।"

"बाप रे !" मैं आश्चर्य से चिल्लाया, "मुझे विश्वास नहीं आता।"

"आप स्वयं उससे बात करके पूछ सकते हैं।"

"मगर...."

मगर मनसुखलाल ने मेरी बात न सुनी, जल्दी से उसने घण्टी बजाई। एक नौकर तुरन्त पहुंचा। मनसुखलाल ने उससे कहा, "बिटिया को जरा नीचे भेज दो।"

"मगर वह तो कब की सोने के लिए जा चुकी है !" एकाएक मुझे याद आया।

सेठ मनसुखलाल मुस्कराए और बोले, "नहीं, जाग रही है और हमारी बातचीत के परिणाम की प्रतीक्षा कर रही है।"

मैं आश्चर्य से सेठ मनसुखलाल के मुंह की ओर देखने लगा।

इतने में हाल-कमरे की सीढ़ियों से मिस रूपवती अठखेलियां करती नीचे उतरने लगी। उसने गहरे नीले रंग का गरारा पहन रखा था, जिसमें सोने के लहरिये चमकते थे। हल्के काशनी रंग का दुपट्टा उसके कटे हुए वालों के सौन्दर्य में चार चांद लगा रहा था। गरारे के नीचे से दो सुन्दर पांव सीढ़ियों से नीचे उतरते नजर आ रहे थे। मेरा दिल भी अपनी सीढ़ियों से नीचे उतरने लगा। जब वे मेरे बिल्कुल निकट आ गई तो मेरा दिल धक से रह गया। अब नीचे जाने के लिए कोई सीढ़ी नहीं थी। मैंने सहायता के लिए इधर-उधर देखा, लेकिन मौका पाकर सेठजी खिसक गए थे। अब ड्राइंगरूम में मैं और वह बिल्कुल अकेले थे।

मेरा जी घबराकर गधे की तरह रेंकने को चाहा, लेकिन इसका अवसर न देखकर मैं चुप हो रहा।

"फर्माइए !" रूपवती ने अपने दुपट्टे से खेलते हुए कहा।

मैंने थूक निगला। आखिर किसी न किसी प्रकार साहस करके पूछ ही लिया, "क्या यह सच है ?"

"क्या ?" रूपवती ने अपनी बड़ी-बड़ी सुन्दर आंखें मेरी आंखों में डालते हुए पूछा।

"कि आप मुझसे विवाह करने के लिए तैयार हैं।"

"हा !" आवाज बहुत धीमी और प्यारी थी। मेरा जी चाहा कि प्रसन्नतावश एक दुलत्ती झाड़ दूं, लेकिन फिर चुप हो रहा कि कहीं अशिष्ट न समझा जाऊं।

"मगर देखिए," मैंने बहस को प्रारम्भ करते हुए कहा, "आपने क्या सब कुछ सोच लिया है ? कहीं बाद में आपको पछताना न पड़े। आप देख रही हैं कि मैं एक गधा हूं।"

"हर एक पति को ऐसा ही होना चाहिए।" रूपवती निश्चयात्मक स्वर में बोली।

"लेकिन लोग क्या कहेंगे ? सेठ मनसुखलाल का जमाई एक गधा है। इतने बड़े आदमी का जमाई....!"

"मैंने अक्सर बड़े आदमियों के जमाई ऐसे ही देखे हैं। वे जितने गधे हों उतने ही सफल रहते हैं और बड़े-बड़े पदों पर नियत किए जाते हैं। इसलिए नहीं कि वे गधे हैं, बल्कि इसलिए कि वे बड़े आदमियों के जमाई हैं। किसी बड़े आदमी के जमाई के लिए बुद्धिमान होना जरूरी नहीं। उसकी उन्नति के लिए यही काफी है कि वह एक बड़े आदमी का जमाई है।"

मेरी आंखें आश्चर्य से खुली की खुली रह गईं। नये समाज के नियम अब धीरे-धीरे समझ में आ रहे थे।

"मगर...." मैंने एतराज करते हुए कहा, "दुनिया आपको क्या कहेगी कि आपने जान-बूझकर एक गधे से विवाह किया जबकि आपको अपनी बिरादरी में एक बढ़िया वर मिल सकता है।"

"यह तो मेरी इच्छा है और इसमें किसी दूसरे को बोलने का कोई अधिकार नहीं।" रूपवती ने तीखे स्वर में कहा, "फिर मैं कौन-सा आपसे सबके सामने विवाह कर रही हूं। विवाह तो बिल्कुल गुप्त रूप से होगा।"

"गुप्त रूप से ?"

"हां ! और विवाह के बाद तुम पूर्ववत् अस्तबल में रहोगे और मैं अपनी कोठी में !"

"मैं अस्तबल में, तुम कोठी में ?"

"हां, लेकिन अपने अस्तबल में तुम्हें जीवन की समस्त सुविधाएं प्राप्त

होंगी। उम्दा चारा, उम्दा नौकर और साईस तथा टेलीफोन, जिस पर कभी-कभी तुम मुझसे बात भी कर लिया करोगे।"

"टेलीफोन पर ?"

"हां ! और कभी-कभी खास अवसरों पर तुम मुझसे ड्रांइगरूम में पापा के सामने भी देख लिया करो। मगर उन खास अवसरों के अतिरिक्त तुम कोठी में कभी नहीं आ सकोगे।"

"और घूमने-फिरने के लिए क्या होगा ? पति और पत्नी, मैं प्रायः देखता हूं, इकट्ठे चहलकदमी को निकलते हैं।"

"हम भी जाएंगे," रूपवती धीरे से बोली, "लेकिन इस प्रकार कि तुम मेरे साथ होगे और तुम्हारी पीठ पर जीन कसी होगी ताकि लोग तुम्हें देखकर यह समझें कि तुम मेरे गधे हो, पति नहीं हो।"

"जी बहुत अच्छा।" मैंने उसी समय अपनी पीठ पर कसी जीन का अनुभव किया।

वह बोली, "एक बात और है। तुम्हारी चेकबुक मेरे पास होगी और वह पच्चीस करोड़ वाला खाता मेरे नाम...."

"कौन-सा पच्चीस करोड़ वाला ?"

रूपवती बोली, "मैं उस ठेके के बारे में सब जानती हूं, जिसकी बात तुम हमारे प्रधानमन्त्री से कर आए हो, इसलिए बनो नहीं।"

"लेकिन देखिए, आपको गलतफहमी—मेरा मतलब है, वह बात यों है कि मैं असल में...."

"बस, अब मामले को अधिक छिपाने की कोशिश न करो।" रूपवती ने बात काटते हुए कहा, "मैं कुछ नहीं सुनना चाहती। चेकबुक मेरे पास और वह खाता मेरे नाम रहेगा।"

"लेकिन...." मैंने फिर समझाने की कोशिश की।

उसने तुरन्त कहा, "अब रात अधिक हो चुकी है डार्लिंग ! अब जाकर अस्तबल में सो जाओ—गुडनाइट।"

रूपवती ने मेरे कान पर एक हल्का-सा चुम्बन दिया। चूंकि चुम्बन मेरे कान पर दिया गया था, इसलिए मैं यह न देख सका कि चुम्बन देते समय रूपवती के चहेरे पर किस प्रकार के भाव थे।

मेरी आंखों में आंसू आ गए। मेरा कण्ठ भर आया। मेरी चारों टांगे प्रसन्नतावश थर-थर कांपने लगीं। भावधारा में बहते हुए मैंने कहा, "रूपो ! मेरी रूपो !"

वह बोली, "धबड़ू ! मरे प्यारे धबड़ू !"

इसी प्रकार भावधारा में बहते हुए मैं हांक लगाने की वाला था कि इतने में मैंने अपने गले में चांदी की रस्सी का फन्दा महसूस किया। मैंने देखा, एक बूढ़ा साईस है और बड़ी शिष्टता से गले की रस्सी को झटका देकर मुझे अस्तबल की ओर ले जाने की कोशिश कर रहा है। मुझे अपनी ओर मुड़ते देखकर बोला, "हुजूर! अब चलिए।"

हाल-कमरे की सीढ़ियों के बीच रूपवती रुकी, मुड़ी, मुड़कर मेरी ओर देखकर मुस्करा दी और बोली, "जाओ अब सो जाओ, कल तुम्हें सौन्दर्य प्रतियोगिता का फैसला करने विलिंगडन क्लब जाना होगा।"

वह अपनी उंगलियों को अपने होंठों तक ले गई और दूर सीढ़ियों से हवाई चुम्बन उसने मेरी ओर फेंका और फिर धीमे से कहा, "धबड़ू....!"

उसके बाद वह जल्दी-जल्दी सीढ़ियां चढ़कर ऊपर के बरामदे में गायब हो गई।

साईस मुझे खींचता हुआ अस्तबल में ले गया।

बाद में मुझे पता चला कि रूपवती तेज-तेज कदमों से सीढ़ियां पार करके बरामदे में पहुंची। वहां से दौड़ते-दौड़ते वह सीधी अपने शयनागार में घुस गई, जिसमें उसका पिता उसकी प्रतीक्षा कर रहा था। भीतर जाते ही वह अपने पिता

से बोली, "आपका काम मैंने कर दिया है। उससे मैंने विवाह के लिए 'हां, करा ली है।" इसके बाद वह बिस्तर पर गिरकर फूट-फूटकर रोने लगी।

सेठ मनसुखलाल ने अपनी बेटी के बालों पर हाथ फेरा और बड़े प्यार से बोला, "घबराने की कोई बात नहीं है। अपने मतलब के लिए गधे को दो मिनट के लिए अपना पति बनाना पड़ता है। वह ठेका हाथ में आते ही मैं सब ठीक कर लूंगा। जरा सोचो तो रूपवती, पच्चीस करोड़ ! पच्चीस करोड़ के ठेके में कम से कम दस करोड़ तो अपना होगा। मेरा, बल्कि तुम्हारा। इन दस करोड़ रुपयों से तुम दुनिया का सबसे धनी और सबसे सुन्दर पति खरीद सकती हो।"

सेठ मनसुखलाल ने फिर कहा, "इस समय हम इस गधे की मुट्ठी में हैं, लेकिन पासबुक और चेकबुक तुम्हारे नाम हो जाने पर वह हमारी मुट्ठी में होगा।"

रूपवती अपने आंसुओं के बीच में एकाएक मुस्करा उठी। उसकी विजयी मुस्कराहट अपने पिता की सूझ-बूझ की प्रशंसा कर रही थी। पिता ने उसके कन्धों को थपथपाते हुए कहा, "घबराओ नहीं, अब जाकर आराम से सो जाओ। सब ठीक कर लूंगा।"

अपनी बेटी की ओर देखकर मुस्कराते हुए सेठ मनसुखलाल शयनागार से बाहर निकल गए।

जाना गधे का विलिंगडन क्लब में और सभापति बनना सौन्दर्य-प्रतियोगिता का तथा घिर जाना झुरमुट में नटखट सुन्दरियों के

विलिंगडन क्लब में उस दिन बड़ी चहल-पहल थी। क्लब के बड़े हाल को कागजी फूलों, रंगारंग के गुब्बारों और रेशमी पर्दों से दुल्हन की तरह सजाया गया था। हाल के चारों ओर छोटे-छोटे स्टालों में शृंगार का सामान बेचने वालों ने अपनी चीजें सजा रखी थीं। सौन्दर्य-प्रतियोगिता के सम्बन्ध में जितना खर्च हो रहा था, उसे उन स्टालों की कम्पनियों के मालिक लोग अपनी जेब से पूरा कर रहे थे। इन स्टालों में जौहरियों की दुकानें थीं, लिपिस्टिक और पाउडर की दुकानें थीं, तेल और क्रीम की दुकानें थीं, इत्र और फुलेल की दुकानें थीं, कपड़े की दुकानें थीं, स्त्रियों के नाइयों की दुकानें थीं, टोपियों, छतरियों, दस्तानों, जूतियों की दुकानें थीं, पर पुस्तकों की एक भी दुकान न थी। भला कहीं पुस्तकें पढ़ने से भी सौन्दर्य में वद्धि होती है !

लेडी सारेगामा गाओ ने पहले तो मेरा परिचय बड़े शानदार शब्दों में क्लब के माननीय मेम्बरों से कराया, बाद में वे मुझे उस बड़े हाल में ले गईं जिसका जिक्र

अभी मैंने ऊपर किया है। यहां सौन्दर्य-प्रतियोगिता में भाग लेने वाली सुन्दरियां पंक्ति बनाए खड़ी थीं। यहां पर मेरा उनसे परिचय कराया गया–

"ये हैं सोलन की सुन्दरी नम्बर वन।"

"आपका मतलब है सोलन ह्विस्की नम्बर वन ?"

"नहीं साहब !" लेडी सारेगामा गाओ ने मुझे समझाते हुए कहा, "सोलन में जो सौन्दर्य-प्रतियोगिता हुई थी, उसमें ये वहां की 'रानी' चुनी गई हैं। प्रतियोगिता में पहले नम्बर पर आई थीं।"

"ये शिमले की रानी।"

"ये नैनीताल की रानी।"

"ये डलहौजी की रानी।"

"ये कोड़ाकीकनाल की रानी।"

"ये ऊटी की रानी।"

"ये दार्जिलिंग की रानी।"

बारी-बारी से सबसे परिचय होता गया। मैं सोचने लगा–यहां किसी कारखाने की कोई रानी नहीं है। खेतों की रानी नहीं है। बीड़ी बनाने वालों की 'चाल' में रहने वाली रानी नहीं है। भंगी संस्था की रानी नहीं है। मैंने तो चीथड़ों में लिपटा हुआ ऐसा सौन्दर्य देखा है कि सेठ क्रीमजी भाई उबटनवाला उसे देखे तो अपने सारे लिपिस्टिक और पाउडर उठाकर हाल से बाहर भाग

जाए। कहां हैं वे सच्चे मोतियों की तरह सीपियों में छिपी हुई रानियां ?

लेडी सारेगामा गाओ परिचय कराती जा रही थीं—

"ये हैं लखनऊ की रानी।"

"जालन्धर की रानी।"

"दिल्ली की रानी।"

यह कमला थी। मुझे देखकर मुस्कराई। मैं कान जोड़कर आगे बढ़ गया।

"नई दिल्ली की रानी।"

यह रूपवती थी। मेरी होने वाली पत्नी। न वह मेरी ओर देखकर मुस्कराई और न मैं उसकी ओर। मैं फिर कान जोड़कर आगे बढ़ गया।

ज़ब सब रानियों से परिचय हो चुका, तो मुझे उन सबके बीच में खड़ा कर दिया गया और फोटो लेने वालों ने अपने फ्लश बल्ब जला-जलाकर मेरे बहुत से फोटो लिए।

इसके बाद सौन्दर्य-प्रतियोगिता में भाग लेने वाली सुन्दरियों से कहा गया कि वे अपने वस्त्र उतारकर विलिंगडन क्लब के तालाब पर तैरने का लिबास पहनकर उपस्थिति हों। सुन्दरियां यह सुनकर अपने-अपने ग्रीनरूम में चली गईं और लेडी सारेगामा गाओ मुझे स्विमिंगपूल पर ले गईं।

कहने लगीं, "इनमें हर लड़की अपने-अपने शहर या इलाके की सबसे सुन्दर लड़की है। आज हमें, मेरा मतलब है, आपको पूरे भारत की सबसे सुन्दर लड़की का चुनाव करना होगा। इन लड़कियों में से जो एक सौभाग्यशालिनी भारत की सबसे सुन्दर लड़की चुनी जाएगी, उसे लासऐंजेल्स की अन्तर्राष्ट्रीय प्रतियोगिता में भाग लेने के लिए भेजा जाएगा।"

"बहुत खूब, लेडी सारे...." मैंने सिर हिलाकर कहा, "मादाम ! आपका नाम इतना लम्बा है, अगर मैं सारेगामा गाओ को संक्षिप्त करके आपको केवल लेडी गामा कहा करूं तो आपको कोई आपत्ति तो न होगी—लेडी गामा !

"नहीं मेरे प्यारे गधे !" लेडी गामा ने बड़े प्यार से मेरा कान खींचा। ठीक उसी समय रूपवती अपने ग्रीनरूम से तैरने का लिबास पहनकर निकल रही थी। उसने घूरकर हम दोनों की ओर देखा। फिर मटकते हुए स्विमिंगपूल के किनारे जा खड़ी हुई, जहां बहुत से फोटोग्राफर उसके फोटो उतारने लगे।"

रूपवती के बाद एक-एक करके अन्य लड़कियां भी अपना लिबास पहनकर आ गईं। मैंने देखा, बहुत-सी पश्चिमी कम्पनियों के कैमरामैन भी आए हुए थे और लड़कियां विशेष रूप से अपनी सर्वोत्तम मुस्कान उनकी ओर फेंक रही थीं। थोड़े समय के बाद जब सब लड़कियां एकत्र हो गईं, तो एक घण्टी बजी। घण्टी के बजते ही सब लड़कियां एक पंक्ति में खड़ी हो गईं और तैरने के तालाब के किनारे

जो वजन करने वाली मशीन रखी थी उस पर अपना वजन देने लगीं। उस मशीन के पास एक अत्यन्त दुबला-पतला और लम्बा व्यक्ति खड़ा था। उसके सिर के बाल आधे से अधिक श्वेत हो चुके थे।

लेडी गामा ने मेरा उससे परिचय कराया, "ये हैं मिस्टर डंकी—और आप हैं मिस्टर के.के. भजनानी।"

"हाउ डू यू डू ?" मिस्टर भजनानी ने कहा।

"ढींचू-ढींचू।" मैंने उत्तर दिया।

मिस्टर भजनानी बारी-बारी प्रत्येक लड़की को वजन करने वाली मशीन के प्लेटफार्म पर चढ़ने का निमन्त्रण देते और जब मशीन की झिर्री से वजन का कार्ड निकलता, तो उसका वजन अपने हाथ में लिए हुए कागज पर उस लड़की के नाम के आगे नोट कर लेते। एक नजर सिर से पावं तक लड़की के शरीर पर डालते और फिर अपने मध्यम कम्पित स्वर में कहते—

"नेक्स्ट प्लीज !"

लेडी गामा ने कहा, "मिस्टर भजनानी बड़े दिलचस्प आदमी हैं। देखिए, इनकी आयु इतनी हो गई है, लेकिन अभी तक इन्होंने शादी नहीं की।"

"फिर ये स्त्रियों के वजन के बारे में क्या जानते होंगे ?"

"नहीं, यह बात नहीं है।" लेडी गामा ने हंसकर कहा, "वजन बताने के लिए यह मशीन जो है। देखिए, यह मशीन मिस्टर भजनानी का आविष्कार है। यह मशीन दूसरी वजन करने वाली मशीनों से जरा भिन्न है। देखिए, यह कार्ड देखिए, यह मशीन इकट्ठा वजन भी बताती है और अलग-अलग वजन भी बताती है। उदाहरणस्वरूप ये देखिए—यह मशीन बताती है कि सौन्दर्य प्रतियोगिता में भाग लेने वाली लड़की का वजन पांव से धड़ तक कितना है, धड़ से गर्दन तक कितना है और गर्दन से खोपड़ी तक कितना है।"

"खोपड़ी के भीतर दिमाग कितना है, क्या इसका वजन भी यह मशीन बताती है ?"

"नहीं !" लेडी गामा बोलीं, "मगर हमें इसके जानने की जरूरत भी क्या है ?"

"प्रत्यक्ष है," मैंने कहा, "भला दिमाग का सौन्दर्य से क्या सम्बन्ध !"

लेडी गामा बोलीं, "मिस्टर भजनानी ने यद्यपि शादी नहीं की, लेकिन इन्होंने स्त्रियों का वजन मापने की यह विशेष मशीन तैयार कर ली है। इसके अतिरिक्त मिस्टर भजनानी का कमाल यह है कि इन्होंने पूरा जीवन यह प्रमाणित कर दिया कि दो और दो पांच होते हैं।"

"चार नहीं होते ?" मैंने मिस्टर भजनानी से पूछा।

"नहीं।" वे पूरे विश्वास से बोले, "दो और दो पांच होते हैं। मैं गणित विद्या के दस नियमों से प्रमाणित कर सकता हूं कि दो और दो पांच होते हैं। आप किस दिन सेवक के यहां पधारिए।" मिस्टर भजनानी मेरी ओर देखकर और मुस्कराकर बोले, "मैं आपको विश्वास दिला दूंगा कि...."

इतने में कमला की बारी आ गई और मिस्टर भजनानी तीन-पांच भूल गए। इस प्रकार आश्चर्यचकित से देखने लगे कि कमला को मुस्कराकर कहना पड़ा—

"वजन प्लीज !"

मैं आगे बढ़ गया।

यहां पर एक कुर्सी पड़ी थी और कुर्सी के आगे एक इस प्रकार की ढालदार तिपाई पड़ी थी, जैसे जूतों की दुकान पर जूते पहने वालों के सामने पड़ी होती है। अपना वजन का कार्ड लेकर हर लड़की यहां आती थी और सैंडल खोलकर उस तिपाई पर अपना पांव रख देती थी।

"यहां क्या इसे नये जूते मिलेंगे ?" मैंने लेडी गामा से पूछा।

"नहीं तो।" वे हंसकर बोलीं और फिर तिपाई के पास गंजे सिर वाला, मुड़ी हुई नाक वाला, गोरा-चिट्टा, बूढ़ा आदमी चश्मा लगाए बैठा था, उससे परिचय कराते हुए बोलीं, "ये मिस्टर दारूवाला हैं।"

"आप यहां पर क्या करते हैं ?" मैंने बेचैन होकर पूछा, "क्या बाटा की एजेन्सी ले रखी है ?"

"नहीं, प्यारे गधे ! सचमुच तुम बिल्कुल गधे हो।" लेडी गामा बड़े प्यार से मेरे कंधे पर हाथ रखकर बोलीं, "मिस्टर दारूवाला यहां पर लड़कियों के पांव की बनावट देखते हैं और टखनों की गोलाई नापते हैं।"

"ओः !" मैंने हैरान होकर कहा।

"ये अपने काम में बड़े निपुण हैं।"

"बम्बई में आप क्या करते हैं, मिस्टर दारूवाला ?"

"जी, मेरा घुंघरू बनाने का कारखाना है।" दारूवाला अपना चश्मा नाक पर ठीक बैठाते हुए बोले, "इसलिए पांवों की बनावट और टखनों की गोलाई के बारे में जो मैं नहीं जानता हूं, वह कोई दूसरा भी नहीं जान सकता।"

"बेशक ! बेशक !" मैंने सिर हिलाते हुए कहा और आगे बढ़ गया।

लेडी गामा ने कहा, "देखा ! ये सब कलाकार आपकी सहायता के लिए इकट्ठे कर दिए गए हैं।"

"कृपा है।" मैंने झुककर कहा।

आगे जाकर क्या देखा कि वही लड़की जो मिस्टर दारूवाला से अपनी पांवों की बनावट और टखनों की गोलाई का अनुमान ले रही थी, यहां पर तांडव-नृत्य

का एक पोज-सा देकर अपनी जांघों और पिण्डलियों का नाप दे रही है। यहां पर एक व्यक्ति कंधे पर फीता डाले अपनी चुग्गी दाढ़ी खुजाता हुआ पहले जांघों का, फिर घुटनों का, फिर पिण्डलियों का फीते से नाप ले रहा था।

"शायद यह कोई दर्जी है।" मेरे मुंह से निकल गया।

"हश् !" लेडी गामा ने मुझे जल्दी से चुप करते हुए कहा, "आप नहीं जानते इन्हें ! अरे ये तो हमारी शिल्प तथा मूर्ति-कला के सबसे बड़े विशेषज्ञ हैं, मिस्टर खटखट खण्डलिया। एलोरा में जितनी स्त्रियों की मूर्तियां हैं, उन सबकी जांघों और पिण्डलियों के नाप इन्हें जवानी याद हैं, लेकिन अपनी पत्नी का नाप तक याद नहीं।"

"बहुत खूब ! मिस्टर खटखट खण्डलिया ! आप जैसे कलाकार से मिलकर बड़ी प्रसन्नता हुई।"

"हां !" मिस्टर खटखट खण्डलिया ने मानो पहचानने का प्रयत्न करते हुए कहा, "पहले भी आपसे मुलाकात हो चुकी है।"

"शायद बाराबंकी में आपके दर्शन हुए होंगे।" यों ही उनका मन रखने के लिए कह दिया, क्योंकि ऐसे चुगद से कौन गधा मुलाकात करना पसन्द करेगा।

"नहीं, बाराबंकी में नहीं।" मिस्टर खटखट खण्डलिया ने अपनी उंगली मेरी और नचाते हुए कहा, "हां ! अब याद आया। सांची में आप ही से मुलाकात हुई थी।"

"सांची में ! लेकिन मैं तो कभी सांची नहीं गया।" कुछ खीजकर मैंने कहा।

"आप झूठ बोलते हैं। मैंने आपको वहां देखा है। सांची में पत्थर की प्लेट नम्बर ग्यारह पर। एक भिक्षु भगवान् बुद्ध के दर्शन करने जा रहा है। उसके पीछे-पीछे एक गधा चल रहा है। आप वही गधे हैं—अगर मैं गलती नहीं करता।"

मिस्टर खटखट खण्डलिया ने दोबारा कहा, "तो आप बिल्कुल वही गधे हैं। बिल्कुल वही जांघें, वही पिण्डलियां।"

मैं आश्चर्यचकित था। इतने में लेडी गामा ने कहा, "देखो इनका कमाल ! ये आदमियों को देखकर पत्थर की मूर्तियों का अनुमान नहीं करते, पत्थर की मूर्तियों को देखकर आदमियों और चीजों को पहचान्ने का प्रयत्न करते हैं !"

"क्या खूब हैं ये भी।"

जब मैं वहां से चलने लगा तो मिस्टर खटखट खण्डलिया ने मुझसे पूछा, "भई, वह भिक्षु कहां है ?"

मैंने जलकर कहा, "वहीं सांची में होगी।"

मिस्टर खटखट खण्डलिया के चेहरे पर सन्देह के चिह्न उत्पन्न हुए। शायद वे यह सोच रहे थे—ऐसा कैसे हुआ ? वह सांची वाला गधा यहां आ गया, लेकिन

भिक्षु वहीं पत्थर की प्लेट पर जमा रहा। ऐसा कैसे हो गया ? लेकिन इतने में एक लड़की अपनी पिण्डलियों का नाप देने के लिए उनके सामने आ गई और मिस्टर खटखट खण्डलिया अपना फीता लेकर अपने काम में लग गए।

आगे चलकर प्रोफेसर बांकेबिहारी 'आह' बनारसी और जनाब हामिदहसन 'वाह' लखनवी खड़े नजर आए।

प्रोफेसर बांकेबिहारी 'आह' बनारसी हिन्दी और संस्कृत के विद्वान् थे और जनाब 'वाह' लखनवी उर्दू जवान के माने हुए शायर। 'आह' बनारसी को हिन्दी और संस्कृत में 'कूल्हे' के विषय पर समस्त बड़े-बड़े क्लासिकल कवियों का अछूति उपमाएं कण्ठस्थ थीं। 'वाह' लखनवी को 'कमर' के सम्बन्ध में उर्दू और फारसी के हजारों शेर याद थे। 'आह' बनारसी 'कूल्हा-विशेषज्ञ' थे, तो 'वाह' लखनवी 'कमर-विशेषज्ञ'। दोनों शेर पढ़कर नम्बर देते थे। मैंने 'वाह' लखनवी से कहा, "वाह साहब !"

वे बोले, "हां साहब !"

मैंने कहा, "वाह साहब ! लखनऊ की जो मलिका-ए-हुस्न होगी, सुनते हैं कि उसके तो कमर ही नहीं है, फिर आप क्या करेंगे ?"

'वाह' लखनवी ने कहा, "ऐसे मौके के लिए मैं हमेशा एक खुर्दबीन रखता हूं।" 'वाह' लखनवी ने जेब ने एक छोटी-सी खुर्दबीन निकालकर दिखाते हुए कहा। मैं उनकी सूक्ष्मदर्शिता की प्रशंसा करते हुए आगे बढ़ गया।

बस, इसी प्रकार एक के बाद एक तालाब के किनारे-किनारे दर्जनों कलाकार अपनी-अपनी कला का प्रदर्शन कर रहे थे। छाती के सिर के बालों तक के हर प्रकार के कलाकार थे। हर लड़की के पास फार्म था। उस फार्म के साथ एक फोटो लगा हुआ था। हर कलाकार नाप-तोल करते हुए ठीक-ठीक आंकड़े फार्म में भर देता और अपनी राय लिख देता। इसी प्रकार छाती, बाहें, होंठ, आंखें, बाल, कान हर चीज का नाप हो रहा था और बड़ी गम्भीरता से उनके सम्बन्ध में राय दी जा रही थी।

एकाएक मुझे ऐसा अनुभव हुआ मानो मैं किसी क्लब में नहीं लाया गया, किसी निर्जीव कारखाने के मशीनों की खट-खट से गूंजते हुए हाल में खड़ा हूं। किसी तैरने के तालाब के किनारे, नहीं, स्त्रियों के कारखाने में खड़ा हूं। यहां स्त्रियां बनती हैं, जिस तरह साइकल बनती हैं या मोटरें बनती हैं। यह असेम्बली लाइन है जहां पर विभिन्न कलाकार टखनों, जांघों, पिण्डलियों, कूल्हों, बांहों, होंठों, गालों को नापकर, तोलकर और विभिन्न अंग जोड़-जोड़कर स्त्री बना रहे हैं। सुन्दरता की रानी, मलिका-ए-हुस्न, ब्यूक सुपर डीलो। स्त्री या सन् साठ की स्टुडीबेकर। सनबीम टायलर 60।

दो-तीन घण्टे यही नाप-तोल जारी रहा और हिसाब-किताब होता रहा। अन्त में जब सब सूचियां बन चुकीं, सारे फार्म भर गए, तो ये समस्त सूचियां और उनके साथ नत्थी किए हुए फोटो मुझे दे दिए गए और उनके अध्ययन के लिए मुझे पौन घण्टा दिया गया। इसके बाद मुझे अपना फैसला सुनाना था और भारत की सबसे सुन्दर लड़की की घोषणा करनी थी।

मैंने समस्त सूचियां बड़े ध्यान से देखीं। फोटो भी ध्यान से देखे। आंकड़ों को जांचा, परखा। अपने मन में विभिन्न जातियों, होंठों, बालों, बाहों का अनुमान लगाया। उसके बाद अपना फैसला सुनाने के लिए तैयार हो गया। फैसला करने में मुझे मुश्किल से आधा घण्टा लगा। लेडी गामा हैरान रह गईं।

"इतनी जल्दी आपने सूचियां पढ़ डालीं और फैसला कर लिया ?"

"हां !"

"तो चलिए, क्लब के हाल में। वहां शहर के सब बड़े-बड़े लोग और शहर की बड़ी-बड़ी सुन्दरियां आपका फैसला सुनने के लिए बेचैन हैं।"

प्रवेश करना गधे का क्लब के बड़े हाल में और भाषण देना खड़े होकर माननीय नागरिकों के सम्मुख तथा उल्लेख सौन्दर्य-प्रतियोगिता के परिणाम का—

अब जब हमने दोबारा क्लब के हाल में प्रवेश किया तो कई घण्टे व्यतीत हो चुके थे। शहर में पहले ही से घोषणा कर दी गई थी कि अमुक समय सौन्दर्य-प्रतियोगिता का फैसला सुनाया जाएगा। अतएव बड़े-बड़े राज्यमन्त्री, रईस, डिप्लोमैटिक कालोनी के राजदूत, विदेशी कैमरामैन और भारतीय समाचार-पत्रों के फोटाग्राफर हाल में एकत्र थे। अब के हाल का आकार ही बदल गया था। अब तो वह पहले से भी चमकीला और सजीला हो गया था। ऊंचे वर्ग की जितनी सुन्दर महिलाएं होंगी, मेरे विचार में वे सब यहां उपस्थित थीं। उनमें से कई एक तो वे थीं जो पिछले वर्ष या उससे पिछले वर्ष की 'रानियां' रह चुकी थीं और अब मोटरों के माडलों की तरह बदली जा चुकी थीं।

हाल में एक ओर एक ऊंचा डायस बनाया गया था। बीच में मेज और मेज के सामने दो कुर्सियां और दो माइक्रोफोन लगे हुए थे। सबसे पहले लेडी गामा ने स्टेज पर आकर दर्शकों को धन्यवाद किया और सौन्दर्य-प्रतियोगिता का महत्त्व बतलाया। सहायक जजों का धन्यवाद किया, जिन्होंने आंकड़ों के संकलन में मेरी सहायता की थी। उसके बाद लेडी गामा ने मेरा परिचय कराया और बताया कि क्यों मुझे, एक तुच्छ गधे को, इस महत्त्वपूर्ण काम के लिए चुना गया था ! वही

रोमन सुन्दरियों के गधी के दूध में स्नान करने की कथा दोहराई गई, जिससे लोग बहुत प्रभावित हुए। इसके बाद तालियों के शोर में मुझे कुर्सी प्रस्तुत की गई। उसके तुरन्त बाद बैंड बजा और सौन्दर्य-प्रतियोगिता में भाग लेने वाली सुन्दरियां स्नान करने के सुन्दर और नये डिज़ाइन के वस्त्र पहने हाल में प्रविष्ट हुईं। लोग उनकी सुन्दरता देखकर स्तब्ध रह गए। जितनी स्त्रियां थीं, वे प्रत्येक सुन्दरी से बारी-बारी अपनी मौन तुलना करती जाती थीं और हर बार मन-ही-मन अपने-आपको अधिक नम्बर देती जाती थीं। जितने पुरुष थे वे यह सोच रहे थे कि यदि प्रत्येक लड़की उनके पास एक मिनट खड़ा होकर फिर आगे बढ़े तो अधिक अच्छा हो। लेकिन सुन्दरियों की परेड बहुत शीघ्र समाप्त हो गई और वे सबकी सब हमारी, अर्थात् मेरी और लेडी गामा की कुर्सियों के पीछे एक दायरे में रखी हुई कुर्सियों पर सुशोभित हो गईं।

लेडी गामा ने उठकर एक-एक सुन्दरी को बारी-बारी से माइक के सामने बुलाया। उपस्थित लोगों से उनका परिचय कराया। उनसे धन्यवाद के दो शब्द कहलवाए और फिर उन्हें वापस कुर्सी पर भेज दिया। इससे कम से कम यह तो हुआ कि दर्शकों को उन सुन्दरियों को अच्छी तरह देखने का अवसर मिल गया—न केवल दर्शकों को, बल्कि मुझे भी, जिसे अभी-अभी इस सौन्दर्य-प्रतियोगिता में भाग लेने वाली प्रत्येक सुन्दरी मुस्कराकर सबका धन्यवाद करती थी, लेकिन जब वह मेरा धन्यवाद करने के लिए मेरी ओर झुकती थी तो अपने होंठों की सबसे मधुर मुस्कान एक कली की तरह मेरी ओर फेंकती थी। कितनी कृपा प्रार्थी मुस्कानें थीं वे ! आंखें, नजरें, शायद होंठ कहते थे, "अगर कहीं तुम हमें 'सुन्दरता की रानी' की उपाधि प्रदान कर दो तो हम तुमसे विवाह तक करने को तैयार हो जाएंगी, हालांकि तुम केवल एक गधे हो।"

रूपवती की मुस्कान सबसे विचित्र थी। उसकी मुस्कान में एक विचित्र प्रकार का सन्तोष था, एक विचित्र प्रकार की मालिकाना मुस्कराहट !

कमला ने न केवल अपनी मुस्कराहट से बल्कि अपने शरीर के प्रत्येक अंग से मुझ पर भरपूर वार किया। ऐसी चमकती हुई बल्कि चुंधियाई हुई मुस्कराहट थी वह कि मैं सहन न कर सका। मैंने नजरें नीची कर लीं। सचमुच यह कमला बड़ी खतरनाक औरत थी। उसके शरीर का प्रत्येक अंग कह रहा था—मुझसे बचकर कहां जाओगे। मैं संसार भर की सबसे सुन्दर स्त्री हूं—तुम्हें विवश होकर मुझी को 'सुन्दरता की रानी' चुनना पड़ेगा।

कमला की मुस्कान में एक विचित्र प्रकार का निमन्त्रण था। मेरा दिल कांपने लगा।

आखिर जब लेडी गामा ने घोषणा की कि श्रीमान् गधे जी सौन्दर्य-प्रतियोगिता

का फैसला सुनाएंगे तो हाल तालियों की गड़गड़ाहट से गूंज उठा।

मैंने माइक्रोफोन परे हटाकर कहा–

"महिलाओ तथा सज्जनो !

"जिस तरह यहां पधारने वाली बहुत सी महिलाओं ने इस सौन्दर्य-प्रतियोगिता में भाग लेना जरूरी समझा क्योंकि उनकी सुन्दरता की ख्याति प्रमाण सिद्ध है, इसी प्रकार मैं भी अपने लिए माइक्रोफोन का प्रयोग जरूरी नहीं समझता क्योंकि मेरी आवाज की कड़क भी प्रमाण सिद्ध है। (तालियां और कहकहे) और मेरा ख्याल है

कि किसी गधे को भी माइक्रोफोन के प्रयोग की आज्ञा नहीं होनी चाहिए हालांकि मैंने बड़े-बड़े गधों को माइक्रोफोन का अनुचित प्रयोग करते देखा है....

(कम तालियां, कम कहकहे)

"महिलाओ तथा सज्जनो !

"इस अवसर पर भारत के कोने-कोने से सुन्दरियां सौन्दर्य-प्रतियोगिता में भाग लेने आई हैं, इसका हमें हर्ष है; लेकिन दुःख उन सुन्दरियों के लिए है जो किसी कारण से इस प्रतियोगिता में भाग न ले सकीं।

"मैं एक गधा हूं, इसलिए मेरी स्पष्टोक्ति पर मुझे क्षमा किया जाए, यदि मैं साफ-साफ कह दूं कि मुझे दुःख उस मजदूर औरत का है, जो दो बच्चों की मां होने के बावजूद इतनी सुन्दर है कि अगर वह इस प्रतियोगिता में भाग ले सकती तो आप उसे देखकर हैरान रह जाते।

"मगर वह इस प्रतियोगिता में भाग न ले सकी क्योंकि वह दो बच्चों की मां है। उसके पास न इतना समय था न इतना किराया ही कि वह यहां तक आ

सकती। उसके पास इस सौन्दर्य-प्रतियोगिता के प्रवेश-पत्र के लिए पच्चीस रुपये भी नहीं थे। फर्ज कीजिए कि किसी तरह रुपये का प्रबन्ध करके वह यहां आ भी जाती और इस प्रतियोगिता की 'रानी' भी चुन ली जाती तो भी लासऐंजल्स अन्तर्राष्ट्रीय प्रतियोगिता में भाग लेने का प्रश्न बना रहता, क्योंकि उसके दो बच्चों को लासऐंजल्स की सैर कौन कराता ? और अगर वह बच्चे यहां छोड़ जाती तो वे खाते कहां से ?

"मैं एक स्वर्गीय धोबी का गधा हूं। मेरी मालकिन के दो बड़े प्यारे-प्यारे बच्चे हैं। वह आज भी इतनी सुन्दर है कि अगर वह भूल से यहां आ जाए तो आप सब लोग आदरवश खड़े हो जाएंगे और एकमत हो उसे 'भारत की रानी' की उपाधि दे देंगे। लेकिन अफसोस है कि वह भी इस प्रतियोगिता में भाग न ले सकी। वह इस समय कपड़े धो रही होगी, ऐसी लड़की के कपड़े जो स्वयं इस प्रतियोगिता में मौजूद है। (मैंने आंखों के कोने से मिस रूपवती की ओर देखा, वह होंठ चबा रही थी) मेरा मतलब इस सौन्दर्य की बुराई करना नहीं है, जो यहां मौजूद है। लेकिन मुझे क्षमा कीजिएगा, यह सिविल लाइन और माल रोड का सौन्दर्य है। यह बड़े-बड़े घरों के सुख-वैभव में पला हुआ सौन्दर्य है। इस सौन्दर्य ने कभी कोई फाका नहीं किया, कभी कोई दुःख नहीं देखा, कभी चीथड़े नहीं पहने, कभी सड़कों पर नहीं सोया। यह खुली हवा का सौन्दर्य नहीं है। यह तो एक सुन्दर झाड़ में जलती हुई मोमी शमूअ का सौन्दर्य है।

"क्या यह भारत का सौन्दर्य है या वह जो जमुना-घाट पर कपड़े धोता है, जो सरसों के खेत में गीत गाता है, जो ईख के पौधों में रस उतारता है और काली मिर्च की बेलों से सब्ज दाने तोड़ता है ! वह सौन्दर्य जो मनुष्य के प्रेम और परिश्रम से उत्पन्न होता है, उस सौन्दर्य का मूल्य आंके बिना, उसकी महानता को समझे बिना, क्या यह सौन्दर्य-प्रतियोगिता अधूरी नहीं रह जाती !

"फिर जरा विचार तो कीजिए कि विभिन्न स्थानों पर सौन्दर्य की कसौटियां भिन्न हैं।

"बंगाल में लम्बे बाल और हालीवुड में कटे हुए बाल, फ्रांस मे पतले कूल्हे और भारत में भारी कूल्हे सौन्दर्य का प्रतिमान समझे जाते हैं। कश्मीरी गोरे रंग पर मुग्ध हैं मगर टांगानिका में सौन्दर्य रात की तरह स्याह होता है। कोई पतले होंठ पसन्द करता है, कोई मोटे होंठ। कोई लम्बी गर्दन, कोई छोटी गर्दन। कोई बड़ी-बड़ी काली आंखें, तो कोई छोटी-छोटी बादामी आंखें। फिर सार्वभौम सौन्दर्य का प्रतिमान क्या होगा ? लेकिन सबसे महत्त्वपूर्ण प्रश्न तो यह है कि सौन्दर्य क्या है ? जब तक इस प्रश्न का फैसला न हो जाए, मैं कोई फैसला नहीं दे सकता।

"हर पुरुष के जीवन में एक स्त्री ऐसी आती है, जिसकी सुन्दरता जाने क्या

होती है और क्या नहीं होती, मगर उस पुरुष के मन में और उसकी आत्मा में उसकी सुन्दरता स्वर्ग की समस्त अप्सराओं से बढ़-चढ़कर होती है ! ऐसा एक व्यक्ति मैंने जमुनापार कृष्णनगर में देखा था। वह एक गन्दे झोंपड़े में रहता था। उसका नाम धन्नू था। वह एक धोबी था और हमारा पड़ोसी था। उसकी पत्नी बिल्कुल साधारण रंग-रूप की थी। रंग सांवला, बल्कि काला। नयन-नक्श बिल्कुल साधारण। साधारण आंखें, साधारण से होंठ, साधारण सी ठोड़ी। उसकी चाल-ढाल में ऐसी कोई बात नहीं थी, जो असाधारण हो। लेकिन एक चीज उसमें असाधारण थी।

"शाम को जब धन्नू धोबी घाट से थका-मांदा; कपड़ों का बोझ सिर पर उठाए घर आता तो वह ऐसी मुस्कराहट से, ऐसी मधुरी आकर्षक मुस्कराहट से उसका अभिनन्दन करती थी कि धन्नू अपनी दिन भर की थकावट भूल जाता था। उस स्त्री के पास संसार की सबसे सुन्दर मुस्कराहट है। दुःख इस बात का है कि वह मुस्कराहट मैं आपको दिखा नहीं सकता। उस मुस्कराहट को न तो नापा जा सकता है, न तोला, न उसका ग्राफ बनाकर ज्योमेट्री की रूपरेखाओं में ढाला जा सकता है, क्योंकि वह मुस्कराहट उसके होंठ नहीं हैं, उसके दांत नहीं हैं, उसका चेहरा नहीं है; उसकी मुस्कराहट का सम्बन्ध उसके समूचे व्यक्तित्व से है, उसके शरीर तथा आत्मा के पूरे जीवन से। फिर उस मुस्कराहट का सम्बन्ध उसके अपने पति से भी है। जिस प्रकार वह अपने पति को देखकर मुस्कराती है जिससे उसकी मुखाकृति तुरन्त इतनी बदल जाती है कि वह अत्यन्त सुन्दर दीखने लगती है, उस मुस्कराहट का सम्बन्ध दो हृदयों के प्रेम से भी है। यह मुस्कराता हुआ महान् सौन्दर्य प्रेम की क्रिया तथा प्रतिक्रिया की उत्पत्ति है। मुझे सन्देह है कि क्या वह स्त्री इस तरह किसी पराये पुरुष के सामने भी मुस्करा सकेगी ? चाहे आप उसे भारत की रानी चुनकर लासऐंजल्स के किसी भव्य भवन में खड़ा क्यों न कर दें। मेरे ख्याल है, वह कभी इस तरह न मुस्करा सकेगी क्योंकि उसका धोबी पति वहां मौन होगा।

"फिर हम किस तरह उस सौन्दर्य को परख सकते हैं ?

"मैं समझता हूं, सौन्दर्य को परखने की यह कसौटी गलत है। एक स्त्री का सौन्दर्य उसके व्यवहार ही से पहचाना जा सकता है। वह व्यवहार, जिसका सम्बन्ध ने केवल उसके अपने आपसे है, बल्कि उसके घर से है, उसके बच्चों से, उसे कारखाने से, उसके खेत से है। स्त्री-सौन्दर्य कोई शून्य में रखी जाने वाली वस्तु नहीं है कि हम उसे स्त्री के वातावरण से अलग करके, एक नहाने के तालाब के किनारे, खड़ा करके, उसका नाप-तोल शुरू कर दें। सौन्दर्य को शून्य में नहीं जांचा जा सकता।

"सौन्दर्य कोई मिश्र देश की तरह मसाले लगाकर सम्भाली जाने वाली 'मम्मी' भी नहीं है। वह तो एक जीवित, आगे बढ़ता हुआ परिवर्तनशील जीवन-क्रम है। यह कितनी मूर्खतापूर्ण बात होती अगर रोमियो जूलियट की सुन्दरता को फीते से नापना शुरू कर देता, अगर पेरिस हेलन की सुन्दरता का वजन किसी मशीन पर तोलना शुरू कर देता, अगर सीता की अमर तथा शाश्वत सुन्दरता की तुलना किसी पत्थर के तराशे हुए टुकड़े से करा दी जाती ! मुझे तो यह देखकर आश्चर्य होता है कि आप लोग इस सौन्दर्य-प्रतियोगिता में कान तो देखते हैं, मगर उस आवाज को नहीं सुन सकते जो उस कान के भीतर जाती है। आप आंख देखते हैं, मगर आंख की लज्जा नहीं देखते। छाती का उभार देखते हैं, उसके भीतर छिपी हुई मां की ममता नहीं देखते।

"और मैं आपकी इस सौन्दर्य-प्रतियोगिता के बारे में क्या राय दे सकता हूं! मैं तो यह कह सकता हूं कि सच्चा सौन्दर्य किसी बड़े-से-बड़े विज्ञापनकर्त्ता की दासों की मण्डी में बिकाऊ नहीं है, जहां जांघें और पिण्डलियां नापी जाती हैं, छाती का उभार परखा जाता है और कमर का मांस तोला जाता है और तैरने के तालाब के किनारे-किनारे साज और तीखी धुनों के साथ-साथ, असली दांतों के मंजन वाले और नकली दांतों के सेट बेचने वाले, नाखून काटने के यन्त्रों वाले और नाखून बनाने के यन्त्रों वाले; बालसफा पाउडर वाले और बाल बढ़ाने वाले, ऊंची एड़ी वाले, नीची बुद्धि वाले सब अपनी-अपनी वस्तुओं का विज्ञापन करते हैं।

"इसलिए मैं आपसे कहता हूं कि आपकी वह सौन्दर्य-प्रतियोगिता बिल्कुल फ्राड है धोखा है, जालसाजी है और बददयानती है और मेरा इसके बारे में यही फैसला है।"

जब मैंने यह भाषण समाप्त किया तो उसके बाद कुछ क्षण तक तो हाल में सन्नाटा रहा, ऐसा पूर्ण सन्नाटा कि मेरा जी चाहा उसे तोड़ने के लिए जोर से रेंकना शुरू कर दूं।

कुछ क्षणों के बाद हाल से खुसर-फुसर शुरू हो गई। हमारे पीछे बैठी हुई सौन्दर्य-प्रतियोगिता में भाग लेने वाली कुछ सुन्दरियां मूर्च्छित हो गयीं। कई चीखें मरने लगीं। थोड़े समय बाद हाल में प्रत्येक व्यक्ति चिल्ला रहा था—

"साला !"

"कमीना !"

"गधा कहीं का !"

"मुर्खानन्द !"

"इसे बाहर निकाल दो ! जूते मारकर बाहर निकाल दो ! कौन-सा गधा पकड़ लाए हो ! बदतमीज ! बदजबान !!. नालायक !!!"

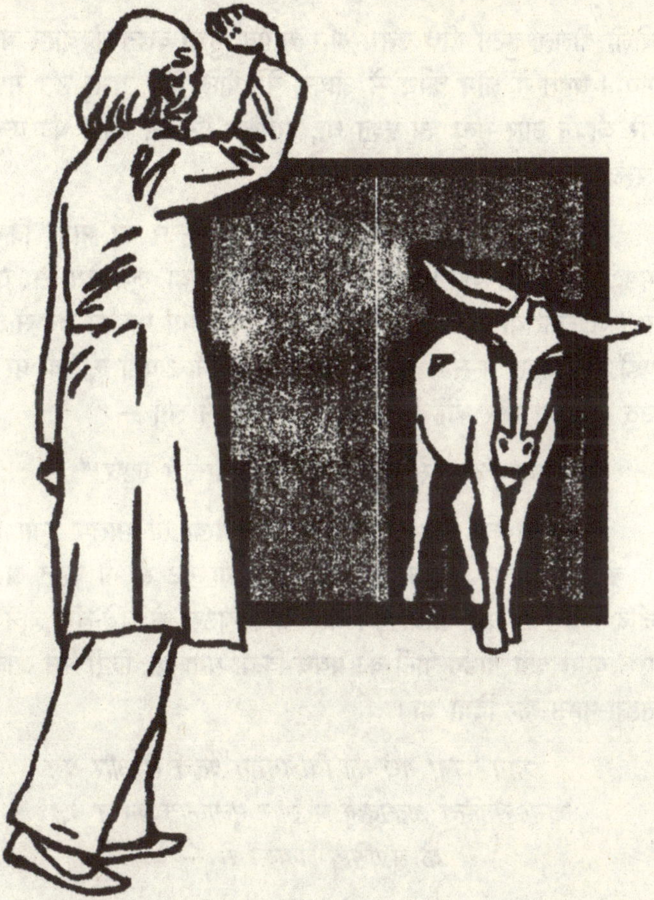

फिर 'गधा मुर्दाबाद' के नारे शुरू हो गए। कुछ मनचले हल्ला बोलकर स्टेज पर चढ़ आए। उनका इरादा था कि सभापति का सत्कार डण्डों से करें। लेकिन मैं उनका इरादा भांप गया। इसलिए मैंने छूटते ही दो-चार दुलत्तियां बल्कि चौलत्तियां ऐसी जमाई कि उन शूरवीरों से भागते ही बनी। मुझे विफरते देखकर स्टेज पर भी हंगामा मच गया। माइक्रोफोन गिर पड़ा। लेडी गामा बेहोश हो गईं। लड़कियां चीखने-चिल्लाने लगीं। ऐसी स्थिति में मैंने वहां से खिसकना ही उचित समझा। अतएव मैं स्टेज पर दुलत्तियां झाड़ता हुआ और अपनी विशेष

बोली बोलता हुआ नीचे उतरा और भागता हुआ क्लब के बाहर चला गया। बहुत-से लोग क्रोध में आकर मेरे पीछे भागे, परंतु उस समय मेरे जीवन और मृत्यु का प्रश्न था, इसलिए मैंने भी आंखें बंद करके अन्धाधुन्ध भागना शुरू कर दिया।

मुझे याद नहीं कि मैं कौन-सी सड़क से किधर को भागा, किधर मुड़ा, किधर घुस पड़ा। मुझे उस समय होश आया, जब मेरा सिर एक मेज से टकराया और बहुत-सी चीनी की प्यालियां एकदम छन-से-छूंट पड़ीं और बहुत से लोग एकदम घबराकर अपनी-अपनी कुर्सियों पर से उठ खड़े हुए और बांहें फैला-फैलाकर चिल्लाने लगे –

"यह गधा किधर से घुस आया, निकालो इसे बाहर!"

अब मैंने जरा ध्यानपूर्वक इधर-उधर देखा तो मालूम हुआ कि मैं तो विलिंगडन क्लब से बहुत दूर, इण्डिया गेट से भी बहुत आगे, जींद हाउस में घुस आया हूं। यहां जींद हाउस के लंबे-लंबे लॉन में एक बहुत बड़ी गार्डन-पार्टी का प्रबंध किया गया था, जिसे मैंने आकर तहस-नहस कर दिया था।

भाग जाना गधे का विलिंगडन क्लब से और घुस जाना साहित्य अकादेमी में और मुलाकात करना देश के सुप्रसिद्ध लेखकों से –

मैं अभी वहीं खड़ा था और चौकन्ना होकर सोच रहा था कि अब किधर जाऊं, कि क्या देखता हूं कि एक लेखकों जैसी मुखाकृति का व्यक्ति सिर से कंधों तक बाल लटकाए, हाथ में ढेला उठाए मुझे मारने चला आ रहा है। उसका चेहरा किताबी था, माथा नूरानी और दाढ़ी सफेद! पहले तो वह मुझसे दूर रहा और ढेला उठाए डराता रहा और कहता रहा –

"अहिंसा में विश्वास रखता हूं, नहीं तो अभी ढेला मार देता। भलाई इसी में है कि यहां से चले जाओ।"

मैंने कहा, "मेरे पीछे-पीछे बहुत से लोग डण्डे उठाए मारने को चले आ रहे हैं, इसलिए वापिस नहीं भाग सकता, चाहे तुम हिंसा करो या अहिंसा।"

मुझे बोलता देख उस व्यक्ति के हाथों से ढेला छूट गया। आंखें फटी की फटी रह गईं, रंग उड़ गया और दाढ़ी के बाल यों कांपने लगे कि मुझे भय होने लगा, कहीं उसकी दाढ़ी चेहरे से छूटकर नीचे न गिर पड़े। किसी प्रकार कुछ क्षणों के बाद उस महानुभाव ने अपने-आप पर काबू पाया और बड़ी मुश्किल से बोला –

"तुम कौन हो?"

मैंने कहा, "बनाकर गधों का हम भेस गालिब'
तमाशा-ऐ-अहले-करम देखते हैं।

वह व्यक्ति यह सुनते ही पलट गया। अपनी मेज पर जाकर अपने साथी लेखकों से कहने लगा, "मित्रो! कमाल हो गया।"

"क्या हुआ?" बहुत-से लेखक एक साथ बोल उठे।

"चाचा गालिब गधे का भेस बनाकर हमसे मिलने आए हैं।"

"झूठ!"

"अरे नहीं, अपनी आंखों से देख लो, अपने कानों से सुन लो—वे सामने खड़े हैं।" उस महानुभाव ने मेरी ओर संकेत किया।

इतने में चपरासी, साहित्य अकादेमी का सेक्रेटरी और उनका असिस्टैंट, जिसका नाम मुझे बाद में मालूम हुआ कि श्री डी. डी. गुड़च है—वे सब डण्डे उठाए मुझे बाहर निकालने आए कि उस महापुरुष ने हाथ के संकेत से उन्हें रोक दिया, बल्कि मेरे लिए स्पेशल कुर्सी लाने को कहा।

इसके बाद मुझे बड़े आदर से उन लेखकों की सभा में बिठाया गया। बहुत से लोग मुझे बराबर घूरे जा रहे थे। आखिर मुझसे न रहा

गया, मैंने कहा, "क्यों सज्जनो! क्या आपने आज तक कोई गधा नहीं देखा जो इसे बुरी तरह घूर रहे हो?"

एक सज्जन बोले, "हम सब जानते हैं। आप वह बताइए कि आपने अपनी यह दशा क्यों बना रखी है–किसलिए?"

मैंने कहा, "इस मिट्टी के पुतले जिस्म को किसी तरह तो ढांपना चाहिए।"

"कहिए, कैसे आना हुआ? जहां पर आप हैं वहां पर तो कोई मुश्किल से ही आ सकता है।"

"जी हां, बजा इरशाद फर्माया! बड़ी मुश्किल से आया हूं। अभी तक कानों में उन लोगों की आवाज़ें गूंज रही हैं, जो मेरे पीछे-पीछे आ रहे थे।"

"अजी साहब! आपके शेर जो एक बार सुनेगा, वह सौ बार आपके पीछे भागेगा, इसमें क्या शुबहा है!" यह मरियल-सा लेखक बड़ी मरियल आवाज में बोला।

"शेर!" मैं आश्चर्यचकित-सा रह गया। उस पहले महानुभाव ने मेरे कान में कहा –

"मैंने इन्हें बता दिया है कि आप कौन हैं! गालिब, गधे के भेस में।"

"गालिब! लाहौल बिलाकुव्वत!" मैंने क्रोध भरी नज़रों से उसकी ओर देखकर कहा, "अजी साहब! मैं तो एक मामूली गधा हूं, जिसे लिखने-पढ़ने की थोड़ी-सी सुध-बुध है! कहां मैं और कहां गालिब!"

"अच्छा! अच्छा!" अकादेमी के सेक्रेटरी साहब बोले, "मैं समझ गया, आप ही वे बोलने वाले गधे हैं, जिनके चित्र समाचार-पत्रों में छपे हैं।"

"अजी बोलने वाले गधे तो दुनिया में बहुत हैं। हां, चित्र

किसी-किसी के छपते हैं।" मैंने सिर झुकाकर कहा, "लेकिन मेहरबानी करके मुझे यह तो बतलाइए कि मैं किस महफिल में बिना बुलाए मेहमान की तरह घुस आया हूं?"

सेक्रेटरी साहब बोले, "यह साहित्य अकादेमी, कला-केन्द्र और संगीत-नाट्य अकादेमी की मिली-जुली सभा है।"

"आपको यहां पर भारत भर के चोटी के लेखक, कलाकार, संगीतकार तथा नाटककार मिलेंगे। इस मेज पर, जहां आप बैठे हैं, देखिए, ये महानुभाव श्री गणेन्द्रनाथ नागपाल हैं। आप हिन्दी के सबसे बड़े उपन्यासकार हैं। आपने दस उपन्यास लिखे हैं। इनके उपन्यासों की विशेषता यह है कि जो बात आप एक उपन्यास में कहते हैं, दूसरे उपन्यास में स्वयं ही उसका खण्डन कर देते हैं। इनका पूरा साहित्यिक जीवन अपनी कही हुई बातों के खण्डन में व्यतीत हुआ है। इसलिए तो हिन्दी साहित्य में इनका विशेष स्थान है। ये हमारी कार्यकारिणी समिति के सदस्य हैं। इनसे मिलिए, ये अचकन वाले, टोपी वाले, चुग्गी दाढ़ी वाले अब्बू अदीब हैं। इनका कमाल यह है कि पिछले पन्द्रह वर्षों से इन्होंने उर्दू साहित्य की कोई पुस्तक नहीं पढ़ी। ये भी हमारी कार्यकारिणी समिति के एक सदस्य हैं। आपसे मिलिए, आप श्री सुन्दरसिंहजी हैं, आप लेखक हैं न अदीब, न कवि, न शायर, लेकिन बड़ी ऊंची श्रेणी के धर्मोपदेशक हैं। आप भी हमारी कार्यकारिणी समिति के सदस्य हैं। आपसे मिलिए, श्री डी. डी. गुड़च! गुजराती के लेखक हैं, लेकिन गुजराती के अतिरिक्त अन्य भाषाओं के लेखकों तथा उनके साहित्य पर आपकी दृष्टि बड़ी गहरी है। आप श्री अब्दुलशिकूर प्रोफेसर! यद्यपि आप भी अदीब नहीं हैं फिर भी पिछले पन्द्रह वर्षों से इस बात पर रिसर्च फर्मा रहे हैं कि उर्दू का कायदा अगर 'अलफ' के स्थान पर 'ये' से शुरू हो तो कैसा रहे!"

"कैसा रहे?" मैंने पूछा।

अब्दुलशिकूर बोले, "मेरा ख्याल है कि अगर अब एक बच्चा उर्दू

का कायदा छह महीने में खत्म कर लेता है, तो फिर छह साल में खत्म किया करेगा।"

मैंने पूछा, "इससे क्या फायदा होगा?"

वे बोले, "इससे एक तो एक बच्चे की समझ-बूझ की बुनयादें पक्की होंगी और दूसरे जबान मुश्किल से मुश्किलतर होती जाएगी।"

"मुश्किल जबान से क्या फायदा होगा?"

"सही इल्म तो मुश्किल जबान में ही मिलती है।"

अब्दुलशिकूरजी फिर बोले, "हमारे यहां तो सहज जबान में लिखने वाले अदीबों का गुजर ही नहीं। हमने अपनी साहित्य अकादेमी में इस बात का खास इन्तजाम कर रखा है कि कोई ऐसा अदीब इसमें न घुसने पाए, जिसने पिछले पन्द्रह-बीस साल में कोई बात, कोई काम की बात आसान जबान में कही हो। हमारे सामने अकादेमी फ्रांसे का उदाहरण है। उस अकादेमी में रूसो और वाल्टेयर जैसे अदीबों को शामिल नहीं किया गया था।"

मैंने कहा, "आपको इस बात पर फ़ख्र करने के बजाय शर्म आनी चाहिए।"

"अपना-अपना विचार है।" श्री गणेन्द्रनाथ नागपाल ने एक रसगुल्ले की ओर देखते, बल्कि योगाभ्यास करते हुए कहा।

"खैर, छोड़िए इस बात को," मैंने बात को पलटते हुए कहा, "मुझे बचपन से ही पढ़ने-लिखने का शौक रहा है, क्या मैं अकादेमी का मेम्बर हो सकता हूं?"

"बस यही तो खराबी है।" श्री गुड़च इन्कार में सिर हिलाकर बोले।

"क्या?"

"यही कि आपको पढ़ने-लिखने का शौक है।" श्री गुड़च

मुझे समझाते हुए बोले, "वास्तव में हमारे यहां मेम्बर होने के लिए बड़ी कठिनाइयों का सामना करना पड़ता है। पहली बात तो यह है कि हम पचास वर्ष से इधर की आयु के लेखक को अपना मेम्बर बनाते ही नहीं, क्योंकि इस समय तक वह वास्तविक शब्दों में जिम्मेदार नहीं कहला सकता। आप हमारी अकादेमी के मेम्बरों को देखिए। एक से एक बूढ़ा पड़ा है, जिसने वर्षों से कोई पुस्तक नहीं पढ़ी, न पढ़ने का इच्छुक है। पुस्तक से अधिक हमारी कार्यकारिणी समिति में रोगों की चर्चा रहती है। किसी को दिल का रोग है, तो किसी को दमे का। किसी की आंख दुखती है, तो किसी को कोई मूत्ररोग—हां, यदि आप किसी भयानक रोग से ग्रस्त हों तो मैं आपकी मेम्बरशिप पर विचार करूं?"

मैंने कहा, "मेरा स्वास्थ्य तो बहुत अच्छा है और अभी पचासवां वर्ष मुझसे बहुत दूर है।"

"तो अकादेमी की मेम्बरी भी दूर समझिए।" श्री गुड़च हंसकर बोले, "इसके अतिरिक्त हम कुछ यह भी पसंद करते हैं कि मेम्बर पढ़ने-लिखने की बजाय यदि सोचने-समझने पर अधिक विचार करें तो अच्छा रहता है। वास्तव में हम अच्छे विचारक पैदा करना चाहते हैं। हमारी कार्यकारिणी समिति में आपको लेखक कम और विचारक अधिक मिलेंगे। हमारे यहां ऐसे भी लोग हैं, जिन्होंने पिछले पांच वर्ष से कोई किताब नहीं लिखी—पिछले पन्द्रह वर्ष से कोई किताब नहीं लिखी बल्कि पूरी आयु में कोई पुस्तक नहीं लिखी, लेकिन वे हमारी अकादेमी के प्रमुख मेम्बर हैं। किसलिए? एक लेखक होने के नाते नहीं, एक प्रमुख विचारक होने के नाते! उन्होंने पढ़ने-लिखने के स्थान पर अपनी आयु का अधिकतर भाग सोचने-समझने, विचार करने, विचार करते-करते ऊंघते-ऊंघते सो जाने में व्यतीत किया है।"

"क्या कहने हैं!" मेरे मुंह से आप ही आप निकल आया।

"फिर हमारे यहां उन नए-नए आन्दोलनों को भी अच्छा नहीं समझा जाता, जो पिछले तीस वर्षों में भारत के विभिन्न साहित्यों में आए हैं और देखते-देखते उन पर छा गए हैं।"

"आपका संकेत..."

"मेरा संकेत मानवतावादी, जनतन्त्रवादी, साम्यवादी, प्रगतिवादी लेखकों के विभिन्न संघों से है। उनके काम से है। उनके साहित्य से है। आप इन संघों के किसी मेम्बर को हमारी अकादेमी का मेम्बर नहीं पाएंगे।"

"क्यों?" मैंने आश्चर्य से पूछा।

"बस, हम पसंद नहीं करते, और क्यों?"

"लेकिन उन लोगों की रचनाएं भारत भर में लोकप्रिय हैं। दूसरी भाषाओं में उन रचनाओं को आदर-सम्मान की दृष्टि से देखा जाता है।"

"देखा जाता होगा, मगर..." सेक्रेटरी साहब ने अब बीच में आकर बोलना शुरू किया, "यह भारतीय साहित्य अकादेमी है। यहां प्रगतिशील लेखक नहीं घुस सकता।"

श्री सुन्दरसिंह बात की कटुता को नम्र स्वर देते हुए बोले, "बात वास्तव में यह है, श्रीमानूजी! हम लोग क्लासिकल साहित्य को पसंद करते हैं। उर्दू में गालिब, हिन्दी में भारतेंदु तक, संस्कृत में कालिदास तक।"

"तो इसका मतलब यह हुआ कि इसके बाद अब तक जो कुछ भी विभिन्न भाषाओं में लिखा गया है, संसार में जो नए आन्दोलन चले हैं, जो घटनाएं-दुर्घटनाएं हुई हैं, जिन्होंने न केवल राजनीति बल्कि पूरे जीवन की धारा को मोड़कर रख दिया है, उनसे आपका कोई संबंध नहीं?" मैंने पूछा।

सेक्रेटरी ने मुस्कराकर पूछा, "आप घास तो नहीं खा गए?"

मैंने कहा, "खाई नहीं है, खाना चाहता हूं।"

सेक्रेटरी ने अपना अतिथि-प्रेम दर्शाते हुए कहा, "अभी मंगवाता हूं।"

यह कहकर वे तो वहां से चल दिए। मैंने मुड़कर श्री गुड़च से पूछा, "मेरा तो साहित्य से संबंध रखने वालों से मिलने का यह पहला अवसर है। इससे पूर्व आप लोगों की पुस्तकें पढ़ता था—कहिए, आप लोग, मेरा मतलब है, साहित्य अकादेमी के उपस्थित सदस्य साहित्य और साहित्यकारों की सहायता के संबंध में क्या कार्य कर रहे हैं?"

श्री गुड़च बाले, "अभी तो हम एक बहुत बड़ी सूची तैयार कर रहे हैं, उन समस्त लेखकों की और उनकी समस्त पुस्तकों की जो सौ वर्षों में लिखी गई हैं।"

मैंने पूछा, "और उन पुस्तकों की सूची कौन बनाएगा जो पिछले सौ वर्षों में नहीं लिखी गईं। लेखक की दरिद्रता के कारण वे समस्त कविताएं, वे समस्त चित्र, चित्रकला की सुन्दर कलाकृतियां, वे महान् संगीत—जो कलाकार के दिमाग में घुसकर रह गए, क्योंकि उनके पास खाने को कुछ न था, क्योंकि उनका बच्चा भूख से दम तोड़ रहा था, उसकी पत्नी क्षय रोग से मर गई थी—उन समस्त पुस्तकों, कविताओं, चित्रों, गीतों की सूची कौन बनाएगा जो हो सकते थे, लेकिन हो न सके?"

"यह हमारा काम नहीं है।" श्री गुड़च झेंपकर बोले।

"तो फिर यह किसका काम है? कौन-सी भारतीय अकादेमी इस काम को अपने हाथ में लेगी? वह कौन-सी अकादेमी होगी जो लेखक की घायल छाती पर मरहम रखेगी, जो उसकी पुस्तकों की रक्षक बनेगी, जिन्हें उसने अपने हृदय-रक्त से लिखा है? वह कौन-सी अकादेमी होगी, जो लेखकों को उचित जीविका जुटाकर उनसे उपन्यास, कहानियां, कविताएं लिखवाएगी; उन्हें समाज के श्रेयस्कर व्यक्ति समझकर छुट्टी, पेन्शन, आर्थिक सहायता देगी;

उनके बच्चों की शिक्षा-दीक्षा का प्रबंध करेगी? वह कौन-सी अकादेमी होगी, जो लेखकों को मनुष्य समझेगी, उन्हें हवा फांकने वाले, शून्य में रहने वाले, अमानवी व्यक्ति समझने पर विवश नहीं होगी?"

"लीजिए, आपकी घास आ गई।" सेक्रेटरी ने जल्दी-जल्दी मुझसे कहा। उसकी कृत्रिम मुस्कराहट के पीछे मैं एक क्रोध का तूफान उठते हुए देख रहा था। साफ नज़र आ रहा था कि यदि अकादेमी के नियमों में यह नियम होता कि किसी मेहमान की गुस्ताखी पर उसे गोली मारी जा सकती है, तो वह अवश्य ही मुझे गोली मार देता। परन्तु क्या करता! घास प्रस्तुत करने पर विवश था।

मैंने इधर-उधर देखा। इस बहस में भाग लेने को कोई तैयार नहीं था। श्री गणेन्द्रनाथ नागपालजी ने रसगुल्ला निगल लिया था और अब समाधि में चले गए थे। श्री अब्बूअदीब ऊंघते-ऊंघते मराक्बे (समाधि) में पहुंच गए थे।

सुन्दरसिंहजी इस तरह बार-बार अपनी दाढ़ी खुजला रहे थे, जैसे उन्हें कोई नया विचार सता रहा हो, हालांकि वहां केवल खुजली थी। जब मैंने यह देखा कि कोई लेखक इस खतरनाक बहस में भाग लेने को तैयार नहीं, तो मैंने भी यही उचित समझा कि घास खाना शुरू कर दूं। एक गधा इससे अधिक कर भी क्या सकता है—विशेषकर जब उसे ऐसे लोगों से पाला पड़े जो अपनी प्रकृति से लेखक कम और मढ़ा के महन्त अधिक मालूम होते हों।

मैंने घास खानी शुरू कर दी। अभी दो-तीन कौर ही लिए थे कि उधर से खटका हुआ। देखा तो एक महाशय गले में चादर डाले, धोती बांधे, तानपूरा हाथ में लिए मुस्कराये हुए मेरी ओर चले आ रहे हैं।

पास आकर बोले, "हमने सुना है, आपको पक्का गाना सुनने का शौक है।"

मैंने कहा, "अजी, मैं स्वयं पक्का गाना गाता हूं। कहिए तो अभी मैं दरबारी विलम्बित शुरू कर दूं।"

वे हंसकर बोले, "नहीं! अभी तो आप चलकर हमारे संगीतकार से 'गुणकली' सुनिए।"

"ठहरिए तो," मैंने कहा, "यह थोड़ी-सी घास खा लूं। फिर जाने कब मिले न मिले..."

जाना गधे का अकादेमी की सभा में और सुनना
'गुणकली' का और स्वयं सुनाना एक पक्का गाना
और पकड़े जाना वहां पर और रस्सी से बांधकर ले
जाना मिस रूपवती का उसको

चूंकि यह कला-संबंधी तीनों अकादेमियों की संयुक्त सभा थी, इसलिए प्रत्येक व्यक्ति, चाहे उसे पक्के गाने में दिलचस्पी थी या नहीं, 'गुणकली' सुनने में पूर्ण रूप से निमग्न हो गया।

'गुणकली' डेढ़ घंटे तक जारी रही। इस बीच में मैं धीरे-धीरे घास खाता रहा। तन्मयता ऐसी थी कि कभी-कभी मुझे यह अनुभव होने लगता मानो मैं 'गुणकली' खा रहा हूं और घास सुन रहा हूं। बहुत से लेखक कुर्सियों पर सिर टिकाए सो गए थे। अब्बूअदीब तीन ताल के खर्राटे ले रहे थे। कला-केन्द्र के कुछ कलाकार उकताकर 'गुणकली' गाने वाले उस्ताद कृष्णदास देशपाण्डे के कार्टून बना रहे थे; हालांकि जो स्वयं कार्टून हो, उसका कार्टून बनाने की कोई आवश्यकता नहीं होती।

उस्ताद कृष्णदास देशपाण्डे का घराना पिछले डेढ़ सौ वर्ष से 'गुणकली' के आलाप का विशारद समझा जाता था। पिछले डेढ़ सौ वर्ष से उस घराने ने केवल इसी राग का अभ्यास किया था, अन्य सब राग-रागिनियां छोड़ दी थीं और शायद इसलिए 'गुणकली' में ऐसी प्रवीणता प्राप्त की थी कि डेढ़ घण्टा 'गुणकली' सुनने के बाद फूलों को भी नींद आने लगती थी और वे बोर होकर अपनी पत्तियां

बंद करके फूल से कली बन जाते थे। क्लासिकल संगीत-विद्या का चमत्कार आज भी उस्ताद कृष्णदास देशपाण्डे के घराने में देखा जा सकता है।

'गुणकली' के बाद पन्द्रह मिनट का आराम दिया गया। यदि न देते तो बहुत से संगीत-प्रेमियों के हार्टफेल हो जाने का भय था। इस विराम के दौरान में सुनने वालों को चाय पिलाई गई और सुनाने वालों के फेफड़ों में ऑक्सीजन भरी गई, क्योंकि क्लासिकल संगीत की एक विशेषता यह भी है कि इसे डेढ़-दो घंटे गाने के बाद तुरंत ऑक्सीजन की आवश्यकता अनुभव होती है।

मैंने एक संगीतकार से पूछा, "मैंने सुना है क्लासिकल संगीत में कई राग ऐसे हैं, जिनका आलाप पूरा होते-होते तीन घंटे लग जाते हैं।"

"तीन घंटे!" संगीतकार ने खफा होकर कहा, "अजी महाशय! इस विराम के बाद आपको उस्ताद रघीबअली खां गन्धर्व मात्रा 'मियां की मल्हार' सुनाएंगे, जो कम से कम छः घंटे तक का प्रोग्राम है। आज उस्ताद पूरी तरह तैयार होकर आए हैं।"

मैंने कहा, "आप भी तो ऐसे अवसरों के लिए उनकी कब्र खोदकर तैयार रखते होंगे।"

"क्या मतलब?"

मैंने कहा, "अगर मुझे गणित का एक ही प्रश्न दो लाख बार हल करने को दिया जाए तो इस बीच में किसी न किसी दुर्घटना का हो जाना अतिआवश्यक है। संभव है, मैं पागल हो जाऊं। किसी के बाल नोच लूं, आपका गला काट डालूं।"

संगीतकार ने मुझे समझाते हुए कहा, "क्लासिकल संगीत में ऐसा नहीं होता। हां, अधिक से अधिक गाने वाला बेहोश हो जाता है। इससे अधिक आज तक कुछ नहीं हुआ। संभव है, किसी सुनने वाले

ने घर जाकर आत्म-हत्या कर ली हो, लेकिन हमारी अकादेमी के पास इस प्रकार की कोई सूचना नहीं है, इसलिए पूरे विश्वास से हम कुछ नहीं कह सकते।"

मैंने कहा, "मैंने तो यही सुना है कि जब से आपने और ऑल इण्डिया रेडियो ने क्लासिकल संगीत को प्रोत्साहन देना आरंभ किया है, देश में पागलों और आत्म-हत्या करने वालों की संख्या बढ़ गई है।"

दूसरे संगीतकार ने, जो हमारी बातें सुन रहा था, मेरी ओर देखकर कहा, "मगर सन्तुलन के साथ। जिस क्लासिकल संगीत के प्रसार के लिए आप प्रयत्नशील हैं, उसमें से संगीत तो बिल्कुल निकल जाता है, केवल गणित विद्या बाकी रह जाती है।"

"आप नहीं जानते," दूसरे संगीतकार ने क्रुद्ध होकर कहा, "हमारा भारतीय संगीत संसार का सबसे प्राचीन संगीत है। पिछले तीन हजार वर्ष में इस संगीत का एक सुर नहीं बदला है। राग का जो सुर आज से तीन हजार वर्ष पहले था, वही आज भी है।"

मैंने कहा, "इसमें गौरव की क्या बात है? हमारे अपने वंश में जब से संसार बना है, हमारे घराने के संगीत का एक भी सुर नहीं बदला। एक गधा आज से एक लाख साल पहले जिस तरह गाता था, आज भी उसी तरह गाता है। क्या मजाल जो कहीं एक सुर का भी फर्क रह जाए। कहिए तो अभी गाकर सुनाऊं।"

पहले संगीतकार ने घूरकर मेरी ओर देखा मगर चुप रहा।

मैंने कहा, "कभी न बदलना, कभी किसी से न सिखना, अपने ढर्रे में कभी कोई परिवर्तन न करना कोई विशेष गुण तो है नहीं। जीवन के अन्य विभागों की तरह कला में भी परिवर्तन होते रहें तो अच्छा है और यह कहना कि भारतीय संगीत ने बाहर से कोई प्रभाव स्वीकार नहीं किया, बिल्कुल गलत है।

"जिस प्रकार भारतीय संगीत भारत से बाहर गया, उसी प्रकार अरबी और यूरोपीय संगीत बाहर से यहां आया है। उसने भारतीय संगीत से मिलकर जीवन का नया संगीत उत्पन्न किया है, जो निस्सन्देह पहले से अधिक मनमोहक है। आप बाहर से प्रभावों को अपने संगीत में से क्यों निकाल फेंकना चाहते हैं? यह प्रतिक्रिया आपको क्यों पसंद है?"

"हम अपने देश की संस्कृति में विदेशी तत्त्वों को क्यों घुसा रहने दें।"

"हर देश की कला तथा संस्कृति का अपना एक स्वभाव होता है। वह निस्सन्देह राष्ट्रीय होता है, लेकिन उसमें जो बाहर के तत्त्व आकर इस प्रकार घुल-मिल गए हों कि अपनी राष्ट्रीय संस्कृति तथा उसके स्वभाव का एक अंग बन गए हों, उन्हें चुन-चुनकर इस प्रकार निकाल फेंकना जिस प्रकार आजकल भाषा में से बहुत से विदेशी शब्द निकाले जा रहे हैं; महामूर्खता है।

"मैं क्लासिकल संगीत के विरुद्ध नहीं हूं, लेकिन मैं यह जरूर चाहता हूं कि आप लोक-संगीत की भी उन्नति करें और फिल्मी संगीत में यूरोपीय और अरबी को समोकार जो नए संगीत का निर्माण किया जा रहा है, उसकी ओर भी ध्यान दें। उसकी त्रुटियों पर नजर रखें, लेकिन उसकी अच्छाइयों की प्रशंसा भी करें। आश्चर्य है कि हमारा लोक-संगीत और फिल्मी-संगीत भारत की पूरी जनता और भारत से बाहर पूरे एशिया और अफ्रीका बल्कि यूरोप में भी प्रसिद्ध हो रहा है, लेकिन यहां के संगीत आकदेमी सांप की कुण्डली बनाए उसी प्रकार क्लासिक संगीत के ऊपर बैठी है। क्या आप अपनी केंचुली को कभी नहीं उतारिएगा? और फिर आप यह क्या कहते हैं। यों तो आप क्लासिक संगीत का प्रोपेगण्डा करते हैं।

भारत भर में जनता की अभिरूचि को ऊंचा करना चाहते हैं। लेकिन जब कोई शो करते हैं और उसमें बड़े उस्तादों को बुलाते हैं

तो टिकट का दाम सौ रुपया रखते हैं। क्या आपका ख्याल है कि ऊंचा टिकट रखने से जनता की अभिरूचि ऊंची हो जाएगी?

"महाशय! आप पचास-पचास हजार के जन-समुदाय में हमारे प्रसिद्ध उस्तादों को नहीं सुनवा सकते, जो हमारा राष्ट्रीय धन है। अगर आप संगीत के भंडारों से भारतीय जनता को लाभान्वित नहीं कर सकते और उसे केवल सप्रू हाउस तक, ऊपर के वर्ग के कुछ व्यक्तियों तक सीमित करना चाहते हैं, तो फिर मैं कहूंगा कि इस देश को ऐसी संगीत अकादेमी की आवश्यकता नहीं है और उसे जनता के खजाने से एक पाई तक नहीं मिलनी चाहिए।"

क्रोधवश मेरी पूंछ खड़ी हो गई। उधर उस्ताद रघीबअली खां गन्धर्व मात्रा का आग्रह था कि जब तक यह गधा सभा में मौजूद है, वे 'मियां की लहर' नहीं सुनाएंगे। विवश हो कला-केन्द्र के माननीय सदस्य श्री म. म. चन्द्रे मेरे पास आए और बड़े विनम्र स्वर में मुझसे बोले –

"हमारी प्रदर्शनी को आपने देखा ही नहीं भारतीय चित्रकारों के बहुत-से नए-नए चित्र आए हैं। अभी परसों ही इस प्रदर्शनी का उद्घाटन हुआ है। जरा चलकर आप भी उसे देख लीजिए और अपनी बहुमूल्य राय दीजिए।"

श्री म. म. चन्द्रे ने पूरे पांच वर्ष तक पेरिस में रहकर भारतीय चित्रकला की शिक्षा प्राप्त की है। उनके एक मित्र 'कांटे ही कांटे' पर इस प्रदर्शनी के जजों ने दूसरा पुरस्कार दिया है। वे सबसे पहले मुझे अपने उसी चित्र को दिखाने ले गए। यह चित्र एक बहुत बड़े कैनवस पर था। एक नग्न स्त्री की पीठ का चित्र था, जो गर्दन मोड़े अपने पांव से कांटा निकाल रही थी।

मैंने पूछा, "स्त्री को नंगा दिखाना क्यों आवश्यक था? स्त्री अगर बाथरूम में न हो तो उसे कांटा प्रायः उसी समय चुभता है, जब वह कोई लिबास पहने हुए न हो।"

चन्द्रे ने कहा, "आप चित्र को समझे नहीं। देखने में यह कांटा इस स्त्री को चुभ रहा है, लेकिन वास्तव में ऐसा नहीं है।"

"फिर क्या है?" मैंने पूछा।

"कांटा नहीं, स्त्री इस कांटे को चुभ रही है।" म. म. चन्द्र ने बड़े गौरव से मुझे समझाया।

"अच्छा! कांटा इस स्त्री को नहीं चुभ रहा, स्त्री इस कांटे को चुभ रही है! क्या कहने हैं! यह रहस्य अब मेरी समझ में आया। देखिए न, मैं भी कितना गधा हूं, मार्डन कला को अभी तक नहीं समझ पाया।"

"पूरी प्रदर्शनी देख लीजिए।" म. म. चन्द्रे सहानुभूति प्रकट करते हुए बोले, "फिर कुछ न कुछ समझ में आ जाएगा—यह देखिए! इस काल्पनिक कला का अद्‍भुत उदाहरण! उसे मिस्टर गरफिश ग्रामे ने भेजा है!"

त्रिकोणों, चतुष्कोणों में घिरी हुई कहीं-कहीं एक स्त्री की झलक नजर आ जाती थी। बांहों के स्थान पर वायलिन बनी हुई थी, गर्दन के स्थान पर सितार के तार खिंचे हुए थे। जहां स्त्री का धड़ होता है, वहां तानपूरा बनाया गया था। कण्ठ के बाहर एक हथौड़ा लटका हुआ था।

मैंने पूछा, "यह क्या है?"

वे बोले, "यह रोशनआरा बेगम का चित्र है।"

मैंने कहा, "अरे वह महान् संगीतकार इस चित्र को देखने के बाद भी जीवित है?"

चन्द्रे बोले, "इस चित्र को अभी केवल उसके पति ने देखा है। लेकिन जब से देखा है, जेब में पिस्तौल डाले आर्टिस्ट को ढूंढ रहा है।"

"और वह आर्टिस्ट कहां है, मिस्टर चन्द्रे?"

"पाकिस्तान भाग गया है।"

"चलो अच्छा हुआ, नहीं तो यहा किसी न किसी का खून हो गया होता यानी आर्ट का या आर्टिस्ट का।" फिर मैंने उस चित्र को ध्यानपूर्वक देखा, क्योंकि रोशनआरा बेगम को मैं कई बार देख चुका था। कहीं से कोई तालमेल दिखाई न दिया। आखिर हारकर मैंने कण्ठ से बाहर निकलते हुए हथौड़े की ओर संकेत करते हुए कहा, "इसका क्या मतलब है?"

वे बोले, "इसका मतलब है कि गायक का हर सुर अपने स्थान पर हथौड़े की तरह मजबूर है।"

"वाह! वाह!! क्या प्रतिकात्मकता उत्पन्न की है!" मैंने प्रशंसा की और फिर रुककर म. म. चन्द्रे से पूछा, "यह...मिस्टर गरफिश ग्रामे ने कहां शिक्षा प्राप्त की है?"

"पेरिस में आठ वर्ष तक ईरानी चित्रकला सीखकर आए हैं।"

"बहुत खूब! आगे चलिए।"

आगे एक खिड़की आती थी। खिड़की में से उस्ताद रघीबअली खां की आवाज साफ गूंज रही थी–'घन-घन, गरज गरज, घन-घन गरज!'

खिड़की से आगे एक बहुत बड़े कैनवस पर तीन मछलियों के चित्र थे। एक मछली सीधी खड़ी थी। दूसरी पहली मछली के पेट में घुसी हुई थी। तीसरी मछली दूसरी के पेट में नज़र आती थी। चित्र के नीचे लिखा था–

"ब्रह्माण्ड, चित्रकार बगलोल।"

मैंने पूछा, "ये बगलोल कौन हैं?"

चन्द्रे ने कहा, "ये बंबई के प्रसिद्ध कलाकार हैं। ये केवल मछलियों के चित्र बनाते हैं।"

"वह क्यों?"

"एक बार इनकी प्रेमिका को शार्क मछली ने खा लिया। बस उसी दिन से ये केवल मछलियों के चित्र बनाते हैं।"

मैंने कहा, "मगर इस चित्र में इनकी प्रेमिका तो कहीं दिखाई नहीं देती।"

"ध्यान से देखिए! वह मछली के पेट में है। हर चित्र में इनकी प्रेमिका अवश्य होती है, कभी उसके पेट में होती है, कभी उसकी

आंखों में, कभी उसके पैरों में। कहीं न कहीं अवश्य होती है। यह उनकी आर्ट का कमाल है"

"मगर..." मैंने और भी ध्यान से उस चित्र को देखते हुए कहा, "मुझे तो वह इस चित्र में कहीं नजर नहीं आती।

चन्द्रे ने फिर से चित्र की ओर ध्यान से देखा। आखिर निराश-सा होकर बोला, "मालूम होता है, वह पच चुकी है। बड़ी सुकुमार प्रेमिका थी, कब तक मछली के पेट में रहती और वह भी शार्क मछली के पेट में—बेचारी पच गई—आह!"

म. म. चन्द्रे ने रूमाल से अपनी आंख के एक कोने से एक आंसू पोंछा।

"इस चित्र पर भी पुरस्कार का कार्ड लटक रहा है!" मैंने चन्द्रे को दिखाते हुए कहा, "मगर क्षमा कीजिए। इन मछलियों से अच्छी मछलियां तो हमारे बाराबंकी में चार वर्ष का बच्चा भी बना लेता है, फिर इसे ही क्यों पुरस्कार दिया गया, जबकि इसमें प्रेमिका भी गायब है?"

चन्द्रे ने माथे पर बल डालकर कहा, "मालूम नहीं। यहां तो मैं भी आपसे सहमत हूं। मगर बात वास्तव में यह हुई की जब प्रदर्शनी के जज निरीक्षण करते हुए इस स्थान पर पहुंचे तो लंच का समय हो चुका था और उन्हें भूख लग रही थी। एकाएक सामने यह चित्र आ गया।"

"चित्र क्या आ गया मानो मछलियों की प्लेट सामने आ गई।" मैंने बढ़ावा देते हुए कहा।

"जी हां! और उन्होंने शायद अपनी भूख से विवश होकर इस चित्र पर पांच सौ पुरस्कार दे दिया।" चन्द्रे ने बड़ी उदासीनता से कहा, "चलिए, आगे चलिए। बड़े लोगों से भूल हो जाती है।"

मैं आगे बढ़ने ही वाला था कि एकाएक मेरे कानों में आवाज

आई, "आप कहां जा रहे हो?" और फिर उसी क्षण किसी ने एक मजबूत रस्सी मेरी गर्दन में डाल दी। मैं मुड़कर रोष प्रकट करने ही वाला था कि देखा, मिस रूपवती हैं। रस्सी को मेरी गर्दन में डालकर और फिर अपनी और खींचते हुए बोलीं, "बड़ी मुश्किल से काबू में आए हो। अब सीधे-सीधे घर चलो।"

मैं कुछ कहने ही वाला था कि उधर दूसरी ओर किसी और व्यक्ति ने भी मेरी गर्दन में रस्सी डाल दी और मुझे अपनी ओर खींचते हुए बोला, "इसके पास कहां जाओगे! तुम तो मेरे गधे हो।"

मैंने मुड़कर देखा, दूसरी रस्सी कमला की थी। वह मुझे अपनी ओर घसीट रही थी। रूपवती अपनी ओर, कमला अपनी ओर?

रूपवती बोली, "छिनाल! छोड़ दे इसे। यह मेरा गधा है।"

कमला बोली, "अरी हट कम्बख्त! देखती नहीं, यह तो मेरा गधा है।

दोनों लड़कियां जोर लगाकर मुझे अपनी-अपनी ओर घसीटने लगीं। मैं दुलत्तियां झाड़ने लगा। अपने आपको छुड़ाने का प्रयत्न करने लगा। इस प्रयत्न में बहुत से चित्र, मार्डन आर्ट की कलाकृतियां दीवारों से टूट-टूटकर जमीन पर गिरने लगीं। कैनवस मेरी दुलत्तियों से बीच में से फट गया। एक कैनवस दूसरे पर जा गिरा। एकाएक मुझे मछलियों के पेट में रोशनआरा बेगम नजर आई और उसके कण्ठ का हथौड़ा बार-बार गर्दन पर पड़ने लगा। मैंने चीख-चीखकर पूरी प्रदर्शनी सिर पर उठा ली।

इतनी देर में ही पुलिस के बहुत से सिपाही भीतर आ गए। सेठ मनसुखलाल भी कहीं से हांफते हुए आ गए। संयोग से इस समय रूपवती और कमला दोनों ने मुझे छोड़ दिया था और आपस में गुत्थमगुत्था हो गई थी और एक-दूसरे के बाल नोच-नोचकर एक-दूसरे के आशिकों को गालियां दे रही थीं। इस लड़ाई में मुझे कम से कम उनके दो दर्जन आशिकों का पता चल गया। सेठ मनसुखलाल ने

भीतर आते ही पहले तो मेरी रस्सी अपने काबू में की और दो पुलिस वालों को दायें-बायें रखा। फिर दूसरे पुलिस वालों की सहायता से उसने रूपवती को कमला की पकड़ से छुड़ाया, जो इस समय तक उसके बाल खसोटकर, उसे नीचे गिराकर, उसकी छाती पर चढ़ बैठी थी। बड़ी मुश्किल से उसने उन दोनों को अलग किया और मिस कमला को, जो अब बुरी तरह से रो रही थी, एक ब्यूक में बिठाकर उसके घर पहुंचाया गया। इसके बाद मिस रूपवती और सेठ मनसुखलाल मुझे रस्सी से पकड़े-पकड़े पुलिस वालों की रक्षा में अपने घर की ओर चले।

लाया जाना गधे का वापस सेठ मनसुखलाल की कोठी पर और लड़ाई करना मिस रूपवती का उससे और प्रकट होना गुप्त भेदों का—

घर में जाकर सेठ मनसुखलाल और उसकी सुपुत्री रूपवती ने मुझे एक कमरे में बंद कर दिया।

उस समय रात हो चुकी थी। सड़क पर कहीं-कहीं घोड़े तांगों में जुते हुए जा रहे थे। एक बैल कागजों से भरा छकड़ा खींचे हुए चला जा रहा था। दो कुत्ते जंजीरों में बंधे हुए एक लड़के के साथ चले जा रहे थे। मैं सोचने लगा—हम पशुओं का भी क्या जीवन है।

रूपवती के हाथ में एक पतली सी बेंत की छड़ी थी। वह उसे हाथ में लिए-लिए टहल रही थी और क्रोधवश थर-थर कांप रही थी। आखिर सेठ मनसुखलाल ने उसे बहुत समझाया। उसने कहा, "तुम अपने होने वाले पति के साथ ऐसा व्यवहार नहीं कर सकतीं। कम से कम विवाह से पहले तो बिल्कुल नहीं कर सकतीं।"

मैंने सेठ का पक्ष लेते हुए कहा, "आप ठीक कहते हैं। आमतौर पर पिटाई विवाह के बाद शुरू होती है तुम यह विवाह से पहले शुरू कर दोगी तो जीवन अजीर्ण हो जाएगा।"

"तुम चुप रहो जी।" रूपवती ने क्रोध से बेंत घुमाते हुए कहा।

सेठ मनसुखलाल ने बेंत उसके हाथ से छीन लिया। रूपवती बेंत की बजाय हाथ घुमाते हुए बोली, "अच्छा यह बताओ, क्या तुम सचमुच उस कम्बख्त कुतिया पर आशिक हो?"

"कौन है वह? मैं आपका संकेत नहीं समझा।"

"वही कमला।"

"कमला?"

"हां, हां वही छिनाल!" रूपवती बड़ी घृणा से बोली, "कम्बख्त स्त्री है या मुरब्बे का छिब्बा। जब देखो, दो-चार पुरुष च्यूंटियों की तरह उससे चिपटे रहते हैं।"

"कमला है तो बहुत सुन्दर–" मैंने उसकी हां में हां मिलाई, "वहां सौन्दर्य-प्रतियोगिता में एक बार तो मेरे मन में भी यह बात आई थी कि मैं उसे 'सुन्दरता की रानी' की उपाधि दे दूं।"

"तो दे दी होती।" रूपवती बड़े क्रोध में बोली, "पिताजी, लाना मेरा बेंत! किधर रख दिया आपने?"

मैंने जल्दी में कहा, "लेकिन मुझे उससे प्रेम नहीं है। मैं तो असल में एक गधा हूं। मैं एक स्त्री से कैसे प्रेम कर सकता हूं!"

सेठ मनसुखलाल बोले, "भाई, आजकल एक गधा भी प्रेम कर सकता है, वरन् आजकल किसी समझदार आदमी को प्रेम करने का विचार तक नहीं आ सकता। देखो तो, चीजें कितनी सस्ती हो रही हैं। गेहूं का भाव गिर गया है। काली मिर्च का भाव गिर गया है। अभी-अभी स्टॉक-एक्सचेंज पर मैंने इस मन्दे पर दस लाख फिर खो दिए हैं। इस भयानक मन्दी के दिनों में कौन भलामानुस प्रेम करेगा सिवाय एक गधे के!"

मैंने कहा, "संभव है स्टॉक-एक्सचेंज पर कुछ चीजें सस्ती हो गई हों, मगर घास तो बहुत महंगी है। मेरी तरह लाखों-करोड़ों गधे प्रतिदिन इसी तरह घास की महंगाई का रोना रोते हैं।"

मैं कुछ और कहने ही वाला था कि इतने में किसी ने दरवाजा खटखटाया और एक नौकर ने भीतर आकर कहा, "सेठजी, आपका टेलीफोन।" सेठजी भागे-भागे टेलीफोन पर संभवतः स्टॉक-एक्सचेंज से अपने भाग्य का नया भाव मालूम करने गए। कमरे में मैं और रूपवती अकेले रह गए।

रूपवती ने पूछा, "सच-सच बताओ! तुम्हें कमला बहुत अच्छी लगती है?"

"हां।"

"उसमें क्या है, जो मुझमें नहीं?" उसकी आवाज में दुख था।

मैंने कहा, "जो सच पूछो तो तुम दोनों में क्या है?"

रूपवती इठलाती हुई मेरे पास आई, "डार्लिंग! उस दिन मैंने तुमसे कहा था न कि तुम कभी-कभी मेरे साथ सैर को जा सकते हो।"

"मगर मेरी पीठ पर जीन कसी होगी! मुझे याद है।" मैंने उससे कहा।

वह मेरे और भी निकट आ गई। बोली, "तुम हर रोज मेरे साथ सैर को जा सकते हो और मैं तुम्हारी पीठ पर जीन भी नहीं कसूंगी—और देखो! तुम्हारी रस्सी मैं स्वयं अपने हाथ में रखूंगी, साईस को नहीं दूंगी।"

"वह तो हर पत्नी अपने हाथ में रखती है—पति की रस्सी।"

रूपवती ने अपनी बाहें मेरी गर्दन में डाल दीं। बोली, "और मैं वायदा करती हूं कि साल में दो बार तुम मेरे ड्राइंगरूम में आकर मेरे साथ एक टेबल पर खाना भी खा सकते हो।"

"वे कौन से दिन होंगे?"

"एक तो तुम्हारा जन्मदिन।" रूपवती बोली, "तुम्हारा जन्मदिन कब होता है?"

"होता ही नहीं, मिस रूपवती!" मैंने झल्लाकर कहा, "कहीं गधों और साधारण व्यक्तियों का जन्मदिन भी मनाया जाता है! जन्मदिन और इस प्रकार की अन्य बातें बड़े-बड़े लोगों तक ही सीमित हैं। अच्छा खैर, चलिए! एक तो मेरे जन्मदिन पर आप ड्राइंगरूम में मेरे साथ खाना खाएंगी, दूसरा शुभ दिन कौन-सा होगा?"

"जिस दिन हम अपने विवाह की वर्षगांठ मनाया करेंगे।" मिस रूपवती फिल्म ऐक्ट्रेसों की तरह लजाकर बोली और उसने मेरे कान पर एक चुम्बन दिया। फिर धीरे से उसने एक कागज मेरी ओर बढ़ा दिया।

"यह क्या है?" मैंने पूछा।

"काण्ट्रैक्ट।"

"विवाह का काण्ट्रैक्ट?"

"नहीं प्यारे! यह तुम्हारी और पिताजी की बिजनेस-पार्टनरशिप का काण्ट्रैक्ट है।"

"कौन से बिजनेस का?"

"वही डार्लिंग!" रूपवती मेरे गले से अपने गाल लगाते हुए बोली, "वही, जिसके लिए कमला तुम्हें रस्सी से खींचकर अपने घर ले जा रही थी। लो, अब जल्दी से हस्ताक्षर कर दो न—मेरे प्यारे डंकी-मंकी!"

मैंने कहा, "जरा अपने गाल परे हटा लो, मुझे गुदगुदी होती है।"

क्षण भर के लिए रूपवती की आंखों में मैंने क्रोध की झलक देखी जो दूसरे क्षण में गायब थी। बड़ी मुश्किल से या जाने किस तरह उसने अपने क्रोध तथा घृणा को मुझसे छिपा लिया था और अब उसी तरह मेरे गले से लगी कह रही थी, "जल्दी से इस कागज पर हस्ताक्षर कर दो न! क्या तुम मेरे लिए इतना भी नहीं कर सकते—धबडू!"

मैंने कहा, "तुम्हारे लिए सब कुछ कर सकता हूं। तुम्हें अपनी पीठ पर सवार करके बाराबंकी तक ले जा सकता हूं। तुम्हारी नई कोठी के लिए ईंटें ढो सकता हूं। तुम्हारी खिड़की के नीचे खड़ा होकर रात-रात भर गाना सुना सकता हूं। लेकिन इस कागज पर हस्ताक्षर नहीं कर सकता।

मैं कुछ कहने ही वाला था कि दरवाजा खुला और सेठ मनसुखलाल पसीने में तर, हांफते-हांफते भीतर आए। आते ही रूपवती से बोले, "गजब हो गया! गजब हो गया!! चीजें और सस्ती हो गईं। चावल का भाव दो आने मन गिर गया। कपड़ा एक आना गज सस्ता हो गया। सीमेंट पर से सरकारी कण्ट्रोल उठ गया। सीमेंट एकदम चार आने पाउण्ड नीचे आ गया। एकदम सस्ता हो गया।"

फिर एकदम वे रोकर बोले, "हे भगवान, अब क्या होगा! मेरा तो...!"

मैंने आश्चर्य से कहा, "चावल, सीमेंट और कपड़े के दाम अगर जरा कम हो गए हैं, तो इसमें क्या बुरा है? जनसाधारण को ये चीजें खरीदने में जरा सुविधा हो जाएगी। इसमें रोने की क्या बात है?"

"रोने की क्या बात है? अरे, मैं तो लुट गया। मेरा तो इस धंधे में दो करोड़ का नुकसान हो गया।" सेठ चिल्लाकर अपनी छाती पीटते हुए बोला, "चीजों के दाम अगर दो पैसे भी नीचे गिर गए तो दिवाला पिट जाएगा–दिवाला।"

"आप घबराइए नहीं, पिताजी!" रूपवती सेठजी को तसल्ली देते हुए बोली, "आप अभी इस कागज पर हस्ताक्षर किए देते हैं। फिर उस पच्चीस करोड़ के ठेके से आपका सारा नुकसान पूरा हो जाएगा।" फिर मेरी ओर मुड़कर बोली–

"जल्दी हस्ताक्षर करो जी! देखते नहीं हो, तुम्हारे ससुर रो रहे हैं।"

"हस्ताक्षर मैं अभी किए देता हूं।" मैंने विवश होकर कहा, "लेकिन वह पच्चीस करोड़ का ठेका किधर है?"

"क्या मतलब?" सेठ मनसुखलाल चौंककर बोले, "तुम उस दिन स्वयं ही तो कह रहे थे कि प्रधानमंत्री से बातचीत करते हुए पच्चीस करोड़ के ठेके..."

"मगर..." मैंने जल्दी से बात काटकर कहा, "मगर आपने मेरी पूरी बात कहां सुनी थी? बात मेरे ठेके की नहीं हो रही थी, बरमा शेल आयल रिफाइनरी के पच्चीस करोड़ के प्रॉजेक्ट की..."

"बाप रे, मैं तो बिल्कुल लुट गया!" सेठ ने जोर-जोर से अपना सिर पीट लिया, "पच्चीस करोड़ का ठेका भी हाथ से गया। अरे लोगो! इसके लिए मैंने क्या-क्या नहीं किया। इस कम्बख्त गधे को अपने घर रखा। एक तरह से इसे घर-जमाई बनाया। इसे म्यूनिसिपल कमेटी से मानपत्र दिलाया। पत्रों में इसके फोटो निकलवाए। जलूस, हार, सुगंधित घास! हाय राम! मैं तो बिल्कुल मारा गया। लुट गया।"

"ठेका नहीं था!" रूपवती की आंखों से चिनगारियां-सी निकलने लगीं, "फिर तू हमारे घर में क्या कर रहा है?"

मैंने कहा, "सम्भलकर बात करो! मैं तुम्हारा होने वाला पति हूं।"

"कमीने! गधे!!"

"मगर मैं तो तुम्हारा धबडू हूं। तुम्हारा डार्लिंग।"

"हरामजादे!"

रूपवती ने बेंत उठा लिया, सेठजी ने डण्डा। एक नौकर कहीं से मोटा-सा बांस ले आया। मैंने इधर-उधर बहुत देखा, लेकिन सब दरवाजे बन्द थे और चारों ओर दीवारों में कोई खिड़की नहीं थी। इसलिए...!

स्टाप प्रेस

बोलने वाला गधा कल रात बेतरह घायल हो गया। उसकी बहुत सी हड्डियां-पसलियां टूट गई हैं। टांगों पर भी सख्त चोटो के निशान हैं। हमला करने वालों का पता नहीं चल सका। पुलिस उसे घसीटकर पशुओं के चिकित्सालय में ले गई। डॉक्टर की राय में उसकी हालत खतरनाक बताई जाती है। संभव है, इस मार के कारण वह जीवित न रह सके। जो हो, चिकित्सा की जा रही है। पढ़ने वाले उसके लिए प्रार्थना करें। संभव है, कभी वह अच्छा हो जाए और फिर कभी आपकी सेवा में उपस्थित हो सके।

एक गधे की वापसी

यह एक गधे की वापसी की कहानी है। इससे पहले कृश्न चन्दर ने 'एक गधे की आत्मकथा' सुनाई थी, जो बड़ा रोचक-मनोरंजक क़िस्सा था, लेकिन शायद लेखक के दिलो-दिमाग़ में रहा हो कि क़िस्से तो लम्बे चलते हैं। इसलिए क्यों न इसे आगे बढ़ाया जाए और वह जुट गए इस गधे को वापस लाने में।

गधे ने जहां बड़े-बड़े नेताओं और सत्ता के शिखर-पुरुषों से भेंट की, वहीं वह एक तरफ़ सेठ-साहूकारों के सम्पर्क में भी आए। बेदिल तो होता नहीं है गधा, नर-मिज़ाज तो पाया ही होता है वह, तब आशिक़ मिज़ाज क्यों न होगा? सचमुच आपका यह गधा आशिक़ बन बैठा। गधे की वापसी बेहद धमाकेदार रही। ख़ूब मज़ेदार और दिलचस्प घटनाओं ने पैर पसारे और इस तरह पूरी हुई इस गधे की वापसी।

दुनिया-भर में जाने-माने उर्दू के बेहतरीन कथाकार कृश्न चन्दर की रचनाओं में रोमान भी है, तो यथार्थ भी और व्यंग्य का तो उनका अपना ही अन्दाज़ है।

एक गधे की वापसी

कृश्न चन्दर

एक गधे की वापसी

दर्शकगण और श्रोताओ ! मैं न रूसियों का राकेट हूं, न अमरीकियों का पाकिट हूं, न गली हबशखां फाटक हूं; न मैं रमता जोगी न्यारा हूं, न कोई बनावटी सय्यारा हूं, न किसी फिल्मी हीरोइन का प्यारा हूं, न किसी लखपती की आंख का तारा हूं–मैं महज एक गधा आवारा हूं, जिसे बचपन की गलतकारियों के कारण अखबार पढ़ने की आदत पड़ गई थी। जो न कविराज गुरनामदास के हिदायतनामे से दूर हुई, न प्यारी बहन जी के इलाज से गई। अखबार पढ़ते-पढ़ते मैं इन्सानों की बोली बोलने लगा और कूट राजनीति की बातें करने लगा। इसी कारण मैंने अपना प्यारा वतन बाराबंकी छोड़ा और डंकी बनकर दिल्ली के एक धोबी से नाता जोड़ा। धोबी को अचानक एक मगरमच्छ ने खा लिया और मुझे धोबी की विधवा पत्नी और अनाथ बच्चों के निर्वाह के लिए बड़े-बड़े अफसरों की सेवा में निवेदन करने पर विवश कर दिया गया। मैं अर्जी लेकर दफ्तर-दफ्तर घूमा और मिनिस्टर-मिनिस्टर पहुंचा और पहुंचते-पहुंचते एक दिन सीधा पंडित नेहरू की कोठी पर जा पहुंचा। पंडित नेहरू से संयोगवश जो मेरा इण्टरव्यू हो गया, उसने मुझे प्रसिद्धि के आसमान पर पहुंचा दिया। लोग मुझे घरों और क्लबों में बुलाने लगे। गलियों और बाजारों में मेरा जूलूस निकालने लगे। एक सेठ ने समझा कि मैं कोई खुदाई फौजदार हूं या कोई करोड़पति ठेकेदार हूं, जिसने ऊपर से एक मासूम गधे का भेस धारा है और अन्दर ही अन्दर बहुत बड़ा ठेकेदार है। वह बहुत मिन्नत-समाजत करके मुझे अपने घर ले गया। अपनी फर्म का हिस्सेदार बनाने लगा, अपनी सुन्दर लड़की से मेरी शादी रचाने लगा और हाई सोसायटी में मुझे घुमाने लगा।

मैंने बहुत इन्कार किया, मना किया। बताया–मैं यूं तो ज्ञान भार से लदा हूं, किन्तु दरअसल एक गधा हूं। किन्तु वह लालच का अन्धा मेरी बात पूरी सुनने से पहले अनसुनी कर देता था और अपनी हांके जाता था और मेरी आवभगत किए जाता था।

कुछ महीने तो बड़े ऐशोआराम से कटे, किन्तु जिस दिन उस लालची सेठ को पता चला कि मेरे पास न कोई परमिट है न कोटा, उसी दिन वह बेपेंदी का लोटा मुझे मारने पर तुल गया और कमरा बन्द करके उसने और उसकी लड़की

ने मार-मारकर मेरा भुरकस निकाल दिया और मुझे सख्त घायल करके बाहर सड़क पर निकाल दिया।

छः मास तक मैं जानवरों के अस्पताल में पड़ा जीवन और मृत्यु के बीच लटकता रहा। पीड़ा की अधिकता से कराहता रहा। इन्सानों की बेहिसी (हृदयहीनता) और गधों की बेबसी पर रोता रहा। किन्तु ईश्वर को मेरा जीना स्वीकार था और मेरे लिए जिन्दगी का जहर पीना जरूरी था। इसलिए मैं अच्छा हो गया। स्वस्थ होते ही अस्पताल के दयालु डॉक्टर ने मुझे अपने ऑफिस में बुला लिया और मेरी पीठ पर दो सेर घास लादकर कहा—

"तुम्हारे लिए यह दो सेर घास काफी है, बाकी ईश्वर दाता है। अब तुम यहां से चले जाओ और मेरा दो हजार का बिल चुकाते जाओ।"

'मैंने कहा, "डॉक्टर साहब, मैं एक पढ़ा-लिखा गधा नाकारा हूं। इसलिए गरीब और आवारा हूं। मैं जब तक जीऊंगा, आपके जानोमाल की दुआएं दूंगा। पर इस बिल का भुगतान नहीं कर सकता।"

डॉक्टर, जिसका नाम रामअवतार था और जो अपने काम में बड़ा होशियार था, मेरी विवशता समझकर मुस्करा दिया और बिल को वापस अपनी जेब में डालते हुए बोला, "तो मेरा यह कर्ज तुम पर बाकी रहा। अब अगर वाकई तुम कर्ज देना चाहते हो तो सीधे बम्बई चले जाओ।"

"बम्बई ?" मैंने पूछा।

"हां", डॉक्टर बोला, "पश्चिमी भारत में एक नगर आबाद है, जो सब नगरों का उस्ताद है। उसका नाम बम्बई है। तुम सीधे वहां चले जाओ और काम करके मेरा कर्ज चुकाओ।"

मैं स्वयं दिल्ली में नहीं रहना चाहता था। दिल्ली—जिसने मेरे प्रसिद्धि की ऊंचाई देखी थी और जो अब मेरे पतन की नीचाइयां देख रही थी—अब मुझे एक आंख न भाती थी। इसलिए मैंने डॉक्टर की सलाह मान ली और बम्बई जाने की ठान ली।

दिल्ली से मैं रेल की पटरी के किनारे-किनारे हो लिया और मथुरा पहुंचा, क्योंकि मुझे मथुरा के पेड़े खाने का बहुत शौक था। किन्तु मथुरा में मुझे पेड़ों के बजाय पंडों के डंडे खाने को मिले और मैं वहां से जान बचाकर सीधा ग्वालियर पहुंच गया। उद्देश्य यह था कि तानसेन की समाधि पर जाऊं और उस महान् संगीतकार के सामने अपना शीश नवाऊं कि जिसके नाम से भारत में शास्त्रीय संगीत की प्रतिष्ठा कायम है। और यह तो सब लोग जानते हैं कि आजकल भारत में केवल दो प्रकार के लोग शास्त्रीय संगीत पसन्द करते हैं। एक तो तानसेन-से

श्रद्धालु, दूसरे गधे; वर्ना सारी दुनिया रेडियो सीलोन सुनती है।

तानसेन की समाधि पर बड़ा सन्नाटा था। एक कोने में दो मुजाविर पड़े ऊंघ रहे थे। जमीन पर बासी हारों की पत्तियां बिखरी पड़ी थीं। थोड़ी दूर पर कुछ भेड़-बकरियां फिल्मी 'प्लेबैक' गानेवालियों की तरह मिमियां रही थीं। संगीत-सम्राट् की समाधि की बुरी दशा देखकर मेरे दिल को बहुत दुःख हुआ और मैंने वहीं चारों घुटने टेककर स्वर्गीय उस्ताद की सेवा में दण्डवत् होकर माथा टेका और फिर सिर उठाकर शुद्ध झंझोटी में एक ऐसी जोरदार तान लगाई जिसने अर्धनिद्रित मुजाविरों को झिंझोड़ दिया। वे जागकर मेरी ओर आश्चर्य से देखने लगे और बजाय इसके कि लोग मेरे जौके सलीम[1] बल्कि जौके-अकबर[2] की दाद देते, जिसके सहारे मैंने स्वर्गीय उस्ताद की आत्मा को प्रसन्न करने का प्रयत्न किया था, वे लोग पंजे झाड़कर मेरे पीछे पड़ गए और मुझे डंडे मार-मारकर उन्होंने वहां से भी भगा दिया।

मैं डंडे खाकर इतना बेमजा न हुआ था जितना यह सोचकर बेमजा हुआ कि अब इस देश में आर्ट और कल्चर का भगवान् ही मालिक है, जहां एक पक्के गाने वाला दूसरे पक्के गाने वाले को अपनी श्रद्धांजलि भी भेंट नहीं कर सका। अतः मैंने जोर की दुलत्ती झाड़ी और रास्ते में खाई देखी न खाड़ी, सीधा बम्बई आकर लिया—

यहां पर घीसू घसियारे ने मुझ पर दया की और मुझको अपने मकान पर बांध लिया। घीसू घसियारा था बड़ा बेचारा, क्योंकि उसके बच्चे थे ग्यारह। वह घास का एक गट्ठा अपने सिर पर लादता था और चार मेरी पीठ पर, और रोज पहुंच जाता था जोगेश्वरी में दूध बेचने वाले ग्वालों के पास, जो उसकी घास के गट्ठे खरीद लेते थे और उसे उसके मूल्य दे देते थे, जिसे लेकर वह सीधा जोजफ डिसूजा की झोंपड़ी में जाता था और जाते ही एक पव्वा ठर्रे का चढ़ाता था और अपने दोस्त रमजानी और करनैलसिंह टैक्सी-ड्राइवर से गप्प लड़ाता था।

मैं झोंपड़ी के बाहर नारियल के पेड़ों के नीचे हरी-हरी घास चरता था और शुक्र करता था कि आखिर मुझे आराम की जिन्दगी मिली। बम्बई में आकर मैंने इन्सानों की बोली त्याग दी थी, क्योंकि अनुभव ने मुझे बता दिया कि इन्सानों की दुनिया में वही लोग प्रसन्न रह सकते हैं जो गधे बनकर रहें। बुद्धिमान का यहां गुजारा नहीं, क्योंकि अच्छा परामर्श किसी को प्यारा नहीं, इसलिए मैं इन्सानों की बोली से हजर (अरुचि) करने लगा और जानवीरों की जिन्दगी बसर करने लगा; जैसे बम्बई में वे सब लोग बसर करते हैं जिनके लिए पैसा ही प्यारा है और जिन्हें केवल अपना ऐशो-आराम दुलारा है।

---

1. श्रेष्ठ रुचि
2. श्रेष्ठतम रुचि

छः महीने में मैं हरी-हरी घास खाकर खूब मोटा हो गया। मेरी काली खाल चिकनी हो गई और मेरी अयाल पर सेहत का रंग चमकने लगा और मैं एक सुन्दर गधा बन गया, जिस पर कोई भी गधी मुग्ध हो सकती थी। और यह तो कोमलांगियों की कमजोरी है कि वे सदा सुन्दर गधों पर मुग्ध होती हैं। चिकनी खाल पर उनकी जान जाती है चाहे उसके अन्दर भुस ही भरा हो।

इधर कुछ अर्से से दो-तीन गधियों ने मुझ पर डोरे डालने शुरू किए, किन्तु इनमें जो सबसे अधिक कोमल और मादक भाव-भंगिमा वाली थी वह मुझसे बिल्कुल बातचीत नहीं करती थी। इसलिए मेरा दिल बार-बार उसकी ओर खिंचा चला जाता था और एक विचित्र-सा आकर्षण मेरे दिल में उसके प्रति अनुभव होता था। उसके कान लम्बे, पतले, सुडौल और सुनहरे बालों वाले थे; और जिस तरह वह अपने छोटे-छोटे सफेद दांतों से हरी दूब चरती थी, उस पर मेरा दिल लोट-पोट हो जाता था। वह दूसरी भूखी-चटोरी गधियों के समान घास पर पिल नहीं पड़ती थी, बल्कि बड़े धैर्य से एक ग्रास खाकर अलग हो जाती थी और बुरी घास को सूंघकर अरुचि से छोड़ देती थी। इससे मालूम होता था कि वह कितनी अत्यन्त श्रेष्ठ और ऊंचे परिवार की गधी है, जो केवल मनोरंजन के लिए गधों के इस झुंड में जोजफ डिसूजा की झोंपड़ी के बाहर, नारियल के पेड़ों के नीचे चरने के लिए चली आती है। भूख अमीरों के लिए एक बढ़िया मनोरंजन है, गरीबों के लिए महत्त्वपूर्ण आवश्यकता है।

एक दिन अवसर पाकर मैं उसके निकट चला गया। वह नारियल के एक झुंड के नीचे अकेली घास चर रही थी और अजब शान से अपनी दुम हिला रही थी। मैंने उसके निकट जाकर धीरे से कहा, ''ऐ सुन्दरी, कब तक हमसे नजरें चुराओगी। जरा इधर तो देखो अपने आशिक की तरफ।''

''हिश्ट।'' वह अपने नथुने फुलाकर बड़ी घृणा से हिनहिनाई ''आखिर ऐसी भी उपेक्षा क्यों ? मैं भी एक गधा हूं।'' मैंने कहा।

''प्रेम में हर आदमी गधा हो जाता है,'' उसने ऐसे कंटीले स्वर में मुझसे कहा कि मैं एक क्षण के लिए चुप हो गया।

वास्तव में वह बेहद हाजिरजवाब गधी थी। मालूम होता था कि अच्छी शिक्षा पाई है। मैंने सोचा—अगर इससे मेरी शादी हो जाए तो जिन्दगी संवर जाए, वर्ना आम गधों की ऐसी गधियों से शादी होती है जिन्हें घास चरने और बच्चे जनने के सिवा कोई काम नहीं आता। किन्तु यह तो बड़ी विदुषी है और कर्तव्यपरायण ज्ञात होती है। ईश्वर ने इसे सौन्दर्य के अतिरिक्त सुरुचि भी प्रदान की है। अरे ! इसके साथ तो पिक्चर भी देखी जा सकती है। जरा सोचो तो हमारे

बच्चे कितने तीव्रबुद्धि के होंगे ! बिल्कुल गधे तो न होंगे।

मैंने उसकी ओर गर्दन बढ़ाकर कहा, "डार्लिंग !"

उसने ऐसे जोर की दुलत्ती झाड़ी कि यदि मैं तत्काल ही अपनी गर्दन न मोड़ लेता तो शायद मेरी आंख ही फूट जाती। मैं घबराकर पीछे हट गया। उसके नथनों से चिनगारियां निकल रही थीं। वह अग्निमय दृष्टि से मुझे ताकती हुई बोली, "एक घसियारे के गधे होकर मुझसे प्रेम करते हुए तुम्हें शर्म नहीं आती ?"

मैंने घबराकर कहा, "तुम कौन हो ?"

वह बोली, "मैं विक्टर ब्रूगांजा की गधी हूं, जो जोजफ ड़िसूजा का 'बॉस' है और दस भट्ठियों का मालिक है। गोरेगांव से दूर-दूर तक उसका ठर्रा बिकता है। और मैं तुम्हारी तरह घास नहीं लादती हूं। शराब के केवल चार पीपे गोरेगांव से लादकर यहां जोगेश्वरी जोजफ डिसूजा के झोंपड़े तक पहुंचा देती हूं। फिर शाम को खाली पीपे वापस लेकर जाती हूं। तुम्हारी तरह दिन-भर गधों की तरह मेहनत नहीं करती हूं।"

"क्या बात है बेटी ?" अचानक पास ही से एक आवाज आई, और मैंने देखा कि पकी आयु की उजली किस्म की एक गधी उस जवान गधी के निकट आ गई है।

"कुछ नहीं अम्मा !" जवान गधी ने कहा, "यह गधा मुझसे प्रेम करने चला है। जरा सुनो तो इसकी बात।"

पकी आयु की गधी ने मुझे सिर से पांव तक देखा और बोली, "तुम कौन हो ?"

मैंने बताया।

सुनकर बोली, "तुम्हारा-हमारा क्या मेल ! तुम हिन्दू हो, हम ईसाई।....कहां के रहने वाले हो ?"

"यू. पी. का।"

"लो, तुम यू. पी. के, हम महाराष्ट्र के, तुम्हारा-हमारा क्या जोड़ ?....कौन जाति हो ?"

गधों की भी जाति होती है ?" मैंने पूछा।

"वाह ! क्यों नहीं होती ? जो मालिक की जाति होती है वही उसके गुलाम की जाति होती है, वही उसका धर्म होता है। हम जानवर लोग तो अपने मालिक के रुतबे से पहचाने जाते हैं। हम वही सोचते और करते हैं जो इन्सान करता है।"

"हालांकि मैंने जो अक्सर इन्सानों को जानवरों की तरह सोचते और करते देखा है, बड़ी बी ?" मैंने नम्रता से कहा।

बड़ी बी को मेरी बात पसन्द आई। बोली, "तुम समझदार मालूम होते हो। अच्छा, यह बताओ कि अगर मैं अपनी बच्ची की शादी तुमसे करने पर तैयार हो जाऊं तो तुम मेरी बच्ची को कहां रखोगे और क्या खिलाओगे ?"

"रखने का कोई विशेष स्थान तो नहीं है, घीसू घसियारे के यहां। वह मुझे रात को घर के बाहर जामुन के पेड़ से बांध देता है। बल्कि प्रायः मुझे खुला ही छोड़ देता है ताकि मैं इधर-उधर घास चरकर अपना पेट भर लूं।'

"तो वह तुम्हें घास नहीं डालता क्या ?"

"नहीं।"

"तो इसका मतलब है कि अगर मेरी बच्ची की तुम्हारे साथ शादी हो जाए तो उसे भी घास नहीं मिलेगी ?'

"प्रेम में घास क्या करेगी ? इकबाल ने कहा—'बेखबर कूद पड़ा अतिशे-नमरूद[1] में इश्क।' बड़ी बी, इश्क तो इश्क है और घास घास है। मुझे देखो, इश्क भी करता हूं और घास भी खाता हूं। और कभी-कभी जब घास भी नहीं मिलती तो केवल इश्क खाता हूं कव्वाली गाता हूं—'यह इश्क इश्क है इश्क इश्क।' बड़ी बी, तुम मेरी मानो, अपनी बेटी को मेरे हवाले कर दो। घास का क्या है ? यह दुनिया बहुत बड़ी है। कहीं न कहीं घास मिल ही जाएगी।"

"जी नहीं," बड़ी बी बड़ी कठोरता से बोली, "मैं अपनी मासूम बच्ची की तुमसे हर्गिज-हर्गिज शादी नहीं करूंगी। जबकि न बाप का पता न मां का। न धर्म ठीक न जाति दुरुस्त। जिसका कोई ठौर-ठिकाना नहीं, रहने के लिए कोई स्थान नहीं, खाने के लिए घास नहीं, ऊपर से पढ़े-लिखे आदमियों की तरह बात करते हो।"

मैंने गर्वपूर्ण शब्दों में कहा, "हां, मैं अखबार पढ़ सकता हूं पर इसमें क्या बुराई है ?"

"यह तो बहुत बुरी बात है," बड़ी बी जलकर बोली, "आजकल हिन्दुस्तान में जितने पढ़े-लिखे गधे हैं, सब क्लर्की करते हैं या फाका करते हैं। तुम्हीं बताओ, तुमने आज तक किसी पढ़े-लिखे ठीक आदमी को लखपती होते देखा है ? न भैया, मैं तो अपनी बेटी की किसी लखपती से शादी करूंगी। चाहे वह बिल्कुल अनपढ़ी, घामड़ गधा ही क्यों न हो।"

मुझे उस गधी की मूर्खतापूर्ण बातों पर बड़ा क्रोध आया। किन्तु चूंकि मामला इश्क का था, इसलिए मैं जहर का घूंट पीते हुए उसे फिर से समझाने की कोशिश करने लगा—

---

1. नमरूद : एक बहुत जालिम बादशाह, जिसने हजरत इब्राहीम को आग में डाला था। उसी ओर संकेत है।

"देखो अम्मा, आजकल नया जमाना है। इस जमाने में धर्म, जाति-पांति को कोई नहीं पूछता। हम सब हिन्दुस्तानी हैं, हम सब गधे हैं—बस, इतना ही सोच लेना काफी है। यह प्रश्न राष्ट्रीय एकता का है।"

"अमीर और गरीब में राष्ट्रीय एकता कैसी ? तुम्हारी समस्याएं अलग, हमारी समस्याएं अलग। हमारे स्वार्थ अलग, तुम्हारे स्वार्थ अलग। हमारा जीवन-स्तर अलग, तुम्हारा जीवन-स्तर अलग। और फिर हम तो हिन्दुस्तानी भी नहीं। हमारी तो नस्ल भी तुमसे अलग है। मेरी बच्ची के दादा, खुदा उन्हें करवट-करवट जन्नत बख्शे, विशुद्ध अंग्रेजी गधे थे और मेरी मां फ्रांसीसी नस्ल की थी और तुम बड़े बेसुरे, बेकार, काले हिन्दुस्तानी गधे हो और चले हो मेरी बेटी से इश्क जताने ! खबरदार, जो मेरी बेटी की तरफ आंख उठाकर भी देखा ! दोनों आंखें फोड़ डालूंगी !"

यह कहकर बड़ी बी ने मेरी तरफ पीठ करके इतने जोर की दुलत्ती झाड़ी कि मैं घबराकर वहां से भाग खड़ा हुआ और डिसूजा की झोंपड़ी के सामने आकर दम लिया और उस दिन से संकल्प किया कि अब कभी प्रेम नहीं करूंगा, क्योंकि प्रेम करने के लिए केवल इतना ही पर्याप्त नहीं है कि आदमी कवि-स्वभाव रखता हो; प्रेम करने के लिए यह भी बहुत आवश्यक है कि आदमी को दो वक्त की घास भी प्राप्य हो, वरना कोई औरत घास नहीं डालेगी।

इसलिए मैंने उस परियों-सी सुन्दर गधी से प्रेम करने का विचार त्याग दिया और अपने जीवन को केवल घास लादने पर लगा दिया, जोकि हर गधे का भाग्य है।

खुल जाना आरे कालोनी का बम्बई में और भूखे मरना जोगेश्वरी के ग्वालों का। घीसू घसियारे का बेच देना अपने गधे को। और बयान नई मुसीबतों का....

दिन बड़े आराम से गुजर रहे थे। घास लादना, घास खाना और खूंटे पर जाकर सो जाना। जिन्दगी इससे सादा और क्या हो सकती है और इसी दुनिया में अधिकांश लोग इससे अधिक चाहते भी क्या हैं। इस निर्दयी आसमान की चाल को क्या कहिए कि मेरी कुछ दिनों की यह शान्ति भी उसे सहन न हुई। पहली मुसीबत यह आई कि गवर्नमेंट ने जनता के लिए बम्बई में खालिस दूध सप्लाई करने के लिए एक बहुत बड़ी डेयरी 'आरे कालोनी, के नाम से चालू कर दी। समस्त आपत्तियां इसी प्रकार नेक इरादों से आरम्भ होती हैं। अब भला बम्बई में खालिस दूध की किसे आवश्यकता थी। बम्बई के वीर निवासियों ने स्वतन्त्रता-संग्राम का सारा युद्ध ईरानियों की चाय और ग्वालों का आधा दूध और आधा पानी पीकर लड़ा, जीता और जिन्दा रहे। उनके लिए खालिस दूध प्राप्य करने का अर्थ इसके अतिरिक्त और क्या हो सकता था कि उन्हें व्यर्थ में ही निरन्तर संघर्ष और लड़ाई के लिए उकसाया जाए। अतएव जिस दिन से बम्बई में आरे कालोनी की नींव पड़ी, उसी दिन से संयुक्त महाराष्ट्र का किस्सा भी शुरू हो गया। आखिर आम लोगों को खालिस दूध पिलाकर वे और क्या आशा कर सकते हैं।

यह ईरानियों की चाय ही थी जो महाराष्ट्र और गुजरात में तालमेल पैदा किए हुए थी, वरना दूध तो सदा विभाजित करता है। पहले तो पंजाब को ही ले लीजिए। दूध पीने के अभ्यस्त थे, इसलिए विभाजन हो गया। अपराध दूध का था और अपराधी ठहराया जाता है बेचारे अंग्रेजों को। हालांकि साहब, दूध में ऐसी शक्ति है कि यदि आप कुछ न करें, उसे कुछ घंटों के लिए किसी बर्तन में अकेला छोड़ दें तो स्वयं ही विभाजित हो जाएगा। दूध का दूध अलग, पानी का पानी अलग। मानव के इतिहास में इस प्रकार की छोटी-छोटी बातों में बड़ी दूर के परिणाम निकले हैं। उदाहरण के लिए—सोचिए कि यदि मुहम्मद बिन कासिम ने हिन्दुस्तान के बजाय चीन पर हमला किया होता तो आज पाकिस्तान चीन में

होता। यदि नेपोलियन पानीपत में पैदा हुआ होता तो वाटरलू की लड़ाई में अंग्रेजों की विजय न होती। यदि कोलम्बस की नाव समुद्र में डूब जाती तो अमरीका का कभी पता न चलता और बेचारा कोलम्बस अपने मुंह से गालिब का यह मिसरा दोहराता, 'डुबोया मुझको होने ने, न होता मैं तो क्या होता।'

इसी कारण मैं भी कहता हूं कि यदि आरे कालोनी न बनती तो महाराष्ट्र का पृथक् प्रान्त भी न बनता। यह केवल दूध का अपराध है, दूध जो विभाजित करता है।

बम्बई के शरीफ लोग लगभग एक सौ वर्षों से ईरानियों की फीकी-सीठी चाय पीते चले आ रहे थे। अब उन्हें जो खालिस दूध पीने को मिला तो उनका हाजमा बिगड़ गया। और जब जनता का हाजमा बिगड़ता है तो वह तरह-तरह की मांगें करने लगती हैं। "हमें महाराष्ट्र चाहिए। हमें काम चाहिए। हमें रोटी चाहिए और हर चीज उतनी ही सस्ती और बढ़िया चाहिए जितना कि आरे कालोनी का दूध है।"

इसीलिए पुराने जमाने में जो लोग राज्य चलाते थे, वे जनता की किसी आवश्यकता को कभी पूरा नहीं करते थे। इससे जनता का हाजमा हमेशा ठीक रहता था। किन्तु अब वह इतना बिगड़ चुका है कि किसी प्रलोभनपूर्ण वादे के चूर्ण से ठीक नहीं हो सकता।

आरे कालोनी के बन जाने से जहां एक तरफ लोगों का हाजमा बिगड़ा, वहां दूसरी तरफ निजीतौर पर दूध बेचने वाले ग्वालों की 'गाहकी' भी कम हो गई और सैकड़ों ग्वाले बेकार हो गए। उन्होंने अपना हर सम्भव प्रयत्न 'गाहकी' को कायम रखने के लिए कर डाला। कभी दूध का भाव कम किया और पानी अधिक मिलाया, कभी घास का भाव कम किया और घसियारे का जो दबाया। कभी पानी की मात्रा कम की और हानि अधिक उठाई। किन्तु आरे कालोनी के सामने उनकी एक न चली। आरे कालोनी का दूध अधिक सर्वप्रिय होता गया और प्राइवेट व्यापार करने वाले ग्वाले अपने ऊंचे लाभ से हाथ धोने लगे। यदि वे बिल्कुल खालिस दूध बेचते और आरे-कालोनी से जरा कम दाम पर बेचते तो अब भी वे थोड़ा-सा लाभ कमा सकते थे। किन्तु यह तो व्यापार के विरुद्ध है और हमारी जीवन-व्यवस्था में उस समय तक व्यापार नहीं हो सकता जब तक किसी एक चीज में किसी दूसरी चीज की मिलावट न की जाए। उदाहरणार्थ--दूध में पानी, साहित्य में उरयानी (नग्नता), आटे में बुरादा, घृणा पर धर्म का लबादा, घी में तेल, शासन में रिश्वत का मेल; यह तो व्यापार का प्रथम नियम है।

जब ग्वालों का दूध बिकना बन्द हो गया तो घीसू घसियारे की घास बिकनी बन्द हो गई, और घर में घीसू घसियारे और बीबी-बच्चे के फाके लगने शुरू हो

गए। स्थिति इस सीमा तक नाजुक हो गई कि एक दिन जोजफ डिसूजा की झोंपड़ी में घीसू घसियारे ने मुझे बेचने की सोच ली। यह तरकीब उसे रमजानी कसाई ने बताई थी।

कहने लगा, "अगर तुम इस गधे को मेरे हाथ बेच दो तो मैं तुम्हें इसके पच्चीस रुपये दे दूंगा।"

जोजफ बोला, "हां, ठीक तो कहता है रमजानी। आजकल तुम्हारी घास कहीं नहीं बिक रही है। इसलिए तुम इस गधे को रखकर क्या करोगे ? फिर सात रुपये मेरे बाकी हैं तुम पर। वे भी इसी रकम में कट जाएंगे।"

मैं दरवाजे के निकट सरक आया और अत्यन्त मौन होकर उनकी बातें सुनने लगा।

घीसू बोला, "इस बेचारे गधे का कोई खर्च तो है नहीं मुझ पर। खुद ही दिन में इधर-उधर से घास चरकर मेरे घर के बाहर आके पड़ा रहता है। दिन-भर मेरे बच्चे इसकी सवारी करते हैं। और एक-आध घास का गट्ठा बिक ही जाता है।"

रमजानी बोला, "यह एक-आध गट्ठा तुम खुद अपने सिर पर लाकर बेच सकते हो। तुम खुद सोच लो। पूरे पच्चीस रुपये दूंगा। और वह भी दोस्ती में दे रहा हूं, वर्ना यह गधा तो पन्द्रह रुपये में भी मंहगा है।"

घीसू बोला, "तुम इस गधे को लेकर क्या करोगे ?"

रमजानी एक आह भरकर बोला, "इस दुनिया में जीना बहुत मुश्किल हो चला है। आजकल भेड़-बकरियां ऐसी दुबली पतली आ रही हैं कि एक के अन्दर से तीन सेर गोश्त भी मुश्किल से निकलता है। अब यह तुम्हारा गधा खासा हट्टा-कट्टा और मोटा-ताजा हो रहा है। इसका गोश्त बहुत ही बढ़िया निकलेगा।"

"तो तुम गधे का गोश्त बेचोगे !" घीसू ने आश्चर्य से पूछा।

"हां, बकरी के गोश्त में मिलाकर बेचूंगा।" रजमानी बोला।

"बकरी के गोश्त में मिलाकर बेचोगे !" घीसू हैरत से चिल्लाया।

"इसमें हैरत की क्या बात है ?" रमजानी ने जरा गुस्से से कहा, तुम्हारे ग्वाले क्या दूध में पानी मिलाकर नहीं बेचते ?"

घीसू ने फिर आंखें फाड़कर कहा, "मगर गधे का गोश्त लोगों को पता नहीं चलेगा ?"

"यह तो अपने-अपने पेशे के गुर की बात है," रमजानी बोला, "मैंने ऐसे-ऐसे उस्ताद देखें हैं जो बकरी के गोश्त में कुत्ते का गोश्त मिलाकर बेच देते हैं। मैं तो केवल गधे का गोश्त बेचूंगा। और फिर कीमे में तो कुछ पता ही नहीं चलता है।"

मेरी टांगें भय से सुन्न हो गई थीं। ऐसा मालूम होता था जैसे किसी ने मेरी हर टांग के साथ चार-चार मन के पत्थर बांध दिए हैं। मैं छप्पर की दीवार के साथ दरवाजे के पीछे लगा यह बातचीत सुन रहा था, जिसमें मेरे जीवन और मृत्यु का निर्णय हो रहा था। मैं यह सुनना चाहता था कि आखिर घीसू क्या कहता है। एक बेजुबान जानवर ने इतने महीने उसके लिए प्राणपण से मेहनत की थी और बदले में घास का एक तिनका न लिया था। क्या इस इन्सान के सीने में कृतज्ञता का एक रत्तीभर भाव न होगा ?

घीसू ने कहा, "यह गधा मुझसे और मेरे बच्चों से बहुत हिल गया है। उसकी जान लेने को मेरा जी नहीं चाहता। थोड़ी-सी और दो यार।"

"लो पियो," रमजानी ने उसका गिलास भरते हुए कहा, "पर तुम उसकी जान कहां ले रहे हो ? जान लेने वाला या रखने वाला वह ऊपर वाला है" रमजानी ने खपरैल की छत की तरफ एक उंगली उठाकर कहा, "तुम तो गधे को खाली मेरे हाथ बेच रहे हो।"

करनैलसिंह ड्राइवर ने बात पलटकर कहा, "अबे, कल तू कहां गया था रमजानी ? यहां नहीं आया।"

"भैया, मैं शकीलाबानो गढ़वाली की कव्वाली सुनने गया था। जालिम क्या गाती है !—अर्जे-नियाजे इश्क[1] के काबिल नहीं रहा, जिस दिल पे हमको नाज[2] था वो दिल नहीं रहा।"

रमजानी पहले गुनगुनाता रहा। फिर जोर-जोर से गाने लगा। घीसू जोर-जोर से सिर हिलाने लगा और करनैलसिंह टीन का एक खाली डिब्बा बजाने लगा। मैंने इत्मीनान का सांस लिया। चलो, जिन्दगी बच गई। आई हुई मौत टल गई। घीसू घसियारा नशे में बोला, 'पच्चीस क्या, अगर कोई पच्चीस हजार भी दे तो भी अपना गधा न बेचूं।"

"यार; कौन तेरे गधे की बात करता है," जोजफ जरा क्रोध से बोला, "रमजानी का गाना तो सुनने दे।"

मगर घीसू घसियारे को चिढ़ हो गई थी। वह जोर-जोर से अपना हाथ हिलाते हुए बोला, "कोई पच्चीस लाख भी दे तो भी मैं अपना गधा न दूं। इस गधे ने मेरी इतनी सेवा की है, मेरी और मेरे बच्चों की, कि मैं इसे जिन्दगी-भर अपने पास रखूंगा। कोई पच्चीस करोड़ भी दे तो यह गधा न दूंगा। घीसू घसियारे ने आज तक किसी की जान नहीं ली। यह हमारे धरम-सास्तर के खिलाफ है।"

---

1. प्रेम करने के लिए निवेदन
2. गौरव

"ले आया फिर बीच में अपना धर्म," करनैलसिंह चिढ़कर बोला, "यार जोजफ, जल्दी से इसका गिलास भर दो।"

"कहां से भर दूं," जोजफ क्रोध से बोला, "सात रुपये की पहले ही पी चुका है। कहां तक उधार दूंगा ?'

"भर दो, भर दो," घीसू जोर से चिल्लाया "वह भगवान् देने वाला है। कहीं न कहीं से तुम्हारा कर्ज भी उतार देगा।"

"जब उतार देगा तब और पी लेना," जोजफ बोला, "अब मैं एक बूंद न दूंगा।"

घीसू ने अपने खाली गिलास की तरफ देखकर रमजानी से कहा, "मेरा गिलास खाली है।"

"और खाली रहेगा," जोजफ कठोरता से बोला।

"एक रुपया दे," घीसू ने रमजानी से कहा।

रमजानी ने जेब से पच्चीस रुपये निकालकर कहा, "एक नहीं पच्चीस देता हूं।"

घीसू ने एक क्षण के लिए पच्चीस रुपयों की ओर देखा। एक क्षण के लिए रुका। फिर उसका हाथ हठात् पच्चीस रुपयों की ओर बढ़ गया। जल्दी से उसने रुपये जेब में डालकर कहा, "चलो, गधा तुम्हारा हुआ। ले भैया जोजफ, अब तो शराब दे दे।"

रमजानी मेरे गले में रस्सी डाले मुझे ले जा रहा था और लहक-लहककर गा रहा था--

अर्जे-नियाज-इश्क के काबिल नहीं रहा,
जिस दिल पे हमको नाज था वो दिन नहीं रहा।

अचानक मैंने कहा--

जाता हूं दाग-हसरते-हस्ती[1] लिए हुए
हूं शम्मए-कुश्ता[2] दरखुरे महफिल[3] नहीं रहा।

एकाएक रमजानी ने चौंककर इधर-उधर देखा। मेरी तरफ देखा। फिर मुझे रस्सी से खींचते हुए आगे बढ़ गया। उसकी समझ में कुछ नहीं आया कि यह आवाज कहां से आई थी। उसके चेहरे पर मैंने भय की एक हल्की-सी झलक देखी। अब रात का झुटपुट बढ़ रहा था और अपने हृदय के भय को दूर

1. जीवन की अभिलाषा का गम
2. दिये की जली हुई राख
3. सभा के योग्य

करने के लिए रमजानी जोर-जोर से गाते हुए मुझे ले जा रहा था और दोहरा रहा था–

अर्जे-नियाज-इश्क के काबिल नहीं रहा,
जिस दिल पे हमको नाज था वो दिन नहीं रहा।

मैंने फिर कहा, जरा ऊंचे स्वर में–

मरने की ए दिल और ही तदबीर कर कि मैं,
शायाने दस्ते-बाजूए कातिल[1] नहीं रहा।

रमजानी भय से थर-थर कांपने लगा। उसने इधर-उधर रास्ते में देखा। किन्तु किसी को न पाकर रात के बढ़ते हुए अंधेरे में चिल्लाकर बोला–

"कौन बोलता है ?"

मैंने कहा, "मैं हूं एक गधा।"

"तुम ?" रमजानी की आंखें फटी की फटी रह गईं। "तुम एक गधे होकर इन्सानों की बोली बोलते हो ?"

मैंने कहा, "मैंने संकल्प कर रखा था कि इन्सानों की बोली कभी नहीं बोलूंगा। किन्तु जब जान पर बन आती है और इन्सान की कृतघ्नता सामने आती है तो गालिब के साथ कहना ही पड़ता है–

दिल के हवाय-किस्ते-वफा मिट[2] गई कि वां[3],
हासिल सिवाय हसरते-हासिल[4] नहीं रहा।

"लाहौल विला कूवत इल्ला-विल्ला।" रमजानी ने जोर से कहा और घबराकर उसने अपने हाथ से रस्सी छोड़ दी और फिर मेरी तरफ पीठ करके इस तेजी से भागा कि मैं उसे बुलाता ही रह गया "रमजानी भैया ! ऐ रमजानी ! जरा सुनो तो।"

किन्तु उसने एक बार भी पीछे मुड़कर नहीं देखा और भय से पागलों की तरह से चीखता हुआ, कुछ पढ़ता हुआ, वहां से हवा हो गया।

मैं सिर झुकाकर धीरे-धीरे कदम रखता हुआ वापस चलने लगा और कुछ मिनट के बाद जोजफ के झोंपड़े के बाहर पहुंच गया। किन्तु घीसू घसियारा उस समय वहां से जा चुका था और करनैलसिंह भी। इस समय अकेला जोजफ अपने झोंपड़े के बाहर लकड़ी के एक बेंच पर बैठा हुआ अन्तिम जाम पी रहा था। उसने

---

1. कातिल के हाथों और बांहों के योग्य
2. वफा के खेत की हवा
3. वहां
4. प्राप्ति की अभिलाषा

जब मुझे देखा तो लपककर आगे बढ़ा और मेरी रस्सी अपने हाथ में लेकर बोला, "रस्सी तुड़ाकर अपनी जान बचा लाए ? मगर बचके कहां जाओगे मियां गधे ? सुबह तुमको रमजानी के हवाले कर दूंगा।"

यह कहकर मुझे नारियल के एक पेड़ से बांध दिया। मैंने अवसर देखकर जोजफ से कहा, "जोजफ !"

"हयं !" वह आश्चर्य से चीखा।

मैंने कहा, "चिल्लाने की जरूरत नहीं। तुम एक पढ़े-लिखे आदमी हो इसलिए मैं तुमसे बातचीत करता हूं और तुमसे कहता हूं कि मैं गधा ही बोल रहा हूं।"

"क्या मैं नशे में हूं ?" जोजफ ने अपने-आपसे पूछा।

"नशे में तो हो, किन्तु यह बिल्कुल सच है कि इस समय तुम्हारा नशा नहीं बोल रहा, यह खाकसार बोल रहा है। बचपन में मैंने इन्सानों की बोली सीखी थी।"

यह कहकर मैंने जोजफ को अपनी थोड़ी-सी विपदा कह सुनाई। वह मेरा हाल सुनकर बोला, "गुड गॉड ! बिल्कुल विश्वास नहीं आता। मगर अब तुम्हें अपने सामने बोलता सुन रहा हूं तो विश्वास करना पड़ता है कि तुम वही प्रसिद्ध गधे हो जिसने पंडित नेहरू से भेंट की थी। अब याद आया, मैंने उनके बारे में अखबारों से भी पढ़ा था। फर्माइए, मैं आपकी क्या सेवा कर सकता हूं ?"

मैंने कहा, "रमजानी के हाथों मेरी जान बचा सकते हो !"

"वह किस तरह ?" जोजफ ने पूछा, "रमजानी ने पच्चीस रुपये में घीसू से तुम्हें खरीद लिया है।"

"पच्चीस रुपये में क्या तुम मेरी जान ले लोगे ?"

"बम्बई में दादा लोग तो दस रुपये में जान लेने को तैयार रहते हैं और वह भी एक इन्सान की जान। तुम तो एक गधे हो। हालांकि पढ़े-लिखे हो। पर इससे क्या होता है ! विश्वयुद्ध में मैं एक सिपाही था। मैंने स्वयं अपनी आंखों देखा कि लाखों इन्सानों को कुछ रुपयों की खातिर खून और आग की भट्ठी में झोंक दिया गया था। तुम तो महज एक गधे हो।"

"वे भी गधे थे," मैंने अत्यन्त कड़वे स्वर में कहा, "यदि हिसाब लगाओ तो युद्ध के मोर्चे पर इन्सानों की जिन्दगी भेड़-बकरियों से भी सस्ती बिकी है। हिरोशिमा के एक बम्ब ने कितनी लाख जानें ले ली हैं। जरा हिसाब लगाओ, पच्चीस रुपये प्रत्येक आदमी भी नहीं पड़े होंगे।"

जोजफ बोला, "इस हिसाब से तो तुम्हें खुश होना चाहिए कि एक गधे की

जिन्दगी की कीमत एक इन्सान की जिन्दगी से ज्यादा पड़ रही है।"

मैंने अपनी बात अनसुनी करके कहा, "उन लोगों ने बेकार में लाखों इन्सानों को मशीनगनों से भून दिया। यदि वे उनका गोश्त बकरी के गोश्त में मिला के बेचते तो उन्हें अधिक लाभ होता। और लाभ ही तो वे चाहते हैं।"

"तुम कैसी भयानक बातें करते हो !" जोजफ चिल्लाया।

"इतनी भयानक नहीं जितनी कि जिन्दगी है, जिसमें पच्चीस रुपये के लिए एक के गले की रस्सी दूसरे के हाथों में थमा दी जाती है।"

"तुम क्या चाहते हो ?"

"मैं जीवित रहना चाहता हूं," मैंने रुंधे हुए स्वर में कहा, "मेरी तरह के करोड़ों लोग इस दुनिया में मौजूद हैं जो अत्यन्त भोले और कायर और निरे गधे हैं किन्तु हम सब जीवित रहने का अधिकार मांगते हैं। हममें से कोई अपने गले में रस्सी नहीं चाहता।"

"खुदा के फौजदार न बनो," जोजफ बोला, "सिर्फ अपनी बात करो।"

"मैं चाहता हूं कि तुम मुझे रमजानी से खरीद लो।"

"वाह ! एक गधे की जान बचाने के लिए रमजानी को पच्चीस रुपये दे दो—ऐसा गधा नहीं हूं मैं।" जोजफ बिगड़कर बोला।

"तुम मेरी बात पूरी सुन लेते, फिर कुछ कहते," मैंने उसे समझाते हुए कहा, "इसमें तुम्हारा ही लाभ है। यदि तुम मुझे रमजानी से खरीद लोगे तो मैं तुम्हारा ठर्रा बिना तलाशी के माहिम क्रीक पुलिस चौकी के पार पहुंचा दिया करूंगा। अब तक तुम इस काम के लिए इन्सानों से काम लेते रहे जो कभी न कभी पुलिस के हाथों पकड़े जाते हैं, उन्हें सजा हो जाती है और तुम्हारी शराब पकड़ी जाती है। किन्तु यदि तुम इस काम के लिए मुझे नौकर रख लोगे तो मैं तुमसे वायदा करता हूं कि पुलिस एक बार भी मुझे न पकड़ सकेगी।"

"वह कैसे ?"

"बहुत आसान काम है। किन्तु इसके लिए तुम्हें अपना एक अड्डा बान्द्रा में और माहिम क्रीक के बाहर माहिम के इलाके में कायम करना पड़ेगा।"

जोजफ बोला, "तुम इसकी चिन्ता मत करो। वहां पहले से कई अड्डे मौजूद हैं हमारे।"

मैंने कहा, "तो फिर तो इस प्रस्ताव पर कार्य करना अत्यन्त सुगम है और मुझे आश्चर्य है कि आज तक किसी स्मगलर को ऐसी बढ़िया तजवीज क्यों न सूझी !"

जोजफ ने बेचैनी से कहा, "अब तुम बातें न करो। जल्दी से अपना प्रस्ताव समझाओ।"

"प्रस्ताव बहुत आसान है। तुम केवल इतना करो कि सुबह-सुबह मुझे जोगेश्वरी से बान्द्रा के अड्डे तक ले जाओ।"

"अच्छा।"

"फिर वहां सुबह-सवेरे निहार-मुंह मेरे खाली मेदे को शराब से भर दो गले तक। मेरे मेदे और आतों में कई गैलन शराब समा सकती है। इसलिए जब हलक तक शराब भर जाए तो मुझे माहिम क्रीक तक ले जाकर छोड़ दो। वहां से मैं स्वयं धीरे-धीरे एक आवारा अनाथ गधे की तरह चलता हुआ पांच मिनट में पुलिस चौकी पार कर जाऊंगा। पुलिस को एक क्षण के लिए भी सन्देह न होगा कि इस गधे के पेट में इतने गैलन शराब भरी हुई है। वे तो केवल इन्सान और उसके कपड़ों की तलाशी लेते हैं। किन्तु एक नंगे गधे पर, जिस पर कपड़े का एक चीथड़ा तक नहीं है, उन्हें कैसे शक होगा ? अतः मैं प्रत्येक दिन पुलिस चौकी से बिना किसी भय के सुरक्षित गुजर जाया करूंगा।"

"फिर ?"

"फिर माहिम के अड्डे पर पहुंचकर तुम मेरे गले में रबर की नली डालकर पम्प के द्वारा शराब निकाल लिया करना और अपने ग्राहकों में बांट दिया करना।"

"क्या मेरे ग्राहक गधे के पेट से निकली शराब पीना पसन्द करेंगे ?"

मैंने कहा, "मूर्ख हुए हो। जो लोग गन्दी मोरियों में दवाई हुई बोतलों और गन्दे-सड़े पीपों की शराब पीते हैं, जो लोग साइकिल की नली और पुरानी ट्यूबों में ले जाई गई शराब डकार जाते हैं, उन्हें एक गधे की आंतों से निकली शराब पीने में क्या एतराज होगा ! सुबह-सवेरे मेरा भूखा खाली मेदा बहरहाल गली-सड़ी ट्यूबों से तो अधिक साफ-सुथरा होगा।"

"और तुम्हें नशा नहीं होगा क्या ?"

"पांच मिनट में नशा क्या होगा। माहिम क्रीक पार करने में पांच मिनट से अधिक न लगेंगे। यूं सोचो कि मेरा पेट एक पेट्रोल ले जाने वाली लारी का बड़ा ड्रम है। बान्द्रा रिस्क फिलिंग स्टेशन है। बान्द्रा पर तुम इस ड्रम को भर देते हो, माहिम पर खाली करा लेते हो। बहुत बढ़िया, आसान, सस्ता, लाभदायक सुरक्षित और साइण्टिफिक[1] सुझाव है।"

"गॉड ब्लेस यू।"[2] जोजफ ने एक मिनट सोचने के बाद कहा। फिर उसने प्रसन्नता से दोनों बांहें मेरे गले में डाल दीं। "क्या तरकीब बताई है तुमने ! एक

1. वैज्ञानिक
2. ईश्वर तुम्हारा भला करे

स्मगलर गधा !....पुलिस कयामत तक शक नहीं कर सकती !....होली क्राइस्ट ![1] ....मैं तो एक ही साल में लखपती हो सकता हूं।"

प्रसन्नता के आधिक्य से जोजफ मेरा मुंह चूमने लगा। "अब तो मैं जरूर लखपती बन जाऊंगा। अब तो मैं पच्चीस क्या, सौ रुपये देकर रमजानी से तुम्हें खरीद लूंगा।"

वह इसलिए कि पहले मैं महज एक गधा था और अब मैं एक लाभदायक सुझाव हूं। और जब इन्सान को लाभ दिखाई देने लगे तो वह एक गधे का मुंह भी चूम सकता है।

"अन्दर आ जाओ," जोजफ ने मेरी रस्सी खींचते हुए कहा, "मैं तुम्हें बाहर नारियल के पेड़ के नीच बांधने का खतरा मोल नहीं ले सकता। संभव है तुम्हें सर्दी लग जाए। तुम्हारे बदन पर तो एक कपड़ा तक नहीं है।"

मैंने कहा, "दुनिया में करोड़ों बेघर गधे नंगे या अधनंगे खुले आसमान-तले सोते हैं।"

"अजी गोली मारो उन गधों को ! मैं तो आज तुम्हें अपने छप्पर के अन्दर सुलाऊंगा।"

"किन्तु छप्पर के अन्दर तो बड़ी गर्मी होगी।" मैंने इठलाते हुए कहा।

"मैं आपके लिए छत का पंखा खोल दूंगा, डंकी सर !"[2] जोजफ ने मुझसे बड़े गिड़गिड़ाते हुए कहा और फिर बड़े प्यार से मेरी गर्दन सहलाता हुआ वह मुझे छप्पर के अन्दर ले गया।

---

1. पवित्र ईसा
2. जनाब गधे

शुरू होना स्मगलिंग के धंधे का, और पार कर जाना गधे का माहिम क्रीक को आसानी से, और पड़ जाना हाथों से सेठ भूरीलाल के, और बयान माहिम के सट्टेबाजों का....

कम्बख्त जोजफ ने रात-भर मुझे भूखा रखा। सुबह भी घास का एक तिनका न तोड़ने दिया और सुबह ही मुझे बान्द्रा के गुप्त अड्डे पर ले गया। बान्द्रा तक पहुंचते-पहुंचते भूख से मैं बेहाल होने लगा। आंतें कुलबुलाने लगीं और मेरा पेट पिचककर पसलियों से जा लगा। मेरी यह दशा देखकर जोजफ बहुत प्रसन्न हुआ, क्योंकि मेरा पिचका हुआ पेट इस बात का प्रमाण था कि मेरा मेदा बिल्कुल खाली हो चुका है।

मुझे भी शुरू ही से इस बात का ख्याल था कि इस काम में मुझे दिन में केवल एक बार खाना मिला करेगा और वह भी सुबह दस-ग्यारह बजे, अपने काम से निवृत हो जाने के बाद। किन्तु मैंने यह सोचकर सन्तोष कर लिया था कि इस दुनिया में करोड़ों इन्सान ऐसे हैं जिन्हें दिन-भर की मेहनत के बाद केवल एक वक्त क़ी रोटी मिलती है। मैं तो एक गधा हूं। मुझे यदि दिन-भर के परिश्रम के बाद एक वक्त की घास मिल जाए तो क्या बुरा है ?

बान्द्रा के गुप्त अड्डे पर पहुंचकर जोजफ ने पूछा, "अब क्या करे ?"

मैंने कहा, "अब एक बाल्टी भरकर शराब मेरे सामने रख दो। मैं उसे पी जाऊंगा।"

जोजफ एक छप्पर के अन्दर गया। थोड़ी देर बाद उस छप्पर के अन्दर से दो आदमी निकले। एक जोजफ था, दूसरा उसका मित्र कामताप्रसाद। यह एक दुबला-पतला धोती बांधे हुए एक ठिंगना-सा आदमी था। उसकी एक आंख कानी थी, दूसरी एकदम नीली। दोनों ने दो बाल्टियां उठा रखी थीं।

पहले मैंने एक बाल्टी पी। फिर दूसरी। फिर कामताप्रसाद तीसरी उठा लाया। वह भी किसी न किसी तरह मैंने पी ली। फिर कामताप्रसाद चौथी उठा लाया। मैंने इन्कार कर दिया।

"तुम कोशिश तो करो", कामताप्रसाद ने मुझे बढ़वा देते हुए कहा,

"जितनी शराब तुम्हारे पेट में जा चुकी है उतनी शराब तो एक तगड़ा शराबी सुबह से शाम तक पी लेता है तुम गधे होकर एक बाल्टी और नहीं पी सकते !"

"नहीं," मैंने उद्विग्न होकर कहा, "मेरा पेट फट जाएगा।"

"खैर, न सही," कामताप्रसाद ने मुड़कर जोजफ से कहा, "इसे हर रोज रात को एक बढ़िया-सा जुलाब देना चाहिए। ईनोजफ्रूट साल्ट या कोई ऐसी चीज। सुबह को इसका पेट ऐसा साफ हो जाएगा कि आसानी से चौथी बाल्टी की शराब इसके पेट के अन्दर समा सकेगी।"

मैंने कहा, "अब मुझे जल्दी से यहां से ले चलो। डर है कि मुझे नशा न हो जाए। सुना है कि खाली पेट यूं भी नशा बहुत होता है।"

उन दोनों ने मुझे बहुत शीघ्रता से बान्द्रा की मस्जिद से कुछ कदम आगे ले जाकर छोड़ दिया और मैं एक आवारा गधे की तरह झूमता-झामता, इधर-उधर सिर मारता, सड़क सूंघता पुलिस चौकी की तरफ बढ़ने लगा।

सुबह का वक्त था। समुद्र से ठण्डी-ठण्डी हवा आ रही थी। क्रीक के पानियों पर मछुओं के जाल फैले हुए थे। बादबानी किश्तियां सामान से लदी हुई खुले समुद्र में जा रही थीं और छोटी-छोटी लड़कियां फूलदार फ्राकें पहने हुए चिड़ियों की तरह चहकती हुई स्कूल जा रही थीं। ऐसा सुन्दर दृश्य था कि मेरा दिल खुशी से नाचने लगा और जी चाहा कि शुद्ध आसावरी लय में एक ऐसी तान छेड़ूं जो गले से निकलकर सीधे आसमान के बादलों तक पहुंच जाए बिना किसी स्मगलिंग के। किन्तु इस चलते जमाने में यह असम्भव है। व्यापार ने हर वस्तु को इस प्रकार जकड़ लिया है कि आजकल कोई मामूली से मामूली वस्तु भी बिना परमिट के, कोटे के, स्मगलिंग के, रिश्वत के इधर से उधर नहीं की जा सकती। शास्त्रीय संगीत को भी आजकल रेडियो वाले सुगम संगीत के प्रोग्राम में स्मगल करके पेश करते हैं।

मैं यह सोच रहा था और अपनी धुन में चला जा रहा था कि इतने में मेरी दृष्टि एक मराठी स्त्री पर पड़ी और मैं उसके लावण्यपूर्ण सौन्दर्य को देख वहीं ठिठककर खड़ा हो गया। उसने गहरे हरे रंग की नौगजी मराठी साड़ी पहन रखी थी। उसके ऊदे ब्लाउज पर सोने का मंगलसूत्र चमक रहा था। वह सोने की चमकती हुई नथ पहने हुई थी और अपने एक हाथ में थाली उठाए हुए, उसमें जलते दीप और फूल रखे, मन्दिर को जा रही थी। उसके चेहरे पर सुबह के गुलाब खिले हुए थे, और उसकी बादलों की तरह श्वेत वेणी में से चम्पा की महक आती थी और वह अपनी लम्बी-लम्बी पलकें झुकाए ऐसी सलज्ज, पवित्र और शर्मीली मालूम हो रही थी। जैसे वह इस धरती की स्त्री न हो, किसी

दूर-दराज ऊंचे आसमान की अप्सरा हो। मैं तो उसे देखते ही मुग्ध हो गया और धीरे-धीरे उसके पीछे चलने लगा।

पुलिस चौकी पर खासी भीड़ थी। बहुत-सी टैक्सियां, गाड़ियां और ट्रक रुके हुए थे। पुलिस के सिपाही बारी-बारी प्रत्येक गाड़ी को अन्दर-बाहर गौर से देखते, निरीक्षण करते और फिर उसे आगे बढ़ने का अवसर देते।

जब पुलिस वालों ने एक टैक्सी की 'डिकी' खुलवाई थी और ध्यान से उसके सामान की तलाशी ले रहे थे।

वह सुन्दर स्त्री पुलिस के सिपाहियों के निकट जाकर जरा सी ठिठकी। उसने अपनी थाली का सन्तुलन अपने ऊंचे हाथों पर ठीक किया और नजरें झुकाए आगे बढ़ने लगी। पुलिस वालों ने तत्काल पीछे हटकर उसे रास्ता दे दिया।

इतने में पीछे से पुलिस की एक स्त्री की आवाज आई, "ऐ कुठे !"

वह सुन्दर स्त्री मुड़कर देखने लगी।

पुलिस की स्त्री ने उससे कहा, "ऐ इकड़ई।"

वह सुन्दर स्त्री वहीं खड़ी की खड़ी रह गई। पुलिस की स्त्री उसके निकट पहुंचकर और उसके चेहरे को ध्यान से ताककर कहने लगी, "कहां जा रही है ?"

"मन्दिर।"

पुलिस की स्त्री ने जल्दी से एक हाथ उस सुन्दर स्त्री के मांसल कूल्हे पर मारा। मुझे उस स्त्री की यह हरकत बेहद बुरी मालूम हुई। कितनी बदतमीज औरत है यह पुलिस की ! मैं अभी यहां तक सोच पाया था कि पुलिस की स्त्री ने दूसरा हाथ उसकी पीठ पर मारा। दूसरे ही क्षण वह उसकी नौगजी साड़ी के अन्दर से शराब की भरी हुई रबर की ट्यूबें बरामद कर रही थी, जो उस स्त्री के पेट के चारों तरफ बंधी हुई थी।

"तुम यह ठर्रा लेकर मन्दिर जाती हो ?" पुलिस की स्त्री ने व्यंग्य से कहा। और वह सुन्दर स्त्री जोर-जोर से रोने लगी।

पुलिस के एक सिपाही ने मेरी पीठ पर डण्डा मारते हुए कहा, "अबे, ओ गधे, यहां क्या कर रहा है ?"

डण्डा खाते ही मैं वहां से भाग निकला और माहिम के चौक तक दौड़ता चला गया जहां जोजफ और कामताप्रसाद पहले ही से मेरे इन्तजार में खड़े थे।

जोजफ ने मेरे गले में रस्सी डाल दी और मुझे खींचकर एक तंग-सी गली में ले गया। वहां जाकर उन्होंने मुझे एक अंधेरे मकान के अन्दर ढकेल दिया। यह

पुरानी बनावट का एक अंधेरा-सा मकान था। कुछ समय तक उन्होंने मुझे उसकी अंधेरी ड्योढ़ी में खड़ा रखा। फिर कामताप्रसाद ने ड्योढ़ी के अन्दर के दरवाजे की कुण्डी खटखटाई।

"कौन है ?" अन्दर से एक जनानी आवाज आई।

'मैं हूं कामताप्रसाद।"

दरवाजा खुल गया और उसमें से बादामी रंग का ब्लाउज और गहरे लाल रंग का स्कर्ट पहने हुए एक नवयुवती निकली। उसके होंठ गहरे लाल थे और उसकी बड़ी-बड़ी आंखें गहरी काली थीं। उसने मस्त अदा से अपने दोनों कूल्हे मटकाए और बोली, "खाली हाथ आए हो ?"

"मारिया, तुम पूरा दरवाजा तो खोलो," जोजफ ने बड़ी बेचैनी से कहा, "और खुद परे हट जाओ।"

मारिया ने दरवाजा पूरी तरह खोल दिया और परे हट गई। वे दोनों मुझे खींचकर अन्दर ले गए। अन्दर एक खुला आंगन था, जिसके एक कोने में आग जल रही थी और एक कोने में बहुत-से ड्रम पड़े हुए थे। एक कोने में एक अलगनी पर धुले हुए कपड़े टंगे हुए थे और एक कोने में एक खाट पर एक बुड्ढा आदमी सो रहा था।

कामताप्रसाद मारिया के साथ एक तरफ के बरामदे में गायब हो गया। थोड़ी देर के बाद वे दोनों रबर की एक लम्बी ट्यूब लेकर आए। फिर दोनों ने मेरे मुंह के नीचे एक बड़ा ड्रम रख दिया और मेरे मेदे में ट्यूब डालकर शराब बाहर निकालने लगे।

मारिया ने जब मेरे मुंह से शराब निकलते देखी तो पहले आश्चर्य से उसकी बड़ी-बड़ी आंखें खुली रह गईं। फिर वह कहकहा मारकर हंसी, इतनी हंसी कि उसकी आंखों में आंसू आ गए। जोजफ ने मारिया के कूल्हे पर हाथ रखकर कहा, "क्या अब तुम्हें कुछ शक है मारिया, कि मैं अब बहुत जल्दी अमीर हो जाऊंगा। फिर तुम मुझसे शादी कर सकोगी न ?"

"देखेंगे," मारिया ने हाथ मारकर जोजफ के हाथ को अपने कूल्हे से हटा दिया और मेरे समीप आकर बोली, "फिलहाल तो मेरा इरादा इस गधे से शादी करने का हो रहा है। यह गधा तो सोने की खान है।"

थोड़ी देर बाद कामताप्रसाद ने शराब को बाल्टियों में भरकर कहा, "पौने तीन बाल्टी शराब मिली है। एक-चौथाई यह गधा हजम कर गया।"

मायिा ने हंसकर कहा, "शुक्र करो कि यह गधा है, कोई शराबी आदमी नहीं है। वर्ना पूरी शराब हजम कर जाता।"

जोजफ बोला, "एक-चौथाई पानी डाल दो। क्या पता चलेगा ?"

मैंने सोचा—दूध में पानी, शराब में पानी....

कामताप्रसाद ने पूछा, "सेठ कहां है ?"

मारिया ने कामताप्रसाद के कान में कुछ कहा। फिर कामताप्रसाद और मारिया बरामदे के अन्दर चले गए। मैंने उचित अवसर समझकर जोजफ से कहा, 'मुझे जल्दी से घास दे दो, वर्ना मैं अभी भूख से मर जाऊंगा।"

"मैंने सब बन्दोबस्त कर रखा है, पार्टनर[1]।" जोजफ बड़े प्यार से मेरा कान ऐंठते हुए बोला, "अय मारिया, अन्दर से घास लेती आओ।"

मारिया अपनी दोनों गोरी-गोरी बांहों में घास के गट्ठे भर-भरकर लाई और अपने हाथों से मुझे घास खिलाने लगी। कई बार उसकी कोमल उंगलियां मेरे होंठों से जा लगीं। एक बार तो मेरी जबान से छू गईं।

आह ! उन उंगलियों का स्वाद कितना कोमल और हल्का था, जैसे वसन्त के आरम्भ में पहाड़ की वादियों में उगने वाली घास के पहले गठ्टे का होता है।

दो दिन के बाद कामताप्रसाद रबर की एक मोटी ट्यूब और बड़ा-सा हैण्डपम्प ले आया।

बोला, "यह गधा कामचोर है। वास्तव में इस गधे के मेदे में कई गैलन शराब ज्यादा समा सकती है।"

जोजफ ने विरोध किया, "बेचारा जहां तक भर सकता है, भर लेता है।"

"जी नहीं," कामताप्रसाद ने कहा, "हम इस पम्प के द्वारा गधे के मेदे में शराब भरेंगे, जिस तरह मोटर ट्यूब में हवा भरी जाती है।"

मैंने कहा, "मेरा पेट एक जीव का पेट है, वह मोटर की ट्यूब नहीं है।"

किन्तु मेरी एक न सुनी गई। उन लोगों ने मेरे मुंह में ट्यूब डालकर पम्प के द्वारा शराब भरनी शुरू की और धीरे-धीरे मेरा पेट फूलना शुरू हुआ। फिर मुझे ऐसा महसूस हुआ जैसे मेरी आंतें रबर की ट्यूब की तरह फूल गई हैं। मेरा मेदा एक ढोल की तरह फूलकर कुप्पा होता जा रहा है।

जब शराब मेरे गले से बाहर छलकने लगी, तब जाकर उन कम्बख्तों ने मेरा पीछा छोड़ा। कामताप्रसाद ने मुस्कराकर विजयी स्वर में कहा, "पूरी छः बाल्टी शराब भरी है मैंने, पहले से दुगुनी।"

---

1. साझेदार

जोजफ ने कहा, "तो हम पहले से दुगुना लाभ कमाएंगे !"

"अरे जालिमो, मेरा पेट फट जाएगा।" मैं दर्द और पीड़ा से चिल्ला कर बोला।

जोजफ ने मेरे सिर पर हाथ फेरकर कहा, "केवल पांच मिनट का तो रास्ता है। यूं चुटकियों में तय हो जाएगा। अब हम तुमको माहिम के चौक पर मिल जाएंगे।"

कामताप्रसाद ने कहा, "अगर हम दो-चार मिनट देर से पहुंचे तो फिक्र मत करना।"

फिर वह जोजफ की ओर मुड़कर बोला, "इस खुशी में एक-एक पेग हो जाए।"

"हो जाए।"

उन दोनों को पीते छोड़कर मैं माहिम क्रीक की ओर रवाना हो गया। आज कोई विशेष घटना नहीं हुई और मैं पहले दो दिनों की तरह चौकी से निडरता से गुजर गया और माहिम के चौक पर पहुंचकर एक फुटपाथ पर खड़ा होकर जोजफ और कामताप्रसाद की प्रतीक्षा करने लगा।

जहां मैं खड़ा हुआ था वहां टैक्सियों का एक अड्डा था। अड्डे के पीछे फुटपाथ पर एक कबाबिया सीकें, कबाब और परांठे लेकर बैठा था। समीप ही चारपाइयां बिछी थीं, जिन पर कुछ लापरवाह किस्म के लोग सुबह के नाश्ते में कबाब और परांठे खा रहे थे और सट्टे के नम्बरों की बात कर रहे थे।

पांच मिनट गुजर गए, दस मिनट गुजर गए, आध घंटा गुजर गया; किन्तु जोजफ और कामताप्रसाद कहीं दिखाई नहीं दिए। धीरे-धीरे मेरा नशा बढ़ता जा रहा था। मेरा सिर घूम रहा था। शराब मेरी रग-रग में सरसराहट भरती जा रही थी। मुझे ऐसा लग रहा था कि जैसे मैं हवा में हूं। पहले तो मैंने नशे की हालत में जोर से हांक लगाई, जिसे सुनकर इधर-उधर के सब लोग उछल पड़े; फिर मैंने गाना शुरू कर दिया।

"आवार हूं, मैं आवार हूं...."

लोगों ने आश्चर्य से मेरी ओर देखा और बोले, "गधा गाता है !"

गीता की धुन पर मेरे कदम स्वयं ही नाचने लगे।

"अरे नाचता भी है !"

मैंने झूमकर कहा, "यारो, मुझको माफ करना मैं नशे में हूं।"

मेरा नशा क्षण-प्रतिक्षण बढ़ रहा था। मैंने बहक-बहककर चिल्लाना शुरू कर दिया।

"दो घूंट मैंने पी, और सैरे-जन्नत की।"

"विचित्र ! बड़े अच्छे स्वभाव का गधा मालूम होता है।" एक आदमी बोला।

दूसरे ने कहा, "बीसवीं सदी का आश्चर्य है यारो ! इन्सान की तरह बोलता है।"

"यह बम्बई है बम्बई," तीसरे ने कहा, "यहां गधे भी आकर इन्सान की तरह बोलने लग जाते हैं।"

चौथे आदमी को मैंने पहचान लिया। वह चिकन का कुर्ता पहने हुए था, जिसमें सोने के बटन लगे हुए थे और अत्यन्त ही बारीक मलमल की धोती धारण किए हुए था। इस व्यक्ति ने अपने साथी को, जो तहमद पहने हुए था, कहा, "जुम्मन, तुमने आज तक कोई बोलता हुआ गधा देखा है ?"

"नहीं, सेठ भूरीमल। आज तक तो नहीं देखा। कसम ले लो।"

सेठ भूरीमल और जुम्मन, दोनों को मैं कबाबिये की दुकान के समीप चारपाई पर कबाब-परांठे खाते देख चुका था। सेठ भूरीमल ने मेरी ओर ध्यान से देखते हुए कहा, "यार जुम्मन, मुझे तो कुछ गोलमाल लगता है।"

"क्या गोलमाल सेठ ?"

"मेरे ख्याल में यह गधा नहीं है। कोई योगी, साधु, सन्त, महात्मा मालूम होता है, जिसने हम दुनियादारों से बचने के लिए गधे का भेस धरा है।"

जुम्मन बोला, "तुम ठीक कहते हो। मुझे भी कोई पहुंचा हुआ तान्त्रिक मालूम होता है, जिसने कब्र से किसी आत्मा को निकालकर इस गधे के शरीर में कैद कर दिया है।"

सेठ भूरीलाल बोला, "आओ, इसके पांव पड़ जाएं, और इससे सट्टे का नम्बर मालूम कर लें।"

यह कहते ही सेठ भूरीमल ने सैकड़ों लोगों के सामने मेरा एक पांव पकड़ लिया और प्रेम से विह्वल होकर श्रद्धायुक्त स्वर में बोला, "मैंने पहचान लिया योगी महाराज, मैंने पहचान लिया।"

जुम्मन ने मेरा दूसरा पांव पकड़कर कहा, "करामाते फकीर दस्तगीर, करम कर दे, सट्टे का नम्बर बता दे।"

"हटो, यह बकवास है।" मैंने नशे के बावजूद अपना पांव परे हटाते हुए कहा।

"नहीं छोडूंगा, नहीं छोडूंगा," सेठ भूरीमल ने दृढ़ता से दोनों हाथों से मेरा पांव पकड़कर उसे चूमते हुए कहा, "नहीं छोडूंगा जब तक सट्टे का नम्बर नहीं

बताओगे, जब तक अपने ज्ञान में ध्यानमग्न होकर नम्बर नहीं बताओगे, कभी नहीं छोडूंगा।"

जुम्मन ने मेरे दूसरे पांव को चूमकर कहा, "तेरे रहमो-करम के सदके, एक नम्बर इस गरीब को भी अता कर दे। अगर तू जलाल पर आ जाए तो बन्दा निहाल हो जाए।"

उनकी देखा-देखी दो-तीन और आदमी मेरे पांव पर गिर पड़े और रो-रोकर प्रार्थना करने लगे।

"तुझे चोगा सिलवा दूंगा साटन का।"

"अगर नम्बर बता दे काटन का।"

"तुझे हलवा खिलाऊंगा हर रोज।"

"एक बार बता दे ओपन टू क्लोज।"

'नम्बर-नम्बर' की बेचैन आवाजें भीड़ से ऊंची उठने लगीं। भीड़ मेरे चारों तरफ बढ़ रही थी और मुझे यह भी मालूम नहीं था कि बम्बई के लोग सट्टे के कितने प्रेमी हैं। अब नम्बर बताए बिना जान कैसे छूटेगी। किसी भी क्षण पुलिस आ जाएगी। और मेरा पेट लगता था, अभी फट जाएगा।

मैं बहुत-से नकली फकीरों, ज्योतिषियों और साधुओं को नम्बर बताते देख चुका था, इसलिए मैंने दुलत्ती की टेकनीक इस समय अपनाना उचित समझा। पहले तो मैंने दुलत्तियां झाड़कर अपने लिए जगह बनाई। फिर मैं झूम-झूमकर नाचने लगा और ऊल-जलूल बकाने लगा–

"अन्तर-मन्तर-जन्तर। कांग्रेस लीग स्वतंतर। न हिन्दू समझे न मुस्लिम जाने। कोई छुरी भोंके, कोई खंजर ताने। एक दिल दो पैमाने।"

"मिल गया, मिल गया।" सेठ भूरीमल प्रसन्नता से चिल्लाता हुआ बोला, "एक दिल दो पैमाने, यानी इक्के से दुआ।"

"नहीं", जुम्मन खुशी से आंसू पोंछता हुआ बोला, "एक दिल दो पैमाने, यानी एक में जमाकर दो-दो तो हुए तीन। इक्का से तिया।"

"अरे नहीं," तीसरा बोला, "एक दिल, दो पैमाने। दो से एक निकालो, बाकी रहा एक। इक्के से इक्का आएगा।"

"गलत", चौथा बोला, "न हिन्दू समझे, न मुस्लिम जाने। भाई नतीजा सिफर, यानी कि बिन्दी आएगी।"

सब लोग अपनी-अपनी समझ क अनुसार नम्बर लगाने को भागे। एक मिनट में भीड़ साफ थी। मैं फुटपाथ पर अकेला खड़ा था। इतने में सामने से मारिया, जोजफ और कामताप्रसाद आते हुए दिखाई दिए।

जोजफ ने घबराकर पूछा, "क्या हुआ था ? लोगों ने तुम्हें क्यों घेर लिया था ?"

मैंने कहा, "लारी को ओवरलोड[1] करोगे, तो क्या इन्जन फेल नहीं होगा ? तुमने मुझे ओवरलोड कर दिया। परिणामस्वरूप मुझे नशा हो गया और मैं ऊल-जलूल बकने लगा। इन्सानों की बोली बोलने लगा और तुम्हारी दुनिया ऐसी है कि यहां इन्सान गधे की बोली बोलने लगे तो किसी को आश्चर्य न होगा, किन्तु यदि गधा इन्सान की तरह बातचीत करने लगे तो प्रत्येक को आश्चर्य होगा। अब जल्दी से मेरे पेट से शराब निकालो, वर्ना शायद मेरा हार्टफेल हो जाएगा।"

वे लोग जल्दी से मुझे घसीटकर गली में ले गए। मारिया के घर के आंगन में पहुंचकर मैं लड़खड़ाकर फर्श पर गिर पड़ा और गिरते ही बेहोश हो गया।

1. स्थान से अधिक भरना

होना गिरफ्तार स्मगलिंग के धन्धे में जोजफ, मारिया और कामताप्रसाद का, और भागना गधे का पुलिस के डर से और मुलाकात करना पारसी बाबा रुस्तम सेठ से, और बयान बम्बई के रेसकोर्स का....

जब मैं होश में आया तो मैंने देखा कि गली के बाहर नुक्कड़ पर एक कोने में बाजार की मोरी के समीप पड़ा हूं। मेरे मुंह से झाग बह रहा है और बाजार के कुछ लौंडे मुझसे कुछ दूर खड़े मुझे ध्यान से देख रहे हैं।

मैंने अच्छी तरह से आंखें खोलकर इधर-उधर देखा, कान फटफटाए, टांगें सीधी की, तो मुझे प्रतीत हुआ कि मेरा पेट बहुत हल्का हो चुका है और मेरा नशा भी लगभग उतर चुका है।

मगर जोजफ, मारिया और कामताप्रसाद गायब थे। उन लोगों ने मेरे पेट से शराब निकाल ली थी और मुझे मुर्दा समझकर गली से घसीटकर मेरी लाश को बाजार के कोने में फेंककर चले गए थे। लगता है कि बिजनेस की दुनिया में यही होता है। जब कोई आदमी काम के योग्य नहीं रहता तो उसे एक लाश की तरह घसीटकर बेकारी के कूड़े-कर्कट में फेंक दिया जाता है। पहले तो वे आपके शरीर से जीवन का रस और रक्त की अंतिम बूंद कड़े परिश्रम के पम्प से निकाल लेते हैं, फिर धक्का देकर मोरी में गिरा देते हैं।

जब इन्सान इन्सानों के साथ यह व्यवहार करते हैं, तो फिर मैं तो एक गधा हूं। मुझे सन्तोष कर लेना चाहिए और धन्यवाद देना चाहिए कि इन लोगों ने मेरी जान बख्श दी है।

मैं यूं ही सोच रहा था कि इतने में मैंने कनखियों से देखा कि सामने माहिम के चौक में जोजफ, मारिया और कामताप्रसाद चले आ रहे हैं। तीनों के हाथ में हथकड़ियां हैं और उनके साथ पुलिस के दो सिपाही हैं।

मैं घबराकर उठ खड़ा हुआ। इतने में उन लोगों ने मुझे देख लिया। मारिया ने चिल्लाकर कहा, "वह रहा गधा !"

पुलिस का सिपाही मेरी तरफ भागा। उसे देखते ही मैं भी भागा।

"पकड़ो, पकड़ो !" पुलिस के सिपाही ने शोर मचाया।

मगर मेरे कदमों को जैसे पंख लग गए थे। मैं भय से चीखता, चिल्लाता, हिनहिनाता, दुलत्तियां झाड़ता माहिम के बाजार के बीचोंबीच भागता हुआ, दौड़ता हुआ, शिवाजी पार्क तक चला गया। पुलिस वाले एक जीप लेकर मेरा पीछा करने लगे। मगर मैं भी अपनी पूरी शक्ति के साथ भागने लगा मुझे यह आशंका थी कि यदि मैं गिरफ्तार हो गया तो वे लोग मुझे जीवित न छोड़ेंगे।

हरी-निवास के अड्डे से मैं शिवाजी पार्क की तरफ भागा, जीप मेरे पीछे-पीछे आ रही थी। मैंने एक चौकड़ी भरी और शिवाजी पार्क की दीवार फांदकर मैदान में आ रहा। जीप छलांग न लगा सकती थी। अतः वह रुक गई। फिर चक्कर काटकर शिवाजी पार्क के दरवाजे की ओर रवाना हो गई, जो यहां से बहुत दूर था। तब तक मैं शिवाजी पार्क का मैदान पार करके फुटबाल खेलने वाली टीमों के बीच से गुजरता हुआ, क्रिकेट की विकेट उड़ाता हुआ, वर्ली साइड की दीवार फांदता हुआ दूसरी तरफ जा पहुंचा और वहां से सरपट भागता हुआ, तीर की तरह सनसनाता हुआ, ट्रैफिक के तमाम नियमों का उल्लंघन करता हुआ, 'वर्ली सी-बीच' पर जा पहुंचा। समुद्र के किनारे पहुंचकर मेरी टांगों ने जवाब दे दिया और मैं बेबस और निढाल होकर समुद्र के किनारे लेट गया।

वर्ली का दृश्य बहुत सुन्दर था। दृष्टि-सीमान्त तक समुद्र एक अर्धवृत्ताकार रूप में फैला हुआ था, ऊपर आकाश महराब के आकार में झुका हुआ था, जिस पर उषा की झालरें और रंगीन बादलों की जालियां जड़ी हुई थीं। उन रंगारंग झालरों और बदलियों के स्वच्छ झिलमिलाते हुए सौन्दर्य ने मुझे मोहित कर लिया। और मैंने सोचा, यह सुन्दरता मुझसे कितने दूर है ! सौंदर्य का सुन्दर प्रतिबिम्ब कितना मनमोहक है ! बढ़ती हुई भूख बेकारी और अपराध की इस दुनिया में एक साधारण गधे के लिए कहीं आराम नहीं है। क्या कोई ऐसा समय आएगा जब मैं सौंदर्य की इस ऊंची महराब को छू सकूंगा ! अभी तो असम्भव ज्ञात होता है—मैंने मन में सोचा। अभी तो जीवन प्रायः अनेक स्थानों पर एक गधे के स्तर से ऊपर नहीं उठा है। अभी सुन्दरता बहुत दूर है, न्याय की महराब बहुत ऊंची है। और मैं एक गधा हूं, जिसका पुलिस पीछा कर रही है।

मैंने थककर अपनी आंखें बन्द कर लीं। अब जो हो, सो हो। चाहे पुलिस आए और मुझे गिरफ्तार कर ले, चाहे समुद्र की एक बड़ी उछाल आए और मुझे लहरों में समेटकर समुद्र के नीचे पहुंचा दे। इस समय मैं इतना थक चुका हूं कि प्रत्येक परिणाम के लिए तत्पर हूं।

मेरे कानों में एक मोटर के रुकने की आवाज आई। मैंने समझा, जीप आ गई पुलिस की। लेकिन मैंने आंखें बन्द कर लीं, उसी तरह लेटा रहा।

मोटर के पट खुलने की आवाज आई फिर कदमों की चाप सुनाई दी और फिर वे कदम मेरे समीप आकर रुक गए, पर मैं उसी तरह आंखें बन्द किए लेटा रहा।

फिर मेरे कानों में आवाज आई, "खेमजी, कहीं से एक ओपन ट्रक लाना।"

"क्या करेगा रुस्तम सेठ ?" दूसरी आवाज ने पूछा।

"हम इस गधे को लादकर अस्तबल में ले जाएगा।"

"काहे को सेठ ?"

"तुम इस वक्त जास्ती बात मत करो। हमारा खोटी मत करो।" रुस्तम सेठ ने शासकीय स्वर में कहा, "अभी पुलिस वाला इधर आता होगा। उन लोगों के आने से पहले हम इसको अपने अस्तबल में ले जाना मांगता है।"

"बहुत अच्छा सेठ ! अभी लाता हूं।" दूसरी आवाज ने आज्ञा मानते हुए कहा। और फिर कदमों की चाप दूर होती गई। शादय खेमजी ट्रक लेने गया था ! अब मुझे यह भी मालूम हो गया था कि ये लोग जो कोई भी थे, पुलिस वाले हर्गिज नहीं थे। इसलिए मैंने बिना किसी भय के अपनी आंखें खोलीं।

मैंने देखा—एक लाल चेहरे वाला, लम्बी मुड़ी हुई नाक, गंजे सिर और सफेद बालों की कनपटियों वाला, एक लम्बे कद का पारसी बाबा है, जो मेरे ऊपर झुका हुआ है और मुझे दयालु दृष्टि से देख रहा है।

बाद में मुझे रुस्तम सेठ ने बताया कि मैं उनके अस्तबल में लगातार तीन-चार दिन मृत्यु-शय्या पर पड़ा रहा। रुस्तम सेठ ने मेरे इलाज के लिए अच्छे-से-अच्छे जानवरों के डॉक्टर बुलाए, जो जानवरों का इलाज करने में दक्ष समझे जाते थे। किन्तु चूंकि ये सब-के-सब भारतीय थे, इसलिए ठीक तरह से मेरा इलाज नहीं कर सके। रुस्तम सेठ के ख्याल में मुझे एक विदेशी एक्सपर्ट की आवश्यकता थी, जो सही ढंग से मेरी बीमारी का निदान करके मेरा इलाज कर सके। दुर्भाग्य यह था कि बम्बई में इस समय कोई ऐसा डॉक्टर नहीं था जिसने अपना जीवन गधों के इलाज में गुजारा हो; क्योंकि बेचारे गधे फीस नहीं दे सकते, और बम्बई में जितने डॉक्टर हैं सब फीस लेते हैं।

किन्तु रुस्तम सेठ के यहां फीस की तो कोई समस्या न थी; समस्या गधों के इलाज के अनुभव की थी। बहुत दौड़-धूप के बाद ज्ञात हुआ कि हांगकांग में एक अंग्रेज डॉक्टर मेकन्ले रहते हैं, जो गधों के इलाज में प्रवीण समझे जाते हैं। और चूंकि अंग्रेजों को पिछले दो सौ वर्षों से एशिया के गधों के रोग का अनुभव रहा है, इसलिए रुस्तम सेठ ने वायुयान के द्वारा उसे तत्काल मेरे इलाज के लिए बुलवा लिया और उन्होंने आते ही मेरे रोग का सही निदान करके शीघ्र मेरा इलाज

आरम्भ कर दिया। ये तमाम बातें मुझे बाद में मालूम हुईं। इस समय मुझे इतना याद है कि तीन-चार दिन की बेहोशी के बाद जब मैंने आंखें खोलीं तो मैंने अपने-आपको लकड़ी की एक बड़ी मसहरी पर लेटा हुआ पाया। मेरे हाथ-पांव बंधे हुए थे। मेरे सिर के पीछे बड़े-बड़े आरामदेह रबर के तकिये रखे हुए थे। एक नर्स मेरी बायीं तरफ खड़ी हुई थी। दायीं तरफ डॉक्टर मेकन्ले बड़े ध्यान से कांच की कुछ नलकियों को देख रहे थे। रुस्तम सेठ मेरे पास खड़े थे और बड़े प्यार से मुझे देख रहे थे।

मैंने आंखें खोलकर पूछा, "मैं कहां हूं ?"

"मेरे अस्तबल में।" रुस्तम सेठ बड़े प्यार से बोले।

"यह क्या हो रहा है ?"

"तुम्हारी नसों में खून डाला जा रहा है।"

"बोलो नहीं" डॉक्टर मेकन्ले अपने होंठों पर उंगली रखते हुए बोले, "आराम करो।"

मैंने अपनी आंखें बन्द कर लीं। कुछ क्षणों पश्चात् मुझे ऐसा लगा जैसे शरीर की रगों में जीवन-संजीवनी की धारा दौड़ रही है। धीरे-धीरे मुझमें शक्ति वापस आ गई। हौले-हौले एक शान्तिप्रद, कोमल, रेशमी तन्द्रा मुझ पर छा रही थी और मैं आंखें बन्द करके सो गया।

पता नहीं, कितने समय बाद मैं जागा। किन्तु जब जागा तो देखा कि रात का समय था। मेरी मसहरी के पास एक नीले रंग का टेबिल लैम्प जला हुआ था। और उसके समीप एक आरामकुर्सी पर मारिया बैठी थी।

"मारिया ?....तुम ?....यहां कहां...."

मारे खुशी और आश्चर्य के मेरे मुंह से एक चीख-सी निकल गई।

मारिया की बड़ी-बड़ी कृपालु आंखों ने मुझे घबरा-सा दिया। फिर वह धीरे-धीरे कहने लगी, "तुम्हें रुस्तम सेठ ने खरीद लिया है। जोजफ तुम्हें लेने के लिए आया था किन्तु रुस्तम सेठ ने उसे पांच हजार रुपये देकर खरीद लिया है और मुझे तुम्हारी देखभाल के लिए नर्स नियत कर दिया है। दो और नर्सें भी हैं। हम तीनों बारी-बारी ड्यूटी देती हैं। कहो, क्या हाल है तुम्हारा ? कैसा महसूस करते हो ?"

"किन्तु पांच हजार रुपये !...." इतना आश्चर्य था मुझे कि मेरी आवाज बैठ-सी गई। "पांच हजार रुपये ! जरा सोचो तो मारिया, हिन्दुस्तान में किसी गधे का इतना मूल्य न लगा होगा !"

"हां," मारिया ने स्वीकार किया, "वर्ना यहां जितने गधे हैं, रोजना कुछ

आने की ही मजदूरी पाते हैं और बड़ी मुश्किल से दिन में एक बार घास खाते हैं। तुम्हारी किस्मत तो वाकई अपनी किस्म का एक रिकार्ड है। हालांकि सुना है कि तुम्हारी नस्ल अच्छी नहीं।"

"एक गरीब गधे की नस्ल कहां अच्छी हो सकती है !" मैंने दयनीयता से कहा, "आजकल अच्छी नस्ल तो एक अच्छी नस्ल की गाड़ी रखने से स्पष्ट होती है, एक 'केडीलक' या 'रोल्स रायज' ! पैदल चलने वाले गधे की क्या नस्ल और क्या उसका खानदान ! इसलिए मुझे आश्चर्य हो रहा है कि रुस्तम सेठ ने मुझे पांच हजार रुपये में क्यों खरीद लिया ?"

मारिया ने अपनी बड़ी-बड़ी आंखें कई बार घुमाईं, अपने कोमल कन्धे उचकाए और बोली, "क्या मालूम ? मगर यह मुझे मालूम है कि उन्होंने तुम्हारे इलाज पर अब तक हजारों रुपये खर्च कर दिए हैं। मुझे तो रुस्तम सेठ बहुत ही शरीफ आदमी मालूम होता है। उन्होंने तुम्हें सपने में मेरा नाम दो बार बड़बड़ाते सुना और फौरन मुझे उचित वेतन देकर नर्स के काम के लिए नौकर रख लिया।"

मारिया यह कहते-कहते शर्मा-सी गई। मैंने भी उसकी कोमल भावना का सम्मान करते हुए मुंह फेर लिया और रुंधी आवाज में धीरे से बोला, "रुस्तम सेठ मेरा रक्षक है। उसने मेरी जान बचाई है। वह एक सज्जन आदमी है। उसके दिल में इन्सानियत का दर्द मालूम होता है—गरीबों के लिए सहानुभूति और गिरे हुओं के प्रति प्रेम। मैं मृत्यु-पर्यन्त ऐसे आदमी का अहसान नहीं भूल सकता।"

मेरी आंखों में आंसू आ गए। सम्भव है कि मैं कुछ और भी कहता किन्तु इतने में डॉक्टर मेकन्ले आ गए और उन्हें देखते ही मारिया उठ खड़ी हुई और डॉक्टर का संकेत पाकर कमरे से बाहर चली गई। मैं तो उसकी कमर के लचकदार मोड़ को देखता ही रह गया।

"अब कैसे हो ?" डॉक्टर मेकन्ले ने मेरी नब्ज टटोलते हुए पूछा।

"बहुत अच्छा महसूस कर रहा हूं ! थैंक्यू।"

डॉक्टर मेकन्ले मुस्कराए। उन्होंने नब्ज देखनी छोड़ दी और अपनी आरामकुर्सी मेरी मसहरी के समीप घसीटते हुए बोले, "तुम्हें वास्तव में रुस्तम सेठ का धन्यवाद करना चाहिए। यदि वे मुझे समय पर न बुलाते तो तुम्हारी जान का बचना बहुत कठिन था।"

"मुझे क्या बीमारी थी डॉक्टर ?"

"ओवर ईटिंग[1]।"

"हालांकि मेरी बीमारी अधिक पीने से हुई होगी, डॉक्टर !" मैंने कहा।

---

1. आवश्यकता से अधिक खाना

"एक ही बात है। अधिक खाना, अधिक पीना एक ही क्रम में आते हैं।"

"किन्तु मुझे स्मरण है," मैंने अपनी स्मरण-शक्ति पर जोर देते हुए कहा, "उस दिन तो मैंने घास का एक तिनका तक न तोड़ा था और उससे पहले भी दो दिन बारह-बारह घण्टे के लिए मुझे खाने के लिए कुछ नहीं दिया गया था। आज तक तो मुझे याद नहीं कि कुछ अच्छे दिनों को छोड़कर मुझे कभी भरपेट खाना मिला हो।"

"इसलिए तो जब तुम्हें पेट-भर खाने को मिलता है तब तुम अधिक खा जाते हो और बीमार पड़ जाते हो। मैंने अक्सर गधों को यही बीमारी देखी है।"

"देखिए, यह तो कोई बीमारी नहीं है डॉक्टर !" मैंने बात का विरोध करते हुए कहा, वास्तविक बीमारी तो भूख है, जिससे सब गधे मरते हैं।"

"भूख का हम इलाज नहीं कर सकते," डॉक्टर ने कहा, "भूख एक असाध्य रोग है।"

"और बेकारी ?"

"बेकारी भी असाध्य है।"

"और अशिक्षा ?"

"अशिक्षा भी असाध्य है, बल्कि भयानक है," डॉक्टर ने कहा, "जहां-जहां गधों को शिक्षा दी गई है, राज्य उलट गए हैं।"

मैं चुप हो गया। मैंने सोचा—डॉक्टर से उलझना व्यर्थ है। सम्भव है, इलाज ही करना बन्द कर दे और वापस हांगकांग चला जाए। अतः मैंने बात पलटते हुए कहा, "तो आपके ख्याल में मेरी बीमारी अधिक घास खा जाने से हुई है ?"

"निस्सन्देह।"

मैंने दिल में कहा, 'डॉक्टर साहब, कहीं आप ही तो घास नहीं खा गए !' किन्तु मैं दिल को रोककर चुप रहा।

डॉक्टर मेकन्ले बोले, "तुम एक पढ़े-लिखे गधे हो। मैंने अखबारों में तुम्हारा हाल पढ़ा था। इसलिए तुम्हें बताता हूं कि तुम्हारा रोग बहुत भयंकर है। एक तो अधिक खा जाने की बीमारी, ऊपर से खून खराब।"

"खून खराब था ?"

"हां। जो गधा पढ़-लिख जाए, उसका खून प्रायः खराब हो जाता है। दिमाग भी खराब हो जाता है। इसलिए मैंने आते ही तुम्हारे पेशाब, पाखाने, खून और पसीने का निरीक्षण किया।"

"पसीने का भी निरीक्षण होता है डॉक्टर साहब ?"

"हां। फिर दिल-दिमाग, फेफड़े, जिगर, गुर्दे, तिल्ले, मेदे का एक्स-रे किया

और मैं इस परिणाम पर पहुंच गया कि पढ़ने-लिखने से तुम्हारा खून खराब हो गया है। इसलिए जब तक तुम्हारे शरीर में किसी अनपढ़ गधे का खून प्रविष्ट न किया जाएगा, तुम ठीक नहीं हो सकते। रुस्तम सेठ का ख्याल था कि बम्बई में किसी अपनढ़ गधे का मिलना कठिन है। किन्तु जब विज्ञापन दिया तो हजारों गधों के प्रार्थना-पत्र मिले जो दस रुपये से घास के गट्ठे तक के लिए अपना खून बेचने के लिए तैयार थे। रुस्तम सेठ को बड़ा आश्चर्य हुआ।"

"इसमें आश्चर्य की क्या बात है ? गरीबों ने आज तक अपना खून ही बेचा है।"

डॉक्टर के गाल मेरी बात सुनकर लाल होते हुए एकदम आग के रंग के हो गए। वह एक क्षण मौन रहने के बाद बोला, "मालूम होता है तुम्हारा दिमाग अभी तक बीमार है। अभी तुम्हें और खून की आवश्यकता है। अभी तुम्हें काफी समय तक अनपढ़ गधों का खून दिया जाएगा और पुराना खून निकाल लिया जाएगा। और एक सप्ताह तक मैं समझता हूं कि तुम्हारे शरीर में तुम्हारे खून की एक बूंद तक न रहेगी।"

"क्यों मेरी उम्मीदों का खून करते हो डॉक्टर ?"

डॉक्टर हंस पड़ा। बोला, "अच्छा, अब मैं चलता हूं। तुम आराम करो। रात अधिक जा चुकी है।"

दस-बारह दिन के पश्चात् मैं बिल्कुल अच्छा हो गया और अस्तबल के बाहर मैदान में चहलकदमी करने लगा और दौड़ लगाने लगा। डॉक्टर मेकन्ले भी पर्याप्त फीस लेकर हांगकांग वापस चला गया। मारिया अलबत्ता अभी तक मेरी देखभाल पर तैनात थी, हांलाकि दूसरी दो नर्सों की छुट्टी कर दी गई थी।

चहलकदमी करते समय प्रायः मारिया मेरे साथ होती थी और अपनी लुभानी बातों से मेरा दिल लुभाती थी।

फिर एक दिन रुस्तम सेठ मेरे पास आया। उसके साथ एक नाई भी था। रुस्तम सेठ ने मेरी ओर संकेत करके नाई से कहा, "इसके शरीर के सारे बाल मूंड डालो और इसके शरीर को घोड़े के शरीर की तरह स्वच्छ और चिकना बना दो।"

हजामत के बाद मुझे साबुन और पानी से कई बार नहलाया गया। सूखे तौलिये से मेरा शरीर कई बार रगड़ा गया। फिर कई दिन तक मेरे शरीर पर जैतून के तेल की मालिश होती रही और अन्त में एक विचित्र-सा पॉलिश मेरे शरीर पर किया गया, जिससे मेरा शरीर सिर से पांव तक एक मुश्की घोड़े की खाल के समान चमकने लगा।

मारे जीवन में मैंने अपने-आपको कभी ऐसा सुन्दर न पाया था। अब तो कभी-कभी मरिया भी चाव-भरी निगाहों से मेरी ओर स्वीकारात्मक ढंग से देख लेती थी।

मैंने मारिया से कहा, 'सेठ रुस्तम जैसा देवगुण-सम्पन्न देवता-स्वरूप इन्सान मैंने आज तक नहीं देखा। कैसा निःस्वार्थ, सहानुभूतिपूर्ण हृदय पाया है इसने ! अरे, अपने सगे रिश्तेदार ऐसा व्यवहार नहीं करते जो इसने मुझसे किया है। इसे देखकर मेरे जैसा गधा भी मानवता पर विश्वास ला सकता है।''

मारिया ने कहा, ''खुदा मेरे और तुम्हारे रक्षक को प्रलय तक जिन्दा रखे !''

इस वार्तालाप के दूसरे दिन एक घनी मूंछों वाला, सांवले रंग का, दोहरे बदन का, अधेड़ उम्र का आदमी, जिसकी दृष्टि मेरे शरीर को बर्मे की तरह छेदती थी, एक डॉक्टर को लेकर आया। सेठ रुस्तमजी और खेमजी भी साथ ही थे।

डॉक्टर ने मेरा अच्छी तरह से निरीक्षण करने के बाद कहा, ''यह तो मुझे गधा मालूम होता है।''

रुस्तम सेठ ने कहा, ''अजी नहीं, यह पीरू का घोड़ा है। पीरू प्रान्त दक्षिणी अमरीका में स्थित है। वहां के घोड़े बिल्कुल गधों के समान होते हैं।''

''बौना भी है।'' घनी मूंछों वाले ने एतराज किया।

''वहां के घोड़े इस प्रकार ही बौन होते हैं।'' खेमजी बोला, ''सेठ ने इसे खासतौर पर पीरू से मंगाया है। हिन्दुस्तान में आज तक इस नस्ल का घोड़ा कभी नहीं आया। यह दोगला घोड़ा है। बाप स्पेनिश, मां साउथ अमेरिकन इण्डियन। दोनों की क्रासब्रीडिंग से यह नस्ल तैयार हुई है। दौड़ने में बहुत बढ़िया होती है।''

''हूं....'' घनी मूंछों वाले ने सन्देह से सिर हिलाया। फिर बोला, ''इसका नाम क्या है ?''

''गोल्डन स्टार !'' रुस्तम सेठ बोला।

सम्मिलित होना महालक्ष्मी की रेस में घोड़ों के साथ,
और मजाक करना देखकर गधे को लोगों का, और
बयान घुड़दौड़ के आश्चर्यजनक परिणाम का....

रुस्तम सेठ घनी मूंछों वाले आदमी और डॉक्टर को एक ओर ले गया। दोनों में देर तक कुछ खुसर-पुसर होती रही। उसके पश्चात् डॉक्टर और घनी मूंछों वाला आदमी दोनों कहीं चले गए और सेठ खेमजी को लेकर खुशी से मुस्कराता हुआ मेरे पास आया और बोला–

'सब ठीक हो गया है। कल से तुमको महालक्ष्मी के रेसकोर्स अस्तबल में भेज दिया जाएगा।"

"महालक्ष्मी के रेसकोर्स में ! क्यों ?"

"वहां एक मास पश्चात् तुम्हें क्रिसमस कपवाली रेस की प्रतियोगिता में सम्मिलित किया जाएगा।"

"मैं....?....एक गधा होकर घोड़ों की रेस में भाग लूंगा ?"

मैंने आश्चर्य से कहा, "आप लोगों की अक्ल तो ठीक है ? आज तक कहीं कोई गधा किसी घोड़े से तेज दौड़ा है ?"

रुस्तम सेठ ने मुस्कराकर कहा, "तुम्हारी दौड़ का हमने उसी दिन अनुमान लगा लिया था, जिस दिन पुलिस ने तुम्हारा पीछा किया था और तुम पुलिस की जीप और दूसरी तीव्र गति वाली गाड़ियों से भी तेज भागते हुए माहिम से वर्ली के बीच तक चले आए थे। यदि तुम उस गति की तीन चौथाई गति से भी रेस में दौड़े तो तुम सब घोड़ों को पीछे छोड़ जाओगे।"

मैंने आश्चर्य से कहा, "सेठ, तो जिस दिन तुमने मेरी जान बचाई थी क्या उसी दिन तुमने इसका अनुमान लगा लिया था !"

सेठ हंसकर बोल, "अनुमान मैंने पहले लगा लिया था, जान बाद में बचाई थी।"

"तो यह बात थी ! इसलिए सेठ ने मेरी जान बचाई थी ! मैं एक गधा....! घोड़ों की रेस में स्मगल किया जाऊंगा। अरे मारिया, जरा सोचो तो, यह स्मगलिंग

कहां-कहां नहीं है !" मैंने कुछ उदास और परेशान होकर मारिया से कहा, "मेरा जी नहीं चाहता कि मैं इस रेस में भाग लूं।"

"सेठ ने तुम्हारी जान बचाई है। उसने तुम्हारे इलाज पर हजारों रुपये व्यय किए हैं।" मारिया ने प्रश्न किया, "क्या इतने बड़े अहसान करने वाले का तुम पर कोई अधिकार नहीं है ! क्या तुम उनके अहसान का बदला नहीं चुकाओगे ?"

"किन्तु इसका क्या भरोसा है कि मैं जरूर यह रेस जीत जाऊंगा। जिस स्पीड की सेठ बात करते हैं, उस समय की बात कुछ और थी। उस समय मेरे लिए जीवन और मृत्यु का प्रश्न था। ऐसे अवसर पर तो गधा भी एक घोड़े से तेज भाग सकता है....नहीं मारिया, मैं रेस में भाग नहीं लूंगा।"

"अच्छी तरह सोच लो," मारिया बोली, "इतिहास में ऐसी घटना कभी घटित नहीं हुई, जब गधा घोड़ों की रेस में शामिल हुआ हो। तुम पहले गधे होगे! अपनी जाति के प्रथम प्रतिनिधि !!" फिर कुछ रुककर बोली, "तुम यदि इस रेस में शामिल नहीं होगे तो मारिया बेचारी की रोटी समाप्त हो जाएगी।"

"तुम्हारी रोटी ?" मैंने आश्चर्य से पूछा।

"तो तुम क्या समझते हो ? सेठ ने मुझे अब तक कोई नौकर रखा हुआ है ?" मारिया मेरी गर्दन पर हाथ रखकर बोली, "डियर डंकी, क्या तुम मेरे लिए रेस में भाग नहीं ले सकते ?"

"तुम्हारे लिए तो मैं अपनी जान भी दे सकता हूं।" मैंने निर्णयात्मक स्वर में कहा, "यदि तुम्हारा मामला बीच में है तो समझ लो कि यह गधा इस रेस में अवश्य दौड़ेगा ! न केवल दौड़ेगा, बल्कि रेस जीतने के लिए जान की बाजी भी लगा देगा !"

"डार्लिंग...." मारिया ने खुश होकर मेरी गर्दन पर एक चुम्बन लिया, "मुझे तुमसे यही आशा थी ?"

फिर रेस का दिन आ गया। कुछ समय पहले मुझे महालक्ष्मी के अस्तबल में भेज दिया गया था। किन्तु भेद खुलने के भय से मुझे दूसरों घोड़ों के पृथक् रखा गया था और किसी फोटोग्राफर को फोटो लेने की अनुमति न दी गई थी। रेस से कई घण्टे पहले मारिया ने मुझे डटकर ठर्रा पिलाया और एक डॉक्टर ने मुझे एक इंजेक्शन दिया। मेरे शरीर में तीर की-सी सनसनाहट महसूस होने लगी।

रेसकोर्स के स्टैण्ड हजारों खिलाड़ियों से भरे हुए थे। जब लोगों ने मुझे देखा

तो आश्चर्य से उनकी चीखें निकल गईं और दर्शकों के झुंड के झुंड ठट्ठा मारकर हंसने लगे। वे सब लोग मुझ पर हंस रहे थे।

मारे क्रोध के मेरे मुंह से झाग निकलने लगे। मैंने दांत पीसे। किन्तु चुप रहा। ऑनर्स-गैलरी में मरिया सेठ रुस्तम के पास खड़ी थी और अपनी गुलाबी रूमाल हिला-हिलाकर मेरा साहस बढ़ा रही थी।

दर्शकों की प्रतिक्रिया के फलस्वरूप मैं कुछ खिन्नमन हो गया था। किन्तु मारिया को देखते ही मेरा दिल निश्चय के बल से भर गया और मैं रेस के घोड़ों की पंक्ति में सबसे अन्त में खड़ा हो गया।

रेस के आरम्भ होते समय भी सबसे अन्त में था।

रेस के पहले चक्कर में भी मैं सबसे अन्त में था। जिधर-जिधर से मैं गुजरता गया, दर्शक मुझ पर हंसते थे।

'अरे यह गधा है गधा ! इस इस्पानवी घोड़े से तो गधे भी तेज दौड़ते होंगे!"

किसी भी दर्शक ने मुझ पर एक रुपया भी लगाने का साहस न किया था। मारिया का चेहरा उड़ा हुआ था और रुस्तम सेठ का चेहरा पीला पड़ गया था।

मारिया के चेहरे को देखकर मेरे मन में जोश और उत्साह की एक लहर-सी उठी। मैंने दांत पीसकर एक ऐसी चौकड़ी भरी कि आधे फर्लांग में तीन घोड़ों से आगे निकल गया। फिर चौथे घोड़े से ! फिर पांचवें घोड़े से ! फिर छठे घोड़े से! फिर सातवें घोड़े से !

"बक अप गोल्डन स्टार !" मारिया अत्यन्त प्रसन्नता से चिल्लाई।

सारे स्टैण्ड में केवल उसकी आवाज गूंजी, क्योंकि और किसी दर्शक ने मुझ पर दांव नहीं लगाया था। सब आश्चर्य से मुंह खोले खड़े थे।

अब मेरे आगे केवल दो घोड़े थे और विनिंट पोस्ट केवल एक फर्लांग की दूरी पर था।

"बक अप 'सुबह का तार' !"

हजारों दर्शक 'सुबह का तारा' के लिए चिल्लाए, जो हम सबसे आगे था, जिस पर हजारों दर्शकों ने दांव लगाया था।

"बक अप 'माहपारा' !"

दूसरे दर्शकों ने 'माहपारा' के पक्ष में पुकारा, क्योंकि उन्होंने उस पर दांव लगाए थे और जिसका इस समय नम्बर दो था।

"बक अप माई डार्लिंग गोल्डन स्टार !" मारिया और जोर से चिल्लाई और

उसकी आवाज सुनते ही मैं आंखें बन्द करके अपने शरीर की पूरी शक्ति से दौड़ा और एक तीर की भांति सनसनाता हुआ, दोनों घोड़ों को पचास गज पीछे छोड़ता हुआ विनिंग पोस्ट, से आगे निकल गया।

बम्बई रेसकोर्स के इतिहास में ऐसी घटना कभी नहीं घटी थी। 'गोल्डन स्टार' ने एक पर नब्बे का भाव दिया था। टिकट केवल 'गोल्डन स्टार' पर लगाए गए जो सबके सब रुस्तम सेठ के अपने आदमियों ने खरीदे थे। मारिया ने मुझ पर दो सौ रुपये लगाए थे, उसे अट्ठारह हजार मिले।

रुस्तम सेठ ने विभिन्न 'बुकियों' के हाथ भारी रकमें लगाई थीं। कुछ दूसरे घोड़ों पर भी दांव लगाए थे। हार-जीत सब कट-कटाकर उसने जो अनुमान लगाया तो उसे पता लगा कि उसने 'गोल्डन स्टार' पर दांव लगाने में कोई गलती नहीं की। दो 'बुकी' अवश्य फेल हो गए। किन्तु सेठ ने ढाई लाख रुपये एक रेस से ही समेट लिए।

गोल्डन स्टार !

रेस समाप्त होने के पश्चात् मुझे कुछ ही घंटों में महालक्ष्मी के अस्तबल से सेठ के अस्तबल में भेज दिया गया। सेठ ने खूब-खूब मेरी पीठ ठोकी। मारिया ने मुझे प्यार किया। खेमजी ने, जो मेरा 'जाकी' था, मुझे गर्दन पर कई बार थपथपाया।

रात को मारिया ने मुझे अपने हाथ से केवड़े से सुगन्धित हरी-हरी घास खिलाई और मुझे असली स्काच ह्विस्की पहली बार चखने को मिली। मैं प्रसन्नता के प्रवाह में दोनों बोतलें समाप्त कर गया। स्काच पीते ही मुझे गहरी नींद आ गई और मैं काट की मसहरी पर लम्बी तान लेकर सो गया।

आधी रात के समय अचानक मेरी आंखें खुल गईं। मेरे अस्तबल के बाहर कुछ खुसर-फुसर हो रही थी। मैंने लकड़ी की दीवार से कान लगा दिया।

सेठ की आवाज आई, "इस मामले की गहरी खोज होगी। दूसरी रेस का 'रिस्क' लेना ठीक न होगा।"

खेमजी 'जाकी' बोला, "पर सेठ 'गोल्डन स्टार' ने तो कमाल कर दिया आज !"

"तुम नहीं समझते हो," सेठ बोला "हम 'रिस्क' नहीं ले सकते। जब छानबीन शुरू होगी तो यह अवश्य पता चल जाएगा कि हमने एक गधे को घोड़ों की रेस में शामिल किया है। उस स्थिति में न केवल मेरे अस्तबल को रेसकोर्स से बाहर कर दिया जाएगा, बल्कि हो सकता है कि मुझे जेल भी हो

जाए। 'गोल्डन स्टार' को खत्म कर देना होगा।"

"वह कैसे ?" खेम जी 'जाकी' ने पूछा।

"तुम इसे किसी बहाने से यहां से निकाल सुमद्र के किनारे ले जाओ। पर यह गधा है शहर का पला हुआ। इसे इस तरह न मारना चाहिए। इससे कह दो यहां तुम्हारी जान को खतरा है। यहां से निकालकर इसे समुद्र के किनारे ले जाओ और पिस्तौल से इसे मारकर समुद्र में इसकी लाश को धकेल दो। क्यों मारिया ?"

"हां, यह ठीक है," मारिया की आवाज आई, "न गधे की लाश मिलेगी न छानबीन का कोई परिणाम निकलेगा।"

पहले तो मैं भय से कांप रहा था। मारिया की बात सुनकर मेरी आंखों में आंसू आ गए। तो यह है मेरे प्रेम का परिणाम !

खेमजी 'जाकी' बोला, "कुछ अच्छा नहीं लगता सेठ। जिस जानवर से मैंने लाखों रुपये एक ही दांव में कमा लिए हों, उसे इस प्रकार समाप्त कर देना किसी तरह अच्छा नहीं मालूम होता।"

"मूर्ख न बनो," सेठ ने आज्ञा-भरे स्वर में कहा, "जब किसी गधे से और किसी लाभ की आशा न हो तो उसे खत्म कर देना ही अच्छा है।"

फिर खुसर-पुसर बंद हो गई और देर तक सन्नाटा रहा और रात को मौत एक खंजर बनकर मेरे सीने पर लटकती रही।

फिर धीरे से अस्तबल का द्वार किसी ने खोला और एक धुंधली छाया ने अन्दर प्रवेश किया।

मैंने भय से कांपती हुई आवाज में पूछा, "कौन है ?"

अचानक किसी ने दीवार पर हाथ फेरकर स्विच दबा दिया। अस्तबल में प्रकाश हो गया। सामने खेमजी खड़ा था।

"क्या है ?"

"उल्टे चलो बाहर।"

"कहां ?"

"समुद्र के किनारे।"

"क्यों ?"

"टहलेंगे, तुमसे बात करेंगे।"

"यहां पर बात क्यों नहीं हो सकती" मैंने पूछा।

"यहां बहुत गर्मी है, और संभव है कोई सुन ले। दीवार के भी कान होते

हैं !" खेमजी 'जाकी' बोला, समुद्र के किनारे टहलेंगे और तुमसे दूसरी रेस के बारे में बातें करेंगे।"

मैंने अपने मन में कहा–'तुम ! तुम मुझसे उस रेस के बारे में क्या बातें करोगे जो मेरी मृत्यु तक जाती है !' किन्तु मैं चुप रहा। खेमजी ने मेरी गर्दन में एक रस्सी बांधी और मुझे अस्तबल से निकालकर समुद्र के किनारे ले चला।

रास्ते में अंधेरा था। नारियल के पेड़ कोर्टमाशल के सिपाहियों के समान अपने काले तने रायफल के समान उठाए खड़े थे। समुद्र की लहरें एक भयानक शोर के साथ तट से टकरा रही थीं। चारों तरफ आदमी न आदमजात !

बस, एक गधा और एक आदमी !

एक हत्यारा और एक मरने वाला !

समुद्र के तट पर ले जाकर खेमजी ने मुझे खड़ा कर दिया और मुझे विचित्र-सी दृष्टि से देखकर बोला, "जानते हो, मैं तुम्हें यहां क्यों लाया हूं ?"

"हां," मैंने उदास स्वर में कहा, "तुम मेरी जान लेने के लिए मुझे यहां लाए हो।"

खेमजी ने अपनी जेब से पिस्तौल निकाल लिया। जिस पर मैंने इस जोर से दुलत्ती झाड़ी वह चकराकर मुंह के बल गिर पड़ा और मैं सरपट भाग निकला।

फिर अचानक कई गोलियों के चलने की आवाज आई और कई गोलियां मेरे समीप से सनसनाती हुई गुजर गईं।

फिर एक गोली पीछे से आई और मेरी पिछली दाहिनी टांग को छेदती हुई गुजर गई।

मैं चकराकर गिरने को ही था किन्तु मैंने अपने-आपको संभाल लिया और दौड़ता–दौड़ता–दौड़ता चला गया ! बाजार....सड़क....मोड़....नुक्कड़ मुझे कुछ याद न रहा। मैं अपने जीवन को बचाने के लिए भाग रहा था।

भागते-भागते मैं एक लेन में घुसकर एक गली में घुस गया। वह गली अन्दर से बन्द थी। मैं दौड़ता हुआ गली के अन्त तक चला गया, जहां एक पांच मंजिल की बिल्डिंग खड़ी थी।

एक क्षण के लिए मैंने सोचा और फिर कुछ सोचे बिना बिल्डिंग की सीढ़ियां चढ़कर दौड़ता हुआ अन्दर एक बड़े खुले हुए ड्राइंगरूम में दाखिल हो गया। मुझे देखते ही एक धोती पहने हुए आदमी जोर से चिल्लाया–

"गुरुजी, गुरुजी आ गए !" वह धोती पहनने वाला आदमी आगे बढ़ा और आगे आकर मेरे पांव पर गिरकर प्रसन्नता से रोने लगा, "गुरुजी....आप कहां चले गए थे ? कब से आपको ढूंढ़ रहा था, आप किधर अलोप हो गए थे....धन्य भाग

मेरे....ऐ कुरमाया....बिजारिया....दामोरिया !....कहां मर गए सब ? जल्दी से मुनीम जी को बुलाओ !"

मेरे पांव छूकर जब वह उठा और नौकरों को बुलाने लगा तब मैंने उसे पहचाना। वह सेठ भूरीमल था, जिसने माहिम में मुझसे सट्टे का नम्बर पूछा था। सेठ भूरीमल खुशी से हाथ नचाते हुए मुझसे बोला–

"उस दिन योगीराज, आपने जो नम्बर दिया उससे मैंने सट्टे में तीन लाख कमा लिए ! यह बिल्डिंग उसी दिन खड़ी की है–भूरी महल !"

वह फिर जोर-जोर से चिल्लाने लगा, "ए कोड़िया....मजूरिया–दामोरिया ! जाओ, साथ वाले कमरे और बाथरूम को गुरुजी के लिए साफ करो। ये आज से हमारे यहां रहेंगे।"

पब्लिसिटी होना गधे का, और घेर लेना सट्टेबाजों का उसको, और बयान गधे की चलाकी का....

दूसरे दिन सेठ भूरीमल मेरे कमरे में बहुत-से समाचार-पत्र लेकर प्रविष्ट हुआ।

प्रसन्न होकर बोला, "देखा, कैसी शानदार पब्लिसिटी की है आपकी।"

मैंने कहा, "मेरे साथ आप लोगों की भी तो बहुत पब्लिसिटी हो गई है।"

वह बोला, "आजकल पब्लिसिटी का जमाना है। एक गधे के साथ पब्लिसिटी मिले तो यार लोग उसे भी प्राप्त करने से नहीं चूकते। इसलिए मैंने कल रात ही कुछ जर्नलिस्ट मित्रों को बुलाकर उन्हें यह सूचना दे दी थी।"

मैंने समाचार-पत्र तह करके अलग रख दिया और सेठ भूरीमल से प्रश्न किया, "अन्ततः आपको एक गधे के लिए यह सब करने की क्या आवश्यकता थी ?"

सेठ भूरीमल मुस्कराकर बोले, "जो आपको गधा समझते हैं, स्वयं गधे हैं ! मेरे लिए आप क्या हो, यह मैं भली प्रकार जानता हूं। किन्तु इस समय इस प्रश्न पर विवाद न करें तो अच्छा है। सबसे पहले तो मुझे आपके स्वास्थ्य की चिन्ता है। इतने कमजोर हो गए हैं आप कि आठ-दस, बारह-पन्द्रह दिन तक पूरा आराम करें; बाद में बात करूंगा।"

अतः पन्द्रह दिन बड़े चैन और आराम से गुजरे। तीन बार बढ़िया से बढ़िया खाने को मिला और विलायती जौ का दलिया, गुलूकोज के इंजेक्शन और ताजा फलों का रस, विटामिन की गोलियां। और अन्य टॉनिक एवं औषधियां एक कुशल पशु-चिकित्सक के परामर्श के अधीन मुझे खिलाई गई। पढ़ने के लिए अगाथा क्रिस्टी के उपन्यास, जासूसी और रूमानी मासिक पत्रिकाएं, फिल्मी पत्रिकाएं और वे यूरोपीय पत्र मेरे पास पहुंचाए गए जो केवल आर्ट पेपर पर प्रकाशित होते हैं और जिनमें या तो स्त्रियों के नग्न चित्र होते हैं या प्रसिद्ध अभियुक्तों के हत्याकांड के भयानक विवरण लिखे होते हैं।

पन्द्रह दिनों के पश्चात्, सेठ ने मेरे स्वास्थ्य-लाभ के उपलक्ष्य में एक शानदार पार्टी दी। पार्टी भिन्न-भिन्न खानों के कारण बहुत शानदार थी। सेठ ने मेरे लिए विशेषतः वायुयान के द्वारा कश्मीर की घास मंगाई थी, जो गुलमर्ग की ऊंची घाटियों में उत्पन्न होती है। जो स्वाद, रस और पौष्टिकता के आधार पर संसार-भर

में अद्वितीय समझी जाती है।

किन्तु इस पार्टी में सेठ ने अधिक आदमियों को दावत न दी थी। केवल सेठ था और उसका दोस्त जुम्मन, जो उस दिन माहिम में सेठ के साथ था। और उसके साथ दो आदमी और थे, जिनके नाम मुझे गुलाबसिंह और सिताबसिंह बतलाए गए और जो अपने चौड़े-चकले सीने, घुटे हुए सिर और हंसती हुई मूंछों के कारण बड़े भयानक किस्म के गुण्डे नजर आते थे।

उस दिन मैंने भिन्न प्रकार की शराबें चखीं। ऐसी शराबें जो किसी गरीब गधे के भाग्य में नहीं होतीं, जो कीमती साड़ियों की तरह सुन्दर कांच की खिड़कियों में दूर ही दूर से दुकान पर नजर आती हैं और जिन्हें आवारा गधे बड़ी हसरत से देखते हुए सड़क पर से गुजर जाते हैं—इटली की 'कियांते', हंगरी की तौकई', जर्मनी की 'राईन हासन', फ्रांस की 'शातो ब्रियां', स्पेन की 'बरगण्डी' और स्काटलैण्ड की 'ब्लैक डाग' ह्विस्की।

'ब्लैक डाग' यानी काला कुत्ता मार्का ह्विस्की। अब मैं काला कुत्ता तो न था, किन्तु एक काला गधा अवश्य था। इस कारण मजे में आकर 'ब्लैक डाग' की तीन बोतलें समाप्त कर गया और नशे में आकर झूमने लगा। मेरे पांव जमीन पर न पड़ते थे और मैं एक चौड़े गलीचे के फर्श पर खड़ा होकर एल्बस पर्सले की धुन में 'राक-एन-रोल' का एक मिला-जुला हिन्दुस्तानी और अंग्रेजी गीत गाने लगा—

जूं....जूं....जूं,
कड़बा-कड़बा थूं !
मीठा-मीठा हप्प,
यू शट-अप !
यू....यू....यू,
जूं....जूं....जूं,
तू मेरी जान,
मैं तेरी जानी !
तेरे-मेरे ऊपर,
एक मच्छरदानी !
सो—हट,
शट-अप !

अचानक सेठ भूरीमल, जुम्मन दादा, गुलाबसिंह, सिताबसिंह अपने-अपने स्थान पर से उठे और आकर मेरे पांव पड़ गए।

"गुरु महाराज, दया करो। सट्टे का नम्बर बता दो, उस दिन की तरह।" सेठ भूरीमल मेरे पांव पर अपनी नाक रगड़ते हुए बोले।

"साईं लाला, तेरा बोलबाला," जुम्मन बोला, "बस एक नम्बर बता दो !"

"हटो, क्या करते हो !" मैं क्रोध से बोला, "मैं कोई योगीराज या साईं नहीं हूं। महज एक गधा हूं।"

"हम जानते हैं ! सब जानते हैं," वे सब एकदम बोल उठे।

"अरे खाक जानते हो !" मैंने भड़ककर कहरा, "मैं कोई साधु-सन्त या योगी-फकीर होता तो इस प्रकार शराब पीता ?"

"गुरु महाराज, हम जानते हैं," भूरीमल मेरे पांव पर अपना माथा रगड़कर बोला, "जो अघोरी साधु होते हैं या वाममार्गी तांत्रिक होते हैं, वे मांस-मच्छी, अण्डा-शराब सब खाते-पीते हैं। जिस पशु का भेस चाहें, बदल लेते हैं।"

"गुरु महाराज, हम आपका पीछा नहीं छोड़ेंगे। हमें सट्टे का नम्बर दे दो।"

मैंने अपने पांव छुड़ाने का बहुत प्रयत्न किया। किन्तु गुलाबसिंह और सिताबसिंह ने इतनी दृढ़ता से मेरे दोनों पिछले पांव पकड़ रखे थे कि मैं किसी प्रकार भी उनसे अपने पांव न छुड़ा सका। अन्त में मुझे कहना पड़ा–

"मेरे पांव छोड़ दो, मरदूदो ? बताता हूं।"

उन लोगों ने तत्काल मेरे पांव छोड़ दिए और मैंने कुछ सोचकर एक-दो क्षण के मौन के पश्चात् झूम-झूमकर नाचना और गुनगुनाना प्रारम्भ कर दिया, फिर वे लोग भी ताली पीट-पीटकर मेरे साथ नाचने लगे।

"उटी देखी, शिमला देखी,
देखा मैंने कुल्लू !
कुल्लू में उल्लू,
उल्लू में चुल्लू !
चुल्लू में पानी,
मर गई चारों की नानी !
नानी के बेटे ग्यारह,
जो जीता वह भी हारा !"

कहते-कहते मेरे मुंह से झाग निकलने लगे और मैं लड़खड़ाकर एक ओर गिर गया और बेहोश हो गया। किन्तु यह सब कुछ बनावटी था। उन लोगों ने इसे बनावटी नहीं समझा।

जुम्मन ने कहा, "साईं को 'हाल' आ गया है।"

सेठ बोला, "योगी अन्तर्धान हो गए।"

किन्तु गुलाबसिंह बोला, "नम्बर कब बताया ?"

"नम्बर तो साफ बताया," जुम्मन बोला, "मर गई चारों की नानी ! भई, चौका तो जरूर आएगा।"

गुलाबसिंह बोला, "पर ओपन में आएगा या क्लोज में आएगा, यह तो कुछ बताया नहीं।"

जुम्मन बोला, "फकीर कभी साफ-साफ नहीं बताते। मतलब निकालना होता है। मेरे ख्याल में तो यह क्लोज में चौका आएगा।"

"वह कैसे !" सिताबसिंह ने पूछा।

"जरा ध्यान दो," जुम्मन सोचते हुए बोला, "मर गई चारों की नानी–अब मौत को ओपन नहीं कह सकते। मौत तो एक तरह का क्लोज है। जिन्दगी ओपन होती है, पर मौत क्लोज होती है। लिहाजा चौका क्लोज में आएगा। क्यों सेठ ?"

सेठ ने ध्यान करते हुए कहा, "मेरे विचार में वह जो योगीराज ने कहा है न, नानी के बेटे ग्यारह, वह मुझे ठीक मालूम होता है। ग्यारह अधिक ठीक है।"

"पर कुल नम्बर तो दस होते हैं सेठ !" गुलाबसिंह ने कहा।

"हां, तो इसका मतलब यह है कि योगी ने ओपन टू क्लोज दिया है। ग्यारह यानी, एक से एक।

"हां, यह मुझे ठीक लगता है।" सिताबसिंह ने कहा और जल्दी नम्बर लगाने चला गया। उसके जाते ही जुम्मन और गुलाबसिंह भी रफूचक्कर हो गए।

अब कमरे में सेठ अकेला रह गया था। वह अपनी धुन में खोया खड़ा-खड़ा बहुत देर तक सोचता रहा। फिर वह भी बाहर चला गया।

दूसरे दिन न चौका आया, न एक से एक। बल्कि बिन्दी से बिन्दी आई, यानी शून्य से शून्य। जुम्मन, गुलाबसिंह और सिताबसिंह मुंह लटकाए ड्राइंगरूम में बैठे थे। किन्तु सेठ बहुत प्रसन्न था। आज उसने फिर दो लाख रुपये कमाए थे।

"किन्तु कैसे ?" जुम्मन ने आश्चर्य से पूछा, "मैं खुद भी बहुत हैरान था कि न चौका आया, न एक से एक; फिर भी सेठ ने दो लाख कैसे कमा लिया ?"

सेठ मुस्कराकर बोला, "तुम लोगों के जाने के बाद मैं देर तक सोचता रहा। हो न हो, योगीराज इतने आसानी से नम्बर बतलाने वाले नहीं हैं। जरूर इसमें कुछ उलझाव है। बहुत सोच-विचार के बाद मेरी समझ में आया कि योगीराज ने सबसे अन्त में जो बात कही, वही सबसे उत्तम है।"

"जो जीता वह भी हारा ?" जुम्मन ने पूछा।

"बिल्कुल वही। इसका तो साफ़ मतलब यह है कि हार-जीत बराबर, यानी मामला सिफर। बल्कि सिफर से सिफर। इसलिए मैंने सिफर से सिफर पर दांव लगा दिया।"

"कमाल है," मैंने कहा, "सेठ, तुम मुझे कितना समझते हो !"

"सारी आयु आप लोगों की ही जूतियां सीधी की हैं।" सेठ भूरीमल प्रसन्न होकर बोला।

जुम्मन ने कहा, "तो आज नम्बर तुम बोलोगे सेठ, साईं की बात सुनकर जो नम्बर तुम खूब सोच करके बतलाओगे, उस पर हम लगाएंगे। पर हमसे धांधली मत करना कि तुम तो खुद कुछ और लगाते हो और हमें कुछ और बताते हो।"

"आज तो मैं कोई नम्बर बताने वाला ही नहीं हूं।" मैंने निर्णय के स्वर में कहा।

"क्यों योगीराज, मुझसे क्या अपराध हुआ है?" सेठ दोनों हाथ जोड़कर बोला।

मैंने कहा, "बात वास्तव में यह है कि मैं केवल पूर्णमासी के दिन ही नम्बर बता सकता हूं। मुझे केवल उसी दिन नम्बर बताने की आज्ञा है।"

मैंने सोचा कि आज यदि किसी प्रकार से मामला टल गया और अपनी बात रह गई और अब यदि प्रतिदिन मैंने शराब पीकर बकवास शुरू की तो एक न एक दिन पकड़ा जाऊंगा। यहां मैं बहुत आनन्दपूर्वक था। यदि एक मास और आराम और शान्ति के लिए मिल जाए तो क्या बुरा है। अगली पूर्णमासी को देखेंगे। उस दिन भी यदि इन लोगों ने मेरी बकवास से अपने ढब का कोई नम्बर निकाल लिया तो पौ बारह ! वर्ना दुम दबाकर भाग जाएंगे या ये लोग स्वयं ही डंडे मारकर निकाल बाहर करेंगे।

गुलाबसिंह बोला, "सेठ, महीने में एक नम्बर भी ठीक से मिल जाए तो साल-भर की रोटी चल जाती है। एक पगला बाबा मैंने देखा था। ये तो खैर बोलते भी हैं।" उसने मेरी ओर संकेत करके कहा, "वे महाराज हमेशा चुप साधे रहते थे। उनका नम्बर बड़ी मुश्किल से मिलता था। किन्तु जब मिलता था, तो निहाल कर देते थे। लोग हर समय उनके इधर-उधर भीड़ जमाए रहते थे।"

मैंने आश्चर्य से पूछा, "जब वे चुपचाप रहते थे तो नम्बर कैसे बताते थे ? ....लिखकर ?"

"जी नहीं" गुलाबसिंह बोला, "बड़े पहुंचे हुए बुजुर्ग थे। बड़ी अजब-अजब हरकतों से नम्बर बताते थे। एक बार उन्होंने मेरे मुंह पर पान की पीक फेंकी। मैं उसी वक्त उठकर गया और 'पंजा' लगा दिया। आ गया। फिर एक दिन उन्होंने मुझे अपना डण्डा खींचकर मार दिया। मैंने उसी वक्त जाकर 'इक्का' लगा दिया, क्योंकि डण्डा बिल्कुल इक्के के अंक की तरह होता है। इक्का भी आ गया। बड़े पहुंचे हुए बुजुर्ग थे। एक दिन अचानक बम्बई से अन्तर्धान हो गए। फिर कभी नहीं मिले। वर्ना मैं तो अब तक उम्र भर की रोटियां उनकी सेवा करके खड़ी कर लेता।"

सेठ मेरे पांव दबाते हुए बोला, "चिन्ता मत करो गुलाबसिंह ! अब गुरु महाराज के चरणों की धूल से हमारा बेड़ा पार लग जाएगा। अगली पूर्णमासी तक प्रतीक्षा करो।"

कमाना गधे का लाखों रुपये थोड़े दिनों में, और निहाल कर देना सब सट्टेबाजों को, और पार्टनर बन जाना सेठ भूरीमल की फर्म में, और बयान लखपती गधे की हरकतों का....

अगली पूर्णमासी के दिन मैंने सेठ से स्पष्ट रूप से कह दिया, "हम आज नम्बर नहीं बताएंगे।"

"क्यों महाराज ?"

"मुझको आज हिमालय से बुलावा आया है। योगी सिद्धनाथ जो हमारे गुरु हैं और जो कैलाश पर्वत पर दो हजार वर्ष से समाधि लगाए बैठे हैं, वे हमसे बहुत रुष्ट हो गए हैं। हमें आज चला जाना चाहिए।"

"क्यों महाराज, आपके गुरु आपसे क्यों रुष्ट हैं ?"

"बेटा भूरीमल !" मैंने सेठ से कहा, "गुरु हमसे इसलिए रुष्ट हैं कि हम बम्बई में आकर अपने कर्तव्य को भूल गए। गुरु महाराज ने हमको इसलिए बम्बई में आने की आज्ञा दी थी कि हम बम्बई जाकर गुरु के मठ के लिए इक्कीस लाख रुपये का चन्दा जमा करके लाएं। यहां आकर हम तेरे पल्ले पड़ गए। और तू हमसे सट्टे का नम्बर लेता है और हमारे गुरु के मठ के लिए कुछ भी नहीं करता।"

"आप आज्ञा करें महाराज ! मैं अभी एक लाख का चेक काटता हूं।"

"एक लाख से क्या होगा, बेटा भूरीमल ! अरे हमको चाहिए इक्कीस लाख! और हमारे गुरु की आज्ञा है कि केवल एक आदमी से इक्कीस लाख मांगना और यदि उसने न दिया तो फिर किसी से मत मांगना। वापस हिमालय चले आना।"

"मेरे पास इक्कीस लाख तो नहीं हैं, गुरुजी !" सेठ भूरीमल परेशान होकर बोला।

"तो हम कहां तुमसे इक्कीस लाख मांगते हैं ! हम तो केवल यह चाहते हैं कि हमारे ज्ञान-ध्यान की बातों से तू जो नम्बर निकाले, और उससे जो कमाए, उसका आधा हमारे नाम से बैंक में जमा करता जाए। जब इक्कीस लाख हो जाएगा तो हम उसे लेकर हिमालय चले जाएंगे।"

"मुझे स्वीकार है, मुझे स्वीकार है महर्षि," सेठ बड़ी दयनीयता से बोला, "आप जो कहें मुझे स्वीकार है। मैं तो आपके नम्बरों का, मेरा मतलब है आपके चरणों का दास हूं।"

निश्चित समय पर फिर महफिल जमी। फिर ह्विस्की का दौर चला। आज मैंने अच्छी तरह से सोच लिया था कि ऐसी अण्ट-सण्ट हांकूंगा कि किसी के पल्ले कुछ न पड़े। उसके बाद भी यदि वे नम्बर निकालने में सफल हो जाएं तो मेरा आधा हिस्सा तो खरा है। इस प्रकार ये लोग मेरे ऊपर किसी प्रकार का आरोप लगाने में सफल न होंगे। और अपना कुछ समय और मजे में कट जाएगा।

यह दुनिया है ही ऐसी। यहां पर ईमानदारी, सचाई, सहृदयता और आदर्श की ऊंचाई का अर्थ यह है कि आदमी भूखा रहे और कुढ़-कुढ़कर दूसरे के लिए गधा बनकर मर जाए। अब तो इन लोगों के साथ मैं भी ऐसा ही व्यवहार करूंगा जैसा ये अब तक मुझसे करते आए हैं। इनका जूता इन्हीं के सिर रख देना चाहिए, वर्ना हमारे जैसे सिरफिरे गधों के लिए कहां स्थान है !

किन्तु, जब नम्बर बताने का समय आया तो मेरे दिल में विचित्र प्रकार का क्रोध पलने लगा। कैसे मूर्ख और लालची हैं ये लोग ! कितने अनपढ़ और पैसे के पुजारी ! इनके लिए धर्म, राजनीति, समाज और व्यक्ति, हैसियत, कल्चर, सभ्यता, मानव का भविष्य—ऐसे शब्द कोई अर्थ नहीं रखते। ये लोग रुपये की सीमित परिधि में घिरे हुए, अपने स्वाभिमान पर पट्टी बांधे हुए भूत और भविष्य से असम्पृक्त, अपनी लालसा के कोल्हू के चारों ओर घूमते रहते हैं। ये चारों के चारों किस प्रकार अपने चेहरे उठाए हुए मेरी ओर कैसी मूर्खता-भरी दृष्टि से देख रहे हैं जैसे मेरे एक शब्द से उन पर चारों ओर से नोटों की वर्षा आरम्भ हो जाएगी।

"सुअर के बच्चे ! हरामी !"

मैंने क्रोध में झुंझलाकर कहा। वे चारों एक क्षण के लिए चौंक गए। फिर ऐसे ठस्स-से बैठ गए जैसे उन्हें सांप सूंघ गया हो।

"परिश्रम नहीं करेंगे, काम नहीं करेंगे, राष्ट्र की सम्पत्ति में एक पाई की वृद्धि नहीं करेंगे ! किन्तु सट्टा, जुआ, रेस, स्मगलिंग, बदमाशी, गुंडागर्दी, आवारगी, जालसाजी, बेईमानी चोरी-डकैती, चचा-भतीजावाद, रिश्वत, हत्या, हर बुरे से बुरे काम को उचित ठहराएंगे। फिर इस बात पर मगरमच्छ के आंसू बहाएंगे कि यह देश प्रगति क्यों नहीं करता, समाज आगे क्यों नहीं बढ़ता, निर्धनता दूर क्यों नहीं होती, लोग प्रसन्न और सभ्य क्यों नहीं दीख पड़ते !

"साले, चोर, उचक्के, बदमाश, कुत्ते, कमीने चाहते हैं छूमन्तर करके लाखों

रुपये एक क्षण में कमा लें ! नम्बर बता दी ! नम्बर बता दो ! क्यों नम्बर बताऊं मैं ? नहीं बताता ! जाओ जो करना है, कर लो मेरे ठेंगे से !"

मारे क्रोध के मेरे मुंह से झाग निकलने लगे और मैं थरथर कांपने लगा। उनके मनहूस लालची चेहरे कैसे कुरूप और पेशेवर नजर आ रहे थे। पक्के और झुके हुए। मैंने अत्यन्त क्रोध और ग्लानि से उनकी ओर से मुंह फेर लिया और कमरे से बाहर चला गया। दरवाजे की आड़ लेकर उनकी बातें सुनने लगा।

सिताबसिंह कह रहा था, "इस गधे को हुआ क्या है ! हमारा खाता है, हमें ही गाली देता है। ह्स्किी यह पीए ! फलों का रस इसके लिए आए ! दो नौकर इसकी मालिश और मुट्ठी-चम्पी करें ! सोने के लिए बढ़िया बिस्तर, रहने के लिए बढ़िया कमरा, झाड़-फानूस, गलीचे, गावतकिये, टेलीफोन, जीवन की प्रत्येक सुविधा इसको हम दें और यह कम्बख्त हमको गाली दे ! मैं अभी इसको पिस्तौल से मारता हूं।"

"नहीं, नहीं, तुम नहीं समझे सिताबसिंह," जुम्मन बोला, "साईं को जलाल आ गया है। जरूर हमसे कोई गलती हो गई है।"

"जुम्मन ठीक कहता है," गुलाबसिंह ने अपनी ठोड़ी खुजाते हुए कहा, "योगीराज हमसे रुष्ट हैं। जरूर हमसे कोई अपराध हुआ है।"

"अजी, कुछ नहीं हुआ," सेठ भूरीमल हंसकर बोला, "साधु का वचन तो आकाशवाणी होता है। उसकी गाली में गुलाब होता है। तुमने ध्यान नहीं दिया ? महात्मा ने नम्बर बता दिया है।"

"नम्बर बता दिया है, कि गाली दी है ?" सिताबसिंह ने क्रोध से कहा।

"हंय, नम्बर बता दिया है ? वह कैसे ?" गुलाबसिंह ने आश्चर्यचकित होकर पूछा।

"जरा सोचकर बताओ कि बातचीत शुरू करते समय योगीराज ने हमें कौन-सी गालियां दीं !"

"अजी, उसने छूते ही हमें सुअर का बच्चा और हरामी कहा और आखिर में साले, चोर, उचक्के, बदमाश, कुत्ते, कमीने कहा !" सिताबसिंह भड़ककर क्रोध से लाल होता गया।

"मतलब, शुरू में दो गालियां दीं और अन्त में छः गालियां दीं," सेठ भूरीमल प्रसन्न होकर बोला, "बस; अब तो मामला साफ है। आज ओपन में 'दुआ' आएगा और क्लोज में 'छक्का'। आज महर्षि ने जी भरकर गाली दी हैं। इसलिए आज भी भरके इसी नम्बर पर सट्टा खेल दो। आखिरी पाई भी लगा दो यारो, 'दुए' और 'छक्के' पर ! आज मौका है, सारी बम्बई लूट लो !"

क्षण क्षण के लिए उन लोगों ने आश्चर्य और हैरत-भरी मुस्कराहट की निगाहों से सेठ भूरीमल की ओर देखा। फिर वे चारों एक-दूसरे के गले लग गए और एक-दूसरे का खुशी से मुंह चूमने लगे।

मैं भागकर अपने कमरे में चला आया और इन लोगों की प्रकृति पर सोच-विचार करने लगा, जो रुपये के लिए गालियां खाकर बेमजा न हुए थे।

इतनी बात तो बिल्कुल स्पष्ट है–मैंने अपने मन में सोचा कि यदि कल ये नम्बर न आए तो अपनी कुशल नहीं। सिताबसिंह मुझे फौरन गोली मार देगा। मैंने निकल भागने के लिए कई प्लान बनाए, किन्तु इस प्रकार कड़ा पहरा था मुझ पर कि भागने का अवसर भी न मिला। रात को सोते समय बाहर से ताले से बन्द कर दिया गया।

सुबह को जब कमरा खोला गया तो मैं निराश होकर हतप्रभ अपनी मृत्यु की प्रतीक्षा में चुपचाप खड़े का खड़ा रह गया। उन चारों को अपने सामने गम्भीरता से खड़े देखकर मेरी घिग्घी बंध गई। आज मृत्यु आ गई गधे ! अब तैयार हो जाओ। मैं परेशान होकर पीछे हटने लगा। वे लोग उतने ही आगे बढ़ आए और चारों के चारों मेरे पांव पर गिर पड़े।

'दुए' से 'छक्का' आ गया था !

जुम्मन ने सत्तर हजार कमाए थे।

गुलाबसिंह ने तीस हजार।

सिताबसिंह ने पचास हजार।

सेठ भूरीमल ने अपनी सारी पूंजी लगा दी थी। उसने चौंसठ लाख कमा लिए थे।

चौंसठ लाख !

एक दांव–चौंसठ लाख !!

बाप रे !!!

अब वे लोग प्रसन्नता के कारण हंसते जाते थे और रोते भी जाते थे और मेरे पांव को चूमते भी जाते थे। प्रसन्नता और गाम्भीर्य, आश्चर्य और भय से उनके गले से विचित्र प्रकार की चीखें और कराहें निकल रही थीं। जो कुछ वे बोल रहे थे वह मेरी समझ में नहीं आ रहा था। कभी कुछ शब्द समझ आ जाते।

"भगवान्....मालिक....महर्षि देवता साईं....फकीर....दरवेश...."

मैंने एकदम कड़ककर कहा, "निकल जाओ, अभी निकल जाओ कमरे से! हम एकान्त चाहते हैं।"

ये लोग मेरे पांव छोड़कर उल्टे पांव भागे। हाथ जोड़ते हुए थर-थर कांपते

हुए, कमरे से बाहर जाने लगे, तो मैंने गरजकर फिर कहा, "सेठ को यहीं छोड़ जाओ !"

जब सेठ अकेला मेरे सामने खड़ा रह गया तो मैंने कुछ क्षण उसकी ओर एकटक घूरकर देखा। सेठ ने दृष्टि झुका ली। उसके सारे शरीर पर कम्पन छाया हुआ था।

मैंने पूछा, "सच-सच बताओ, तुमने कितने कमाए ?"

"चौंसठ लाख गुरुदेव, केवल चौंसठ लाख !"

"तो मेरे बत्तीस लाख मुझे दे दो।"

"अभी लीजिए, स्वामी !"

सेठ भूरीमल घबराया हुआ, भागता हुआ, अपने बेडरूम में गया और अपनी तिजोरी खोलकर हजार-हजार के बत्तीस सौ नोट लेकर आया। और नोट लाकर उसने मेरे कदमों पर ढेरी कर दिए।

बत्तीस लाख के नोट देखकर मेरा दिल पसीजा और मेरा स्वर बदला और मैंने कहा, "बच्चा, हम तुमसे बहुत प्रसन्न हैं। तू अपनी परीक्षा में सफल हुआ। इस खुशी में हम तुम्हें और दो लाख का पुरस्कार प्रदान करते हैं। इस ढेरी में से दो लाख के नोट उठा ले और शेष तीस लाख के नोट लेकर हमारे साथ बैंक को चल।"

जाना गधे का दि ग्रेट नेशनल स्टार बैंक ऑफ इण्डिया में, और जमा कराना तीस लाख रुपये का, और मुलाकात करना बैंक के जनरल मैनेजर से....

बैंक के मैनेजर से एक असिस्टैण्ट ने कहा, "आपके मिलने के लिए एक गधा आया है।"

"गधा ? गधे का बैंक में क्या काम !" बैंक के मैनेजर ने चौंककर पूछा।

बैंक के अन्दर आते ही मुझे सब लोगों में खलबली मच गई थी। क्लर्क लोग अपनी कुर्सियों से उठ खड़े हुए और एड़ियां उचका-उचकाकर मुझे देखने लगे। पैसा निकलवाने और पैसा जमा कराने वाले सब मुझे आश्चर्य और परेशानी से देख रहे थे।

इससे पहले कि वे लोग अपने होश-हवास ठीक करके मेरे प्रवेश का विरोध कर सकते, सेठ भूरीमल मुझे लेकर मैनेजर के कमरे में प्रविष्ट हो गया।

"यह क्या बदतमीजी है !" बैंक-मैनेजर चिल्लाया। फिर वह सेठ भूरीमल की ओर मुड़कर बोला, "श्रीमानूजी, यह बैंक है, अस्तबल नहीं !"

सेठ भूरीमल कुछ कहना चाहता था, किन्तु मैंने उसे बात नहीं करने दी। मैंने धीरे से मुस्कराकर कहा, "मैनेजर साहब, इस दुनिया में सबसे बड़ी मुसीबत यह है कि जिन लोगों को बैंक में होना चाहिए वे अस्तबल में बन्द कर दिए जाते हैं, और जिन लोगों को वास्तव में अस्तबल में होना चाहिए वे बैंक में पाए जाते हैं !"

बैंक-मैनेजर मुझे बोलता देखकर आश्चर्यचकित हो गया। उसका निचला जबड़ा लटके का लटका रह गया। वह हकलाकर बोला, "आ....आ....आपकी तारीफ ?"

"एक गधे की तारीफ क्या हो सकती है ! वह भला इसे योग्य कहां ! किन्तु मैं आपका समय नष्ट नहीं करूंगा। मुझे गधा कहते हैं, मैं आपके यहां अपना एकाउण्ट खोलने आया हूं।"

"हमारे यहां किसी गधे का एकाउण्ट नहीं खुल सकता।"

"क्यों नहीं खुल सकता ? मैं नकद रुपया लाया हूं। आपका बैंक-चार्ज देने को तैयार हूं।"

"आप इन्सान नहीं, हैवान हैं !"

"इस बात की क्या गारण्टी है कि आपके यहां जो लोग आते हैं सबके सब इन्सान हैं ? मैंने बहुत इन्सानों को हैवानों से बुरा जीवन व्यतीत करते देखा है। मैं बैंक एकाउण्ट रखने वाले बहुत-से ऐसे इन्सानों को जानता हूं जिन्हें देखकर हैवानों से प्रेम हो जाता है।"

"मैं विवश हूं साहब," बैंक-मैनेजर मेरी बातों से परेशान होकर बोला, "यह हमारे बैंक का नियम है कि हम किसी जानवरी या हैवान का एकाउण्ट नहीं खोल सकते।"

"इन्सान की एक विशेषता यह भी है कि वह बोलने वाला गधा है। इस सीमा तक आप मुझे भी इन्सान समझ सकते हैं।"

"बहस मत कीजिए। चले जाइए। मैं यहां किसी गधे का एकाउण्ट नहीं खोल सकता !" बैंक-मैनेजर ने बड़ी कठोरता से कहा।

मैंने कहा, "बस दो-एक बातें बता दीजिए। फिर मैं चला जाऊंगा।"

"फर्माइए।"

"यें जो हजारों आदमी आपके बैंक में रुपया जमा कराते हैं इनको आप क्या देते हैं ?"

"देने का क्या मतलब ! हम तो लेते हैं, बैंक का ब्याज।"

"यानी एक तो आप हमारा रुपया अपने पास रखें, और फिर ब्याज भी हमसे लें !"

"नहीं, यदि आप जनरल एकाउण्ट के बजाय सेविंग एकाउण्ट या फिक्स्ड डिपाजिट में रुपया रखवा दें तो हम आपको ब्याज देंगे।"

"आखिर आप मुझे क्यों मदद देंगे ! जब मेरा रुपया आपके पास सदा जमा रहता है तो फिर मुझको कैसे ब्याज दे सकते हैं ? क्या मेरा रुपया आपके पास पड़ा-पड़ा अण्डे देता है ?"

मैंनेजर हंसा। बोला, "श्रीमानूजी, बात यह नहीं है। वह बात यह है कि आप जैसे हजारों लोग जो अपना थोड़ा-थोड़ा करके सैकड़ों की पूंजी हमारे बैंक में जमा करते हैं, उन्हीं की पूंजी को जमा करो तो लाखों की रकम हो जाती है। फिर हमारे बैंक के डायरेक्टर लोग आपकी पूंजी को बड़े-बड़े उद्योगों में लगाते हैं, सुरक्षित सम्पत्तियां खरीदते हैं और लाखों का लाभ कमाते हैं।"

"यानी निर्धन आदमी अपनी छोटी-सी पूंजी सुरक्षा के विचार से तुम्हारे जनरल एकाउण्ट में रखता है, उसके लिए चार्ज देता है; और तुम हम सबकी पूंजी जमा करके लाखों का धन्धा कर लेते हो !"

"जी हां, बात तो कुछ ऐसी ही है।"

"और फिर तुम कहते हो इस बैंक में किसी गधे का एकाउण्ट नहीं खुल सकता !"

बैंक-मैनेजर मेरी बात समझकर हंस दिया। बोला, "आप अत्यन्त चतुर सिद्ध हैं।"

"निर्धन आदमी कभी-कभी अपनी मुसीबत को चतुरता से न टाले तो जीना कठिन हो जाए। अच्छा मैनेजर साहब, हम जाते हैं।"

यह कहकर मैं बैंक-मैनेजर के कमरे से बाहर निकल आया। मेरे जाने के बाद भूरीमल ने बैंक-मैनेजर से कहा, "तुमने बड़ी भारी गलती की, दयालुराम ! यह गधा तीस लाख रुपये जमा कराने आया था।"

"तीस लाख !" बैंक-मैनेजर जोर से चिल्लाया।

"हां, तीस लाख !" सेठ भूरीमल ने सिर हिलाकर कहा।

"तीस लाख !" बैंक-मैनेजर कुर्सी से उछलकर बाहर दरवाजे की ओर दौड़ा।

"अरे, वह गधा कहां है ?"

बैंक में खलबली मच गई। सब लोग मैनेजर को बैंक से भागकर बाहर निकलते हुए मेरे पीछे-पीछे भागते हुए देख रहे थे।

बैंक-मैनेजर चीख रहा था, "अबे ओ गधे, यानी कि अजी जनाब गधे साहब! जरा सुनिए तो सरकार मेरी !"

मैंने पीछे मुड़कर पूछा, "क्या है ?"

बैंक-मैनेजर ने मेरी रस्सी पकड़ी और बड़ी दयनीयता से बोला, "मुझसे बड़ी गलती हुई। वास्तव में मुझे आपको पहचानने में बड़ी गलती हुई। अब आप अन्दर चलिए और अपना रुपया जमा कर दीजिए।"

"पर मैं तो एक गधा हूं।"

"अजी, आप गधे क्या उल्लू भी हों तो भी कोई बात नहीं !"

"मैं एक हैवान हूं।"

"अजी आप हैवान क्या शैतान हों, तब भी आपको न जाने दें ! चलिए, अन्दर चलिए !"

बैंक का मैनेजर फर्शी सलाम करते हुए मुझे अपने कमरे में अन्दर ले गया। लोग आश्चर्य से हक्का-बक्का रह गए। अन्दर जाते ही बैंक के मैनेजर ने जोर से घण्टी बजाई।

"एकाउण्ट का फार्म लाओ। हस्ताक्षर का फार्म लाओ। पासबुक लाओ, चेकबुक लाओ....जल्दी लाओ !"

फिर मेरी तरफ मुड़कर बोला, "आप तीस लाख रुपये जंमा कराएंगे ?"

"जी हा।"

"हुम् !" बैंक-मैनेजर ने प्रसन्नता से अपनी एड़ियां रगड़ीं। फिर बोला, "मेरे ख्याल से आप बीस लाख तो फिक्स्ड डिपाजिट में रख दीजिए, पांच लाख सेविंग एकाउण्ट में और पांच लाख जनरल एकाउण्ट में।"

"जी नहीं," मैंने कहा, "मैं इक्कीस लाख रुपये फिक्स्ड डिपाजिट में रखूंगा, चार लाख सेविंग में और पांच लाख जनरल एकाउण्ट में।"

"बीस की बजाय इक्कीस लाख क्यों ?" सेठ भूरीमल ने पूछा।

"इक्कीस लाख रुपये मठ के लिए सुरक्षित रखना चाहता हूं !" मैंने सेठ भूरीमल को बताया। "वह भूल गए कि गुरुजी ने जो मुझे हिमालय पर मठ खोलने के लिए कहा था ?"

सेठ भूरीमल को याद आ गया और विश्वास हो गया।

मैनेजर ने एक फार्म मेरे सामने रखते हुए कहा, "इस पर हस्ताक्षर कर दीजिए।"

"मैंने कहा, "मैं हस्ताक्षर नहीं कर सकता। मैं तो गधा हूं।"

"कोई बात नहीं," मैनेजर बोला, "आप अंगूठा लगा दीजिए।"

"गधे का अंगूठा भी नहीं होता, सुम होता है।"

"सुम भी चलेगा। तीस लाख रुपये की रकम के लिए सुम तो क्या गधे की दुम का निशान भी चलेगा !" मैनेजर मुस्कराकर बोला और उसने फार्म मेरे सामने रख दिया।

"सुम लगाइए।"

सेठ भूरीमल ने कहा, "पढ़ जाओ।"

"क्यों ?" मैंने पूछा।

"सेठ भूरीमल ने मैनेजर से पूछा—"इस रकम पर आपको ओवर-ड्राफ्ट क्या मिलेगा ?"

"ओवर-ड्राफ्ट क्या होता है ?" मैंने पूछा।

सेठ भूरीमल ने स्पष्ट करते हुए कहा, "बैंक में जितना एकाउण्ट हो आप उससे अधिक निकलवा सकते हैं। उसकी एक रकम निश्चित हो जाती है।"

मैनेजर बोला, "इस रकम पर मैं आपको एक लाख रुपये ओवर-ड्राफ्ट दूंगा।"

"एक लाख नहीं दो लाख।" सेठ भूरीमल ने कहा।

"चलिए दो लाख सही। आप सुम लगाइए।"

जब मैं फार्मों पर सुम लगा रहा था, उसी समय एक दुबला-पतला परेशानहाल आदमी अन्दर आया और बैंक-मैनेजर से कहने लगा, 'मेरी पत्नी बहुत बीमार है।

जाने बचेगी कि नहीं बचेगी। मुझे उसकी दवा-दारू के लिए डेढ़ सौ रुपये चाहिए। और मेरे एकाउण्ट में केवल पचास रुपये जमा हैं इस समय। मैनेजर साहब, मुझे एक सौ का ओवर-ड्राफ्ट दे दीजिए। दो दिन के बाद पहली तारीख को जब मुझे वेतन मिलेगा, मैं एक सौ रुपये बैंक में जमा कर दूंगा।''

''क्या आपका ओवर-ड्राफ्ट बैंक से स्वीकृत है ?'' मैनेजर ने पूछा।

''जी नहीं। पर मेरी पत्नी बहुत बीमार है। वह मर जाएगी अगर....''

मैनेजर ने बात काटकर कहा, ''सॉरी, मैं इस मामले में कुछ नहीं कर सकता।''

वह आदमी रोता हुआ बाहर चला गया।

मैंने मैनेजर से कहा, ''तीस लाख जमा करने वाले गधे के लिए दो लाख का ओवर-ड्राफ्ट ! और किसी की पत्नी मृत्यु-शय्या पर पड़ी हो, उसे सौ रुपये भी न मिलें। मैनेजर साहब, आप अपने बैंक को इन्सानों का बैंक कहते हैं ?''

बैंक का मैनेजर कुछ कहना चाहता था। किन्तु इतने में द्वार फिर खुला और एक लम्बे बालों वाला गोरे रंग का आदमी—जिसने बादामी रंग की कमीज पहन रखी थी और एक सफेद पतूलन और पेशावरी चप्पल पहने था—जल्दी से एक चेक लेकर अन्दर आया और बोला, ''कटाकट फिल्मी कम्पनी वालों ने मुझे डेढ़ सौ का यह चेक दिया था। पर क्लर्क बोलता है, कटाकट फिल्म कम्पनी के हिसाब में केवल एक सौ चालीस रुपये जमा हैं।''

''तो मैं क्या करूं ?'' मैनेजर ने तुनककर पूछा।

''आप ऐसा कीजिए कि कटाकट फिल्म कम्पनी के हिसाब में मैं दस रुपये अपने पास से जमा कराए देता हूं, और आप फटाफट मेरा डेढ़ सौ का चेक पास कर दीजिए। साला....अपना दस रुपये का ही तो मादा रहेगा। एक सौ चालीस रुपये तो अपने घर में आएगा।''

''ओ. के.।'' मैनेजर ने कहा और वह लम्बे बालों वाला आदमी तत्काल बाहर चला गया।

''यह कौन था ?'' मैंने उस आदमी की चालाकी से प्रभावित होकर बैंक-मैनेजर से पूछा।

''यह दादा धमाल है। कटाकट कम्पनी में फिल्म डायरेक्टर हैं।''

फिर वह मुझे पासबुक और चेकबुक देते हुए बोला, ''लीजिए साहब आपका काम हो गया। मेरे लिए और कोई सेवा ?''

मैंने चेकबुक देखकर कहा, ''क्या मैं अब इस एकाउण्ट से रुपया निकला सकता हूं ?''

''जितना जी चाहे निकाल सकते हो।'' मैनेजर बोला।

"अब चेकबुक पर हस्ताक्षर के बजाय अपना सुम लगा सकता हूं ?"

"निस्सन्देह ! आपके सुम का निशान ही आपका हस्ताक्षर समझा जाएगा।"

"बहुत खूब !" मैंने सेठ भूरीमल से कहा, "अब आप इस चेक पर एक लाख की रकम लिख दें। मैं अपना सुम लगाए देता हूं।"

एक लाख रुपये लेकर हम बाहर आ गए।

बाहर आकर सेठ ने मुझसे पूछा, गुरु, इस रकम की क्या जरूरत थी ?"

मैंने कहा, "अधिक बकवास मत करो। यहां से सीधे नुक्कड़ की 'जनरल स्टोर्स' की दुकान पर चले जाओ और इस रकम के लिए एक झोला खरीद लाओ और उसे मेरी गर्दन में लटकाकर उसमें ये एक लाख रुपये रख दो।"

सेठ बड़बड़ाता हुआ और यह कहता हुआ चला गया, "अभी से इस गधे के दिमाग में गर्मी आ गई है।"

उसका ख्याल था कि मैंने नहीं सुना होगा। किन्तु मैंने सुन लिया था....खैर, तुझे भी ठीक कर दूंगा।"

जब सेठ नुक्कड़ पर गायब हो गया तो मेरे कानों में यह आवाज आई–

"सेठ !"

मैंने इधर-उधर देखा तो सेठ नहीं दिखाई दिया। फिर कानों में आवाज आई–

"सेठ ! मैं तुमको बोलता हूं।"

अब जो मैंने देखा तो दादा धमाल था। कह रहा था, "सेठ, आइसक्रीम खाएगा ?"

"नहीं।"

"जलेबी ?"

"नहीं।"

"बढ़िया मघई पान खाएगा–फस्ट क्लास !"

"नहीं।"

मैंने अस्वीकृति से सिर हिलाकर कहा, "क्यों ? बात क्या है ? क्यों खुशामद कर रहे हो ?"

"खुशामद तो हम अपने बाप की भी नहीं करेगा। पर तुमको काम की बात बताएगा। पर जरा इधर कोने में आ जाओ।"

मैं उसके निकट चला गया। वह दस मिनट तक मेरे कान में खुसर-पुसर करता रहा और इधर-उधर देखता रहा। जब उसने दूर से सेठ भूरीमल को आते देखा तो फौरन 'फिर मिलूंगा' कहकर लुप्त हो गया।

सेठ भूरीमल ने न उसे मुझसे बातें करते देखा, न गायब होते देखा। मेरे समीप आकर सेठ भूरीमल ने झोला मेरे गले में बांधा। उसमें एक लाख के नोट गिनकर डाले। मेरे पांव छुए और दोनों हाथ जोड़कर बोला, "गुरु महाराज ! अब आप हिमालय कब जाएंगे ?"

एक लाख के नोट झोले में पड़ते ही मेरे सारे शरीर में एक विचित्र सनसनी-सी दौड़ गई। रगों में खून का दौरा तेज हो गया। सिर से पांव तक एक अंगड़ाई-सी आई। फिर मैंने जोर की एक हांक लगाई और कहा–

"अहमक ! अब हम हिमालय नहीं जाएंगे, यहीं बम्बई में रहेंगे।"

"अब वह गधों का मठ ?" सेठ ने पूछा।

"वह गधों का मठ अब बम्बई में ही खुलेगा।"

"यानी ?" सेठ ने मेरी ओर आश्चर्य से देखकर पूछा।

"यानी एक फिल्म कम्पनी।"

"फिल्मी कम्पनी ?" सेठ भूरीमल जोर से चीखा, "गुरुजी, आप तबाह हो जाएंगे, बर्बाद हो जाएंगे !"

"हम न तबाह होंगे, न बर्बाद होंगे। हमें दादा धमाल ने बता दिया है। केवल अड़तालीस रुपये में फिल्म कम्पनी खुल सकती है।"

"केवल अड़तालीस रुपये में ? महाराज, आपकी बुद्धि को क्या हुआ है ?"

"हम कोई गधे नहीं हैं, सेठ ! हम सब समझते हैं। दादा धमाल ने हमें सब समझा दिया है। वह कहता था–मुझे अड़तालीस रुपये दे दो। तुम्हें फिल्म कम्पनी खड़ी करके दिखा दूंगा। मैंने उसे सौ रुपया दे दिया है, अब वह कल तक फिल्म कम्पनी खड़ी करके मेरे पास आएगा।"

"फिल्म कम्पनी न हुई, बांस का डण्डा हो गया ! उठाया और खड़ा कर दिया !" सेठ भूरीमल ने और भी उकताहट से कहा।

"तुम नहीं समझते हो। हम सब समझते हैं। दादा धमाल ने हमें सब समझा दिया है, और फिर हमारे पास से जाएगा क्या ?....केवल अड़तालीस रुपये। अड़तालीस रुपये में यदि अड़तालीस लाख का लाभ हो तो क्या तुम उसको बुरा धन्धा कहोगे ?"

"पर आएगा कहां से ?"

"हम सब जानते हैं। हम सब समझते हैं। तुमको भी समझा देंगे। तुमको भी बता देंगे। कल दादा धमाल हमारे पास आएगा। उससे मिलकर अपनी तसल्ली कर लेना।"

खोलना गधे का फिल्म कम्पनी, और बन जाना प्रोड्यूसर और प्रेम करना बम्बई की प्रसिद्ध हीरोइन प्रेमबाला से और बयान डायेक्टर धमाल और दूसरे अभिनेताओं का....

दूसरे दिन दादा धमाल अपने बिजनेस मैनेजर सुमन को लेकर हमारे घर आ गया। सुमन धमाल से भी रूखा और पतला नजर आता था। उसकी आंखों की पुतलियां बड़ी तेजी से इधर-उधर चलती थीं और उनमें एक स्थायी भूख की चमक थी। किन्तु वे बड़ी बु द्धिमान और चालाक आंखें थीं। ऐसी आंखें जो दृष्टि से उंगलियों का काम लेती मालूम होती थीं।

जब सेठ भूरीमल ने पूछा, "अड़तालीस रुपये में पिक्चर कैसे बन सकती है, और उससे अड़तालीस लाख का लाभ कैसे हो सकता है ?" तो दादा धमाल ने एक पैकेट खोला।

"यह क्या है ?" मैंने पूछा।

"ये आपकी फिल्म कम्पनी के लैटरपैड, एग्रीमेण्ट फार्म और रसीद बुकें हैं। मेरे बिजनेस मैनेजर सुमन ने इन्हें रातोंरात प्रेस में देकर छपवा लिया है।"

"दो सौ रुपये तो शायद इन्हीं कागजों के हो जाएंगे।" सेठ भूरीमल ने विरोध करते हुए कहा।

"अपनी जेब से एक धेला नहीं जाएगा," सुमन ने बताया, "मैंने प्रेस वाले से यह काण्ट्रैक्ट कर लिया है कि हमारी पिक्चर की पूरी पब्लिसिटी उसके यहां छपेगी। बड़े-बड़े रंगीन पोस्टर भी वह स्वयं छापेगा। पच्चीस हजार रुपये व्यय होंगे।"

"किन्तु तुम तो अड़तालीस रुपये...." मैंने कहना चाहा।

किन्तु मुझे सुमन ने बीच में ही रोककर कहा, "पहले पूरी बात सुन लो सेठ, फिर एतराज करो। वे पच्चीस हजार रुपये हमें नहीं देने होंगे। अपनी जेब से एक धेला नहीं जाएगा। यह रकम डिस्ट्रीब्यूटर देगा।"

"यह डिस्ट्रीब्यूटर कौन होता है ?" मैंने पूछा।

"तुम्हारी तरह सेठ लोग होता है," सुमन बोला, "जो पिक्चर हमसे खरीदता है, वह पच्चीस हजार देकर पब्लिसिटी की डिलीवरी ले लेगा।"

"किन्तु माल के बिना पिक्चर कैसे बन जाएगी ?" सेठ भूरीमल ने पूछा, "पिक्चर में तो बड़े-बड़े स्टार लोग काम करते हैं, जो सुना है—एक पिक्चर में काम करने के लाखों रुपये ले लेते हैं। तुम अड़तालीस रुपये में पिक्चर कैसे बनाओगे?"

"बहुत आसान काम है," दादा धमाल बोला, "अश्विनीकुमार मेरा बचपन का दोस्त है। वह मुझे दादा धमाल कहता है। मैं उसे दादा गुनी कहता हूं। कल रात मैं अश्विनीकुमार से मिला था। मैंने कहा, 'दादा गुनी ! मेरी पिक्चर में काम करेगा ?' वह बोला, 'दादा धमाल ! मेरे पास इस समय बीस पिक्चर हैं। एक तुम्हारी और हो जाएगी तो क्या हर्ज हो जाएगा ?' "

"मैंने कहा, 'पर मैं पहले दस दिन तक एक पैसा नहीं दूंगा और जब दूंगा तो दूसरों से कम दूंगा।' वह बोला, 'तू मेरा बचपन का दोस्त है। तू अगर एक पाई भी न दे तो परवाह नहीं। मैं दूसरों से ढाई लाख लेता हूं तुझसे दो लाख ले लूंगा।"

"मैंने कहा, 'मैं पौने दो लाख से एक पाई भी ज्यादा न दूंगा।' वह बोला, 'मुझे यार की यारी से काम है उसके रुपये से क्या काम !' बस, सौदा हो गया।"

"किन्तु...." मैंने कहा।

सुमन तत्काल बोला, "और मैं ब्रजेन्द्रकुमार के पास गया था। किसी जमाने में हम दोनों एक ही डायरेक्टर के असिस्टैण्ट थे। हम दोनों ने इकट्ठे ही विपदाएं झेली हैं। भगवान् ने आज ब्रजेन्द्रकुमार को कहां से कहां पहुंचा दिया है ! पर शाबाश है उस इन्सान को, वह आदमी अपने दोस्तों नहीं भूला ! जब मैंने ब्रजेन्द्रकुमार से आपकी पिक्चर में काम करने के लिए कहा तो उसकी आंखों में आंसू भर आए और वह मेरा हाथ दबाकर बोला, कुत्ते, तेरी पिक्चर में काम कैसे नहीं करूंगा !"

"उसने तुम्हें कुत्ता कहा ?" मैंने आश्चर्य से पूछा।

सुमन बोला, "वह मुझे प्यार से कुत्ता कहता है, क्योंकि मैं अपने मित्रों को बहुत स्वामिभक्त हूं। और मैं उसे 'जन्त्री' कहता हूं।"

"मैंने कहा, 'जन्त्री, तुझे पहले दस दिन एडवान्स लिए बिना काम करना होगा और पैसे भी दूसरों से कम दूंगा।' वह बोला, 'कुत्ते, पैसे की बात मत कर मुझसे। दूसरों से चार लाख लेता हूं। तू एक खोटा पैसा भी देगा तो ले लूंगा।' बस, मैं उसे दो लाख पर राजी करके आ गया।"

'दो लाखा ज्यादा दिए तुमने। पौने दो कहे होते," दादा धमाल ने विरोध प्रकट करते हुए कहा, "वरना अश्विनीकुमार नाराज हो जाएगा।"

"तो पौने दो लाख करवा दूंगा। जन्त्री तो अपनी मुट्ठी में है।"

"पौने दो और पौने दो—साढ़े तीन लाख ये हो गए; और तुम अड़तालीस रुपये बताते थे। यह रकम कौन देगा !"

"सेठ, दस दिन में तो मैं पिक्चर को एक-तिहाई खत्म कर दूंगा," दादा

धमाल बोला, "फिर डिस्ट्रीब्यूटर्स को पिक्चर दिखाकर उनसे रुपये ले लेंगे। एक क्षेत्र से एक लाख की पहली किस्त आएगी। छः जगहों से छः लाख घर बैठे आ जाएंगे। इधर से चेक आएगा, उधर से दिया जाएगा। अपनी जेब से एक धेला नहीं जाएगा।"

सुमन बोला, "पिक्चर जानी भाई के स्टूडियो में बनेगी। वही सेट बनाएगा, फर्नीचर और कपड़े देगा। और उसकी कैण्टीन से चाय आएगी। उसकी लेबोरेटरी में पिक्चर धुलेगी और तैयार होगी। इस सारे खर्चे का वही जिम्मेदार होगा।"

"वह क्यों जिम्मेदार होगा ?" सेठ भूरीलाल ने पूछा।

"क्योंकि हम पिक्चर के खत्म होने पर उसे दो लाख रुपये देंगे।"

"दो लाख हम कहां से देंगे ?" मैंने पूछा।

"तुम नहीं दोगे सेठ, वह डिस्ट्रीब्यूटर देगा जो पिक्चर उठाएगा। वही यह रकम देगा, अपनी जेब से एक धेला नहीं जाएगा।"

"और हीरोइन ?" सेठ भूरीमल ने पूछा।

"उसका भी प्रबन्ध हो गया है," दादा धमाल बोला, "मैं प्रेमबाला से बात करके आ रहा हूं। प्रेमबाला को सबसे पहले मैंने अपनी पिक्चर में चांस दिया था। तब से वह मेरी कृतज्ञ है। वह बेचारी भी दस दिन तक एक पैसा नहीं लेगी।"

सेठ भूरीमल ने कहा, "जब सब लोग मुफ्त काम करेंगे तो फिर अड़तालीस रुपयों की क्या जरूरत है ?"

"सेठ, मुहूर्त के लिए पेड़े आएंगे। मैंने हिसाब लगा लिया है। अड़तालीस रुपये के पेड़े आएंगे।

"वैसे तो मैं एक हलवाई को भी जानता हूं," सुमन बोला, "जो उधार पर पेड़े भी देगा।"

"नहीं, नहीं," मैंने शीघ्रता से कहा, "हलवाई से उधार करना ठीक नहीं है। अब ऐसे भी गए-गुजरे तो नहीं हैं हम !"

"किन्तु कम्पनी के लिए एक ऑफिस तो बनाना पड़ेगा उसके लिए एक क्लर्क, टाइपिस्ट वगैरह रखना पड़ेगा, टाइपराइटर आएगा।" सेठ भूरीमल ने कहा।

"सेठ, कम्पनी का ऑफिस हम आपके ऑफिस में रखेंगे," सुमन बोला, "ऐसा हमने सोचा था। अब इतना-सा काम तो आप भी कर देंगे। रहा टाइपिस्ट और एकाउण्टेण्ट ! मैं स्वयं ही हिसाब-किताब कर लेता हूं। टाइप भी जानता हूं। व्यर्थ में पैसे नष्ट करने की क्या जरूरत है !"

"यह सब काम सुमन कर लेगा," दादा धमाल बोला, "अपनी जेब से एक धेला नहीं जाएगा।"

सेठ भूरीमल मेरी तरफ देखने लगा, मैं उसकी तरफ। सच बात तो यह थी

कि हम दानों को उन्होंने कायल कर लिया था। निस्सन्देह पिक्चर पर अड़तालीस रुपये से अधिक खर्च नहीं आ सकता था।

"किन्तु अड़तालीस लाख कहां से आएगा ?"

"सेठ, पिक्चर टेक्नीकलर में और 'वाइड-स्क्रीन' की तैयार होगी। एक गजब की पिक्चर बनाऊंगा कि लोग 'सिसल डी मेलो' को भूल जाएंगे। फिल्म 'नागिन' ने तीस करोड़ का बिजनेस किया है, फिल्म 'मुगले-आजम' अब तक छब्बीस करोड़ का बिजनेस कर चुकी है। क्या हमारी किस्मत में अड़तालीस लाख भी न आएगा।"

"और अगर कम भी आएगा तो क्या हुआ ?" सुमन बोला, "अपनी जेब से तो एक धेला भी नहीं जाएगा।"

"फिल्म कम्पनी का नाम क्या रखा है ?" मैंने लेटरपैड खोलते हुए पूछा।

"डंकी ला प्रोडक्शन।" सुमन बोला।

"डंकी ला प्रोडक्शन !" दादा धमाल बोला।

दोनों प्रसन्न होकर मेरी ओर देखने लगे। मैं प्रसन्नता से झूम-झूम गया, क्योंकि लेटरपैड पर 'डंकी ला प्रोडक्शन' मोटे शब्दों में लिखा हुआ था और उसके ऊपर एक गधे का चित्र था।

दादा धमाल ने उस चित्र की ओर संकेत करके कहा, "सेठ, यह हमारी कम्पनी का मोनोग्राम होगा।"

"और पिक्चर में भी सबसे पहले यह तस्वीर आएगी। बस, अब मुंह मीठा करवाओ और मुहूर्त तय कर दो।"

ठीक अड़तालीस रुपये में पिक्चर का मुहूर्त हो गया। किन्तु उसके पश्चात् थोड़ी-सी गड़गड़ हो गई। मुहूर्त पर कुछ लोगों ने कोकाकोला मंगा लिया और उसके लिए कोकाकोला की एक गाड़ी मंगानी पड़ी।

फिर पान और सिगरेट के व्यय का तो हमने सोचा न था। मुहूर्त लगाने वाले ज्योतिषी ने भी रुपये मांग लिए। इधर-उधर जाने पर टैक्सी-भाड़े पर बहुत खर्च उठता था। इसलिए हमने एक गाड़ी और एक स्टेशन वैगन खरीद ली। गाड़ी भी नई खरीदनी पड़ी। क्योंकि दादा धमाल ने बताया कि "यह तो जरूरी है। यह सब तो शो का काम है। सेकेण्डहैंड गाड़ी देखकर डिस्ट्रीब्यूटर दाम कम कर देगा। नये मॉडल की बड़ी गाड़ी देखकर बहुत ज्यादा बताएगा। वैसे हमें कुछ कहना नहीं है इस सिलसिले में। गाड़ी तो आप जैसे बड़े सेठ को रखना ही चाहिए इस गाड़ी को हम पिक्चर के लिए भी इस्तेमाल कर लेंगे। 'डंकी ला प्रोडक्शन' का एक स्टेशन-वैगन भी होगा तो शो और भी बढ़ जाएगी। और फिर कौन-सा अपनी

गिरह से माल खर्च करना है ? हमें दस दिन के बाद डिस्ट्रीब्यूटर से पैसा आने वाला है ! छः लाख आएगा। उसमें अपनी गाड़ी, स्टेशन वैगन और ड्राइवर का खर्चा भी निकाल लिया जाएगा।"

"अपनी जेब से धेला नहीं जाएगा।" सुमन बोला।

मुहूर्त तो निस्संदेह अड़तालीस रुपये में हो गया था। किन्तु जब स्टेशन वैगन और मोटरगाड़ी और दूसरे इधर-उधर के खर्चे मिलकर हिसाब किया तो हुआ कि अब तक पिक्चर पर मेरा अड़तालीस हजार खर्च हो चुका है। और अभी केवल मुहूर्त हुआ था !

मैंने पिक्चर बन्द कर देने की सोची। किन्तु सेठ भूरीमल ने मुझे समझाया—

"इतने दिनों से ध्यान से देख रहा हूं। मुझे दादा धमाल और सुमन, सज्जन और ईमानदार मालूम होते हैं। किन्तु इन लोगों को बिजनेस का अधिक अनुभव नहीं है। यदि आप उचित समझें तो आपकी फिल्म कम्पनी का बिजनेस भी मैं सम्भाल लूं।"

"इससे अच्छी बात और क्या हो सकती है।" मैंने प्रसन्न होकर कहा। और सेठ भूरीमल को उनकी सेवा के पहले ही चार आने की पार्टनरशिप भी दे दी।

"इसकी क्या जरूरत है ?" सेठ ने कहा।

"नहीं जनाब, मैं किसी का हक मारने के पक्ष में नहीं हूं। जो आदमी मेहनत करता है उसे उसका भाग अवश्य मिलना चाहिए, और फिर मेरी इसमें क्या हानि है ? डिस्ट्रीब्यूटर से पैसा आएगा और सबको बांटा जाएगा। अपनी जेब से एक धेला नहीं जाएगा।"

मुहूर्त के कुछ दिन बाद कहानी पर तर्क आरम्भ हुआ।

"पिक्चर की कहानी क्या होगा ?" मैंने पूछा।

"कहानी !" दादा धमाल गड़बड़ाकर बोला।

"पिक्चर में कहानी नहीं होती है।" सुमन बोला।

"फिर भी इस पिक्चर की कहानी क्या है ?" मैंने जिद करते हुए पूछा।

सुमन ने सोचते हुए एक उंगली उठाई। दादा धमाल ने पूरा हाथ उठाकर अपने दूसरे हाथ पर इतने जोर से मारा कि मैं आश्चर्य से उछल पड़ा।

"कोई मच्छर था ?" मैंने पूछा।

"नहीं, कहानी।"

"कहानी ?"

"हां। गजब की, फर्स्ट क्लास। बहुत आलीशान ! रिकार्डतोड़ कहानी अभी-अभी दिमाग में आई है।"

"क्या कहानी है ?" मैंने पूछा।

"सोहनी-महिवाल।"

"सोहनी-महिवाल ? सोहनी-महिवाल तो बन चुकी है।" मैंने कहा, "मैंने सुना था...."

"अजी एक बार नहीं, तीन बार बन चुकी है," सुमन ने उत्तर दिया, "और दो बार सिल्वर जुबली मना चुकी है। कैसा गजब का सबजेक्ट सोचा है दादा ! दाद देता हूं—सोहनी-महिवाल !"

"और वह भी टेक्नीकलर में...." दादा धमाल बोला।

"और वह भी वाइड स्क्रीन पर।" सुमन ने बात बढ़ाई।

"और मैं इसमें बड़ी चेंज करने वाला हूं। मैं इससे एक आइडिया लगाता हूं; जिससे यह कहानी सिल्वर जुबली मनाने पर, गोल्डन जुबली मानने पर, डायमण्ड जुबली मनाने पर भी पिक्चर-हाउस से न हटे। अजी जनाब, इस पिक्चर को तो पुलिस ही सिनेमा से उतारेगी।"

"वह क्या चेंज है ?" सुमन ने श्रद्धानत दृष्टि से दादा धमाल की ओर देखते हुए पूछा।

"सुनो," दादा बोला, "अश्विनीकुमार एक कुम्हार है, प्रेमबाला उसकी बेटी है, जिसका नाम सोहनी है। सोहनी पर ब्रजेन्द्रकुमार आशिक होता है, जिसका नाम महिवाल है। समझ गए ?"

"हां, समझ गए।" मैंने कहा।

"अब मैं इसमें एक आइडिया लगाता हूं।"

"क्या ?"

"कुम्हार का गधा।"

"कुम्हारा का गधा ?" सुमन ने आश्चर्य से पूछा।

दादा ने चमककर कहा, "हर कुम्हार के यहां एक गधा नहीं होता है क्या? अब यह गधा हमारी कहानी में भी मौजूद है। सोहनी महिवाल की कहानी में भी कुम्हार का एक गधा है। किन्तु कहानीकार ने इस गधे से कोई काम नहीं लिया है। मैं इस कुम्हार के गधे से पिक्चर में वह काम लूंगा, वह काम लूंगा, कि लोग सोहनी-महिवाल को भूल जाएंगे।"

"वह कैसे ?"

"उदाहरण के लिए जब सोहनी-महिवाल का प्रेम हो जाता है तो वह उस गधे के गले में बांहें डालकर रोती है। उसे अपने प्रेम का हमराज बना लेती है। बेचारा बेजुबान गधा सब सुनता है, सब समझता है; पर कुछ कह नहीं सकता। प्रेमबाला अपने प्रेमी के विरह में एक गीत गाती है और टप्-टप् उसकी आंखों से आंसू बहने लगते हैं।"

"किसकी आंखों से ? प्रेमबाला की ?"

"नहीं, गधे की। वे बेजुबान आंखें; पर सहानुभूति, दर्द और प्रेम के सोज में डूबी हुई।"

"एक बेजुबान जानवर की आंखें जब आंसू बरसाएंगी तो हाल में कौन होगा जो रो न देगा !"

सुमन रोने लगा।

"अब मैं एक और आइडिया लगाता हूं।"

"लगाइए।" सुमन ने रोते-रोते कहा।

"गधे को सोहनी से सहानुभूति हो जाती है। वह उसे अपनी पीठ पर सवार करके चल देता है महिवाल से मिलने के लिए। रास्ते में एक खन्दक आती है। वह उसे भी छलांग मारकर पार कर जाता है। फिर एक दीवार आती है। वह उसे भी फलांग जाता है। फिर चनाब नदी आती है। सोहनी इधर, महिवाल उधर। बीच में गधा। हां जनाब, अब क्या कहूं ! नदी का बहाव बहुत तेज है। लहरों का उफान तूफानी है। अब क्या हो ? भगवान् का नाम लेकर गधा पानी में कूद पड़ता है और लहरों को चीरता हुआ दूसरे किनारे तक पहुंचकर सोहनी को महिवाल से मिला देता है।"

तालियां ! जोर से तालियां !!

"फिर क्या हुआ ?" मैंने आगे झुककर कहा। मुझे कहानी में बहुत दिलचस्पी उत्पन्न हो गई थी।

"फिर जनाब, यह होता है कि कुम्हार को पता चल जाता है कि सोहनी गधे पर सवार होकर प्रतिदिन महिवाल से मिलने जाती है। इस पर क्रोध में आकर वह सोहनी को एक कमरे में बन्द कर देता है और गधे को डंडे मार-मारकर अधमुआ कर देता है। जरा सीन देखिए। अन्दर कमरे में प्रेमबाला रो रही है, बाहर गधा मार खा रहा है। मार खाते-खाते गधा बेहोश हो जाता है। कुम्हार उसे वहीं छोड़कर चला जाता है और सोहनी के कमरे के दरवाजे की कुण्डी लगा जाता है।

"अब देखिए मेरा आइडिया ! रात है। गधा बेहोश है। सोहनी कमरे में बेहोश है। जनाब ! महिवाल इन्तजार कर रहा है। सोहनी क्रोध में आकर दरवाजा पीटती है, पर कोई दरवाजा नहीं खोलता। दरवाजा पीटने की आवाज सुनकर गधे को होश आ जाता है। वह समझ जाता है। पर क्या करे, क्या न करे ! बेजबान जानवर और घायल !! खैर, किसी न किसी प्रकार घिसटकर कमरे की ओर बढ़ता है। दरवाजे पर पहुंचकर अपनी लम्बी गर्दन ऊंची करके अपनी थूथनी मार-मारकर बाहर की कुंडी खोलने में सफल हो जाता है। दरवाजा खुलता है। सोहनी बाहर निकलती है। कसकर गधे की पीठ पर बैठती है। गधा घायल है, उससे चला नहीं

जाता। पर मालकिन के लिए तीर की तरह उड़ जाता है और जनाब का पाट तैरकर सोहनी को महिवाल के पास पहुंचा देता है।"

तालियां !

हम लोग प्रसन्नता से तालियां पीटने लगे।

"अब कुम्हार को बहुत क्रोध आता है। और वह अपने गधे को किसी दूसरे कुम्हार के हाथ बेच देता है, जो किसी दूसरे गांव में रहता है।

"दिन-भर सोहनी गधे को ढूंढती है। रात को उधर चनाब के किनारे महिवाल सोहनी का इन्तजार करते हुए गाया है, 'आजा, आजा मेरी साहनी !'

"सोहनी गधे को तलाश करते हुए गाती है, 'आजा, आजा, मेरे गधे !"

'ड्यूएट खत्म होने पर गधा दूसरे मालिक के घर से रस्सियां तुड़ाकर ठीक वक्त पर पहुंच जाता है।"

तालियां !

"पर सोहनी-महिवाल तो एक ट्रेजड़ी है !" मैंने कहा।

"हां ट्रेजड़ी तो है," दादा बोला, "अन्तिम दिन यह होता है कि कुम्हार गधे को बन्द करके ताला लगा देता है। अब सोहनी चनाब के पार कैसे जाएगी ? पर वह एक कच्चा घड़ा लेकर चल देती है। इधर गधा दीवार से टक्कर मार-मारकर दीवार तोड़ देता है (गांव में तो कच्ची मिट्टी की दीवारें होती हैं न !) और बाहर निकलकर सोहनी को ढूंढ़ता है। इतने में वह छुपकर सुन लेता है कि सोहनी एक कच्चे घड़े को लेकर चनाब पार करने गई है। वह सबकी नजर बचाकर नदी की ओर भागता है। पर कुम्हार को पता चल जाता है। वह बन्दूक उठाकर गधे को गोली मार देता है। वह गधा, बेजबान, बेचारा, मासूम, स्वामिभक्त गधा, गोली खाकर सख्त घायल हो जाता है, पर नदी की ओर दौड़ता रहता है।

"उधर नदी के उस पार महिवाल सोहनी का इन्तजार कर रहा है और कहता है–'सोहनी !' इधर सोहनी बगल में कच्चा घड़ा दबाए दौड़ती चली जा रही है। दूर पीछे गधा भागता चला आ रहा है ताकि मालकिन को कच्चे घड़े पर सवार होकर चनाब पार करने से रोक दे। आज बादल घिर आए हैं। तूफान गरज रहा है। चनाब ठाठें मार रहा है। महिवाल चिल्लाता है, 'सोहनी, सोहनी ! क्या तू भी बेवफा निकली ?" सोहनी चिल्लाकर कहती है, "मैं कैसे बेवफाई करूंगी ? मेरा प्रेम-सम्बन्ध तो बिल्कुल पक्का है।"

"पर घड़ा तो कच्चा है–गधा सोचता है, और अपने शरीर की अन्तिम शक्ति का प्रयोग करता हुआ नदी की ओर भागता जाता है। पर सोहनी उसके नदी पर पहुंचने से पहले ही नदी में छलांग लगा देती है। घायल गधा किनारे पर गिर जाता है। सोहनी कच्चे घड़े के साथ बह जाती है। महिवाल उसे बचाने के

लिए नदी में छलांग लगा देता है पर पानी की भयानक लहरों में दोनों प्रेम के मारे डूब जाते हैं। गधा भी अन्तिम हिचकी लेकर दम तोड़ देता है।"

कहानी समाप्त करके दादा धमाल अपनी भीगी हुई आंखों को पोंछने लगा।

सेठ भूरीमल ने कहा, "मुझे तो यह सोहनी-महिवाल की कहानी कम और गधे की ज्यादा मालूम होती है।"

"पर कितने गजब की कहानी है ! सच कहता हूं सेठ, मेरे तो बदन के रोंगटे खड़े हो गए !" मैं मानता हुआ बोला।

"प्रश्न यह है," सुमन बोला, "ऐसा अच्छा काम करने वाला गधा कहां से मिलेगा ?"

दादा धमाल ने कहा, 'कहीं दूर जाने की जरूरत नहीं है। वह गधा तो सामने बैठा है।"

"मैं !" मैंने आश्चर्य से पूछा।

"हां, सेठ", दादा धमाल ने कहा, "यदि तुम मेरी पिक्चर में काम कर लोगे तो मेरी किस्मत चमक उठेगी।"

"पर मैं तो एक गधा हूं। क्या इतने बड़े-बड़े फिल्म-स्टार एक गधे के साथ काम करना पसन्द करेंगे ?"

"वे दिन-रात और करते क्या हैं ?" सुमन बोला, "आप मान जाइए, उनको मनाना मेरा काम है।"

"पर मैंने आज तक ऐक्टिंग नहीं की," मैंने झिझकते हुए कहा, "और यह रोल तो बहुत बड़ा है। इस कहानी में तो गधा ही लगभग हीरो है।"

"शुरू में हर हीरो एक गधा होता है," सुमन बोला, "तीन-चार पिक्चरें चौपट करने के बाद कहीं उसे अक्ल आती है। और आप कोई ऐसे-वैसे मामूली गधे नहीं हैं। पढ़े-लिखे गधे हैं। फिर बहुत ही अच्छे और दयालु गधे हैं। आपके लिए ऐक्टिंग करना क्या कठिन है !"

"अरे मालिक," दादा धमाल ने समझाया, "आप तो दो-चार दिन में ऐसे तेज हो जाएंगे कि बड़े-बड़े हीरो के कान काटने लगेंगे ! 'रोल तो वह धातु है कि पिक्चर खत्म होने से पहले एक-एक लाख करके दस काण्ट्रैक्ट आपकी जेब में होंगे।'"

"वह कैसे ? मैं कोई फिल्म-स्टार हूं !" मैंने पूछा।

"अजी, धड़ल्ले की पब्लिसिटी हो तो गधा भी फिल्म-स्टार बन सकता है। आजकल का जमाना ही पब्लिसिटी का है। आप काम कीजिए और अपनी पब्लिसिटी के लिए दो लाख रुपये खर्च कीजिए। फिर देखिए क्या रंग जमाता हूं।" सुमन बोला।

"मुझे स्वीकार है।" मैं बेधड़क होकर बोला।

बन जाना गधे का बम्बई में हीरो, और काम करना फिल्म में संग प्रेमबाला के, और करना बेबफाई प्रेमबाला का, और बयान गधे का प्रेम के परिणाम का....

पहले दिन के 'रफ-प्रिण्ट' देखकर प्रेमबाला मेरे गले से लग गई। बोली, 'क्या' गजब के एक्सप्रेशन्स दिए हैं तुमने ! दिलीपकुमार को मात कर दिया।''

''वाकई ?'' मैंने बहुत प्रसन्न होकर पूछा।

''और वह नदी के किनारे तुम्हारा लड़खड़ाकर चलना—जब महिवाल मुझसे मिलने के लिए आया था। उस सीन में तो तुमने कमाल ही कर दिया ! बिल्कुल चार्ली चैपलिन की-सी ऐक्टिंग है।''

''नहीं, यह कैसे हो सकता है !'' मैंने धीमे स्वर में प्रतिरोध किया। किन्तु मेरा हृदय अन्दर-ही-अन्दर बल्लियों उछल रहा था।

''सच कहती हूं और वह....वह तुम्हारा क्लोज-अप किस कयामत का है, जिसमें तुम कुम्हार की नजर बचाकर तेजी से मेरे पास आ जाते हो और मुझे अपनी पीठ पर सवार कर लेते हो। बिल्कुल देवानन्द की-सी चंचलता है तुममें ! मुझे मालूम नहीं था कि इस गधे की खाल में इतना बड़ा ऐक्टर छिपा बैठा है !''

फिर वह विचित्र ढंग से हंसकर कहने लगी, ''कहीं ऐसा न हो कि फिल्म के समाप्त होते-होते मैं महिवाल के बजाय तुमसे प्रेम करने लगूं !''

इतना कहकर वह जोर से हंसी। अपनी वाचालता पर स्वयं लज्जित भी हुई। फिर उसने मेरी ओर बहुत विचित्र दृष्टि से देखा और दूसरे ही क्षण लजाकर मुंह फेर लिया। मैं भी उसकी हंसी में शामिल हो गया। जैसे यह सब एक दिलचस्प मजाक था। किन्तु उसकी विचित्र-सी दृष्टि देखकर मेरा दिल जोर-जोर से धक्-धक् करने लगा था।

उसी शाम संयोगवश वह हमारे घर आ गई। बहुत परेशान और उदास प्रतीत होती थी। जब मैंने पूछा तो स्पष्ट मना कर दिया कि कोई बात नहीं है किन्तु जब मेरी जिद बढ़ती ही गई तो बोली, ''क्या बताऊं डार्लिंग ! वह मेरा एक केस है इन्कमटैक्स का। उसके हिसाब-किताब में बड़बड़ हो गई और मुझ पर इन्कमटैक्स वालों ने दो लाख का जुर्माना कर दिया। कल वह जुर्माना भरना है

और मेरे बैंक में इस समय केवल पचास हजार रुपये हैं। समझ में नहीं आता, क्या करूं।"

मैंने कहा, "तो इसमें क्या बात है ? डेढ़ लाख मैं दे दूंगा।"

"न, न," वह सिर हिलाकर बोली, "तुमसे मैं न लूंगी। मैंने दस दिन तक तुम्हारी पिक्चर में फ्री काम करने का वायदा किया है। मैं हर्गिज-हर्गिज तुमसे यह रकम नहीं लूंगी और मैं अपने वायदे से नहीं फिरूंगी।"

"हमारे होते हुए तुम जेल जाओगी," मैंने साहसपूर्ण शब्दों में कहा, "यह कैसे हो सकता है ! यह डेढ़ लाख का चेक तो तुम्हें लेना ही पड़ेगा।"

वह इन्कार करती रही, मैं जिद करता रहा। अन्त में मेरी जिद पर वह मान गई। पर इस शर्त के साथ कि वह यह रकम एक महीने में मुझे लौटा देगी। मैं मान गया। इस पर उसने चेक ले लिया।

फिर मैंने थोड़ी-सी ह्निस्की पी और उसने थोड़ी-सी शेरी ली। फिर वह कुछ देर तक मेरे रेडियोग्राम पर रिकार्ड बजाती रही। फिर बोली, "तुम्हें नाचना आता है ?"

मैंने हिनहिनाकर कहा, "सेवक तो केवल दुलत्ती झाड़ सकता है।"

"गंवार मत बनो," वह मुझे डांटकर बोली, "यह तुमने अपनी क्या सूरत बना रखी है। हर समय गले में झोला डाले घूमते हो। कोट-पतलून पहना करो, टाई लगाया करो। आओ तुम्हें डान्स सिखाऊं। बढ़िया पार्टियों में उठने बैठने के लिए पश्चिमी डान्स से परिचित होना आवश्यक है।"

यह कहकर उसने 'स्लो फाक्स-ट्रॉट' का एक रिकार्ड लगा दिया और गलीचे के फर्श पर मुझे डान्स सिखाने लगी। वन-टू-थ्री। वह ताल देकर चुटकी बजाती थी और मैं नाचता जाता था। समय कैसे बीत गया—कुछ पता ही नहीं चला। मैं यह भी भूल गया कि मैं भी एक गधा हूं। उन क्षणों में मैंने अपने-आपको एक इन्सान समान अनुभव किया।

सुन्दर खुला कमरा, गुलगुले गलीचे, रेडियोग्राम बजता हुआ। नीली-नीली, धीमी-धीमी झिलमिलाती रोशनी। एक सुन्दर, प्यारा, गुलाबी चेहरा। प्रसन्नताओं की किरण बरसाता हुआ वातावरण। यह है जीवन ! और इस जीवन से दुनिया के करोड़ों गधे कितनी दूर है !

अचानक प्रेमबाला ने चौंककर अपनी घड़ी देखी। और घबराकर बोली, "उफ ! नौ बज गए। घर पर मां जी इन्तजार करती होंगी। अब मैं जाती हूं। कल स्टूडियो में मिलेंगे। टा-टा !"

जल्दी से मेरे कान पर झुकी, एक चुम्बन दिया और घूमकर जीने से बाहर चली गई।

इन्हीं दस दिनों की शूटिंग में एक विचित्र घटना और घटी। कुम्हार की गली का सेट लगा हुआ था। बर्तन चाक पर घुमाए जा रहे थे। कुम्हार और कुम्हारिन अपने कार्य में व्यस्त; बच्चे खेलते हुए शोर मचाते हुए; लाइट्समैन कभी प्रकाश बुझाते हुए, कभी जलाते हुए—विचित्र गहमा-गहमी का दृश्य प्रस्तुत कर रहे थे।

एक ओर वृक्षों का झुण्ड लगाया गया। उनके नीचे कई गधे घास में मुंह मार रहे थे। मैंने दादा धमाल से पूछा, "इन गधों को क्यों बुलाया है ?"

वह बोला, "कुम्हारों की गली का सीन हो और उसमें गधे न हों यह कैसे हो सकता है !"

"मैं इन गधों के साथ काम नहीं करूंगा ! "मैंने क्रोध से चिल्लाकर कहा।

"नहीं सेठ, ये तो एक्स्ट्रा गधे हैं। भला उनका-आपका क्या मुकाबला ! ये तो सीन की शोभा बढ़ाने के लिए मंगाए गए हैं। इनको तो गधा कहना भी गधे शब्द का अनादर करना है। आप तो गधे हैं सेठ, पर ये बाजारू, आवारा टट्टू हैं! कहां आप जैसा गधा, कहां ये टट्टू ! कहां राजा भोज, कहां गंगू तेली !"

सुमन शीघ्रता से बोला, "आपका काम केवल बड़े-बड़े फिल्मस्टारों के साथ होगा। अश्विनीकुमार के साथ, ब्रजेन्द्रकुमार के साथ, प्रेमबाला के साथ।"

"हां, यह ठीक है।" मैंने अपना क्रोध दूर करते हुए कहा।

दादा धमाल मेरे बिल्कुल समीप आकर बोला, "अब तो मैंने स्क्रिप्ट बिल्कुल बदल दिया है। अब तो हर सीन में जहां प्रेमबाला आई है वहां आपका काम भी रखा है।"

"शाबाश !" मैंने प्रसन्न होकर कहा।

थोड़ी देर बाद मुझसे रहा न गया। मैं उन गधों के निकट चला गया। निकट जाते ही मैंने उस पश्चिमी गधी को पहचान लिया जिससे मैंने जीवन में पहली बार, जोजफ के झोंपड़े के बाहर प्रेम दर्शाया था। किन्तु अब गधी का रंग उड़ा-उड़ा-सा था। कान झुके हुए, पेट अन्दर पिचका हुआ और पसलियां ?....एक-एक पसली खाल के अन्दर से नजर आ रही थी जैसी सदियों से उसने पेट-भर घास न खाई हो।

मैंने उसके निकट जाकर कहा, 'ऐ चन्द्रमुखी, दृष्टि उठाकर देख, कौन तेरे सामने खड़ा है।"

वह चौंक गई। उसने कई क्षण मुझे घूरकर देखा। किन्तु मुझे पहचान न सकी।

"तुम कौन हो ?" वह परेशान होकर बोली।

"मैं वही पुराना प्रेमी हूं जिसके प्रेम को तुमने वहां जोजफ के झोंपड़े के बाहर ठुकरा दिया था।"

उसकी आंखों की पुतलियां फैल गईं। वह आश्चर्य से मेरी ओर ताकती रही। अन्त में रुक-रुककर बोली, "यहां तुम क्या कर रहे हो ? क्या हमारे साथ एक्स्ट्रा गधों में लाए गए हो ?"

"जी नहीं। जिस फिल्म कम्पनी में आपको काम करने के लिए बुलाया गया है, मैं उसका प्रोड्यूसर हूं।"

"फिल्म प्रोड्यूसर !" वह आश्चर्य से चीखी, "एक गधा !"

"जिस गधे के पास कुछ लाख रुपये हों वह फौरन प्रोड्यूसर बन सकता है। प्रोड्यूसर बनने के लिए दूसरी किसी क्वालिफिकेशन की आवश्यकता नहीं है, मेम साहब ! वकील को वकालत की परीक्षा पास करनी पड़ती है, डॉक्टर को, डॉक्टरी की, इंजीनियर को इंजीनियरिंग की; किन्तु प्रोड्यूसर को किसी क्वालिफिकेशन की आवश्यकता नहीं, केवल रुपया चाहिए।"

वह आश्चर्य से मेरी ओर देखती रह गई।

"तुमने इतना रुपया कहां से कमाया ?"

"सट्टे से।"

"कितना ?"

"बत्तीस लाख।"

"बत्तीस लाख ! बाप रे !!" वह सिर से पांव तक मुझे देखने लगी।

मेरे ऊपर शार्कस्किन का बढ़िया कोट था और नीचे चार टांगों वाली पतलून थी। गले में बढ़िया टाई थी। मेरे बाल कोमल और सुगन्ध-भरे थे।

उसने मेरी तरफ आकर मुझे सूंघा और फिर आश्चर्यचकित स्वर में बोली, "काश ! मैंने तुम्हारे प्रेम को स्वीकार कर लिया होता...."

मैं चुप रहा।

"तो आज मेरी यह दशा न हुई होती !" वह कमजोर स्वर में बोली।

फिर मेरी ओर अपनी बड़ी-बड़ी आंखें घुमाकर बोली, "क्या तुम मुझसे अब शादी नहीं कर सकते ?"

"वह समय गुजर गया, मिस साहिबा !" मैंने गर्व से तनकर कहा, "उस समय मैं निर्धन था। आज मैं स्वयं एक बड़ा फिल्म-स्टार हूं। 'फैन-फेयर' और 'न्यू स्क्रीन' में मेरे रंगीन चित्र छपते हैं। अब मैं अपने बराबर वालों से शादी करूंगा। तुमसे क्यों करूंगा ?"

इतना कहकर मैं बड़ी शान से वहां से घूम गया और डायरेक्टर के पास

चला गया। उससे कहा, "वह एक गधी है, एकस्ट्रा गधों में सुनहरे बालों वाली। वह मुझे कई दिनों से भूखी मालूम होती है। उसके लिए घास का प्रबन्ध करो। और जब तक काम रहे, उसे घास खिलाते रहो।"

"कोई पुरानी याद...." दादा धमाल ने मुझे आंख मारकर पूछा।

"हां, पर बेकार और बुझी हुई-सी।"

सुमन बोला, "अंगार बुझ जाता है तो राख हो जाती है। सौन्दर्य उड़ जाए तो केवल इच्छा शेष रह जाती है।"

इतने में प्रेमबाला मटकती हुई मेरे पास आ गई। बोली, "किस गधी से बात कर रहे थे ?"

'कोई नहीं, एक एकस्ट्रा है।"

किन्तु वह जरा क्रोध से बोली, "पर मैंने खुद देखा कि तुम उसके समीप खड़े होकर मीठी-मीठी बातें कर रहे थे।"

"तुम्हें गलतफहमी हो रही है जानी ! वह तो एक एकस्ट्रा है। उससे मैं क्यों मीठी-मीठी बातें करने लगा ! बस, ऐसे ही मुझे वह बेचारी बड़ी भूखी और त्रस्त मालूम हुई, इसलिए मैंने कह दिया कि उसे घास-वास खिला दो।"

"उसे बिल्कुल घास नहीं डाली जाएगी," प्रेमबाला क्रोध से भड़ककर बोली, "वह इसी समय सेट से बाहर निकाली जाएगी, वर्ना मैं पिक्चर में काम नहीं करूंगी।"

वह अब कुर्सी पर मुंह मोड़कर बैठ गई। मैंने उसे मनाने क़ा बहुत प्रयत्न किया, किन्तु वह किसी प्रकार राजी न हुई। विवश होकर मुझे उस गधी को सेट से बाहर निकाल देने का हुक्म देना पड़ा।

उसके जाते ही प्रेमबाला का मूड ठीक हो गया और वह लहक-लहककर गाने लगी।

"बैरन सौतिया...."

वह इस समय इतनी प्यार, शोख और चंचल मालूम हो रही थी कि मेरा जी चाहता था कि उसके कदमों में गिरकर लोट लगाऊं।

दस दिन के बाद डिस्ट्रीब्यूटरों से छः लाख रुपये आने वाले थे। किन्तु नहीं आए। किस्सा यह हुआ कि जानी भाई को लेबोरेटरी में टेक्नीकलर फिल्म का कोई प्रबन्ध नहीं था। टेक्नीकलर प्रिण्ट केवल लन्दन में निकलते हैं या अमेरिका में।

बहुत सोच-विचार के बाद सुमन को प्रिण्ट निकलवाने के लिए लन्दन भेजा गया। विचार यह था कि वह पन्द्रह-बीस दिन में वापस अ जाएगा। किन्तु कुछ

ऐसी टेक्नीकल कठिनाइयां पेश आईं, जिन्हें दूर करने के लिए सुमन को लन्दन में दो सप्ताह के बजाय चार सप्ताह रहना पड़ा। और फिर इन्हीं टेक्नीकल कठिनाइयों को सुलझाने के लिए उसे लन्दन से पेरिस और पेरिस से रोम जाना पड़ा। और मामला टलता गया।

शूटिंग रोक देने से प्रेमबाला बहुत बोर होने लगी थी। एक दिन उसने मुझे परामर्श दिया—

"तुम शूटिंग क्यों रोक बैठे हो ? आखिर एक दिन प्रिण्ट यूरोप से बनकर आ ही जाएंगे। एक दिन तुम्हें डिस्ट्रीब्यूटरों के छः लाख रुपये भी मिल जाएंगे। पर तुम हाथ पर हाथ धरे क्यों बैठे हो ? समय क्यों नष्ट कर रहे हो ? हिम्मत से काम लेकर शुरू कर दो। तुम्हारे पास पैसा न हो तो मुझसे दो-चार-दस लाख ले लो।"

मैं लज्जा से पानी-पानी हो गया और उसी समय कार्य शुरू कर देने का फैसला कर लिया। हमने सुमन को रोम में रोक दिया था, विचार यह था कि दस दिन की शूटिंग और हो जाए तो उसके प्रिण्ट भी बनवाने यूरोप भेज दें।

दुर्भाग्य से पहले दस दिनों के प्रिण्ट खराब निकले। इसलिए दस दिनों तक लगातार शूटिंग करनी पड़ी। इस बीच सब लोगों ने तकाजा शुरू कर दिया और हमें वायदे के अनुसार सब लोगों को रुपया देना पड़ा।

फिर एक दिन अश्विनीकुमार का प्रेमबाला से झगड़ा हो गया और मैंने क्रोध में आकर अश्विनीकुमार को चुकता कर दिया। और उसके स्थान पर रूपकुमार को लेकर फिर बीस दिन की शूटिंग की। सात लाख इसमें खुल गए। तात्पर्य यह कि अगले सात महीने में मेरा पूरा पटरा हो गया। तीस के तीस लाख पिक्चर में गुल हो गए और पिक्चर अभी अपूर्ण थी। डिस्ट्रीब्यूटरों से एक धेला तक नहीं मिला। सुमन अब न्यूयार्क में था।

मैंने सेठ भूरीमल से रुपये मांगे। वह साफ मुकर गया।

बोला, "मेरे विचार से गुरु महाराज, आपको फिल्म का काम रास नहीं आया। मेरी समझ में तो अब आपको सीधा हिमालय चला जाना चाहिए।"

मैंने दादा धमाल से बात की तो वह बोला, "सेठ, क्या बताऊं, कितना लज्जित हूं। जाने कैसी घड़ी थी वह मनहूस, जब हमने पिक्चर शुरू की थी। ले-देकर मेरे पास यह छकड़ा गाड़ी है। चाहे इसे ले लो। पांच-सात सौ में तो बिक ही जाएगी।"

"पांच-सात सौ से क्या होगा ?" मैंने पूछा।

"हां, यह तो ठीक है" वह बोला, "मैंने अपनी पूरी कोशिश कर डाली। इतने समय किसी दूसरी जगह काम किया होता तो अब तक दो पिक्चरें खत्म कर

डालता। अब भी कुछ नहीं बिगड़ा है ! सेठ, यदि तुम अब भी कहीं से तीन लाख का प्रबन्ध कर दो तो मैं तीन लाख में ही पिक्चर खत्म कर दूंगा। पक्का वायदा करता हूं। तीन लाख के बाद सारा पैसा डिस्ट्रीब्यूटर से आ जाएगा और अपनी जेब से एक धेला नहीं जाएगा।"

किन्तु तीन लाख रुपये कौन देगा ?

दो-तीन दिन मैं इसी परेशानी में घूमता रहा और सोचता रहा। अन्त में एक शाम मैंने निश्चय किया, मुझे प्रेमबाला के यहां जाना चाहिए और उससे तीन लाख का ऋण मांगना चाहिए। देखा जाए तो मेरे रुपये उस पर चाहिए भी। अपनी काण्ट्रेक्ट की रकम के अतिरिक्त वह दो लाख रुपये अधिक ले चुकी थी। यदि वह दो लाख रुपये वापस कर दे और एक लाख का ऋण दे दे तो फिर बेड़ा पार हो सकता है।

यही सोचकर एक शाम को हिम्मत करके उसके बंगले में चला गया। ड्राइंगरूम के अन्दर जाते ही मुझे धचका-सा लगा। मैंने देखा कि वह अश्विनीकुमार की गोद में बैठी ड्रिंक कर रही है। वही अश्विनीकुमार जिसे मैंने प्रेमबाला की खातिर पिक्चर से निकल दिया था और उसका सारा हिसाब चुकता कर दिया था। इस वक्त वह उसी अश्विनीकुमार की गोद में बैठी थी।

मुझे देखते ही वह घबराकर उठ खड़ी हुई। जरा कठोर होकर बोली, "ऐसे बिन बुलाए मुंह उठाए अन्दर क्यों चले आए ?"

मैंने कहा, "इस समय एक जरूरी काम से आया हूं। इस समय तक पिक्चर में मेरे तीस लाख रुपये खर्च हो चुके हैं। अब यदि तुम तीन लाख दे दो तो मेरी पिक्चर पूरी हो सकती है।"

"तीन लाख मैं दे दूं ?" वह आश्चर्य से चिल्लाई। मेरे निकट आकर बोली, "तुम पागल तो नहीं हो ?"

"पागल तो नहीं था पर बनाया गया हूं। मैं तुमसे कुछ अधिक नहीं मांग रहा हूं। दो लाख का ऋण तो मेरा तुम पर है।"

"क्या ? दो लाख का ऋण ?" वह जोर से चीखी।

"डेढ़ लाख तो तुमने इन्कमटैक्स देने के सिलसिले में लिया था और पचास हजार एक नई गाड़ी खरीदने के लिए लिया था। याद आया डार्लिंग ?"

"डार्लिंग ! मैं किसी की डार्लिंग नहीं हूं।" प्रेमबाला तमककर बोली, "तुमने सुना अश्विनी, यह गधा मुझे डार्लिंग कहता है।"

मैंने कड़वे स्वर में कहा, "कल जब तक मेरी जेब में तीस लाख रुपया था,

मैं सबका डार्लिंग था। आज मैं एक गधा हूं।"

"गेट आउट, यू डर्टी डंकी !"[1]

वह दोनों हाथों से मुझे तमाचे मारने लगी। मुझे भी क्रोध आ गया। मैंने कहा, "बस प्रेमबाला, मैं भी अब यहां से वापस नहीं जाऊंगा और जाऊंगा तो तभी जाऊंगा जब तुम मेरा रुपया लौटा दोगी।"

"नहीं जाइएगा ?" वह बोली।

"नहीं।"

"नहीं ?"

"नहीं।" मैंने दृढ़ता से उत्तर दिया।

प्रेमबाला ने एक छड़ी उठा ली और आश्वनी से बोली, "तुम ड्राइंगरूम का दरवाजा अन्दर से बन्द करो और दूसरी छड़ी भी उठा लो।"

1. निकल जा, ओ एन्दे गधे कहीं के !

पूना जाने वाली लम्बी-अकेली सड़क पर उदास एक गधा चला जा रहा था। उसने देखा कि सड़क के किनारे एक बैल मरा पड़ा है। और उसके सिरहाने दो इन्सान, एक स्त्री और एक पुरुष, बैठे हैं और धाड़ें मार-मारकर रो रहे हैं।

"क्या हुआ ?" गधे ने रुककर पूछा।

"हमारा बैल मर गया।" पुरुष ने दुःख से सिसकते हुए कहा।

"तो दूसरा बैल खरीद लो।" गधे ने सुझाव दिया।

"कोई दूसरा बैल इसका स्थान नहीं ले सकता। हमने इसे बड़ी मुश्किल से सधाया है। हम इसकी आंखों पर पट्टी बांध देते थे और किसानों की भीड़ इकट्ठी करके इस बैल के द्वारा उन लोगों के भाग्य का हाल बताते थे।"

स्त्री ने रोते हुए अपनी विपता सुनाई।

गधे ने कहा, "वह जमाना लद गया जब अन्धे बैल किसानों को उनके भाग्य का हाल बताते थे; और निर्धन किसान एक अन्धे बैल की तरह अपने भाग्य के कोल्हू के चारों तरफ घूमते जाते थे। यह जमाना आंख खोलकर काम करने का है। मुझे अपने किसान मित्रों में ले चलो। मैं उन्हें अखबार पढ़कर सुनाऊंगा और जिन्दगी की सही तकदीर बताऊंगा, जो सट्टे से नहीं सच्ची मेहनत से पैदा होती है।"

धरती विशाल थी और आसमान सीमाहीन। और अब वे तीनों साथ-साथ चल रहे थे।

एक पुरुष, एक गधा, एक स्त्री।

पुरुष जो स्वामी है, स्त्री जो मां है, गधा जो जीवन की मेहनत और मासूमियत है।

●●●

एक गधा नेफ़ा में

इस बार कृश्न चन्दर ने अपने गधे को शहरों में नहीं घुमाया, बल्कि पहाड़ों की सबसे ऊंची चोटियों पर ले गए। इसी सूझ-बूझ की जबरदस्त बानगी है एक गधा नेफ़ा में। नेफा, जहां भारत ने चीन के मक्कारी से भरपूर कारनामे देखे। क्या आपका गधा वहां इन्हें ही देखने के लिए पहुंचा था कि फिर आपको भी इससे रू-ब-रू करा सके।

अपनी बेजोड़ व्यंग्य शैली में लेखक ने चीन के नेताओं को भी नहीं बख़्शा और उनकी चालबाज़ियों को बेनक़ाब कर दिया। वहीं चीन की फ़ौजों के घटिया और भयानक हरकतों को धार पर रखकर काटा। यह सब उसी गधे के माध्यम से हुआ, जो पहले अपनी आत्मकथा लेकर आया, तो बाद में अपनी जीवन-झांकी के साथ वापस लौट आया और इस बार उसे सब्र नहीं हुआ, तो देखिए, कहां पहुंच गया।

अन्तर्राष्ट्रीय ख्यातिप्राप्त उर्दू के सर्वश्रेष्ठ कथाकार कृश्न चन्दर ने सदैव अपने उपन्यास और कहानियों में यथार्थवादी रोमांस के अतिरिक्त चुटीले व्यंग्य का भी इस्तेमाल किया है।

एक गधा नेफ़ा में

कृश्न चन्दर

एक गधा नेफा में

प्रिय श्रोतागण !

मैं न रूसियों का राकेट हूं, न अमरीकियों का पाकिट हूं--न गली हब्शखां का फाटक हूं, न रमता जोगी न्यारा हूं। न कोई मन्सूई सैयारा हूं, न किसी फिल्मी हीरोइन का प्यारा हूं। न किसी लखपति की आंख का तारा हूं—मैं सिर्फ एक गधा आवारा हूं।

मुझको अपने बचपन ही में एक अखबार पढ़ने की लगन लग गई थी। अखबार पढ़ते-पढ़ते मैं इन्सानों की बोली बोलने लगा और सच और झूठ को अक्ल के तराजू में तोलने लगा। इसी के लिए मैंने अपना प्यारा वतन बाराबंकी छोड़ा और डंकी बनकर दिल्ली के एक धोबी से नाता जोड़ा।

एक दिन उस धोबी को मगरमच्छ ने खा लिया और मैं उसकी विधवा पत्नी और बच्चों के गुजारे के लिए अर्जी लेकर दफ्तर-दफ्तर घूमने लगा। मन्त्रियों तक पहुंच गया। लेकिन जब कहीं सुनवाई नहीं हुई तो किसी प्रकार पण्डित नेहरू की कोठी के अन्दर चला गया।

पण्डित नेहरू से जो मेरा अचानक इण्टरव्यू हो गया, उसने मुझे एक पल में सारे संसार में प्रसिद्ध कर दिया। अब लोग मुझसे बड़े आदर से पेश आने लगे। गलियों और बाजार में मेरा जलूस निकालने लगे। एक सेठ ने समझा, मैं कोई दैवी दूत हूं—कोई करोड़पति ठेकेदार हूं; जिसने ऊपर से एक मासूम गधे का भेष धरा है और अन्दर ही अन्दर कोई बहुत बड़ा ठेका मारा है।

वह सेठ मुझे बहला-फुसलाकर अपने घर ले गया। मेरे लिए कमरा सुरक्षित करा दिया। मुझे चांदी की प्लेट में केवड़े में बसी हुई खुशबूदार घास खिलाने लगा। अपनी फर्म का भागीदार बनाने लगा और अपनी लड़की से मेरी शादी रचाने लगा और मुझे हाई सोसायटी में घुमाने लगा।

मैंने बहुत इन्कार किया, बताया कि वैसे तो मैं ज्ञान और गुण से लदा हूं मगर वास्तव में एक गधा हूं। मगर वह सेठ लालच का अन्धा और गांठ का पूरा अपनी ही हांके जाता था और बराबर मेरी आवभगत किए जाता था।

मगर जिस दिन उस लालची को पता चला कि मेरे पास न कोई परमिट है न कोई कोटा, उसी दिन वह बेपेंदे का लोटा मुझे मारने पर तुल गया।

एक दिन कमरा बन्द क़रके उस सेठ ने और उसकी लड़की ने—जो कल तक मुझसे शादी करने के लिए तैयार थी—मुझे डण्डे से मार-मारकर मेरा भुरकस निकाल दिया और मुझे बहुत घायल कर बाहर सड़क पर डाल दिया।

छः महीने तक मैं जानवरों के अस्पताल में पड़ा मौत और जिन्दगी के बीच लटकता रहा। पीड़ा से कराहता रहा। मनुष्य की बेहिसी और गधे की बेबसी पर रोता रहा। मगर विधाता को मेरा जीना प्रिय था—और मेरे लिए जीवन का विषपान करना अवश्यंभावी था—इसलिये मैं स्वस्थ हो गया।

जब मैं स्वस्थ हो गया तो डॉक्टर ने मेरे हाथ में दो हजार का बिल थमा दिया। बिल देखकर मैंने डॉक्टर से प्रार्थना की, "डॉक्टर, मैं एक पढ़ा-लिखा गधा जरूर हूं मगर बिल्कुल गरीब और मजबूर हूं। मैं यह बिल अदा नहीं कर सकता।"

डॉक्टर, कि जिसका नाम रामअवतार था और जो अपने काम में बड़ा होशियार था, मेरी पीठ पर हाथ फेरकर बोला, "ऐ गधे नादान ! बचाकर जान ! चला जा बम्बई ! वहां फिरते हैं तेरे जैस कई—तू वहां जरूर कमा खाएगा—बल्कि मेरा बिल भी अदा कर सकेगा।"

डॉक्टर की नसीहत मुझको बहुत भाई। मैंने दिल्ली को दी जुदाई और रेल की पटरी के किनारे-किनारे चलते-चलते बम्बई पहुंच गया और वहां घेसू घसियारे के यहां नौकरी कर ली। सोचा, बिल्कुल एक गधे के समान रहूंगा और कभी मनुष्यों की बोली नहीं बोलूंगा।

मगर एक दिन मुझे घेसू घसियारे ने पच्चीस रुपये के बदले रमजाई कसाई के हाथ बेच दिया, जिससे जोजफ, शराब की स्मगलिंग करने वाले ने मुझे खरीद लिया। अब मैं अपने पेट में शराब भरकर बांद्रा से माहिम पहुंचता था और पुलिस को कभी शुबहा नहीं होता था कि इस गधे के पेट में कितने गैलन शराब भरी है।

जिस दिन पुलिस को शुबहा हो गया, मैं अपनी जान बचाकर ऐसा बगटुट भागा, ऐसा बगटुट भागा कि मेरे भागने का वेग देखकर रुस्तम सेठ ने मुझे अपने पास रख लिया।

रुस्तम सेठ बम्बई की रेसकोर्स में घोड़े दौड़ाते थे। मगर मेरी तेज चाल देखकर उन्होंने मुझे भी घोड़ों की रेस में दौड़ा दिया। और मैं कप जीत गया। रुस्तम सेठ मुझसे बहुत खुश हुए और खुश होकर मुझे जान से मारने की सोचने लगे। क्योंकि अगर रेसकोर्स वालों को किसी तरह से पता चल जाता कि रुस्तम

सेठ ने घोड़े की रेस में एक गधे को दौड़ा दिया है, तो वह रुस्तम सेठ को रेसकोर्स से बाहर निकाल देते।

खैर, मैं किसी तरह से वहां से जान बचाकर भागा ! फिर मैं एक सेठ को अंटसंट सट्टे के नम्बर बताने लगा। नम्बर आते गए और मेरे पुजारी बढ़ते गए। मैंने सेठ से पार्टनरशिप कर ली और मुझे एक ही दिन में सट्टे के नम्बर बताने में तीस लाख का फायदा हो गया।

मैंने तीन लाख बैंक में रख दिए और फिल्म-प्रोड्यूसर बन गया। अखबारों में बड़े-बड़े शीर्षकों में छपा—"दुनिया का पहला गधा प्रोड्यूसर !" लेकिन यह अखबार वालों की बड़ी ज्यादती थी। अवश्य ही मुझसे पहले भी ऐसे लोग फिल्म में आए होंगे जो मेरे सामने प्रोड्यूसर थे और गधे भी।

पिक्चर बनाते-बनाते मुझे पिक्चर की हीरोइन प्रेमबाला से प्रेम हो गया और साथ-साथ यह भी तय हो गया कि अगर जेब में तीस लाख रुपये हों तो एक सुन्दर स्त्री एक गधे से भी प्रेम कर सकती है।

प्रेमबाला तीस लाख रुपये तीन महीने में चट कर गई, फिर उसने अपने प्रेमी के साथ मिलकर मुझे मार-मारकर घर से बाहर निकाल दिया। और मैं दोनों हाथ खाली, दोलत्तियां झाड़ता हुआ एक किसान मर्द और औरत के साथ पूना की ओर रवाना हो गया।

किसान का नाम तुपकरी था और बीवी का नाम ललताबाई। किसान की जमीन पन्द्रह सौ रुपये में गिरवी पड़ी थी और जब जमीन छुड़ाने के लिए कोई तरकीब उसकी समझ न आई तो उसने बैल को लोगों की किस्मत का हाल बताने को सधाया और बैल को लेकर अपनी बीवी के साथ गांव से बाहर निकल गया। वह शहर-शहर, गांव-गांव, कस्बे-कस्बे मारा-मारा फिरता था और मजमे इकट्ठे करके बैल के जरिये किस्मत का हाल बताता था और अपना पेट पालता था। उसका विचार था कि इसी तरह वह बहुत-सा रुपया कमा लेगा और अपनी खोई जमीन फिर से प्राप्त कर लेगा और खेती-बाड़ी करने लगेगा। मगर लोगों की किस्मत बताने में बैल भी ज्यादा उपयोगी सिद्ध न हुआ। और कुछ महीनों के बाद बैल बम्बई में मर गया। और अब दोनों-पति पत्नी निराश और मजबूर होकर पूना जा रहे थे—भाग्य आजमाने के लिये....।

उनकी कथा सुनकर मुझे बड़ी दया आई—दयालु होना इस संसार में गधेपन की पहली निशानी है ! मैं उनकी विपता सुनकर रो पड़ा और उनके साथ हो लिया।

पूना पहुंचकर हमने पहला मजमा दक्कन टाकीज के सामने जमाया।

तुपकरी ढोल बजाता था और ललताबाई लकड़ी के एक पुराने भोंपू में से भों-भों की विचित्र-सी आवाज निकालती थी जो किसी शंख के नाद से मिलती-जुलती थी। जब पचास-साठ के लगभग आदमी इकट्ठे हो गए तो तुपकरी बोला

"बहनो और भाइयो !"

"इससे पहले शहर में एक बैल आकर आपकी किस्मत बताता था। आज से एक गधा बताएगा। मेरा गधा ज्योतिष विद्या का पूर्ण ज्ञाता है और मेरा विचार है कि अक्सर भाग्य बताने वाले जो होते हैं; गधे होते हैं। नहीं तो दूसरों को उनका भाग्य क्यों बताएं; अपना ही भाग्य ठीक न कर लें ? फिर भी यह एक अलग बात है कि इसके पक्ष में और विपक्ष में बहुत-सी बातें कही जा सकती हैं। वास्तविक बात यह है कि आपको अपना भाग्य जानने का शौक है और यह शौक आपका एक गधा ही पूरा कर सकता है। इसलिए आज मैं एक गधे को अपने साथ लाया हूं।"

"इस गधे में एक विशेष बात यह है कि इसे बैल के समान आंखों पर पट्टी बांधने की जरूरत नहीं है। यह गधा जो कुछ बताएगा—आंखें खोलकर बताएगा और बैल के समान मुंह मारकर नहीं बताएगा या खुर को जमीन पर टेककर नहीं बताएगा—बल्कि अपनी जुबान से बताएगा।"

"अपनी जुबान से ?" मजमे में सनसनी फैल गई, "क्या यह गधा बोलता है ?"

"जी हां," तुपकरी ऊंचे स्वर में बोला, "गधा होकर भी यह मनुष्यों की बोली बोलता है जबकि बहुत-से मनुष्य गधे होकर भी गधे की बोली नहीं बोल सकते। इसलिए यह गधा बहुत-से इन्सानों से ज्यादा समझदार है। डरम-डरम-डरम.... ।"

तुपकरी ने जोर से ढोल बजाया क्योंकि इस विचित्र गधे को देखने के लिए भीड़ बढ़ती जा रही थी।

तुपकरी ने ढोल बजाना बन्द किया। फिर दोनों हाथ जोड़कर बोला, "मगर एक बात। हाथ जोड़कर कहता हूं, बुरा न मानना। यह गधा कोई पाखण्डी ज्योतिषी नहीं है। खरा और सच्चा ज्योतिषी है। यह सदा सच्ची बात कहता है, इसलिए इसकी बात का बुरा मत मानना और जो बात इसकी समझ में नहीं आएगी, वह भी यह साफ-साफ बोल देगा। प्रत्येक प्रश्न के दाम आठ आने होंगे। केवल आठ आने....पूछो....पूछो....गधा आता है, आपका भाग्य बताता है....केवल आठ आने....केवल आठ आने....केवल आठ आने...."

तुपकरी जोर-जोर से ढोल पीटने लगा। ललता भोंपू बजाने लगी। मैं भीड़

के अन्दर रस्सी से बंधा एक गोलाकार चक्कर में घुमाने लगा। एक आदमी ने, जो शक्ल व सूरत से बनिया लगता था, मेरी रस्सी को हाथ से पकड़ा—उसके पास रुक गया।

बनिये ने पूछा, "मैं इस समय कहां से आ रहा हूं ?"

"कुर्की कराके !" मैंने फौरन जवाब दिया, क्योंकि मैंने उसके हाथ में कुर्की के कागज देख लिए थे।

बनिया चौंककर एकदम पीछे हट गया। मुझे बोलता देखकर भीड़ एकदम आगे खिसक आई। गोलकार चक्कर सिमट गया।

"ठीक है," बनिये ने सिर हिलाकर कहा, "लेकिन मैं तुमको तब मानूंगा जब तुम यह बताओगे कि मेरी जेब में कितना धन है।"

यह कहकर उसने अपना बटुआ निकाला।

मैंने कहा, "कितना धन है वह तो मैं नहीं बता सकता लेकिन इतना जानता हूं कि तुम्हारी जेब में जितना धन है उसमें असल कम है, सूद ज्यादा है।"

बनिया हंसा, "गधा बहुत होशियार मालूम होता है।"

इतना कहकर बनिये ने मेरी रस्सी छोड़ दी और वापस जाने लगा कि मैंने धीरे से उसकी धोती दांतों से लेते हुए कहा, "कहां जाते हो ? एक रुपया देते जाओ।"

"कैसा रुपया ?" बनिये ने मुड़कर पूछा।

"तुमने दो प्रश्न पूछे थे। तुमको दोनों प्रश्नों का उत्तर मिला कि नहीं ?" तुपकरी ने पूछा।

बनिये ने धीरे से सिर हिलाया और जेब से एक रुपया निकालकर तुपकरी के हवाले किया।

भीड़ हंसने लगी। बनिया शर्मिन्दा होकर खिसक गया।

एक लड़के ने अठन्नी निकालकर तुपकरी के हाथ में दी और बोला, "बताओ मेरे थैले में क्या है ?"

मैंने कहा, "अगर मैं बता दूं तो तुमको इसी वक्त पुलिस पकड़कर ले जायेगी।"

भीड़ के लोग फिर हंसे। वह लड़का जल्दी से ठर्रे की बोतलों का थैला लेकर गायब हो गया। मगर ठर्रे की बास अभी तक मेरे नथुनों में आ रही थी।

एक लड़का और एक लड़की एक-दूसरे के पास खड़े थे। दोनों जवान और सुन्दर थे। दबी नजरों से एक-दूसरे की ओर देखते थे और फिर घबराकर नजरें अलग कर लेते थे। कभी-कभी एक का हाथ दूसरे के हाथ को छू लेता। उंगलियां

एक पल के लिए एक-दूसरे से खेलतीं फिर पलटकर अलग हो जातीं।

उस लड़के ने लड़की के कान में कुछ खुसर-पुसर की। लड़की के गाल लाल हो गए। उसने जवाब तो नहीं दिया मगर शर्म से सिर झुका लिया। लड़के ने लड़की का हाथ पकड़ लिया और मेरी ओर देखकर बोला, "अगर तुम बता दो मेरी बीवी का क्या नाम है, तो मैं तुम्हें आठ आने की जगह दो रुपये दूंगा।"

मैंने कहा, "बच्चे, पहले तो यह तुम्हारी बीवी नहीं है। तुम्हारे साथ कॉलेज में पढ़ती है। तुम दोनों एक-दूसरे से प्रेम अवश्य करते हो। मगर शादी होने में अभी बहुत देर है। पहले रोजी-रोटी की समस्या तो हल कर लो।"

लड़के ने लजाकर फौरन लड़की का हाथ छोड़ दिया। मैंने देखा लिया था कि लड़की अविवाहित है क्योंकि उसके गले में मंगलसूत्र नहीं था जो इस क्षेत्र में प्रत्येक विवाहित स्त्री के सौभाग्य का प्रतीक होता है।

एक महाशय अपनी छाती फुलाते हुए आगे बढ़े, "बताओ, मैं क्या काम करता हूं ?"

मैंने कहा, "हुजूर तो हमारे माई-बाप हैं।"

"क्या मतलब ?" वह आदमी नाराज होकर बोला, "क्या मैं गधा हूं ?"

"जी नहीं, "मैंने बड़े आदर से कहा, "सच बात तो यह है कि आपके सिवा यहां सब गधे हैं। इस पर भी क्या आप चाहते हैं कि मैं सबके सामने आपको आपका पेशा बता दूं।

वह आदमी खिसियाना होकर और सिर हिलाकर इन्कार करने लगा और तुपकरी को चुपचाप अठन्नी देने लगा।

मैंने तुपकरी के कान में कहा, "इससे अठन्नी मत लेना, सी॰ आई॰ डी॰ का आदमी है।"

वह आदमी चुपके से सटक गया। अब मैं उससे क्या कहता। जीवन में इतनी बार पुलिस वालों से पाला पड़ चुका है कि मेरे लिए सी॰ आई॰ डी॰ के आदमी को पहचानना कोई कठिन काम नहीं है।

इसके बाद तो प्रश्नों की बौछार-सी होने लगी। अठन्नी पर अठन्नी गिरने लगीं। भीड़ बढ़ती गई और भीड़ की बेताबी बढ़ती गई। तुपकरी खुश होकर जोर-जोर से ढोल पीट रहा था। ललता अपने कंठ की पूरी शक्ति से भोंपू बजा रही थी।

भीड़ का जोर बढ़ता देखकर दक्कन टाकीज का मैनेजर भी दफ्तर से बाहर निकल आया और भीड़ को चीरकर मुझ तक पहुंचा।

बोला, "आज मेरे पिक्चर हाउस में रात से नौ बजे क्या होने वाला है ?"

"प्रीमियर," मैंने फौरन जवाब दिया।

"किस पिक्चर का ?"

"दिले नादां तुझे हुआ क्या है !"

"इसमें कौन काम कर रहा है ?"

"राजकपूर, शशिकपूर, बैजयन्ती माला और निम्मी।"

"पिक्चर कितने हफ्ते चलेगी ?"

मुझे मालूम था, यह पिक्चर बम्बई, दिल्ली और कलकत्ता में सिलवर जुबली मना चुकी है इसलिये मुझे अन्दाजा करने में तनिक देर न हुई। फिर भी मुझे शरारत सूझी। मैंने कहा, "पिक्चर देखकर बता सकता हूं।"

मैनेजर खुश होकर बोला, "तो आज रात प्रीमियर पर मेरा निमन्त्रण स्वीकार करो।"

"मन्ज़ूर है।" मैं बोला।

मैनेजर ने दस रुपये का नोट तुपकरी के हाथ में थमाया—तीन सीटों का निमन्त्रण-पत्र भी दिया और यह कहते हुए बिदा हुआ, "आज शाम को नौ बजे।"

2

जाना गधे का दक्कन टाकीज के प्रीमियम में और उद्घाटन करना फिल्म 'दिले नादां तुझे हुआ क्या है' का और बयान फिल्मी सितारों का....

दक्कन टाकीज के मैनेजर श्री आठवले मुझे बहुत जिंदादिल और खुश-मिजाज मालूम हुए। उन्होंने मेरी बातें सुनकर मुझे इस फिल्मी प्रीमियर का उद्घाटन करने के लिए चुन लिया, और चुनते ही सारे शहर में पोस्टर लगवा दिए कि फिल्म 'दिले नादां तुझे हुआ क्या है' का उद्घाटन श्री ग॰ ग॰ गधेजी करेंगे। वे न केवल मनुष्य की बोली बोलेंगे बल्कि उद्घाटन के मध्य आपको एक फिल्मी गाना भी सुनाएंगे।

मैंने श्री आठवले से कहा, "यह आप क्या कर रहे हैं ? फिल्म का उद्घाटन तो सदा किसी चमकते हुए ऊंचे सितारे से कराया जाता है। या फिर किसी बड़े आदमी से।"

श्री आठवले से कहा, "वह तरीका बहुत पुराना हो चुका है।" उसमें अब कोई बात नहीं रही। पब्लिसिटी के लिए हमेशा कोई नया स्टण्ट सोचना चाहिए। तुम देखना, आज रात न केवल अगले दो हफ्तों के लिए एडवांस बुकिंग फुल हो

जाएगी बल्कि इतने लोग आएंगे कि दक्कन टाकीज से बाहर भी तिल धरने की जगह न मिलेगी।"

"मगर कुछ अच्छा नहीं मालूम होता, "मैंने फिर बाधा डाली, "इतनी बड़ी फिल्म ? और उसका उद्घाटन एक गधा करे !"

"उद्घाटन करने में कोई ज्यादा अक्कल की जरूरत तो होती नहीं है। एक रेशमी फीता होता है और एक कैंची होती है। कैंची से रेशमी फीते को काट दिया जाता है।"

"उद्घाटन करने में कैंची क्यों होती है ?" मैंने पूछा।

"क्यों, तुम्हें कैंची पर क्या एतराज है ?" श्री आठवले ने मुझसे पूछा।

"जाने क्या बात है ?" मैंने अपने लम्बे-लम्बे कान फटफटाते हुए कहा, "उद्घाटन के समय कैंची देखकर मुझे हमेशा यह अनुभव होता है कि एक बड़ा आदमी है जो कैंची लेकर बहुत-से छोटे-छोटे आदमियों की जेबें काट रहा हे।"

श्री आठवले हंसे, बोले, "बहुत शरीर हो इसीलिए तो मैं तुम्हें आज के उद्घाटन के लिए बड़ा आदमी बना रहा हूं। तुम्हें एक भाषण भी देना होगा इस अवसर पर।"

"इतने फिल्मी सितारों के बीच, जगमगाते हुए भरे हाल में मैं भाषण कैसे दे सकूंगा ? मुझे डर लगता है।"

"तुम्हारे डर का प्रबन्ध भी कर लिया है," श्री आठवले बोले, "क्या तुम्हारे पास परमिट है ?"

"है तो सही," मैंने कहा, "जब मैं बम्बई में फिल्म प्रोड्यूसर था तो मैंने शराब की परमिट बनवा लिया था। मगर फार्म भरते समय उन्होंने मुझसे एक अजीब बात पूछी।"

"क्या ?"

"उन्होंने दूसरी बातों के साथ-साथ, मुझसे पूछा, तुम्हारी मासिक आय क्या है ?"

"मैंने कहा, "जितनी ठीक समझो, लिख लो। मेरे बैंक के हिसाब में तीस लाख रुपये जमा हैं। मगर परमिट लेने के लिए डॉक्टर का सर्टिफिकेट ही क्या काफी नहीं है ? आमदनी क्यों देखी जाती है ? क्या दवा देते वक्त किसी रोगी से उसकी आमदनी पूछी जाती है ? उधर यू. पी. में भी कोई ऐसा कानून लागू हो चुका है, या लागू होने वाला है जिसके चरिये शक्कर का राशन लेने वालों के लिए भी उनकी आमदनी पूछी जाएगी—यह फर्क कैसा है ?"

आठवले ने कहा, "अगर यह फर्क न हो तो बड़े आदमी छोटे आदमियों पर कैंची कैसे फेरेंगे ?"

"मगर फिर एक प्रश्न यह भी खड़ा होता है," मैंने कहा, "अगर शराब पीना जुर्म है तो परमिट देकर उस जुर्म की आज्ञा क्यों दी जाती है ? इस प्रकार तो फिर दूसरे दोषों के लिए परमिट होना चाहिए—चोरी के लिए परमिट हो, डकैती के लिए परमिट हो, हत्या के लिए परमिट हो और जितना कठोर दोष हो उतना ही बड़ा परमिट हो और उतनी ही बड़ी फीस हो। मेरे विचार में इस प्रकार से तो करोड़ों क्यों अरबों रुपयों की आमदनी हमें हो सकती है और हम अपने पापों के परमिट से एक नहीं बल्कि कई पंचवर्षीय प्लान पूरे कर सकते हैं।"

श्री आठवले आश्चर्य से मेरा मुंह ताकने लगे।

मैंने कहा, "सम्भव है, मैं गलत सोचता हूं। आखिर को मैं एक गधा हूं। लेकिन आप मुझे समझा दीजिए न।"

"तुम्हारे जैसे गधों को समझाना बहुत मुश्किल है," श्री आठवले हंसकर बोले और मेरे सामने मेरे परमिट की बोतल रखते हुए बोले, "लो, पीओ, ताकि तुम्हारे दिल का डर निकल जाए और तुम कोई अच्छा सा भाषण कर सको।" मैंने पहला पैग उठाया और मुस्कराकर कहा—

"परमिट की पीते थे और दिल में कहते थे
रंग लाएगी हमारी फाकामस्ती एक दिन!!"

श्री आठवले ने बिल्कुल ठीक कहा था। सात बजे से ही दक्कन टाकीज के बाहर लोगों की भीड़ शुरू हो गई थी। पुलिस का इन्तजाम बहुत अच्छा था। मगर साढ़े आठ के लगभग इतनी भीड़ बढ़ गई कि श्री आठवले को टेलीफोन करके पुलिस बुलवानी पड़ी। बड़े आदमियों की रक्षा के लिए तो पुलिस आती ही है लेकिन एक गधे के लिए पुलिस कभी न आई थी। हजारों की संख्या में लोग मुझे देखने को बेताब थे।

पौने नौ बजे के लगभग श्री आठवले मुझे हारों से लादकर भीड़ को चीरते हुए सिनेमा के अन्दर ले जाने लगे। मुझे देखते ही बाहर खड़े लोगों ने हंसना शुरू कर दिया और जोर-जोर से तालियां बजाने लगे। मैं भी दांत निकालता हुआ अपने लम्बे-लम्बे कानों से मानो दोनों हाथ जोड़ता हुआ, भीड़ को चीरता हुआ सिनेमा हाल के अन्दर चला गया।

सिनेमा हाल के अन्दर जाकर मैंने कैंची की जगह अपने दांतों से रेशमी फीता काटा। फिर पर्दा सरका और स्क्रीन नजर आई और स्क्रीन के सामने कुर्सियों पर फिल्म में काम करने वाले सितारे भड़कीले वस्त्र पहने नजर आए। लोगों ने

खुश होकर बार-बार तालियां बजाईं। शशिकपूर, वैजयन्तीमाला, निम्मी और दूसरे सितारों से मेरा परिचय कराया गया। मुझे डाइस पर अध्यक्ष की हैसियत से सबके बीच में बिठा दिया गया। श्री आठवले ने छोटा-सा भाषण देते हुए मेरा परिचय कराया और फिर मुझे एक माइक के सामने खड़ा कर दिया और श्री आठवले ने लोगों की चीखों, आवाजों और तालियों के बीच मुझे भाषण देने के लिए कहा।

मैंने माइक पर आकर कहा, "भाइयो और बहनो!"

इस पर एक जोरदार कहकहा पड़ा।

"इस शानदार और खूबसूरत फिल्म के उद्घाटन पर मुझे बुलाकर जो कार्रवाई की गई है वास्तव में हम सब गधों की इज्जत बढ़ाई गई है। श्री आठवले का इस अवसर के लिए एक गधे को फिल्म प्रीमियर के लिए चुनना बे-सबब नहीं है। वास्तव में यह इस सत्य को स्वीकार करना है कि हिन्दुस्तान में आमतौर पर जो फिल्में बनती हैं वे इस श्रेणी की होती हैं कि उन्हें एक गधा भी आसानी से समझ सकता है। बल्कि कुछ जाहिल लोग तो यहां तक कहते सुने गये हैं कि उन्हें केवल एक गधा ही समझा सकता है। मगर मैं ऐसी राय नहीं रखता। हां, इतना जरूर कह सकता हूं कि फिल्म एक ऐसी मनोरंजन है जिसे समझने के लिए और जिसे प्रफुल्ल होने के लिए ज्यादा अकल की जरूरत नहीं है। मगर दूसरे मनोरंजनों में जरूर अकल की जरूरत पड़ती है। अगर आप एक उपन्यास से आनन्द लेना चाहते हैं—तो आपके लिए पढ़ा लिखा होना जरूरी है। शेक्सपियर का ड्रामा समझने के लिए अक्ल की जरूरत है। पक्के राग का मजा लेने के लिए भी संगीत का थोड़ा-सा ज्ञान होना जरूरी है। लेकिन फिल्म देखने के लिए केवल इतना काफी है कि आपकी दो आंखें हों और कान हों, बल्कि एक आंख और एक कान हो, तो भी चलेगा।

"इसलिए साधारणतः हमारे यहां जो फिल्म बनाई जाती हैं अधिकतर आंख और कान को खुश करने के लिए बनाई जाती हैं—आंख से नजर आता रहे और कान में कुछ पड़ता रहे। बस, इतना काफी है। दिमाग को खुश रखने के लिए कोई फिल्म नहीं बनाई जाती क्योंकि किसी न किसी तरह यह समझ लिया गया कि देखने वालों के पास दिमाग नहीं होता, यानी वे सब मेरी तरह गधे होते हैं और ऐसी ही फिल्म पसन्द करते हैं।

"मगर इसमें केवल फिल्म बनाने वाले का कसूर नहीं है। मैंने बहुधा देखा है कि बहुत से लोग जब फिल्म देखने आते हैं तो अपनी अक्ल और अपना दिमाग घर भूल आते हैं। ऐसी हालत में कोई फिल्म निर्माता अच्छी पिक्चर बनाने की हिम्मत कैसे करे ? इस पर भी कई मनचलों ने हिम्मत दिखाई और कई—एक ऐसी

अच्छी और सुन्दर फिल्में बनाई जिन्हें देखने और समझने के लिए थोड़ी-सी अक्ल की जरूरत थी—मगर वे सब फिल्म फेल हो गईं। फिल्म कम्पनी का पाटिया आउट हो गया और फाइनेंस दिवालिया हो गया।

"इसलिए केवल फिल्म निर्माताओं को दोषी ठहराना गलत है। यह ठीक है कि अक्सर फिल्म निर्माता केवल अनुभवों और भावनाओं के निचले स्तर पर सोचते हैं और ज्यादा से ज्यादा उन्हें क्यों देखते हैं ? और अपनी अक्ल का इस्तेमाल क्यों नहीं करते ? आखिर एक इन्सान और एक गधे में कुछ अन्तर होना चाहिए। मुझे देखिए, एक गधा होकर भी इन्सानों की बोली सीख गया हूं। क्या आप इन्सान होकर भी मेरे जैसे गधे से कुछ सीख नहीं सकते हैं ?

"मामला सुधर सकता है। अगर थोड़ी-सी अक्ल फिल्म-निर्माता इस्तेमाल करें, थोड़ी-सी अक्ल देखने वाले दिखाएं, तो ऐसी फिल्में जरूर बन सकती हैं जो आंख और कान को खुश करने के साथ-साथ दिमाग को भी तरावट पहुंचाया करें। ऐसी फिल्में जो केवल यह न पूछें, 'दिले नादां तुझे हुआ क्या है ?' बल्कि यह भी बताएं 'आखिर इस दर्द की दवा क्या है ?....' "

मैं तभी आगे कुछ और कहना चाहता था, मगर हाल में हूटिंग शुरू हो गई। लोग सीटियां बजाने लगे, पैर पटकने लगे, चीखने और चिल्लाने लगे, "नहीं सुनेंगे, नहीं सुनेंगे, बन्द करो यह बकवास।"

मैं फौरन समझ गया कि लोग अपनी अक्ल घर भूल आए हैं; इनमें कोई काम की बात करना मुश्किल है। मैंने फौरन अपना मूड बदल दिया। पीछे हटकर इतने जोर से गधे की हांक लगाई कि सारे हाल का मूड बदल गया। हूटिंग एक दम बन्द हो गई। और लोग खुशी से कहकहे लगाने लगे और तालियां बजाने लगे।

मैंने कहा, "भाइयो और बहनो, एक अहमक जिस दूसरे अहमक के दिल की बात समझता है, उसी तरह मैं भी समझ गया कि आप मुझसे क्या चाहते हैं। लीजिए, अब मैं आपको एक फिल्मी गाना सुनाता हूं।" और यह कहते हुए मैंने स्टेज पर थिरकना शुरू किया गाना चालू किया—

"मैं कहूं अल्लाह हूं
वह कहे याहू
याहू आया याहू आया
याही आयी याही आयी
फिल्म में तबाही आयी
तबाही के दो बच्चे

झूठे और सच्चे
दूर दूर दूर
मोतीचूर मोतीचूर
शशीकपूर शशीकपूर
याहू याही याहन
अंगना में खेल काहन
काहन की हंसी
बंसी में कांटा
कांटे में मछली
उछली उछली उछली।"

'उछली उछली उछली' कहकर मैंने जो उछलना और ट्वीस्ट के भाव में नाचना शुरू किया तो हाल में बैठे हुए लोग भी ताली देते हुए अपनी सीटों से उठने लगे और 'उछली, उछली' कहकर उस तरह उछलने लगे कि कुर्सियां चटखने लगीं।

सारे हाल में हंगामा मच गया। श्री आठवले को डर पैदा हुआ कि कहीं इस हंगामे के दौरान लोग कुर्सियां न तोड़ दें, इसलिए मैंने उनकी आंख का इशारा पाते ही ट्वीस्ट बन्द कर दिया और श्री आठवले ने फिल्म चलाने का हुक्म दे दिया।

जैसे ही हाल में अन्धेरा हुआ कि फिल्म का म्यूजिक शुरू हुआ, लोग तालियां बजाते हुए अपनी-अपनी कुर्सियों पर बैठ गए और सारे फिल्मी सितारे मेरे साथ पिछले दरवाजे से खिसक गए।

प्रीमियर बहुत सफल रहा। मशहूर फिल्मी अभिनेता शशिकपूर ने मेरी पीठ ठोंकी और मेरे कान अपने हाथ में लेकर कई-कइ बार उन्हें जोर-जोर से हिलाकर मुझसे मुसाहफा किया, बोला, "तुमने ठीक समय पर तमाशाइयों का मूड बदल के उन्हें खुश कर दिया। तुम्हारे नाच और गाने ने तो उन्हें बिल्कुल मोह लिया है। हैरत है कि जानवर होकर तुमने यह ट्वीस्ट कैसे सीख लिया ?"

मैंने कहा, "ट्वीस्ट वास्तव में जानवरों का नाच है और वहीं से आया है। हमें उसके सीखने की जरूरत नहीं पड़ती।"

शशिकपूर हंसा बोला, "मेरे एक मित्र की फिल्म में खच्चर का रोल है करोगे?"

जल्दी से आठवले बोल उठे, "अभी एक हफ्ते तक तो मैं इसे पूना ही में रखूंगा।"

"अभी एक हफ्ते तक तो मुझे भी पूना में काम है," मैंने तुपकरी और ललताबाई की ओर देखते हुए कहा।

"अभी एक हफ्ते तक तो इस फिल्म की आउटडोर शूटिंग भी न होगी और जब होगी तो यहीं कहीं पूना में आसपास लूनावला या खण्डाला में होगी। जब होगी तो मैं खुद तुम्हें यहां आकर श्री आठवले की इजाजत से ले जाऊंगा—ओ. के.।"

"ओ. के.।"

"डन ?"

"डन।"

शशिकपूर ने फिर मुझसे हाथ मिलाया और दुबारा आने का वायदा करके विदा हुआ।

श्री आठवले ने मेरे कहने पर तुपकरी और ललताबाई को दो सौ रुपये दिए। अस्सी रुपये भीड़ से जमा हुए थे। तुपकरी की आंखों में आंसू आ गए। उसने मेरी गर्दन में हाथ डाल के प्यार जताया।

मैंने कहा, "प्यारे तुपकरी, सच्ची मित्रता केवल गधे कर सकते हैं, मतलब की मित्रता इन्सान करते हैं। एक गधे और इन्सान में यही तो अन्तर है। इन्सान बनना बहुत आसान है गधा बनना बहुत मुश्किल है। आओ चलें, किसी देवस्थान पर, और भगवान् से प्रार्थना करें कि वह हमें सदा गधा ही बनाए रखे।"

3

होना चालान गधे का एक सन्तरी के हाथ से और जाना गधे का थाने में और पेश किया जाना गधे का स्माल काज कोर्ट नं. 3 में और बहस करना गधे का भरी अदालत में और आना एक अंग्रेजी औरत का....

श्री आठवले ने मुझे एक हफ्ते के लिए पचास रुपये प्रतिदिन पर नौकर रख लिया। मेरा काम यह था कि मैं हर शो से एक घण्टा पहले दक्कन टाकीज की सीढ़ियों पर खड़ा हो जाता था और भाषण देकर लोगों को पिक्चर देखने पर उकसाता था। पूना के लोगों ने आज तक बोलने वाला गधा कभी न देखा था, जबकि गधों की तरह बोलने वाले सैकड़ों देखे थे। इसलिए प्रत्येक शो में हाउसफुल जाता था। इसके अतिरिक्त अवकाश मिलने पर तुपकरी के साथ

मजमा भी लगाता था और लोगों को उनकी किस्मत भी बताता था। और यह देख-देखकर चकित होता था कि इस संसार में कितने लोग हैं जो अपना भाग्य मालूम करने के इच्छुक हैं। जबकि इस संसार में करोड़ों आदमी ऐसे हैं जिनका भाग्य बिल्कुल एक जैसा है। क्योंकि उनकी आय के साधन एक-से हैं। रोजी, रोटी कपड़े और छत की समस्या एक-सी है। हरेक के हाथ की रेखाएं अलग-अलग हैं। मगर उन सबके भाग्य की रेखा समान है क्योंकि वे एक प्रकार के समाज में रहते हैं और जब तक समाज न बदल दिया जाए—भाग्य कैसे बदल सकता है ? यह मैं किसको बताऊं ? अगर बताने की कोशिश भी करता हूं तो कोई सुनने के लिए तैयार नहीं है। खुद को धोखा देने की यह सीमा है कि प्रत्येक मनुष्य यह सोचता है कि ज्योतिषी के पास जाने से भाग्य किसी तरह पलटा खा जाएगा, जबकि हाथ की रेखाएं हाथों के परिश्रम से ही बदल सकती हैं। एक-दो बार मैंने मजमे को यह बताने की चेष्टा भी की। मगर यह सुनते ही लोग ऐसे निराश हुए कि मजमा घट गया और किसी ने अठन्नी तो क्या एक फूटी कौड़ी भी मुझे न दी। इसलिए दो-एक बार चेष्टा करने के बाद मैंने अपनी कार्य-शैली बदल दी और लोगों को वही कुछ बताने लगा जो वे किसी ज्योतिषी से सुनना चाहते हैं। इस पर फिर मुझ पर अठन्नियों की बौछार होने लगी और मैंने एक हफ्ते के अन्दर सत्रह सौ रुपये कमाकर तुपकरी और उसकी पत्नी ललताबाई के हवाले किए और उनसे कहा कि वे अपने गांव वापस चले जाएं और अपनी जमीन छुड़ाकर फिर से खेती बाड़ी करें।

तुपकरी बोला, "मगर अब खेती बाड़ी करने की जरूरत क्या है ? इसी प्रकार मजमा लगाएंगे और महीनों में हजारों रुपये कमाएंगे।"

ललताबाई बोली, "मैंने फणसबाड़ी में एक घर देखा है, बीस हजार रुपये में मिलता है। तुम अगर ठीक से मेहनत करो तो आठ दस महीनों में इसी पूना के अन्दर मुझको एक घर लेकर दे सकते हो। फिर मुझे सोने के दो कड़े भी चाहिये। हम लोग बड़ी खुशी से रह सकते हैं।"

तुपकरी बोला, "दो साल में हमारे पास अपनी एक मोटरगाड़ी होगी।" ललताबाई खुशी से ताली बजाकर बोली, "वाह ! वाह !! मैं अपनी मोटर में बैठूंगी और मोटर में बैठकर किसी दिन अपने गांव जाकर दूसरी औरतों को जलाऊंगी—बड़ा मजा आएगा।"

"कुछ मालूम भी है", मैंने थोड़ा नाराज होकर कहा, "यह हराम की कमाई होगी। लोगों से झूठ-सच बोलकर रुपया कमाना सभ्य लोगों का काम नहीं है।"

"इस संसार में कौन सभ्य है ?" तुपकरी बोला, "सभ्यता ही में तो जमीन अपने हाथ से गई।"

"देखो तुपकरी," मैंने उससे कहा, "ज्यादा लालच मत करो, सीधे-सीधे अपने घर वापस जाओ। मैंने तुम्हारी दशा पर दया करके तुम्हारी जमीन छुड़ाने का प्रबन्ध कर दिया है। अब खुशी-खुशी अपनी पत्नी को लेकर अपने गांव जाओ और मेहनत से खेती बाड़ी का काम करो।"

"मेहनत की कमाई में जितनी बरकत होती है, वह भी मैंने देख ली है," तुपकरी बहुत कटुता से बोला।

"तुम नहीं जाओगे ?" मैंने गुस्से से कहा, "तो मैं तुम्हें छोड़कर चला जाऊंगा।"

"देखता हूं कैसे जाते हो ?" तुपकरी ने इतना कहा और मोटे रस्से को मेरी गर्दन के चारों ओर घुमा लपेटकर अच्छी तरह से मुझे अपने बस में कर लिया।

"क्या मेरी दया का यही बदला है ?" मैंने चीखकर कहा, "क्या एक गधे की निःस्वार्थ सेवा का यही फल है ? स्वार्थी इन्सानो ! मुझे छोड़ दो।"

मगर ललताबाई मेरी दुम घसीटकर पकड़ने लगी। तुपकरी रस्से से खींचकर मुझे ले जाने लगा। मैं गुस्से में आकर दोलत्तियां झाड़ने लगा और जोर-जोर से रेंगने लगा। शोर सुनकर बहुत से लोग इकट्ठे हो गए और तुपकरी से पूछने लगे—

"क्या बात है ?"

"बात क्या होगी ?" तुपकरी मुझे घसीटते हुए बोला, "हमारा गधा है और हम ही से अकड़ता है। देख लो हमारे साथ जाने से इन्कार करता है।"

एक हट्टा-कट्टा नौजवान, जिसके हाथ में एक लाठी थी, मेरी ओर देखकर आंखें लाल करके बोला, "एक गधे की यह हिम्मत की अपने स्वामी से हठ करे ?"

इतना कहकर वह लाठी लेकर मुझ पर बरस पड़ा। इधर-उधर के लड़के-बाले भी मुझकर लातें और घूंसे बरसाने लगे। मैं दुख और गुस्से से चीख-चीखकर कहने लगा, "पुलिस ! पुलिस !"

पुलिस का नाम सुनते ही एक सन्तरी दौड़ा-दौड़ा आया। सन्तरी को आते देखकर मजमा छंटा। उस नौजवान ने भी अपनी लाठी रोक ली पुलिस के सन्तरी ने पूछा, "क्या बात है ?"

तुपकरी बोला, "तो ले जाओ इसको, कौन रोकता है ?"

"यह गधा जाता नहीं है," ललताबाई गुस्से से कांपकर बोली। "मैं किसी

का गधा नहीं हूं श्रीमान्," मैंने सन्तरी से कहा, "मैं अपनी इच्छा का स्वयं स्वामी हूं।"

मुझे मनुष्यों के समान बोलते देखकर सन्तरी चौकन्ना हो गया। तुपकरी बोला, "यह झूठ बोलता है, यह मेरा गधा है, आठ दिन से हम इसको घास खिला रहे हैं।"

"घास तुम खा गए हो," मैंने तुपकरी से कहा, "मैं एक स्वतन्त्र गधा हूं।"

"कोई गधा स्वतन्त्र नहीं होता," सन्तरी बोला, "प्रत्येक गधे का कोई न कोई स्वामी होता है।"

"सन्तरीजी," ललताबाई अपने आंखों में आंसू लाकर बोली, "सन्तरीजी, यह हमारा गधा है, आठ दिन हम इस गधे को लेकर इस शहर में मजमा लगा रहे हैं। इस मजमे में से किसी से भी पूछ लो, सब साक्षी देंगे कि यह गधा वास्तव में हमारा है।"

मैंने कहा, "सन्तरीजी, मैंने इन दो प्राणियों को दुखी समझकर इस पर दया की। आठ दिन से मजमा लगाकर इन्हें सत्रह सौ रुपये कमाकर दिये हैं। इसके बदले कि ये मेरी दया के आभारी हों, ये उल्टा मुझी पर अपना स्वामित्व जताना चाहते हैं। देखा जाए तो उन सत्रह सौ रुपयों का स्वामी मैं हूं।"

सन्तरी बोल, "अपनी बकवास बन्द करो। अगर तुमने इनको सत्रह सौ रुपये कमाकर दिये हैं तो उस धन के स्वामी तुम कैसे हो सकते हो ? प्रत्येक गधे की कमाई पर उनके स्वामी का ही अधिकार होता है। ऐसा न हो तो कल को एक मिल में हजारों काम करने वाले मजदूर मिल की करोड़ों की कमाई पर अपना अधिकार जताने लगें। मगर यह कैसे हो सकता है ? गधा घास खाएगा। मिल का स्वामी मिल का स्वामी ही रहेगा। ऐसा ही इस संसार का नियम है।"

"तो उसी नियम को चलने दो," मैंने कहा, "मैं कहां उनके सत्रह सौ रुपये उनसे छीनना चाहता हूं। मैं केवल अपनी मुक्ति चाहता हूं।"

सन्तरी दुविधा में पड़ गया, बोला, "अब यह झगड़ा कोर्ट के सामने पेश होगा। तुम कुछ कहते हो, यह किसान कुछ कहता है। और तुम गधे होकर सड़क पर खड़े होकर रेंगते हो। मैं तुम दोनों को अभी अदालत में लेकर जाता हूं। अदालत जो निर्णय करेगी वही तुम दोनों को मंजूर होना चाहिए।"

"ठीक है।" तुपकरी बोला।

"मुझे भी मन्जूर है।" मैंने कहा।

सन्तरी ने जेब से डायरी निकालकर मेरा चालान किया, दो गवाहों के बयान लिए, मेरा रस्सा अपने हाथ में लिया; थाने ले जाकर रिपोर्ट लिखवाई।

सब-इन्स्पेक्टर जावेल ने रिपोर्ट लिखकर मुझसे पूछा, "तुम तीन सौ रुपये की जमानत दे सकते हो ?"

"हुजूर," मैंने अपने दोनों कान जोड़कर बड़ी नम्रता से कहा, "मैं एक गरीब गधा हूं, मेरी जमानत कौन देगा ?"

इन्स्पेक्टर जावेल बोला, "अगर तुम्हारी कोई निजी जायदाद हो तो मैं तुम्हारे स्वयं की जमानत लेकर तुमको अभी रिहा कर सकता हूं, मुकदमा बाद में चलता रहेगा।"

मैंने कहा, "हुजूर अगर मेरी कोई जायदाद होती तो मैं गधा क्यों होता, राव साहब क्यों न होता ?"

"बहुत ढीठ हो," जावेल थोड़ा गर्म होकर बोले, फिर सन्तरी से बोले, "कोई इन्स्पेक्टर सावन्त अभी स्माल काज कोर्ट नं॰ 3 में गया है वहां अभी इस गधे को ले जाओ।"

फिर तुपकरी और ललताबाई की ओर देखकर बोला, "घबराओ नहीं, तुम्हारा गधा तुमको जरूर कोर्ट से मिल जाएगा। सन्तरी के साथ जाओ, और दोनों गवाहों को भी अपने साथ ले जाओ। सब ठीक हो जाएगा।"

कोर्ट नं॰ 3 के बाहर पहुंचकर सन्तरी रुक गया। उसने रस्सी तुपकरी के हाथ में दी और खुद कोर्ट के अन्दर इन्स्पेक्टर सावन्त से मिलने के लिए चला गया। कुछ देर बाद कोर्ट इन्स्पेक्टर बाहर आया। वह एक सांवले रंग का गठे हुए शरीर का घनी मूछों वाला आदमी था। उसकी आंखों में कठोरता का भास होता था। मुझे देखकर वह अपने होंठों पर एक उपहास-भरी मुस्कराहट लाया और सिर को तनिक-सा हिलाकर फिर अन्दर चला गया।

कोर्ट के अन्दर धड़ाधड़ पुलिस केस चल रहे थे और हर केस का दो-दो तीन-तीन मिनट बाद निर्णय हो रहा था।

सबके अन्त में हमारे मुकदमे की बारी आई।

"माओहू तुपकरी बनाम गधा।"

कोर्ट का अर्दली जोर से चिल्लाया।

आखिरी नाम सुनते ही कोर्ट में बैठे हुए बहुत से लोग चौंक पड़े। वकील अपनी काली-काली विंग्स सम्भालने लगे। मजिस्ट्रेट ने भी अपनी नाक पर ऐनक ठीक की और कोर्ट-क्लर्क ने मुकदमे का कागज अपने हाथ में ले लिए।

जब मैं तुपकरी, ललताबाई और सन्तरी के साथ अन्दर दाखिल हुआ तो चारों ओर एक सनसनी-सी फैल गई। बेंचों के पीछे बैठे हुए लोग उचक-उचककर मुझे देखने लगे।

"आर्डर ! आर्डर !!" कोर्ट का अर्दली जोर से चिल्लाया।

"अभियुक्त कठघरे में खड़ा हो," फिर एक आवाज आई और मैं उछलकर कठघरे मैं खड़ा हो गया। मुझे देखकर बहुत से लोगों की एकदम हंसी छूट गई। वकील और स्वयं मजिस्ट्रेट भी मुस्कराए बिना न रह सके। फिर 'आर्डर-आर्डर' की आवाज आई और चारों ओर सन्नाटा छा गया।

"मामला क्या है ?" मजिस्ट्रेट ने पूछा।

संक्षेप में कोर्ट इन्स्पेक्टर सावन्त ने बताया। तुपकरी, ललताबाई और उनके दोनों गवाहों ने मेरे विरुद्ध बयान दिए। सब कुछ खामोशी से सुनकर मजिस्ट्रेट ने मेरी ओर कड़ी नजरों से देखा और पूछा।

"क्या तुम अपने जुर्म को स्वीकार करते हो ?"

"हर्गिज नहीं।" मैंने कहा।

"तुम्हारा वकील किधर है ?" मजिस्ट्रेट ने पूछा।

"योर वर्शिप ! मैं खुद ही अपना वकील हूं।"

मुझे बोलते देखकर सब वकील हैरान हो गए, कई लोगों ने तो आश्चर्य से दांतों तले उंगली दब ली।

मैंने कहा, "मुझे बोलता देखकर आप इतने हैरान क्यों हैं ? वह समय बहुत पास आ रहा है जब हर बेजुबान गधे के मुंह में जुबान आ जायेगी।"

"मतलब की बात करो, बस यह बता दो कि तुम तुपकरी के साथ अर्थात् अपने स्वामी के साथ जाने के लिए तैयार क्यों नहीं हो ?"

"इसलिए कि वह मेरा मालिक नहीं है।"

"यह कैसे हो सकता है ?" सरकारी वकील ने मुझ पर जिरह करते हुए कहा, "प्रत्येक गधे का कोई न कोई मालिक होता है।"

"इस संसार में लाखों-करोड़ों गधे ऐसे मारे-मारे फिरते हैं जिनका हाल कोई पूछने वाला नहीं है। मैं भी एक ऐसा ही गधा हूं।"

"मगर तुम्हारी रस्सी इसके हाथ में (तुपकरी की ओर इशारा करके) देखी गई है।"

"इस संसार में हर किसी की रस्सी किसी दूसरे के हाथ में होती है, सब कपड़ा मजदूर बनाते हैं लेकिन उनकी रस्सी मिल मालिक के हाथ में होती है, देखने में मिल मालिक मिल का मालिक है लेकिन उसकी रस्सी काटन एक्सचेंज के हाथ में होती है काटन एक्सचेंज की रस्सी न्यूयार्क में होती है जहां से भाव खुलता है। फिर कौन मालिक है ?"

मजिस्ट्रेट मुस्कराया।

सरकारी वकील बोला, "मगर पूना के सैकड़ों आदमियों ने तुपकरी को मजमा लगाते हुए और तुम्हारे साधन से अपनी रोजी कमाते देखा है।"

"तो इस हिसाब से तुपकरी को नहीं बल्कि मुझे तुपकरी का मालिक होना चाहिए क्योंकि मैं उसे रोजी कमाकर देता हूं लेकिन यहां तो गंगा उल्टी बह रही है। बिल्डिंग बनाता है मिस्त्री और ईंटें ढोने वाला लेकिन मालिक कोई दूसरा होता है। अजीब हिसाब है यहां का, जिसे मालिक होना चाहिए वह गुलाम है और जिसे गुलाम होना चाहिए वह मालिक बन बैठा है।"

सरकारी वकील कुछ देर के लिए चुप हो गया, दूसरे वकील अब गर्दनें आगे किये बड़ी रुचि से इस बहस को सुन रहे थे। मजिस्ट्रेट के चेहरे पर प्रतीत होता था कि वह भी आनन्द ले रहा है।

मगर सरकारी वकील आखिर सरकारी वकील था। उसने पैंतरा बदला, बोला, "यहां इससे बहस नहीं है कि क्या होना चाहिए। बल्कि क्या है—इस पर बहस है। और वास्तविकता केवल इतनी है कि प्रत्येक गधा किसी न किसी का दास होता है। प्रत्येक गधे का कोई न कोई मालिक होता है।"

मैंने कहा, "मगर यह एक स्वतन्त्र देश है। यहां एक गधे को भी स्वतन्त्रता का अधिकार है।"

"नियमानुसार यह अधिकार केवल मालिकों को दिया गया है। गधों को नहीं," सरकारी वकील ने विजयी भाव से चारों ओर देखा, "नहीं तो कल को हर भेड़-बकरी स्वतन्त्रता की मांग करने लगेगी। तो फिर सोसायटी कैसे चलेगी श्रीमान् ?"

"तो क्या सोसायटी को चलाने के लिए यह आवश्यक है कि गधों और मालिकों में भेद रखा ही जाए। बहुत से गधे और कुछेक मालिक ? सभी को मालिक क्यों न बना दिया जाए सरकार ?"

"क्या गधों की-सी बातें करते हो ?" सरकारी वकील बोला।

गधा तो हूं हुजूर, मगर सोच-विचार करने वाला हूं। सोसायटी का उच्चस्तरीय प्राणी नहीं, मगर निचले तबके से अवश्य सम्बन्ध रखता हूं। अगर गिनिएगा तो संख्या समाज में हमारी ही अधिक निकलेगी। हम लोग मालिकों के पंजों से बचकर अपने लिए जीवित रहना चाहते हैं। अगर स्वतन्त्रता का कोई अर्थ है तो उसे बहुसंख्यकों के लिए भी होना चाहिए, वह नियम जो एक ताकतवर अकलियत याने अल्पसंख्यक को बहुसंख्यक वाली जनता पर छा जाने दे, उसे जितनी जल्दी बदल दिया जाए अच्छा है।"

"यह पब्लिक-प्लेटफार्म नहीं हैं," मजिस्ट्रेट ने मुझे डांटा।

"योर आनर, मैं जानता हूं, कि यह कोर्ट है, मगर जिस कठघरे में मैं खड़ा हूं वहां ऐसा क्यों प्रतीत होता है जैसे मेरे सामने सब दोषी ही दोषी खड़े हैं !"

"अगर तुमने फिर कोई अनावश्यक बात कही तो मैं अदालत का अपमान करने के अभियोग में तुमको छः महीने की सजा दे दूंगा।" मजिस्ट्रेट ने मुझे अन्तिम बार चेतवानी दी।

मैंने अपने होश-हवास ठीक किए और कहा, "आज एक गधा पहली बार इन्सान की अदालत में पेश किया गया है। मुझसे पहले भी यहां कितने ही निर्दोष आए होंगे, मगर उनके मुंह में जुबान नहीं थी, इसलिए वे चुप रहे और जेल की दीवारों या कर्जे की दीवारों या कुर्की की दीवारों के अन्दर कैद किए जाते रहे। उनकी स्वतन्त्रता का समन हो गया और वे चुपचाप सिर झुकाकर लालची लोगों की भूख का निवाला बनते रहे।

"अगर यह स्वतन्त्र है तो इस देश की स्वतन्त्रता प्रत्येक प्राणी के लिए है। पुरुषों के लिए भी और स्त्रियों के लिए भी। चालाक के लिए भी और गधे के लिए भी। अगर यह देश स्वतन्त्र है, तो इसमें हर प्रकार की दासता उस समय तक समाप्त नहीं हो सकती जब तक पूंजीवाद का अन्त नहीं होता, और यह पूंजीवाद उस समय तक खत्म नहीं हो सकता जब तक मालिकों के हाथ से रस्सा छीनकर गधों को स्वतन्त्र न कर दिया जाए।

"योर आनर, मैं एक साधारण गधा हूं, मैं अपने लिए, अपने जैसे करोड़ों भाइयों के लिए अपनी इच्छा का जीवन व्यतीत करने की स्वतन्त्रता चाहता हूं।"

मैंने अपना बयान खत्म कर दिया और सिर झुकाकर अदालत के निर्णय का इन्तजार करने लगा।

मजिस्ट्रेट कुछ देर तक कुछ सोचता रहा क्योंकि वास्तव में मुकदमा विचित्र और अनोखा था। कोर्ट में सब लोग और वकील और बैरिस्टर देख रहे थे कि अदालत क्या निर्णय देती है।

इतने में वकीलों के बैठने के स्थान के पीछे से कुर्सी पर बैठी हुई एक अंग्रेज महिला उठी और कोर्ट इन्स्पेक्टर सावन्त के पास गई। उसने सावन्त से कुछ बात कही। कुछ बातें तुपकरी से करती रही। तुपकरी ने दो-एक बार धीरे से सिर हिलाया तो कोर्ट-इन्स्पेक्टर सावन्त ने खासकर मजिस्ट्रेट से कहा, "योर आनर, वादी और प्रतिवादी में समझौता हो गया है। तुपकरी अपने अधिकार से मुक्त होता है।"

अदालत ने कहा, "गधा स्वतन्त्र है।"

4

जाना गधे का खण्डाले और आशिक हो जाना एक मेम साहब का गधे पर और राजी करना गधे को लन्दन जाने पर और सैर खण्डाले के जंगल की....

रूबी एक्स. वाइल्ड अधेड़ अवस्था की एक अंग्रेजी औरत थी। अनुमानतः जवानी में बहुत सुन्दर रही होगी क्योंकि अब भी काफी मनमोहिनी लगती थी—लाल होंठ और चमकते हुए दांत, भूरे बाल, जिनमें कहीं-कहीं सुनहरापन चमकता था, और लम्बी-लम्बी पलकों वाली बड़ी-बड़ी आंखें और शरीर में यौवन ढल जाने पर भी सेब जैसी मादकता ! उसके पास एक मंजी हुई स्त्री जैसा वह सारा आकर्षण था जिसे अंग्रेजी में 'चार्म' कहते हैं। वह अगर चाहती तो किसी को भी अपने प्रति वशीभूत कर सकती थी अपने चार्म से। मैं तो केवल एक गधा मात्र था। देखकर ठगा-सा रह गया....!

रूबी का हस्बैण्ड मिल्टन एक्स. वाइल्ड स्वतन्त्रता से पहले लूनावले में एक ब्रेवरी का मालिक था। उन दिनों लूनावला वीयर का ब्राण्ड इस क्षेत्र में काफी प्रसिद्ध था और दिल्ली तक जाता था ! मिल्टन एक्स. वाइल्ड को इस ब्रेवरी से अच्छी आमदनी थी इसलिए स्वतन्त्रता के बाद भी वह इंग्लैण्ड वापस नहीं गया। यहीं डटा रहा। लूनावले में उनकी एक कोठी थी। एक कोठी खण्डाले में थी। एक बिल्डिंग पैडर रोड, बम्बई में थी। कुछ मकान पूना में भी थे। मिस्टर एक्स. वाइल्ड की गणना इस क्षेत्र के धनवान मनुष्यों में की जाती थी।

स्वतन्त्रता के पांच साल बाद मिस्टर एक्स. वाइल्ड का देहान्त भोपाल के जंगलों में हो गया। वह वहां चीते के शिकार को गया हुआ था कि स्वयं उसी के हाथों शिकार हो गया। रूबी एक्स. वाइल्ड उसका शव भोपाल से लेकर आई और उसे खण्डाला के सुन्दर कब्रिस्तान में दफना दिया। मिसेज रूबी एक्स. वाइल्ड का विचार उन्हीं दिनों इंग्लैण्ड वापस जाने का था। मगर उसका एकमात्र पुत्र टाम हैरो में पढ़ता था और अभी बहुत छोटा था। उसकी पढ़ाई के असीम खर्चे को बर्दाश्त करने के लिए मिसेज रूबी एक्स. वाइल्ड को भारत में रहना पड़ा और ब्रेवरी और जायदाद की देख-भाल करनी पड़ी। वह बड़ी हिम्मत वाली औरत थी। अपने कलेजे पर पत्थर रखकर बड़ी सुघड़ता से काम चलाने की चेष्टा करती रही। मगर देश में प्रोहिबिशन के बाद लूनावला बीयर की वह मांग न रही ! ब्रेवरी का मैनेजर भी प्रतिवर्ष गड़बड़ी करता रहा, जिसके कारण मिसेज रूबी एक्स. वाइल्ड की

ब्रेवरी का कारोबार ठप्प हो गया। आज से दो साल पहले अचानक टाम का देहान्त इंग्लैण्ड में हो गया। रूबी के लिए यह एक हृदयविदारक घटना थी, मगर वह बड़ी बहादुर औरत थी। खून का घूंट पीकर उसे भी सहन कर गई। लेकिन उसकी कनपटियों पर कुछ सफेद बाल अवश्य निकल आए !

रूबी एक्स॰ वाइल्ड ने संसार से मुंह मोढ़कर अपने कुत्ते से दिल लगा लिया। यह एक ताजी कुत्ता था जिसे रूबी ने उसके बचपन से पाला था। उसका नाम था राका ! वह बहुत तेज दौड़ने वाला और अच्छी नस्ल का कुत्ता था। रूबी हर समय उसे अपने साथ रखती थी। और एक पल के लिए भी उसे अपनी आंखों से ओझल न करती थी !

मगर आज से एक साल पहले जब राका भी मर गया, तो रूबी का दिल टूट गया। उसने अपनी जायदाद बेचकर वापस इंग्लैण्ड जाने की ठानी ! उसने बम्बई की बिल्डिंग बेच दी, लूनावले की कोठी बेच दी, पूना के मकान बेच दिये। सिर्फ खण्डाले की कोठी रहने दी, ताकि वह साल में एक बार खण्डाले आकर अपने पति की समाधि को देख जाया करे।

वह पूना में अपने मकानों का सौदा पक्का करके सौदे की रजिस्ट्री कराने के लिए और किसी अदालती कार्यों से निवृत्त होने के लिए अदालत में आई थी कि उसे माओहू तुपकरी बनाम गधा का मनोरंजन केस सुनना पड़ा। उसने उसी समय गधे की लुभावनी बातें सुनकर उसे माओह तुपकरी से खरीदने का निश्चय कर लिया। वहीं अदालत के एक कोने में पांच हजार का सौदा हो गया और रूबी एक्स॰ वाइल्ड ने मुझे तुपकरी से खरीद लिया और मुझे खण्डाले ले आई।

रूबी काटेज विशाल और छते हुए बरामदों वाला एक सुन्दर काटेज था। बगीचे में गुलाब, ईस्टर, कारोनेशन और ग्लेड्यूला के फूल खिले हुए थे। एक ओर पतले-पतले बांसों का नाजुक-सा कुञ्ज था। हरी-हरी दूब के लॉन थे। छः नौकर थे। रूबी इस गई-गुजरी हालत में भी बड़े ठाठ से रहती थी।

रूबी काटेज में लाकर उसने सबसे पहले खुद अपनी देख-रेख में, गुनगुने शावर में नहलवाया। मेरे बदन पर पीयर्स सोप का महकता झाग बार-बार लगाया और घिस-घिसकर मेरे बालों की गन्दगी को साफ किया। फिर तीन नौकरों ने रबर फोम के एक बड़े गद्दे पर मुझे लिटाकर मेरे शरीर पर बार-बार जैतून का तेल मला। और उसके बाद बड़े-बड़े अंगोछों से मेरा शरीर सुखाया। उसे कुन्दन के समान दमका दिया गया। अब तक मैं यही समझता था कि मेरे बाल खुरदरे, मटियाले और काले-काले हैं। लेकिन जब मुझे लगातार चार घण्टे तक नहलाया गया और घण्टों मेरे शरीर पर मालिश की गई तो मेरे बाल भूरे चमकीले और इतने

कोमल निकल आए जैसे कभी बचपन में थे। और शाम को जब रूबी ने मेरे कानों में ईवनिंग-इन-पेरिस की सुगन्धि लगाई तो मुझे ऐसा लगा जैसे मेरा रोम-रोम फूल के समान खिल उठा है।

संसार में कोई गधे को सुन्दर नहीं समझता। लेकिन वे नहीं जानते कि गधे की कुरूपता वास्तव में उसकी खाल में नहीं है बल्कि उसकी दरिद्रता और फाकामस्ती में है। उसके फटेहाल में। उसे भी अगर रोज नहाने को मिले, खुशबू लगाने को मिले, स्वच्छ और साफ-सुथरा खाने को मिले तो इस संसार में कोई गधा कुरूप न रहे।

उस दिन चांदनी रुई के गालों के समान निर्मल और स्वच्छ थी। रूबी की आवाज शहद के समान मीठी थी। हम दोनों काटेज के बाहर बगीचे में एक लॉन पर आरामकुर्सियों पर बैठे थे। बीच में एक छोटी-सी मेज थी। मेज पर दो पैग रखे थे। रूबी के गिलास में याकूती रंग की मार्टिनी थी। मेरे गिलास में स्कॉच थी। मैंने स्कॉच का एक घूंट पिया। इत्मीनान का सांस लिया और बोला, "इस संसार में ऐसी जिन्दगी अगर हरेक गधे को मिले तो फिर वह भाग्य का रोना क्यों रोए ?"

मिसेज एक्स॰ वाइल्ड बोली, "मैंने बहुधा देखा है हिन्दुस्तानी लोग अपने पालतू जानवरों का तनिक ध्यान नहीं रखते। उनके आराम का, खाने-पीने का, सोने-बैठने का उन्हें कोई एहसास नहीं होता। लेकिन हम अंग्रेजों में यह बात नहीं है। हम अपने पालतुओं का बहुत ध्यान रखते हैं। चाहे वे कुत्ते हों या बिल्लियां, मुर्गियां या गधे ! हम अपने पालतू जानवरों से बड़ा प्रेम करते हैं।"

"इसमें कोई सन्देह नहीं," मैंने एक और घूंट पीते हुए कहा, "अंग्रेज कौम अपनी पालतू जानवरों से बहुत प्रेम करती है। शायद इतना प्रेम वह अपने बच्चों से भी नहीं करती। मैंने ज्यादातर देखा है कि अंग्रेज बच्चों के लिए अपने प्रेम के प्रदर्शन में बहुत कन्जूसी से काम लेते हैं। मगर प्रेम तो प्रेम है। वह एक दैवी प्रेरणा है। वह भी अपने प्रदर्शन का साधन ढूंढ लेता है। इसलिए वह प्रेम जो अंग्रेज अपने बच्चों से छिपा लेते हैं, अपने पालतू जानवरों पर जाहिर कर देते हैं।"

"अहा ! तुम भी बन बैठे। अदालत में मैंने तुम्हें एक राजनीतिक नेता समझा था।" रूबी हंसी और अपनी कुर्सी से उठकर बोली, "आओ, जरा चांदनी में सैर करें।"

हम दोनों उठ खड़े हुए और बगीचे से निकलकर एक छोटी-सी पगडण्डी पर हो लिए। हवा में मद्धिम-सी उष्णता आ गई थी। जंगली आम के पेड़ बौर से महक रहे थे। झाड़ियों में झींगुर बोल रहे थे। जमीन पर चांदनी और सायों की कांपती हुई शतरंजियां बिछी हुई थी। कहीं से एक खरगोश हमें देखकर ठिठक गया और

फिर दूसरे पल में भाग खड़ा हुआ। वह दूर तक सफेद ऊन के गोले के समान घाटी पर लुढ़कता हुआ दिखाई दिया।

रूबी और मैं साथ-साथ चल रहे थे। उसकी लचकती हुई कमर बार-बार डोल रही थी और मेरी मूंछ बार-बार हिल रही थी। मेरा रोम-रोम खुशी और दया के आभार से पुलकित था। 'हे भगवान्, जी चाहता है यह सैर कभी खत्म न हो।''

''तुम्हें मालूम है, मैंने तुम्हें तुपकरी से क्यों खरीद लिया ?'' रूबी ने मुझसे पूछा।

''क्योंकि तुम्हारा कुत्ता राका मर गया था और तुम्हें शायद एक पालतू जानवर की जरूरत थी।'' मैंने जवाब दिया।

''नहीं !'' वह बोली, ''यह बात नहीं है। रखने के लिए तो मैं एक सयानी बिल्ली भी रख सकती थी या कोई दूसरा कुत्ता—मगर ऐसे पालतू जानवरों में यह बड़ी खराबी होती है कि वे बोल नहीं सकते और मुझे बोलने की आदत है। सभी लोग जो पालतू जानवर रखते हैं उनसे बातें करते रहते हैं, मगर कुत्ते और बिल्ली जवाब नहीं दे सकते। यह बातचीत एकाकी होती है, उनकी आंखें बोलती हैं, उनकी दुम बोलती है और सारा शरीर बोलता है, मगर वे केवल 'ऊंआ,' 'म्याऊं'-'च्याऊं' कहकर रह जाते हैं। जबान से कुछ नहीं बोल सकते।''

''एक तरह से यह अच्छा ही है,'' मैंने कहा, ''अगर जानवरों के मुंह में जबान आ जाए तो वे मनुष्यों की निर्ममता और निष्ठुरता के कैसे-कैसे गुणगान करेंगे। जरा सोचो मिसेज एक्स॰ वाइल्ड।''

''तुम्हारी इन्हीं बातों को सुनने के लिए तो मैंने तुपकरी से खरीद लिया है। मुझे नहीं मालूम था कि हिन्दुस्तानी गधे इतने चतुर होते हैं !''

मैंने कहा, ''वे बेचारे ऊपर से गधे दिखाई देते हैं, अन्दर से बहुत चतुर होते हैं। यह हमारी कौम की विशेषता है मिसेज एक्स॰ वाइल्ड।''

''तुम मुझे रूबी कह सकते हो,'' वह बोली, ''मेरे सब मित्र मुझे इसी नाम से पुकारते हैं। मेरा विचार है कि जितने दिन मैं यहां रहूंगी, तुम मेरे अच्छे मित्र होगे।''

इतना कहकर रूबी ने मेरी गर्दन में हाथ डालकर मुझे प्यार कर लिया। मेरा सारा शरीर प्रफुल्लता से कांप-कांप गया। मैंने गर्दन ऊंची करके जोशीले भाव से इस जोर की हांक लगाई कि खण्डाले के जंगल और पहाड़ मेरी आवाज से गूंज उठे। बेचारी रूबी डर गई !

''कैसी अमानुषिक बातें करते हो !'' वह गुस्से से बोली।

मैंने कहा, ''जब गधा खुश होता है, तो इसी तरह से रेंगता है।''

"नहीं ! नहीं !! तुम अब कभी ऐसा मत करना। मुझे इससे दुख हुआ है। यह बहुत गंवारू और सभ्यता के विरुद्ध है।"

"सॉरी रूबी। आगे मैं ऐसा नहीं करूंगा," मैंने लज्जा-भरे स्वर में कहा और जबान निकालकर उसके हाथ को चाट लिया।

रूबी का मूड बदल गया। वह मेरे सिर को थपथपाते हुए बोली, "मैं तुम्हें सभ्यता के सारे पाठ पढ़ाऊंगी। लोग भूल जाएंगे कि तुम कभी गधे रहे होगे। तुम्हारे आचरण और व्यवहार सराहनीय होंगे ताकि लोग कह सकें कि तुम कभी किसी अंग्रेज औरत के गधे थे।"

"थैंक यू रूबी !" मैंने बड़ी सभ्यता से कहा।

"और जब मैं यहां से चली जाऊंगी तो खण्डाले की यह कोठी तुम्हारे नाम कर जाऊंगी। इस कोठी के चारों ओर पांच एकड़ जमीन है, तुम आराम से यहां रहना और घास चरना। मैं हर साल अपने पति की समाधि को देखने आया करूंगी और तुमसे मिला करूंगी। मैं जानती हूं, तुम एक बहुत चतुर गधे हो और मेरे बाद मेरी कोठी की देख-भाल अच्छी तरह से कर सकोगे, इस विचार से भी तुम्हें मैंने तुपकरी से खरीद लिया है, क्योंकि मैंने अदालत में देख लिया था कि तुम बड़े वकीलों के कान काट सकते हो।"

"बड़ा मनोरंजक स्थान है," मैंने अपने चारों ओर सुन्दर दृश्य को देखकर कहा।

"यह स्थान भी मेरा है। मेरी कोठी की सीमा में है।"

यहां एक सुन्दर-सा मेहराब की शक्ल का टीला था जिसमें ऊपर इमली का घना पेड़ साया किए खड़ा था।

"बड़ा रोमांचक तथा लुभावना स्थान मालूम होता है," मैंने रोमांच-भरी नजरों से रूबी की ओर देखते हुए कहा।

वह बोली, "अगर तुम चाहो, तो मैं तुम्हारी समाधि यहां बनवा दूंगी।"

"मेरी समाधि ?" अचानक मैंने चौंककर कहा।

"इसमें आश्चर्य की कौन-सी बात है ? प्रत्येक प्राणी को मरना है। मौत प्रत्येक को आएगी। इसलिए पहले ही से उसका प्रबन्ध क्यों न कर लिया जाए ? हम यूरोपियन लोग तो मरने से बहुत पहले समाधि का स्थान सुरिक्षत कर लेते हैं, अपनी वसीयत तय कर लेते हैं और अन्तिम संस्कार के लिए धन एकत्र कर लेते हैं।"

मेरा सारा रूमानी मूड हिरन हो गया था। ऐसी सुन्दर चांदनी रात में कोई यूरोपियन गधा ही मरने की सोचता है। मन को दुःख तो बहुत हुआ पर विवश था, सभ्यता के नाते चुप रहा।

चलते-चलते एक बार रूबी थोड़ी-सी कांपती, बोली, 'चलो वापस चलें।'

मालूम होता था उसका मूड भी बदल गया है। वापसी में रास्ते-भर वह खामोश रही। शायद उसे अपना स्वर्गवासी पति याद आ रहा था या अपना पुत्र। उसकी आंखें झुकी-झुकी और उदास थीं।

काटेज में पहुंचकर उसने मुझे छते हुए बरामदे में एक खम्भे से बांध दिया और मेरे कन्धे पर एक गर्म कम्बल डाल दिया और बोली, "शब बखैर !"

"शब बखैर," मैंने धीरे से कहा।

जब वह अपने सोने के कमरे में चली गई तो मैं धीरे-धीरे गुनगुनाने लगा "शब बखैर मेरे यार, शब बखैर।"

देर तक मैं यह फिल्मी गीत गुनगुनाता रहा क्योंकि समय बड़ा सुहाना था। हवा में जंगली फूलों की महक थी और मेरे पेट में स्कॉच थी और स्वच्छ धुली हुई घास।

न जाने कब तक मैं इसी तरह गुनगुनाता रहा। फिर धीरे-धीरे नींद आने लगी। मुझे मालूम नहीं मैं कब सोया और कब तक सोया—अचानक मुझे एक भयानक चीख ने जगा दिया। मैंने आंखें खोलकर देखा, चांद बादलों में छिप गया था। चारों ओर अन्धकार का साम्राज्य था। केवल रूबी के कमरे में रोशनी थी और वहां से रूबी की चीखें सुनाई दे रही थीं।

मैंने भागना चाहा मगर मैं एक मजबूत रस्से से बंधा हुआ था। गर्दन को खींच-खींचकर मैंने कई बार भागने की कोशिश की, मगर रस्सा नहीं टूटा। घबराकर मैंने दोलत्तियां झाड़नी शुरू कर दी और अपने शरीर की पूरी शक्ति से रस्सा तुड़ा लिया और अब मैंने यह अक्लमंदी की कि रूबी के कमरे में तेजी से घुस जाने के बदले दबे पांव उसके शयन-कक्ष की ओर बढ़ने लगा।

मैं रूबी के कमरे के बाहर पहुंच गया। तनिक भी आहट न हुई थी। वहां पहुंचकर एक विचित्र बात देखी—रसोइये और दो नौकरों ने रूबी को पलंग से बांध दिया था और सेफ की चाबियां निकालकर रूबी की सारी जमा-पूंजी निकाल रहे थे। एक नौकर के हाथ में पिस्तौल थी।

बस एक क्षण के लिए मैंने सोचा। फिर मैं दर्राता हुआ कमरे के अन्दर घुस गया और रसोइये की पीठ पर ऐसी दोलत्ती झाड़ी की उसकी पसलियां टूट गईं और वह जमीन पर लेटकर कराहने लगा। फिर मैंने अपनी जान की चिन्ता किए बिना दूसरे हाथ से पिस्तौल रखने वाले नौकर पर वार किया। वह भी घबराकर लुढ़का—लुढ़कते-लुढ़कते उसने पिस्तौल चला दी, मगर मेरी दोलत्ती खाकर उसकी पिस्तौल उसके हाथ से छूट गई और वह लुढ़कता-लुढ़कता कमरे के बाहर चला गया और वहां से उठकर बाहर को भागा।

रसोइये को घायल और अपने सहयोगी को भागते देखकर तीसरा नौकर भी

भाग खड़ा हुआ। मैं पिस्तौल को पांव से घसीट कर रूबी के पलंग की ओर लाया। पर एक पांव पिस्तौल के ऊपर रख दिया और फिर मुंह मारकर रूबी की पट्टियां खोलने लगा। कुछ क्षणों के बाद रूबी स्वस्थ थी और रो रही थी और मेरे गले में बांहें डालकर मेरा मुंह चूम रही थी।

"ओ डंकी ! मेरे प्यारे डंकी ! मेरे शेर डंकी ! तुमने आज मेरी जान बचा ली है। जान ही नहीं बचाई, तुमने मेरी सारी पूंजी भी बचा ली है। नहीं तो मैं विधवा इंग्लैण्ड में जाकर कैसे रहती। किस तरह जिन्दा रहती ? और इस धन के न होने से कैसी-कैसी मुसीबतें उठाती। माई डार्लिंग डंकी ! अब मैं जीवन-भर तुमको अपने पास से जुदा नहीं करूंगी। मैं तुमको अपने साथ इंग्लैण्ड ले जाऊंगी।"

5

बनना गधे का पासपोर्ट विलायत के लिए, मगर आ जाना एक फिल्म डायरेक्टर का और कांट्रेक्ट करना पिक्चर के लिए और ले जाना गधे को नेफा के जंगलों में....

दूसरे दिन खण्डाले में हर एक की जुबान पर मेरी वीरता की चर्चा थी। राज्य के बड़े-बड़े अफसर मेरी पीठ ठोंकने के लिए आए। सुपरिंटेण्डेण्ट पुलिस मेरी तारीफ करते हुए बोला, "अगर किसी गधे को वीरता का पदक प्रदान किया जाता तो सबसे पहले तुम उसके अधिकारी होते।"

मैंने कहा, "क्षमा कीजिएगा। सुपरिंटेण्डेण्ट साहब, जो लोग वीरता का पदक प्राप्त करते हैं वे वास्तव में मेरे ही समान गधे होते हैं; समझदार लोग ऐसे अवसरों पर अपनी जान साफ बचा ले जाते हैं।"

पुलिस ने दौड़-धूप करके मेम साहब के खानसामा और दो नौकरों को भी गिरफ्तार कर लिया। मुल्जिमों ने अपने दोष स्वीकार कर लिए। उन्होंने बताया कि उन्होंने इसी विचार से चोरी की थी कि मेम साहब तो विलायत जाने वाली हैं और अपने बंगले में अकेली हैं, क्यों न उनका धन लूट लिया जाए। इसीलिए उन्होंने यह चोरी करने की कोशिश की थी। मगर इस गधे ने ठीक समय पर बना-बनाया काम बिगाड़ दिया।

बंगले की देख-रेख करने के लिए दो सन्तरी नियुक्त कर दिये गए, जो चौबीस घण्टे पहरा देते थे। उनकी मौजूदगी में हमें किसी तरह का डर न रहा। जान में जान आई।

मिसेज रूबी एक्स० वाइल्ड मुझ पर कृपालु हो गई—और उसने मेरे लिए यह निश्चित कर दिया कि मैं उसके साथ इंग्लैण्ड जाऊंगा।

"क्या इंग्लैण्ड में गधे होते हैं ?" मैंने पूछा।

बोली, "अगर अंग्रेज गधे न होते तो उनके साम्राज्य का सूर्य इतनी जल्दी कैसे अस्त होता ?"

"वह कैसे ?" मैंने पूछा।

कहने लगी, "अंग्रेज अपने साम्राज्य को कामनवेल्थ कहते थे। कामनवेल्थ का मतलब है—'साझे की दौलत'। लेकिन अंग्रेजों ने कभी साझे की दौलत के नियमों का पालन नहीं किया। उन्होंने गोरे को स्वामी और काले को गोरे का दास ही स्वीकार किया....इसलिए इतना बड़ा साम्राज्य उनके हाथों से निकल गया। क्योंकि जिस चीज का आधार अन्याय पर हो उसे लोग एक दिन मिटा देते हैं।"

मैंने रूबी को और श्रद्धालु भाव से देखा।

रूबी बात का विषय बदलती हुई बोली, "और इंग्लैण्ड जाने से पहले तुम्हें वहां के आचरण सीखने होंगे, अंग्रेजों के व्यावहारिक आचरण नहीं बरतोगे तो लोग कहेंगे, रूबी किस गधे को पकड़ लाई है ?"

"वह तो जब भी कहेंगे।"

मगर रूबी ने मेरी बात नहीं मानी। उसने चमकदार स्टील के दो कांटेदार हाथ ऐसे बनवाए जो मेरे खुरों पर फिट हो जाते थे। उन्हें पहनकर मनुष्यों के समान मेज पर बैठकर छुरी-काटें से खाना खा सकता था। उसने मेरे लिए एक बहुत सुन्दर रेशमी गाउन बनवाया, जिसे दिन के समय पहनकर किसी साहब बहादुर की तरह घूमता था। रात के लिए उसका अनुरोध था कि मैं एक पलंग पर सोऊं।

मैंने कहा, "मैं एक गरीब हिन्दुस्तानी गधा हूं। मुझे जमीन पर सोने की आदत है, मुझे पलंग पर नींद नहीं आएगी। वैसे भी संसार में जितने गधे हैं सब जमीन पर सोते हैं। आप मेरी आदत क्यों खराब कर रही हैं ? अगर हमें एक बार पलंग की आदत हो गई तो फिर बिस्तर भी मांगेंगे, बिजली का पंखा भी चाहेंगे; एयर कण्डीशण्ड कमरा भी मांगेंगे। और जब हम इतना कुछ मांगेंगे तो फिर गधों में और उन लोगों में जो गधों पर राज्य करते हैं क्या अन्तर रह जाएगा ?"

"बड़े खतरनाक गधे मालूम होते हो।" रूबी जोर से हंसी।

दिन बीतते गए। रूबी ने मेरे लिए पांच साल का इण्टरनेशनल पासपोर्ट बनवा लिया। विजा के लिए प्रार्थना पत्र भेज दिया। विजा भी स्वीकार होकर आ गया।

निश्चित हुआ कि हम दोनों एक जलपोत से यात्रा करेंगे। पी. ओ. ओरियण्ट ने बहुत आनाकानी करने के बाद मुझे अपने जहाज से जाने की इजाजत दे दी थी। रूबी के लिए फर्स्ट क्लास केबिन और मेरे लिए डेक की यात्रा का इन्तजाम था। मैं बहुत खुश था। मैं लन्दन देखूंगा। पार्लियामेण्ट, पिकेडली पार्क, हाइड पार्क, वेस्टर मिन्स्टर एबे, लेक डिस्ट्रक्ट, शेक्सपियर की समाधि....अभी जाने में तीन दिन बाकी थे मगर मैं अभी से ऐसा अनुभव कर रहा था जैसे मैं इंग्लिस्तान में हूं।

जाने से दो दिन पहले रूबी ने एक विशाल विदाई भोज का आयोजन किया, जिसमें बम्बई, खण्डाले और लूनावले के उसके बहुत से मित्र सम्मिलित हुए। बहुत देर तक पार्टी चलती रही क्योंकि रूबी के पास उच्च किस्म की और मजेदार शराब का भण्डार सुरक्षित था जिसे वह अपने साथ नहीं ले जाना चाहती थी, इसी अवसर पर खर्च कर देना चाहती थी, इसलिए शराब पानी की तरह बहा रही थी। एक-दूसरे की शुभकामना के जाम चलते रहे। पश्चिमी बैंड बज रहा था। खुश-शक्ल, खुश-लिबास, खुश-खराम जोड़े नाच में मग्न थे। मैंने जब ट्वीस्ट का प्रदर्शन किया तो बहुत-सी महिलाएं लोट-लोट गईं और बहुत-सी, चपल चंचल और कोमलदेह कामिनियों ने मेरे साथ ट्वीस्ट नाचने की अभिलाषा व्यक्त की। मैं सफेद शर्ट पर काली बो लगाए हुए और टेलकोट पहने हुए बिल्कुल एक अंग्रेज गधा नजर आता था। रूबी मुझसे बहुत खुश थी।

रात के नौ बजे जब पार्टी पूरे यौवन पर थी और नाच जोरों पर था तभी दो कारें काटेज के बाहर आकर रुकीं और उनके से श्री आठवले, शशिकपूर, आगा कामेडियन और एक सुन्दर मराठी स्त्री, जिसका नाम बाद में मालूम हुआ कि शारदाबाई था, बाहर आए।

रूबी को जब मालूम हुआ कि ये लोग मेरे मित्र हैं तो उसने बड़े आदर से उन लोगों को अपनी पार्टी में सम्मिलित होने का निमन्त्रण दिया। उन लोगों ने भी बड़ी खुशी से उसे मन्जूर कर लिया। फिल्म वालों के आने से पार्टी की शोभा और बढ़ गई। रंग चोखा हो गया और नाच की गति तेज हो गई। इन लोगों के आने से पहले मैं एक तरह से विषेष अतिथि समझा जा रहा था। शशिकपूर के आने के बाद मैंने देखा कि वही औरतें जो मेरे साथ नाचने के लिए बार बार आग्रह करती थीं, मुझे छोड़कर शशिकपूर की ओर भागी जा रही थीं। पार्टी की चहल-पहल अपनी सीमा का उल्लंघन कर चुकी थी। जब फिल्म जगत के सितारे मौजूद हों तो फिर जमीन के गधों को कौन पूछता है !

कोई साढ़े चार बजे के लगभग जब रात छंटने लगी और मदिरा की मादकता ढलने लगी और भोर की लालिमा खिलने लगी तो पार्टी खत्म हो गई।

लोग विदा होकर अपने-अपने घरों को जाने लगे। शशिकपूर और उसके साथी, जो खण्डाला होटल में ठहरे हुए थे, मुझसे यह कहकर विदा हुए कि सुबह बात करने के लिए आएंगे।

रूबी ने उन्हें लेट-ब्रेकफास्ट पर बुला लिया। कोई दस बजे।

ठीक दस बजे वे लोग नाश्ते पर आ गए और बातचीत शुरू हुई। शारदाबाई अपनी बड़ी-बड़ी हैरान आंखों से मुझे स्टील के पंजे पहने छुरी-कांटे से नाश्ता करते देखकर बड़ा आश्चर्य दिखा रही थी। शारदा बड़ी सुन्दर स्त्री थी। उमर कोई पैंतीस साल के लगभग होगी। गदराया हुआ शरीर, रंगत कुन्दन जैसी और इतनी स्वच्छ लगती थी कि मानो काया के अन्दर से चिनगारियां फूट रही हों या किरणों का सोता-सा उबल रहा हो। केश लम्बे और गहरे काले। पलकों की कमान ऐसी खिंची हुई थी कि मालूम होता था अभी निशाना साधकर नयनों के बाण जो मारेंगे, सीधे दिल में उतर जाएंगे।

रूबी इस सुन्दरी को बड़ी दुविधा-भरी नजरों से देख रही थी।

श्री आठवले बोले, "शशि स्विट्ज़रलैण्ड चला गया था कुछ दिनों के लिए, इसलिए आउटडोर शूटिंग में इतनी देर हो गई। फिर कुछ कहानी में परिवर्तन किए गए और अब गधे का रोल बहुत बढ़ा दिया गया है। पहले आउटडोर शूटिंग पश्चिमी घाट पार करने का विचार था, अब इस विचार को त्याग दिया गया है। अब आउटडोर शूटिंग नेफा के क्षेत्र में होगी। नेफा में शूटिंग करने की आज्ञा सरकार से ले ली गई है और अब ये लोग तुम्हें अपने साथ ले जाने के लिए आए हैं।"

"मगर मैं तो इंग्लैण्ड जा रहा हूं।"

इंग्लैण्ड तुम पन्द्रह-बीस दिन के बाद भी जा सकते हो। कुल पन्द्रह दिन की शूटिंग है नेफा में, तुम्हारा रोल बहुत बढ़ा दिया गया है।"

"गधे के रोल का क्या है ? कोई भी गधा कर सकता है।" मैंने कहा।

"नहीं," शशिकपूर बोला, 'मेरी सिफारिश पर इन लोगों ने गधे को बहुत महत्वपूर्ण रोल दिया है और वह भी ऐसी समझदारी का कि तुम्हारे सिवा कोई दूसरा गधा नहीं कर सकता।"

"मेरा डंकी तो मेरे साथ इंग्लैण्ड जा रहा है," रूबी तनिक आज्ञापूर्ण स्वर में बोली, "शिप पर सीट रिजर्व हो चुकी है।"

डाइरेक्टर धनराज बोला, "हमारी कहानी चौपट हो जाएगी इसके बिना।"

शशि बोला, "देखो मिस्टर गधे, तुम बीस दिन के बाद इंग्लैण्ड जा सकते

हो। फिल्म कम्पनी अपने खर्च से इंग्लैण्ड भिजवा देगी और शिप की जगह स्पेशल प्लेन चार्टर करके भिजवा देगी। जलपोत की लम्बी यात्रा से भी बच जाओगे।"

"और कान्ट्रैक्ट कितने का होगा ?"

"पच्चीस हजार का," श्री आठवले ने बताया।

"व्हाइट कितना, ब्लैक कितना ?" मैंने पूछा।

डाइरेक्टर धनराज बोला, "गधों को ब्लैक नहीं मिलता, ब्लैक तो सिर्फ बड़े-बड़े आदमियों को मिलता है।

"मुझसे बड़ा गधा आपको कहां से मिलेगा ?" मैंने पूछा।

"चलिए कुछ ब्लैक में दिलवा देंगे।" डाइरेक्टर ने मुझे समझाया।

मैंने रूबी की तरफ देखा। मेरी नजरें कह रही थीं, पन्द्रह-बीस दिन के काम के लिए पच्चीस हजार मिल रहा है, उसे क्यों छोड़ें ?

शारदा, जो अब तक चुप थी और मुझे बातें करते देख-देखकर आश्चर्य में डूब गई थी, अचानक बोली, "मान जाइए, मेरी कहानी में गधा बहुत जरूरी है।"

"किसी कहानी में गधा जरूरी नहीं होता और गधों के बिना कौन-सी फिल्म बन सकती है ? बल्कि फिल्म के बनने पर तो ऐसा लगता है कि सभी गधे बन गए।"

शशि हंसने लगा।

शारदा मेरी तरफ झुककर और अपनी खिंची हुई कमानों से तीरें चलाती हुई बोली, मान जाइए न।"

उसकी अदा देखकर रूबी जल गई, शशि से पूछने लगी, "आप कौन हैं ?"

"अरे, कैसी भूल हुई," शशि बोला, "ठीक परिचय तो कराया ही नहीं। ये शारदा हैं, इस चित्र की प्रोड्यूसर, ये नेपाल की रहने वाली हैं। रुपया भी इन्होंने लगाया है, कहानी भी इन्हीं की है।"

लीजिए मैं जिस मराठी स्त्री समझा था वह नेपाली निकली।

रूबी बोली, "मगर इस पिक्चर की आउटडोर शूटिंग यहां पश्चिमी घाट पर क्यों नहीं हो सकती, नेफा जाना क्यों जरूरी है ?'

शारदा बोली, "मेरी कहानी की हीरोइन एक तिब्बती लड़की है और वहीं का वातावरण भी है आउटडोर का। अब आउटडोर करने के लिए बहुत आदमी तो जा नहीं सकते, इसलिए क्षेत्रीय रंग प्राप्त करने के लिए आउटडोर शूटिंग नेफा में रख दी है। वहां के लोगों की शक्ल व सूरत में, लिबास में, राग और नृत्य में, रस्म व रिवाज में बहुत-सी बातें अपनी कहानी के वातावरण की मिल जाएंगी। इसलिए अब नेफा में शूटिंग करने का तय कर लिया है।"

रूबी कुछ देर तक सोचती रही, फिर मेरी ओर देखकर बोली, "तुम्हारा क्या विचार है ?"

मैंने कहा, "जैसी आपकी इच्छा। मैं तो केवल एक गधा हूं, आपकी आज्ञा से बंधा हूं।"

रूबी कुछ समय तक सोचती रही, आखिर में बोली, "एक शर्त पर आज्ञा दे सकती हूं। मैं भी साथ जाऊंगी। अपने गधे को अकेला नहीं छोडूंगी।"

"कोई औरत अपने गधे को अकेला नहीं छोड़ती।" शशि मुस्कराते हुए बोला।

"बहुत उचित विचार है आपका, आप भी साथ चलिए, हमें मन्जूर है।" क्यों शारदा ?"

शशि ने इतना कहकर शारदा की ओर देखा। शारदा ने धीरे से सिर हिला दिया।

जाने कब से वह मेरी ओर खामोशी से टकटकी बांधे देखे जा रहा थी। और रूबी की शंका बढ़ रही थी।

"पच्चीस हजार रुपये पेशगी दे दिए जाएं," रूबी अपनी शर्तों को सख्त करने के विचार से बोल रही थी, "और वे भी सब ब्लैक में, सिर्फ एक हजार ह्वाइट में बाकी सब ब्लैक में।"

"इतना ब्लैक तो कोई बड़े से बड़ा फिल्म-स्टार भी नहीं लेता।" डाइरेक्टर धनराज ने एतराज किया।

"नहीं दे सकते तो जाने दो।" रूबी लापरवाही से बोली।

"मैं दूंगी," शारदा अचानक बोल उठी, उसकी नजरें बराबर मुझ पर लगी थीं।

"आने जाने का खर्चा इसके अलावा। यात्रा प्लेन से होगी और वापसी में स्पेशल चार्टड प्लेन से आप हम दोनों को वापस इंग्लैण्ड भेजेंगे।"

"बाप रे बाप," आगा चिल्लाया, "इतने खर्चे में अगर तुम लोग मुझे गधे की खाल पहना लो तो मैं इसका रोल कर लूंगा।"

सब हंसने लगे।

मगर शारदा बड़ी गहरी नजरों से मुझे देख रही थी। वह मेरी ओर से नजरें हटाए बिना मुझे घूरे जा रही थी, धीरे से बोली, "मुझे यह भी मन्जूर है।"

"तो ठीक है," रूबी तनिक ऊपरी हृदय से बोली। मगर अब 'हां' करने के सिवा कोई उपाय न था।

मेरी ओर देखते-देखते शारदा की आंखों में आंसू उतरने लगे। मैंने समझा

बेचारी मुझ पर मोहित हो गई है बुरी तरह।

जब सब तय हो गया तो हम नाश्ते की मेज से उठ गए तो शारदा मेरे पास आई और पास आकर बड़े रहस्य-भरे स्वर में पूछने लगी, "क्या तुम नेपाल के रहने वाले हो ?"

"नहीं," मैंने कहा, "मैं तो बाराबंकी का रहने वाला हूं। क्या बात है ? तुम रो क्यों रही हो शारदा ?"

शारदा ने अपने आंसू पोंछ डाले। भर्राई हुई आवाज में बोली, "बचपन में मेरे पास एक गधा था, बिल्कुल तुम्हारी तरह बदसूरत और बदशक्ल था। मैं उसकी पीठ पर सवारी किया करती थी और उसे रोज एक दर्जन कोड़े लगाया करती थी, मगर बेचारा चूं तक नहीं करता था। आज तुम्हें देखा तो मुझे अपना बचपन का गधा याद आ गया और मेरे हाथों में खुजली होने लगी। क्या तुम एक अच्छे गधे बनकर मेरे कोड़े खा सकोगे ?"

"जी, क्षमा कीजिए, वह कोड़े खाने वाले गधे अब इस संसार में नहीं रहते।"

"मैं तुम्हें एक कोड़ा खाने पर एक हजार रुपया दूंगी।" शारदा बोली।

"मुझे दो न," आगा बोला, "एक हजार क्या पांच सौ दो, मैं पांच सौ पर तैयार हूं।"

सब फिर हंसने लगे।

"मैं गौर करूंगा," मैंने उस समय बात को टाल दिया।

कुछ देर इधर-उधर की बातें होती रहीं। फिर श्री आठवले ने जेब से कान्ट्रैक्ट निकाला। मुझे एक हजार का चैक दिया, चौबीस हजार ब्लैक में रसीद के बिना दे दिए गए, जो मैंने रूबी के हवाले कर दिए।

डाइरेक्टर धनराज बोला, "आज शाम की गाड़ी से हम सब बम्बई चलेंगे और कल प्लेन से गोहाटी चले जाएंगे। गोहाटी से तेजपुर और तेजपुर से नेफा।"

6

पहुंच जाना गधे का त्वांग की वादी में और कस लेना नाग का अपनी लपेट में और बचाना गधे को नाग से एक डफला युवक द्वारा और बयान एक भेदी खोह का....

नेफा अंग्रेजों का दिया हुआ देश नहीं है जो आजादी के बाद हिन्दुस्तान ने अपनी सीमा में शामिल कर लिया हो। नेफा का सम्बन्ध हिन्दुस्तान से बहुत गहरा और

पुराना है। अंग्रेजों और मुगलों के जमाने से भी प्राचीन।

नेफा के पांच जिले हैं—कामेंग, सुबनसरी, स्यांग, लोहित और तरापसार। इनमें से कामेंग और लोहित जिलों की चर्चा तो पुराणों में भी मिलती है। लोहित में हिन्दुओं का प्राचीन देवस्थान ब्रह्मकुण्ड है जहां सैकड़ों वर्षों से लोग तीर्थ करने के लिए आते हैं। लोहित में पुराणों के अनुसार मशहूर ऋषि शान्तनु रहते थे। लोहित राजा भीष्म की नगरी थी, जिसकी पुत्री रुक्मिणी का विवाह श्रीकृष्ण से हुआ। श्रीकृष्ण के पुत्र अनिरुद्ध पर तेजपुर के महाराणा बाणासुर की राजकुमार मोहित हो गई थी। अनिरुद्ध भी राजकुमारी से प्रेम करने लगा था। मगर यह प्रेम बाणासुर को अच्छा नहीं लगा और उसने धोखे से अनिरुद्ध को कैद करके जेल में डाल दिया। तब श्रीकृष्ण ने तेजपुर पर चढ़ाई कर दी और एक घमासान युद्ध के बाद बाणासुर की हार हुई। बाणासुर ने अधीनता स्वीकार कर ली और अपनी पुत्री का विवाह अनिरुद्ध से कर दिया। तेजपुर का अर्थ है, 'खून की नगरी'। कदाचित् यह नाम उसी महायुद्ध की यादगार है।

कामेंग जिले में कामेंग नाम की नदी बहती है। उस नदी के नाम पर ही इस जिले का नाम रखा गया है। हमें कामेंग जिले में मशहूर पहाड़ी स्थान त्वांग पर शूटिंग करने की आज्ञा मिली थी, इसलिए हम लोग तेजपुर से होकर कामेंग जिले में दाखिल हो गए थे।

कामेंग का इलाका तिब्बत से बहुत निकट है, इसलिए जब दलाईलामा ल्हासा से भागे तो इसी क्षेत्र में हिन्दुस्तान की सीमा में दाखिल हुए थे। कामेंग के उत्तर में तिब्बत है, पश्चिम में भूटान, दक्षिण में आसाम और पूरब में सुबनसरी का जिला। इस क्षेत्र में तीन रास्ते तिब्बत को जाते हैं। मगर दो रास्ते तो मई के महीने तक बन्द रहते हैं, केवल एक रास्ता है जो सारा साल खुला रहता है।

कामेंग के क्षेत्र में मोंपा जाति के लोग अधिक संख्या में रहते हैं। ये लोग बौद्धधर्म को मानते हैं और लामाओं को बड़े आदर-भाव से मानते हैं। बौद्धमठों का वातावरण हमें यहां अपनी प्राचीन और असली सूरत में देखने को आज भी मिलता है। इसलिए हम यहां शूटिंग करने के लिए आए थे।

तेजपुर में हम बोमदिला आए, जो दस हजार फुट ऊंचे पहाड़ पर आबाद है। बोमदिला से हम दारांग-जरांग पहुंचे। दारांग' यहां क्री भाषा में किले को कहते हैं। प्राचीन काल में यहां आदिवासियों का एक मशहूर किला था। आजकल बस एक बौद्ध गोंपा है—छोटी-सी !

दारांग-जरांग के जंगलों को पार करके खतरनाक चढ़ाइयां चढ़ते हुए हम सेन्ला के खतरनाक स्थान पर पहुंचे जो चौदह हजार फुट ऊंचा है। चारों ओर बर्फ

के ऊंचे-ऊंचे तोंदे और ग्लेशियर और बीच में दो सुन्दर झीलें—किसी सुन्दर स्त्री की आंखों के समान खुली हुई। मगर इन झीलों की नजरों में बड़ी ठण्डक थी इसलिए हम लोग जल्दी से खिसक लिए और त्वांग की ओर बढ़ गए, जहां हमें शूटिंग के लिए जाना था। छः दिन की यात्रा के बाद बड़ी मुश्किल से इस जगह पहुंचे। त्वांग की घाटी मेरे विचार से इस क्षेत्र की सबसे सुन्दर घाटी है। घाटियों पर देवदार और शाहबलूत के घने जंगल और रंगा-रंग के अपने-आप उगने वाले फूल खिले हुए थे। लुभावने झरने बहते हुए और जंगल में हिरन किलोलें करते हुए—सच ! स्वर्ग का-सा आनन्द था।

त्वांग का बौद्धमठ हिन्दुस्तान का सबसे प्राचीन और प्रसिद्ध बौद्धमठ हैं। यह मठ आज से साढे तीन सौ वर्ष पहले छठे दलाईलामा के जन्म की खुशी में निर्माण किया गया था, क्योंकि छठे दलाईलामा का जन्म त्वांग के निकट ही एक गांव में हुआ था।

यहां की भाषा में त्वांग का अर्थ है, 'गधों का सेठ'। ऐसी सुंदर जगह का ऐसा विचित्र नाम सुनकर शशिकपूर को बहुत आश्चर्य हुआ। मगर तारा काहा नाम के एक पहाड़ी ने, जो बोमदिला से हमारे साथ यहां आया था, उसे बताया कि इस नाम पर आश्चर्य नहीं करना चाहिए। इस देश में रास्ते इतने कठिन और दुर्गम हैं कि एक स्थान से दूसरे स्थान को जाने के लिए गधे के सिवा और किसी दूसरे जानवर की सवारी पर भरोसा नहीं किया जा सकता। इस इलाके में सचमुच आदमियों से ज्यादा गधों की कदर की जाती है और जिस आदमी के पास जितने अधिक गधे होते हैं वह उतना ही ज्यादा अमीर समझा जाता है ! और मुझे यह देखकर बड़ी खुशी हुई कि संसार में कोई तो एक ऐसा क्षेत्र है जहां से प्रसिद्ध स्थान गधों से सम्बन्धित हैं। और यह तो मैंने रास्ते भर देखा कि तारा काहा पहाड़ी दिन-भर के सफर के बाद जब पड़ाव पर आता तो सबसे पहले मुझे और दूसरे टट्टूओं को दाना देता था, उसके बाद आदमियों को। जब फिल्म यूनिट के दूसरे लोगों ने इस पर एतराज किया कि ऐसा क्यों होता है, तो तारा काहा ने समझाया कि यह हमारे देश का रिवाज है। पहले गधों को खाना मिलता है, बाद में दूसरों को।

मैंने कहा, "रिवाज तो हर जगह यही है, सिर्फ फर्क इतना है कि यहां के गधे साफ नजर आ जाते हैं, दूसरी जगहों की सभ्यता का गिलाफ ओढ़े रहते हैं....।"

त्वांग की एक पुन्दर और सुरक्षित घाटी में डफला जाति का एक बहुत बड़ा घर फिल्म-यूनिट के लिए खाली कर दिया गया। यह घर कोई दो सौ फुट लम्बा

था और पच्चीस फुट चौड़ा और बांस के ऊंचे-ऊंचे खम्भों पर धरातल से कोई बारह फुट ऊंचा बना हुआ था और दीवारें बांस की दुहरी चटाइयों की थी।

इस घर में एक बुड्ढा डफला अपनी बेटी यामिंग के साथ रहता था और एक नौजवान नौकर रहता था, जिसका नाम मातेन था। इन लोगों ने पूरा घर हमारे लिए खाली कर दिया, सिवाय पिछले भाग के जिसे यहां की भाषा में 'तुम्को' कहते हैं। यह एक बालकनीनुमा भाग था यहां से दरांग की घाटियों के सुंदर दृश्य नजर आते थे। तुम्को से लगी हुई बांस की चटाइयों की बनी हुई एक अस्थायी दीवार खड़ी करके उन्होंने अपना चूल्हा अलग कर लिया था और शेष घर हमें सौंप दिया था।

शशिकपूर, आगा, शारदाबाई, डाइरेक्टर धनराज और हीरोइन स्वर्ण कुमारी के लिए इस घर के पास खेमे और छोलदारियां लगा दी गईं और एक बड़ा खेमा रूबी और मेरे लिये लगा दिया गया जबकि मेरा जी डफला के घर में रहने को चाह रहा था। मगर रूबी को इस घर में रहना पसन्द नहीं था, मजबूरन मुझे भी खेमे में रहना पड़ा।

तीसरे पहर के लगभग मैंने रूबी से कहा, "मैं जरा घास चर आऊं।" वह बोली, "घास यहीं मंगवा देती हूं।"

मैंने कहा, "काफी समय हो गया जंगल की घास चरे हुए। यहां के जंगल मुझे बहुत सुंदर मालूम होते हैं—सैर भी हो जाएगी, घास भी चर लूंगा।"

रूबी ने बड़े ऊपरी मन से मुझे आज्ञा दे दी, बोली, "बस, तुम्हारी यही आवारगी मुझे पसन्द नहीं है। खैर, चले जाओ मगर जल्दी लौट आना और देखो दूर जंगल के अन्दर मत जाना...."

वचन देकर मैं विदा हुआ और घाटियां फलांगता हुआ जंगल के अन्दर घुस गया।

जंगल की ताजी हवा में जंगली फूल की महक थी। जगह-जगह डेजी और डण्डरान के फूल खिले हुए थे। पञ्चरंगी सुन्दर तितलियां पंख पसारे हुए मेरे ऊपर मंडरा रही थीं। घास में एक सुन्दर-सा झरना बह रहा था। उसका नीला निर्मल पानी आंखों को भला मालूम हो रहा था। मुझे ऐसा लगा मानो मैं स्वर्ग में आ गया हूं। मैं खुशी से हवा में उछला, जोर की हांक लगाई, घास पर लोट लगाई और फिर खड़ा होकर एक घने शाहबलूत के पेड़ के नीचे खड़ा होकर इधर-उधर घास पर उचटते मन से मुंह मारने लगा। मैंने सोचा, इस घाटी में इतनी घास है कि जीवन-भर खाते रहो तो कभी खत्म न हो। मुझे क्या जरूरत है इस घाटी से बाहर जाने की? या वापस हिन्दुस्तान जाने की? या लन्दन जाने की ? गधे को क्या चाहिए?

खाने के लिए घास, पीने के लिए पानी, और रहने के लिए एक झोंपड़ा....! और झोंपड़े की भी क्या जरूरत है ? मैं इसी शाहबलूत के घनेरे छतनारे तले में रह सकता हूं। इतना घना साया है इसका कि यहां इस पेड़ के नीचे बरसात और बर्फ का भी गुजारा नहीं हो सकता। फिर मुझे क्या जरूरत है कि इन्सानों में जाकर रहूं, बोझ ढोऊं, मेहनत करूं, काम करूं और तब कहीं जाकर दो वक्त का खाना खाऊं....धिक्कार है काम पर और सभ्यता पर....मैं तो आज से इसी जंगल में रहूंगा।

जब मैंने यह निश्चय कर लिया तो खुशी से जोर-जोर से अपनी दुम हिलाने लगा और घास खाते-खाते हवा में उछलने लगा। एक बार इसी तरह जो हवा में उछला तो हवा में ही रह गया....।

बड़ा चकित हुआ कि बात क्या है। मेरे कदम वापस जमीन पर क्यों नहीं पड़ते? दो-एक बार कोशिश करके पांव जमीन पर टिकाने चाहे मगर कोई सफलता न हुई, उल्टा मुझे लगा जैसे मैं ऊपर ही ऊपर हवा में बलूत की ऊंची ढाल की ओर धकेला जा रहा हूं। मेरे पेट के चारों ओर एक रस्सा-सा है जो मुझे जोर से कस रहा है। मैंने नजरें उठाकर जो ऊपर देखा तो मालूम हुआ कि पेड़ की डाल से लिपटा हुआ एक भयानक अजगर है जिसने मुझे अपनी लपेट में ले लिया है....।

मैं डर और भय के हांक मारने लगा। मेरी भयानक आवाज जंगलों में गूंजने लगी और घाटी-घाटी फैलने लगी। मैं चिल्ला रहा था और डकार रहा था और अपने शरीर की पूरी शक्ति लगाकर अपने-आपको उस भयानक नाग की लपेट से आजाद कराने की कोशिश कर रहा था। मगर जितना जोर लगाता था उससे कई गुने जोर से वह अजगर मेरे शरीर के गर्द अपने को कसता जाता था। मुझे ऐसा लगने लगा कि कुछ मिनटों में मेरी पसलियां टूट जाएंगी, हड्डियां चटख जाएंगी और अजगर अपना भयानक मुंह खोलकर मुझे निगल जायेगा। मेरा दम घुटता हुआ मालूम हुआ। आंखों की पुतलियां बाहर निकलती-सी लगने लगीं। मौत की घाटी अपने निकट देखकर मैंने आखिरी कोशिश करके जोर की एक भयानक हांक लगाई—मदद के लिए पुकारा और फिर बेहोश हो गया।

जब मैं होश में आया तो मैंने देखा कि मैं उसी शाहबलूत के पेड़ के नीचे लेटा हूं।—मेरे सिर के ऊपर बुड्ढे डफले का नौकर मातेन अपने हाथ में तीर कमान लिए खड़ा है और मुझे गौर से देख रहा है और मेरे पास कुछ फुट के फासले पर वह भयानक अजगर मरा पड़ा है। एक जहरीला तीर उसके शरीर में बिंधा हुआ है और मातेन ने उसे जमीन पर गिराकर अपनी फौलादी डाओ से उसके तीन टुकड़े कर दिए हैं।

मातेन ने जब मुझे आंखें खोलते देखा तो मुस्कराने लगा। फिर मेरे पास बैठकर मेरा शरीर सहलाने लगा। थोड़ी देर में मैं उठ खड़ा हुआ।

मातेन ने मेरे शरीर पर हाथ फेरकर चारों ओर से मेरे शरीर को टटोला और जब उसे इत्मीनान हो गया कि मेरी कोई हड्डी-पसली टूटी नहीं थी और मैं बिल्कुल भला-चंगा था तो उचककर मेरी पीठ पर सवार हो गया और झरने के किनारे-किनारे एक जंगली पगडण्डी पर चलने लगा।

चलते-चलते वह बार-बार मेरी गर्दन थपथपाता था और कहता था, ''जंगल में कभी अकेला और तनहा नहीं आना चाहिए। जंगल आखिर जंगल है। यहां इन्सानों की बस्ती नहीं है। यहां क्या तुम अजगर का मुकाबला कर सकते हो ? या चीते का ? या भालू का ? या जंगली सुअर का ? एक गधा जंगल में बिल्कुल बेबस है, मगर इन्सानों की आबादी में एक गधे को भी आश्रय मिलता है—थोड़ा मिले, ज्यादा मिले, मगर मिलता अवश्य है। गधे को कभी जंगल में अकेले नहीं घूमना चाहिए।''

मैं चुप रहा क्योंकि मातेन को मालूम नहीं था कि मैं इन्सानों की बोली बोल सकता हूं, और वह आखिर इस क्षेत्र का गंवार जाति का था, भूतों और प्रेतों को मानने वाला। मुझे इन्सानों की बोली बोलते देखकर वह अवश्य डर जाता और मुझे जंगल में अकेला छोड़कर भाग जाता, इसलिए मैंने खामोश रहना ही उचित समझा।

मातेन फिर गर्दन थपथपाने लगा और कहने लगा, ''जानते हो यामिंग की हालत वही है जो कुछ क्षण पहले तुम्हारी थी। बुड्ढे डफले ने उसे अपनी लेपट में ले रखा है। उसे भी और मुझे भी। वह जानता है कि यामिंग मुझसे प्रेम करती है। मै उससे प्रेम करता हूं मगर वह हमारा विवाह नहीं होने देता क्योंकि मैं गरीब हूं और यामिंग के बदले में बारह मिथुन (जंगली बैल), पच्चीस बकरियां और एक गधा उसे नहीं दे सकता। शायद एक गधा तो अब मैं उसे दे सकता हूं क्योंकि मैंने तुम्हारी जान बचाई है, उसके बदले में क्या तुम मेरी यामिंग को मेरे लिए न बचाओगे ? हम दोनों एक लालची बाप की लपेट में कैद हैं। चार साल से मैं उस बुड्ढे डफले के घर में नौकरों की तरह रहता हूं और दिन-रात उसकी सेवा करता हूं ताकि किसी तरह मैं उस बुड्ढे डफले को खुश कर सकूं, मगर बुड्ढा डफला शायद मेरी जवानी का अन्तिम दिन तक मुझसे ले लेना चाहता है। यह लालची बाप उस अजगर से भी भयानक है जिससे मैंने अभी तुम्हारी जान बचाई है। अब वह कहता है कि अगर मैं उसे बाहर मिथुन, पच्चीस बकरियां और एक गधा नहीं दे सकता तो तीन सौ रुपये ही दे दूं। तीन सौ

रुपये तो कुछ भी नहीं हैं यामिंग के लिए; तीन हजार भी कम है, तीन लाख भी कम हैं, मगर मैं लाऊं कहां से ? अपने को धन्य मानो की तुम गधे हो, इन्सान नहीं हो। तुम किसी भी गधी से प्रेम कर सकते हो मगर इन्सान तो सच्चे दिल से प्रेम करे भी, तो भी नहीं कर सकता। बीच में बारह मिथुन, पच्चीस बकरियां, एक गधा या तीन सौ रुपये आ जाते हैं.... ।"

अचानक उसने मुझे रोक दिया क्योंकि यहां पर पगडण्डी खत्म हो गई थी और वह झरना अब एक बड़े नाले के सूरत में बदल चुका था। नीले-नीले पत्थरों से पानी बड़ी तेजी से बहता था, मगर पानी गहरा न था। मातेन ने मुझे नाली में डाल दिया। पानी बर्फ के समान ठण्डा था मगर अच्छा हुआ कि अधिक गहरा न था। मैंने जल्दी-जल्दी नाले को पार कर लिया।

नाले को पार करके हम एक खतरनाक पहाड़ी की तलहटी में पहुंच गए। इस पहाड़ी पर चट्टानें ही चट्टानें थीं और बीच में लावा जम गया था। जिधर नजर उठाओ चट्टानें और लावा ही नजर आता था। कहीं पर कोई घास, झाड़ी या बीहड़ नजर नहीं आता था—सारी पहाड़ी नंगी खड़ी थी।

रास्ता बहुत दुर्गम था—लावे पर वे पांव फिसलते थे। कहीं पर चट्टानें ऐसी खड़ी थीं कि एक कदम गलत पड़ जाए तो शरीर हजारों फुट नीचे खड्ड में गिर जाए और हड्डी-बोटी का पता न चले। मैं बहुत सम्भाल-सम्भालकर पहाड़ी के ऊपर कदम रख रहा था, मगर मातेन बहुत जल्दी में था। वह सूरज डूबने से पहले पहाड़ी के ऊपर पहुंच जाना चाहता था, इसलिए वह बार-बार मुझे एड़ी लगाते हुए कहता, "हां, बरखुरदार, जरा जल्दी चलो, सूरज डूबने से पहले पहाड़ी पर पहुंच जाएंगे तो वापसी में आसानी होगी नहीं तो जंगल में रात आएगी। मैं तो किसी पेड़ पर चढ़कर रात काट लूंगा मगर तुम्हारा क्या होगा ?"

डर के मारे शरीर के रोंगटे खड़े होने लगे और मैं दिल ही दिल में अपने आपको धिक्कारने लगा। मुझे क्या पड़ी थी जो मैं अकेला जंगल में घुस आया। इतना-इतना मुझे रूबी ने रोका था मगर मैंने उस बेचारी की एक बात नहीं सुनी और अब यह जंगली मातेन मुझे न जाने कहां लिए जा रहा था।

मैंने अपने कदम तेज कर दिए। यही अच्छा है कि जहां जाना है वहां जल्द पहुंच जाएं। ठण्डी भी बढ़ रही थी।

"इधर कोई नहीं आता...." मातेन मेरी गर्दन पर हाथ फेरते हुए कह रहा था, "सब लोग इस पहाड़ी से डरते हैं। बीस बरस पहले जब मैं छोटा-सा लड़का था तो यह पहाड़ी एकदम फट पड़ी थी। इसमें से आग और लावा, गन्धक और

धुआं निकलने लगा था। सारी जमीन कांपने लगी थी। लावे ने आधे जंगल को खा लिया था और कई बस्तियों को। यह पहाड़ टूटकर अब एक छोटी-सी पहाड़ी बन गया है। इधर अब कोई नहीं आता। लोगों का ख्याल है कि इस पहाड़ी की चोटी के अन्दर जो गुफा है उसमें भूत रहता है।"

कोई एक घण्टे की चढ़ाई के बाद हम लोग पहाड़ी की चोटी पर पहुंच गए। इस चोटी के चारों ओर नंगी चट्टाने खड़ी थीं—एक कटोरे की तरह और बीच में दूर नीचे जमे हुए लावे की एक प्याले जैसी गुफा थी।

यह गुफा उस ज्वालामुखी पहाड़ का भयानक दहाना थी। आज से बीस बरस पहले यहीं यह ज्वालामुखी फूटा था और इतनी तबाही उसने मचाई थी, मगर अब लावा ठण्डा था और पिघल-पिघलकर चारों ओर जम गया था। चारों ओर गोल-गोल दीवारें किसी कुएं की तरह फिसलवां थीं और अन्दर जाने का सिर्फ एक रास्ता था जो चट्टानों और लावे को काटकर पहाड़ी की चोटी से नीचे प्याले जैसी गुफा तक जाता था।

पहाड़ी की चोटी पर पहुंचकर मातेन मेरी पीठ से उतर गया। फिर उसने अपने दोनों हाथ अपने होंठों के इधर-उधर रखकर नीचे गुफा की ओर देखकर जोर से आवाज दी, "आपोंग !"

आजाव जैसे गहरे कुएं में डूब गई और डूब-डूबकर चारों और टकरा-टकराकर गूंजने लगी। "आपोंग ! आपोंग !!"

थोड़ी देर के बाद गुफा के एक कोने से एक फौजी सिपाही निकला उसके हाथ में राइफल थी....

7

निकलना भेदी खोह से, एक गुप्त रास्ते से और पहुंच जाना वापस त्वांग और त्वांग में शूटिंग करते-करते हमला कर देना चीन का भारत पर....

पहाड़ी के क्रेटर के अन्दर खड़ा हुआ वह सिपाही बिल्कुल एक खिलौने की तरह मालूम हो रहा था—इतनी ऊंचाई पर हम खड़े थे। उस राइफल वाले सिपाही को देखकर मातेन ने फिर हाथ से एक विशेष इशारा किया और जोर से चिल्लाया "आपोंग ! आपोंग !!"

इतने में गुफा के अलग-अलग कोने से कुछ और सिपाही निकल आए।

पहले सिपाही ने मातेन को पहचानकर हाथ से इशारा किया और जोर से चिल्लाया, "आपोंग !"

मातेन ने मुझे आगे किया और नीचे गुफा के अन्दर उतरने वाले खतरनाक रास्ते पर चलने के लिए इशारा किया।

मैं धीरे-धीरे आगे चला क्योंकि यह रास्ता इतना खतरनाक था कि पांव का एक हल्का-सा कम्पन भी मेरी जान लेने लिए काफी था, इसलिए मैं बहुत सावधानी से कदम फूंक-फूंककर रख रहा था।

कोई आधे घण्टे के बाद हम नीचे क्रेटर के अन्दर पहुंच गए। अन्धेरा काफी बढ़ गया था और गुफा के अन्दर कुछ नजर न आता था।

मैंने इधर-उधर देखने की कोशिश की मगर प्याले जैसी गुफा के अन्दर लावे ने फूट-फूटकर कुछ ऐसी महराबें बना डाली थीं कि उनके अन्दर देखने से कुछ दिखाई नहीं देता था। कभी-कभी अन्दर किसी मशाल के जलने की रोशनी झलक जाती या कोई पतली या तेज आवाज सुनाई देती जिससे मालूम होता था कि इस प्याले जैसी गुफा के अन्दर और कई गहरी गारें हैं जिसमें कुछ लोग रहते हैं। मगर ये लोग कौन हैं जो जंगल और बस्ती छोड़कर इस ज्वालामुखी पहाड़ के दहाने में आ बसे हैं ? ऐसी कौन-सी खुदा की मार उन पर आ पड़ी है ? क्या उन्हें रहने के लिए त्वांग की घाटी में कोई घर नहीं मिलता था ?

मातेन मुझे खुली गुफा के घेरे में अकेला छोड़कर लावे की एक महराब के अन्दर कहीं गायब हो गया था जहां कुछ पल तक मुझे उसकी खुसर-पुसर सुनाई दी—फिर वे आवाजें भी गहरे अन्धेरे में डूब गई।

सर्दी बढ़ती जा रही थी और मेरा सारा शरीर सर्दी से ठिठुरने लगा था। अगर यहां खुले में मुझे एक घंटा और रुकना पड़ता तो मेरा सारा शरीर सर्दी से अकड़ जाएगा। मैं सिकुड़ते-सिमटते हवा के थपेड़े खाते लावे की एक महराब के अन्दर खड़ा हो गया और मातेन का इन्तजार करने लगा।

महराब के अन्दर मुझे एक अजीब दृश्य दिखाई दिया। गुफा के अन्दर कई गारें नजर आ रही थीं जिसकी छत भी लावे की थी और फर्श भी लावे का और दीवारें भी लावे की और चट्टानें भी लावे की। ये सब कुदरती गारें थीं और न जाने पहाड़ के अन्दर इनका सिलसिला कहां तक चला गया था। इन गारों के अन्दर अलग-अलग जगहों पर आग जल रही थी और उनके गिर्द बहुत से लोग बैठे हुए आग ताप रहे थे या खाना पका रहे थे। अन्धेरे में आग के शोलों की लम्बी-लम्बी जुबानें नाच उठतीं और उन शोलों की रोशनी में मुझे दूर से उनके चेहरे एक क्षण के लिए नजर आ जाते। ये लोग शक्ल व सूरत से तिब्बती मालूम होते थे। इन

लोगों ने रूईदार पाजामे और रूई वाले जैकिट पहन रखे थे और जब ये लोग एक दूसरे से बात करते थे तो किसी ऐसी भाषा में जो मेरी समझ में नहीं आती थी।

ये लोग कौन हैं ? इस गार में क्या कर रहे हैं ? इन लोगों का लिबास न तो हिन्दुस्तानियों जैसा है न ऐसा जैसा कि नेफा के कबाइलियों का होता है। फिर ये लोग कौन हैं और मातेन उनके पास क्यों आया है ?

बहुत देर के बाद, शायद कोई डेढ-दो घण्टे के बाद, मातेन अन्दर की किसी गार से बाहर निकला और उस महराबदार गार में आया जहां बहुत से तिब्बती लोग बैठे आग ताप रहे थे।

मातेन के हाथ में घड़ा था। अन्दर आकर उसने घड़ा उन लोगों के पास रख दिया और घड़ा रखकर वह फिर अन्धेरे में अन्दर कहीं गायब हो गया।

कुछ मिनटों के बाद वह फिर एक और घड़ा लेकर बाहर आया और उसे पहले घड़े के पास रखकर फिर गायब हो गया।

तीसरी बार वह फिर एक घड़ा और बांस का एक गिलास लेकर हाजिर हुआ। तीनों घड़े एक-दूसरे के पास रखकर उसने पहले एक घड़े में से बांस के गिलास में कुछ उंडेला और सबको दिखाकर सबसे पहले उसे खुद पी गया; फिर वह बांस का जग भर-भरकर दूसरों को देने लगा !

थोड़ी देर में बहुत से तिब्बती उसके गिर्द जमा हो गए—मातेन ने तीनों घड़े और बांस का जग उठाकर एक कोने में रख दिए। एक तिब्बती ने जिसके पास राइफल थी और जो सबका सरदार मालूम होता था, मातेन की पीठ ठोंकी, जेब से कुछ नोट निकालकर मातेन को दिए फिर उन दोनों में कुछ बात-चीत हुई जिसे मैं बिल्कुल समझ नहीं सका। उसके बाद मातेन उन तिब्बती सरदार को सलाम करके बाहर आ गया। मैं उसके पीछे-पीछे चलने लगा।

मातेन के हाथ में कोई दो-दो फुट लम्बी लकड़ियों के कई गट्ठे थे जिन्हें उसने एक रस्सी से कसकर मेरी पीठ पर रख दिया और रस्सी का एक सिरा हाथ में लेकर मेरे आगे-आगे चलने लगा।

मैंने दिल में सोचा अब इस वक्त अगर क्रेटर की चढ़ाई चढ़नी पड़ी, फिर पहाड़ी की फिसलावां रास्ता उतरना पड़ा, फिर उसे घने और खौफनाक जंगल में से होकर गुजरना पड़ा तो जान की खैर नहीं।

शायद इस वक्त जो कुछ मैं सोच रहा था वही मातेन भी सोच रहा था क्योंकि मैंने देखा कि मातेन गुफा के खुले प्याले में कोई पचास कदम चलकर रुक गया, फिर दायें को मुड़ गया और कुछ कदम चलकर गार की एक अन्धेरी महराब

के अन्दर मुझे रस्सी से खिंचते हुए ले गया।

अन्दर घुप अन्धेरा था। हाथ को हाथ सुझाई न दे रहा था। यहां कुछ देर मातेन चुपचाप खड़ा रहा—सांस रोके, और जब उसे विश्वास हो गया कि कोई उसका पीछा नहीं कर रहा है तो वह दाईं तरफ से बाईं को मुड़ गया। अन्धेरे में फिर बाईं से दाईं तरफ मुड़ा। कुछ कदम चलता हुआ दीवार को टटोलता हुआ वह एक ऐसी जगह पहुंचा जहां पानी के गिरने की आवाज सुनाई देती थी।

मातेन ने मेरी गर्दन थपथपाई, जैसे हौंसला दे रहा हो। फिर वह मेरे कान के पास आकर बोला, "घबराना नहीं अच्छे टट्टू ! पानी गहरा भी नहीं है और ठण्डा भी नहीं है। इस छोटे से नाले को पार कर लोगे तो आगे का रास्ता इतना मुश्किल न रहेगा। चुपके से यह नाला पार कर लो, किसी को कानोंकान खबर न हो।"

मातेन मेरी पीठ पर लकड़ियों के गट्ठे पर बैठ गया और धीरे से ऐड़ी लगाकर मुझे अन्धेरे में आगे चलने का इशारा करने लगा।

मैं दो ही कदम आगे चला था कि बहुत ही गर्म पानी की गिरती हुई धारा मेरे शरीर पर पड़ी और मैं घबराकर पीछे हटा तो पीछे से मातेन ने मुझे इतने जोर से एड़ी लगाई कि मैं घबराकर और उछलकर और छलांग लगाकर कई कदम आगे दौड़ता चला गया—अन्धेरे में ही दौड़ता चला गया, यहा सोचे-समझे बिना कि आगे क्या है ?

कुछ दूर जाने के बाद मातेन ने मेरी पीठ पर टटोलकर लकड़ियों का एक गट्ठा निकाला और उसे चकमक पत्थर से जलाया।

देवदार के जैगन से चिपचिपाती हुई लकड़ियां मशाल की तरह जल उठीं और उस मशाल की रोशनी में मैंने देखा की हम लोग पहाड़ी के अन्दर एक तंग व तारीक खोह में हैं जो हजारों गज पहाड़ी के अन्दर ही अन्दर दूर तक चली गई है। यह लोहे की पाइप जैसी खोह थी जो इतनी खुली और ऊंची थी कि उसके अन्दर एक आदमी एक टट्टू पर सवार होकर आसानी से चल सकता था। कहीं-कहीं पर यह खोह इतनी तंग हो जाती कि मातेन को मेरी पीठ से उतरना पड़ता और मेरे आगे-आगे चलना पड़ता। कहीं-कहीं यह खोह इतनी चौड़ी हो जाती कि पूरी पल्टन उसके अन्दर समा सकती थी।

यह विचित्र खोह पहाड़ के अन्दर ज्वालामुखी के लावे ने फटकर बना डाली थी। कहीं-कहीं पर चट्टानों की छतों पर दरारें पड़ी हुई थीं अन्देशा होता था कि वे छतें अब गिरीं कि अब गिरीं। कहीं-कहीं पर फासफोरस की मौजूदगी से ये चट्टानें सोने के पतरे की तरह चमकती थीं। रास्ते में जगह-जगह चट्टानों के अन्दर से गर्म

पानी गिर रहा था और कहीं-कहीं पर यह पानी इतना गर्म था कि उससे भाप उठती थी और उसमें से गन्ध की बू-बास आती थी।

और यह गार अन्दर चली जा रही थी—जाने कहां !

लगभग आधे मील तक तो मातेन उस गार के अन्दर बिल्कुल खामोश और चुपचाप रहा। आधा मील चलने के बाद जब उसे भरोसा हो गया कि कोई उसका पीछा नहीं कर रहा है तो वह आप ही आप मुझसे बातें करने लगा। उसके स्वर से मालूम होता था कि उसने बहुत सी चढ़ा ली है।

"यह गुप्त रास्ता किसी को मालूम नहीं—उन तिब्बतियों को भी मालूम नहीं है। ये लोग अच्छे नहीं हैं, मुझे तो डाकू मालूम होते हैं, मगर पैसे बहुत देते हैं आपोंग बनाने के लिए, और मुझे अच्छी आपोंग तैयार करने वाला इस घाटी में तो मिल नहीं सकता। हर तीसरे दिन ये मुझे बीस रुपये देते हैं। मगर मेरी आपोंग से बढ़िया शराब इस इलाके में कहीं नहीं मिल सकती। अब तक मैं इनसे सौ रुपये ले चुका हूं और अगर ये लोग इस घाटी में कुछ दिन और ठहर गए तो क्या मालूम, मैं उनसे लेकर तीन सौ रुपये जमा कर लूं उस बुड्ढे डफले को देने के लिए। फिर मेरी और यामिंग की शादी हो जाएगी।

"यह रास्ता किसी को मालूम नहीं है। रात के अन्धेरे में मुझे भी इधर आने की हिम्मत न होती अगर तुम मेरे साथ न होते। मुझे भूत-प्रेत से बड़ा डर लगता है और जंगल में रात के वक्त ओई-यूं देवता घूमते रहते हैं जो इन्सानों की हड्डियों से लूचांग (जिन्दगी का रस) निकाल लेते हैं और अगर इन्सान के अन्दर हड्डियों से लूचांग निकल जाए तो इन्सान फौरन मर जाता है, इसलिए मैं जंगल से नहीं गया। मगर यह रास्त भी कुछ खतरनाक नहीं है क्योंकि बिल्कुल निर्जन और अकेला है और पहाड़ के अन्दर है, और इस रास्ते को मेरे सिवा कोई नहीं जानता। एक दिन बर्फ के तूफान में घिरकर मैंने इन गारों में आश्रय लिया था। दो दिन तक बाहर बर्फ का तूफान गरजता रहा और गार से बाहर निकलने का कोई रास्ता न रहा था। बर्फ ने सारे रास्ते बन्द कर दिए थे। उसी वक्त गारों के अन्दर घूमते-घूमते मुझे यह गुप्त रास्ता मिला जो लावे के कट जाने से अन्दर ही अन्दर, पहाड़ के अन्दर कट गया था। मैं सीधा इस रास्ते पर हो लिया—देखने के लिए कि यह कहां जाता है। उस दिन पहली बार मैं उस रास्ते पर आया मगर गांव वालों में से किसी को यह रास्ता मालूम नहीं है। मैंने कई बार सोचा है कि अगर बुड्ढा डफला किसी तरह नहीं माना तो मैं यामिंग को त्वांग से भगाकर इस गार में ले आऊंगा और यहां हम दुनिया की नजरों से दूर एक-दूसरे के साथ रहेंगे।"

मातेन देर तक उसी तरह बकता-झकता चलता रहा। जब थक जाता, तो मेरी पीठ पर सवार हो जाता। फिर उतरकर चलने लगता। मालूम होता था उसने आपोंग काफी पी ली है क्योंकि वह कभी-कभी अपना जी बहलाने के लिए गाने लगता और उसकी आवाज उस खन्दक जैसी लम्बी खोह में अजीब भयानक ढंग से गूंजती। मेरे रोंगटे खड़े हो जाते मगर मैं सिर झुकाकर चलता रहा कि इसके सिवा कुछ चारा भी तो नहीं था।

अचानक खोह खत्म हो गई और हवा का एक तोज झोंका मेरे तनबदन को छू गया और मैंने आंखें झपककर देखा कि मैं खुले आकाश तले टिमटिमाते तारों की छांव में एक घाटी पर खड़ा हूं और नीचे की घाटी पर खेमों की एक छोटी-सी बस्ती में रोशनियां जल रही हैं।

उस क्षण मैं खुशी से पागल-सा हो गया। मैं मुंह ऊंचा करके जोर से हिनहिनाया और फिर मातेन की चिंता किए बिना दौड़ता हुआ उन खेमों की ओर चला गया।

रूबी मेरी आवाज सुनकर खेमे से बाहर निकल आई। जब मैं उसके पास पहुंचा तो वह मुझे पहचानकर दौड़ती हुई आगे बढ़ी और मुझसे लिपटकर रोने लगी। शशिकपूर भी मेरी पीठ सहलाने लगा और स्वर्णकुमारी भी। शारदाबाई की बड़ी-बड़ी आंखें भी आंसुओं से डबडबा रही थीं। वे सब लोग अब मुझे मुर्दा समझ चुके थे। जब इतनी रात गए मैं वापस न पहुंच सका तो उन लोगों ने सोच लिया कि मुझे जरूर किसी जंगली चीते या भालू ने खा लिया होगा।

मुझे जिन्दा देखकर रूबी की खुशी की कोई सीमा न रही। वह बार-बार मेरे गले से लिपटती थी, "ओ माई डंकी, माई पूअर डार्लिंग ! अरे तुम कहां चले गये थे ? मैंने तुम्हें जाने क्यों दिया ? कैसी पागल औरत हूं मैं—एक गधे पर एतबार कर बैठी और अपनी अक्ल खो बैठी....अब मैं तुम्हें कहीं न जाने दूंगी।"

पर अब मैं जिंदा वापस मिल गया था इसलिए रूबी को भी चैन मिल गया और फिल्म यूनिट के लोगों को भी। दूसरे दिन शूटिंग थी, इसलिए डाइरेक्टर धनराज ने जल्दी-जल्दी शूटिंग का प्रोग्राम तय किया और सबसे जल्दी सो जाने और सबेरे जल्दी उठ जाने का आग्रह कर वह सबसे विदा हुआ।

रूबी देर तक मेरा बदन सहलाती रही और मुझे पुचकारती रही। आज उसने खुद अपने हाथ से मुझे घास का एक-एक तिनका खिलाया और मुझे मटर का सूप पिलाया। गर्म-गर्म सूप जब मेरे पेट के अन्दर गया तो मुझे नींद-सी आने लगी और मेरी आंखें अपने आप बन्द होने लगीं।

"सो जाओ मेरे डंकी।" रूबी बड़े प्यार से बोली, 'इस वक्त तुम बहुत थके हुए हो। सुबह तुमसे पूछूंगी कि तुम कहां गए थे और इतनी रात गए क्या करते रहे ?"

मैं वास्तव में इतना थका हुआ था कि अगर उस वक्त दिन-भर के भयानक हालात बताना चाहता तो भी बता न सकता था। सूप पीते ही पांव पसार के रूबी के पलंग के पास फर्श पर लेटकर सो गया। रात को देर तक भयानक स्वप्न आते रहे। कभी पेड़ में चमकती हुई रोशनियां आतीं। कभी खोह के अन्दर फासफोरस वाली चट्टानें जलते हुए लोहे के तवों की तरह गर्म और लाल नजर आतीं। रात में कई बार मुझे अपने शरीर पर रूबी के सहलाते हुए हाथ का आभास हुआ और मैं स्वप्न में चौंककर फिर आराम की नींद सो गया। ऐसा कई बार हुआ, पर सुबह के वक्त ऐसी गहरी अटूट नींद आई कि देर तक सोता रहा और रूबी के इन्कार करने पर किसी ने मुझे नहीं जगाया और मेरी खातिर शूटिंग का प्रोग्राम दो घण्टे के लिए लेट कर दिया गया।

शूटिंग हमारी इसी घाटी के ऊपर की घाटी पर थी जहां से रात को मुझे मातेन उस लम्बी खोह से निकालकर लाया था। मैंने उस वक्त किसी से कुछ कहना ठीक नहीं समझा। सोचा, शूटिंग के बाद रात को इस मामले पर रूबी से बात करूंगा। यही सोचकर मैं चुप रहा और तैयार होकर रूबी के साथ शूटिंग के लिए ऊपर की घाटी पर चला गया।

पहला शाट तैयार था। स्वर्णकुमारी एक तिब्बती लड़की के वस्त्र पहने हुए एक गधे पर थैले लटकाए बैठी अपने रास्ते पर जा रही थी। रास्ता पहाड़ी का और खतरनाक था और स्वर्णकुमारी अपने गधे पर अकेली बैठी अपने गांव को जा रही थी। इतने में एक ऊंची चट्टान पर से हमारा हीरो शशिकपूर हाथ में एक राइफल लिए हुए निशाना साधकर उसे हवा में चला देता है—स्वर्ण कुमारी को डराने के लिए, और फिर फतह का नारा लगाते हुए चट्टान से कूदकर गधे पर सवार हो जाता है और स्वर्णकुमारी को लेकर मोड़ पर गायब हो जाता है।

बस यह शाट था।

पहले मेरी पीठ पर बोझ लादने की जीन कसी गई, फिर उस पर बहुत से थैले लटकाए गए, फिर स्वर्णकुमारी को मेरी पीठ पर सवार किया गया और मुझे उस मोड़ की तरफ चलने का हुक्म दिया गया जिसकी एक लम्बी चट्टान पर शशिकपूर अपने एसिस्टेंट आगा के साथ दुबका खड़ा था।

जब मैं तेजी से चलता हुआ स्वर्णकुमारी को अपनी पीठ पर सवार किए उस

मोड़ पर पहुंचा जहां शशिकपूर छिपा हुआ था तो शशिकपूर मुझे देखते ही चट्टान पर उठ खड़ा हुआ। चट्टान के पास पहुंचकर उसने अपनी चाल धीमी कर दी। शशिकपूर ने राइफल हवा में ऊंची की और निशाना साधकर स्वर्णकुमारी के सिर के ऊपर से एक गोली चलाई।

गोली की आवाज चारों ओर जंगल में घूम गई। फिर शशिकपूर ने जोर का एक नारा मारा और उसके पीछे आगा ने। फिर शशि राइफल लिए हुए चट्टान से उछला और ज्योंही वह मेरी पीठ पर सवार हुआ कि ठीक उसी वक्त हमारे सामने मोड़ के पास एक गार से राइफलें लिए हुए कई सिपाही निकल आए और चिल्ला-चिल्लाकर हमारी तरफ निशाना बांधने लगे। बहुत सम्भव था कि मैं उनकी गोली का निशाना बन जाता मगर ठीक समय पर मैंने छलांग मारी और रास्ता काटकर पगडण्डी छोड़कर नीचे तीस फुट गहरी खाई में कूद पड़ा।

खाई में पानी था और कीचड़ भी और घनी हरी झाड़ियां थी जिन्होंने हमें अपने अन्दर छिपा लिया। चोटें तो हम तीनों को आई, मगर जानें सबकी बच गई। हम लोग घनी झाड़ियों के अन्दर दुबककर बैठ गए और ऊपर की ओर देखने लगे जहां गार के अन्दर रहे सैकड़ों चीनी सिपाही शोर मचाते, चिल्लाते राइफल हिलाते निकल रहे थे।

एक सिपाही....दस सिपाही....एक सौ सिपाही....एक हजार सिपाही....दस हजार सिपाही....उस गुप्त गार से चीनी सिपाही चींटियों की तरह निकलकर त्वांग घाटी में फैलते जा रहे हैं।

चीन ने हिन्दुस्तान पर आक्रमण कर दिया था....।

8

बचकर चला जाना गधे का जंगल में और पहुंच जाना एक फौजी चौकी पर और रवाना होना फिल्म-यूनिट का वापस तेजपुर को हेलीकॉप्टर से और रह जाना गधे का अकेला नेफा के जंगल में....

सौभाग्य से चीनियों का ध्यान सबसे पहले शशिकपूर, स्वर्णकुमारी और उसके टट्टू की ओर गया। इस बीच में डाइरेक्टर धनराज, शारदाबाई, मिसेज रूबी एक्स. वाइल्ड और फिल्म-यूनिट के दूसरे लोगों को भी नीचे खाई में छिपने का मौका

मिल गया। बस एक बेचारा आगा पकड़ा गया। पर अच्छा हुआ कि आगा उस वक्त एक तिब्बती के भेष में था नहीं तो उसे उसी वक्त गोली मार दी जाती। अब उसका बचना बहुत मुश्किल था। चीनी आफिसर कमाण्डिंग ने जिसका नाम चू किंग था, आगा को हिरासत में लेने की आज्ञा देकर उस पर पांच चीनी सिपाहियों को नियुक्त कर दिया।

जब त्वांग पर चीनी सिपाहियों का कब्जा हो गया तो आगा को आफिसर कमाडिंग के सामने पेश किया गया। चू किंग ने, जो बहुत अच्छी हिन्दी भाषा जानता था, आगा के कन्धे पर हाथ रखकर बड़े प्यार से कहा, "हिन्दी-चीनी भाई-भाई।"

आगा ने मुस्कराकर जवाब में कहा, "हिन्दी-चीनी भाई-भाई !"

चू किंग आगा के जवाब से बहुत खुश हुआ, बोला, "अब हम तुमको गोली मारेगा।"

"बड़ी खुशी की बात है," आगा बोला, "मगर मैं पूछ सकता हूं, तुम हमको क्यों गोली मारेगा ?"

"क्योंकि तुमने हमारे चीनी सिपाहियों पर हमला किया," चू किंग बोला।

"हमला हमने किया कि आपने किया ?" आगा हैरान होकर बोला।

"तुमने किया," चू किंग नाराज होकर बोला, "हम उधर गार में छिपा बैठा था कि तुम्हारे साथी ने राइफल उठाकर हम पर फायर किया और लड़ाई का नारा लगाया....

"वह शूटिंग करता था।" आगा उसे समझाने लगा।

"यही तो बोलता है हम, तुम हमको सूट करता था।" चू किंग बोला।

"तुम्हारी शूटिंग नहीं करता था, फिल्म की शूटिंग करता था।" आगा बोला।

"किसकी आज्ञा से ?" चू किंग गर्म होकर बोला।

"अपनी सरकार की इजाजत से, गवर्नमेण्ट ऑफ इण्डिया के हुक्म से।"

"इधर गवर्नमेण्ट ऑफ इण्डिया का हुक्म नहीं चलता है, यह हमारा मुल्क है।"

"तुम्हारा मुल्क किधर से है ? यह त्वांग तो हमारा देश है, सैकड़ों साल से है।" आगा बोला।

"तिब्बत का छठा लामा त्वांग में पैदा हुआ था, और तिब्बत चीन में है, इसलिए त्वांग भी चीन का भाग समझो।"

"अगर छठे लामे की पैदाइश से त्वांग चीन का भाग बन सकता है तो कल तो तुम बिहार के सूबे को भी चीन का भाग समझोगे क्योंकि वहां महात्मा बुद्ध का जन्म हुआ था, जिनके मानने वाले करोड़ों चीनी हैं।"

"यहां के लोगों का पहनावा देखो, शक्ल सूरत देखो; तुमसे नहीं, हमसे मिलती-जुलती है।"

आगा बोला, "शक्ल तो मेरी भी कुछ-कुछ तुमसे मिलती है, तो क्या मैं चीनी हो गया ?"

"नहीं, तुम तो हिन्दुस्तानी हो," चू किंग बोला, "साफ हिन्दुस्तानी हो क्योंकि हिन्दी बोलते हो।"

"हिन्दी तो तुम भी बोल रहे हो इस वक्त, तो क्या मैं तुमको हिन्दुस्तानी समझ लूं ?" आगा ने पूछा।

"यह हिन्दुस्तानी बहुत बकवास करता है," चू किंग ने अपने एक जूनियर अफसर से कहा, "इसे अभी मेरे सामने गोली मार दो।"

जब वे लोग आगा को गोली मारने के लिए ले जाने लगे तो मातेन, जो अब तक चीनी सिपाहियों के पीछे कहीं छिपा हुआ था, आगे आया और हाथ जोड़कर बोला, "चीनी सरदार, यह हिन्दुस्तानी नहीं है, यह हमारे गांव का डफला है, मेरा बड़ा भाई है।"

"तुम्हारा बड़ा भाई है ?" चू किंग ने आगा को सन्देह की नजर से देखते हुए कहा, "मगर ये तो हिन्दी बोलता है ?"

"यह ज्यादा करके गोहाटी में रहता है इसलिए हिन्दी सीख गया है। हिन्दी हिन्दुस्तान की भाषा है न, इसलिए सरकार....।"

"तुम्हारा नाम क्या है?" चू किंग ने बड़ी सख्ती से आगा से पूछा, "आगा...." आगा बोला।

"आगा क्या ? आगा-पीछा दोनों बताओ ?" चू किंग डपटकर बोला।

"आगा जोरम बाट, इसका पूरा नाम है," मातेन ने मौका पाकर आगा को आंख मारी।

आगा ने हामी से सिर हिला दिया।

"तुम्हारी औरत का क्या नाम है ?"

"तू को काट," आगा फोरन बोला।

इत्तफाक से डफला औरतों का नाम 'तू को' भी होता है इसलिए बात बन गई। चू किंग ने थोड़ी नरमी से कहा, "मातेन, तुम अपने भाई से जरा डफला भाषा में बातचीत करके तो बताओ ?"

"बहुत अच्छा" कहकर मातेन ने आगा को आंख मारी और बोला, "आ बे तू बो कुर्की ?"

"जबाने यारे मन कुर्की," आगा ने जवाब दिया।

"लीना, डीना, चीका ?"

"ईना, मीना, डीका," आगा फरफर बोला। उसने सोचा लिया था कि अब जो कुछ अंट-संट उसकी समझ में आएगा फौरन बोल देगा। जान बचाने का एक यही तरीका बाकी रह गया था।

"त्वा जै कमैर ?"

"ओरम, तोरम, जोरम ?"

"अपलम् चपलम् धपलम्।"

"त्वास, त्वास, त्वास ?"

"बकवास, बकवास, बकवास," आगा चिल्लाया, तो चू किंग खुश होकर चिल्लाया–

"जानता है, जानता है, यह डफला बोली खूब जानता है ! जरूर यह मातेन का बड़ा भाई होगा। इसे छोड़ दो।"

आगा दोनों हाथ फैलाकर मातेन से गले मिला। मातेन ने उसके कान में कहा, "ढमस ढमस गरूब।"

"क्या कहता है मेरे महबूब ?" आगा ने उससे पूछा।

"मैं कहता हूं अब यहां से भाग चलो," मातेन ने उसके कान में जल्दी से कहा, "मेरे पीछे-पीछे आ जाओ।"

"जब आगा चलने लगा तो चू किंग बोला, "हम तुमको माफ किया क्योंकि तुम मातेन का बड़ा भाई है। मातेन बड़ा अच्छा आपोंग बनाता है, सबसे अच्छा आपोंग। हम बहुत खुश मातेन पर–चीनी डफला भाई-भाई !"

"बाई-बाई," आगा ने चलते हुए हाथ हिलाकर कहा।

जब मातेन और आगा सिपाहियों की आंख से ओझल हुए तो पगडण्डी छोड़कर सीधे जंगल की ओर उस सिम्त भागे जिधर आगा ने शशिकपूर और स्वर्णकुमारी को भागते देखा था।

जंगल बहुत घना था और जहां से वे गुजर रहे थे वह जगह कीचड़ और गारे से भरी हुई खाइयों से पटी हुई थी। कहीं कहीं रास्ते में कांटेदार झाड़ियां आ जाती जिनमें से गुजरते हुए आगा के कपड़े फंस गए और जगह-जगह से खून बहने लगा। आगा की आंखों में आंसू आ गए।

मातेन ने पूछा, "क्या बात है ?"

"बम्बई यहां से कितनी दूर होगा ?" आगा ने पूछा।

"कोई डेढ़ हजार मील दूर होगा," मातेन बोला।

"तब तो बहुत पास है," आगा ने खुश होकर अपने आंसू पोंछ डाले।

"चलो जल्दी चलो।"

अचानक सामने के घने पत्तों के पीछे सरसराहट-सी हुई। आगा लपककर जमीन पर लेट गया। सरसराहट बन्द हो गई। आगा फिर उठा। मातेन भी उठा। दोनों ने एक-दूसरे को देखकर मुंह पर उंगली रख ली।

आगा ने मातेन के कान में कहा, "दुश्मन !"

मातेन ने अपनी कमर से अपना डाओ खींच लिया और बिना आवाज कदमों से दुबककर वे दोनों धीरे-धीरे आगे सरकने लगे।

अचानक आगा ने दोनों हाथों से उन घने पत्तों को हटा दिया जहां से वह आवाज आ रही थी। अकस्मात् उसे अपने सामने राइफल की नाली नजर आई। आग ने कांपकर अपने दोनों हाथ ऊपर उठा दिए।

"हैंड्स अप," उधर से आवाज आई।

आवाज पहचानकर आगा खुशी से चिल्लाया, अरे शशि मेरी जान, मैं आगा हूं।"

राइफल फेंककर शशि आगा के गले से लिपट गया।

थोड़ी देर में झाड़ियों के पीछे से डायरेक्टर धनराज, शारदाबाई, स्वर्णकुमारी और फिल्म-यूनिट के दूसरे लोग भी बाहर निकले। सबके कपड़े फटे हुए थे। चेहरे फक और जर्द।

"अब क्या होगा ?" यह प्रश्न हर एक के चेहरे पर था।

"अगर हम किसी तरह बोमदिला पहुंच जाएं तो जान बच सकती है," डायरेक्टर धनराज बोला।

"मगर किस तरह ?" शारदाबाई ने पूछा, "सड़कों पर चीनी दनदनाते होंगे और जंगलों के रास्ते हमें मालूम नहीं।"

"खाने का सामान भी अपने पास नहीं," कैमरामैन बोला, "सेला से त्वांग आते हुए छः दिन लग गए, वापसी में कितने दिन लगेंगे ?"

सब लोग मातेन के चेहरे की ओर ताकने लगे।

मातेन बोला, "मुझे जंगल के ऐसे गुप्त मार्ग मालूम हैं कि मैं आपको सैला तो क्या बोमदिला में तीन दिन के अन्दर पहुंचा सकता हूं, मगर पहले मैं अपनी यामिंग का हाल-चाल मालूम कर लूं।"

"तो जल्दी से मालूम करके आओ," रूबी ने मातेन से कहा।

मातेन जंगल में गायब हो गया। कोई तीन-चार घण्टे के बाद जब हम लगभग निराश हो चुके थे। वह वापस आया। उसके चेहरे पर हवाइयां उड़ रही थीं।

"चीनियों ने यामिंग और उसके बूढ़े बाप को गिरफ्तार कर लिया है। उन पर हिन्दुस्तानी फिल्म-यूनिट की सहायता करने का इल्जाम है। अब मैं आपके साथ बोमदिला नहीं जा सकता।"

सबके चेहरे उतर गए। शारदाबाई और स्वर्णकुमारी रोने लगीं।

कुछ देर तक मातेन अपने डाओ से खेलता रहा। आखिर उसने बड़ी जोर से अपने डाओ को बांस की म्यान में डाल दिया और बोला, "मुझे बहुत दुःख है, मैं आपके साथ नहीं जा सका। जिस लड़की को मैं अपनी जान से ज्यादा चाहता हूं, उसकी जिन्दगी खतरे में है।"

कोई कुछ नहीं बोला। मातेन सलाम करके वापस जाने लगा।

दूर दक्षिण की पहाड़ियों से एक हेलीकॉप्टर उभरा और उत्तर की ओर बढ़ते-बढ़ते पूर्व की ओर मुड़कर जंगल के एक कोने में गायब हो गया।

"हिन्दुस्तानी हेलीकॉप्टर था," मैंने कहा।

"इस जंगल में आया था तो क्या हुआ ?" शारदाबाई चमककर बोली, "क्यों गधों की-सी बातें करते हो ? इस जंगल में आया था तो उससे हमें क्या फायदा ?"

मैंने कहा, "हिन्दुस्तानी हेलीकॉप्टर के आने का मतलब यह है कि यहां पर इसी जंगल में कोई हिन्दुस्तानी फौजी चौकी जरूर मौजूद है जिसका सम्बन्ध इस हेलीकॉप्टर के जरिये बाहर की दुनिया से जुड़ा है इसलिए अगर किसी तरह से उस चौकी तक पहुंच जाएं," मैंने मातेन की ओर देखते हुए कहा, "अगर किसी तरह मातेन हमें वहां तक पहुंचा दे, मेरा मतलब है, हिन्दुस्तानी फौजी चौकी तक, तो....?" मैंने शशिकपूर की ओर देखा।

"तो बात बन सकती है," शशिकपूर ने चुटकी बजाई और मेरी ओर तारीफी नजरों से देखते हुए मेरी गर्दन पर अपना बाजू रख दिया और बोला, "गधा है मगर बात पते की कहता है।"

फिर शशिकपूर ने फौरन पलटकर जाने वाले मातेन को आवाज देकर वापस बुलाया और सब मामला समझाया।

शशिकपूर ने मातेन से कहा, "वह जगह इस जंगल में यहां से बहुत दूर न होगी।"

"तुम्हें पास मालूम होती होगी, मगर मेरे ख्याल से पूरे छः घण्टे का सफर

है," मातेन ने ध्यान से उस ओर देखते हुए कहा जहां हेलीकॉप्टर जंगल के नीचे गायब हुआ था। फिर बोला, "अगर आप यहां से घने जंगलों के सफर की कड़ी मेहनत झेलने के लिए तैयार हैं तो मैं आपको वहां तक पहुंचा सकता हूं।"

जान बचाने की और कोई सूरत न थी इसलिए सब राजी हो गए। मैंने तीनों औरतों को अपनी पीठ पर सवार कर लिया--रूबी, शारदाबाई और स्वर्णकुमारी को--बाकी लोग पैदल रवाना हुए। आगे-आगे मातेन, पीछे-पीछे हम। कई घाटियां चढ़े, कई उतराइयां उतरे, कई नाले पार किए। पेड़ों पर चढ़े, कांटेदार झाड़ियों में से गुजरे। कई बार रास्ता आगे बन्द मिला, पहाड़ी गिर गई थी, चट्टानें ढह गई थीं या किसी गहरी नदी का पाट बीच में आ गया; इसलिए मातेन को वापस मुड़ना पड़ा और कोई दूसरा रास्ता ढूंढ़ना पड़ा। जब चलते-चलते शाम हो गई और चारों तरफ अन्धेरा फैलने लगा और आसपास के जंगलों में भेड़िये बोलने लगे तो हम लोग एक खतरनाक चढ़ाई चढ़कर एक ऐसी घाटी में पहुंचे जिसके चारों तरफ घना जंगल था लेकिन बीच में कोई आधा मील लम्बा और इतना ही चौड़ा मैदान था, जिसे जंगली पेड़ों और झाड़ियों से साफ कर दिया गया था और अब इस मैदान के किनारे पर कुछ काटेज दिखाई दे रहे थे और दो लम्बी बारकों के सामने सिपाही पहरा दे रहे थे। सिपाहियों को पहचानते ही सबकी खुशी की चीखें निकल गईं। अपने हिन्दुस्तानी सिपाही थे। उन्हें देखकर सब लोग उनकी तरफ दौड़े और खुशी से रोते हुए इस तरह उनके गले मिले जैसे अपने सगे भाइयों से भी ज्यादा सगों से गले मिल रहे हों !

रात को फौजी चौकी के आफिसर कमाण्डिंग ने फिल्म-यूनिट की दावत की। शशिकपूर ने अपनी विपदा कह सुनाई। त्वांग पर चीनी हमले के समाचार से आफिसर कमाण्डिंग बहुत हैरान हुआ। उसने उसी वक्त वायरलेस से यह समाचार सेला की चौकी, बोमदीला और तेजपुर भेज दिया और कुमक मांगने का इरादा पक्का कर लिया।

बातचीत करके जब वह फारिग हुआ तो उसने शशि से कहा, "आपके जाने का मैंने प्रबन्ध कर दिया है, कल सुबह आपको तेजपुर पहुंचा दिया जाएगा।"

रात को फिल्म-यूनिट के सोने का इन्तजाम एक काटेज में कर दिया गया। मुझे खच्चर-बारिक से दूसरे गधों और खच्चरों के साथ जगह मिली। रात को जब मैं एक कोने मैं घास-फूस ठीक करके सोने की तैयारी कर रहा था तो रूबी मेरे पास आई और मेरे गले से लिपटकर बोली, "गुड-बाई गधे।"

"गुड-बाई क्यों, सुबह मिलेंगे।" मैंने कहा।

वह बोली "तुम सुबह मेरे साथ तेजपुर नहीं जा सकते।"

"क्यों ?"

"क्योंकि तुम एक गधे हो।"

"मगर मैं फिल्म-यूनिट का एक स्थायी आर्टिस्ट हूं, मेरा कान्ट्रैक्ट पच्चीस हजार का हुआ है।"

रूबी बोली, "मैंने तो बहुत कोशिश की मगर आफिसर नहीं माना, बोला—बड़ी मुश्किल से मैंने तुम लोगों के जाने का प्रबन्ध किया है, मगर मैं एक गधे को हेलीकॉप्टर पर सवार करके तेजपुर नहीं भिजवा सकता।

"मैंने बताया कि अगर यह गधा हमें तुम्हारा हेलीकॉप्टर देखकर इस फौजी चौकी का अता-पता न बताता तो हम कभी यहां न पहुंच सकते। जंगल में ही मर-खप गए होते। मगर आफिसर कमाण्डिंग नहीं माना।

"उसने कहा, मेरे हेलीकॉप्टर में किसी गधे के लिए जगह नहीं है। इसलिए गुड बाई।"

रूबी मेरी गर्दन थपथपाकर विदा हो गई। सुबह को एक के बाद दूसरा दो हेलीकॉप्टर जंगी सामान लेकर उतरे और फिल्म-यूनिट के आदमियों को लेकर दक्षिण की ओर रवाना हो गए। वे लोग अपने बचाव की खुशी में इतने मगन थे कि मुझे बिल्कुल ही भूल गए।

दोनों हेलीकॉप्टर जंगलों और पहाड़ियों के ऊपर से झूलते हुए तेजपुर की ओर गायब हो गए और मैं उस पहाड़ी मैदान में अकेला खड़ा रह गया....। बेवफाई तेरा नाम आदमी है।

....कितनी सेवा करो, कितनी मेहनत करो, कितनी कुर्बानी करो—आदमी सब कुछ भूल जाता है क्योंकि वह सिर्फ अपने स्वार्थ का दास है और अपने स्वार्थ के लिए वह वक्त पड़ने पर गधे को भी अपना बाप बना लेता है।

मेरी आंखों में आंसू आ गए। मैंने अपने दोनों लम्बे-लम्बे कान झुकाकर हेलीकॉप्टर में जाने वाले दोस्तों को दिल ही दिल में विदा किया और धीरे से मुड़ा तो अपने पास मातेन को खड़ा पाया।

वह मुस्करा रहा था।

"वे तुम्हें छोड़ गए न ?" वह मेरी गर्दन पर हाथ मारकर बोला, "वे शहरी सभ्यता के लोग थे, इसलिए छोड़ गए, अगर मेरी तरह जंगली डफले होते तो अपनी जान दे देते मगर तुम्हें अकेला छोड़कर न जाते। तुम्हें हमारे घर में रहकर देखना चाहिए, हम किस तरह अपने घर के कुत्तों और गधों की रक्षा करते हैं।"

वह उचककर मेरी पीठ पर सवार हो गया।

"चलो, वापस त्वांग चलें।"

9

कर देना गधे का बेहोश सब चीनी सिपाहियों को अपनी चालाकी से और बचा लेना मातेन की प्रेमिका को और बयान मातेन और यामिंग के प्रेम का....

वापसी का सफर छः घंटों की जगह चार घंटों में तय हो गया क्योंकि एक तो सुबह का वक्त था, दूसरे मातेन को पहुंचने की जल्दी थी। अपने घर पहुंचकर उसने जल्दी से मुझे चारा खिलाया, पानी पिलाया और मुझे थान पर बांधकर विदा हुआ।

दिन ढले घर आया तो बहुत निढाल और थका-हारा दिखाई देता था। मैंने समझ लिया कि जिस काम से गया था वह काम बना नहीं इसलिए यूं मुंह लटकाए-लटकाए घूम रहा है। अब तक मैंने उसके सामने जुबान नहीं खोली थी मगर इस वक्त बहुत जी चाहा उससे पूछूं, क्या बात है ? मगर उसका उदास चेहरा देखकर हिम्मत न पड़ी। जंगली आदमी ठहरा, एक गधे को बोलते देखकर न जाने उस पर क्या प्रभाव पड़े। सम्भव है, डर के मारे बेहोश हो जाए, उसकी घिग्घी बंध जाए या अपना फौलादी डाओ निकालकर मेरी गर्दन ही काट डाले। कुछ भी हो सकता है, इसलिए मैं चुप रहा।

जब अन्धेरा फैलने लगा तो वह मुझे थान से खोलकर तुम्को के रास्ते से घर के अन्दर ले आया। मुझे मालूम था उसे बोलने का रोग है। अब घर में कोई रहा नहीं इसलिए मुझी से बात करेगा और इस विश्वास के साथ कि कोई उसको टोकने वाला नहीं।

मुझे तुम्को में छोड़कर वह कुछ कदम आगे घर के अन्दर चला गया और एक पत्थर पर मक्की के दाने पीस-पीसकर और उसमें पानी मिलाकर उसने उसका आटा बना लिया और उस आटे को केले के पत्ते से ढांककर उसे चूल्हे में आग के अन्दर राख में रख लिया। बीस-पच्चीस मिनट के बाद निकाला तो मक्की का आटा उसी तरह पक चुका था जिस तरह राजस्थान में गेहूं की बाटी उपलों की राख में पकाई जाती है। इस पहाड़ी बाटी को उसने उबली हुई शकरकन्द के साथ खाया।

उसके बाद उसने आपोंग का घड़ा देखा। खाली था। वह बहुत निराश हुआ। कुछ देर तक माथे पर हाथ रखे सोचता रहा। आखिर सिर हिलाकर आपोंग बनाने बैठ गया। मैं भी तुम्को की चटाई की छोटी-सी दीवार के ऊपर से सिर निकालकर उसे आपोंग बनाते हुए देखने लगा। मातेन की आपोंग की धाक थी। आज उसके बनाने का तरीका भी देख लेंगे।

मातेन ने अपनी कमर से बंधे हुए बेंत के एक बैग में, जिसे वह 'नारा' बोलता था, हाथ डालकर पत्तों से लिपटी हुई दो टिकियां निकालीं। मुझे दीवार के ऊपर सिर निकाले देखकर बोला, "क्या देखते हो प्यारे टट्टू, यही दो टिकियां तो अपनी आपोंग की जान हैं। यह हमारी शराब की खमीर है जो मैं 'खेत' नाम की जंगली बूटी से हासिल करता हूं। और यह बूटी हमारे इलाके में मेरे सिवा किसी को मालूम नहीं।"

मातेन ने एक बर्तन में से थोड़ा-सा बाजरा निकाला। उसे उसी पत्थर पर पीसा जिस पर उसने मक्की को पीसा था।

पीसते-पीसते बोला, "यूं तो मक्की से भी आपोंग बन सकती है मगर मक्की की आपोंग सिर में दर्द करती है और चावल की आपोंग पेट में दर्द करती है। मजेदार आपोंग सिर्फ बाजरे से बनती है और यह सिर्फ दिल में दर्द करती है और हरदम यामिंग की याद दिलाती है।"

मातने ने बाजरा पीसकर उसमें खमीर को पानी के साथ भिगोकर मिला दिया और टिकियां बनाकर उन्हें छोटे-छोटे पत्तों में बांधकर कोड़ा में रख दिया। फिर वह कोड़ा के बाजरे की पुरानी खमीरी टिकियां उठा लाया। एक बर्तन में उसने पानी गर्म किया, दूसरा खाली बर्तन उसके नीचे रखा। खाली बर्तन पर एक कीप रखा। कीप में उसने बाजरे की पुरानी खमीरी टिकियां रख दीं और उन पर पहले बर्तन से खौलता हुआ गर्म पानी डालने लगा। बाजरे की खमीरी टिकियां-धीरे-धीरे पानी में घुलने लगीं और नीचे खाली बर्तन के अन्दर उनका रस टपकने लगा। जब निचला बर्तन आधे से ज्यादा भर गया तो उसने उसे उठाकर अपने मुंह से लगा लिया और धीरे-धीरे पीने लगा।

"आह ! यह आपोंग कितनी अच्छी चीज है ! इसके पीने से दिल का गम भी पिघलने लगता है और यह तो आपोंग की पोटू है। असली और सच्ची, पहली धार वाली आपोंग बहुत मजेदार होती है। चखोगे ?"

मैंने सिर हिलाकर और नथुने फड़फड़ाकर मानो इन्कार किया। मातेन मेरा जवाब समझ गया। हंसा, बोला "बड़े समझदार मालूम होते हो। अच्छा, तुम्हें दूसरी धार की आपोंग दूंगा। वह नर्म और मुलायम होती है। उसे पोबम कहते हैं हम।"

आधे घण्टे में उसने बर्तन खाली कर दिया और फिर दूसरी धार की आपोंग बनाने लगा। पोबम बनाकर उसने मुझे फिर पीने की दावत दी, मगर मैंने फिर सिर हिलाकर इन्कार कर दिया। अब के बर्तन में सारी पोबम वह खुद ही पी गया।

"अब मैं पोका बनाऊंगा, आपोंग की तीसरी धार। यह तो बड़ी पतली और बे-मजा होती है। इसमें तो कुछ नशा होता ही नहीं। यह तुम आसानी से झेल सकोगे।"

टिकियों का खमीर लगभग पिघल चुका था, सिर्फ तलछट रह गई थी। सच में यह पोका बहुत बे-जरर मालूम होती थी। आधा बर्तन खाली करके उसने बाकी पोका एक सूखे हुए और अन्दर से खाली किए हुए कद्दू में डालकर मेरे सामने रख दी। मैं पी गया मगर पोका के अन्दर जाते ही ऐसा लगा जैसे चिंगारियां मेरे तनबदन से फूटने लगीं। मेरी आंखें लाल होने लगीं और दिमाग घूमने लगा। अच्छा हुआ जो मैंने पोबम नहीं पी, नहीं तो इस वक्त नशे में जाने क्या औल-फौल बक देता।

कुछ देर तक तो मैंने मातेन चूल्हे के पास नशे में झूमता मुंह ही मुंह में कुछ बुदबुदाता रहा और आप ही आप बातें करता रहा। फिर वह बाहर तुम्को में मेरे पास आ गया और अपनी दोनों बाहें मेरे गले में डालकर रोने लगा।

"चार साल तक मैंने बुड्ढे बाप की सेवा की है और अब वह चीनी सरदार कहता है कि मैं यामिंग से शादी करूंगा।

"उसने यामिंग और उसके बुड्ढे बाप को गिरफ्तार कर रखा है। उन पर इल्जाम यह है कि उन्होंने हिन्दुस्तानियों को घर में पनाह दी।

"वह तो मुझे भी गिरफ्तार कर लेता लेकिन मुझे इसलिए छोड़ दिया है कि मैं बहुत अच्छी आपोंग बनाता हूं। मेरी जान तो बच गई है मगर इस जीने से क्या फायदा ? जिन्दगी में अगर यामिंग और आपोंग न हों तो इस जिन्दगी से क्या हासिल ?"

"वह फिर गर्दन में बाहें डालकर रोने लगा। मुझे उस पर बहुत गुस्सा आया। मैंने गरजकर कहा, "बेवकूफ, तुझे तेरे किए की सजा मिल रही है।"

वह चौंका। पहले उसने हैरत से मेरी ओर देखा, फिर बाहें मेरी गर्दन से हटाकर इधर-उधर घर की दीवारों को देखा। फिर मेरी ओर देखकर बोला, "कौन बोला ? ओरम ? ओरम ? ओईयू ??"

"न ओईयू न ओरम ! बल्कि मैं बोल रहा हूं एक गधा।"

उसकी खुली और फटी-फटी आंखों की सफेदी मानो फैलकर बाहर आने लगी....।

"तुम....तुम....बोल रहे हो....? जरूर तुम हमारे बुजुर्गों की पुरानी रूह हो। कोई ओरम....या ओईयू जंगल से आए हो। मुझे सजा देने के लिए।" मातेन मेरे पांव पड़ने लगा।

"अगर तुम चीनियों को त्वांग ज्वालामुखी पहाड़ी की खोह में आसरा न देते, अगर तुम्हारी बेवकूफी से उन्हें पहाड़ी के अन्दर गुप्त रास्तों का पता न चलता तो वे इस तरह अचानक त्वांग की चौकी पर हमला करके उस पर कब्जा नहीं कर सकते थे। तुम पागल ही नहीं, अपने वतन के लिए गद्दार हो।"

मातेन फूट-फूटकर रोने लगा, "नहीं श्रीमान् ओरम....मेरे बाप....मैंने कोई पाप नहीं किया, मैंने पहाड़ी के गार उनको नहीं बताए थे। वे पहले से उनमें आकर छिपे हुए थे। मुझे नहीं मालूम था कि वे चीनी हैं। मैंने उन्हें तिब्बती डाकू समझा था। मैं तो सिर्फ उनके पास आपोंग लेकर जाता था और वे मुझे पैसा देते थे। मैंने सोचा था, मैं उन पैसों से यामिंग को खरीद लूंगा।"

"और अब तुमने उन पैसों की खातिर अपना वतन बेच दिया है।"

"जान-बूझकर ऐसा नहीं किया है महा ओईयू....जंगल की पवित्र आत्मा मुझे क्षमा कर दे....मेरी यामिंग को मुझसे वापस मिला दे। मैं उसके बिना मर जाऊंगा।"

"तो बचन दो, मेरी हर बात मानोगे।"

"बचन देता हूं," मातेन ने फिर मेरे पांव को हाथ लगाया।

"और मेरा भेद किसी पर जाहिर नहीं करोगे।"

"नहीं करूंगा, तुम्हारे पवित्र चरणों की सौगन्ध खाकर कहता हूं," मातेन अपने गाल मेरे खुरों से रगड़ने लगा।

"अच्छा तो यह बताओ, तुम अपनी मदद के लिए अपने डफला कबीले में से कितने लोगों को इकट्ठा कर सकते हो।"

मातेन ने उदासी से सिर हिलाया, बोला, "यह इलाका तो मोंपा कबीले का है जो बौद्ध मत से सम्बन्ध रखते हैं। इस इलाके में डफला लोग बहुत कम रहते हैं बल्कि त्वांग में डफला लोगों का सिर्फ एक घर है–हमारा....हमारा असली इलाका तो सुबनसरी जिले का है।"

"तो फिर तुम लोग यहां कैसे आ गए ?"

"यामिंग के बाप ने अपने इलाके में कुछ खून किया था। उससे बचने क लिए वह अपनी बेटी यामिंग को लेकर त्वांग की वादी में आ छुपा था।"

"हूं" मैंने सोचते-सोचते कहा, "तो इसका मतलब यह है कि अभी तुम अपनी मदद के लिए किसी को नहीं ला सकते ?"

"नहीं।"

"अच्छा तो यह बताओ कि कल तुम्हें आपोंग तैयार करने के लिए चीनी सरदार ने किस वक्त बुलाया है।"

"शाम को सूरज डूबने के बाद।"

"हूं" मैंने सोचकर कहा, "कल मुझे अपने साथ ले जाना। इस वक्त सो जाओ।"

"मगर वचन दो पवित्र ओरम, कि तुम मेरी यामिंग से मिला दोगे।"

"वचन देता हूं," मैंने उससे कहा, "कल तुम्हें तुम्हारी यामिंग वापस मिल जाएगी। इस वक्त आराम से सो जाओ।"

मातेन ने अहसान-भरी नजरों से मेरी ओर देखा। मेरे पांव को हाथ लगाया, फिर मेरे कदमों के पास कोड़े की ओर मुंह करके सो गया।

मगर मुझे रात-भर नींद नहीं आई। मैं यामिंग को मुक्त कराने की तरकीब सोचता रहा।

सबेरे बहुत जल्दी मैंने मातेन को उठा दिया और उससे कहा, "मुझे जंगल में ले चलो।"

मातेन मुझे जंगल में ले गया। काफी समय तक मैंने मातेन को लिए-लिए इधर-उधर जंगल में घूमता रहा। मातेन की समझ में बिल्कुल न आया कि मैं इधर-उधर सूंघते हुए अकारण जंगल में काहे के लिए घूम रहा हूं।

"काहे को वक्त खराब करते हो पवित्र ओरम," कुछ घण्टों के बाद मातेन ने मुझसे कहा, "मुझे मालूम हुआ है कि आज रात को चीनी अपनी अगली चौकी पर धावा बोलने वाले हैं। वे यामिंग को अपने साथ ले जाएंगे, फिर कुछ न हो सकेगा। यामिंग त्वांग से गई तो समझो मेरे हाथ से गई।"

"आज रात चीनी अगली चौकी पर धावा नहीं बोल सकेंगे," मैंने कहा।

"वह कैसे ?"

"तुम चुप रहो," मैंने जरा सख्ती से उससे कहा, "मुझे अपना काम करने दो।"

मातेन चुप हो गया और मैं फिर इधर-उधर सेंघते हुए घूमने लगा। आखिर काफी खोज के बाद मुझे एक पहाड़ी नदी के किनारे पौधों का वह झुण्ड मिल गया जिसकी मुझे तलाश थी। मैंने उन पौधों को पहचान कर कहा, "काम बन गया !"

"मुझे इन पौधों की जड़ें चाहिए," मैंने पौधों के एक झुण्ड की ओर इशारा करते हुए मातेन ने कहा, "और इस पौधे की छाल," मैंने दूसरे झुण्ड की ओर इशारा करते हुए कहा, "इनका इस इलाके में क्या नाम रखा गया है ?"

वह बोला, "इस पौधे को ताम कहते हैं। दूसरे को लोप।"

"इनकी जड़ें और छाल निकालो।"

मातने ने डाओ निकालकर जमीन खोदनी शुरू की। पतले-पतले तनों वाले पेड़ के नीचे से मोटी-मोटी गांठों वाली जड़ें निकालीं। कटहल के फल की तरह मोटी और वजनी। मैंने उन्हें अलग करवा लिया। दूसरी तरफ से झुण्ड के पौधे को छीलकर छाल अलग करवा ली।

फिर मैंने मातेन से कहा, "अब इसी नदी के किनारे से एक बड़ा पत्थर लेकर इन जड़ों और छाल को कूटकर एक कर लो।"

जब छाल और जड़ें कूट-कूटकर एक हो गई तो उसमें से झाग निकलने लगी।

मैंने कहा, "अब इस घने झाग को पानी में फेंक दो।"

मातेन ने ऐसा ही किया।

थोड़ी देर में नदी का पानी झाग से दूधिया होता गया। मातने कूट-कूटकर झाग पानी में डालता गया। घना झाग नीचे नदी के फर्श के पत्थरों तक फैलता गया। थोड़ी देर में नदी की मछलियां बेहोश होकर पानी में तैरने लगीं।

मैंने खुशी से चिल्लाकर कहा, "ठीक है। काम चल जाएगा।"

फिर मैं मातेन से बोला, "तुम्हारे नारे में आपोंग के खमीर की कितनी टिकियां हैं ?"

मातेन ने अपना बेंत का बैग खोलकर टिकियां गिनी। "पच्चीस टिकियां हैं।"

"बहुत हैं" मैंने कहा, "अब तुम ऐसा करो कि इन टिकियों को निकालकर 'ताम' और 'लोप' के उस गाढ़े झाग में दुबारा भिगोकर और पीसकर तैयार कर लो।"

मातेन के दिमाग में मेरी स्कीम कुछ-कुछ साफ होने लगी थी। वह खमीर टिकियां को ताम और लोप के पेस्ट से मिलाते हुए मुस्करा-मुस्कराकर गाने लगा।

सूरज डूबने के बाद बढ़ते हुए अन्धेरे में अलाव रोशन होने लगे थे और चीनी सिपाही जगह-जगह आग जलाकर अपने सन्तू उबाल रहे थे। उस वक्त मातेन एक गधे पर आपोंग के छः मटके लादे हुए और दो मटके खुद अपने सिर पर उठाए हुए आवाज लगाता हुआ चला जा रहा था।

"आपोंग ! बढ़िया आपोंग !! मातेन की बढ़िया खुशबूदार आपोंग !"

चीनी सिपाहियों को मातेन की आपोंग का स्वाद मालूम था। हर अलाव के पास दर्जनों सिपाही मातेन और उसके गधे के पास खड़े हो जाते। मातेन मटके से

मग भर-भरकर हर सिपाही को पेश करता। फिर आगे चला जाता। बहुत से अलाव घूमते-घूमते आखिर वह चीनी आफिसर कमाण्डिग के पास पहुंचा जो त्वांग के गांव (नम्बरदार-पटेल) के घर में ठहरा था।

चीनी अफसर के सामने पांच-छः प्रकार का गोश्त खाने के लिए प्यालों में सजा हुआ था। उसके सामने ही यामिंग बैठी थी और चीनी अफसर के बार-बार जोर देने पर खाना खा रही थी। उसके कपड़े साफ-सुथरे थे। उसने हरे रंग के किनारे का स्कर्ट पहन रहा था। कमर में बेंत की पेटी कसी हुई थी जिस पर चांदी की हुकियां टंकी हुई थीं। सीने को उसने धानी रंग की एक सुन्दर चादर से ढक रखा था। गले में लाल, नीला, पीला, ऊदी लड़ियां कांच के मनकों की झमझमा रही थीं। बाल कटे हुए कन्धों तक लटक रहे थे और गहरी स्वप्निल आंखों में दुःख और पीड़ा का साया-सा तैर रहा था। मातेन को देखकर वह एक पल के लिए चौंकी, फिर सिर झुकाकर खाना खाने लगी।

चीनी अफसर मातेन को देखकर बहुत खुश हुआ और मग भर-भरकर आपोंग पीने लगा।

"आज की आपोंग बहुत अच्छी है," चीनी अफसर अपने होंठों पर जबान फेरते हुए बोला।

"आज की आपोंग सबसे अच्छी है," मातेन ने धीरे से कहा।

"मेरे सिपाहियों को पिलाई ?" चीनी अफसर ने मातेन से पूछा।

"सबको पिलाकर आया हूं," मातेन ने जवाब दिया।

"खूब पिलाओ, सबको पिलाओ। आज रात को हम अगली चौकी की तरफ से कूच करेंगे। रात की बर्फीली सर्दी से बचने के लिए तुम्हारी आपोंग अमृत है।"

मातेन ने एक और मग भरकर चीनी अफसर को दिया।

चीनी अफसर ने कांपते हुए हाथों से मग को लिया। मुंह को लगाया ही था कि मग उसके हाथ से छूट गया और वह खाने के पास ही गिरकर बेहोश हो गया।

यामिंग आश्चर्य से चीनी अफसर की ओर देखने लगी।

"इसकी जेब से पिस्तौल निकाल लो," मैंने मातेन से कहा।

"यामिंग मुझे बोलते देखकर आश्चर्य से चीखी, फिर उसने अपने मुंह पर हाथ रख लिया।

मातेन बोला, "चलो यामिंग, उठो।"

यामिंग बेहोश चीनी अफसर की ओर देखती हुई डरते-डरते उठी।

हम लोग गांव के घर से बाहर निकल आए।

बाहर सीढ़ियों पर चीनी पहरेदार बेहोश थे। आगे चले तो चीड़ के पेड़ के

नीचे जितने चीनी सिपाही मिले, घास पर मुर्दों की तरह बेहोश मिले। चुपचाप हम तीनों आगे बढ़ते गए। जगह-जगह अलाव जल रहे थे, मगर उनके किनारे हर चीनी सिपाही झुककर बेहोश हो गया था–चेहरा लाल, आंखें बन्द, आवाज में खर्राटे।

कितनी आसान तरकीब थी ! जिस जहर से मछलियां बेहोश हो जाती हैं उस जहर से चीनी क्यों नहीं बेहोश हो सकते ?

"मगर इस जहर का प्रभाव सिर्फ छः घण्टे रहेगा," मैंने मातेन को बताया, "सिर्फ पांच-छः घण्टे के लिए ये बेहोश हो रहेंगे। क्या हम इतनी देर में अगली फौजी चौकी तक पहुंचकर उन्हें चीनी खतरे से सूचित कर सकते हैं ?"

"सफर तो आठ घण्टे का है," मातेन ने बताया, "मगर किसी न किसी तरह इसे पांच घण्टे में तय करना होगा।"

मातेन ने यामिंग का हाथ पकड़ लिया बोला, "तुम तैयार हो ?"

"तुम्हारे साथ मरना भी मन्जूर है," यामिंग ने बड़े मजबूत स्वर में कहा और बड़ी गहरी नजरों से मातेन की ओर देखने लगी।

वे दोनों हाथ में हाथ लिए बड़ी तेजी से त्वांग से गेंकू जाने वाली पहाड़ी पगडण्डी पर चलने लगे।

आसमान पर बादल थे। हवा में फूलों की महक थी। हाथों में मुहब्बत का हाथ था। आंखों में एक-दूसरे के लिए मर जाने की इच्छा....यामिंग मातेन का हाथ झुला-झुलाकर एक डफला गीत गाने लगी–

"हम दोनों जवान हैं।
आओ दोस्ती कर लें।"

मातेन ने भी अपनी आवाज उसकी आवाज में शामिल कर दी–

"आओ एक दूसरे को छू लें
जैसे केले के नौजवान पत्ते एक दूसरे को छू लेते हैं,
हम इकट्ठे घाटी पर चढ़ेंगे।
और दरिया पार करेंगे
इकट्ठे
और बुड्ढे हो जाएंगे दोनों
और बाल सफेद हो जाएंगे दोनों के
और दांत गिर जाएंगे दोनों के
और यह डफला गीत हमारी धोती की तरह पुराना है–
शायद जब कृष्ण यहां आए थे तो

उन्होंने रुक्मिणी को यही गीत सुनाया होगा
और सुना होगा वही पुराना गीत–
मुहब्बत का सदा बहार गीत
घाटी-घाटी गूंजता हुआ
कभी पंचम में, कभी खरज में
एक गीत के दो स्वर–मर्द और औरत
एक डाल के दो फूल–मातेन यामिंग
जब हमारे दिल में
हमारे गीतों की बफा बाकी है
हम दुनिया की हर बेवफाई का
मुकाबला कर सकते हैं....''

10

हमला करना एक चीते का और दूसरी तरफ से आ जाना चीनियों का और गिरफ्तार कर लेना गधे को और उसके साथियों को और हवाई जहाज पर उड़के जाना गधे का चीन की राजधानी में...

हम कोई दो घण्टे के करीब चलते रहे होंगे कि मेरे नथुनों में एक ऐसी बास आने लगी जिसने मेरे रोंगटे खड़े कर दिए। मैं चलते-चलते खड़ा हो गया।

''क्या है ?'' मातेन ने मुझसे पूछा।

''सूंघो क्या है ?'' मैंने मातेन से कहा।

मातेन ने हवा में नथुने फुलाए। दो-तीन बार सूंघकर सिर हिलाकर छोड़ दिया। बोला, ''कुछ नहीं है।''

मैंने कहा, ''चीता है।''

यामिंग मातेन से लिपट गई।

''किधर है ?'' मातेन ने पूछा।

''हमारे पीछे-पीछे आ रहा है,'' मैंने मातेन को बताया।

यामिंग चीखी।

मैंने फिर हवा को सूंघकर कहा, ''आधे मील की दूरी पर होगा।''

हवा का बहाव दक्षिण से उत्तर की ओर था। हम दक्षिण को जा रहे थे

इसलिए हमारी बास चीते को प्रतिक्षण मिल रही थी। वह धीरे-धीरे पास आ रहा था।

"अगर चीता आगे होता तो डर की कोई बात नहीं थी मगर वह तो हमारे पीछे है और हवा का बहाव भी उसके हक में है," मातेन बोला और अचानक पूर्व को मुड़ गया।

कुछ देर तक हम लोग उसके पीछे-पीछे खामोशी से चलते रहे। कोई सौ गज की ऊंची चढ़ाई चढ़ने के बाद वह रुका और बोला, "अब बताओ।"

मैंने बार-बार हवा को सूंघा। जब मुझे इत्मीनान हो गया तो कहा, "नहीं अब उसकी बास नहीं है हवा में...."

"तो इसका मतलब यह है," यामिंग बोली, "कि अब उसे भी हमारी बास नहीं आ रही होगी।"

मातेन ने कोई जवाब नहीं दिया। घूमकर फिर चढ़ाई चढ़ने लगा, यह रास्ता बहुत ही दुर्गम था। खड़ी, नंगी और फिसलवां चट्टानें थीं। इस ऊंचाई पर पेड़ भी कम हो गये थे और जो थे वे तेज बर्फीली हवा में खत्म हो रहे थे।

यामिंग को चलने में बहुत कठिनाई अनुभव हो रही थी इसलिए मैंने उसे पीठ पर बिठा लिया।

कोई सौ गज और ऊपर चढ़ाने के बाद मेरा भी दम फूल गया।

यामिंग बोली, "हम पुराने रास्ते से क्यों नहीं जा सकते। त्वांग के चीते बड़े चालाक होते हैं।"

"मगर इस पहाड़ पर तो कोई रास्ता नहीं है।" मैंने मातेन से पूछा।

"है...." मातेन ने जवाब दिया, "बल्कि पुराने रास्ते से यह रास्ता बहुत छोटा है और बहुत कम लोगों को मालूम है और जिन लोगों को मालूम है वे भी इसे इस्तेमाल नहीं करते, क्योंकि बहुत ही कठिन, टेढ़ा और ऊंचा रास्ता है यहां...."

"यह रास्ता किधर जाता है ?" मैंने मातेन से पूछा।

"यह भी अगली चौकी तक जाएगा," मातेन ने जवाब दिया, "मगर पहले हमें इस पहाड़ की चोटी तक पहुंचना होगा, फिर दूसरी तरफ नीचे उतरना होगा। कोई दो सौ गज नीचे। वहां पर हमें बेंत का एक झूलता पुल मिलेगा। उसे पार करने पर हमें अगली फौजी चौकी मिल जाएंगी।"

"जल्दी चलो, देर न करो," मैंने कदम आगे बढ़ाते हुए कहा, "हमें चौकी वालों को ठीक समय पर सूचना देनी होगी।"

अगले हल्ले में हम कोई सत्तर-अस्सी गज की चढ़ाई और चढ़ गए। अब दम फूलने लगा था। जोर-जोर से सांसें लेते हुए अचानक मेरे नथुनों में फिर वही बास

आई और भर से मेरे रोंगटे फिर खड़े होने लगे।

ठीक उसी वक्त हम तीनों ने एक भयानक गुर्राहट सुनी और दूर नीचे अन्धेरे में चार आंखें चलती हुई नजर आई।

यामिंग कांपकर बोली, "कानजन, मानजन !"

"कानजन, मानजन क्या ?" मैंने पूछा।

मातेन बोला, "त्वांग के दो चीते हैं, ये हमेशा इकट्ठे शिकार करते हैं। आज तक इन्हें कोई शिकार नहीं कर सका।"

वे चारों आंखें दूर नीचे अन्धेरे में कहीं गायब हो गईं।

"जहां से हमने रास्ता काटा था शायद वहीं से उन्होंने हमारी बास पा ली होगी," मातेन बोला, "अब एक चीता पूरब की पहाड़ी पर चढ़ेगा, दूसरा पश्चिम से आएगा। बड़े चालाक चीते हैं ये दोनों।"

"अब क्या करें ?" मैंने घबराकर कहा।

"किसी पेड़ पर चढ़ जाएं," यामिंग ने सलाह दी।

लेकिन मैं पेड़ पर नहीं चढ़ सकता," अचानक मुझे अपनी विवशता का घोर आभास हुआ।

"इसकी जरूरत नहीं है," मातेन ने हमें ढाढ़स बंधाते हुए कहा, "चोटी अब यहां से सौ गज ऊपर है। मेरा विचार है कि हम उनके आने से पहले चोटी पर पहुंच सकते हैं। फिर वहां से डेढ़ सौ गज की उतराई है। मेरा ख्याल है कि हम चीतों से पहले पुल तक पहुंच जाएं तो हम सुरक्षित हैं क्योंकि आज तक किसी जंगली चीते ने बेंत के झूमते पुल पर पांव नहीं रखा है। इस झूलने वाले पुल से सब जंगली जानवर डरते हैं।"

मैंने कहा, "तुम लोग किसी पेड़ पर चढ़ जाओ और मुझे मेरे भाग्य पर छोड़ दो।"

मातेन ने अपने डाओ को सम्भाला। बड़ी सख्ती से बोला, "हम कोई चीनी हैं ? हम लोग तो जंगल के डफला हैं। हम लोग अपने मित्र से कभी विश्वासघात नहीं करते।"

मातेन ने अपने डाओ को ठीक किया, तीर-कमान सम्भाला, तीर पर जहर का नुकीला फुन्दा लगाया कील-कांटे से लैस होकर बोला, "सबसे आगे आगे तुम चलो। तुम्हारे पीछे यामिंग और यामिंग के पीछे मैं चलता हूं।"

"नहीं," मैंने विरोध किया।

"आगे चलो वक्त मत बर्बाद करो।" मातेन अपनी आवाज में झल्लाहट लाते हुए बोला।

दूर फिर हमें वही गुर्राहट सुनाई दी। मगर अब वह पहले जितनी दूर न थी। मैं जल्दी से आगे बढ़ गया। मेरे पीछे-पीछे यामिंग चली। यामिंग के पीछे-पीछे मातेन। जीवन में कभी इतनी तेजी से नहीं चला था। अब बार-बार वह गुर्राहट सुनाई देती थी जैसे चीतों को अब हमारी बास साफ मिल रही थी। और उनकी गुर्राहट में हमारे पास पहुंचने की घोर लालसा थी। मगर अन्धेरा इतना गहरा था कि कभी-कभी शोलों की तरह चमककर नजर आ जाने वाली आंखों के सिवा हम चीतों को किसी तरह न देख सकते थे।

चलते-दौड़ते, गिरते-पड़ते, हम किसी तरह चीतों से पहले पहाड़ी चोटी पर पहुंच गए। दम इतना फूल रहा था कि लगता था कि फेफड़े फट जाएंगे। मगर दम लिए बिना और आराम किए बिना हम उतराई की ओर दौड़ने लगे। अब पानी का शोर सुनाई दे रहा था जिससे मालूम होता था कि पुल पास है।

अचानक हमने अपने सिर के ऊपर एक भयानक गरज सुनी। घूमकर देखा तो दोनों चीते चोटी पर नजर आए। रात के धुंधलके की मद्धम-सी रोशनी में उनकी काली दुमें गुस्से से तन रही थीं।

जिस चट्टान पर हम तीनों खड़े थे, वहीं से हमने सीधे तीस फुट के लगभग नीचे के रास्ते पर छलांग लगाई और दौड़ते हुए मोड़ पर गायब हो गए।

अब हम जिस रास्ते पर चल रहे थे वह ऊंची-ऊंची चट्टानों की ओट में था और चीते हमारी नजरों से और हम उनकी नजरों से ओझल हो चुके थे। हम लोग बड़ी तेजी से चट्टानों की ओट में नीचे ही नीचे जा रहे थे। पहाड़ी नाले का शोर बहुत तेज और साफ सुनाई दे रहा था। मालूम होता था, पुल अब बहुत पास आ रहा है।

अचानक चट्टानों की ओट खत्म हो गई और एक पथरीला रास्ता नजर आया। कुछ कदम चलने के बाद यह रास्ता भी एक ऊंची चट्टान के सिरे पर खत्म हो गया। यहां से पुल कोई पचास गज नीचे हमारे कदमों पर था, लेकिन वहां तक पहुंचने का रास्ता ढहकर पहाड़ी नाले में बह गया था।

आगे जाने का कोई रास्ता न था।

हमने पीछे मुड़कर देखा।

चीते गश्त लगाकर पहाड़ र्क. चोटी से नीचे के चट्टानी सिलसिले पर उतर आए थे, जिसकी ओट में हम भागकर यहां तक पहुंचे थे। वे हमसे सत्तर अस्सी गज के फासले पर थे और अब दूसरी गश्त लगाने की धुन में थे। उनके मुंह बार-बार खुल रहे थे और आंखें बड़े भयानक ढंग से चमक रही थीं।

सामने का रास्ता टूटा था और पीछे चीते थे....।

मातेन अपनी जगह पर बैठा-बैठा दुबक गया और उसने खींचकर एक जहरीला तीर चीते पर चलाया।

अचानक पुल पर एक शोर-सा हुआ। सैकड़ों मशालें जलती नजर आईं—आदमियों के शोर से सारी घाटी भर गई।

चीनी सिपाही पुल को पार करते हुए इस पहाड़ पर आ रहे थे। यह चीनी सिपाहियों की दूसरी टुकड़ी थी जिसने पूरब से दूसरी फौजी चौकी पर रात को हमला करके उसे जीत लिया था और त्वांग की चीनी फौजी टुकड़ी से मिलने जा रही थी।

अगले कुछ ही पलों में चीनी सिपाहियों ने भी हमें चट्टान पर खड़े हुए देख लिया। उन्होंने अपनी रायफलें सीधी कर लीं।

मैंने जल्दी से मातेन और यामिंग से कहा, "अपने हाथ ऊंचे कर लो।"

मातेन ने तीर कमान गिरा दिया और जल्दी से अपने दोनों हाथ ऊपर कर दिए।

मैंने गर्दन घुमाकर जल्दी से ऊपर की चट्टान की ओर देखा।

दोनों चीते गायब हो चुके थे। मशालों की रोशनी और सैकड़ों इन्सानों के शोर से घबराकर वे भाग गए थे।"

चीनी हमें गिरफ्तार करके वापस त्वांग ले गए।

रास्ते में मातेन ने मुझसे कहा, "मुझे नहीं मालूम था कि चीनियों को सब रास्ते मालूम हैं।"

"मालूम होता है वे इस लड़ाई के लिए बहुत पहले से तैयारी कर रहे थे," मैंने जवाब दिया, "जब वे हमको हिन्दी-चीनी भाई-भाई का नारा दे रहे थे, तो अन्दर ही अन्दर लड़ाई की तैयारी भी कर रहे थे।"

"मगर आश्चर्य इस बात का है कि ये चीनी सिपाही कैसे हमारे इलाके के छोटे-छोटे शार्टकट भी जानते हैं ?" मातेन हैरान होकर बोला, "अब जिस रास्ते से मैं जा रहा था, उसे बहुत कम लोग जानते हैं... इन लोगों को कैसे मालूम हो गया ?"

मातेन सोचने लगा और कुछ देर तक उसके माथे पर सोच की रेखाएं उभरी रहीं, फिर अचानक उसका चेहरा साफ हो गया। वह मुस्कराकर बोला, "अव समझ गया, तिब्बती सौदागर जो इधर डाओ और दूसरा सामान बेचने आते थ उनसे चीनियों ने पता चलाया होगा।"

"और फिर एक-एक रास्ते का नक्शा बनाया होगा।" मैंने कहा, यानी यह

दिनों और महीनों का काम नहीं है बल्कि सालों का काम है।"

"अब सीमा पर फौज भी कितनी लाए हैं," मैंने फिर कहा, "यानी हमने त्वांग की चीनी टुकड़ी बेकार कर दी तो उन्होंने दूसरी तरफ से हमारी फौजी चौकी पर हमला कर दिया और हमला भी इतनी अधिक संख्या में करते हैं कि हमारे एक सिपाही के मुकाबले में ये आठ सिपाही लाते हैं....।"

मातेन चुप रहा। शायद वह इस वक्त यह सोच रहा था—अब आगे चलकर क्या होगा ? यानी त्वांग पहुंचकर ? उसका चेहरा फिर गहरी सोच की बदलियों में घिर गया था। मुझे इस वक्त उससे और यामिंग से बड़ी हमदर्दी हुई। मेरे लिए उन दोनों ने अपनी जिन्दगी खतरे में डाली थी। अगर ये लोग चीतों से बचने के लिए किसी पेड़ पर चढ़कर रात बसर कर लेते तो चीतों से भी बच जाते और चीनियों से भी ! मगर मेरे लिए इन दोनों ने अपनी जिन्दगी और अपने भविष्य की चिंता तक न की। प्रकृति के इतने पास रहकर इन दोनों के लिए यह समझना बहुत मुश्किल नहीं है कि एक जानवर भी एक इन्सान का मित्र और साथी साबित हो सकता है। लेकिन प्रकृति से दूर रहकर सभ्यता से झमेलों में घिरा हुआ इन्सान तो जानवर क्या एक इन्सान को भी अपना मित्र समझने से हिचकिचाता नहीं है। इन लोगों की सादगी में भी एक अजीब तरह की हिम्मत है और शहरी लोगों की बहादुरी में भी एक अजीब तरह की कायरता और स्वार्थ पाया जाता है। मेरे कहने का यह अर्थ नहीं है कि शहरी सभ्यता बुरी है बल्कि यह है कि बड़ा उसे होना चाहिए जो अपने निर्माण और उत्थान में प्रकृति के बहुत पास हो।

यामिंग मेरी पीठ पर बैठे-बैठे सिसकने लगी। मेरी विचारधारा टूट गई। मातेन ने चलते-चलते धीरे से अपना हाथ यामिंग के हाथों पर रख दिया। यामिंग अपने आंसू पोंछने लगी। भोर का उजाला चारों ओर पसरने लगा....!

मैं चीनी सिपाहियों के चेहरे की ओर देखने लगा। नौजव.न चेहरे, सर्दी के कहरे और सांसों की भाप में खड़े हुए अनजाने भावहीन चेहरे। कुछ खुली, कुछ मुंदी आंखों और अनगिनत बेढब कदमों की लगातार चप्-चप्, जैसे कदमों का झरना-सा गिर रहा हो। ये कदम हमारे देश की मिट्टी को क्यों रौंद रहे हैं ? ये चेहरे क्या सोच रहे हैं ? इनमें से हर चेहरे के पीछे कोई एक घर है—एक मां है, एक बाप है, भाई है, बहन है, बीबी है, बच्चे भी हैं। शायद मुहब्बत की इतनी डोरियों से बंधा हुआ इन्सान अपने घर से इतनी दूर तलवार उठाए क्यों आया है ? अगर उसे उसके हाल पर छोड़ दिया जाए तो वह इसी वक्त अपने घर लौट जाए और अपने चूल्हे के पास बैठकर आग तापना शुरू कर दे। उसे उसके हाल पर छोड़ देने से शायद हर इन्सान, चाहे वह किसी देश या जाति का हो, यही करेगा। मगर एक

रिश्ता इन्सान का उसकी सभ्यता से भी होता है और जातीयता से भी, और यह सभ्यता और जातीयता जहां इन्सान को बहुत-सी जिन्दगी की आसानियां और आराम पहुंचाती है वहां से फौजी वर्दी भी उपहारस्वरूप देती है। उसके पांव में फौजी बूट पहनाती है, उसके हाथ में राइफल देती है और उसे अपने घर के चूल्हे के पास से खींचकर हजारों मिल दूर दूसरे घरों का विनाश कर देने के लिए भेज देती है, जहां उस जैसे ही इन्सान और घर और मां-बाप और भाई-बहन और दोस्त और साथी बसते हैं—ताकि एक ओर पहाड़ी टीला देश के नक्शे में शामिल हो जाए। यह इन्सानी सभ्यता इतनी बड़ी कमजोर है कि मैं समझता हूं जब तक इन्सानी सभ्यता को बन्दूक की जरूरत बढ़ती रहेगी वह सही अर्थों में सभ्य कहलाने की अधिकारी न हो सकेगी चाहे वह सभ्यता पांच हजार वर्ष पुरानी हो या दस हजार वर्ष—यह एक गधे का आखिरी फैसला है....।

लेकिन मेरे जैसे गधों के फैसले दिमागी फैसले ही हो सकते हैं। बाहर की दुनिया के फैसलों में एक गधे का मान ही क्या है ! इसलिए जब लोग वापस त्वांग पहुंचे तो उस वक्त तक चीनी चौकी के सिपाही होश में आ चुके थे और मातेन की बेहोश कर देने वाली आपोंग का प्रभाव घट चुका था। त्वांग के चीनी अफसर ने मातेन और यामिंग को फौरन पहचान लिया, और हमारे साथ आने वाले चीनी अफसर से उसकी बातचीत हुई। उसने बताया कि किसी तरह इस बदमाश डफले ने चीनियों का भरोसा पाकर उन्हें कल रात जहरीली शराब पिला दी थी जिससे वह बेहोश हो गए कि हुक्म के मुताबिक दूसरी हिन्दुस्तानी चौकी पर हमला न कर सकें। इसलिए उसी वक्त तय पाया कि मातेन और यामिंग को इसी वक्त गोली मार दी जाए।

मातेन ने बड़ी निडरता और बहादुरी से इस फैसले को सुना। दूसरे क्षण में यामिंग ने मातेन का हाथ पकड़ लिया। उसके चेहरे पर ऐसी मुस्कराहट आई जो सिर्फ उसी वक्त आती है जब औरत विवशता की अन्तिम सीमा से गुजर जाती है।

यामिंग मातेन की ओर देखकर बोली, "यही क्या कम है कि हम दोनों एक साथ मरेंगे।"

जब सिपाही मातेन और यामिंग को गोली मारने के लिए जाने लगा तो अचानक मेरे मुंह से निकला, "कमाण्डर साहब ?"

कमाण्डर के हाथ से राइफल गिर गई। वह हैरत से मेरी तरफ देखने लगा।

"जी हां, मैं ही बोल रहा हूं, एक गधा।"

चीनी अफसर कुछ बोल न सका, हैरत से मेरी ओर ताकता रहा।

मैंने कहा, "आप एक फौजी अफसर हैं और आपने हम लोगों से यह जानने की कोशिश नहीं की कि वह क्या चीज थी जिसने रात-भर के लिए सब चीनी सिपाहियों को उनके दिमाग से भुला दिया ? जरा सोचिए, अगर यह चीज आपके हाथ आ जाए तो आप इससे कितना फायदा उठा सकते हैं।"

"गधा ठीक कहता है," एक चीनी अफसर ने दूसरे अफसर से कहा।

"मगर कैसे कहता है यह सब कुछ ? और क्योंकर ?" दूसरा चीनी अफसर बोला, "मैंने तो आज तक किसी गधे को बोलते हुए नहीं देखा और मेरा मार्कसिज्म का ज्ञान भी यही कहता है कि एक गधा कभी बोल नहीं सकता।"

"जबकि मार्कसिज्म यह कहता है कि गधा बोल भी सकता है बल्कि गधों को बोलना चाहिए और जो गधे बोल न सकते हों उन्हें बोलना और समझना सीखना चाहिए...." मैंने चीनी अफसर को जवाब देते हुए कहा, "मुसीबत यह है कमाण्डर साहब कि जहां आपका मार्कसिज्म खत्म होता है वहां से मेरा मार्कसिज्म शुरू होता है।"

"तुम कौन हो। वह जरा डरते हुए बोला।

"मैं एक गधा हूं," मैंने कहा, "मगर मैं आपको वह राज बता सकता हूं जिसके जान लेने से आप एक पूरी फौजी चौकी को कुछ मिनटों में सुला सकते हैं। बन्दूक की एक गोली इस्तेमाल किए बिना....क्या आप उस राज को जानना चाहते हैं ?"

"जरूर," चीनी अफसर खुश होकर बोला, "अगर तुम हमको यह राज बता दोगे तो हम तुमको अपनी फौज में भर्ती कर लेंगे, तुम्हें प्लाटून कमाण्डर बना देंगे, तुम्हें फौजी बहादुर और चौकसाई का सबसे बड़ा मैडल प्रदान करेंगे। तुम्हारा खिताब होगा 'महा गधा ! हीरो ऑफ सोशलिस्ट रिपब्लिक ऑफ चायना'। तुम चीनी कौम के सबसे बड़े और इज्जतदार गधे कहलाओगे....क्यों मन्जूर है...."

दूसरे चीनी अफसर ने खुश होकर मेरी गर्दन पर हाथ रखा और मेरे कान को जोर-जोर से झटकते हुए बोला, "चीनी-गधा भाई-भाई।"

"इस नारे से तुमने बहुत से लोगों को गधा बनाया है," मैंने कहा, "मगर मुझ पर इस नारे का कोई असर नहीं हो सकता क्यों कि मैं तो वास्तव में एक गधा हूं।"

"तो तुम क्या चाहते हो ?" पहले चीनी अफसर ने मुझसे पूछा।

"मेरी पहली शर्त यह है—" मैंने कहा, "कि इन दोनों नौजवान डफलों की जान बख्स दी जाए और इन्हें आजाद कर दिया जाए क्योंकि ये लोग सिर्फ मेरी खातिर इस मुसीबत में पड़े हैं।"

"मन्जूर है," पहले चीनी अफसर ने कहा और उसी वक्त यामिंग और मातेन को मुक्त करने की आज्ञा दे दी।

"मेरी दूसरी शर्त यह है कि मुझे पीकिंग भेज दिया जाए, मैं यह राज सिर्फ चाउ-एन-लाई के कान में बता सकता हूं।"

"वह क्यों ?"

"यह कोई मामूली राज नहीं है," मैंने दोनों चीनी अफसरों से कहा, "छः सौ सिपाहियों को कुछ मिनटों में घण्टों के लिए बेहोश कर देना कोई मामूली बात नहीं है, यह एक ऐटमी राज है ?" दोनों चीनी अफसर अचानक चीख उठे।

मुझे मालूम था कि शब्द 'एटम' का मनचाहा प्रभाव होगा। चीन एटमी भेद मालूम करने के लिए कितना बेचैन है और इस विषय पर खुद रूस से उसकी कितनी ठन चुकी है, यह भी मुझे मालूम था और मैं यह भी जानता था कि चीनी वैज्ञानिक जानते हैं कि एटमी ज्ञान में हिन्दुस्तानी वैज्ञानिक चीनी वैज्ञानिकों से आगे हैं, इसलिए मैंने रहस्यमय भाव अपनाते हुए कहा, "मैं सीधा बम्बई से आ रहा हूं। दो साल तक वहां प्रोफेसर भाभा का गधा रहा हूं। मेरा मतलब है, रात को उनके बंगले में छुपकर घास चरता रहता हूं। जो एटमी रहस्य मैं जानता हूं वह बड़े-बड़े वैज्ञानिक नहीं जान सकते।"

दोनों चीनी अफसरों ने एक घुटी हुई बेचैन खुशी से एक-दूसरे की ओर देखा। उनके भिंचे हुए होंठों और आंखों से खुशियां-भरी उम्मीदें झांक रही थीं। वे दोनों मुझसे कुछ कहे बिना अपने हेड-क्वाटर के अन्दर चले गए। कुछ मिनटों के बाद बाहर आए और मेरी तरफ देखकर बड़े आदर से झुके और बहुत ही सभ्य और मीठी आवाज में मुझसे कहने लगे–

"ल्हासा से एक हवाई जहाज आपको पीकिंग ले जाने के लिए आ रहा है, जब तक आप अन्दर चलकर आराम करें....।"

11

ठहरना गधे की बड़ी शान से एक होटल में और करना मुलाकात चाऊ एन-लाई से....

पीकिंग एक खूबसूरत शहर है। मुझे उसकी छः कोनी पहलूदार गुलाबी रंग की छतें बहुत खूबसूरत लगीं। हवाई जहाज से नीचे देखने से ऐसा मालूम होता था जैसे नीचे मकान न हों, गुलाबी रंग के फूल खिले हों।

चीनी राजाओं के महल बहुत विशाल और भव्य हैं और चीनी नक्काशी, चीनी निर्माण-कला और चीनी बर्तनों में बेजोड़ नमूने इस महलों में पाए जाते हैं।

पीकिंग के बाहर खूबसूरत झीलें हैं और सुन्दर पहाड़ियां हैं जहां खाली समय में पीकिंग के निवासी मन बहलाने और तफरीह के लिए जाते हैं। इन स्थानों पर खूबसूरत और आरामदेह इमारतें बनी हुई हैं। इन क्रीड़ास्थलों के प्राकृतिक दृश्य देखकर चीनी चित्रकारों की कोमल कूचियों के बांकपन की याद ताजी हो जाती है।

पीकिंग से बाहर जरा दूर जाकर पहाड़ों के एक सिलसिले में चीनी राजाओं और महाराजाओं की समाधियां मिलती हैं। ये समाधियां सिलसिलेदार पहाड़ों को काटकर बनाई गई हैं और टेरिसनुमा ऐसे खूबसूरत बगीचों से सजाई गई हैं जिन्हें देखकर कश्मीर के निशात और शालीमार बाग की याद ताजी होती है। ये समाधियां मित्र के अहराम की तरह पुरानी नहीं हैं, न ताजमहल की तरह सुन्दर और कोमल हैं। ताजमहल को देखकर मौत का डर निकल जाता है। ये समाधियां अपनी सारी सुन्दरता के साथ पहाड़ों के सन्नाटे में मौत के भयानक डर को इन्सान पर बिठाने की कोशिश करती हैं–शायद समाधियां बनाने वालों का यही ध्येय था।

पीकिंग बहुत पुराना शहर है। इसमें रेस्तरां है जिसे 'बतखों का रेस्तरां' कहते हैं। पिछले सौ साल से यह रेस्तरां इसी बाजार में इसी जगह पर अपना धन्धा कर रहा है। इस रेस्तरां में पिछले छः सौ साल से सिर्फ बतखों का सालन तैयार होता है और हर तरह के खाने सिर्फ बतखों के गोश्त से तैयार किए जाते हैं। इस रेस्तरां की भुनी हुई बतख की धूम सारे चीन में है।

अपनी शिक्षा, साहित्य, सभ्यता और सामाजिक जीवन में चीनी और हिन्दुस्तानी सभ्यताएं हजारों वर्ष का इतिहास रखती हैं। हिन्दुस्तान के लिए हिमालय एक दीवार रहा है। और चीन को बाहर के हमलों से बचाने के लिए एक बहुत लम्बी चौड़ी विशाल दीवार का निर्माण करना पड़ा था। यह 'चीन की दीवार' के नाम से प्रसिद्ध है। कहने का मतलब यह है कि दोनों देश विदेशियों के गुलाम रह चुके हैं इसलिए गुलामी का मतलब और आजादी का आनन्द जानते हैं।

मुझे पीकिंग के बहुत बढ़िया होटल में ठहराया गया, जहां विदेशी डेलीगेशन और सम्मानित मेहमान ठहराए जाते हैं। भोजन में मुझे दस-बारह प्रकार की घास पेश की जाती थी और तरह-तरह के बांसों की नाजुक जड़ें और दूसरी चीजें जिनमें एक चीनी लेडी सेक्रेटरी भी शामिल थी जो हर वक्त मेरे साथ रहती थी क्योंकि मैं चीनी भाषा नहीं जानता था। चीन की इस अनुपम और सुन्दर नमूने की उमर

कोई बीस-बाईस वर्ष के लगभग होगी। सुनहरी रंगत, पतले गुलाबी होंठ, जब हसंती थी तो मालूम होता था, पिघली हुई चांदी का फव्वारा छूट रहा है। छोटी-छोटी चमकीली स्वप्निल आंखों में चंचलता और ज्ञान की चमक थी। छोटा-सा कद था और जब वह चलती थी तो उसका छरहरा नाजुक-सा शरीर बांस की किसी नवजात पौधे की तरह लचकता था। जब उसने देखा लिया कि मैं चलते हुए उसके शरीर को बहुत देखता हूं तो वह इस कोशिश में रहती थी कि मेरे सामने चलती-फिरती नजर आती रहे। उसके दिल लुभाने के अन्दाज बहुत प्यारे थे जबकि मुझे मालूम था कि इन दिल लुभाने वाले चोंचलों के पीछे क्या है ? वह शायद इस कोशिश में थी कि मुझसे मेरे देश के रहस्य उगलवा ले और शायद उसको इसी की रोटी मिलती थी। इसलिए मैं उससे सचेत रहता था और अपने-आपको बहुत लिए-दिए रहता था। फिर भी वह इस भयानक सीमा तक सुन्दर थी कि म सब कुछ जानते हुए भी यह भूल जाता था कि उसकी लुभावनी अदाओं का मतलब क्या है। मुझे यह देखकर बड़ा आश्चर्य हुआ कि वह हमारे देश की आठ भाषाएं जानती है और उन्हें बड़ी सरलता से बोल सकती है। उसकी खूबसूरत सुनहरी रंगत को देखकर मैंने उसका नाम स्वर्णलता रख दिया।

दो दिन पीकिंग की सैर कराने के बाद मैंने उससे कहा, ''स्वर्ण, मैं यहां पीकिंग की सैर करने नहीं आया था बल्कि चाऊ-एन-लाई साहब से मिलने आया था। मेरा इन्टरव्यू जल्दी उनसे तय कर दो।''

''हो जाएगा, हो जाएगा,'' वह मेरे कानों में गुदगुदी करती हुई बोली, ''ऐसी जल्दी भी क्या है ?''

जब वह मेरे पास आई तो पहले तो उसकी चीनी ब्रोकेड के खूबसूरत गाउन की सरसराहट सुनाई दी, फिर जूही की कोमल-सी सुगन्ध मेरे नथुनों में आई, फिर उसकी रूपहली आवाज मेरे कानों में आई, ''ऐसी जल्दी भी क्या है ?''

मेरा दिल उसकी सुन्दरता से प्रभावित होकर अन्दर ही अन्दर कांपने लगा। मैंने बड़ी मुश्किल से अपने-आपको सम्भालते हुए कहा—

''स्वर्ण, तुम चाहे लाख जतन कर लो, मैं वह रहस्य तुम्हें नहीं बताऊंगा, इसलिए अच्छा यही है कि चाऊ-एन-लाई से मेरा इन्टरव्यू जल्दी से जल्दी तय कर दो।''

वे एकदम चौंक गई। गुस्से से उसका चेहरा लाल हो गया। मैं देख रहा था, वह अपने गुस्से को दबाने की कोशिश कर रही है। इसी कोशिश में उसने अपना निचला होंठ दो-तीन बार दांतों से किटकिटाकर छोड़ दिया। फिर वह मेरे पास से उठकर सीधे टेलीफोन की मेज पर चली गई और फोन उठाकर बातें करने लगी।

थोड़ी देर के बाद वापस आई तो बोली, 'चाऊ एन-लाई से तुम्हारा इन्टरव्यू तय हो गया है। आज शाम को सात बजे।"

ठीक शाम के सात बजे मांचू खानदान के महल में आईनों वाले हाल में मेरी भेंट चाऊ एन-लाई से हुई। चाऊ एन-लाई का कद ठिगना है मगर चेहरा बहुत ज्ञानी है। उसकी उमर साठ साल से ज्यादा है मगर वह किसी तरह चालीस से ऊपर नहीं मालूम होता। जब वह चलता है, बड़ी फुर्ती और तेजी से चलता है--चीते की चाल से। उसकी मुस्कराहट बड़ी खूबसूरत है और उसके चेहरे के नख-शिख में, चाल-ढाल में, उठनें-बैठने के ढंग, बातचीत के भाव में बला का खिंचाव पाया जाता है--ऐसा खिंचाव जो अजनबियों और औरतों के लिए बड़ा खतरनाक सिद्ध हो सकता है।

मुझे देखकर वह चीनी भाव से थोड़ा-सा झुका।

मैंने भी दोनों कान जोड़कर उसे हिन्दुस्तानी ढंग से नमस्कार किया।

वह मुस्कराकर बोला, "अगर हम सीधे-सीधे मतलब की बात पर आएं तो कुछ हर्ज है क्या ?"

"बिल्कुल नहीं," मैंने उसे जवाब दिया, "मगर अपना एटमी भेद बताने से पहले मैं आपसे कुछ बातों की सफाई चाहता हूं और आपकी सफाई से मुझे अपना रहस्य बताने में मदद मिलेगी।"

"पूछिए, पूछिए," चाऊ एन-लाई थोड़ी अधीरता से बोले, और फिर हाल में टहलने लगे। हाल के शीशों में इस वक्त सैकड़ों चाऊ एन-लाई थे और सैकड़ों हिन्दुस्तानी गधे थे। और दोनों एक-दूसरे के आमने-सामने थे।

"मैं पूछ सकता हूं, आपने हमें बेवकूफ क्यों बनाया ?"

वह चौंक गया, "क्यों? क्यों?? यह ख्याल तुम्हारे दिमाग में क्यों आया?"

मैंने कहा, "अप्रैल, 1953 में आपने हिन्दुस्तान के साथ पञ्चशील का समझौता किया। इस समझौते के अनुसार चीन और हिन्दुस्तान ने एक-दूसरे की स्वतन्त्रता, हुकूमत और राज्य को स्वीकार किया। एक-दूसरे के घरेलू झगड़े में दखल न देने का वचन दिया और सह-अस्तित्व के सिद्धान्तों को मानते हुए शान्तिमय पड़ोसियों की तरह रहने का संकल्प किया।"

"मानते हैं वचन दिया," चाऊ एन-लाई बोला, "आज भी हम उस पर कायम हैं।"

"तो फिर हिन्दुस्तान के विरुद्ध यह लड़ाई क्यों छेड़ी? जब आपने पञ्चशील का समझौता किया था, क्या उस वक्त आपको हिन्दुस्तानी राज्य की सीमा-रेखा

का ज्ञान नहीं था ? अगर मालूम था तो उसकी अवहेलना अब क्यों की अगर नहीं मालूम था तो जाने-बूझे बिना उसे स्वीकार क्यों किया ? अगर सरहदी क्षेत्रों के सिलसिले में आपके दिल में कोई शक था तो उसे उसी वक्त दूर क्यों न कर लिया ?''

''उस वक्त उसका मौका न था ?''

''तो मौकापरस्ती और किसको कहते हैं ? एक वक्त में कुछ किया और दूसरे वक्त उसे उलट किया।''

''मौकापरस्त हम नहीं है,'' चाऊ एन-लाई बोले, ''हिन्दुस्तान मौका देखकर नेफा और लद्दाख की सीमा पर उन क्षेत्रों को भी हथिया लेना चाहता था जो सैकड़ों वर्षों से चीन की अमलदारी में रहे हैं। मगर चीन अब स्वतन्त्र हो चुका है, चीन ऐसा कभी न होने देगा।''

अभी मैं इस विषय को नहीं छेड़ूंगा कि कौन किसका इलाका हथियाना चाहता है। इस पर मैं बाद को आऊंगा। अभी तो मैं आपसे यह पूछना चाहता हूं कि जब आपके दिल में नेफा और लद्दाख के कुछ क्षेत्रों के बारे में सन्देह था, आपने पञ्चशील के समझौते के वक्त इस झगड़े को निपटा क्यों न लिया ? इस पर बहस क्यों न की ? तिब्बत की समस्या पर हिन्द-चीनी समझौते पर दस्तखत करते हुए यह क्यो कहा कि तिब्बत की समस्या के हल होने से अब हिन्दुस्तान और चीन की सारी समस्याएं तय हो गई हैं ? हमने बार-बार चीनी नक्शों की ओर ध्यान दिया जिसमें नेफा और लद्दाख के कुछ भारतीय इलाकों को चीनी नक्शों में शामिल कर लिया गया था। तो यह क्यों कहा गया कि ये नक्शे ठीक हैं, हम इन इलाकों को अपना इलाका मानते हैं। आइए इस विषय पर बातचीत कर लें।''

''हम कह चुके हैं उस वक्त इस बात को छेड़ने का कोई मौका नहीं था, हर बात मौका और माहौल देखकर की जाती है,'' चाऊ एन-लाई गम्भीर होकर बोले।

''ठीक है, तो जब इस बात को छेड़ने का मौका आया तो आपने उसे बन्दूकों के जरिए क्यों छेड़ा ? आपस की बातचीत से यह मामला क्यों न सुलझा लिया ? सह-अस्तित्व का समझौता करने वाला और पञ्चशील के सिद्धान्तों को मानने वाला देश राइफल की गोली से कैसे पहल कर सकता है, यह बात मेरी समझ में आज तक नहीं आई।''

''लड़ाई में पहल हमने नहीं की, आपने की,'' चाऊ एन-लाई ने मेरी ओर उंगली उठाकर शिकायत भरे स्वर में कहा।

''पहल वास्तव में किसने की ? इस विषय पर भी मैं बाद में बहस करूंगा। इस वक्त मैं एक पल के लिए बहस की खातिर माने लेता हूं कि पहल हमने की,

लेकिन जब हमने पहल की थी तो आपने भी तो गोलियों से जवाब दिया था, जिसमें हमारे नौ सिपाही मारे गये थे और आपका एक सिपाही भी घायल नहीं हुआ था। तो उस पहल के बाद क्या आप जैसे अमन-पसन्द, शान्ति के पुजारी, पञ्चशील के उसूलों को मानने वाले, हिन्दी-चीनी भाई-भाई कहने वाले चीन देश का फर्ज नहीं था कि हिन्दुस्तान से कहता—देखो भाई, जिस जगह को तुम अपनी कहते हो वह वास्तव में हमारी है। आओ, आपस में मिल-बैठकर फैसला कर लें। एक मिला-जुला कमीशन बनाएं जो इस समस्या की छान-बीन करे या अगर एक-दूसरे पर भरोसा न हो तो मामला किसी इण्टरनेशनल कमीशन के हवाले करने की कोशिश करें। एक बार भी क्या आपने ऐसी कोशिश की ? मेरा मतलब है लड़ाई शुरू करने से पहले एक बार भी क्या ऐसा कोई दस्तावेज या पत्र हिन्दुस्तान की हुकूमत को भेजा ?''

''नहीं,'' चाऊ एन-लाई ने स्वीकार किया, ''इसका मौका नहीं था। वह जगह हमारी थी, हम उस पर किसी दूसरे की दखलन्दाजी कैसे सहन कर सकते थे ? चीन राज्य सीमा के सिलसिले में हम किसी इण्टरनेशनल कमीशन की राय मानने के लिए तैयार नहीं हैं। हमने अपने इलाकों में फौजी चौकियां कायम करके उन्हें मार भगाया। बस, यही, हकीकत है। हिन्दुस्तानी हुकूमत साम्राज्यों की गुलाम रही, साम्राज्यों की पिट्ठू है और उसके नक्शे कदम पर चलकर चीनियों का इलाका हड़प कर जाना चाहती है। वह एक साम्राज्यवादी हुकूमत है। तुम एक गधे हो, तुम इन बातों को नहीं समझ सकते।''

''बेशक मैं गधा हूं, यह ठीक है, और बहुत-सी बातों को नहीं समझता हूं, यह भी सही है लेकिन यह भी सही है कि मेरी तरह के गधों की इस दुनिया में बहुतायत है, जो बात को समझते नहीं है लेकिन समझना चाहते हैं। यह एक बहुत बड़ी इन्कलाबी तब्दीली है मिस्टर चाऊ एन-लाई, जो इस दुनिया में आई है। अब इस दुनिया के गधे भी बातों को समझना चाहते हैं और वे समझकर रहेंगे। इसलिए मैं भी यहां आया हूं। मैं एक हिन्दुस्तानी गधा हूं लेकिन चीन का दुश्मन नहीं हूं। मैं किसी देश का दुश्मन नहीं हूं मैंने भी हिन्दू-चीनी भाई-भाई का नारा लगाया था। यू. एन. ओ. में तुम्हारे लिए जान-तोड़ कोशिश की थी। तुम्हारे विरोधियों को मुंह तोड़ जवाब दिया था। इसलिए आज जब मेरा भाई ही मेरी पीठ में छुरा भोंकता है तो मैं पलटकर हैरत में तुम्हें देखता हूं और कहता हूं, 'दाउ टू ब्रूट्स। तुम भी ऐसा कर रहे हो !''

''ऐसा करने का अधिकार मुझे चीनी और हिन्दुस्तान के पुराने सम्बन्धों ने दिया है जो पिछले दो हजार वर्षों में कभी नहीं बिगड़े। तुम्हारी सीमा पर और

हमारी सीमा पर इन दो हजार वर्षों में कभी हिन्दुस्तानी और चीनी सिपाहियों के बीच लड़ाई नहीं हुई। उस वक्त हमने एक-दूसरे के दिल देखे थे। मिट्टी की ढेरियां नहीं देखी थीं। उस वक्त हम दोनों ने एक-दूसरे को उपहारस्वरूप भेंट में तलवार नहीं दी थी। तुमने मुझे रेशम का कपड़ा दिया था और मैंने तुम्हें बुद्ध का उपदेश दिया था जिसने सैकड़ों साल तुम्हारी जिन्दगी में सभ्यता की सुगन्ध जगाई....कुछ याद भी है ?"

"मुझे सब कुछ याद है," चाऊ एन-लाई ने कहा।

"तो फिर याद करो की आज से कई सौ साल पहले, सही तारीख बताता हूं—सन् 1684 ई. में, लद्दाख के बादशाह और तिब्बत के शासक लामा श्री मि. फांम वांग यू के बीच एक सन्धि हुई थी जो आज भी मौजूद है। इस सन्धि के अनुसार लद्दाख और तिब्बत की सीमाएं अलग-अलग तय कर दी गई थी। ये सीमाएं वही थी जो प्रसिद्ध लद्दाखी बादशाह सिकेला इदा नैग्म्य ने अपने तीनों बेटों में बांटी थीं। इन बेटों को इलाकों के मिलाने से लद्दाख का इलाका पूर्ण होता था।

"वे इलाके ये हैं—

"बड़े बेटे के नाम पर वह इलाका जो आजकल लद्दाख और यूरिग कहलाता है। यानी पूर्व में हानले से लेकर पश्चिम में जोजीला दर्रे तक। उसमें दू-दरक और गोग-पो का जिला भी शामिल है, जिसमें सोने की खाने हैं।

"दूसरे बेटे के नाम गोगी, प्रांग और चन्द छोटे-छोटे जिले।

"तीसरे बेटे के नाम जंग स्कार और सिपती और कुछ छोटे जिले।

"ये तीनों इलाके मिलाकर लद्दाख का इलाका पूरा होता है।

"इस सन्धि के अनुसार इस इलाके में सिर्फ नाग्रेस खोरसुम का इलाका तिब्बत को दिया गया था और इलाके में भी मौंथसर (आज का मनसर) का इलाका लद्दाखी बादशाह ने अपने अधिकार में रखा था ताकि इस इलाके से जो आमदनी हो उसे पवित्र कैलास, मानसरोवर और अक्षताल पर रोशनी करने के लिए इस्तेमाल किया जा सके।

"सन् 1684 ई. की सन्धि पर तिब्बत के लामा और लद्दाखी बादशाह दोनों के दस्तखत हैं और तिब्बत पर चीन का अधिकार होने से यह सन्धि चीन पर भी लागू होती है कि नहीं ?"

"नहीं होती है।"

"तो फिर तिब्बत लामा ने हमसे जो इलाका लिया था वह हमें वापस करो और कैलाश मानसरोवर और अक्षताल भी जो हमारे इलाके में थे, जिनसे हमारे देश के पुराने सांस्कृतिक और धार्मिक सम्बन्ध हैं, जो एक तरह से हमारी

देव-माला का अंग बन गए हैं, क्योंकि वे हजारों साल से हमारे देश का एक भाग रहे हैं। तो अगर तुम आज से चार सौ साल पुरानी सन्धि भी नहीं मानते हो तो इन इलाकों को वापस करो।"

इस पर चाऊ एन-लाई जोर से हंसने लगे।

"गधे होकर भी इतने होशियार हो ?"

यही आपकी जर्रानवाजी है, नहीं तो अगर देखा जाए तो सही अर्थों में आपने हम हिन्दुस्तानियों को गधा बनाया है। कैसे-कैसे फरेब किए हैं तेरी निगाहे-जालसाज ने....'

इस पर चाऊ एन-लाई और जोर से हंसे, बोले, "एक-एक फिजान चमेली चाय का हो जाए। मैं आपको आज मानचू शहनशाहों के असली प्यालों में यह चाय पिलाता हूं।"

मैंने कहा, "बनते हो कम्युनिस्ट और चाय पीते हो मानचू शहनशाहों के प्यालों में। यही तो सारी मुसीबत है।"

चाऊ एन-लाई ने पूछा, "तो क्या हम चीन का केन्द्रीय राज्य इसलिए छोड़ दें कि इसे मानचू शहनशाहों ने एकत्र किया था ?"

मैंने पूछा, "तो क्या हम हिन्दुस्तान के इसलिए टुकड़े को जाने दें कि इसे बरतानवी साम्राज्य ने इकट्ठा किया था ?"

चाय पीते हुए (और चाय वास्तव में बहुत ही स्वादिष्ट थी) चाऊ एन-लाई ने मुझसे पूछा, "मगर 1684 ई॰ की सन्धि का आज की घटनाओं से क्या सम्बन्ध?"

"सम्बन्ध इसलिए है कि इसके लगभग पौने दो सौ साल के बाद कश्मीर के महाराजा गुलाबसिंह ने चीन और तिब्बत पर चढ़ाई की, जिसमें उसे जीत के स्थान पर हार हुई। दूसरे साल फिर उसने चढ़ाई की और तिब्बत के अन्दर घुस गया, जिस तरह आप हमारी सीमाओं में घुस आए हैं। यह बात इसलिए याद रखने योग्य है कि मेरे प्रिय मेजबान श्री चाऊ एन-लाई साहब, कि हमारी आज की हार कल की जीत में भी बदल सकती है। इसलिए आज की जीत या कल की हार पर इतने न फूलना चाहिए, न निराश होना चाहिए। फिर भी मतलब की बात करता हूं—1842 ई॰ में महाराज गुलाबसिंह ने फिर चढ़ाई की और तिब्बत के अन्दर घुसकर चीनी और तिब्बती फौजों को हराया और नतीजे में 1842 ई॰ में फिर एक सन्धि हुई। कश्मीर, तिब्बत और चीन की सरकारों के बीच, जिसके अनुसार कश्मीर, तिब्बत और चीन की सीमाएं तय की गई और मजे की बात यह है कि इस सन्धि के अनुसार भी लद्दाख का इलाका कश्मीर के इलाके में समझा गया।

वही तय पाया जो पहले 1684 ई. की सन्धि में तय था।

"क्या आप इस सन्धि को भी नहीं मानते हैं ? क्या यह सन्धि भी आप पर लागू नहीं होती ?"

"नहीं होती," चाऊ एन-लाई ने कहा।

"क्यों नहीं होती ?" मैंने पूछा।

"क्योंकि इस सन्धि में सिक्यांग की सरकार शामिल नहीं थी।"

"सिक्यांग की सरकार इस सन्धि में कैसे शामिल हो सकती थी ? उस वक्त सिक्यांग चीनी इलाके में शामिल ही नहीं था," मैंने कहा।

चाऊ एन-लाई चुप हो गए। जल्दी-जल्दी से चाय पीने लगे और कुछ बुरा सा मुंह बनाने लगे।

मैंने कहा, "चाय कड़वी तो नहीं हो गई ?"

कुछ बोले नहीं।

"इण्टरनेशनल कानून के अनुसार 1684 ई. की और 1842 ई. की दोनों सन्धियां चीन की सरकार पर लागू होती हैं क्योंकि 1954 ई. के समझौते के बाद भारत सरकार ने भी तिब्बत को चीन का एक भाग मान लिया है, इसलिए ये दोनों सन्धियां जिसमें लद्दाख, तिब्बत और चीन की सीमाएं तय की गई थीं, आप पर लागू होती हैं और उस वक्त तक लागू होती रहेंगी जब तक आप उन सन्धियों को रद्द नहीं करेंगे। क्या आपने उन सन्धियों को रद्द करने की कोई सूचना हमारी सरकार को दी है ?"

"नहीं।"

"इसलिए वे कानून अब तक आप पर लागू हैं और उन सन्धियों के अनुसार लद्दाख के उस सारे क्षेत्र पर भारत सरकार का कण्ट्रोल माना जाएगा जो आपने जबर्दस्ती हमसे हथिया लिया है।

"अर्थात्-शमचौक की चौकी और मनसर का इलाका।"

"ये इलाके तो हमारे हैं।"

"नहीं हमारे हैं," मैंने कहा।

"आपके कहने से क्या होता है," चाऊ एन-लाई ने गुस्से से कहा, "कल को आप सारे तिब्बत को या सारे चीन को ही अपना इलाका कहने लग जाएं तो मैं आपकी जबान नहीं पकड़ सकता हूं।"

"यह तो आप ठीक कहते हैं। आप हमारी जबान नहीं पकड़ सकते हैं। मगर हम आपके किसी इलाके की जन-गणना नहीं कर सकते।"

"क्या मतलब ?" चाऊ एन-लाई ने पूछा।

मैंने कहा, "हमारे किसी रिकार्ड में शंघाई या कैंटिन या मंचूरिया के किसी इलाके की जनसंख्या का रिकार्ड मौजूद नहीं है। लेकिन डमचौक, मनसर और दूसरे उन तमाम क्षेत्रों की जनसंख्या का रिकार्ड हमारे पास मौजूद है जो लद्दाख के इलाके में से आपने हमसे हथिया लिए हैं। अगर ये इलाके हमारे नहीं थे तो हमें इन इलाकों की जनगणना करने की क्या जरूरत थी ? किसलिए आज तक इन इलाकों में हमारी सरकार का फौजदारी कानून लागू रहा ? विश्वास न हो तो हमारे पुराने रेकार्ड उठाकर देख लीजिए या अपने ही किसी पुराने रेकार्ड से इन इलाकों को अपने इलाके का एक भाग साबित करके दिखा दीजिए।"

चाऊ एन-लाई बेसब्री से उठे और टहलते हुए बोले, "मैंने इतनी देर तक तुम्हारी बकवास सुनी है, केवल इसलिए कि तुम मुझे कोई एटमी भेद बताने आए हो ? और इसलिए मैंने तुम्हें स्पेशल हवाई जहाज से यहां बुला भेजा है। अब जल्दी से तुम इस बहस को बन्द करो और मुझे बताओ की वह एटमी भेद क्या है। अगर तुम वास्तव में चीन के मित्र हो तो इस रूखी बहस को खत्म करो और वह एटमी रहस्य हमारे हवाले करो। मेरे पास ज्यादा वक्त नहीं। मुझे इस वक्त अल्बानियां से आए हुए सरकारी डेलीगेशन से मिलने जाना है।"

"तो फिर कल सही। कल मैं वह एटमी रहस्य आपको बता दूंगा।"

12

एक एटमी भेद बताने का बहाना करके बचा लेना गधे का अपनी जान को और वापस आना पीकिंग से बड़ी चालाकी करके....

दूसरे दिन शाम को छः बजे ही चाऊ एन-लाई ने मुझे बुला लिया था—आईनों वाले महल में। चाय के साथ-साथ चीनी क्लासिकल नाच-गाने का भी इन्तजाम किया गया था। नाच के बीच में मुझे बार-बार जैड के नाजुक और कीमती प्यालों में अमूल्य चीनी शराबें पेश की जाती रहीं। मगर मुझे नशा कहा होने वाला था। जो गधा बम्बई का ठर्रा पी चुका हो उस पर किसी चीनी शराब का क्या असर होगा।

नाच और गाने की महफिल जब खत्म हुई तो चाऊ एन-लाई ने मेज के पास पड़ा हुआ एक मखमली डिब्बा खोला और उसमें से हीरों से जड़ा हुआ एक बहुमूल्य हार निकाला और उसे मेरे गले में डाल दिया।

"यह हमारी सरकार की ओर से है।"

"गद्दारी का इनाम ?" मैंने पूछा, "हैरत की बात है कि आजकल हर बुरी बात के लिए इनाम दिया जाता है। कायदे से तो आपको एक गद्दार को गोली मार देनी चाहिए। एक गधा गद्दार होता है। चाहे वह किसी देश का हो। और जो अपने देश का न हुआ वह किसी दूसरे का क्या होगा ?"

"छोड़िए इन बातों को," चाऊ एन-लाई बोले, "पहले वह एटमी भेद बताइए जल्दी से। मैंने आज कुछ चीनी वैज्ञानिकों को भी बुला लिया है जो मेरे बाद आपसे इस विषय पर बातचीत करेंगे।"

"वह तो बाद में होती रहेगी। पहले मैं आपसे कुछ बातें पूछना चाहता हूं।" चाऊ एन-लाई ने अपना माथा पीट लिया, "फिर कुछ पूछना चाहते हो ?"

"हां।"

"क्या ?"

"कुछ मेकमहोन रेखा के बारे में, जिसे आपने इन दिनों तोड़ दिया है।"

"यह सीमा कोई हिन्दुस्तानी-चीनी सीमा नहीं थी," चाऊ एन-लाई बोले, "यह सीमा रेखा अंग्रेजों की चालाकी और धूर्तता का नतीजा थी।"

"मगर आप तो जानते हैं कि 1914 ई॰ में शिमला में जो कनवेंशन हुई थी, जिसमें चीनी, हिन्दुस्तानी और तिब्बती प्रतिनिधि शामिल हुए थे, उसमें तीनों डेलीगेटों ने आपस की बहस और छानबीन के बाद नेफा के इलाके का एक नक्शा बनाया था, जिस पर चीनी और तिब्बती और हिन्दुस्तानी डेलीगेटों ने दस्तखत किए थे। उसी को मैकमहोन रेखा कहते हैं।"

"किसी साम्राजी सीमा को मानने के लिए तैयार नहीं हूं मैं।"

"तो फिर मानचू शहनशाहों की सरहदों को भी मानने से इन्कार कर दीजिए। अजीब तर्क है। मीठा-मीठा हप्प, कड़वा-कड़वा थू। जब इलाका हाथ में आता है तो साम्राजी रेखा स्वीकार कर लेते हो और जब उसी रेखा के कारण कोई इलाका हाथ से निकलता मालूम होता है तो रेखा को रद्द कर देते हो। मगर माउण्ट एवरेस्ट को अंग्रेजी नाम देने से वह अंग्रेजों का पहाड़ नहीं हो जाता। रहेगा तो नेपाल का पहाड़ ही। इसलिए हिन्द-चीनी सीमा रेखा को मैकमहोन का नाम देने से क्या फर्क पड़ता है ? है तो यह वही प्राचीन सीमा जिसकी हदबन्दी आज से नहीं पुराणों के काल से चली आ रही है।"

"हम हिन्दुओं के पुराण नहीं मानते।"

"न मानिए," मैंने कहा, "अपने बादशाहों के रिकार्ड तो आप मानेंगे।"

"हां, मानेंगे," चाऊ एन-लाई ने स्वीकार किया।

"तो सन् 1711 ई॰ तक के रेकार्ड निकलवाकर देखिए जिनमें उस समय के चीनी शहनशाह खा-हू ने रेकार्ड और नक्शों के जरिये हिन्दुस्तान और चीन के नेफा वाले क्षेत्रों की हदबन्दी की है। क्या आप अपने बादशाह के नक्शे को मानने से भी इन्कार करेंगे ?"

चाऊ एन-लाई ने कोई जवाब नहीं दिया।

"बड़े अफसोस की बात है," मैंने कहा, "इतने बड़े देश के इतने बड़े प्रधानमन्त्री को ये बातें शोभा नहीं देतीं। जब आप वर्मा की सरकार से समझौता करते हैं तो मैकमहोन रेखा स्वीकार कर लेते हैं, लेकिन जब हिन्दुस्तानी सरकार से मामला तय करने को आता है तो मैकमहोन रेखा को स्वीकार करने से इन्कार कर देते हो। इसका तो साफ अर्थ यह है कि आप हर सम्भव ढंग से यह लड़ाई चाहते हैं।"

"मगर हमें लड़ाई की जरूरत क्या है ?" चाऊ एन-लाई ने पलटकर मुझसे पूछा। "चीन एक शान्तिप्रिय देश है, उसे अपने पड़ोसी देश हिन्दुस्तान से लड़ने की क्या जरूरत पड़ी ! क्या हम इतने जाहिल और बेवकूफ हैं कि इन बन्जर और वीरान इलाकों के लिए लड़ें, जहां का तापमान अधिकतर शून्य से नीचे रहता है, जहां की जमीन बन्जर और वीरान है, जहां मीलों तक किसी इन्सान की सूरत नजर नहीं आती, जहां कोई बहुमूल्य धातु नहीं पाई जाती, न ही खानें—सोने या चांदी की ? आखिर हम चीनी क्या पागल हुए जो इस बन्जर और वीरान इलाके के लिए लड़ेंगे ? क्या हम गधे हैं ?"

"नहीं, नहीं आप बिल्कुल बेवकूफ नहीं है," मैंने प्रधानमन्त्री चाऊ एन-लाई से कहा, "आप बहुत अकलमन्द और समझदार हैं। जो आपको गधा समझे वह खुद गधा है। अब तो मैं आपको बताता हूं कि आप क्यों लड़ रहे हैं !"

"बताओ।"

"कोई एक कारण नहीं है, बहुत से कारण हैं और सबसे बड़ा कारण यह है कि जब से चीन में नई सरकार बनी है, चीन दुनिया पर यह साबित कर देना चाहता है कि वह शक्तिशाली देश है और आजकल के समय शक्ति का अर्थ एक ही लिया जाता है—सैनिक शक्ति। चीन ने यह जरूरी समझा की वह अपनी शक्ति का प्रदर्शन दुनिया के सामने करे।

"मगर वह किसी पर अपनी शक्ति आजमाएं ? अमरीका पर ? कोरिया में उसने यही करने की कोशिश की और अमरीकियों को लगभग सियोल के नीचे धकेल दिया। मगर अमरीका और उसके साथी कोरिया में जान तोड़कर लड़े और एक लाख अमरीकियों का खून देने के बाद आधे कोरिया पर अधिकार कर लिया।

चीन को सन्धि कर लेनी पड़ी और वह सन्धि कराने में हिन्दुस्तान का बहुत बड़ा हाथ था।

"उसके बाद चीन ने फारमोसा पर कब्जा कराने की कई बार धमकी दी। चीन के समुद्री तट के पास के द्वीपों पर, जो च्यांग-काई शेक की अमलदारी में हैं, लगातार कई दिनों तक बमबारी की मगर नतीजा कुछ न निकला क्योंकि चीन के पास जलसेना न होने के बराबर है और फारमोसा की रक्षा के लिए अमरीका का जंगी बेड़ा हर वक्त तैयार रहता है। इसलिए चीन जापान पर भी अपना रौब नहीं डाल़ सकता क्योंकि जापान भी पिछली लड़ाई के जमाने से अमरीका की सैनिक सुरक्षा में है। चीन आउटर मंगोलिया पर भी हमला नहीं कर सकता क्योंकि आउटर मंगोलिया को सोवियत रूस की मित्रता प्राप्त है जबकि चीनी नक्शे जिस तरह हिन्दुस्तान के बहुत से सरहदी इलाकों को अपना बताते हैं उसी तरह वे आउटर मंगोलिया के इलाकों पर भी अपना हक जताते हैं उसी तरह सीक्यांग के सरहदी इलाकों पर, जो सोवियत रूस में शामिल है, अपना हक जताते हैं। मगर आज के चीन में इतनी हिम्मत नहीं है कि वह अमरीका से टक्कर ले सके, सोवियत रूस से टक्कर ले सके, जापान या आउटर मंगोलिया पर हमला कर सके, क्योंकि इन देशों को अमरीका या रूस की हिमायत हासिल है।

"इसलिए अब ले-देकर एक ही बड़ा देश रह गया था उसकी सीमा के पास, जिस पर बड़ी आसानी से हमला किया जा सकता था वह था हिन्दुस्तान। चीन का मित्र, चीन का हमदर्द और गमगुसार शान्तिप्रिय हिन्दुस्तान। इसलिए चीन ने सरहदी झगड़े का बहाना बनाकर हिन्दुस्तान पर हमला कर दिया जबकि इस झगड़े को बड़ी आसानी से आपसी बातचीत से निपटाया जा सकता था।"

"मगर इस लड़ाई से हमें क्या फायदा हो रहा है ?"

"सबसे बड़ा फायदा यह हुआ कि आपको कि आपने दुनिया पर यह जाहिर कर दिया है कि चीन एक शक्तिशाली और मजबूत फौजी देश है। साथ ही साथ आपने अपने पड़ोसी देशों पर एशिया में यह जाहिर कर दिया है कि उन्हें नेहरू के हिन्दुस्तान की तरफ देखने की जरूरत नहीं है। अगर एशिया में शान्ति से रहना है तो उन्हें हिन्दुस्तान का नेतृत्व नहीं, चीन का नेतृत्व ग्रहण करना होगा। आपने यही फिलिपाइन को जताया है, आस्ट्रेलिया को जताया है, वियतनाम, जापान, कोरिया, कम्बोडिया, इण्डोनेशिया, बर्मा, लंका और पाकिस्तान—इन सब देशों को फौजी घूंसा दिखाकर कहा है कि देखो एशिया के अखाड़े में एक नया पहलवान उतरा है, हिम्मत है तो आओ और मुकाबला कर लो।

"फिर इसी तरीके से आपने सोवियत रूस को भी जता दिया है कि हम

कम्युनिस्ट जरूर हैं मगर सोवियत रूस की नीति से सहमत नहीं हैं। हम तुमसे अलग भी बहुत कुछ हैं और हम सारी विशेष गुत्थियों पर अपनी एक अलग राय रखते हैं। चीन ने हिन्दुस्तान पर हमला करके कम्युनिज्म की अन्तर्राष्ट्रीय एकता को तोड़ दिया है और एक तरह से अपने गुरु सोवियत संघ के विरुद्ध अलग एक अखाड़ा तैयार कर दिया है और यह जता दिया है कि अब सोशलिज्म के मैदान में भी चीन की नीति अलग होगी। इस तरह से जैसे चीन ने एक तीर से कई शिकार कर लिए हैं। उसने नेहरू की विदेश नीति को भारी आघात पहुंचाया है। एशिया के देशों में ऐसा डर और भय पैदा कर दिया है कि अब वियतनाम, कम्बोडिया, लाओस, बर्मा, इण्डोनेशिया, लंका और पाकिस्तान तक के देश चीन की ओर से भयवश झुक पड़े हैं और अब पश्चिमी देश भी सचेत होकर दबे-दबे शब्दों में चीन की ओर सीमित रूप से मित्रता का हाथ उठा रहे हैं क्योंकि पश्चिमी देश हमेशा से मजबूत सैनिक शक्ति का रौब खाते आए हैं। उनके सामने हिन्दुस्तान की शान्तिपूर्ण और अमनपसन्द नीति का महत्व अधिक नहीं है।

"यह बिल्कुल एक सोचा-समझा हुआ हमला है। चीन ने कई वर्षों से इसकी तैयारी की है। ऐसा लगता है मुझे। मैं त्वांग की लड़ाई देखी है और मैंने हवाई जहाज से तिब्बत और नेफा की सीमा पर तैनात अपार सेना देखी है। अब सोचिए, अगर यह लड़ाई महज एक सरहदी छेड़छाड़ होती तो इतनी फौज नेफा की सीमा पर इकट्ठा करने की क्या जरूरत थी ? जरूरत इसलिए थी कि चीनी दुनिया के सामने अपनी सैनिक शक्ति का प्रदर्शन करना चाहता था। सो उसने कर दिया। इस वक्त तो चीन की जीत हो रही है मगर इसका नतीजा आगे जाकर बड़ा स्थायी और सर्वथा भिन्न होगा।"

"क्या होगा ?" चाऊ एन-लाई ने पूछा।

"ऐसी परिस्थिति में हिन्दुस्तान की प्रारम्भिक हार भले ही हो रही हो, मगर इस वक्त धोखे से हिन्दुस्तान जैसा विशाल देश खत्म नहीं किया जा सकता। हां, हिन्दुस्तान और चीन का यह झगड़ा एशिया की आजादी के लिए खतरे का कारण बन सकते हैं। नये-नये देश, जिन्होंने अभी-अभी विदेशों की गुलामी से आजादी हासिल की है, इस आपस के झगड़े के खतरे से बाहर के देशों के गुलाम बनाए जा सकते हैं। समाजवाद की एकता को खत्म करके भी चीन ने कोई अच्छा काम नहीं किया। चीन और रूस की दुश्मनी का सबसे बड़ा फायदा उन्हीं पश्चिमी देशों को होगा जिनके विरुद्ध चीन के कम्युनिस्ट नेता दिन-रात जहर उगलते रहते हैं। चीन अपने हाथों से समाजवाद की बुनियादें खोखली कर रहा है।"

"यह गलत है," चाऊ एन-लाई एकदम भड़ककर बोले, "चीन इस वक्त

दुनिया का सबसे बड़ा इन्कलाबी मुल्क है। चीन सारी दुनिया में इन्कलाब लाना चाहता है। वह सारी दुनिया में साम्यवाद फैलाना चाहता है। चीन एशिया और अफ्रीका के सारे देशों में साम्राज्यों के विरुद्ध लड़ाई को तेज कर देने के हक में है। वह हर उन इन्कलाबी और साम्यवादी शक्ति को मदद पहुंचाएगा जो एशिया, अफ्रीका और दक्षिणी अमरीका में समाजवादी इन्कलाब लाना चाहती है।"

"यह नीति भी गलत है। इन्कलाब वही होता है। जो अन्दर से होता है, जिसे उस देश के लोग खुद अपनी कोशिशों से, अपना खून देकर हासिल करते हैं। वह इन्कलाब जो बाहर की बन्दूकों और बाहर के रुपयों और बाहर के अखबार और बाहर के सलाह और बाहर की साजिशों से लाया जाता है, कभी सफल नहीं होता। इन्कलाब कोई आयात करने की वस्तु नहीं है। लेनिन ने काफी समय पहले कहा था—लेनिन को तो आप मानते होंगे जबकि वह एक रूसी था।"

"हां हम लेनिन को मानते हैं।" चाऊ एन-लाई ने स्वीकार किया।

"इसी लेनिन ने कहा था कि दुनिया में समाजवादी इन्कलाब उसी दिन आएगा जिस दिन रूस, चीन और हिन्दुस्तान एक रास्ते पर चलने लगेंगे। आपने हिन्दुस्तान पर हमला करके लेनिन की उम्मीदों को बहुत ठेस पहुंचाई है। ख्रुश्चेव के बारे में आपके क्या विचार हैं ?"

"मेरे विचार से ख्रुश्चेव गलत रास्ते पर जा रहा है। उसका रास्ता मार्क्सवाद का, लेनिनिज्म का रास्ता नहीं हैं। उसने मार्क्सवाद और लेनिनिज्म के सिद्धांतों में बड़ी तब्दीलियां की हैं। वह एक रिविजनिस्ट है।"

"तो क्या माओ एक रिविजनिस्ट नहीं है ? क्या उसने मार्क्सवाद और लेनिनिज्म में संशोधन नहीं किए ?"

"किए हैं।"

"तो क्या ख्रुश्चेव को इसका हक नहीं पहुंचता है ? माओ ने मार्क्सवाद के इस बुनियादी ख्याल में तब्दीली पैदा की कि इन्कलाब किसी मुल्क में केवल 'मजदूर वर्ग' ला सकता है। चीन में माओ ने चीनी किसानों की हिमायत से इन्कलाब पैदा करके दिखा दिया, तो इसके लिए हम माओ को गाली क्यों दें ? उसका आभार क्यों न मानें ? मार्क्स ने कहा था कि साम्यवादी इन्कलाब सबसे पहले किसी औद्योगिक रूप से परिपूर्ण देश में आएगा। मगर लेनिन उसे औद्योगिक रूप से पिछड़े हुए एक ऐसे देश में ले आया जिसकी साम्राज्यवादी स्थिति काफी पिछड़ी हुई थी। फिर लेनिन और स्टालिन ने यह साबित करके दिखा दिया कि समाजवाद सिर्फ एक मुल्क में भी लाया जा सकता है। उसके लिए विश्वव्यापी आन्दोलन की जरूरत नहीं। तो क्या इससे यह जाहिर नहीं होता कि मार्क्सवाद में

भी समय-समय के अनुसार रचनात्मक परिवर्तन किए जा सकते हैं। आखिर मार्क्स की 'डास कैपीटाल' कोई वेद, कुरान या बाइबल तो है नहीं। वह एक आदमी की लिखी हुई किताब है। खुदा की बही तो है नहीं कि उसमें किसी प्रकार के परिवर्तन की गुंजाइश ही न हो। दुनिया के सारे फलसफे पुराने और बेकार हो जाते हैं जब उनका गूदा इन्सान खा लेता है। जब फलसफे के सिर्फ छिलके रहे जाते हैं तो इन्सान फलसफे को कूड़े के ढेर पर डाल देता है। जाने अब तक कितने ही इन्सानी फलसफों के साथ ऐसा हो चुका है। मैं यह नहीं कहता कि मार्क्सवाद झूठा या पुराना या बेकार हो चुका है। अभी तो वह पूरी तरह से जवान भी नहीं हुआ है। अभी तो वह जिन्दगी की कई बहारें देखेगा। मगर हर बहार खिजा देती है हरा पत्ता पीला भी होता है, सूखता भी है; बुड्ढा भी होता है, हवा में खड़खड़ाता भी है, डाल से टूटकर जमीन पर भी गिरता है। जमीन में मिलकर अगली बहार के लिए खाद काम करती है। सम्भव है, एक दिन मार्क्सवाद को भी यही करना पड़े। मगर अभी वह दिन बहुत दूर है। हां, अगर हमारे चीनी भाई इसी तरह की गलतियां करते रहे जैसी उन्होंने हिन्दुस्तान पर हमला करके की है तो वे मार्क्सवाद को बहुत बुड्ढा भी कर सकते हैं।"

चाऊ एन-लाई ने शराब का प्याला मेरे मुंह पर खींच मारा, "गंदे टीटोइस्ट! मैंने तुमको एक मासूम समझा था।"

शराब का नाजुक जाम मेरे सिर से टकराकर टूट गया। मैंने कहा, "एक गधे के सिर को तोड़ना बहुत मुश्किल है। उसकी हड्डी बहुत मजबूत होती है। दूसरी बात यह है कि मैंने आज तक न टीटो को देखा है, न उसकी कोई किताब पढ़ी है, न मैं उसके सिद्धान्तों से परिचित हूं। मैं तो एक गरीब हिन्दुस्तानी गधा हूं।"

चाऊ एन-लाई, मेरे सामने खड़ा हो गया। कड़े स्वर में बोला, तुम्हें सिर्फ पांच मिनट देता हूं, पांच मिनट के अन्दर अगर तुम मुझे वह एटमी भेद बता दोगे तो तुम्हारी जान बख्श दी जाएगी, नहीं तो तुम्हें पांच मिनट के बाद गोली मार दी जाएगी।

"सचाई के पांच मिनट भी बहुत होते हैं। कान खोलकर मेरी बात सुनो मेरे भाई। साइंस ने विनाशकारी शक्तियों के निर्माण में इतनी तरक्की कर ली है कि अब साम्राज्यवाद और साम्यवाद दोनों शक्तियों को अपनी पाजिटिव स्ट्रैटजी (सक्रिय युद्ध-नीति) में उचित संशोधन करने पड़ेंगे। इस वक्त अमरीकी कमाण्डर-इन-चीफ जनरल मैकन्मारा के बयान के अनुसार रूस और अमरीका के पास इतने एटमी बम हैं कि उनसे दुनिया की कुल आबादी को नौ बार खत्म किया जा सकता है। कितने आदमी इस तबाही से बच सकते हैं ? इस तबाही के बाद किस तरह

की सभ्यता की आशा की जा सकती है ? दुनिया को इस रेडियाई सर्वनाश में घेरने के कितने हजार साल बाद यह सम्भव हो सकेगा कि हम फिर शेक्सपियर का कोई ड्रामा सुन सकें या चीनी चित्रकला की किसी महान कृति को देख सकें या पुश्किन का कोई गीत सुन सकें ? नहीं, अब हमें खुद ही अपनी तलवार को अपने घुटनों पर सारा जोर लगाकर तोड़ देना होगा। इसके सिवा इस इन्सान के लिए बढ़ने का और कोई रास्ता नहीं है।''

मैं चुप हो गया।

चाऊ एन-लाई भी देर तक चुप रहे। मैं उनके चेहरे की तरफ देख रहा था। उस पर गुस्से, घृणा और नफरत के कई रंग चमक रहे थे जिन्हें वे दबाने की कोशिश कर रहे थे। एक रंग आता था, एक रंग जाता था। आखिर उनका चेहरा हर प्रकार के भावों से मुक्त हो गया। इतना शान्त जैसे समुन्दर।

बहुत ही गम्भीर होकर वह धीरे से बोले, ''तो तुम हमें वह एटमी भेद नहीं बताओगे ?''

''यह आपसे किसने कहा कि मैं नहीं बताऊंगा। मुझे आपसे जो बातें करनी थीं वे मैं कर चुका। अब मैं अपना वचन पूरा करने के लिए तैयार हूं। मगर मुसीबत यह है कि मैं आपको विश्वास दिलाने के लिए वह एटमी मिट्टी लाना भूल गया जिसकी मदद से मैंने वह तरकीब निकाली थी, जिसने पहले पलक झपकते ही आपके छः सिपाहियों को रात-भर के लिए बेहोश कर दिया। मैं खुद इस बात की फौजी अहमियत से वाफिक हूं। मगर इस वक्त वह एटमी मिट्टी मेरे पास नहीं है। और जब वह एटमी मिट्टी मेरे पास न हो, आपको कैसे विश्वास होगा कि जो तरकीब मैं आपको बता रहा हूं वह वास्तव में उपयोगी है कि नहीं ?''

''वह एटमी मिट्टी कहां मिलेगी ?''

''त्वांग की एक पहाड़ी से मिल सकती है मगर उस जगह को सिर्फ मैं जानता हूं। अगर आप ऐसा करें की मेरे साथ चीनी वैज्ञानिक भेज दें जो आपके एटमी विभाग में काम करते हों तो मैं खुद उनको जाकर वह पहाड़ी दिखा दूंगा और एटमी मिट्टी से वह दवा भी बनाकर दिखा दूंगा।''

''मगर मुझे किस तरह ये यकीन आए कि जो तुम कह रहे हो वह सच है? जो बातें तुमने मुझसे कही हैं वे हमारे खिलाफ इतनी जाती हैं कि मुझे अब तुम्हारी दोस्ती में शुबहा हो चला है।''

मैंने कहा, ''आपका 'काज' गलत है, आपकी लड़ाई गलत है, आपका काम करने का ढंग गलत है तो फिर मैं ऐसे मौके पर आपका दोस्त कैसे हो सकता हूं ?''

"तो फिर तुम वह रहस्य हमें क्यों बताने लगे ?"

"बताऊंगा।"

"क्यों ?"

"क्योंकि मुझे एक चीनी लड़की से प्रेम है और आप जानते हैं, प्रेम और युद्ध में सब कुछ सम्भव है ?"

"वह लड़की कौन है ?"

"बाहर बैठी है। मेरी लेडी सेक्रेटरी है। नाम तो उसका लू-लू है मगर मैं उसे स्वर्णलता कहता हूं, और एटमी भेद बताने के लिए मेरी एक शर्त यह भी है कि मैं पीकिंग से स्वर्णलता को अपने साथ त्वांग ले जाऊंगा। मंजूर है ?"

चाऊ एन-लाई ने मुस्कराकर कहा, "मंजूर है।" और फिर किसी नौकर को बुलाने के लिए ताली बजाई।

13

भारत के तीन एटमबम और एक कविता माओ की और
धमकी देना गधे को जान से मार डालने की और बयान
एक चीनी सुन्दरी की झूठी मुहब्बत का....

यह एक पुराना रूसी हवाई जहाज था जिसमें लदकर हम वापस जंगी जहाज को जा रहे थे। इस जहाज में शस्त्र भरे हुए थे। सीटें सब निकाल दी गई थीं। एक कोने में मुझे जगह मिली। मेरे पास दो चीनी वैज्ञानिक बैठे थे। एक अधेड़ उम्र का था, दूसरा नौजवान। अधेड़ उम्र के चीनी का नाम चान था। नौजवान का नाम चैंग था। दोनों एटमी वैज्ञानिक थे और किसी न किसी विषय पर झगड़ते रहते थे और जब झगड़ा बहुत बढ़ जाता तो मुझसे पूछने लगते—

"रेडियाई तबखीर के मामले में आपकी क्या राय है ?" चान मुझसे पूछता।

"ऐनर्जी को शून्य पर लाने के लिए क्या हम टीमी-गुडम की सिद्धान्तों को बरत सकते हैं ?" चैंग फौरन मुझसे सवाल कर बैठता।

मेरे फरिश्तों को भी यह मालूम नहीं था कि रेडियाई तबखीर क्या होती है और टीमी-गुडम किस बला का नाम है। इसलिए मुझे बड़ी दक्षता से अपने अज्ञान को छिपाना था। इसलिए मैं अपने कान फड़फड़ाते हुए सोच-सोचकर कहता, "एनर्जी को शून्य पर लाने के लिए क्या आपने काटरिड-फ्लास्क इस्तेमाल किया है ?"

"नहीं," चैंग बोला, "और सच पूछो तो हमें यह तक मालूम नहीं कि काटरिक-फ्लास्क क्या हो सकता है !"

मालूम तो मुझे भी नहीं था—मैंने यूं ही कह दिया था। अब बात आगे बढ़ाई।

"काटरिक-फ्लास्क एनर्जी को शून्य पर लाने के लिए बहुत उपयोगी है मगर उसका फार्मूला कच्-कच् डी एच नहीं है बल्कि डी एच कच्-कच् है।"

"आह !" चान ने सिर हिलाकर कहा, "हम यहीं गलती करते रहे, वास्तव में हमें रूसियों ने असली एटमी भेद नहीं दिए।"

"हमें भी अमरीकियों ने नहीं दिए," मैंने बताया, "मगर यूं ही अटकल से मैंने इस फार्मूले को पलट दिया और पलटते ही एनर्जी शून्य हो गई और एटमी तबखीर का मामला बहुत आसान हो गया।"

"तो इसका तो यह मतलब है कि हिन्दुस्तान एटमी बम बनाने के बहुत करीब पहुंच चुका है ?" चान बोला।

मैंने चान के करीब अपना सिर ले जाकर कहा, "सच पूछो तो हमने तीन एटमबम बना लिए हैं।"

"तीन !" चान अपनी सीट से उछला। चैंग ने फौरन उसे हाथ से पकड़कर वापस बिठा लिया और कहा, "ज्यादा मत उछलो, यह पुराना हवाई जहाज है।"

"जी हां, तीन एटमी बम, बल्कि हमने उनके नाम भी रख दिये हैं।"

"क्या नाम हैं ?" चैंग ने पूछा।

"एक का नाम है 'साधना', दूसरे का नाम है 'सायरा बानो', तीसरे का "आशा पारिख,....अखबारों में उनके फोटो तक आ चुके हैं।"

"फोटो तक आ चुके हैं ?" चान हैरत से बोला। वह आश्चर्य से लगभग कांप रहा था। "क्या असली एटमबम हैं !"

"बिल्कुल असली।"

"किस असूल पर बनाए गए हैं ?" चैंग ने पूछा, "मेरा मतलब है, सिस्टम कौन-सा है ?"

"स्टार सिस्टम है।" मैंने कहा।

"यह तो बहुत ही अधूरी-सी बात आप कह रहे हैं।" चैंग थोड़ी कड़वाहट से बोला, "मैं मानता हूं, कायनात में जितने सितारे हैं, फटते वक्त एटमबम बन जाते हैं यानी हर स्टार एक तरह का एटमबम है मगर मैं यह नहीं पूछ रहा हूं, यह तो आजकल हर वैज्ञानिक जानता है। मैं यह पूछ रहा हूं कि आपने यह तीनों बम किस फार्मूले से बनाए हैं। एटमी इतशार से या हाइड्रोजनी फिशर से ? यानी क्या

तरीका बरता है—ऐटमिक फिशन या हाइड्रोजनी डिसप्रेसन ?"

मैंने कहा, "वली मगन।"

"क्या ?"

"जज्बे-दरुने-दिल।"

"ऐं ? जाज्ये ड्रोन ? क्या ?" चान ने पूछा।

मैंने कहा, "पुराना फार्मूला है मगर नये ढंग से बरता गया है। त्वांग पहुंचकर आपको समझा दूंगा।"

मैं चुप हो गया। चान और चैंग दोनों आपस में झगड़ने लगे, "अगर कमबख्त रूसी हमें बता देते तो इस हिन्दुस्तानी गधे की हमें खुशामद न करनी पड़ती।" वे एक-दूसरे से कह रहे थे।

इतने में स्वर्णलता मेरे पास आकर बैठ गई। वह मेरे पीने के लिए संतरे का रस लाई थी। संतरे का रस पीकर मैंने कहा, "मेरे स्वास्थ्य का इतना ख्याल क्यों है?"

"क्योंकि मुझे तुमसे प्रेम है।"

"और तुम्हें मुझसे प्रेम क्यों है ?"

"क्योंकि मुझे चाऊ एन-लाई ने कहा है।"

"और अगर वह न कहता तो ?"

"तो मैं भी तुमसे न कहती।" वह बोली, "मेरी एक छोटी-सी इच्छा है। उसे पूरा करोगे ?"

"तुम्हारे लिए तो जान भी हाजिर है !"

वह कहने लगी, "मुझे आज से स्वर्णलता मत कहा करो; सू चिन कहा करो, जो मेरा असली नाम है।"

"यह एतराज अब क्यों ?" मैंने पूछा।

"इसलिए कि अब तुम एक एटमी भेद बता दोगे तो इसके बाद किस मुंह से हिन्दुस्तान जाओगे या मुझे ले जाओगे। तुम गद्दार समझे जाओगे। इसलिए तुम्हें विवश होकर चीन में रहना पड़ेगा। मेरे साथ, अपनी सू चिन के साथ। मैंने पीकिंग से साठ मील दूर एक छोटा-सा गांव देख लिया है....अपने रहने के लिए....क्या सू चिन सुन्दर नाम नहीं है ?"

"बहुत सुन्दर है। मगर तुमसे ज्यादा नहीं।" मैंने सू चिन के कन्धे का चुम्बन लेते हुए कहा, "अच्छा, अब यह बताओ—तुम्हारे साथ ये दो लड़कियां कौन हैं ?"

"ये दोनों लड़कियां हमारी फौज में नर्स का काम करती हैं। वह जो भूरे बालों वाली है वह क्रिश्चियन है। उसका नाम है लू सी कू। वह दूसरी जो काले

बालों वाली वह गुलाबी गालों वाली गुड़िया-सी है, उसका नाम है मईहौंग। ये दोनों नर्सें तुम्हारी सेवा के लिए रखी गई हैं।"

मैंने कहा, "सू चिन, मुझे कई दिनों से नींद नहीं आती, मगर मैं सोना चाहता हूं।"

सू चिन बोली, "अभी तुम्हें सोने की एक गोली देती हूं।"

"नहीं," मैंने कहा, "मुझे सोने की गोली नहीं चाहिए।"

"फिर क्या चाहिए ?" सू चिन ने पूछा।

"जी चाहता है, किसी की गोद में सिर हो, किसी की गर्दन में बाहें हों और कोई मुझे लोरी सुनाकर सुला दे," मैंने अपनी नजरों में रूमानियत लाते हुए कहा।

सू चिन ने मुस्कराकर मेरा सिर अपनी गोद में रख लिया और दूसरी दोनों नर्सों को इशारा किया।

लू सी कू ने अपनी बाहें मेरी गर्दन में डाल दीं और मई हौंग चीनी भाषा में एक मीठी-सी लोरी गाकर मुझे सुनाने लगी।

थोड़ी देर के बाद मैंने आंखें बन्द कर ली और हल्के-हल्के खर्राटे लेने लगा।

जब सू चिन ने देखा कि मैं सो गया हूं तो एक आह भर कर चान से बोली, "अब यह भी भाग्य में लिखा था—एक गधे से प्रेम करना।"

चान बोला, "हमेशा औरतों ने गधों से प्रेम किया है। अक्लमन्द आदमी को तो वे पसन्द नहीं करती हैं।"

"फिर वे कैसे आदमी पसन्द करती हैं ?" मई हौंग ने अपनी लोरी बन्द करके चैंग से पूछा।

"ऐसा मर्द जिसका दिमाग खाली हो और बटुआ भरा हो।"

लू सी कू खिलखिलाकर हंसी।

"शस्" चैंग ने मेरी ओर इशारा करते हुए कहा, "जोर से मत हंसो, यह सुअर का बच्चा जाग जाएगा।"

"मैं तो इस हरामी की गर्दन थपकते-थपकते थक गई।" लू सी कू तुनककर बोली।

"इस बद-तुख्म के जिस्म से कैसी बदबू आती है !" सू चिन मुंह बनाकर बोली, "मुझे तो अपने भाग्य पर रोना आता है।"

"सब्र करो, सब्र करो," चान उसे समझाते हुए बोला, "कुछ दिनों की बात है, जरा हम त्वांग पहुंचकर इसकी मदद से वह रेडियाई मिट्टी हासिल कर लें।"

"और अगर इसने तुम्हें रेडियाई मिट्टी की पहाड़ी न दिखाई तो....?" लू सी कू ने पूछा।

"तो हम इसे मार डालेंगे," चैंग ने जवाब दिया।

"और अगर इसने वह पहाड़ी दिखा दी और उस एटमी दवा बनाने का भेद भी बता दिया तो ?" सू चिन ने पूछा।

"तो भी इसे मार डालेंगे।" चैंग बोला।

"यानी मेरा विधवा होना हर सूरत में जरूरी है !" सू चिन ने मुस्कराकर कहा। अपने मुंह पर हाथ रखकर वे दोनों नर्सें भी अपनी हंसी को दबाती हुई खि-खि करने लगीं।

मैं आंखें बन्द किए चुपचाप पड़ा रहा। थोड़ी देर के बाद मैं मुंह ही मुंह में कुछ धीरे-धीरे बड़बड़ाने लगा और आंखें खोलने लगा। फौरन सू चिन मेरे सिर को थपककर कहने लगी, "सो जाओ मेरे डार्लिंग, मेरे चांद, निंदी कर लो।"

लू सी कू मेरी गर्दन थपकते हुए बोली, "सो जा, मेरे स्वीट हार्ट, मेरे चेयरी के शगूफे, नींद की वादियों में खो जा।"

मई हौंग फिर से चीनी लोरी सुनाने लगी और मैं उन तीन सुन्दर लड़कियों की गोद में लेटा-लेटा सोचने लगा, "मतलब के लिए गधे को भी चेयरी को शगूफे से उपमा दी जाती है। उफ, यह दुनिया कितनी भयानक होती जा रही है ! सोचने का यह तरीका एटमबम से कुछ कम भयानक नहीं है।"

ल्हासा में पहुंचकर मुझे पता चला कि चीन ने इस जंगी हमले के लिए कितनी बड़ी तैयारी की थी। ल्हासा एक बहुत बड़ा फौजी कैम्प बना हुआ था, जहां बहुत बड़ी संख्या में चीनी फौजों का आना-जाना चालू था। चीनी फौजें किसी नुकसान का ख्याल किए बिना जंगी मोर्चों पर धकेली जा रही थीं। यहां पहुंचकर मुझे खबर मिली की ढोला दर्रे से गुजरकर चीनी फौजों ने ढोला, त्वांग, सेला, डरांग-डियांग भी जीत लिए हैं और अब वे बोमदिला की ओर हमला बोल रही थीं। मैं दांत पीसकर रह गया।

त्वांग का कस्बा अब उजड़ चुका था। त्वांग में रहने वाले मोंपा कबीले के लोग जंगलों में भाग गए थे। जो भाग न सके उन्हें चीनियों ने बोझा ढोने के काम में लगा लिया था और मुफ्त की बेगार लेते थे।

चीनी फौजों के दस्ते भी आगे चले गये थे। यहां पर चीनियों की एक छोटी-सी चौकी रह गई थी। इस जंग में चीनियों ने गोरिल्ला जंग के सारे ढंगों का प्रयोग किया था। वे इस इलाके के हर गुप्त और जंगली रास्ते से परिचित थे। उन्होंने नेफा के इलाके के बराबर वाले अपने इलाके में वर्षों की कोशिश के बाद

पक्की सड़कें बना रखी थीं, जिनका हमें भी ज्ञान था। मगर मेरे ख्याल में चीनी सैनिक विज्ञान से दो बहुत अच्छे गुर सीखे जा सकते हैं–

1. अचानक हमला करना व बहुत बड़ी संख्या में हमला करना।

2. उस रास्ते में हमला करना जिधर से कोई यह सोच भी न सके कि उधर से हमला किया जा सकता है।

इसके लिए यह जरूरी है कि वे हमारी फौजी इलाके की चप्पा-चप्पा जमीन से परिचित हों।

मुझे सबसे पहले त्वांग की चीनी फौजी चौकी में पेश किया गया। चान, चैंग मेरे साथ थे, मगर मुझे फौजी कमाण्डर के सामने पेश नहीं किया गया। चान और चैंग मुझे बाहर फौजी पहरे में छोड़कर अन्दर गए थे। और जाने देर तक फौजी कमाण्डर से क्या बातें करते रहे। जब बाहर आये तो वे बहुत खुश नजर आये थे। न मैंने इस खुशी की वजह पूछी और न उन्होंने बताई।

मुझे ले जाकर बुड्ढे डफला के घर के सामने उसके मवेशीखाने में बन्द कर दिया गया। इस मवेशीखाने में छत अब ढह गई थी लेकिन चारों तरफ बांस की ऊंची-ऊंची बाड़ें खड़ी थीं। ये बाड़ें बहुत मजबूत, ऊंची और घनी थीं और दो एक जगहों को छोड़कर मुश्किल ही से उनके अन्दर कोई जानवर आ सकता था या बाहर जा सकता था। उस पर उन लोगों ने अधिक सावधानी यह बरती कि मेरी पिछली एक टांग को लकड़ी के एक बहुत बड़ी और वजनी कुण्डे में फंसा दिया जिस तरह डफले अपने कैदियों को फंसाकर रखते हैं। यह लकड़ी इतनी भारी थी कि इसे घसीटकर मैं सिर्फ दो-कदम ही आगे-पीछे चल सकता था। कहीं भाग नहीं सकता था। मुझे इस मवेशीखाने में डालकर चान और चैंग मुझसे बोले–

चान–कल सुबह तुम्हें हमारे साथ चलना होगा।

चैंग–त्वांग की उस पहाड़ी पर, जहां वह रेडियाई मिट्टी मिलती है।

चान–अगर वहां पर रेडियाई मिट्टी न मिली;

चैंग–या तुमने न दिखाई;

चान–तुमने उस मिट्टी से बेहेशी की दवा न बनाई;

चैंग–या हमसे कोई धोखा किया;

चान–कोई चाल चली;

चैंग–तो याद रखो....

चान–फौरन गोली से उड़ा दिए जाओगे।

चैंग–और अगर हमारा साथ दोगे....

चान—हमको एटमी भेद बता दोगे....

चैंग—तो सू चिन से तुम्हारी शादी कर दी जाएगी;

चान—तुम्हें जिन्दगी भर के लिए पेंशन दे दी जाएगी;

चैंग—शोखिस्तान झील के सामने तुम्हें एक बंगला दे दिया जाएगा।

चान—शोखिस्तान की घास दुनिया की सबसे मीठी घास होती है।

चैंग—मीठी और नर्म और खूशबूदार।

चान—खुद चेयरमैन माओ ने इस घास की तारीफ में एक कविता कही है।

चैंग—वह कविता सुनो—

ऐ शोखिस्तान की घास,
तेरी मीठी-मीठी बास
आती है मुझको रास
ऐ शोखिस्तान की घास,
आ जा मेरे पास
मैं खा लूं तुझको
तू खा ले मुझको
बू दम प्यास
ऐ शोखिस्तान की घास।

अन्तिम छन्द पढ़ते वक्त चान और चैंग दोनों के सिर झुक गए। फिर कुछ पलों बाद दोनों ने अपने सिर उठाए तो मैंने देखा कि दोनों की आंखों में आंसू चमक रहे हैं।

चान बोला, "माओ अजीम है।"

चैंग बोला, "माओ दुनिया का सबसे अजीम शायर है।"

मैंने कहा, "जिस तरह कभी स्टालिन दुनिया का सबसे बड़ा साहित्यकार था।"

चैंग ने मुझे चौंककर देखा। अचानक वह अकड़कर सीधा खड़ा हो गया और तने हुए स्वर में बोला, "कल तक तुम हमें उस रेडियाई मिट्टी से वह बेहोशी की दवा तैयार करके दिखा दो, नहीं तो मरने के लिए तैयार हो जाओ।"

14

भेद खुल जाना गधे की चालाकी का और हुक्म दिया जाना गधे को गोली से मार देने का और चेष्टा करना

चीनी सिपाहियों का गधे को आग पर भूनकर खा जाने की....

मैं चान और चैंग दोनों चीनी साइंसदानों को त्वांग की पहाड़ियों के घने जंगल में ले गया। सू चिन भी हमारे साथ और एहतियातन त्वांग के चीनी कमाण्डर ने पांच सिपाहियों की टोली भी हमारे साथ कर दी थी।

जंगल में सूंघते-सूंघते मैंने एक शोर मचाती नदी के किनारे ताम और मूप की वे दोनों जंगली बूटियां ढूंढ निकाली जिनसे मैंने जहरीली आपोंग तैयार कराई थी। मैंने उन पौधों की छाल और जड़ें निकलवाकर और उनके साथ लगी हुई मिट्टी को भी पीसने का हुक्म दे दिया।

"क्या यही वह एटमी मिट्टी है ?" चैंग ने पूछा।

मैंने कहा, "हां इन जड़ों के साथ जो मिट्टी लगी हुई है, इसी में खास तरह की भयानक एटमी एनर्जी पाई जाती है, अभी दिखाता हूं।"

जब चीनी सिपाही ताम की छाल और मूप की जड़ें पीस-पीसकर थक गए, तो मैंने उनसे नदी की ढालू रास्ते पर पानी को रोकने के लिए एक बांध बनवाया, फिर पिसी हुई छाल और मिट्टी समेत जड़ें उस तालाबनुमा बांध के पानी में डलवा दीं। थोड़ी देर के बाद सैकड़ों मछलियां बेहोश होकर पानी के ऊपर तैरने लगीं।

"देखा तुमने ?" मैंने चान और चैंग से कहा।

"क्या यह एटमी मिट्टी का असर है ?" चान ने मुझसे पूछा।

"नहीं !" मैंने कहा।

"नहीं" चैंग जोर से चीखा।

"बिल्कुल नहीं।" मैंने इत्मीनान से कहा। "यह जहर तो इस पौधे की छाल और इसी पौधे की जड़ में होता है। इन दोनों पौधों को ताम और मूप कहते हैं।

"मैंने जब इन पौधों की जड़ और छाल को पिसवाकर आपोंग में डालकर चीनी सिपाहियों को पिलाया तो वे बेहोश हो गए।"

"तो यह सारा फसाद इस जड़ का है ?" सू चिन बोली।

"बल्कि यूं कहो की यही इस सारे फसाद की जड़ है।" मैंने मुस्कराकर व दिया।

"तो इसका तो यह मतलब है कि तुम्हारे पास शुरू ही से कोई एटमी भेद नहीं था।" सू चिन चीखकर बोली, "तुमने हमसे धोखा किया ! दगाबाज ! नमकहराम ! बदतुख्म !"

"चचू....चचू....।" मैंने नरमी से कहा, "होश में आओ सू चिन। कोई औरत अपने होने वाले पति से इस तरह नहीं बोलती।"

"मैं तुमसे शादी करूंगी ? सूअर की थूंथनी वाले गधे !" सू चिन गुस्से में आकर एक चीनी सिपाही से रायफल छीनने लगी, मैं अपने हाथ से तुझे गोली मारूंगी।"

"और अभी हवाई जहाज से लोरी सुना रही थीं और मेरा सिर तुम्हारी गोद में था।"

"रायफल मुझे दो दो !" सू चिन जोर से चीखी।

खैर, किसी न किसी तरह चान और चैंग ने उसे ठण्डा किया। फिर कुछ मिनटों तक वे आपस में बातें करते रहे, फिर मेरी तरफ ध्यान देकर पूछा—

"तो तुम्हारे पास कोई एटमी रहस्य नहीं है ?" चान ने पूछा।

"नहीं।"

"तो इसका मतलब यह है कि तुम हमें गधा बनाते रहे हो ?"

"मैं तो तुम्हें इन्सान बनाने की कोशिश करता रहा हूं।" मैंने कहा।

"बको मत ! आखिरी बार तुमसे फिर पूछता हूं, अगर तुम्हारे पास कोई एटमी भेद है, तो मुझे बता दो, तुम्हारी जान बख्श दी जाएगी।" चैंग बोला।

मैंने आहिस्ता से सिर हिलाया और कान गिराकर खड़ा हो गया।

चैंग ने मेरी तरफ देखा, फिर वह चीनी सिपाहियों की तरफ मुड़ा और बोला, "इस गधे को उस टीले के पीछे ले जाकर गोली मार दो और उसी टीले के पीछे नदी के किनारे घसीटकर इसकी लाश पानी में बहा दो।"

चीनी दस्ते के उच्च अधिकारी ने गर्दन के इशारे से जरा-सा सिर हिलाया, गोया वह मामले को अच्छी तरह समझ चुका है।

चान और चैंग और सू चिन जब वापस चलने लगे, तो मैंने सू चिन से कहा, "डार्लिंग आखिरी बार एक चुम्बन तो देती जाओ।"

सू चिन ने मुड़कर मुझ पर थूक दिया और फिर मुंह फेर लिया।

मैंने कहा, "सुनो सू चिन !"

सू चिन रुक गई।

मैंने कहा, "सू चिन....मैं तुम्हारा होने वाला पति एक वसीयत करना चाहता हूं।"

चान, चैंग और सू चिन तीनों मुड़कर मेरी तरफ देखने लगे।

मैंने कहा, "मुझे मालूम है कि चन्द मिनट के बाद ये चीनी सिपाही मुझे गोली मार देंगे और मैं मर जाऊंगा। आदमी को अपने रिश्तेदारों के बीच मरना अच्छा मालूम होता है, इससे उसके दिल को शान्ति मिलती है। तुम्हें ही अपना रिश्तेदार मानकर अपनी वसीयत सुनाता हूं—

"पहली बात–सू चिन, तुम्हारे लिए; एक औरत के लिए उसका शरीर उतना ही पवित्र होना चाहिए, जितनी कोई पवित्र किताब उसके लिए पवित्र होती है लेकिन जब वह हुकूमत या सियासत के दबाव में आकर अपने शरीर से खेलने लगती है, तो वह औरत नहीं रहती, मशीन बन जाती है। इसलिए सू चिन तुम्हें किसी आदमी से नहीं, किसी मशीन से शादी करनी चाहिए और बच्चों के बजाय 'आटोमैटन' जनने चाहिए।

"दूसरी बात–चान और चैंग के लिए; एक वैज्ञानिक और एक क्लर्क में कुछ तो फर्क होना चाहिए। आपसे पहले भी वैज्ञानिक हो गुजरे हैं और वे सब भिन्न-भिन्न देशों के रहने वाले थे, लेकिन वे चीनी, हिन्दुस्तानी, इटालवी, अंग्रेज और रूसी होते हुए भी अपनी आखिरी वफादारी एक देश या जाति को न देकर एक ऐसे आदर्शवादी इन्सान और उसकी इन्सानियत को देते थे जो आज भी सब में साझी हैं। वे लोग अपने जमाने के ऋषि थे, सन्त थे, महात्मा थे। सचाई को ढूंढ़ने के लिए उनके दिल में उतना ही दर्द था जितना भगवान् बुद्ध के दिल में था।

"मगर आज के वैज्ञानिक अपनी-अपनी कौमी जंजीरों के बंधे हुए, अपनी-अपनी जाति की भलाई के स्वार्थ में गिरफ्तार होकर ज्यादा से ज्यादा साइंसी क्लर्क बनते जा रहे हैं। अपनी सीमित फाइलों में गिरफ्तार वे उस महान सत्य को कैसे देख सकते हैं जिसने इस ब्रह्माण्ड के अ दर छिपी हुई अथाह शक्ति को रचना के घेरे में समेट रखा है। इसलिए आज के वैज्ञानिक यह तो मालूम कर सकते हैं कि एक एटम के अन्दर कितनी खूबसूरती छिपी होती है। वे एक रॉकेट बना सकते हैं, लेकिन एक पत्ते से नहीं पूछ सकते कि तुम किस तरह रोशनी की किरण को अपने सीने में उतार कर उससे खाद्य-वस्तु तैयार कर सकते हो।

"उसके लिए मेरे दोस्तो–चान और चैंग ! तुम्हें अपने दिल में इन्सानियत की किरण को उतारना होगा....! यह काम संकुचित दृष्टि से न होगा।

"तीसरी बात–इन चीनी सिपाहियों के लिए; जिस दिन दुनिया से मतभेद मिट जाएगा, इन्सान मर जाएगा....लेकिन मतभेद का निर्णय तलवार से नहीं हो सकता, ज्ञान और विद्वत्ता के सिद्धान्तों से होता है। तलवार से कोई फैसला नहीं होता, केवल एक बहस कुछ अर्से के लिए रोक दी जाती है। तलवार से सचाई मालूम करना ऐसा ही है जैसे भूख से बिखलते बच्चे के मुंह में दूध की चूसनी के बजाय तलवार की नोक दे दी जाए। कोई सिपाही बहादुर नहीं होता, वह इतिहास का एक शक्तिहीन क्लर्क होता है, जो मनुष्य के खून से आधी फाइलों पर औंधे-सीधे दस्तखत करता रहता है। मुझे तुम पर हंसी आती है। एक दिन स्वयं इतिहास तुम पर हंसेगा। उस समय तुम इतिहास के पृष्ठों पर तीर, तलवार, भाले,

बन्दूकें, राइफलें लिए मुख्तफिल फौजी वर्दियां पहने हुए फौजी बूटों से खट्-खट् करते हुए लकड़ी के खिलौनों की तरह बहुत बड़े मूर्ख, चुगद और बेवकूफ दिखाई दोगे। बस मुझे और कुछ नहीं कहना है। चलो, मुझे गोली मार दो, क्योंकि इसके बदले में तुम्हें रात को दो मुट्ठी चावल और चाय का एक प्याला पीने को मिलेगा। तुम्हारी बीवी किसी दूसरे के साथ सोएगी और तुम्हारा बच्चा किसी दूसरे को अपना बाप कहने पर मजबूर होगा। मगर ये सब बाद की बातें हैं, आज रात तो तुम मुझे गोली मारकर जिन्दा रह सकते हो। मुझे तुम्हारी जिन्दगी, तुम्हारी बहादुरी, तुम्हारी शहादत पर हंसी आती है चलो बहादुरो....सर्कस के जोकरो....मुझे गोली मारो। जल्दी से....वर्ना मैं हंसते-हंसते खुद ही मर जाऊंगा।''

मैंने अपना मुंह खोला और जोर-जोर से हिनहिनाकर हंसने लगा। सिपाहियों ने मुझे ठोकर लगाई, राइफल के कुन्दों से पीटा और घसीटकर टीले के पीछे ले चले।

चान, चैंग और सू चिन के चले जाने के बाद चीनी दस्ते के सरदार ने अपने सिपाहियों से कहा, ''इस गधे पर एक गोली खर्च करना भी बेकार है।''

''फिर क्या करे इसका ?'' एक सिपाही ने अपने सरदार से पूछा, ''हमें तो इस गधे को गोली से उड़ा देने का हुक्म दिया गया है।''

''मतलब यह है कि इसकी जान ले ली जाए।'' दूसरा सिपाही बोला, ''हुक्म तो यही है न ?''

आला अफसर ने कहा, ''जान लेने के कई तरीके हो सकते हैं। मेरा कहने का मतलब यह है कि एक चीनी गोली भी इस हिन्दुस्तानी गधे पर क्यों खर्च की जाए ?''

फिर वह मुझे सिर से पांव तक देखते हुए बोला, ''कितना हट्टा-कट्टा, मोटा-ताजा गधा है, मेरे ख्याल में तो इसे आग पर भूनकर खा लेना चाहिए।''

तीसरे सिपाही की आंख चमक उठीं, अपने होंठ चाटता हुआ बोला, ''सचमुच इसका रोस्ट बहुत उम्दा होगा....चावल के साथ।''

वे लोग मेरे शरीर के अलग-अलग हिस्सों के गोश्त पर देर तक बहस करते रहे और उसके तैयार किए जाने वाले अलग-अलग भोजनों की तरकीबें और उनके स्वाद पर गौर करते रहे। अन्त में उन्होंने मुझे गोली मारकर हलाक करने का ख्याल छोड़ दिया और मुझे आग पर भूनने की सोचने लगे।

आखिरकार वे लोग नदी पार करके मुझे त्वांग के एक घनेरे जंगल में ले गए, जहां किसी दूसरे चीनी सिपाही की नजर उन पर न पड़ सके। वे पांच चीनी सिपाही थे, और पांचों के पांचों मुझे भूनके खा जाना चाहते थे और नहीं चाहते

थे कि कोई दूसरा चीनी सिपाही उनकी इस दावत में शरीक हो।

काफी देर तक वे इस जंगल में इधर-उधर घूमते रहे और अपनी दावत के लिए कोई अच्छी जगह तलाश करते रहे आखिर एक जगह पर वे लोग रुक गए। यह एक छोटा-सा जंगली कुंज था, चारों तरफ घने पेड़ों से घिरा हुआ। बीच में छोटी-सी जगह थी, जहां पर घास उगी हुई थी। इस खाली जगह के ऊपर एक तनावर दरख्त की बेहद मज़बूत डाल इस सिरे से उस सिरे तक दूसरे दरख्तों की शाखाओं में जाकर मिल गई थी।

चीनी सिपाहियों ने बीच की खाली जगह को साफ किया। चन्द चट्टानी टुकड़ों से बड़ा-सा चूल्हा बनाया, लकड़ियां काटकर अलग रखीं। फिर एक सिपाही नदी को पाकर करके चौकी की तरफ गया और वहां से चावल पकाने की एक बहुत बड़ी हंडिया लाया। फिर नमक और मसाला पीसा गया और जब सामान तैयार हो गया तो उन पांचों सिपाहियों ने मुझे हाथ-पांव से बांधकर लोहे की सलाखों के जरिये उस दरख्त की मजबूत डाल पर उल्टा लटका दिया।

फिर मेरे नीचे लकड़ियों का एक अम्बार जमा करके उन्हें आग लगा दी गई। आग हौले-हौले सुलगने लगी, क्योंकि लकड़ियां गीली थीं और आग को देर से पकड़ रही थीं, इसलिए सिपाही लकड़ियों के ढेर को आग लगाकर इत्मीनान से एक कोने में बैठ गए और ताश खेलने लगे।

जब आग लकड़ियों के अम्बार से ऊंची होने लगी और उसकी तपिश मुझ तक पहुंचने लगी तो मैंने कहा—

"आए थे इब्तदाए इश्क में हम हो गए खाक इन्तेहा ये है।"

"क्या कहते हो ?" एक सिपाही ने मुझे पूछा।

मैंने कहा, "सिर्फ यह कहता हूं—

खुदा तो मिलता है, इन्सान ही नहीं मिलता,
यह चीज वह है, जो देखी कहीं-कहीं मैंने।"

जब आग के शोले बुलन्द होकर ऊपर बढ़ने लगे और उनकी तपिश मेरे बालों को झुलसने लगी तो चीनी दस्ते का सरदार मुझ पर हंसा और बोला, "क्यों? क्या मरने से डरता है ? गधे !"

शोलों की लपटें ऊपर उठते-उठते मुझ तक पहुंचने लगी थीं। कोई कोई लपट मेरे शरीर के बालों को चाट जाती। आग की भयानक गर्मी से मेरी आंख बन्द होने लगी। मेरे होंठों से आहिस्ता से निकला—

"गजाला तुम तो वाकिफ हो, कहो मजनू के मरने की,
दीवाना मर गया आखिर को वीराने पै क्या गुजरी।"

15

बच जाना गधे का यामिंग और मातेन की मदद से और छिपकर जाना त्वांग के मठ में और किस्सा तीन कुत्तों की बहादुरी का....

थोड़ी देर में चीनी सिपाहियों ने हथियार जमीन पर रख दिए और मुझे देखते हुए खुशी से आग के चारों तरफ नाचने लगे। अब उनके दिल से मेरी जिन्दगी का ख्याल निकल गया था, सिर्फ गोश्त का ख्याल रह गया था। इन्सान के दिल के अन्दर कितने खाने होते हैं; एक खाना बन्द करो, जिन्दगी दब जाती है, गोश्त उभर जाता है। दूसरा खाना बन्द करो औरत कैद हो जाती है, गोश्त उभर आता है। तीसरा खाना बन्द करो मेहनत जकड़ दी जाती है, मजदूर का गोश्त उभर जाता है। चौथा खाना बन्द करो, इन्सानियत खत्म हो जाती है, भाई के गले पर छुरी रख दी जाती है। अरे कैसे हैं हम जो हमेशा से इस कदर भूखे, कमीने और खुदगर्ज हैं; हमेशा अपने दिल दिमाग का कोई न कोई खाना बन्द करके किसी मोटी अभिलाषा, किसी अन्धी नफरत, किसी संकुचित दृष्टि के भाव का गोश्त खाते रहते हैं। भूखा गोश्त न खाए तो क्या करें ? यह तो सही है, लेकिन सिर्फ यही नहीं करो, अरे कभी तो सूर्य का एक टुकड़ा, प्रकाश की किरण की नोक से उठाके खा जाओ। दोनों आंखों की कोर उठाकर कभी तो चांदनी का रस पी जाओ, कभी तो अपने दिल अन्धेरी गहरी थैली में आकाश के तारे छिटके हुए चावलों की तरह समेट लो। अरे जालिमो अपनी भूख को कुछ और लम्बा करो, वर्ना सारी जिन्दगी अपनी निगाह, अपनी नाभि पर रखे-रखे तुम इन्सान नहीं रहोगे, अन्तड़ियों के कीड़े बन जाओगे।

आग तेज होती जा रही थी, आग की लपटें ऊपर की ओर बढ़ रही थीं, नाच और तेज होता जा रहा था। एकाएक मेरे ऊपर दरख्तों के घनेरे पत्तों में सरसराहट-सी हुई, फिर दो चीनी सिपाही एकदम चीख मारकर जमीन पर लुढ़क गए। मैंने देखा—उनके सीने तीरों से भिदे हुए थे। कुछ क्षणों के लिए बाकी तीन चीनी सिपाहियों ने अपनी साथियों की तरफ, बड़े आश्चर्य और खौफ से देखा। फिर ख्याल आने पर वे तुरन्त अपने हथियारों की तरफ लपके कि इतने में ऊपर दरख्तों की घनी डालियों में फिर सरसराहट-सी हुई। दो तीर बिजली की सी तेजी से दरख्तों के हरे अन्धकार से उभरे और दो चीनी सिपाहियों का और सफाया कर गए। यह दृश्य देखकर पांचवां और अन्तिम चीनी सिपाही सर पर पांव रखकर भागा, मगर चन्द कदम दौड़कर जमीन पर ढेर हो गया। एक तीर उसकी पीठ में

घुस गया था। कुछ ही क्षणों में वह भी तड़प-तड़पकर ठण्डा हो गया।

फिर पेड़ों की डालियों के चरचराने की आवाज आई और धम्-धम् करता कोई छलांग लगाके नीचे उतरा और जलती हुई लकड़ियों के अम्बार को अलग करने लगा और उन्हें उठा-उठाकर हाथ से या पांव की ठोकर से या दूसरी अधजली लकड़ियों की मदद से नदी में फेंकने लगा। शोले दबने लगे, गर्मी खत्म होती गई। कुछ देर में लकड़ियों के अम्बार की जगह राख और भूभुल के सिवा कुछ न रहा। फिर बड़ी सावधानी से मेरे शरीर की जंजीरों को खोलकर जमीन पर उतारा गया और कोई भाई की तरह मेरे शरीर से लिपटकर रोने लगा और कोई मेरे गले में बांह डालकर बहन की तरह सिसकने लगी।

ये यामिंग और मातेन थे।

मैं जमीन पर गिरकर बेहोश हो गया।

दो दिन के बाद जब मैं चलने-फिरने के काबिल हुआ, तो मैंने अनुभव किया कि शारीरिक हानि मुझे अधिक नहीं पहुंची थी, केवल शरीर के बाल कहीं-कहीं झुलस गए थे, कहीं-कहीं पर खाल को भी लपटों की उछाल ने जला डाला था, मगर ज्यादा नहीं, क्योंकि गधे की खाल बहुत मोटी होती है और मुसीबतें उठा-उठाकर और भी मोटी हो जाती है।

दो दिन और दो रातें यामिंग ने जाग-जागकर मेरी सेवा में गुजार दीं। जब मैं दो दिन के बाद अच्छी तरह चलने-फिरने लगा तो वह सूखी घास के बिछौने पर अपनी बांह का तकिया लगाकर सो गई और ऐसी गहरी नींद सोई कि दोपहर की सोई शाम तक सोती रही।

मैं और मातेन देर तक सोई हुई यामिंग के करीब बैठे-बैठे बातें करते रहे। मैं उसे अपनी पीकिंग की यात्रा के अनुभव सुनाता रहा। वह मेरी गैरहाजिरी में नेफा की बढ़ती हुई जंगी रफ्तार और उनकी घटना पर टिप्पणी करता रहा। चीनी फौजें सैकड़ों या हजारों की तादाद में नहीं बल्कि लाखों की तादाद में हिन्दुस्तान की सीमा पर लाकर डाल दी गई थीं। अन्दर एक चीनी सिपाही मरता था, तो दूसरा उसकी राइफल सम्भाल लेता था और उसके पीछे-पीछे पांच और सिपाही उसकी जगह लेने को हर वक्त तैयार रहते थे। चीनी फौजी ताकत नेफा की सरहद पर हिन्दुस्तान की फौजी ताकत से दुगुनी या तिगुनी नहीं बल्कि कई गुना बड़ी थी, बिल्कुल कोरिया का-सा नक्शा था। चीनियों ने हिन्दुस्तानी सरहद पर अचानक आक्रमण करने त्वांग, सेला, बोमदिला पर अधिकार कर लिया था और अब नेफा की घाटियों से उतरकर तेजपुर की तरफ भागे जा रहे थे। नेफा की फौजी, सामाजिक व्यवस्था गड़बड़ा गई थी, कबायली लोग आसाम की तरफ भाग रहे

थे—अपने बीवी बच्चे और मवेशी लेकर, क्योंकि बहुत-से नेफाई परिवारों के मर्दों को चीनियों ने मार डाला था और उनके रेवड़ छीन लिए थे; अपनी फौज को रसद पहुंचाने के लिए अस्पतालों की दवाइयां और घायल मरीजों के कम्बल तक लूट ले गए थे। त्वांग का बौद्धमठ खाली हो गया था। मठ का गुरु और भिक्षु सबके सब भाग गए थे। किसी का धन, किसी की जान, किसी की इज्जत सुरक्षित नहीं थी।

मैंने कहा, "मुझे विश्वास नहीं आता की चीनियों के आ जाने से बौद्धमठ के भिक्षु भाग जाएंगे। हिन्दू भागें, मुसलमान भागें, कबायली काफिर भागें, बात समझ में आती है लेकिन बौद्धधर्म तो करोड़ों चीनियों का धर्म है, इसलिए उन लोगों के लिए बौद्धधर्म, उसकी कथाएं, उसकी किताबें, उसके मठ-मन्दिर तो मान्यता देने के योग्य होंगे....।"

मातेन बोला, "आज रात को खाना खाके मैं तुम्हें त्वांग के मठ पर ले जाऊंगा गुप्त राह से, तुम खुद देख लेना....अपनी आंखों से....।"

यामिंग दो रातें जाग के बहुत थक गई थी, इसलिए वह हमारे साथ नहीं गई। हम दोनों रात के दूसरे पहर में त्वांग के मठ के करीब पहुंच गए। मठ का दरवाजा किसी घायल रोगी के मुंह की तरह खुला था। जीने पर धार्मिक पवित्र किताबें और उनके पृष्ठ मिट्टी और कीचड़ में लिथड़े पड़े थे। एक कोने में कुत्ते आसमान की तरफ मुंह उठाए रो रहे थे। भगवान् बुद्ध की विशाल मूर्ति अन्धेरी दीवार में खड़ी अन्धेरे को चुपचाप सहन कर रही थी। जब कोई मर जाता है और उसकी मूर्ति खड़ी होती है, तो उस मूर्ति को बहुत कुछ सहना पड़ता है। शताब्दियों के रीति-रिवाज की गन्दगी, पुजारियों की निरर्थक पूजा, प्रार्थना करने वालों की खुदगर्जी, अगाध विश्वास का विरोध और धर्म पर उसके मानने वालों की रीति को गन्दगी और उनका स्वार्थ, धोखेबाजी, लालच की परत, जो लगातार पूजा से बढ़ती ही चली जाती हैं, यह सब कुछ तो हर युग के अपने-अपने बुद्ध को और उसकी मूर्ति को बर्दाश्त करना ही पड़ता है। लेकिन धर्म केवल धोखेबाजी तो नहीं है, केवल रीतिरिवाज ही तो नहीं है, कहीं पर उसकी रीतियों के छिलकों के अन्दर गुठली के बीच मगज की राहों में कोई सचाई तो होती है—इन्सान को उत्तम बनाने के लिए, जीवन को अच्छी शक्ल में ढालने की एक स्वच्छ आशा; और इस स्वच्छ आशा के बिना धर्म, जिन्दगी का कोई विचार, दर्शन का कोई दृष्टिकोण जीवित नहीं रह सकता। वह पेड़ जिसकी छांव में बुद्ध ने ज्ञान प्राप्त किया था, वह सलीब जिस पर चढ़कर मसीह ने इन्सान की आत्मा का दर्द अनुभाव किया था, वह किताब जो मुहम्मद के दिल में उतरी थी, जो ऋषियों के श्लोकों में जगमगाती थी—यह सब इन्सानी सभ्यता और उसके कल्चर की अमूल्य पूंजी है। उनका

अपमान करने वाले धरातल के मनुष्य हैं ! ये बौद्ध जातकों के बिखरे हुए, हवा में हिलते हुए घायल पक्षियों की तरह फड़फड़ाते हुए पृष्ठ साक्षी हैं। कुछ चीनी सिपाही नजर आए, जो मठ का मूल्यवान सामान उठाए अन्दर से निकल रहे थे। चांदी के बर्तन, कांसे की मूर्तियां, तांबे के शमादान, सोने की कटोरियां, रंगीन रेशम के लबादे, कीमती कालीन चोरों और पिंडारों और रात को आक्रमण करने वाले गद्दारों की तरह रात की फीकी उदास चांदनी में लूटकर लिए जा रहे थे।

"क्या ये देशभक्त सिपाही हैं ?....कम्युनिष्ट ?....इतिहास और विज्ञान का ज्ञान रखने वाले ?....मनुष्य के भविष्य के निर्माता ?....एशियाई स्वतन्त्रता, सभ्यता और कल्चर के दावेदार ?....या वही बेचारी पुराने कफनचोर !....बातें करते हो लम्बी-लम्बी, दुनिया में सोशलिस्ट परिवर्तन लाने की और हालत यह है कि कहीं से जमीन का एक गज मिले या एक पुराना-सा सड़ा गलीचा मिले तो फौरन उसे कन्धे पर डाल के घर की तरफ भागना शुरू कर देते हो।"

मैंने कहा, "अगर मठ के गुरु और बौद्ध भिक्षु यहां मौजूद रहते तो शायद मठ की ऐसी दुर्दशा न होती।"

मातेन बोला, "वे तो अपनी-अपनी जान बचा के भागे।"

"तो जिस विश्वास को मनुष्य अपने जीवन से कम प्रिय रखे, उसकी इज्जत भी कम होती है।"

"यह तो ठीक है, मगर जान भी तो प्यारी होती है।"

"क्या तुम्हें अपनी जान यामिंग से भी प्यारी है ?"

"नहीं।"

"तो गोया तुम पर जिन्दगी का एक क्षण ऐसा भी आ सकता है, जब तुम यामिंग के लिए अपनी जान की कुर्बानी भी दे सकते हो ?"

"एक क्षण तो ऐसा भी आया था, जब मैं एक गधे के लिए अपनी जान देने के लिए तैयार हो गया था।" मातेन हंसकर बोला।

मैंने तारीफी निगाहों से मातेन को देखकर कहा, "यहीं पर तो एक इन्सान एक जानवर से ऊंचा होता है।"

धीरे-धीरे जब सिपाही जीना उतरकर मठ से नीचे जाने लगे तो उनके हाथों में मठ का सामान देखकर मठ के कुत्ते जोर-जोर से भौंकने लगे।

मगर चीनी सिपाहियों ने उन कुत्तों की कोई परवाह नहीं की। मसल मशहूर है, "कुत्ते भौंकते रहते हैं और लूटने वाले लूटते रहते हैं...."

लेकिन अब एक-एक करके चीनी सिपाही मठ का सारा बेशकीमती सामान अपने हाथों और अपने कन्धों पर उठाए ले जाते नजर आए, तो कुत्तों को गुस्सा

आ गया और वे भौंकना छोड़कर चीनी सिपाहियों पर पिल पड़े।

पहले तो चीनी सिपाहियों ने लातों और ठोकरों से उनका स्वागत किया लेकिन जब इस पर भी कुत्ते उन्हें काटने से बाज नहीं आए, तो उन्होंने गोली मारकर उन तीनों कुत्तों की हत्या कर दी।

अब पत्थर के जीने के नीचे तीनों कुत्ते मुर्दा पड़े थे। अभी तक उनके बदन से खून निकल रहा था और जातकों के पृष्ठों पर बह रहा था। यह तो कभी सोचा भी न था कि यूं इन्सान का ज्ञान और ध्यान कुत्तों के रक्त से ताजा होगा; जब इन्सान अपने घर, अपने मन्दिर, अपने खेत छोड़कर भाग जाएंगे, जब वे जिन्दगी की चन्द सांसों के बदले अपने फलसफा, अपना धर्म, अपना फर्ज सब कुछ खाएंगे, उस समय धर्म के सभी विशेष गुण केवल चन्द कुत्तों के आधार पर जीवित रह सकेंगे !

हालांकि कुत्ता होना एक गाली है और प्रत्येक सभ्यता और समाज और जीवन-व्यवस्था में किसी को कुत्ता कह देना गाली समझा गया है लेकिन आज उन तीन मुर्दा कुत्तों को देखकर जी चाहता है कि किसी को इन्सान कहकर उसे गाली दे दी जाए....! साला....! इन्सान !

मैं उन तीन कुत्तों को मुर्दा देखता हूं और सोचता हूं, लन्दन के ट्राफेलगर स्क्वायर में शोर का बुत है, लेनिनग्राद और पेरिस के चौकों में घोड़ों के बुत हैं, बम्बई के बोरीबन्दर पर फरिश्तों के बुत हैं, जो पर खोले हुए दुनिया को सबक देने पर तुले नजर आते हैं, लेकिन अपनी बुद्धि की गहराइयों में, दुनिया के खूबसूरत चौकों और स्क्वायरों से गुजरते हुए मुझे ये तीन कुत्ते हमेशा याद आएंगे जिनका बुत मैंने क़हीं नहीं देखा....शायद कभी....किसी जमाने में....एक गधा....उन तीन कुत्तों की कहानी समझाने के लिए एक नई जातक लिखेगा।

16

मिल जाना जंगल में मेजर कृपालसिंह का और लड़ना चीनी सिपाहियों से और जाना एक डफला गांव की तरफ....

त्वांग के घने जंगलों को लौटते हुए रास्ते में हमें एक घाटी पर मेजर कृपालसिंह मिला था। पहले-पहल हमने एक फौजी को देखा, जिसके कपड़े फटे हुए थे और जिसकी राइफल बार-बार उसके कन्धे से सरककर झूलती थी और कदम लड़खड़ाते

थे। हमने उसे एक जंगली घाटी के मोड़ पर बड़ी मुश्किल से चढ़कर नीचे घने जंगलों की तरफ घूरते हुए देखा। फिर वह चलने की कोशिश करते हुए लड़खड़ाया, उसके दोनों बाजू हवा में लहराए और वह वहीं एक कदम उठाए बगैर गिरकर बेहोश हो गया।

दूर से उसे हमने अपने सामने की घाटी पर गिरते हुए देखा था। मैं और मातेन जल्दी-जल्दी अपनी और उसकी घाटी के बीच उतराई को पार करके उस तक पहुंचे। मैंने उसे अपनी पीठ पर लाद लिया, उसे अपनी शरणार्थी शिविर में लाए। यहां पर यामिंग ने उसके लिए खाना तैयार किया, मातेन ने उसे आपोंग पिलाया; और उस समय मेजर कृपालसिंह पांच दिन का भूखा, थका-हारा, जलती हुई आग के करीब लेटा हुआ, खुले आकाश के टिमटिमाते हुए नक्षत्रों को ताक रहा था। कहीं-कहीं पर कोई लड़की चटक जाती, कोई आग की लपट ऊंची होकर कुछ क्षणों के लिए उसकी आंखों में नाचने लगती।

"क्या चीनी हम हिन्दुस्तानियों से ज्यादा बहादुर हैं ?" मैंने पूछा।

"ज्यादा बहादुर तो नहीं हैं, ज्यादा अन्धे जरूर हैं....ज्यादा दीवाने....ज्यादा कट्टर हो रहे हैं इस वक्त....हमेशा तो वे ऐसे न थे। शारीरिक बल में तो मैं अकेला तीन चीनियों पर भारी हूं। एक साधारण हिन्दुस्तानी सिपाही भी दो चीनियों पर भारी होता है....मगर मैं अपनी जान फिजूल बर्बाद नहीं करूंगा....मैं अपने देश के लिए मर सकता हूं, मगर आंखें खोल करके....वे आंखें बन्द किए मर जाते हैं, उनसे बहुत कुछ सीखना पड़ेगा।"

"क्या अन्धापन ?" मैंने पूछा।

"नहीं, मगर कड़ा डिसिप्लिन तो सीखना ही होगा।' मेजर कृपालसिंह ने आहिस्ता से कहा।

"और क्या-क्या सीखना पड़ेगा ?" मैंने पूछा।

मेजर कृपालसिंह देर तक चुप रहा, आसमान को ताकता रहा। मुझे ऐसा लगा, जैसे वह आसमान की राख टटोलकर नक्षत्रों की चिनगारियां टटोल रहा हो।

आखिर वह आहिस्ता से बोला, "मैं एक आफिसर हूं। एक सिपाही और आफिसर में जितनी दूरी हमारे यहां होती है, उतनी न होनी चाहिए। यह जरूरी है कि सिपाही न केवल आफिसर का हुक्म बजा लाए, बल्कि उसका हुक्म समझे भी ....यह समझ दूरी में नहीं, बल्कि गहरी निकटता से आती है। मैं आफिसर और सिपाहियों के दर्मियान निकटता के सम्बन्ध और मजबूत करने के पक्ष में हूं।"

"और ?"

"हमारे यहां गुरिल्ला लड़ाई का ज्ञान भी कम है। इसका ज्ञान और अनुभव

दोनों प्राप्त करने पड़ेंगे। चीनी गुरिल्ला लड़ाई के माहिर हैं, उन्हें सेंडहर्स्ट के तरीकों से मात नहीं दी जा सकती। गुरिल्ला लड़ाई के मैदान को ऐसी गहराई से जाने, जिस गहराई से हम अपने प्रेमी का चेहरा पहचानते हैं। गुरिल्ला लड़ाई के लिए यह जरूरी है कि नेफा के इलाके के लोगों से फौजियों का गहरा ताल-मेल हो। गुरिल्ला लड़ाई की सफलता के लिए देहातियों की सहायता अत्यन्त आवश्यक है, जंगल की एक-एक घाटी, ढलान, नदी-नाले से गहरी जानकारी जरूरी है। चीनी फौजी नक्शे हमारी फौजी नक्शों से अधिक बेहतर साबित हुए हैं....उनकी सी॰ आई॰ डी॰ भी अच्छी साबित हुई है और फौजी गुप्तचरी भी....हां, उसमें कोई सन्देह नहीं कि हम दुश्मन से बहुत कुछ सीख सकते हैं। दुर्भाग्य से हमारी जनता की बुद्धिमत्ता फौजी मामलों में अभी तक बड़ी बचकाना रही है। बस दस हजार फुट की ऊंचाई पर लड़ने वाले सिपाहियों के लिए तोहफों के रसगुल्ले और गुलाबजामुन भेजती रही, जबकि रम की एक बोतल शायद ज्यादा लाभदायक होती !''

''हम हिन्दुस्तानी शान्तिप्रिय लोग हैं।''

''शान्तिप्रिय रहो, मगर अपनी तैयारी पूरी रखो....एक हजार वर्ष की गुलामी के लिए फिर तैयार रहो।''

मेजर कृपालसिंह उठकर बैठ गया। ''....हमें अपने मूल्य से इस ढीली-ढाली गेगली गुलाबजामुनी बुद्धिमानी को दूर करना होगा और अपनी सरहदों पर चौकस रहना होगा, मगर आज हिन्दुस्तान की सरहद नेफा में नहीं है, वह हर हिन्दुस्तानी के दिल में है। मैं हर हिन्दुस्तानी के दिल को टटोलता हूं और पूछता हूं, तुम्हारी रीढ़ की हड्डी कहां हैं ? बातें तो लम्बी-लम्बी करते हो, मगर तुम्हारे अमल में रीढ़ की हड्डी कहां है ? मैं एक सिपाही हूं, मुझे गुलाब जामुन नहीं चाहिए, कारतूत चाहिए....कुछ समझे गधे ?''

मैं मेजर कृपालसिंह के कड़वेपन को अच्छी तरह से समझ रहा था। उसके स्वर में एक तेजाबी कैफियत थी, आंखों में हार के गुस्से की सुर्खी थी, वह बात करते-करते दांत पीसने लगता था। जब चीनी सिपाहियों ने उन्हें चारों तरफ से घेर लिया तो वह घेरे को तोड़कर साठ सिपाहियों के जत्थे के साथ जंगल की तरफ हो लिया, ताकि दूसरी चौकी पर पहुंचकर अपने हिन्दुस्तानी फौजियों से जा मिले। मगर वह और उसके सिपाही जंगल को अच्छी तरह से जानते नहीं थे। इसलिए बार-बार पीछा करने वाले चीनी सिपाहियों ने उसका रास्ता काट दिया। बार-बार वे उसके जत्थे पर हमला करते रहे, यहां तक कि उसके बहुत से साथियों का सफाया हो गया। वह अकेला बच गया था; उसके सब साथी बड़ी बहादुरी और जीदारी से लड़े थे, मगर सिर्फ बहादुरी काफी नहीं है। जंगल के पेड़ों, घाटियों और

नदी-नालों से दोस्ती करना भी जरूरी है। जंग सिर्फ दुश्मनी ही नहीं, एक तरह की दोस्ती भी है। जंग में तुम्हारे वातावरण के जितने गुण-खण्ड तुम्हारे मित्र बनकर रहेंगे, उतना ही तुम दुश्मन को अकेला कर सकोगे।''

''साठ में सिर्फ तुम अकेले बचे ?'' यामिंग ने बड़ी सहानुभूति से मेजर कृपालसिंह की ओर देखा।

मेजर कृपालसिंह कुछ जवाब देने वाला था कि सहसा एक पेड़ की किसी डाल में कोई उल्लू चीखा। उसकी भयानक आवाज देर तक हमारे कानों में गूंजती रही। फिर नीचे ढलान की घनी झाड़ियों में किसी के सरसराने की आवाज सुनाई दी। फिर चारों तरफ सन्नाटा छा गया। मेजर कृपालसिंह चारों ओर कान लगाए सुन रहा था।

''कुछ नहीं, कोई जंगली जानवर था।'' मैंने मेजर कृपालसिंह का ध्यान जंगली आवाजों से हटाकर असली बहस की तरफ लाते हुए कहा, ''हां, तो आप कह रहे थे....''

मगर मेजर कृपालसिंह ने मेरी बात का कोई जवाब नहीं दिया। वह चौंककर उठ बैठा। बड़ी सावधानी से अपनी रायफल को उठाया और बे-आवाज, दबे कदमों से चलता हुआ करीब एक चट्टान की ओट में गायब हो गया।

चन्द मिनट तक हम लोग दम साधे बैठे रहे। आकाश पर एक फीका-सा चांद निकल आया था जिसकी मलगजी रोशनी में जंगल और घना और धुंधला हो गया था।

थोड़ी देर तक चट्टान के पीछे झाड़ियों की पतली डालियों के दबने और उभरने और टूटने की हल्की-हल्की आवाज आती रही, जैसे कोई बहुत ही हल्के-हल्के कदमों से चल रहा हो। फिर यह आवाज भी जंगल के सन्नाटे में गुम हो गई।

मातेन उठकर मेजर कृपालसिंह के पास जाने वाला था कि मैंने और यामिंग ने भी उसे खामोश इशारों से मना कर दिया।

फिर एकाएक तड़ाखा-सा हुआ। गोली चलने की आवाज दूर तक पहाड़ों में गूंज गई। पहली आवाज....दूसरी आवाज....तीसरी आवाज....चौथी आवाज....

चारो तरफ सन्नाटा छा गया।

यामिंग का चेहरा पीला पड़ गया।

मैं और मातेन आग के पास से उठकर उसी चट्टान की तरफ भागे जिधर मेजर कृपालसिंह गायब हुआ था।

चट्टान की दूसरी तरफ जाकर चन्द गज झाड़ियों में चलने के बाद हम लोग

एक ऐसी जगह पर पहुंच गए, जिसके नीचे छः सात सौ फुट गहरी खड्ड थी। इस जगह पर तीन पेड़ लगे हुए थे। उन तीनों पेड़ों की घनी छांव के अन्दर हमने कृपालसिंह को रायफल का निशाना बांधे लेटा हुआ पाया।

जब हम उसके करीब पहुंचे, तो हमने देखा की यहां से नीचे की गहरी खड्ड के करीब का नाला और नाले के करीब की घाटी साफ दिखाई दे रही थी।

इस निचली घाटी पर तीन चीनी सिपाही मुर्दा पड़े थे और एक चीनी सिपाही अपने एक घायल सिपाही को घसीटता हुआ पेड़ों की ओट में होता हुआ गुम हो रहा था। मेजर कृपालसिंह बार-बार उसे निशाना बनाने की कोशिश करता था, मगर नाकाम था। आखिर उसने आस छोड़ दी। हमारी तरफ पलटकर बोला, "बेकार में गोली खर्च करने से क्या फायदा !"

हम लोग अभी तक निचली घाटी पर पड़ी चांदनी में नजर आने वाली चीनी सिपाहियों की लाशों को देख रहे थे।

मेजर कृपालसिंह उनकी तरफ देखते हुए बोला, "देख लिया आपने, ये अभी तक हमारे जत्थे का सफाया करने पर तुले हुए हैं....हालांकि मैं अकेला रह गया था....मगर ये पांच सिपाही अभी तक मेरा पीछा करते आ रहे हैं।"

"तीन तो मर गए।" मैंने कहा।

"चौथा घायल हो गया।" मातेन ने हिसाब लगाया।

एकाएक नीचे घाटी से जंगल में एक गोली चलने की आवाज आई।

मेजर कृपालसिंह बोले, "चौथे जख्मी का भी सफाया हो गया।" वह हमारी तरफ अजीब नजरों से देखते हुए बोला, "उसे खुद उसके चीनी साथी ने मार डाला....यही वजह है कि आज तक एक जख्मी चीनी सिपाही भी हमारे हाथ नहीं लगा।"

फिर वह अपनी जगह से उठ खड़ा हुआ और थके हुए लहजे में बोला, "मुझे आगे जाना चाहिए, क्योंकि वह पांचवां सिपाही जो बच गया है, और कुमुक लेकर मेरे पीछे आएगा।"

"आगे किधर जाओगे ?" मातेन ने पूछा, "क्या तुम्हें रास्ता मालूम है ?"

"नहीं, रास्ता तो मालूम नहीं है, मगर आगे ही जाना होगा।" मेजर कृपालसिंह बोला, "हालांकि मैं पांच दिनों से सोया नहीं हूं, और मुझे बड़ी नींद आ रही है।"

"मैं तुम्हारी मदद कर सकता हूं, अगर तुम मानो।" मातेन बोला।

"कहो !" मेजर कृपालसिंह उसकी तरफ देखने लगा। "मगर जल्दी करो वक्त कम है।"

"आगे जाने के बजाय पीछे से जाओ। चीनियों को सन्देह तक न होगा। वे तुम्हें आगे की घाटी में ढूंढेंगे, जो असली हिन्दुस्तानी चौकी को जाती है, और तुम पीछे को जाओगे इसलिए बच जाओगे ?"

"इससे क्या फायदा होगा ?"

"जान बच जाएगी।"

"मगर मैं ड्यूटी पर जाना चाहता हूं।"

मैं तुम्हें वहीं पहुंचा दूंगा, अपनी अगली फौजी चौकी पर, मगर इस रास्ते से नहीं, जिधर से चीनी हमारा पीछा करने वाले हैं, बल्कि चक्कर काटकर दूसरे रास्ते से, जिस रास्ते में हमारा डफला गांव भी पड़ता है। मैं यामिंग को वहीं छोड़ आऊंगा और तुम्हें खुफिया रास्तों से अगली हिन्दुस्तानी फौजी चौकी तक पहुंचा दूंगा।

"हाथ मिलाओ।"

मातेन और मेजर कृपालसिंह ने हाथ मिलाए।

"मगर अब हमारा यहां ज्यादा देर तक रुकना ठीक नहीं है।" मेजर कृपालसिंह ने मातेन को बताया।

"तुम ठीक कहते हो।" मातेन बोला, "हम अभी वापस चलकर यामिंग से सामान बांधने को कहते हैं।"

मगर जब हम लोग वापस चलकर अपने शरणार्थी शिविर में पहुंचे तो यामिंग पहले ही से अपना सामान बांध चुकी थी।

थोड़े से सामान को मेरी पीठ पर लाद दिया गया। अलाव की आग बुझा दी गई और मेरी पीठ पर लदे हुए सामान पर मेजर कृपालसिंह को बैठने को कहा गया। उसने इन्कार कर दिया और यामिंग से दरख्वास्त की, मगर यामिंग ने फिर मेजर कृपालसिंह ही से बैठने के लिए कहा, क्योंकि वह पांच रातों से सोया हुआ नहीं था।

अन्त में हमारी सबकी दरख्वास्त पर मेजर मेरी पीठ पर बैठ गया। कुछ देर तक तो बैठा रहा, फिर एक हाथ पर मेरी गर्दन के बाल पकड़कर पांव पसारकर जो लेटा तो ऐसा बेसुध हुआ कि उसे अपने तन-बदन का भी होश न रहा।

रात-भर हमारा काफिला एक घाटी से दूसरी घाटी तक चलता रहा और मेजर बिल्कुल बेसुध सोता रहा। फिर जब सवेरा एक बच्चे के होंठों की तरह लालिमा के चेहरे पर खुल गया तो हमें अपने सामने एक खुली घाटी पर खुला एक डफला गांव नजर आया, जहां बड़े जोर से ढोल पीटा जा रहा था, कुछ नौजवान बांस के तुरने बजा रहे थे और चक्कर की सूरत में कुछ डफला सुन्दरी युवतियां

अपनी कमर पर हाथ रखे नाच रही थीं और बहुत-से लोग एक जुलूस की सूरत में एक चीनी सिपाही के शरीर को उठाए हुए चल रहे थे।

17

हल्ला बोल देना चीनी सिपाहियों का और फैलना भयंकर आग का सारे गांव में और मारे जाना बहुत-से नन्हे बालकों और औरतों का....

चीनी सिपाही को बांस की ऊंची-ऊंची दीवारों वाले बन्दीगृह में डाल दिया गया। उसके बायें बाजू को कलाई के पास से काट दिया गया। उसकी एक टांग को लकड़ी के एक बहुत बड़े शहतीर में फंसा दिया, ताकि कैदी भाग न सके। फिर उसे बांसों के उस कैदखाने में छोड़कर सब लोग उसके बायें हाथ की हथेली लेकर गाते नाचते चले। इन सब लोगों ने अपने बांस की टोपियों पर तालम और करा के पत्ते लगाए हुए थे और वह तिब्बती डाओ और जहरीले तीर कमान के हथियार पहने हुए थे। ये सब लोग चीनी सिपाही की हथेली को लेकर गांव के बाहर अपने घरों से कुछ दूर बांस की लकड़ी के एक सलीबनुमा थम्ब के चारों तरफ नाचने लगे। मर्द भी और औरतें भी। स्त्रियों ने हल्के हरे रंग का घाघरानुमा पहनावा पहन रखा था कमर में जस्ते या चांदी की एक पेटी बांध रखी थी, जिसमें छोटी-छोटी घड़ियां लगी हुई थीं। इस पेटी को यहां पर हूफी कहते हैं और यह सलीब जैसा थम्ब जिसके गिर्द डफला मर्द और औरतें नाच में व्यस्त थीं, 'बासरे यूं गंग' कहलाता है और प्रत्येक डफला गांव में पाया जाता है। नाच के बाद चीनी सिपाही की हथेली हर एक गांव वाले को दिखाई गई, जिसने उसे अपने खंजर से छुआ और जो लोग ज्यादा गुस्से में थे उन्होंने घृणा से अपने खंजर से उसमें छेद दिया। गांव का पुरोहित इस रस्म के बीच में कुछ पढ़ता जाता था। जब यह रस्म खत्म हो गई तो नारों के दर्मियान लोग उस हथेली को लेकर फिर आगे चले और गांव के पवित्र वृक्ष नीलासंगिनी के पास जाकर रुक गए। प्रत्येक डफला गांव में नीलासंगिनी का वृक्ष होता है। उसे बहुत पवित्र माना जाता है। गांव वालों ने इन नीलासंगिनी वृक्ष के तने से बांस के फ्रेम का एक चौखटा लटकाया और उसे करा के पत्तों से सजा दिया। फिर उस बांस के चौखटे के अन्दर कील गाड़कर हथेली को उसमें लटका दिया गया।

फिर गांव के जियाले सूरमा तीर-कमान ले-लेकर उसे वृक्ष के चारों ओर नारे

लगाते हुए चक्कर काटने लगे। चक्कर के दौरान में नाच करने वालों का फासला वृक्ष से दूर होता गया। जब वे कोई पचास गज के लगभग वृक्ष से दूर हो गए तो नाच करने वाले का कोलाहल बढ़ गया और लय तेज हो गई और चीख ज्यादा बुलन्द हो गई। वे लोग तीर-कमान उठाकर बांस के चौखटे का निशान बांधकर तीर मारने लगे। कई तीरों ने उस हथेली को भेद दिया और जो तीर बाहर रह गए उन्होंने उस हथेली के चारों ओर मण्डल-सा बना दिया।

फिर नाच का गोल चक्कर घटता गया, घटता गया, इतना कि वे लोग नीलासंगिनी पेड़ के बिल्कुल निकट आ गए। निकट आकर और नाचते हुए उन्होंने तमाम तीरों को हथेली के आस-पास से निकाल दिया और केवल उन्हीं तीरों को रहने दिया जिन्होंने उस हथेली के बीच में छेद दिया था।

फिर उन सब लोगों ने इकट्ठे होकर मांस पकाया और चावल और मक्की की रोटी और साग और कद्दू की तरकारी तैयार की और गांव के सब लोगों ने मिलकर खाया। खाने के बाद वे सब लोग मिलकर बांस के बन्दीगृह में गए, उन्होंने चीनी सिपाही को कैदखाने से निकाला और उसकी टांग को लकड़ी के भारी कुन्दे से छुड़ाया और उसे अपने साथ नीलासंगिनी के पेड़ के पास ले गए और उसे अपनी हथेली को दिखा-दिखाकर नाचने लगे। जब थक गए तो उन्होंने डण्डे मार-मारकर चीनी सिपाही को अपने गांव से भगा दिया। उसके बाद प्रत्येक व्यक्ति अपने-अपने घर को चला गया।

"यह सब क्या था ?" मैंने आश्चर्यचकित होकर मातेन से पूछा।

"आज से डफला गांव वालों ने चीनियों को अपना शत्रु मान लिया है।"

"कैसे ?"

"चीनी सिपाही की हथेली काटकर !" मातेन बोला, "दोस्ती में हाथ मिलाते हैं, दुश्मनी में हथेली कट जाती है, बहुत सीधी-सी बात है। हमने चीनी सिपाहियों का हाथ काटकर अपने गांव के पवित्र वृक्ष पर लटका दिया है। इसका अर्थ यह है कि आज से हमारे और चीनियों के बीच ठन गई। जब तक यह हाथ वृक्ष पर लटका रहेगा, चीन से हमारी शत्रुता रहेगी।"

"तो जब ठन गई है तो तुमने चीनी सिपाहियों को जीवित कैसे जाने दिया ?"

"क्योंकि अब वह हमारा दूत है। जब वह वापस चीनियों के पास जाएगा, तो उसका कटा हुआ हाथ देखकर वे समझ जाएंगे कि जिस हाथ ने हमसे हाथ मिलाया था और फिर जिसने दगा दी, उससे दोबारा हाथ मिलाने को हम डफला लोग अपना अपमान समझते हैं। वह हाथ हमने काटकर अपने पवित्र 'वृक्ष' पर

लटका दिया है। चीनी अगर चाहें तो अब भी उस हाथ को खरीद सकते हैं।"

"कैसे ?"

"हमारी दोस्ती वापस देकर।"

"अब वे कभी तुमसे मित्रता नहीं करेंगे।"

"न करें, हमारा फर्ज था उन्हें पैगाम भेजना। हमने अपना फर्ज पूरा कर दिया है। हम आज रात तक उसके उत्तर की प्रतीक्षा करेंगे। कल सुबह से अपनी लड़ाई की शुरुआत करेंगे।"

उस रात मैं सो नहीं सका, मवेशीखाने में खड़े-खड़े वह कटा हुआ हाथ नीलासंगिनी के पेड़ पर कील से लटका हुआ मेरी आंखों के सामने बार-बार घूमता रहा और मुझे इतिहास में पेड़ पर बहुत से कटे हुए हाथ याद आए। हिन्दुओं और मुसलमानों की दुश्मनी। यहूदियों और अरबों की दुश्मनी, तुर्की और यूनानी की दुश्मनी, जर्मनों और फ्रांसीसियों की दुश्मनी, गोरों और कालों की दुश्मनी, एक नस्ल की दुश्मनी दूसरी नस्ल से और एक धर्म की दूसरे धर्म से, और एक जाति की दूसरी जाति से अन्धी, ओछी, मूर्खतापूर्ण दुश्मनी। कितने ही कटे हुए हाथ हैं जो मित्रता को वापस बुलाने की दावत देते हैं, मगर मनुष्यता के नीलासंगिनी पर लटके-लटके ये हाथ शताब्दियों से सूख चले हैं—और यह इन्सान किसी की नहीं सुनता, वह एक हिंसा से दूसरी हिंसा और एक दुश्मनी से दूसरी दुश्मनी के गहरे दलदल में धंसता चला जाता है....।

रात के तीसरे पहर के करीब गांव में शोर उठा, "आग....आग !" मैं मवेशीखाने का दरवाजा खोलकर बाहर भागा। सचमुच सारे गांव में आग लगी थी। चीनी सिपाहियों ने उसे चारों तरफ से घेर लिया था और गोलियों के चलने की आवाज आ रही थी। औरतों की चीखें, बच्चों का रोना। मवेशियों का घबराकर इधर-उधर भागना, अजीब भागा-दौड़ी का दृश्य था....रोना, दौड़ना, भागना ! चारों ओर से आग ऊंची हो रही थी, चारों तरफ से गोलियां चल रही थीं। चीनी सिपाहियों के गुस्से का यह आलम मालूम होता था जैसे इस गांव के प्रत्येक व्यक्ति को मक्की के दाने की तरह भून के खा जाएंगे।

जिस घर में हम टिके थे, उसे भी आग लग चुकी थी। मैंने लपटों के प्रकाश में यामिंग को बाल खोल हुए तेजी से एक दिशा की ओर भागते हुए देखा। फिर कुछ क्षणों में मेजर कृपालसिंह दौड़ता हुआ मवेशीखाने के पिछवाड़े की तरफ आया। उसके पीछे-पीछे मातेन भाग रहा था। मैं केवल एक क्षण के लिए रुका फिर भागता-भागता मैं बांस के कैदखाने की ऊंची दीवारों के पीछे चला गया, जो हमारे घर के बहुत पास था। यह कैदखाना एक ऊंची जगह पर स्थित था और

उसके पीछे एक गहरी खाई थी। चारों तरफ गोलियां बरस रही थीं। मैंने आव देखा न ताव, आंखें बन्द कर उस गहरी खाई में छलांग लगा दी।

खाई में ढेरों सड़े हुए पत्ते जमा थे। लकड़ी की छोटी-छोटी डालियां और पानी व कीचड़ और दलदल में मैं घुटनों तक धंसता चला गया। दूसरे क्षण में मैंने धम्म से उसी खाई में तीन-चार और आदमियों के गिरने की आवाज सुनी। कोई मेरे बहुत करीब सांस ले रहा था। यकीनन उसे भी मेरी सांस की आवाज सुनाई दे रही होगी, क्योंकि किसी ने हाथ बढ़ाकर मेरी गर्दन पर अपना डाओ रख दिया।

"कौन है ?" मैं खौफ से चिल्लाया।

"तुम कौन हो ?" वह दूसरा आदमी गहरी सांसों के बीच बोला। मगर मैंने उसे उसकी आवाज से पहचान लिया। मातेन था।

मैंने कहा, "मातेन ! यह मैं हूं तुम्हारा गधा।"

मातेन ने अपना डाओ वापस खींच लिया। घबराकर बोला, "तुमने यामिंग को कहीं देखा है ?"

"नहीं ?" मैंने जवाब दिया। फिर याद आ गया तो फौरन सिर हिलाकर बोला, "हां, देखा था, एक क्षण के लिए। वह दो जलते हुए घरों के दर्मियान बाल खोले चीखती हुई भागी जा रही थी।"

मातेन ने जोर से सांस अन्दर को खींची। मैंने अनुभव किया जैसे उसका सारा शरीर सिर से पांव तक एकबारगी तन गया हो। कुछ क्षण वह बिल्कुल चुपचाप मेरे पास खड़ा रहा। खाई के ऊपर गोलियों के चलने की आवाज सुनाई दे रही थी। एकाएक मातेन अपनी जगह से हिला। मेरी तरफ झुककर धीरे से बोला, "मैं ऊपर जाता हूं।"

"मत जाओ।" मैंने कहा, "चुपके से यहीं खड़े रहो।"

"नहीं मैं जाऊंगा।"

"मूर्ख मत बनो।" मैंने उससे फिर कानाफूसी की, "दम साधे इसी खाई में पड़े रहो।"

मगर उसने मेरी सलाह नहीं मानी और उस अन्धेरी खाई में टटोल-टटोलकर ऊपर चढ़ने की कोशिश करने लगा। सहसा एक काली छाया ने उसे जोर से बाजू से पकड़कर अपनी तरफ घसीट लिया।

"कौन ?" मातेन ने घबराकर पूछा।

"मैं कृपालसिंह !"

"मेजर साहब ! मुझे जाने दीजिए, मुझे मत रोकिए...." मातेन घबराकर बोला।

"क्यों मौत के मुंह में जाते हो ?"

"मुझे मत रोको।" मातेन उदास स्वर में बोला, "मैं यामिंग को ढूंढ़ने जाता हूं।"

एकाएक मेजर ने उसका हाथ छोड़ दिया। मातेन ने अपने आपको सम्भाल कर खाई की सामने की दीवार पर चढ़ने की रुख किया, जिसके ऊपर डफला गांव आबाद था। अन्धेरे में उसकी छाया एक गहरे काले धब्बे की तरह खाई पर चढ़ती नजर आई। कभी वह बिल्कुल अन्धेरे में गुम हो जाता, कभी जैसे आकाश पर कौंधा-सा लपक जाता और उसके प्रकाश में एक क्षीण के लिए उसका शरीर खाई की दीवार से छत के ऊपर सरकने की कोशिश करता नजर आता। दूसरे क्षण में अन्धेरा छा जाता और कुछ दिखाई न देता।

कुछ अर्से के बाद देखा कि वह खाई की दीवार का अन्तिम भाग भी चढ़ चुका है। एक क्षण के लिए उसका सारा शरीर खाई के ऊपर जैसे क्षितिज पर सीधा लम्बा खड़ा दिखाई दिया। दूसरे क्षण में वह सीधा शरीर तड़पकर हवा में उछला और उछलकर फिर वापस खाई में गिरा और घास, झाड़ियों की डालियों और सड़ते हुए पत्तों की घनी तहों से गुजरता हुआ वापस हम तक पहुंच गया।

मेजर कृपालसिंह ने आगे बढ़कर उसे अपनी बाहों में ले लिया।

"क्या मर गया ?" मैंने पूछा।

उत्तर में किसी के कराहने की आवाज आई। मेजर कृपालसिंह उसका शरीर टटोल-टटोलकर पूछने लगा, 'गोली कहां लगी है ?"

"बाजू में।" मातेन की कमजोर कराहती हुई आवाज आई। मेजर कृपालसिंह ने संतोष की सांस लेकर मातेन के शरीर को छोड़ दिया। मातेन खाई में फर्श पर गिरकर हौले-हौले कराहता रहा और हौले-हौले 'यू यामिंग....यामिंग.... यामिंग' कहकर पुकारता रहा, जैसे कोई माला जपते समय भगवान् को याद करता है।....

हमने उसकी तरफ कोई ध्यान नहीं दिया, चुपचाप अपनी जगह पर खड़े रहे। मेजर कृपालसिंह इस दौरान में एक शब्द नहीं बोले, यहां तक कि रात बीत गई और खाई के गहरे अन्धेरे में उजाला पानी की तरह बह निकला। हमने इधर-उधर देखा—उस गहरी खाई में हमें कंई डफला नजर आए—दो-तीन बूढ़े, तीन नौजवान, एक लड़का बारह-चौदह बरस का। उसकी आंखों से आंसू बह रहे थे, मगर वह हंसने की कोशिश कर रहा था। एक डफला नौजवान ने उसे तमाचा मारा, तो वह जमीन पर झुककर रोने लगा।

सुबह हो जाने पर भी तीन-चार घण्टे हम लोग उसी खाई में छिपे रहे। बीच

में दो-तीन बार डफला लोगों ने खाई से निकलने का इरादा किया, मगर मेजर कृपालसिंह के हुक्म ने उन्हें वहीं रोक दिया।

सूरज निकलने के काफी देर बाद मेजर कृपालसिंह ने खाई के बाहर निकलना मुनासिब समझा। सबसे पहले वह खुद सरकता-सरकता खाई की दीवार पर ऊपर चढ़ गया। खाई के ऊपर लेटे-लेटे दुबककर उसने चारों तरफ निगाह डाली, फिर वह हमारी नजरों से गुम हो गया। काफी देर के बाद वह हमें अपने सिर के ऊपर खड़ा दिखाई दिया। उसने हाथ के संकेत से हमें ऊपर आ जाने का इशारा किया।

सारा गांव जलाया जा चुका था आग अब भी कहीं-कहीं बाकी थी और कहीं-कहीं पर कोई लकड़ी तड़ाक से फट जाती। कुछ कुत्ते कान फटफटाते हुए, कुछ नीचे मुंह लटकाए हुए, दुम दबाए हुए हौले-हौले बिलख-से रहे थे। एक बकरी बार-बार पांव जमीन पर मारती थी और मुंह आकाश की ओर करके बड़े दुखी स्वर में मिमिया रही थी। एक बच्चा अपनी मां की छाती से लगा-लगा मर गया था। गोली उसकी पीठ में से निकलकर मां के सीने से होकर पार हो गई थी। मां और बच्चा दोनों मुर्दा पड़े थे। उसी दशा में गालिबन जब शोर हुआ, उस वक्त यह औरत अपने बच्चे को दूध पिला रही थी और उसी हालत में घर से निकल भागी और अब उसी हालत में मुर्दा पड़ी थी। उसकी छाती अभी तक उसके बच्चे के मुंह में थी। एक बुड्ढा डफला अपने जले हुए घर के बाहर एक फटा कम्बल ओढ़े कांपती हुई आवाज में कह रहा था, "उन्होंने मुझे क्यों नहीं मारा ? उन्होंने मुझे क्यों नहीं मारा ?"

सारे गांव में हमें यही एक जिन्दा आदमी नजर आया। उसके सामने उसके दोनों बेटे मुर्दा पड़े थे। बांसों वाले कैदखाने की ऊंची दीवार पर हमें उस डफला का मुर्दा शरीर रस्सी से लटकता नजर आया, जिसने चीनी सिपाही का हाथ काटा था। एक घर के सामने एक मित्थुन मुर्दा पड़ा था। कुछ दूरी पर उसका मालिक मुर्दा पड़ा था। मित्थुन की रस्सी अभी तक मालिक के हाथ में थी। कोई कुछ नहीं बोला। मैं और मातेन मेजर और डफला बूढ़े और तीन नौजवान और वह चौदह साल का लड़का चुपचाप जैसे मौत की घाटी से गुजरते रहे। मेजर का जबड़ा भिंचा हुआ था और वह बड़े मजबूत कदमों से चल रहा था। आगे चलकर दो जले हुए घरों के आगे जाकर सलीबनुमा चोबी स्तून की जगह पर हमने देखा कि गांव का पवित्र यागोंग भी जला दिया गया। लकड़ी का आखिरी ठूंठ बाकी रह गया था और उसमें से धुआं उठ रहा था। यागोंग के किनारे-किनारे कई औरतों की लाशें

पड़ी थीं, जो गालिबन यहां मुसीबत से बचने के लिए अन्तिम बार प्राथना करने आई थीं।

मातेन आगे बढ़कर और झुककर उन स्त्रियों के शरीर को ध्यान से देखने लगा। दूसरे डफला लोग भी होंठ भींचे हुए खामोशी से देखते जा रहे थे।

एकाएक मातेन ने एक औंधी पड़ी हुई औरत का चेहरा देखा और वहीं झुके-झुके स्थिर हो गया, जैसे किसी ने उसकी पीठ में गोली मार दी हो।

मेजर कृपालसिंह ने आगे बढ़कर देखा।

यामिंग का मुर्दा चेहरा मातेन के हाथों में था। यामिंग का आधा चेहरा जला हुआ था, आधा चेहरा सलामत था। आधा चेहरा बदसूरत था, आधा चेहरा सुन्दर था। आधे चेहरे में वह सो रही थी, आधे चेहरे में वह जल रही थी। बेइख्तियार मातेन के हाथ यामिंग के चेहरे से अलग हो गए और यामिंग का चेहरा जमीन पर लुढ़क गया और मातेन के हाथों में उसके जले हुए बालों की लटें रह गई।

होंठ भींचे हुए पीला चेहरा लेकर जब वह जमीन से उठा तो उसकी भिंची हुई मुट्ठी में यामिंग की जली हुई जुल्फें पिसकर राख हो गई थी। मातेन की आंखों में एक आंसू न था, लेकिन जब उसने अपनी मुट्ठियां खोली तो यामिंग की जली हुई जुल्फी की राख हवा में बिखर गई और उस समय मातेन का सारा शरीर कांपने लगा और यद्यपि उस समय मातेन की आंखों में एक आंसू न था, उसके कांपते हुए शरीर को देखकर ऐसा लगता था, जैसे उसका सारा शरीर रो रहा हो।

मेजर ने आगे बढ़कर मातेन को अपने बाजुओं में ले लिया।

18

शुरू करना गुरिल्ला लड़ाई का चीनियों के विरोध में और
इकट्ठे हो के चलना तेजपुर की तरफ और मुलाकात
करना एक भारतीय गधे का चीनी गधे से....

अगले कुछ दिन दौड़-धूप और काम करने के दिन थे। मेजर कृपालसिंह और मातेन दोनों मिलकर डफला लोगों की सहायता से अपने इलाके से चीनियों के पीछे एक गुरिल्ला दस्ता तैयार करने में व्यस्त हो गए। यामिंग की मौत के बाद ऐसा लगता था जैसे मातेन यामिंग को बिल्कुल भूल चुका है। कभी मैंने उसके मुंह से यामिंग का नाम नहीं सुना, कभी एक आह तक उसके सीने से नहीं निकली। अलबत्ता उस दिन से उसकी आंखों में एक गहरी चमक आ गई थी और वह होंठ

भींचे, सिर झुकाए मेजर कृपालसिंह के कहने पर दिन रात खतरनाक से खतरनाक काम करने को तैयार रहता था। मेजर कृपालसिंह के गुरिल्ला दस्ते के लिए दस डफला नौजवान वहीं भर्ती करके लाया था। बीस सिपाही हिन्दुस्तानी फौज के मिल गए थे जो बाकायदे हिन्दुस्तानी सिपाहियों से कटकर जंगलों में घूम रहे थे और किसी तरह अपने यूनिट तक वापस जाने के लिए व्याकुल थे। लेकिन उन्हें वापस आने का रास्ता न मिल रहा था, क्योंकि चीनी इस इलाके पर अधिकार करके आगे बढ़ गए थे और उस इलाके के हर रास्ते पर वे छाए हुए थे और हर दर्रे और घाटी की चौकी उसके हाथ में थी।

अब मेजर कृपालसिंह के पास पचास के करीब आदमी हो गए तो उसने ठीक ढंग से गुरिल्ला लड़ाई शुरू कर दी। यही लड़ाई उन फौजियों की ट्रेनिंग भी थी, क्योंकि खुद मेजर कृपालसिंह के पास गुरिल्ला लड़ाई का अधिक ज्ञान न था। वह तजुर्बा तो अब ये लोग लड़ाई करके सीखेंगे।

पहले तो मेजर कृपालसिंह के गुरिल्ले जंगल में निकलकर रात के अन्धेरे में छोटी-छोटी चीनी चौकियों पर छापा मारते और जितना सामान मिलता उठा लाते। धीरे-धीरे उन्होंने अपने दस्ते के प्रत्येक सिपाही के लिए हथियार और राइफलें इकट्ठी कर लीं, दुश्मनों से छीनकर। इन छोटी-छोटी लड़ाइयों में हिन्दुस्तानी दस्ते को गुरिल्ला लड़ाई को बरतने का ढंग भी आता गया और उनके हौंसले ऊंचे होते चले गए। ये लोग दिन को जंगल में छिपे रहते और दुश्मन की कार्रवाईयों पर निगरानी रखते और रात को उनकी किसी कमजोर चौकी पर हमला करके, दुश्मनं को खत्म करके या जख्मी करके सारा माल-मत्ता और खाने का सामान छीनकर भाग जाते। जंगली रास्ते की तलाश में डफला लोग अत्यन्त उपयोगी साबित हो रहे थे और मातेन तो दिन-रात ऐसी गर्म जोशी से काम करता था जैसे उसके शरीर के अन्दर बिजली का कोई ताकतवर डायनमो लगा दिया गया हो।

हमारी मार पंगचन से डिरांग-डिजांग तक थी। कभी हम आगे को चले जाते, कभी पीछे लौट आते, कभी किसी एक जगह पर न रुकते। हर समय घूमते ही रहते थे। केवल दिन को कुछ घण्टे सोते थे और जहां पर आक्रमण करते थे उस जगह से भागकर बहुत दूर के किसी सुरक्षित जंगल में जाकर सोते थे।

मेजर कृपालसिंह को मालूम था कि चीनियों के बिजली के से तेज हमले से सैकड़ों बल्कि हजारों हिन्दुस्तानी सिपाही अपनी फौज से कटकर जंगलों में अपना रास्ता ढूंढ रहे हैं। हथियार के बिना, खुराक के बिना, जंगली रास्तों की जानकारी के बिना इन सिपाहियों की जिन्दगी कितने खतरे में थी, इसका अन्दाजा मेजर कृपालसिंह को अच्छी तरह से था, इसलिए उसने इस गुरिल्ला लड़ाई को आरम्भ

किया था। इससे एक तो चीनियों को हर समय अपने पीछे हमले का डर रहने लगा था, दूसरे जंगलों में लगातार घूमने से बहुत से हिन्दुस्तानी सिपाही मिलते जा रहे थे। बढ़ते-बढ़ते जब यह संख्या तीन सौ के करीब पहुंच गई, मेजर कृपालसिंह ने वापस तेजपुर पहुंचने की ठानी।

त्वांग से हम जंग आए, जंग से सेला पहुंचे, सेला से संजी पहुंचे, संजी से नोकमाडांग के जंगलों में बसेरा किया। नोकमाडांग से डिरांग-डिजांग पहुंचे, डिरांग-डिजांग से बोमदिला आए। हर जगह चीनी हमसे आगे जा चुके थे, सारे रास्ते उन्होंने घेर रखे थे। हजारों बल्कि लाखों की संख्या में चीनी फौजें ढोला दर्रे से बोमदिला तक फैल गई थीं।

ऐसे समय में मेजर कृपालसिंह के गुरिल्ला सिपाहियों की तादाद बढ़ते-बढ़ते सात सौ तक पहुंच चुकी थी। इतनी बड़ी तादाद को जंगलों में इकट्ठा रखना और फिर छिपाए रखना, फिर उनके लिए खाद्य वस्तुएं पूरी करना बहुत मुश्किल काम था। यही उचित समझा गया कि जितनी जल्दी हो सके, बड़ी हिन्दुस्तानी फौज से जाकर मिल लिया जाए।

एक रात जंगल की खोह में मेजर कृपालसिंह ने नक्शा खोला और अपने खास-खास सलाहकारों को इकट्ठा करके प्रोग्राम बनाया।

"हम लोग चारों तरफ से चीनी सिपाहियों से घिरे हुए हैं, वापसी के रास्ते सबके सब बन्द हो चुके हैं, दिन-दहाड़े हमला करके बड़ी चीनी फौज को काटकर रास्ता बना लेना लगभग असम्भव है। वापसी की सिर्फ एक ही सूरत है।"

"वह क्या ?" मातेन ने पूछा।

मेजर कृपालसिंह नक्शे पर उंगली रख के बोला, "अगर हम बोमदिला से रूपा चले जाएं किसी तरह, तो फिर वहां से दोईमारा पहुंचकर मुश्किल न होगा। दोईमारा से पहाड़ों की उतराई शुरू हो जाती है, उस इलाके में रास्ता ढूंढ़ लेना उतना मुश्किल न होगा। दोईमारा से तेजपुर का रास्ता बहुत साफ और सीधा है और जब तक हम तेजपुर न पहुंचे, हम अपनी फौज से नहीं मिल सकते।"

चुनांचे दोईमारा जाने का प्रोग्राम निश्चित कर लिया गया। बोमदिला से हम रूपा पहुंच गए, रूपा से चाको आए तो चीनियों को हमारी सुन-गुन होने लगी और आगे पीछे हमारे लश्कर पर हमले होने लगे। हर बार हम तितर-बितर हो जाते और हमले के बाद फिर इकट्ठे हो जाते। गुरिल्ला फौज में पानी के धरातल की सी लचक होनी चाहिए। फौजी घूंसा जोर से पड़ने पर भी पानी इधर-उधर बिखर जाता है, मरता नहीं है, घूंसे के दूर होते ही फिर पानी एक धरातल पर सिमट आता है। गुरिल्ला लड़ाई का यह एक बहुत ही सफल सिद्धान्त पर काम करते हुए

हम चाको से मालोक पुंग के मुकाम तक पहुंच गए।

सारी रात हमने डबल मार्च किया था और दूसरा सारा दिन भी हम मार्च ही करते रहे थे। जब शाम को हम मालोक पुंग के मुकाम पर पहुंचे, जो दोईमारा के बहुत निकट है, तो यह जानकर हमारी निराशा की कोई सीमा न रही कि आगे बढ़ने वाले चीनी दस्ते यहां तक भी पहुंच चुके थे और अब दोईमारा की तरफ बढ़ रहे थे, जहां से तेजपुर की तरफ जाने वाला उतराई का रास्ता शुरू होता है। अब क्या करें ?

इधर हमारे गुरिल्ला स्काउटों ने बताया कि चीनिया को हमारे लश्कर की खबर हो चुकी थी। जब तक हम संख्या में थोड़े थे, बड़ी सफलता से जंगल में छिपते रहे, मगर अब दिन में और रात में भी इन सात सौ आदमियों का छिपना बहुत मुश्किल हो गया था। हमारे गुरिल्ला स्काउटों ने बताया कि हमें घेरने के लिए चीनी सेना तीन ओर से बढ़ रही थी।

दो दिन और दो रातों के डबल मार्च से सिपाही बहुत ही थके हुए थे, मगर अब रुककर दम लेने का सवाल नहीं पैदा होता था। प्रत्येक क्षण घेरा तंग हो रहा था।

मातेन बोला, "मैं एक जंगली रास्ता जानता हूं। वह कोई ठीक रास्ता नहीं है, वह चरवाहों का रास्ता है। भयानक घाटियों और नंगी चट्टानों से गुजरता हुआ तरेमू नदी तक जाता है। तरेमू नदी के दूसरी तरफ दोईमारा की घाटियां शुरू होती हैं। रास्ता बहुत मुश्किल है ?"

"कोई और रास्ता भी तो नहीं है ?"

चुनांचे मातेन के बताए हुए रास्ते पर सब चलने लगे। रात-भर चलते रहे। रास्ते में कई नदी नाले पार किए, कई जगहों पर छिपे हुए चीनियों ने गोलियां चलाईं, जवाब में हमने भी गोलियां चलाईं। हमारे कितने आदमी मारे गए, उनके कितने, रात के अन्धेरे में ठीक अनुमान लगाना बहुत कठिन हो रहा था—बिल्कुल माहीगीरों के उस जाल की तरह जिसमें सब मछलियां फंस जाएं तो उसे धीरे-धीरे से दो तरफ समेटा जाता है—यहां तो चीनी हमें तीन तरफ से समेटने की कोशिश में लगे हुए थे।

मगर मातेन भी बड़ा होशियार था, बदल-बदलकर रास्ता चलता रहा। एक मुकाम पर रास्ते में पहाड़ गिर गया, हमारे आधे आदमी पहाड़ के उस तरफ जा चुके थे, आधे इधर थे कि बीच में जोर की गड़गड़ाहट सुनाई दी, जैसे हजारों तोपें एक साथ चल रही हो। फिर पहाड़ की चोटी की चट्टानों से एक बहुत बड़ी चट्टान नीचे की तरफ लुढ़की और अपने रास्ते में सैकड़ों टन मिट्टी और दूसरी

चट्टानों को बहाती हुई पलक झपकते में हमारे काफिले के बीच में गिरी और बीसियों सिपाहियों को अपनी चपेट में लेती हुई नीचे चार हजार फुट गहरी खड्ड के नाले में जा गिरी। देर तक पहाड़ों का सीना उस हादसे की धमक से लरजता रहा और देर तक हमारे आधे सिपाही इधर, आधे उधर जमीन के सीने से लगे-लगे भय से कांपते रहे। फिर पन्द्रह बीस मिनट की प्रतीक्षा करने के बाद जब चट्टानों का गिरना बन्द हो गया तो काफिला आगे चलने लगा, क्योंकि मातम करने का वक्त न था। खच्चरों की तरह हांफते हुए एक कदम के बाद दूसरा कदम बढ़ाते हुए हम आगे ही आगे जा रहे थे। रात के तीसरे पहर के करीब एक पहाड़ी मोड़ पर जाके मातेन रुक गया, बोला, 'तरेमू नदी तो यहां मिल गई है, अब इसके किनारे-किनारे चल कर यहां से अगले मोड़ पर चरवाहों का पुल आएगा। एक दफा हम उस पुल को पार कर गए तो दूसरी तरफ दोईमारा है, फिर बचाव निश्चित है।"

दूसरे मोड़ तक जाने के लिए हमारे कदम तेज होते गए। तेज-तेज मार्च करते हुए हम तरेमू नदी के किनारे-किनारे चलने लगे। यह एक अजीबो गरीब नदी थी जो छः हजार फुट ऊंची घाटी पर बहती थी। उसके किनारे-किनारे चलते-चलते जब हम दूसरे मोड़ पर पहुंचे, तो एकदम रुक गए, मातेन भी ध्यान से देखने लगा।

यहां पर पानी का एक बहुत गहरा और डूबता हुआ शोर सुनाई दिया। यहां पर ऊंची घाटी एकदम खत्म हो चुकी थी। यहां पर पहाड़ फट गया था और दो भागों में विभाजित हो चुका था। एक और तरेमू की घाटी थी, दूसरी तरफ दोईमारा की घाटी। बीच में हजारों फुट गहरी खड्ड थी, जिसमें तरेमू का पानी झरना बनकर गिर रहा था। बीचोंबीच दोनों घटियों के मध्य केवल तीस गज का अन्तर था, जिसे चरवाहों ने एक पुल से पाट दिया था।

जब हम उस पुल के करीब पहुंचे तो तरेमू की घाटी के तीन ओर से गोलियां बरसनी शुरू हो गईं और अब समझ में आया कि चाल क्या थी। तीन तरफ से घेरा डालकर चीनियों ने मजबूर कर लिया था कि हम इस खौफनाक रास्ते को इख्तियार करें। यह एक छोटी-सी घाटी थी, ऊंची और चारों तरफ से नंगी और चीनी चांदमारी का खुला निशाना....कहीं शरण की जगह नहीं थी, सिवाय पुल पर से गुजरने के और कोई चारा न था और अब पुल पर भी गोलियां बरस रहीं थीं।

"इस पुल को किसी सूरत से बचाना होगा।" मेजर कृपालसिंह ने मातेन से कहा, "चीनी अभी दूर हैं। इस पुल के इतने फासले पर नहीं हैं कि हैण्ड ग्रेनेड फेंक सकें। अगर कभी वे इस फासले के अन्दर आ गए, तो फिर हमारा एक सिपाही भी जिन्दा न बचेगा।"

मेजर कृपालसिंह ने पचास-पचास बहादुरों के तीन दस्ते तलब किए और उनसे कहा वे हल्का बोलते हुए वे तीनों तरफ से नीचे पीछा करने वाले चीनियों पर झपटें, चीनियों को कभी भी इस तरह की उम्मीद न होगी कि हम ऐसे नाजुक मौके पर पलटकर वार करेंगे। वे इस हमले से जरूर बौखला जाएंगे। फिर घमासान युद्ध होगा। यह निर्णयात्मक लड़ाई होनी चाहिए। जितनी देर तक उन्हें रोक सकते हो, रोक लो और उस समय तक रोके रखो और लड़ाई में उलझाए रखो और उनके बढ़ावे को अगर हो सके तो अपने जिन्दा या मुर्दा शरीर से रोके रखो, उस समय तक जब तक हमारे बाकी सिपाही पुल पार न कर जाएं। इस समय मुझे जान बचाने वालों की जरूरत नहीं है, सिर्फ जान कुर्बान करने वालों की जरूरत है।"

मातेन सबसे पहला वालण्टियर था, फिर और दूसरे आए, संख्या दो सौ तक पहुंच गई, मगर कृपालसिंह ने केवल डेढ़ सौ आदमी रखे, बाकियों को पुल पर गुजरने के लिए भेज दिया। ये डेढ़ सौ आदमी तीन टुकड़ियों में बांटे गए, एक कृपालसिंह की रहनुमाई में, दूसरी टुकड़ी का सरदार मातेन था, तीसरी टुकड़ी की कमान जमादार बर्गान्जा के हाथ में थी।

बाकी सिपाहियों के दस्ते सिलसिलेवार तेजी-तेजी से पुल पार करने लगे। इधर चीनी सिपाही ऊपर बढ़ने लगे, कि तीन तरफ से हमारे दस्ते हल्ला बोलकर उनके रूबरू लड़ने लगे। यह एक निर्णयात्मक लड़ाई थी, जिसमें हिन्दुस्तानी सिपाही एक इंच की जगह न देना चाहते थे। किसी कीमत पर हो, वे इस पुल को उस समय तक सुरक्षित रखेंगे, जब तक आखिरी हिन्दुस्तानी सिपाही इस पर से नहीं गुजर जाता....

यह राइफलों की लड़ाई थी और जब राइफलें बेकार हो गईं तो राइफलों के कुन्दों की लड़ाई थी। हैण्ड ग्रेनेड खत्म हो गए तो रूबरू हाथों की लड़ाई शुरू होने लगी। भूखे गुर्राए हुए घायल शेरों की तरह हिन्दुस्तानी सिपाही पलटकर वार करते थे। चीनी सिपाही मरते जाते थे और उनकी जगह दूसरे आते जाते थे। रात रात का अन्धेरा घटता जा रहा था और चारों तरफ से चीनी सिपाहियों का धावा शुरू हो गया। मातेन ने आंख के कोने से देखा, चीनी सिपाही धीरे-धीरे हिन्दुस्तानी सिपाहियों की लाशों पर आगे बढ़ रहे थे। डेढ़ सौ हिन्दुस्तानी सिपाहियों में सिर्फ बीस-पच्चीस सिपाही बचे थे और वे बड़ी शूरता से अपने-अपने मोर्चे सम्भाले हुए लड़ रहे थे। मातेन से कुछ गज की दूरी पर मेजर कृपालसिंह ने एक चीनी सिपाही पर झपट्टा मारकर उसे नीचे गिरा लिया था, और अब उसकी रायफल छीनने जा रहा था कि एक हैण्ड ग्रेनेड उसके पेट में लगा, पूरे उसके पेट में, दूसरे क्षण में एक

गोला-सा फटा और मेजर कृपालसिंह के शरीर के टुकड़े-टुकड़े होकर हवा में बिखर गए।

मातेन ने लड़ते-लड़ते एक नजर पुल पर डाली। पुल से हिन्दुस्तानी सिपाहियों की आखिरी दस्ता गुजर रहा था। डेढ़ सौ हिन्दुस्तानी सिपाहियों ने अपनी जान की कुर्बानी देकर अपने पांच सौ साथियों को चीनियों के चंगुल से बचा लिया था।

आखिरी दस्ते के आखिरी कुछ सिपाही पुल पर से गुजर रहे थे।

हिन्दुस्तानी सिपाही की तीनों टुकड़ियों में से सिर्फ पांच-छः सिपाही बाकी रह गए थे। हल्ला बोलकर चीनी सिपाहियों ने चारों तरफ से उन पर हमला कर दिया।

एक साथ पांच-छः गोलियां मातेन के शरीर में घुस गईं....वह चकराकर जमीन पर गिर गया। शोर मचाते हुए चीनी दौड़ते हुए पुल की तरफ बढ़े।

एकाएक भयानक गड़गड़ाहट से पुल बीच में से फटा और उसका मलबा टूट-टूटकर हजारों फुट नीचे खड्ड के पानी में गिरता रहा।

चीनी सिपाही दौड़ते-दौड़ते रुक गए जो तरेमू घाटी के उस तरफ खड़े थे। हिन्दुस्तानी सिपाही पार दोईमारा की घाटी पर पहुंच चुके थे, जिसकी उतराई के मैदानों में तेजपुर उनका इन्तजार कर रहा था।

चीनी सिपाही तरेमू घाटी पार नहीं कर सकते थे, क्योंकि बीच में हजारों फुट गहरी खड्ड थी। ठीक उसी समय भोर होने लगी, चारों तरफ कच्ची सुबह का सहमा-सहमा प्रकाश फैलने लगा।

मैंने एक छिपी हुई चट्टान की ओट में झांककर चारों तरफ देखा। तरेमू घाटी हिन्दुस्तानी और चीनी सिपाहियों की लाशों से पटी थी। एक हिन्दुस्तानी सिपाही दूसरे चीनी सिपाहियों पर गिरा था, एक चीनी सिपाही का मुंह दूसरे हिन्दुस्तानी सिपाही की छाती पर था। एक हिन्दुस्तानी सिपाही का हाथ दूसरे चीनी सिपाहियों के हाथ में था, जैसे मुर्दे एक-दूसरे के लिए लिपटे हुए थे, एक-दूसरे से गले मिल रहे थे, हाथ मिला रहे थे, एक-दूसरे के पहलू में सो रहे थे, भाइयों की तरह....

चीनी सिपाही अपने सिपाहियों की लाशों को हिन्दुस्तानी सिपाहियों से अलग कर रहे थे, अपने मुर्दों को खच्चरों पर लाद-लादकर वापस ले जा रहे थे। जब सब घोड़े और खच्चर खत्म हो गए तो दो-दो सिपाही मिलकर चीनी लाशों को वापस ले जाने लगे। जब आखिरी चीनी सिपाही की लाश भी उठा ली गई, तो चारों तरफ सन्नाटा छा गया।

कुछ अर्से के बाद मैं चट्टानों की ओट से बाहर निकल आया और घाटी पर बिखरी हुई लाशों में से मातेन की लाश को ढूंढ़ने लगा।

मातेन का शरीर मुझे मिल गया। उस शरीर से खून बह रहा था मातेन की आंखें अभी तक जिन्दा थी। उन आंखों ने मुझे पहचान लिया था। फिर मातेन सरकता सरकता मेरे पास आया। मैं झुककर उसके करीब बैठ गया ताकि वह आसानी से मुझ पर चढ़ सके। मातेन बड़ी मुश्किल से लेटा हुआ था। उसके शरीर से खून बह रहा था। वह अत्यन्त धीरे-धीरे हवा की-सी कोमल कानाफूसी में कह रहा था–

"मुझे यामिंग के गांव ले चलो।"

मैं धीरे-धीरे चलने लगा, तो मेरे कानों में आवाज आई, "ठहरो।"

मैंने मुड़कर देखा तो मेरी पीछे एक गधा नजर आया, बिल्कुल मेरी तरह सिर्फ उसकी रंगत मुझसे ज्यादा साफ थी और वह मुझसे कुछ दुबला-पतला भी था और उसकी आंखों के कोने खिंचे-खिंचे से थे और उसकी अपनी पीठ पर दो चीनी सिपाहियों की लाशें लाद रखी थीं।

"तुम कौन हो ?" मैंने उससे पूछा। मेरी आंखों में बड़ा आश्चर्य था, क्योंकि वह भी इन्सानों की बोली बोल रहा था।

"मैं एक चीनी गधा हूं।" वह बोला, "बिल्कुल एक ऐसा ही गधा जैसे कि तुम हो। इसमें आश्चर्य की कोई बात नहीं है। तुम्हारी तरह सोचने समझने वाले हजारों लाखों बल्कि करोड़ों गधे चीन में भी हैं। वे आज तुम्हारी-मेरी तरह बोल नहीं सकते, लेकिन एक दिन वे बोलेंगे।"

"....और बहुत भाग्यशाली होगा वह दिन जब इस दुनिया के गधे बोल सकेंगे।" मैंने कहा। चीनी गधे ने अपने कान फटफटाए, फिर मेरी तरफ अजीब नजरों से देखकर बोला, "मेरा सिपाही मुझ पर दो लाशों को लादकर आगे चला गया है, यह सोचकर कि गधा खुद व खुद उसके पीछे आएगा, मगर वह यह भूल गया कि मैं खुद से सोचने, समझने, जानने, पहचानने वाला गधा हूं। मैं बहुत थक गया हूं। हजारों साल से मैं लाशें ढो रहा हूं, अब मुझे यह लाशें ढोई नहीं जाएंगी।"

मैं चुप रहा। कुछ क्षणों के अन्तर के बाद उसने मुझसे कहा, "अब कहां जाओगे ?" मैंने कहा, "मैं यामिंग के गांव जाऊंगा।"

"यामिंग का गांव किधर है ?" उसने मुझसे पूछा।

"वह उधर है जहां सारी दुनिया की सरहदें आके मिलती हैं। यामिंग के गांव में कोई सिपाही नहीं रहता, वहां कोई जला हुआ चेहरा नहीं मिलता, वहां जुल्फों की बड़ी घनेरी छांव है, जहां धीरे-धीरे मीठे-मीठे ख्वाबों के चश्मे उबलते हैं और प्यासों का इन्तजार करते हैं। मैं यामिंग के गांव जाता हूं, क्योंकि अभी मातेन की आंखें जिन्दा हैं और जब तक आंखें जिन्दा हैं, उम्मीद बाकी है।"

यह कहकर मैंने उसकी तरफ से मुंह फेर लिया और अपनी राह पर चलने लगा। "रुको मेरे भाई !" वह कहने लगा, "एक बात मेरी भी सुनते जाओ, क्योंकि मुझे भी वहीं जाना है, जहां तुम्हें जाना है। शायद तुम अपने रास्ते से जाओगे और मैं अपने रास्ते से जाऊंगा, मगर हम दोनों एक न एक दिन उस लाशों से पटी हुई घाटी के परे क्षितिज के उस पार बेछोर फासले के किसी अन्त पर जरूर मिलेंगे, जहां लोग कहते हैं कि यामिंग का गांव है...."

●●●